New York, 1958: Die Stadt ist im Aufbruch, besonders das lebendige Stadtviertel Greenwich Village mit seinen Jazzclubs und dem Geist der Beat Generation. Drei junge Menschen haben den Traum, in der aufstrebenden Verlagsbranche ihren Platz zu finden. Cliff, der Sohn eines berühmten Verlegers, ist überzeugt, der nächste große Star am Literaturhimmel zu werden. Eden träumt davon, Lektorin zu werden, wenn sich ihr nur nicht dauernd Steine in den Weg legen würden. Während Miles bereits am Ziel seiner Wünsche angekommen zu sein scheint auf dem Weg zum umjubelten Schriftsteller. Die Wege der drei kreuzen sich auf ungeahnte Weise …

SUZANNE RINDELL ist die preisgekrönte Autorin von *Die Frau an der Schreibmaschine,* ihr vielgelobtes und extrem spannendes Debüt über Singlefrauen in den Roaring Twenties in New York – und den ein oder anderen Mord. Keira Knightley wird in der geplanten Verfilmung die Hauptrolle spielen.
Suzanne Rindell lebt in New York.

SUZANNE RINDELL BEI BTB
Die Frau an der Schreibmaschine. Roman

SUZANNE RINDELL

Martini für drei

Roman

Aus dem Amerikanischen
von Ute Brammertz

btb

Die Originalausgabe erschien 2016
unter dem Titel »Three Martini Lunch«
bei G. P. Putnam's Sons, New York.

FSC
www.fsc.org
MIX
Papier aus verantwortungsvollen Quellen
FSC® C014496

Verlagsgruppe Random House FSC® N001967

1. Auflage
Deutsche Erstveröffentlichung Juni 2019,
btb Verlag in der Verlagsgruppe Random House GmbH,
Neumarkter Straße 28, 81673 München

Published by arrangement with G. P. Putnam's Sons,
an imprint of Penguin Publishing Group,
a division of Penguin Random House LLC
Covergestaltung: Semper Smile nach einem Entwurf
von Jenny Carrow
Covermotiv: Getty Images
Satz: Uhl + Massopust, Aalen
Druck und Einband: GGP Media GmbH, Pößneck
SL · Herstellung: sc
Printed in Germany
ISBN 978-3-442-71568-8

www.btb-verlag.de
www.facebook.com/btbverlag

Für Amy Einhorn und Jake Morrissey,
vormals »Job-Ehefrau« und »Job-Ehemann«.
Es ist nur angemessen, dass ein Buch
über das Verlagswesen Lektoren gewidmet ist.

»Niemand ist je dadurch Schriftsteller geworden, dass er es unbedingt wollte.«

F. SCOTT FITZGERALD,

in einem Brief an seine Tochter und aufstrebende Schriftstellerin Scottie

CLIFF

1

Greenwich Village im Jahr '58 war das Paradies der Verrückten. Wir zogen durch die Gegend, tranken zu viel Kaffee, rauchten zu viel Cannabis und redeten die ganze Zeit über Lyrik und Nietzsche und Bebop. Ich war mit den Typen unterwegs, die ich von der Columbia kannte – außerdem dem einen oder anderen farbigen Jazzmusiker oder Benzedrin-Süchtigen –, und zusammen bekifften wir uns und fuhren mit der Subway zum Washington Square. Man kann wohl sagen, dass ich meine Columbia-Kumpels ganz gern mochte. Es waren prima Kerle, aber wenn man es sich recht überlegte, waren sie eine Bande von Möchtegern-Poeten in Tweed, und ich wusste, dass ich mich mit der Zeit von ihnen lösen würde. Ihre Väter waren Banker und Anwälte, und sobald ihre Faszination für lyrische Manifeste abklang, würden sie sich häuslich niederlassen und ebenfalls Banker und Anwälte werden und eine hübsche Debütantin heiraten. Ehrlich gesagt vergeudete ich die Zeit an der Uni größtenteils und strengte mich nicht sehr an, da ich das Interesse verloren hatte. Mit jedem weiteren Tag reifte in mir die Überzeugung, dass die Hochschule nutzlos war, und je mehr Zeit ich südlich der 14th Street verbrachte, desto offensichtlicher wurde es, dass das Village meine wahre Ausbildung war.

Als ich endlich das Handtuch warf und meinen letzten

Kurs an der Columbia hinschmiss, kam mein alter Herr in mein Apartment in Morningside Heights und schnüffelte herum. Er *ähem*te leise vor sich hin, fingerte an den wächsernen Blättern der Pflanzen am Fenster herum und setzte sich endlich, sodass der Wasserfleck auf dem abgelegten Louis-XVI-Sofa, das meine Großtante als zu hässlich befunden hatte, um es in ihrem eigenen Apartment zu behalten, von seinem Hinterteil verdeckt wurde. Gemeinsam tranken wir zwei Fingerbreit Bourbon pur und dann schüttelte er auf würdevolle Art meine Hand und erklärte mir, der beste Ratschlag, den er mir zu jenem Moment in meinem Leben geben könne, sei, *Eigenständigkeit* zu entwickeln. Sein Plan bestand hauptsächlich darin, mich vom Familienvermögen abzuschneiden und lange Reden über die überragende Qualität *verdienter Freuden* zu schwingen.

Sobald mein alter Herr mir die Nachricht verkündet hatte, dass ich meinen eigenen Weg würde gehen müssen, ging alles ziemlich schnell. Ich veranstaltete zwei laute Partys und bezahlte die Miete nicht, woraufhin mich der Vermieter ruckzuck vor die Tür setzte und ich mir eine neue Bleibe suchen musste.

Und so mietete ich zum Auftakt meiner Erkundung des relativen Wertes verdienter Freuden im Village ein Ein-Zimmer-Apartment ohne Warmwasser und mit Toilette auf dem Gang. Der Deckel des Spülkastens fehlte, und ich weiß noch, dass ich meinen Gangnachbarn Grauenvolles antat, indem ich eines Nachts betrunken nach Hause kam, mich übergeben musste und dabei den offenen Spülkasten mit der offenen Kloschüssel verwechselte. Doch selbst ohne meine vom Whiskey herrührenden Verschönerungen war das Haus ein Drecksloch. Es war ein richtig schäbiges Apartment, und wenn es regnete, warf die Farbe an den Wänden schlimme

Blasen, doch es gefiel mir, in der Nähe der Kellercafés zu wohnen, wo die Menschen leidenschaftlich mit Worten experimentierten, was ich damals noch ziemlich aufregend fand. Zu jener Zeit konnte man durch die Straßen um den Washington Square laufen und irgendwo einer schmalen Treppe nach unten folgen und auf einmal stand man in einem schwarz gestrichenen Raum mit roten Glühbirnen, in dem gerade jemand vor einer Menschenmenge stand und rief, Amerika solle zur Hölle fahren, oder in dem ein anderer vielleicht die Geburt einer heiligen Kuh in Indien nachspielte. Es war alles ein bisschen hysterisch, und man wusste nie so recht, was man als Nächstes zu sehen bekam, aber nach einer Weile merkte man, dass man hauptsächlich den immer gleichen Menschen über den Weg lief.

Miles, Swish, Bobby und Pal hatte ich natürlich schon im Village gesehen und sie mich ebenfalls. Da wir alle einen Hang zur Kunst hatten, war unser Umgang recht freundschaftlich. Ich kannte ihre Gesichter, und ich wusste, wie sie hießen, doch an dem Abend, als ich so richtig auf den Plan trat, war ich in so erbärmlicher Verfassung, dass es sich ihrerseits um einen echten Gnadenakt handelte. Ich sollte meine Gedichte zum allerersten Mal in einem Laden namens Sweet Spot vorlesen. Am Nachmittag hatte mich beim Überfliegen der Seiten auf einmal die Erkenntnis getroffen, dass sie nichts taugten. Angesichts dieser Offenbarung packte mich eine solche Angst, dass sich bald mein ganzer Körper wie gelähmt anfühlte, und ich spürte, dass mir schon der üble Gestank meines bevorstehenden Misserfolgs anhaftete. Die Gedichte waren schlecht und daran ließ sich nicht rütteln. Meine Lösung lautete Whiskey, und als ich um sechs Uhr eine halbe Flasche weggekippt hatte, fingen die Gedichte endlich an, besser auszusehen als um drei Uhr nachmittags. In meiner törichten Verfassung entschied ich, dass das Leeren der anderen Hälfte der Flasche dazu führen würde, wenigstens noch eine gewisse lyrische Verbesserung zu erzielen. Als ich die Bühne betrat, konnte ich mich kaum noch aufrecht halten. Irgendwie gelang es mir, zwei Gedichte zu deklamieren… jedenfalls mehr oder weniger…, bevor ich hörte, wie der Holzhocker neben mir polternd zu Boden fiel, und ich spürte, wie der kalte, klebrige, schwarz gestrichene Boden wie eine anschwellende Woge bis zu meiner Hüfte und Schulter und, Sekunden später, bis zu meinem Gesicht emporstieg.

Als ich wieder zu Bewusstsein kam, lag ich auf einer Couch in Swishs Apartment, und die ganze Bande saß um den Küchentisch und unterhielt sich lautstark über Charlie Parker, während sich eine bedeutende Schallplatte von ihm auf einem Plattenteller in der Nähe meines Kopfes drehte. Ein paar Minuten später kam Pal zu mir und reichte mir einen kühlen Waschlappen für mein geprelltes Gesicht. Dann stieß Bobby einen Pfiff aus und stellte fest, ich hätte »*irgendwie* einen irren Stil«, und das in einem bewundernden Tonfall, der bei mir den Gedanken aufkommen ließ, die beiden Gedichte, an deren Vortrag ich mich erinnern konnte, seien doch nicht so mies gewesen, und dass es vielleicht sogar stimmte, dass ich, indem ich mich besoffen hatte, die wahrhaftigste Wahl getroffen hatte, die ein Künstler treffen konnte, wie van Gogh mit seinem Absinth. Ihnen war anzusehen, dass sie abwogen, ob ich ein Aufschneider oder ein Genie war. Und dass sie eventuell offen für die zweite Möglichkeit sein könnten, bestärkte mich und erfüllte mich mit einer Art benommenem Stolz. Dann kochte Swish Kaffee auf dem Herd und brachte mir eine Tasse. Er erklärte mir, Kaffee sei seine Religion, und er könne es nicht ausstehen, wenn seine Gäste Milch oder Zucker nahmen, also solle ich niemals erwarten, bei ihm etwas von dem Zeug angeboten zu bekommen. Der Kaffee war so dickflüssig, dass man einen Löffel in die Mitte der Tasse hätte stecken können und er aufrecht darin stehen geblieben wäre, ohne den Tassenrand zu berühren. Als ich Swish später besser kennenlernte, erzählte er mir, so koche man ihn auf der Straße, und wenn man seinen Kaffee einmal so getrunken habe, schmecke alles andere wie Wasser. Swishs romantische Leidenschaft für Cowboy-Kaffee muss wohl ein bisschen auf mich abgefärbt haben, denn nach dieser Nacht belächelte ich spöttisch alles, was zufälligerweise einen Cremeton oder gesüßten Geschmack aufwies.

Swishs Vorname lautete Stewart, und man hatte ihm den Spitznamen Swish gegeben, weil er es immer eilig hatte. Er war einer dieser drahtigen, nervösen Typen voll überschüssiger Energie. Nachdem ich ein paar Schlucke von Swishs Kaffee getrunken und es geschafft hatte, die Stirn noch ein wenig mehr mit dem Waschlappen zu bearbeiten, ging es mir gut genug, um mich am Küchentisch zu ihnen zu gesellen und mich in das Gespräch über Dizzy Gillespie und Charlie Parker einzuklinken, und auf einmal war es, als hätte ich schon immer einen Platz an dem Tisch gehabt und es nur nicht gewusst. Das fieberhafte Tempo ihres Geplauders war ansteckend. Sie unterhielten sich wie Jazzmusiker, die improvisierten, und ich hoffte, dass ein Teil davon den Weg in mein Schreiben fände. Zu fünft leerten wir eine Kanne Kaffee, zwei Schachteln Zigaretten und vierzehn Flaschen Bier und teilten das vage Bewusstsein, dass sich ein kleiner, aber fester Bund gebildet hatte.

Swish unterhielt uns mit seinen Abenteuern, wie er wie ein Hobo mit dem Zug quer durch Amerika gefahren war, und erzählte von dem Jahr, das er in der Handelsmarine verbracht hatte. Obwohl er die Highschool nie abgeschlossen hatte, war es ihm doch gelungen, seinen Geist mit vielen guten, soliden Dingen zu füttern, und im Gespräch mit Swish wurde mir klar, dass all die Kerle an der Columbia, die sich einem überlegen fühlten, weil sie auf die Exeter oder Andover gegangen waren, im Grunde voller Pferdescheiße sind, denn hier war Swish, weitaus belesener als so manch anderer, und seine Schulbildung war ihm völlig kostenlos von der öffentlichen Bücherei bereitgestellt worden. Ich hatte Angst, ich könnte Swish vielleicht gekränkt haben, denn nach einer Bemerkung meinerseits setzte er zu einem großen hitzigen Vortrag über John Locke, Michail Bakunin und Thoreau an. Doch meine Sorge, ihn gekränkt zu haben, war unbegründet, denn später wurde mir klar, dass Swish zu den Menschen gehörte, die von Natur aus streitlustig waren.

Nachdem Swish damit fertig war, auf den Anarchietheorien des alten Michail herumzureiten, erkundigte ich mich bei ihm, womit er seinen Lebensunterhalt verdiente, nachdem seine Zeit als Hobo nun vorüber war.

»Fahrradbote«, erwiderte er. »Miles hier auch.«

Ich betrachtete Miles, der nicht so ganz in die Gruppe zu passen schien. Er war ein schlanker, athletisch aussehender Neger mit scharf geschnittenen Wangenknochen, die ihn arrogant hätten wirken lassen, wären sie nicht durch seine grüblerischen Augen ausgeglichen worden. Er trug die Art Hornbrille, die damals im ganzen Village angesagt war. Er nickte, fügte aber keine weitere Erklärung hinzu, woraus ich schloss, dass das Dasein als Fahrradbote nicht seine Hauptleidenschaft war. Ich schätzte ihn eher als Jazzmusiker ein. Schließlich hatte er dazu den passenden Namen und das Aussehen.

Wie dem auch sei, das Gespräch kam auf mich und meine Ambitionen, und während ich dort am Tisch saß, mich schon ziemlich wohlfühlte und alles so vertraut wirkte, gestand ich ein, ich sei letztens zu dem Schluss gekommen, Schriftsteller zu werden. Das einzige Problem bestehe darin, dass ich, seitdem ich diese Entscheidung getroffen hätte, an einer vorübergehenden Schreibblockade leide.

»Ich sag dir, was du machst«, erklärte Swish, dessen drahtiger Körper sich vor Überzeugung anspannte. »Spring auf den nächsten Güterwagen auf und fahre so lange mit, bis du so voller Ideen bist, dass deine Finger im Schlaf zucken.«

»Tja, ich für meinen Teil glaube, es müsste mit der altmodischen Methode klappen, einfach mit jemandem ins Bett zu steigen«, warf Bobby ein. »Es ist wichtig, die Säfte in Wallung zu halten.«

»Sagt der Kerl, der so sehr damit beschäftigt ist, zwei Mädchen gleichzeitig zu vögeln, dass er es zu keinem seiner Vorsprechen schafft«, entgegnete Swish. Ich fragte sie, was sie damit meinten. Wie sich herausstellte, wollte Bobby Schauspieler werden, doch das größte Hindernis bei der Verwirklichung dieser Ambition war seine überwältigende Schönheit. Unter normalen Umständen wäre das kein Problem für einen Schauspieler, doch in Bobbys Fall hielt es ihn viel zu sehr auf Trab, um noch viel auf die Bühne zu kommen. Wohin er auch ging, stets wollten laut kreischende Mädchen wie auch sanft säuselnde Männer ihn ins Bett bekommen, und da Bobby immer alle glücklich machen wollte, spielte er überall mit und vergab nur ungern Körbe. Derzeit machte er im Besonderen zwei Mädchen glücklich. Ein Mädchen wohnte mit einer Mitbewohnerin drüben in der Morton Street, und die andere im Albert Hotel in der East 11th, sodass Bobby ständig von einem Ende des Village zum anderen jagte.

Bobbys Empfehlung, ich solle ein Mädchen (oder zwei oder drei) vögeln, um meine Schreibblockade zu überwinden, schien Pal in seinem Sinn für Ritterlichkeit zu kränken und verlieh ihm eine gewisse Befangenheit: Er rutschte auf seinem Stuhl herum und betrachtete eingehend das Etikett seiner Bierflasche. Er war bei Weitem das ruhigste und am schwersten zu deutende Mitglied der Gruppe. Später erfuhr ich, dass Pals richtiger Name Eugene lautete und er nach der Stadt in Oregon benannt war, in der er auf die Welt gekommen war. Auf den ersten Blick hielten ihn Leute häufig für einen sanften Riesen. Er war beinahe einen Meter neunzig groß und besaß die schläfrig-blauen Augen eines Kindes, das gerade aus dem Mittagsschlaf erwacht war, und wenn er Lyrik vorlas oder auch einfach nur redete, schwang in seiner Stimme immer eine Art von Ehrfurcht mit, die einem das Gefühl gab, er schenke der Welt größere Aufmerksamkeit, als man selbst das tat.

»Wie sieht's aus, Miles?«, setzte Swish das Gespräch fort. »Was hilft deiner Meinung nach gegen eine Schreibblockade?«

Ich wusste nicht, warum Swish die Frage an Miles richtete. Es machte mich nervös, dass Bobby, nachdem ich meinen Studienabbruch an der Columbia erwähnt hatte, herausgerutscht war, dass Miles kommenden Juni an eben dieser Einrichtung seinen Abschluss machen werde. Die Gläser von Miles' Brille blendeten uns, als er überrascht aufblickte.

»Tja«, sagte er nach reiflicher Überlegung, »Lesen hilft wohl immer. Es heißt, um irgendetwas Gutes zu schreiben, sollte man viel mehr lesen, als man schreibt.«

»Oh, da bin ich mir gar nicht so sicher«, sagte ich. Auf einmal war ich in gereizter, eigensinniger Laune. Die Art, wie er sich mit solcher Autorität zu dem Thema geäußert hatte, brachte mich irgendwie auf. »Das Wichtigste, was ein Schriftsteller tun muss, ist, seinen eigenen Ideen treu zu bleiben und zu schreiben. Ich lese keine Bücher von anderen, wenn ich zu schreiben versuche, ich lese nur immer wieder meine eigenen Sachen, und ich denke, so machen es die echten literarischen Größen.«

Darauf erwiderte Miles nichts, sondern nickte nur mit verkniffenem Mund. Es war ein höfliches Nicken, und ich spürte, dass sich dahinter eine Meinungsdifferenz verbarg, und auf einmal stieg Ärger in mir auf.

»Wie dem auch sei, Kumpels, ich glaube, ich habe euch einen falschen Eindruck von mir vermittelt, denn so sehr stecke ich eigentlich gar nicht fest«, erklärte ich, da ich entschied, dass es Zeit für einen Themawechsel war. »Ich habe stapelweise Zeug geschrieben, und mir kommen ständig neue Ideen.«

Das stimmte größtenteils, und je mehr ich darüber nachdachte, desto mehr begann ich zu erwägen, dass es sich vielleicht gar nicht um eine Schreibblockade handelte, sondern eher um die Erkenntnis, dass sich meine Energie erst anstauen musste, um eine kritische Masse zu erreichen. Damals sprach gerade jeder in der Gegend von einem berühmten Hipster, der einen ganzen Roman in drei Wochen mit nichts als Kaffee und Bennies geschrieben habe, und der alle Ideen in sich angestaut habe, bis es nur so aus ihm herausgeströmt sei. Das Ergebnis sei von einem richtigen Verleger veröffentlicht worden, und ich dachte mir, vielleicht könnte diese Vorgehensweise auch für mich funktionieren. Wenn ich nur die nervöse Energie meiner Generation in mir aufsog und sie in mir ansammelte, bis sie oben überlief, war ich mir sicher, dass es schließlich zu einer großen Flut kommen würde. Swish, Bobby und Pal schienen alle Teil dieses Prozesses zu sein, und ich war sehr froh, dass sie mich in die Gruppe aufgenommen hatten. Selbst Miles taugte zu etwas, denn er spornte einen an wie ein Rivale, bessere Arbeit zu leisten. Vielleicht lag es an der Mischung aus Whiskey und Kaffee und Bier und Bennies, aber auf einmal hatte ich dieses Hochgefühl, das einen befällt, wenn man merkt, dass man sich inmitten eines wichtigen Nervenzentrums befindet. Ich schloss die Augen und spürte den Puls des Village durch meine Adern donnern, und auf einmal war ich sehr zuversichtlich, was all die Dinge betraf, deren Verwirklichung mir vorherbestimmt war.

2

Im Rückblick lässt sich sagen, dass New York in den Fünfzigerjahren ein einzigartiger Ort war. Wenn man damals in Manhattan wohnte, erlebte man diese Einzigartigkeit in den Farben und Aromen der Stadt, die schärfer umrissen und unterschiedlicher waren, als sie es in anderen Städten oder zu anderen Zeiten waren. Wenn man mich fragt, war das wohl dem Krieg geschuldet. Die ganze Energie der Kriegsanstrengungen floss nun in die Herstellung von Neonschildern, glänzend verchromten Stoßstangen und bunten Plastikartikeln – eine breite Angebotspalette knalliger Resopaltöne, die keine Wünsche offenließ. Alles war im Sonderangebot, die Leute hatten das nötige Kleingeld in den Taschen, und zu allem Überfluss schwirrte ständig die Atombombe in unseren Hinterköpfen herum, ihr grellweißes Aufblitzen und der Schatten ihrer Pilzwolke tauchten unsere ganze Umgebung in ein imaginäres, aber doch brisantes Licht.

Kurz nachdem die Leute mich in Swishs Apartment wiederbelebt hatten, verbrachte ich regelmäßig Zeit mit der Gang, und schon bald fand ich heraus, dass Miles ebenfalls Schriftsteller war. Ich hätte es schon die ganze Zeit über wissen sollen, denn alle, die jung und hip waren und damals in New York lebten, wollten immer nur das eine, und das war, Schriftsteller zu werden. Jahre später wollten sie Folkmusiker oder auch Töpfer werden, seltsam geformte Tonvasen modellieren, aber im Jahr '58 war Schreiben das große Ziel, und besonders legte man es darauf an, etwas Wahreres und Reineres als alles Vorangegangene zu Papier zu bringen.

Es gab viele unterschiedliche Meinungen darüber, was es brauchte, um ein guter Schriftsteller zu werden. Die Menschen in der Stadt wollten immer raus und nach Westen ziehen, und die Menschen draußen im Westen wollten immer in die Stadt hinein. Jeder hatte ständig das Gefühl, draußen zu stehen und nach drinnen zu starren, doch in Wahrheit neigte die Hipster-Szene einfach nur dazu, alles umzukrempeln, während es einzig und allein darum ging, dass wir alle gemeinsam Außenseiter waren.

Ich hatte schon immer gelegentlich probeweise vor mich hin geschrieben, aber ernsthaft versuchte ich es erst, als ich von der Columbia abging, mir der Geldhahn zugedreht wurde und ich ins Village zog, und darin lag vielleicht eine gewisse Ironie, denn mein alter Herr war Lektor in einem großen Verlag. Er hatte selbst Schriftsteller werden wollen, hatte allerdings eine andere Richtung eingeschlagen und war stattdessen Lektor geworden, auch wenn er es den Leuten, die zum Abendessen kamen, nie so erzählte. Wenn Leute zum Abendessen kamen, erzählte er hauptsächlich Witze über Schriftsteller. Wie sich herausstellte, lassen sich über Schriftsteller reichlich Witze erzählen.

Ich hegte meinem alten Herrn gegenüber viele komische Gefühle. Einerseits gab es da eine ziemlich lausige Geschichte, in die er in Brooklyn verwickelt war und von der er glaubte, ich wüsste nicht Bescheid. Doch andererseits war er einer dieser legendären Männer, zu denen man einfach unwillkürlich aufsehen muss. Er hatte eine magnetische Persönlichkeit. Damals war mein alter Herr der König der sogenannten Drei-Martini-Lunches. Das bedeutete, dass mein Vater in schummrigen Steakhäusern in ganz Manhattan bei Gin und Austern kühne, impulsive Deals schloss. So machte man das zu jener Zeit. Das Verlagswesen war ein Ort für rücksichtslose Männer voller Lebenshunger. Sicher, die schüchternen Typen in Tweed überlebten ganz gut in dem Geschäft, aber es waren die redseligen Bonvivants, die wirklich gediehen und der Welt ihren Stempel aufdrückten. Die Lunches waren lang, Spesenkonten waren großzügig bemessen, und die Martinis befeuerten häufig enorme Mengen an Schmeicheleien und Lob. Natürlich befeuerte all dieser Alkohol auch Kränkungen, und der Arbeitstag war eigentlich erst zu Ende, wenn jemand von Norman Mailer beleidigt worden war oder auf die eine oder andere Weise die guten alten Boxhandschuhe hervorgeholt hatte.

Ich war mit Leib und Seele Schriftsteller, und mein alter Herr war mit Leib und Seele Lektor, und man könnte *meinen*, wir beide hätten eine bombige Kombination abgegeben, doch mein großes Problem bestand darin, dass mein alter Herr und ich unsere Querelen hatten, und ich hatte ihm eigentlich nichts von meinen neuesten Ambitionen erzählt. Er hatte sich schon immer enttäuscht über meine glanzlosen schulischen Leistungen geäußert, und da ich die Uni nun hingeschmissen hatte und meine ganze Zeit im Village verbrachte, hielt er mich für einen jazzverrückten Trunkenbold. Seine Vorstellung von gutem Jazz war Glenn Miller, und es war seine persönliche Überzeugung, dass man, wenn man irgendetwas anderes hörte, ein Rauschgiftsüchtiger oder dergleichen war.

Doch ob mein alter Herr mir nun helfen würde oder nicht, ich war entschlossen, den Durchbruch als Schriftsteller zu schaffen. Manchmal war es tatsächlich befriedigender, mir vorzustellen, Schriftsteller zu werden, ohne dass mein alter

Herr auch nur Wind davon bekam. Ich hatte zwei Kurzgeschichten geschrieben, die in meinen Augen sehr gut waren, und es war nur logisch, dass ich im Laufe der Zeit einen Roman schreiben würde, der ebenfalls gut wäre. Ich dachte viel darüber nach, wie es wäre, wenn ich erst einmal den Durchbruch geschafft hätte, über die großartigen Rezensionen, die ich in der *Times* und der *Herald Tribune* zu meinem Roman bekäme, die Preise, die mir wahrscheinlich verliehen werden würden, und wie mich sämtliche Zeitungsleute bei Martinis im 21 Club interviewen wollten. Doch das Problem war, dass ich manchmal so sehr damit beschäftigt war, in Gedanken imaginäre Entwürfe der guten Rezensionen zu verfassen, die ich bestimmt bekommen würde, dass das Schreiben des eigentlichen Romans behindert wurde.

An Tagen, an denen es mir schwerfiel, auf die Schreibmaschine einzuhämmern, begann ich, mir kleine Besorgungen vorzunehmen, die ich an den Abenden erledigte und die gewöhnlich einschlossen, nach unten in die Cafés zu gehen, um Swish und Bobby und Pal etwas Wichtiges zu erzählen, das ich an dem Tag über das Schreiben und das Dasein und die Existenz entdeckt hatte. Nachdem ich diese Nachricht überbracht hatte, war es selbstverständlich notwendig, zu bleiben und gemeinsam ein Bier zu trinken und auf den Umstand anzustoßen, dass wir zum Philosophendasein geboren waren und deshalb verstanden, was es bedeutete, wirklich zu *sein*. Manchmal war Miles da und manchmal war er es nicht, und mir fiel der Unterschied nicht immer auf, weil er so reserviert war und sich nur peripher im Umfeld unserer Gruppe aufhielt.

Doch Miles *war* eines Nachmittags da, als ich zum Schreiben in ein Café ging. Ich hatte entschieden, dass mein lausiges Einzimmerapartment zum Teil an meiner Schreibblockade schuld war und dass ich versuchen sollte, in einem Café zu schreiben. Schließlich hatte Hemingway das in Paris ebenfalls getan, und wenn die Methode für Hemingway funktioniert hatte, dann war sie ja wohl auch gut genug für mich. Das Café, auf das meine Wahl zufälligerweise fiel, war an dem Tag sehr belebt, und die Tische waren bei meinem Eintreffen alle besetzt, aber ich erspähte Miles an einem gemütlichen Tisch in der anderen Ecke des Raumes, und gerade als ich ihn bemerkte, blickte er auf und sah mich ebenfalls.

»Elender Tag da draußen«, sagte ich im Hinblick auf den Regen.

»Ja.«

Miles und ich hatten nie Zeit zu zweit verbracht, und nun, da wir allein waren, herrschte natürlich eine gewisse Verlegenheit zwischen uns, und es dämmerte uns beiden, wie wenig wir eigentlich voneinander wussten. Ich beäugte die Gegenstände auf dem Tisch, um vielleicht Mutmaßungen darüber anstellen zu können, was er vor meinem Eintreten getrieben hatte.

»Schreibst du auch etwas?«, fragte ich beim Anblick des Notizbuches und der verräterischen Tintenflecke auf Daumen und Zeigefinger.

»Ich spiele nur herum«, antwortete Miles, aber mir war klar, dass das gelogen war, denn aus dem Notizbuch ragten ein paar maschinengeschriebene Seiten, was bedeutete, dass Miles an dem, woran auch immer er gerade arbeitete, genug lag, um sich die Mühe zu machen, es abzutippen.

»Wie ich sehe, besitzt du eine Schreibmaschine.« Ich deutete auf die Blätter.

»Die Bücherei besitzt eine.« Er sah verlegen aus. Ich wusste nicht zu sagen, ob die Verlegenheit daher rührte, dass er zu arm war, um eine Schreibmaschine zu besitzen, oder daher, dass er das Schreiben offensichtlich ernster nahm, als er hatte zugeben wollen.

»Und verlangen sie eine Gebühr dafür?«, fragte ich, um Konversation zu betreiben.

Er nickte. »Zehn Cent die halbe Stunde. Ist nicht so wild. Ich habe mir mittlerweile beigebracht, recht schnell zu tippen.«

»Das ist großartig«, erwiderte ich. »Sag mal, macht es dir etwas aus, wenn ich mich zu dir setze und selbst ein bisschen herumprobiere?«, kam ich endlich auf den Punkt.

»Natürlich nicht«, erwiderte Miles und schob auf dem Tisch eine Kaffeetasse und ein paar Papiere aus dem Weg. Er hatte eine sehr höfliche, förmliche Art an sich, und es war schwer zu sagen, ob es ihm eigentlich doch etwas ausmachte. Aber ob es ihm nun etwas ausmachte oder nicht, tat nichts zur Sache, denn er hatte schließlich Ja gesagt, und ich musste schreiben, und es gab wirklich keine anderen Tische, und ich würde mich nicht nach einem anderen Café umsehen, denn zu dem Zeitpunkt schüttete es längst wie aus Kübeln. Ich zog mein Notizbuch und meinen Füllfederhalter hervor und machte mich an die Arbeit, indem ich die dünnen blauen Linien anstarrte, die über das weiße Papier verliefen. Ungefähr zehn Minuten verstrichen, und ich hatte die leere Seite mittlerweile eingehend studiert. Dann fing meine Nase an zu jucken, und mein Knie wippte unter dem Tisch. Ich blickte zu Miles auf und beobachtete, wie er fieberhaft in sein Notizbuch kritzelte. Ich war neugierig, was einen solchen Sturzbach bei ihm bewirkt hatte. Er war so ins Schreiben vertieft, dass er mein Starren nicht bemerkte. Schließlich fragte ich ihn, woran er arbeitete. Als ich ihn das erste Mal fragte, hörte er mich nicht, also räusperte ich mich und fragte erneut, diesmal lauter. Er zuckte zusammen, als hätte ich ihn aus einer Trance geweckt, und blinzelte mich an.

»Es ist eine Kurzgeschichte, schätze ich mal …«, antwortete er. Das war neu für mich, denn wie schon gesagt, hatte keiner sich die Mühe gemacht, mir zu sagen, dass Miles überhaupt schrieb, geschweige denn Prosa. Sein Studium an der Columbia zusammen mit seiner Schreiberei weckten allmählich eine gewisse Unruhe in mir, weil wir so vieles gemeinsam hatten. Etwas an Miles erfüllte mich mit Unbehagen.

»Ich weiß nicht, ob sie überhaupt etwas taugt«, sagte er.

»Na, warum lässt du mich nicht einen Blick darauf werfen?«, überrumpelte ich ihn und griff nach dem Notizbuch, bevor er sich widersetzen konnte. »Ich weiß, was gute Prosa ist. Mein alter Herr ist Lektor bei Bonwright.« Bei diesen Worten weiteten sich seine Augen, und ich wusste, dass ich ihn kurzzeitig zum Schweigen gebracht hatte. Ich klappte das Notizbuch auf und ließ den Blick über die ordentliche Kursivschrift auf der Seite schweifen.

Es war nicht schlecht. Miles schrieb eigentlich ganz passabel – abgesehen von dem Umstand, dass sein Ton sehr gewählt und etwas altmodisch war, was wahrscheinlich daran lag, dass er ein gebildeter Neger war. Alle gebildeten Neger, die ich je gekannt hatte, waren immer ein wenig steif und nahmen ihre Ausbildung meiner Meinung nach etwas zu ernst. Aber insgesamt war ersichtlich, dass er mit Wörtern umgehen konnte, und es war gar nicht übel. Ich musste zugeben, dass mir die Geschichte ganz gut gefiel. Sie handelte von zwei Jungen an der Kriegsfront, die feststellen, dass sie Halbbrüder sind, doch sie sind Rivalen und mögen sich nicht. Als sie so richtig schlimm in der Bredouille stecken, hat der eine die Möglichkeit, den anderen sterben zu lassen, ohne für den Tod zur Rechenschaft gezogen zu werden, aber er zögert.

»Wir wirst du es ausgehen lassen?«, fragte ich, als ich an die Stelle kam, wo seine Handschrift endete. Miles zuckte mit den Schultern.

»Vielleicht einfach so«, sagte er. »Interessiert hat mich das Zögern.«

Ich schüttelte den Kopf. »Er sollte durchaus zögern«, sagte ich. »Und dann wider besseres Wissen beschließen, seinen Bruder zu retten. Aber sobald er das tut, erschießt ihn der andere Kerl, dieser Widerling, mit der Waffe des toten Deutschen.« Miles betrachtete mich mit hochgezogenen Augenbrauen. Ich sah, dass mein Vorschlag unerwartet kam.

»Das wäre wohl … eine gewichtige Aussage.«

»Genau.« Ich kam mir großmütig vor, weil ich ihm meine überlegene Kreativität zur Verfügung stellte. »Es hat keinen Sinn zu schreiben, wenn man damit keine Aussage macht.« Miles betrachtete mich, und ihm war anzusehen, dass er es nicht so schreiben würde, wie ich es vorgeschlagen hatte, was ein Fehler war. Es war eine gute Wendung, und ich hatte ihm damit ein hübsches Geschenk gemacht, und es war schrecklich ärgerlich, dass er das wunderbare Geschenk, das ich ihm gerade überreicht hatte, nicht annehmen würde.

»Tja, wie dem auch sei«, sagte ich, »lass es enden, wie du willst.«

Ich reichte ihm das Notizbuch zurück und versuchte, mich wieder an die Arbeit zu machen. Miles saß einen Moment da und sah mich mit argwöhnischer Miene an. Dann widmete er sich wieder seiner eigenen Arbeit. Wir schwiegen beide, und auf einmal kamen die Wörter, und ich stellte fest, dass ich schreiben konnte, und mehrere Minuten lang stammte das einzige Geräusch, das an unserem Tisch zu hören war, vom Kratzen unserer sich duellierenden Füllfederhalter.

Doch es nutzte nichts. Ich hatte Miles mit seinem Plot weitergeholfen, und jetzt bekam ich ihn nicht aus dem Kopf. Zwar war ich flüssig ins Schreiben geraten, aber schon bald wurde mir klar, dass ich nur seine Geschichte noch einmal schrieb, allerdings besser. Was mich während des Schreibens wirklich ärgerte, war, dass es eigentlich von Anfang an *meine* Geschichte hätte sein sollen. Man sollte immer über Dinge schreiben, von denen man eine Ahnung hat, und ich war eine regelrechte Autorität in Sachen unliebsame Verwandte, doch das konnte Miles natürlich nicht wissen. Da er nun angefangen hatte, diese Geschichte zu schreiben, konnte ich nicht hergehen und etwas Ähnliches verfassen, selbst wenn er das Ende *bestimmt* verpfuschen würde.

»Wie ist dir überhaupt die Idee zu der Geschichte gekommen?«, fragte ich in meiner Verärgerung darüber, dass sie mir nicht zuerst eingefallen war. Miles blickte auf.

»Ich habe versucht, mich an ein paar Geschichten meines Vaters über die Schlacht an der Marne zu erinnern. Deshalb habe ich den Schauplatz gewählt. Und die Idee mit den Brüdern und der ganze Rest« – er zuckte mit den Achseln – »kam einfach aus meiner Einbildungskraft. Wie schon gesagt, ich bin mir nicht sicher, ob sie etwas taugt. Gewöhnlich weiß ich das bei meinem eigenen Werk erst mehrere Fassungen und ein paar Monate später.«

»Na ja, sie hat Potenzial. Ich würde es mir nicht zu sehr zu Herzen nehmen«, sagte ich. »Du scheinst mir jemand zu sein, der viel Arbeit hineinsteckt, und das ist doch alles, was zählt, nicht wahr?«

Miles sah mich an, ohne etwas zu sagen.

»Also, ich habe Durst«, sagte ich. »Warum bestellen wir uns nicht etwas Stärkeres als Kaffee?«

Nach kurzem Widerstand erkannte er, dass ich ein Nein nicht akzeptieren würde. Wir verbrachten den Nachmittag damit, zu trinken und über den Pulitzer und den Nobelpreis und die Unterschiede zwischen französischen und russischen Schriftstellern zu reden, und ehrlich gesagt fand ich es ganz vergnüglich, mich mit Miles zu unterhalten. Ich beschloss, dass es in Ordnung wäre, wenn wir uns wieder einmal allein über den Weg laufen sollten, solange ich ihm nicht dabei zusehen musste, wie er emsig in sein Notizbuch kritzelte und die Art Geschichten schrieb – allerdings mit völlig falschem Ende –, die *ich* hätte schreiben sollen.

3

Nach dem Tag im Café mit Miles beschloss ich zu versuchen, meine Schriftstellerei in Gang zu bringen, indem ich auf eine Sauftour ging und jede einzelne Party besuchte, die es gab. Dahinter steckte die Idee, dass ich ein junger Kerl war und Erfahrungen sammeln sollte, und wenn ich mir erst einmal eine Reihe wilder Geschichten einverleibt hätte, würde das Schreiben nur so aus mir heraussprudeln. Dies hatte, abgesehen von der offensichtlichen, eine unglückselige Nebenwirkung, denn zusätzlich zu Katern bescherte es mir auch die Bekanntschaft mit einem gewissen Mr. Rusty Morrisdale.

Rusty Morrisdale war der Assistent eines sehr wichtigen und bekannten Literaturagenten, dem vor dem Krieg nachgesagt worden war, eine Handvoll Schriftsteller sehr berühmt gemacht zu haben. Rustys Chef war ziemlich alt; keiner wusste genau, wie alt der berühmte Agent war, und genau wie um die Karriere des Mannes rankten sich auch um sein Alter zahlreiche Legenden. Ich werde seinen Namen an dieser Stelle nicht nennen, aber wer das Verlagswesen auch nur ein klein wenig kennt, wird genau wissen, wen ich meine. Laut den meisten Leuten in der Branche war man kein bedeutender Schriftsteller, wenn man nicht von diesem Literaturagenten entdeckt, gesalbt und den besten Lektoren vorgestellt worden war. Wie dem auch sei, so sagte man eben, und hier war Rusty, der persönliche Sekretär dieses Mannes.

Anfangs muss es wohl an Bobby gelegen haben, dass Rusty vorbeischaute. Rusty war ein dürrer, junger Dandy mit einem Rattengesicht, der seinen Spitznamen seinem rostfarbenen Haar verdankte. Ich erwähnte bereits, dass Bobby auf eine Art schön war, die sogar Männern ins Auge fiel, die auf Mädchen standen, und Rusty war überhaupt nicht die Art Mann, die auf Mädchen stand, und von daher war es noch wahrscheinlicher, dass ihn Bobbys Schönheit beeindruckte. Bobby hatte etwas Dümmliches und typisch Amerikanisches an sich, und dennoch war es schwierig, ihm und seinem schiefen Grinsen zu widerstehen. Er war ein sonnengebräunter, schlaksiger Junge, der aussah, als hätte er die eine Hälfte seiner Jugend damit verbracht, auf einer Farm zu arbeiten und in die Sonntagsschule zu gehen, und die andere Hälfte, Eier aus Hühnerställen zu stehlen und sich wegen Bagatelldelikten vor der Polizei zu verstecken. Er hatte den Bus von Utah nach New York genommen und setzte alles daran, Leute kennenzulernen, mit deren Hilfe sich vielleicht ein Teil der schmierigen Salt-Lake-Schmutzschicht von der Haut schrubben ließ. Bobby hatte hohe intellektuelle Ambitionen und wollte immer über wichtige Bücher reden, aber wenn man tatsächlich mit ihm ins Gespräch kam, stellte man fest, dass er im Gegensatz zu Swish gar nicht so viele wichtige Bücher gelesen, sondern vielmehr nur ihre Umschläge gesehen und bewundert hatte. Ich schätze mal, Rusty hatte Bobby aus der Ferne gesehen und hatte die glänzende und durch und durch unoriginelle Idee gehabt, dass es schön sein könnte, ihn ins Bett zu bekommen, und nachdem er Bobby ein wenig nähergekommen war und sich mit ihm unterhalten hatte, hatte dieses Verlangen sowohl an Ausmaß als auch an Heftigkeit noch zugenommen.

Als mich ein Kerl namens Rex Taylor, mit dem ich an der Columbia recht gut befreundet gewesen war, zu einer Party bei sich einlud, nahm ich Bobby mit. Er hatte kürzlich mit seinen beiden Mädchen Schluss gemacht und war bereit, sich zu amüsieren. Es war immer klug, Bobby mitzunehmen, wenn man auf eine Party ging, weil sich die hübschesten Miezen um Bobby scharten, und wenn man neben ihm stand, war es, als würden sie sich auch um einen selbst scharen. Eigentlich sollte er an dem Abend etwas mit Rusty trinken gehen, doch er sagte ihm ab mit der Begründung, dass er mit mir die Party besuchen würde. Aber dann hatte Bobby wohl ein schlechtes Gewissen, Rusty einfach so hängen zu lassen, und so schlug er ihm schließlich vor mitzukommen, wenn er wolle, und natürlich wollte Rusty. Es war eine Bottleparty, und als Rusty sich mit uns in meinem Apartment traf, kreuzte er mit sechs Flaschen achtzehnjährigem Scotch auf, sodass wir beschlossen, es sei vielleicht doch ganz in Ordnung, wenn er mit von der Partie war. Damals wusste ich nicht, wer Rusty war oder für wen er arbeitete, aber ich fand, dass es passte, denn für mich war jeder in Ordnung, der irgendwo mit sechs Flaschen achtzehnjährigem Scotch auftauchte, also liehen wir ihm ein Hemd und halfen ihm, die Hosenbeine hochzuklemmen, damit sie zu unseren passten, und machten uns dann im Pulk auf die Suche nach der Party.

Rex wohnte, ohne Miete zu zahlen, in einem schicken Brownstone-Haus in der West 74th Street. Seinen Eltern gehörte das Haus, und offensichtlich dachte sein alter Herr anders über den Wert verdienter Freuden als meiner. Die Taylors waren alter Geldadel, und ihr Vermögen glitt mühelos von einer Generation zur nächsten. Meine Familie gehörte auch zum alten Geldadel, allerdings nur mütterlicherseits. Das bedeutete, dass mein alter Herr ein Aufsteiger war. Er hatte diese Art an sich, wie es bei vielen Menschen vorkommt, die arm aufgewachsen sind und später im Leben zu Geld kommen, nämlich einmal verschwenderisch zu sein und dann wieder ein großer Geizkragen. Er konnte sich nicht durchringen, wenn es darum ging, mir Geld zu geben, und meiner Meinung nach lag das teilweise an der Geschichte draußen in Bensonhurst. So oder so war es ärgerlich, denn es bedeutete, dass er eine unzuverlässige Einkommensquelle war. Wenn er großzügig gestimmt war, nachdem er viele Martinis beim Lunch oder aber viele Gläser Wein beim Dinner getrunken hatte, fiel ihm manchmal wieder ein, dass ihm von vielen Menschen Gutes widerfahren war, und dann wurde er nachgiebiger und steckte mir hier und da fünfzig Mäuse zu, aber ich musste immer darum bitten.

Bobby, Rusty und ich fuhren gemeinsam mit der Subway vom Village nach Norden, jeder zwei Flaschen Scotch in der Hand. Bobby hatte den Einfall, eine seiner Flaschen zu öffnen, und wir ließen sie im Zug reihum gehen, sodass unser Atem von dem heißen, karamellisierten Duft nach Malt-Whisky und Eiche auflebte, während Mittelstands-Geschäftsleute mit ihren Zeitungen und Regenschirmen die Stirn runzelten und empörte Mütter von uns wegeilten und ihre Kinder fester an der Hand nahmen. In der 42nd Street stieg ein waschechter Indianer ein, der einen perlenbesetzten Gürtel und ein Stirnband voller Federn und lange schwarze Zöpfe und all diesen Schnickschnack trug. Bobby, dem von dem Scotch schon warm und freundlich zumute war, hielt dem Indianer die geöffnete Flasche entgegen und sagte: »Kleiner Schluck Feuerwasser gefällig, Häuptling?« Bobby konnte so grässlich sein, wie er wollte, irgendwie wirkte es trotzdem charmant. Niemand schlug Bobby je etwas ab, und genauso wenig tat es dieser Indianer. Er betrachtete Bobby mit schwarzäugigem Starren, nickte dann ernst und trank einen ordentlichen Schluck aus der Flasche, bevor er sie Bobby zurückreichte. Dann wischte er sich mit dem Handrücken über den Mund und starrte wieder völlig stoisch und düster geradeaus, und mich beschlich das Gefühl, dass wir eben an einer Art unbehaglicher Friedenspfeifen-Zeremonie teilgenommen hatten, wie es die Helden in den Western immer tun. An der 72nd Street stiegen wir aus, und der Indianer blieb sitzen. Es war mir ein wenig peinlich, als sich Bobby auf den Bahnsteig stellte, die Hand hob und mit tiefer Stimme »HOW« sagte, denn ich bezweifle, dass das dem Indianer gefiel, andererseits bekam er es vielleicht ständig zu hören und war daran gewöhnt. Dann schlossen sich die Subway-Türen, und der Indianer glitt außer Sicht, und wir kehrten an die Oberfläche zurück, wo es nach nassem Laub roch, weil wir uns so nah am Central Park befanden. Wir gingen ein paar Blocks in westlicher Richtung, bis ich endlich Rex' Brownstone-Haus wiedererkannte.

In Rex' Bude war ich erst einmal gewesen, und zwar anlässlich einer anderen Party, auch wenn viel von jener Nacht in meiner miesen, alkoholgeschwängerten Erinnerung verloren gegangen war. Doch selbst wenn ich vergessen hätte, wie das Brownstone-Haus aussah, hätten wir es dank der bunten Weihnachtslichter, die wie hundert winzige Feuerwerkskörper in jedem Fenster blinkten, und der lateinamerikanischen Jazzklänge, die auf die offene Straße wehten, trotzdem erkannt. Bei der Musik handelte es sich um eine Art Bossa Nova: der Klang eines Xylophons, das eifrig bearbeitet wurde, ein paar freche Akkorde auf dem Klavier, entspanntes Bongo-Getrommel und die ganze Zeit das monotone Schütteln von Rasseln, mit dem hier und da eingefügten, angsterfüllten Stoß einer Trompete oder eines Saxophons. Es klang gleichzeitig fiebrig und entspannt.

Drinnen suchten wir Rex, um ihm die sechs Flaschen Scotch, aus denen zu dem Zeitpunkt fünfeinviertel Flaschen Scotch geworden waren, überreichen zu können.

»Rex!«, rief ich.

Der Plattenspieler war auf volle Lautstärke gedreht, und Rex war im Wohnzimmer und bastelte daran herum, um zu sehen, ob er ihn noch lauter bekäme. Wir riefen ihm zur Begrüßung zu, und Rusty meldete sich schnell zu Wort und heimste die Lorbeeren für den mitgebrachten Alkohol ein. Später fand ich heraus, dass Rusty gar nicht für den Scotch bezahlt hatte, sondern ihn bei einer Lieferung hatte mitgehen lassen, die für die Bar seines Arbeitgebers bestimmt gewesen war. Er war sehr stolz, als er mir und Bobby die Geschichte von dem Scotch-Klau erzählte, denn er prahlte damit, dass der berühmte Literaturagent ihm so sehr vertraute, dass er, als Rusty dem Lieferanten die Schuld gab, noch nicht einmal mit der Wimper zuckte, sondern nur nach dem Telefon griff und den Lieferanten auf der Stelle feuern ließ. Rusty vermied es zu erwähnen, dass es sich um dieselben sechs Flaschen handelte, die er »großzügigerweise« auf Rex' Party mitgebracht hatte, aber die Rechnung ging auf, und wenn man Rusty einmal besser kennengelernt hatte, konnte man sich nur schwer vorstellen, dass er für irgendetwas bezahlte, ganz zu schweigen von sechs Flaschen sehr teurem Scotch, und so brauchte man kein Genie zu sein, um dahinterzukommen.

»Fühlt euch wie zu Hause, Leute!«

Rex hatte eine achtlose Großzügigkeit an sich und kümmerte sich eigentlich nie darum, wer wofür zahlte. Auf einmal wurde der Plattenspieler lauter, und Rex lächelte uns zu. Wir stellten ihm noch ein paar Fragen, doch er lächelte nur immer weiter, schüttelte den Kopf, als verstünde er aufgrund der Musik und des vorherrschenden Chaos' nicht, was wir sagten, und winkte schließlich nur mit dem Arm in Richtung eines Tisches voller Flaschen mit jeder Art von Alkohol. Das Winken gab uns zu verstehen, dass wir unsere Flaschen entweder dort abstellen konnten, wenn wir wollten, oder sie auch für uns behalten. Es war ihm nicht wichtig, was wir taten, solange wir uns amüsierten und Rex' unverdiente Freuden genossen.

Es dauerte nicht lange, bis wir von Mädchen umringt waren, die größtenteils, während sie aneinander vorbeidrängten, keinen Hehl daraus machten, dass das ganze Aufhebens Bobby galt. Eine schlanke und drahtige Brünette mit dickem schwarzem Augen-Make-up stieß einen Schrei des Wiedererkennens aus und warf die Arme um Bobby, um ihn zur Begrüßung zu umarmen, blieb dann einfach an seinem Hals hängen, als wäre ihr Körper eine Art durchnässter Schal, der dort verknotet und vergessen worden war. Ein zweites Mädchen – eine mollige gefärbte Blondine, die irgendwie ganz hübsch war, aber eine Schweinchennase hatte – stand seitlich, berührte Bobbys Schulter und versuchte ernsthaft, eine Unterhaltung zu führen, während er lächelnd nickte und sich bemühte, mit einem Ohr zuzuhören. Seine ungeteilte Aufmerksamkeit erregte schließlich ein scheues Mädchen mit karamellfarbener Haut, die in einer Ecke stand und die Bobby mit großer Wahrscheinlichkeit noch vor Ende der Nacht vögeln würde. Ich warf Rusty einen Blick zu und bemerkte, dass sich seine Kieferpartie verspannte. Ihm war bereits anzusehen, dass er sich auf eine Art in Bobbys Schönheit verliebt hatte, die ihn egoistisch und gemein werden ließ. Er beobachtete das farbige Mädchen mit purem Hass in den Augen, und ich konnte nur erahnen, mit welch hässlichen Schimpfwörtern er sie in dem Moment wahrscheinlich in Gedanken bedachte.

Vom Dach von Rex' Brownstone hatte man eine schöne Aussicht, und später am Abend landeten Rex, Rusty, ich und auch Bobby und sein farbiges Mädchen dort oben. Wir standen dort zu dritt, tranken, redeten und warfen Zigarettenstummel vom Dach, während Bobby zärtlich mit seinem Mädchen herumknutschte, bis er sie in einer Ecke gegen den Dachsims gedrückt hatte. Bobby war schon immer ein Mann steten Fortschritts gewesen und schließlich hatte er den Rock der Farbigen hoch genug geschoben, um den Großteil ihrer karamellfarbenen Pobacken zu entblößen, und nicht lange danach begann er, sich gegen sie zu drücken, und man hörte, wie langsam ein Reißverschluss geöffnet wurde. Wir bewegten uns auf die andere Seite des Daches, um Bobby etwas Privatsphäre zu gönnen, damit er tun konnte, was er mit dem Mädchen tun wollte. Mir war es gelungen, die kleine dralle Blondine für mich aufs Dach zu holen, doch als ich dann mit ihr alleine war, redete sie in einem fort über den Jungen, mit dem sie ging, sodass es mich schließlich langweilte, und ich aufgab und zu dem Schluss kam, dass es doch gar keine so schlechte Idee war, mit Rex und Rusty auf dem Dach Zigaretten zu rauchen. Es war ein schöner Abend im Freien, eine dieser etwas surrealen Aufschubnächte vor dem Winter, wenn man feststellt, dass man seinen Mantel kaum braucht, und wir rauchten schweigend und sahen hoch in den leeren Raum über New York, wo eigentlich die Sterne hätten sein sollen. Wir versuchten, uns zu entspannen, und es wurde viel geseufzt, aber es gestaltete sich schwierig. Das höhnische Grinsen in Rustys Gesicht machte deutlich, dass er sich über Bobby und das farbige Mädchen ärgerte, und sein Groll schwelte auf eine Art, die die Luft um uns drei erfüllte. Dann sagte endlich jemand etwas. Es war Rusty, der mich fragte, was ich von Beruf mache.

»Cliff hier wird Schriftsteller werden. Ein bedeutender«, antwortete Rex für mich, und in seiner Stimme hörte ich den Stolz, den er für seinen Freund empfand, und wand mich sofort vor Verlegenheit.

»Stimmt das?«, fragte Rusty.

»Das ist wohl der Plan«, sagte ich, ohne zu merken, dass sich der Groll in Rustys Grinsen verzogen hatte, und er auf einmal ganz munter und wachsam war, seine Augen so klar und scharf wie die eines Habichts. Er betrachtete mich, musterte mich von Kopf bis Fuß mit scheinbar frisch gewecktem Interesse. Ich hatte keine Ahnung, warum ich ihn auf einmal so sehr interessierte. Er verengte lächelnd die Augen zu Schlitzen, und als ich ihn wieder ansah, fiel mir auf, dass es sich bei dem Gesichtsausdruck um das machiavellistische Lächeln eines winzigen Tyrannen handelte. Das Stöhnen von Bobbys farbigem Mädchen wurde lauter, driftete von der anderen Seite des Daches zu uns herüber, und wir taten unser Bestes, nicht darauf zu achten. Dann räusperte Rusty sich, sah mir in die Augen und erklärte mir in dieser absichtlich langsamen, überdeutlichen Sprechweise, die er an sich hatte, was er von Beruf war und für wen er arbeitete. Er hielt inne und wartete mit sicherer Gewissheit darauf, dass die Informationen mich umhauen würden. Die Gier musste mir im Gesicht gestanden haben, denn das Lächeln des winzigen Tyrannen wurde breiter, seine Augen verengten sich in wachsender Selbstgefälligkeit, und mir wurde klar, dass er genau wusste, wie sicher er mich von da an am Haken hatte.

Rex mischte sich wieder in die Unterhaltung, wechselte das Thema, und wir sprachen liebenswürdig wie eh und je über Baseball und den Kommunismus und berieten, ob beides jemals gleichzeitig in einer einzelnen Kultur existieren könnte. Es war ein gutes Gespräch und insgesamt wirklich bedeutsam, aber wenn ich die Sache einmal grundlegend durchdenke, wird mir klar, dass der ganze Ärger mit Rusty im Grunde an dem Abend auf dem Dach seinen Anfang nahm. Er wusste, dass er mich am Haken hatte, und *ich* wusste, dass er mich am Haken hatte, und der Einzige, der es nicht wusste, war Rex, weil Rex keinerlei Interesse daran hatte, wer was schrieb oder veröffentlichte oder wie es dazu kam. Rex' einziges Interesse galt der Frage, ob die Kubaner jemals wirklich eine Baseball-Liga haben würden, die so gut wie die der Amerikaner war.

4

Sobald ich die Sache mit Rustys Chef herausgefunden hatte, hielt ich im Village die Augen nach Rusty auf. Neben ihm gab es noch eine Handvoll junger Verlagstypen, die in der Hipsterszene herumliefen. Von den anderen Village-Leuten unterschieden sie sich dadurch, dass sie Rollkragenpullover und Jacketts und Brillen trugen und eher etwas von Bücherwürmern an sich hatten. Sie trafen voller Optimismus aus ganz Amerika in Greyhoundbussen in New York ein, junge Alleinstehende, die gewillt waren, in schrecklichen Apartments zu leben und für Peanuts zu arbeiten, solange Manhattan sie mit seinen grellen Lichtern und dem Sirenengesang der Taxihupen blendete. Die Mehrheit der Verlagsleute bestand aus jungen Männern, aber es arbeiteten auch ein paar Frauen in der Verlagswelt, vor allem als Schreibkräfte und Sekretärinnen. Sie kamen in die Stadt, nachdem sie einen Abschluss am Vassar oder am Mount Holyoke gemacht hatten oder aber an irgendeinem Frauen-College im Mittleren Westen, dessen Namen man zwei Minuten, nachdem er gefallen war, gleich wieder vergaß. Im Allgemeinen versuchten sie, sich wie die braven Mädchen zu betragen, als die man sie erzogen hatte, und beschränkten sich auf Hotels für Frauen in Uptown, sodass die Wahrscheinlichkeit, sie im Village zu sehen, nicht so groß war wie bei den Kerlen. Diese Mädchen warteten größtenteils darauf, ihren zukünftigen Ehemännern zu begegnen. Sobald das geschah, war es ihr Schicksal, sofort zu kündigen und in die Vororte zurückzukehren, aus denen sie stammten, um Bridgepartys zu veranstalten und einander Geschichten von dem verrückten Jahr zu erzählen, als sie als alleinstehende Mädels in der Stadt gewohnt hatten.

Aber da war ein Mädchen, das Swish irgendwann regelmäßig mitbrachte, und das war Eden. Kennengelernt hatte er Eden, als er eine Abkürzung durch den Central Park nahm und mit dem Fahrrad sehr schnell durch einen Teil fuhr, in dem Fahrräder eigentlich nicht erlaubt waren und wo Eden auf einer Parkbank saß und ein Buch las. Als er zwischen einem Schnauzer und einer alten Dame auswich, schrie Eden ihm hinterher, langsamer zu fahren. Wie schon gesagt, Swish war immer in Eile, aber er war nie zu sehr in Eile, um nicht mit einem willigen Kontrahenten eine große Debatte über seine »verdammten gottgegebenen Rechte«, wie er sie gern nannte, vom Zaun zu brechen. Meinungsverschiedenheiten fand er aufregend, und Streiten war für Swish wie der Liebesakt: Er tat es voller Leidenschaft und Energie, und im Grunde war es seine Art, sein Gegenüber in all seiner Unterschiedlichkeit zu lieben. Als Eden ihn anschrie, machte Swish kehrt, und laut Eden hatte er bereits ein freudiges Grinsen im Gesicht, als er wie wild zu ihr zurückradelte. Laut Swish wurde sein Grinsen breiter, als er sah, dass es sich bei ihrem Buch um *Der Geheimagent* von Joseph Conrad handelte, denn es gab nur weniges, was Swish mehr liebte als ein Buch, das sich um eine Gruppe von Anarchisten drehte. Beim Anblick des Buches wusste er auf der Stelle, dass er sie ins Village zu Pals erster Lyriklesung einladen musste.

Ich glaube, ich hielt nicht viel von Eden, als ich damals ihre Bekanntschaft machte, und auch wenn Swish sie gleich richtig zu deuten schien, warf ich nur einen Blick auf ihre dunklen, zu einem ordentlichen Pferdeschwanz gebundenen Haare und ihre Twinsets und ging davon aus, dass sie sich nur ein bisschen die Zeit vertreiben wollte und wir sie nie wieder zu Gesicht bekämen, sobald ihr irgendein netter Fondsverkäufer einen Heiratsantrag gemacht hatte.

»Hey, Cliff!«, rief Swish mir an dem Abend zu, als ich ins San Remo spazierte. »Hier drüben!« Er stand mit Eden an der Bar. Das San Remo war eine von Swishs Lieblingskneipen, da es dort immer lebhafte Diskussionen gab und sich an jedem beliebigen Tag jemand fand, der gewillt war, einen in ein Gespräch über Politik oder Kunst oder Philosophie zu verwickeln. Swish stellte uns einander vor, und ich schüttelte Eden die Hand. Edens Begrüßung fand ich genauso zugeknöpft und langweilig wie ihre Twinsets.

Eden war sehr zierlich und hatte elfenhafte Gesichtszüge. Später sagten die Leute, sie sähe ein bisschen wie Audrey Hepburn aus, aber das war erst, nachdem sie sich die Haare hatte sehr kurz schneiden lassen. Als ich Eden einige Zeit später wieder über den Weg lief, sah ich sofort, dass sie sich mit der Frisur neu erfunden hatte. Sie hatte vorher schon nett ausgesehen, aber danach machte sie *wirklich* was her, denn das, was schließlich jeden an Eden faszinierte, war ihr Stil. Mit ihrem dunklen Haar und dem hoch oben an der Stirn sehr präzise geschnittenen Pony wurde sie zu einer dieser cool aussehenden Miezen, die in Oberteilen mit Bateau-Ausschnitt und schwarzen Caprihosen im Village herumliefen und mit einem geheimnisvoll reservierten, gleichgültigen Blick den Shimmy zu Jazzmusik tanzten.

Doch bei unserer ersten Begegnung war es noch nicht so weit. An dem Tag, an dem ich Eden kennenlernte, hatte sie sich noch nicht verwandelt, ihr Pferdeschwanz wippte hoch über ihrem Kopf, und ihr Sears-Roebuck-Pulli hing plump und eintönig an ihrem schmalen Körper herab. Sie sah wie jedes andere Mädchen aus, das man vielleicht in Des Moines oder Wichita oder wo auch immer auf der Straße zu Gesicht bekam.

»Wir haben uns gerade über den *Sputnik* unterhalten«, sagte Swish, um mich an dem Gespräch teilhaben zu lassen. Der Sputnik war damals eines von Swishs Lieblingsgesprächsthemen, denn er hatte ein Faible für Verschwörungstheorien. Erst im Januar hatte man verkündet, der Satellit sei verbrannt, als er aus dem Orbit gestürzt und wieder in die Erdatmosphäre eingetreten sei. Die Physiker sagten, das wäre zu erwarten gewesen, doch Swish bestand darauf, es sei der Beweis, dass es ihn gar nicht erst gegeben habe und die ganze Sache ein Trick sei. Ich hatte schon reichlich von diesen Theorien zu hören bekommen, denn Swish schaffte es immer, jemanden für eine Diskussion über das Thema zu gewinnen: Jung und Alt, Liberale und Konservative. Die Raumfahrt entwickelte sich zum großen Gleichmacher unserer Generation.

»Ich meine, komm schon«, spann Swish jetzt seinen Argumentationsfaden vor Eden fort. »Dieser Chruschtschow ist ein verrückter Hund! Verrückt genug, dass niemand ihn auf die Probe stellt, aber es ist in seinen Augen zu sehen. Das Ganze war eine große Theaterinszenierung.«

»Glaubst du wirklich?«, fragte Eden. Ihre Miene verriet mir, dass sie sich weniger Sorgen um Chruschtschows Zurechnungsfähigkeit machte als um die von Swish. Diese Wirkung hatte Swish häufig auf Leute, besonders auf Mädchen, und das war wirklich schade, denn er sprach einfach mit zu viel Inbrunst und Aufrichtigkeit und war unter seinem drahtigen, paranoid wirkenden Äußeren im Grunde ein schlauer und anständiger Kerl.

»Darauf kannst du wetten!«, erwiderte Swish. »Diese Regierungen wollen nur ihr Volk irgendwie kontrollieren, die Leute unter dem Deckmantel des Patriotismus einer Gehirnwäsche unterziehen und sie dazu bringen, sich zu fügen, ihre Steuern zu zahlen und nie nachzufragen, wohin ihr Geld fließt, während sie immer nur noch mehr Raketen bauen. Richtig, Cliff? Du stimmst mir doch zu, oder?«

Ich war das schon früher mit ihm durchgegangen und hatte das Thema allmählich satt, daher beschloss ich, ehrlich zu sein. »Ich weiß nicht, Swish. Ich weiß nichts von irgendwelchen Raketen und vielleicht hätte ich in einer anderen Zeit leben sollen, denn ich finde die Sowjets weder auf die eine noch die andere Art sonderlich spannend. Die russischen Dichter hingegen … na, das wäre ein Gespräch, bei dem ich gern meinen Senf dazugeben würde …«

Daraufhin wirbelte Eden herum, und ihre Augen blitzten auf. »Du magst russische Dichtung?«

»Tja, also ich mag natürlich Puschkin«, nannte ich den einen Dichter, den jeder kannte, damit sie sich nicht zu dumm vorkam. »Und du?«

»O ja«, sagte sie. »Und auch Zwetajewa und Achmatowa und Pasternak.«

Das überraschte mich. Sie war viel gescheiter, als ich erwartet hatte, und ich fragte mich, ob sie nicht gerade eine Art Satz auf Russisch gesagt hatte.

»Sprich leiser«, sagte ich scherzhaft, »zu viel *davon,* und sie verhaften uns noch wegen kommunistischer Gedanken.« Ich entschied, dass es Zeit für einen weiteren Themawechsel war, und fragte: »Was machst du gleich noch mal hier in der Stadt?«

»Oh. Ich bin Sekretärin bei Torchon & Lyle.«

»Wirklich? Was du nicht sagst!«

Torchon & Lyle war einer der großen Verlage in Midtown. Der einzige noch größere war Bonwright, wo mein alter Herr arbeitete. In Wirklichkeit war ich gar nicht so überrascht, doch ihr war anzusehen, dass sie Eindruck schinden wollte, also spielte ich mit.

»Gefällt es dir dort?«

»Ich finde es toll!« Sie nickte so heftig, dass ich dachte, ihr Kopf könnte sich vom Hals lösen. »Deshalb bin ich nach New York gekommen – mein Ziel ist es, eines Tages Lektorin zu werden.«

Eden war intelligent genug, um die verblüffte Miene zu registrieren, die über mein Gesicht huschte.

»Du glaubst nicht, dass ich eine gute Lektorin abgeben würde?«

»Doch, tue ich schon. Du wirkst sehr zielstrebig auf mich. Das ist klasse. Ich dachte, die meisten Mädchen warten bloß auf einen Kerl.«

»Na ja, ich *warte* ja auch auf einen Kerl«, sagte Eden. »Auf meinen Chef. Der mir sagt, ich werde befördert.«

Ich betrachtete ihr Gesicht genauer.

»Wie heißt du noch mal?«, fragte ich.

»Eden.« Sie streckte mir die Hand entgegen. »Eden Katz.«

»Na, dann werde ich die Augen offen halten nach Eden Katz, dem zukünftigen Star der Verlagswelt«, sagte ich. Wir lächelten uns an. Sie war *wirklich* ziemlich attraktiv, wenn man sie einmal genauer betrachtete. Doch bevor ich weitere Möglichkeiten erwägen konnte, mischte Swish sich wieder ein und legte Eden eine Hand auf die Schulter, um allen ins Gedächtnis zu rufen, wer sie mitgebracht hatte, denn es ärgerte ihn, dass wir es geschafft hatten, das Gespräch so lange vom Thema *Sputnik* abzulenken.

EDEN

5

Zu Beginn meiner Anstellung bei Torchon & Lyle ging ich auf so viele Firmenfeiern wie möglich. Ehrlich gesagt hoffte ich, einen Blick auf die ganzen berühmten Literaten werfen zu können, die der Verlag veröffentlicht. Natürlich war ich nur als Sekretärin angestellt, aber das war nicht wichtig, denn selbst die rangniedrigste Sekretärin im Schreibbüro hatte eine Dauereinladung zu den Partys. Ich fand das damals sehr großzügig, aber jetzt begreife ich, dass es weniger eine Frage der Großzügigkeit als der Praktikabilität war: Sekretärinnen sind gut, wenn man einen Raum mit jugendlichen Menschen füllen möchte, und eine Sekretärin kann man zur Not bitten mitzuhelfen, wenn sich herausstellen sollte, dass der Partyservice hier und da eine zusätzliche lächelnde Kellnerin benötigt, die mit einem Tablett voller Getränke herumläuft. Das passierte mir ein paarmal, und jedes Mal merkte ich, dass es eine beachtliche Leistung war, bei einer Verlagsparty für Speisen und Getränke zu sorgen, und noch beachtlicher, dafür zu sorgen, dass die Gläser der Verlagsleute immer gefüllt waren.

Damals waren Verlagsfeiern großartige, aufwendige Angelegenheiten mit Cocktailwürstchen und gefüllten Oliven und vielen anderen angesagten kleinen Appetithäppchen, und natürlich einer Bar mit »genug Gin und Scotch, um einen Elefanten damit zu waschen«, wie Truman Capote sagen würde. Wenn man eine alleinstehende Frau war, die jeden Penny zweimal umdrehen musste, um die Miete ihres Zimmers im Barbizon bezahlen zu können, war es recht praktisch, das Abendessen ausfallen zu lassen und sich auf den Partys satt zu essen. Die meisten Partys fanden abends unter der Woche statt, und wenn man geschickt vorging, konnte man es so legen, dass man sich nur zwei Dosen Suppe oder Bohnen für samstags und sonntags kaufen musste. Es war in der Tat komisch, an einem Abend Kräcker mit winzigen Häufchen aus juwelenfarbenem Kaviar darauf zu essen sowie gefüllte, mit rostrotem Paprikagewürz bestäubte Eier, und am nächsten Abend nichts außer Dosenbohnen auf hartem Toast, aber das Verlagswesen ist in der Beziehung ein komisches Geschäft. Wenn man im Verlag arbeitete, tat man es wegen der aufregenden Bücher und Autoren und der ganzen Partys, die damit einhergingen; man tat es nicht wegen der Lebensmittel, die man sich von dem Gehalt kaufen konnte, und wenn man sich darüber nicht von Anfang an im Klaren war, war man ein dummer kleiner Narr. Ich muss es wissen. Ich war ein dummer kleiner Narr. Ich besuchte die Partys, und wenn man mich nicht bat, beim Cateringservice auszuhelfen, schwebte ich mit einem Cocktail in der Hand verträumt herum, kam mir vor wie Dorothy Parker und hob schließlich so ab, dass ich am Ende des Abends sogar die extravaganten fünfundsechzig Cent bezahlte, die ein Taxi zurück zum Barbizon kostete. Dann kam das Wochenende, und ich fragte mich, warum ich so wenig Geld hatte, dass ich meinen Friseurtermin absagen und im Lebensmittelgeschäft sehr umsichtig einkaufen musste. Meine Armut war mir ein großes Rätsel, und ich brachte sie kaum jemals mit Torchon & Lyle in Verbindung.

Teils lag das daran, dass ich mir an Partyabenden nur

selten arm vorkam. Ich fühlte mich jung und voller Potenzial, ein Glückspilz, wie das gutgläubige junge Mädchen aus einem Zeitschriftenroman, die es als alleinstehende Frau mit der Stadt aufgenommen hatte, nur dass ich am Ende der Geschichte in meiner Vorstellung nicht mit einem fabelhaften jungen Geschäftsmann verlobt war, sondern irgendwann zur Lektorin befördert wurde, was mein wahrer Traum war. Diese Abende hatten ganz gewiss etwas Elektrisierendes. Selbst jetzt bin ich noch ein bisschen beeindruckt bei der Vorstellung von mir auf diesen Partys, in den Restaurants und privaten Klubs und Apartments wohlhabender Leute, alles nicht zu vergleichen mit meinem Leben in Indiana. Die Männer waren allesamt elegant-unrasiert, und die Frauen waren entweder sehr sonnengebräunt oder aber sehr blass, es gab praktisch keine mit einem normalen Hautton dazwischen. Die Festsäle hatten Tapeten mit orientalischen Landschaftsmustern und schick gesprenkelte Teppiche von einer Wand zur anderen, sodass einem die Fußknöchel ein ganz kleines bisschen wackelig waren, wenn man Damenpumps trug. Ich fand das alles sehr exotisch. Was die berühmten Literaten betraf, so konnte man, wenn die Party sehr gut oder der Gastgeber sehr wichtig war, vielleicht einmal den einen oder anderen sehen, aber gewöhnlich bot sich keine Gelegenheit, mit ihnen ins Gespräch zu kommen. Die namhaften Schriftsteller wurden oft von ihren Lektoren flankiert und auch von ihren Agenten, wenn sie welche hatten. Man sah sie abseits in einer Ecke stehen, Drink in der Hand, während entweder ihr Lektor oder ihr Agent leise etwas murmelte. Niemand wagte es, sich einzumischen, und es war schwer, sie zu belauschen. Selbstverständlich steigerte das nur den geheimnisvollen Zauber. Der Lektor redete dann, und in regelmäßigen Abständen nickte der namhafte Schriftsteller mit einem glasigen, in die Ferne gerichteten Blick und angespanntem Kiefer, sodass er bei dem gerade Geäußerten, worum auch immer es sich handeln mochte, überaus intellektuell wirkte.

Ganz gleich, wie viele dieser Soireen ich besuchte, ich war jedes Mal, wenn ich beschloss, an einer weiteren teilzunehmen, sehr nervös und verbrachte routinemäßig am Vortag sehr viel Zeit mit der Auswahl meines Outfits. Das war töricht, denn sobald man sich unter die Leute mischte und mit ihnen ins Gespräch kam, stellte man gewöhnlich fest, dass sie ebenfalls nervös waren, und wenn wir schlau gewesen wären, hätten wir einfach einen wechselseitigen Pakt schließen können, untereinander entspannter zu sein und uns nicht so aufzuregen. Nach dem zweiten oder dritten Drink wirkten die Leute lockerer, aber wenn man genau hinsah, erkannte man, dass es sich eigentlich nicht um Gelassenheit handelte, sondern nur der Lärmpegel ihres nervösen Gelächters angestiegen war, sodass sie sich anhörten, als würden sie sich königlich amüsieren, gleichzeitig aber auch ein wenig irre, wie Patienten einer psychiatrischen Klinik, die auf einem Karneval herumliefen.

Als ich zu einer Veteranin dieser Partys wurde, fiel mir auf, dass es eigentlich nur zwei Hauptarten an Persönlichkeiten gab: Bei den einen führte die Nervosität zu eifrigem Komödiantentum, bei den anderen zu Gehässigkeit. Genau wie ich arbeiteten die meisten Gäste auf den Partys als jemands Sekretärin oder jemands Assistentin und waren in der Hoffnung gekommen, mit den Giganten der literarischen Welt in Berührung zu kommen. Wenn man einmal eins und eins zusammenzählte, drängte sich einem die Vermutung auf, dass bei diesen Anlässen in den meisten Fällen am Ende eine Reihe Sekretärinnen gewisser Leute bloß eine Reihe Sekretärinnen anderer Leute kennenlernte, und allzu oft lief es *tat-*

sächlich darauf hinaus. Allein schon dieser Umstand sollte meinen Erinnerungen etwas von ihrem Zauber nehmen, aber irgendwie ist dem nicht so. Das mag daran liegen, dass eine Handvoll dieser Assistenten später wichtige Lektoren mit viel Macht wurden, und man sieht, wie es auf andere wirkt, wenn man ins Gespräch einstreut, dass man dem wichtigen Lektor schon vor langer Zeit begegnet ist.

Worauf ich hinauswill, ist, dass das Verlagswesen ein ziemlich berauschendes Geschäft ist. Wenn man nicht achtgibt, kann das Funkeln eines bestimmten berühmten Namens oder die Erinnerung daran, wie man auf einer sternenhellen Terrasse mit einem reizenden Blick auf den Park ein Glas Champagner hielt, all die langen Stunden auswischen, in denen man in seinem Zimmer mit einem kleinen Fenster, das auf einen Luftschacht hinausging, Büchergutachten schrieb, während die Nylonstrümpfe auf der Heizung trockneten und man Bohnen auf Toast aß und sich wünschte, man könnte sich ein paar Eier oder sogar eine Dose Sardinen dazu leisten.

Zu dem Zeitpunkt war ich jedenfalls überglücklich, überhaupt eine Stelle ergattert zu haben, insbesondere jedoch eine im Verlagswesen. Das war, was ich mir zum Ziel gesetzt hatte, und der alleinige Grund, weswegen ich nach New York gezogen war. Die meisten Stellen bekommt man durch Empfehlung, und auf Verlagshäuser trifft das ganz besonders zu. Ich hatte das Glück, bei meinem Erscheinen in den Räumlichkeiten von Torchon & Lyle ein Einführungsschreiben von einem der ehemaligen Seniorlektoren in Händen zu halten, und mir war nur allzu bewusst, dass dies eine höchst ungewöhnliche Situation darstellte – und deshalb eine höchst *günstige* Situation –, die einem Mädchen aus Indiana in den Schoß gefallen war.

Ein Mann namens Mr. Hightower empfahl mich an Torchon & Lyle. Mr. Hightower stammte aus Fort Wayne, er war ein eingefleischter Junggeselle, der seiner Verlagskarriere in New York den Rücken gekehrt hatte, um sich um seine kränkliche Mutter zu kümmern. Ich erinnere mich nicht mehr genau daran, was seine Mutter hatte, aber ich glaube, es war Bauchspeicheldrüsenkrebs. Sobald Mr. Hightower sich wieder in Indiana eingelebt hatte, wurde er eingeladen, am örtlichen Frauen-College ein paar Seminare zum Thema Unterhaltungsliteratur zu geben, und auf diese Weise machte ich seine Bekanntschaft: Ich war seine Studentin.

Ich belegte sein Seminar im Herbst meines Abschlussjahres, und dann belegte ich es noch einmal ganz ohne Scheinerwerb im Frühjahr. Ich war nicht seine einzige Wiederholungsstudentin, auch wenn ich sicher bin, dass ich die Einzige war, die den Kurs allein aufgrund der Faszination für das Thema ein zweites Mal besuchte. Obwohl Mr. Hightower nie geheiratet hatte – oder vielleicht deswegen –, war er ein Mann, der, wie man sagt, *Frauenherzen höherschlagen ließ*, und da es sich um ein College voller Frauenherzen handelte, ziehe ich wohl keine voreiligen Schlüsse, wenn ich behaupte, dass dies der Grund für den jähen Anstieg an Kursanmeldungen war. Damals war es nicht ungewöhnlich, wenn Mädchen für Männer schwärmten, die doppelt so alt waren wie sie. Wir malten uns wohl alle aus, wie wir mit einem Clark Gable mittleren Alters in den Sonnenuntergang ritten. Jedenfalls waren die jungen Damen an meinem College hin und weg von seiner lässig-eleganten, reiferen Art, gepaart mit seinen stählernen blauen Augen und den weißen Haarsträhnen gleich oberhalb der Schläfen. Auf gewisse Weise *war* er wohl attraktiv … doch ich war nicht so sehr von seinem guten Aussehen hingerissen als vielmehr von den Geschichten, die er von der Arbeit im Verlagsgeschäft erzählte.

Mr. Hightower erzählte wunderbare Geschichten. Die meisten beinhalteten sehr viele Martinis mit diesem oder jenem berühmten Schriftsteller und endeten damit, wie er jemanden bei einem Geschäftsdeal austrickste. Doch die Geschichten, die mir am besten gefielen – die Geschichten, für die ich das Seminar wiederholte –, handelten immer davon, wie er ein Juwel in dem Stapel unverlangt eingesandter Manuskripte fand. Wenn man Mr. Hightower Glauben schenkte, war er für die Veröffentlichung etlicher unbekannter Schriftsteller verantwortlich, aus denen später große Autoren geworden waren.

Mir ging durch den Sinn, dass etwas geradezu Magisches geschehen sein musste, als Mr. Hightower diese Autoren entdeckt hatte. Und dann, nicht allzu viel später, sagte eine leise Stimme in meinem Kopf: »Ich könnte das auch!« Wahrscheinlich ist es schrecklich großspurig von mir, so etwas zu denken, aber mein Bauchgefühl sagte mir, dass ich es *könnte*, wenn man mir die Chance gäbe. Schon die Vorstellung, ein Buch zu lesen, *bevor es ein Buch war*, ließ mich vor Aufregung schwindelig werden, und mir wurde klar, dass ich diesem Gefühl folgen sollte, wohin auch immer es mich führen mochte. Ich begann, nach dem Kurs länger zu bleiben und Mr. Hightower mit Fragen zu seiner Zeit im Verlag zu bombardieren.

Das Komische an Menschen ist, dass sie, wenn man besonderes Interesse an etwas hegt, worüber sie alles wissen, schließlich besonderes Interesse an einem selbst hegen. Mr. Hightower beantwortete meine Fragen mit Eifer, sein Vorrat an Anekdoten schien unerschöpflich, und er teilte sie gern. Wenn es sich abzeichnete, dass unsere Gespräche noch lange nach Kursende weitergehen würden, setzten wir sie in der Studentencafeteria fort, wo Mr. Hightower die Manschettenknöpfe ablegte und die Hemdsärmel hochkrempelte, wie zum

Zeichen, dass wir jetzt wirklich zur Sache kämen. Oft lockerte er die Krawatte, stützte die Ellbogen auf den Tisch und sprach in tiefem, vertrauensvollem Tonfall. An den Tischen um uns herum wurde getuschelt, und rückblickend erkenne ich jetzt, dass höchstwahrscheinlich der ganze Campus glaubte, wir hätten eine Affäre.

Ich weiß nicht, was Mr. Hightower über die Aussicht auf eine Affäre mit mir dachte, ich für meinen Teil stand der Vorstellung jedenfalls völlig naiv gegenüber. Damals wusste ich immer noch sehr wenig über die meisten Dinge, die mit Sex zu tun hatten. Ich war mir eigentlich nur einer Sache bewusst, die ich von Mr. Hightower wollte: seine Expertise bezüglich sämtlicher großer Verlage in New York und des Entdeckens guter Schriftsteller und wie man es anstellte, ein erfolgreicher Lektor zu werden. Als sich das Semester dem Ende neigte und der Abschluss näher rückte, erzählte ich Mr. Hightower von meinen Plänen, nach Osten zu ziehen, um mich selbst im Verlagswesen zu versuchen. Ich weiß noch, es war nach dem Kurs an einem Freitag, im Anschluss an seine letzte Vorlesung des Jahres. Ich nahm meinen Mut zusammen, um es ihm zu sagen, und als ich es tat, sah er mich überrascht an und zuckte dann die Achseln.

»Ich finde, das ist eine ausgezeichnete Idee, Eden«, sagte er und packte seine Sachen zusammen. »In der Tat eine ganz ausgezeichnete Idee. Natürlich wissen Sie, dass Rom nicht an einem Tag erbaut wurde. Sie werden ganz unten anfangen und sich beweisen müssen. Doch andererseits glaube ich, dass Sie eine ausgezeichnete Lektorin abgeben würden – eines Tages. Frauen Ihrer Generation tun alle möglichen verblüffenden Dinge.« Er hörte mit dem Packen seiner Aktentasche auf, tätschelte mir die Schulter und sah mich mit glasigen Augen an. Zum ersten Mal dämmerte mir, dass es ihm womöglich leidtun würde, wenn ich fortging. Während reichlich Mädchen in ihn verknallt waren, gab es wohl nicht so viele andere Studentinnen, die wie ich ein derart starkes Interesse an seinem Berufsleben an den Tag gelegt hatten, und wenn ich Fort Wayne verließ, würde es einen Faden weniger geben, der so wissbegierig seine Vergangenheit mit der Gegenwart verband.

Er hielt immer noch meine Schulter, da wurde sein Blick nachdenklich. Seine Augen wanderten langsam über meinen ganzen Körper, von meinem sorgfältig gekämmten Pferdeschwanz bis zu meiner Bluse und meinem Bleistiftrock aus schwarzer Wolle. Seine Oberlippe zuckte leicht und unwillkürlich drückte seine Hand meine Schulter. Er machte Anstalten, etwas zu sagen. Doch so jäh, wie ihn die Regung befiel, verwarf er sie wieder. Er hielt sich zurück und ließ mich los. »Ach, noch einmal jung sein«, sagte er schließlich in resigniertem, abgedroschenem Tonfall, seufzte und widmete sich erneut der Schnalle seiner Aktentasche. Auf dem Weg durch die Tür des Seminarraumes sah er mich noch einmal an und schenkte mir ein seltsames kleines, niedergeschlagenes Lächeln.

»Wissen Sie was?« Er drückte sich einen schiefergrauen Filzhut auf den Kopf. »Sie sind eine meisterhafte Studentin gewesen. Ich schreibe Ihnen eine Empfehlung. Das sollte Ihnen helfen, am Anfang einen Fuß in die Tür zu bekommen.«

Das nächste Mal sah ich Mr. Hightower im Stadion auf der weiten Grünfläche, die in der Mittagshitze dampfte, gleich nachdem die letzte Abschlussrede gehalten und die Kappen in die Luft geworfen worden waren. Das anfängliche Trara löste sich allmählich auf, die Eltern hatten begonnen herumzuwuseln, und jede Familie rief den Namen ihrer frischgebackenen Absolventin. Ich drehte den Kopf und sah Mr. Hightower auf mich zuschreiten, die distinguierten Gesichtszüge zu einer geschäftsmäßigen Miene verzogen. Ich rechnete mit einem Umschlag, in dem sich das Empfehlungsschreiben befände, das er mir versprochen hatte, und war überrascht, als er mir nicht einen, sondern zwei Umschläge reichte.

»Ich habe mir erlaubt, eins auf den Namen Eden Katz und eins auf den Namen Eden Collins auszustellen.«

Ich blinzelte in die Sonne. Meine Hände nahmen die Umschläge überrascht entgegen und drehten sie verwirrt um. Eine entmutigende Unsicherheit regte sich vage in meinem Hirn. War ich eine derart unbeeindruckende Studentin, dass mein Professor nie sicher gewesen war, wie mein Name lautete? Ich blickte mit einem verwirrten Lächeln zu Mr. Hightower auf.

»Es war die beste Alternative, die mir eingefallen ist«, sagte er, als würde es das erklären.

»Oh!«, murmelte ich, immer noch, ohne zu begreifen, auch wenn ich es unbedingt begreifen wollte. Ich starrte ihn weiter mit aufgerissenen Augen an. Dabei muss ich wohl ziemlich dümmlich ausgesehen haben, denn er schien meine Verblüffung an meinem Gesicht abzulesen. Meine Eltern, die nur Augenblicke vor Mr. Hightowers Ankunft an meiner Seite gestanden hatten, waren jetzt mindestens zehn Schritte von uns entfernt und plauderten angeregt mit Dolly Worthingtons Familie. Er warf ihnen einen nervösen Blick zu, beugte sich dann zu mir und senkte die Stimme.

»Das Verlagswesen ist … allen … gegenüber recht offen«, vertraute Mr. Hightower mir an. »Aber trotzdem sind manche Kreise offener als andere, und bei denen, die es nicht sind, sollten Sie Ihre Trümpfe richtig ausspielen.«

»Oh«, erwiderte ich leise und voller Überraschung, immer

noch mit einem mulmigen Gefühl im Magen. Reflexartiger Anstand zwang mich, *danke schön* zu sagen, doch es fiel mir schwer, die Wörter zu bilden. »Oh, verstehe«, schien alles zu sein, was ich zustande brachte. Ich starrte auf die Briefumschläge in meinen Händen.

»Wenn Sie nun also einen dieser Briefe – vielleicht wäre in dem Fall derjenige auf den Namen ›Collins‹ besser – zu Torchon & Lyle bringen, wo ich früher Seniorlektor war, na ja, dann sollte mein Name Ihnen ein paar Türen öffnen«, erklärte Mr. Hightower. »Verstanden? Torchon & Lyle – sie stehen natürlich im Telefonbuch. Und fragen Sie auf jeden Fall nach Miss Everett im vierten Stock. Sie ist für das Einstellen der Sekretärinnen und Gutachtenschreiber verantwortlich, und sie wird sich um jeden kümmern, den ich empfehle.«

Wie sich herausstellte, sollte die Zeugnisverleihung meine letzte Begegnung mit Mr. Hightower sein. Sobald sich meine Eltern in unser Gespräch mischten, schüttelte er ihnen die Hände und gratulierte ihnen dazu, so eine wissbegierige, fleißige Tochter mit derart hochfliegenden Ambitionen herangezogen zu haben. »Lassen Sie mich Ihnen versichern, Sie haben das wunderbar hinbekommen, Mr. und Mrs. Katz.« Über die beiden Empfehlungsschreiben ließ er kein Wort mehr fallen, und ich war beinahe schon überzeugt, mir die ganze Unterhaltung eingebildet zu haben, bis ich später am Abend nach Hause kam und beide Umschläge aus meiner Handtasche zog.

Ich will niemanden mit den Einzelheiten des Sommers langweilen, den ich als Verkäuferin in einem Ramschladen verbrachte, um das Geld für die Greyhound-Fahrkarte zusammenzubekommen, die mich schließlich von Fort Wayne nach New York brachte. Ein paar Monate nach meinem Abschluss saß ich in Miss Everetts Büro bei Torchon & Lyle. Ich sah zu, wie sie sich eine Zigarette anzündete, ein Bündel maschinenbeschriebenes Papier auseinanderfaltete und es sich vom Gesicht weghielt, beinahe auf Armeslänge, und den Blick mit sorgfältigem, irgendwie nüchternem Interesse darüberwandern ließ. Ich hatte ihr meinen Lebenslauf und einen der Briefe ausgehändigt. Trotz Mr. Hightowers rätselhaften Warnungen hatte ich entschieden, dass ich nur einen benutzen würde.

»*Eden Katz*. Wie exotisch. Katz … das ist nicht deutsch, oder?«

»Oh. Na ja … meine Großeltern sind aus Wien hergekommen.« Es entstand eine lange Pause. »Vor beiden Kriegen«, fügte ich hinzu. »Es muss wohl um 1910 herum gewesen sein.«

»Ich verstehe. Und Sie sagen, Horatio sei ein … Freund? … Mentor? … von Ihnen?«, fragte sie. Es lag ein kühler, singender Tonfall in allem, was Miss Everett sagte, ein Tonfall, der für mich irgendwie mit der aschblonden Farbe ihrer Pudelfrisur zusammenhing. Später fand ich heraus, dass die Farbe aus der Flasche kam und der singende Tonfall ihrer Obsession für Ingrid-Bergman-Filme geschuldet war.

»Horatio?«, wiederholte ich und ließ den Blick durch das Büro schweifen. Es fiel mir schwer, mich zu konzentrieren. Mein Kopf schwirrte noch von der euphorischen Erkenntnis, dass ich es endlich durch die Türen eines Verlags geschafft hatte, und meine Knie zitterten immer noch von der Aufzugfahrt in den vierten Stock.

Ihre Lippen verzogen sich zu einer Art dünnem, durchdringendem Lächeln. »Horatio Hightower? Der Mann, der gütig genug war, diesen Brief für Sie zu schreiben?«

Ich fing an, eins und eins zusammenzuzählen, während

ich mich an den Namen erinnerte, der in goldenen Lettern auf Mr. Hightowers Aktentasche gedruckt stand. Mr. H.I. Hightower. *Aha! Dafür stand also das erste H.* »Oh!«, sagte ich laut. »Oh, ja, natürlich – Mr. Hightower! Er hat ein Seminar an meinem College über Unterhaltungsliteratur gegeben, wissen Sie, und nachdem ich ihm von meinem Interesse am Verlagswesen erzählt habe, hat er mir gut zugeredet. Er ist ein wunderbarer Professor.« Miss Everett bedachte mich mit einem Blick. Er hatte etwas entfernt Zweideutiges, etwas, das mich verwirrte.

»Können Sie tippen?«

»Aber ja … Ich glaube, als jemand das letzte Mal die Zeit gemessen hat, war ich bei achtzig Wörtern pro Minute.«

»Stenografieren?«

»Ja. Meine Mutter hat mich in einen Sommerkurs geschickt.«

»Das war sehr umsichtig von ihr«, sagte Miss Everett. Sie lächelte das gleiche dünnlippige, spitze Lächeln, und mir kam das Wort *unerbittlich* in den Sinn, das daraufhin unsichtbar zwischen uns schwebte. Auf dem Bücherregal hinter ihr stand ein sich hin und her drehender Ventilator. Jedes Mal, wenn der Ventilator sich in Miss Everetts Richtung drehte, flatterten die Papiere auf ihrem Schreibtisch unter ihren Briefbeschwerern, doch keine einzige aschblonde Haarlocke bewegte sich außerhalb der Grenzen ihrer sorgfältig hochgesteckten Frisur. Ich hegte den Verdacht, dass bei dem Arrangement eine beträchtliche Menge Haarspray involviert war. Sie atmete Zigarettenrauch aus und fischte sich vorsichtig mit einer Geste, die mir sehr routiniert und gut geübt vorkam, eine einzelne Tabakfaser von der Zungenspitze. Dann lehnte sie sich in ihrem Drehstuhl zurück und betrachtete mich mit kalt berechnender Miene. Ihr Schweigen schien endlos anzudauern, aber in Wirklichkeit vergingen bestimmt nur Sekunden, bis an der Tür lautes Klopfen erklang und ein junges Mädchen mit einem Zettel in der Hand und einem hinters Ohr gesteckten Bleistift hereinstürzte.

»Es tut mir leid, Sie zu stören, aber Mr. Pierce hat gesagt, dass ich diese Telefonnachricht sofort überbringen soll.« Das Mädchen hielt ihr den Zettel entgegen. Miss Everett erhob sich von ihrem Stuhl und entriss dem Mädchen stirnrunzelnd das Papier.

Sie betrachtete die Nachricht. »Natürlich hat er einen Weg gefunden, sich vor dem Lunch zu drücken.« Sie las in hoher, nachäffender Stimme von der Notiz ab. »›*Würde es Ihnen schrecklich viel ausmachen, statt ihm hinzugehen?*‹ Pfff. Welch Überraschung. Ich hätte es von Anfang an einplanen sollen.« Sie fuhr mit der Hand an ihre Schellacklocken und sah mich dann an, als hätte sie meine Gegenwart im Zimmer vergessen. »Sagen Sie mal, meine Liebe, haben Sie schon mit vielen Schriftstellern zu Mittag gegessen?«, fragte sie. Eine echte Frage war es nicht, sie kannte die Antwort bereits.

Ich schüttelte den Kopf.

»Tja, tun Sie's nicht, wenn es sich irgendwie vermeiden lässt. Die meisten von ihnen sind entweder Narren oder verrückt.«

Ich interpretierte das als einen Versuch, humorvoll zu sein, und zwang mich zu einem kleinen Lachen. Dann sah ich zu, wie sie ihre Handschuhe anzog und nach der Handtasche griff. Auf dem Weg zur offenen Tür blieb Miss Everett stehen. Sie drehte sich um und schenkte mir einen letzten eisigen, abschätzenden Blick.

»Mabel«, sagte Miss Everett, den Blick immer noch starr auf mich gerichtet. Mir wurde klar, dass das Mädchen mit dem Bleistift hinter dem Ohr gemeint war.

»Ja, Miss Everett«, sagte das Mädchen.

»Bringen Sie Miss Katz in die Personalabteilung. Wir lassen sie als Mr. Fredericks neue Sekretärin anfangen.« Dann schien ihr etwas anderes einzufallen, und sie wandte sich ruckartig um. »Nein! Warten Sie. Ist *Mr. Turner* im Moment nicht auch auf der Suche nach einem neuen Mädchen?« Mabel nickte zögerlich. Auf Miss Everetts Gesicht erschien ein merkwürdiger Ausdruck. Schließlich sagte sie: »Ja, das wird besser für Sie sein, meine Liebe. Lassen wir Sie dort anfangen.« Vorsichtig setzte sie ihren Hut auf die Frisur und ging ohne ein weiteres Wort aus dem Raum.

6

Vor dem Eingang des Gebäudes von Torchon & Lyle an der 58th Street erhob sich ein gewaltiger, in Kupfer gegossener Phönix. Reglos wie er war, deutete er doch sehr viel Bewegung an. Die Flügel waren weit ausgebreitet, als wollte er gleich losfliegen, der Hals war gebogen, um mit dem Schnabel nach unten zu fahren und eine Schlange oder sonst ein Wesen zu packen, und eine Klaue hing schon frei in der Luft, während die andere immer noch den Aschehaufen berührte, aus dem er sich auf ewig erhob. Wie ich hörte, hatte Torchon & Lyle sich seit meiner Zeit dort viele seiner kleineren Konkurrenten einverleibt, bis der ganze Laden so groß war, dass er ein Stück weiter nach Uptown in einen moderneren und unauffälliger aussehenden Glaswolkenkratzer umziehen musste, wo es keinen mythischen Phönix gibt, der draußen darauf wartet loszufliegen. Das ist eines der eher tragischen Resultate des Fortschritts. Das alte Gebäude war ganz aus Kalkstein und Messing mit diesem furchterregenden Phönix, den man umrunden musste, um die Drehtür zu betreten. Irgendwie hätte ich es nicht anders haben wollen.

Der Phönix hatte größtenteils die milchiggrüne Farbe von blassem Jade angenommen, abgesehen von einer Stelle am ersten Knöchel der erhobenen Phönixklaue. Im Gegensatz zur übrigen Statue erstrahlte diese eine Stelle in gut poliertem Glanz, und schon bald fand ich heraus, dass dafür ein alter Büroaberglaube verantwortlich war. Der Aberglaube besagte, dass man, wenn man die Klaue der Statue berührte, bevor man am Morgen die Messingdrehtür betrat, den Rest des Tages davor geschützt war, gefeuert zu werden.

Niemand konnte mir erklären, wie dieser Aberglaube seinen Anfang genommen hatte, aber die Logik ergab irgendwie Sinn. Schließlich war der Phönix das Emblem von Torchon & Lyle. Seine Silhouette befand sich unten auf dem Buchrücken und in der Mitte des Titelblatts jedes Buches, das der Verlag druckte. Ich muss schon sagen, selbst als winzige Silhouette war der Phönix von Torchon & Lyle ein schönes, mächtig wirkendes Geschöpf, mit Flammen, die hell von seinen Flügelspitzen loderten, wie einzelne, im Wind aufgerichtete Federn. Folglich kann man sich vorstellen, dass die Statuenversion noch um einiges beeindruckender war, wie sie sich so über viereinhalb Meter hoch erhob. Obwohl ich an meinem ersten Tag noch nichts von dem Aberglauben wusste, stand ich unten vor dem Phönix und streckte die Hand aus, um seine Klaue zu berühren. Da sah ich, dass die Leute vor mir stehen blieben, um für einen seltsam kurzen Moment ihre Hand an der Statue zu reiben.

»Oh!«, sagte ein Mädchen neben mir. »Du weißt schon über den Phönix Bescheid!«

»Ich weiß nicht so recht. Was ist damit?«, erkundigte ich mich.

»Er bringt Glück«, sagte das Mädchen. Während ich nickte, erläuterte sie mir den Aberglauben.

Ich betrachtete die junge Frau genauer. Ihr Gesicht war sauber geschrubbt, und abgesehen von dem sehr roten Lippenstift hätte man sie genauso gut für eine Highschool-Schülerin wie für eine Sekretärin halten können. Das weizenblonde Haar trug sie zu einem Pferdeschwanz, der in einer geraden Linie nach unten fiel. Das schwere Gewicht führte dazu, dass er leicht schaukelte, während sie redete und den Kopf bewegte, wobei er bei jedem kecken Wippen leicht glänzte. »Wessen Sekretärin wirst du sein?«, fragte sie.

»Mr. Turners«, erwiderte ich.

»Oh, in dem Fall reib ihn besser zweimal.« Sie griff nach meiner Hand und legte sie abermals auf die glänzende Stelle an der Phönixklaue. »Er ist dafür bekannt, schrecklich streng mit seinen Mädchen umzuspringen.«

»Ich heiße Judy«, fuhr sie fort, als ich die Klaue zu ihrer Zufriedenheit gerieben hatte. Wir schüttelten uns die Hände. »Ich bin im zweiten Stock«, fuhr sie fort, als wir in das Gebäude gingen und den Aufzug betraten. »Schau in der Mittagspause nach mir, dann führe ich dich herum!«

»Werden sie mich bis dahin nicht längst herumgeführt haben?«, fragte ich.

»Nicht, wenn du bei Mr. Turner bist. Er ist immer früh da und er ist furchtbar ernst. Er wird wollen, dass du dich gleich an die Arbeit machst, und die anderen Mädchen in dem Stockwerk werden ein paar Wochen einen Bogen um dich machen – bloß, bis keine Gefahr mehr droht. Nimm es nicht persönlich.« Der Aufzug kündigte den zweiten Stock mit einem fröhlichen Läuten an, und die Türen glitten auf. »Bis halb eins!« Mit diesen Worten ging Judy nach draußen und verschmolz mit einem Strom Mädchen, die herumeilten, Handschuhe auszogen, Hutnadeln entfernten und steife Vinylhauben von einer Reihe Schreibmaschinen hoben.

Als der Aufzug klingelte, um den vierten Stock anzukündigen, stieg ich aus und meldete mich im selben Personalbüro, in dem ich bei meinem letzten Besuch gelandet war. In schneller Folge wurde mir gesagt, Mr. Turner befinde sich im fünften Stock und ich solle einen Schreibtisch gleich vor seinem Büro beziehen. Ich solle mir nicht die Mühe machen, anzuklopfen und mich vorzustellen, erklärten mir die anderen Mädchen in dem Schreibbüro. Er werde nicht gern gestört und würde nach mir rufen, wenn er mich bräuchte. Ich fuhr nach oben in den fünften Stock, tat, wie mir geheißen, und verbrachte den Vormittag damit, immer wieder den Inhalt meines neuen Schreibtisches zu ordnen.

Nachdem mehrere Stunden mit der Kunst des ziellosen Ordnens verstrichen waren, hatte mein Magen zu einem Monolog aus leisem Knurren angesetzt. Erst als die Uhr an der Wand zwanzig nach zwölf anzeigte, erhaschte ich meinen ersten Blick auf Mr. Turner persönlich. Er war ein großer Mann mit hartem Zug um den Mund, Nickelbrille und grau gesprenkeltem Haar. Mit einem Manuskriptstapel in dem einen Arm und einem Haufen Korrespondenz im anderen kam er aus seinem Büro. Er hatte eine kalte, kalkulierte Präzision an sich, die mich an eine Schweizer Uhr erinnerte.

»Miss Katz«, sagte er, und mein Rückgrat wurde gerade. Es überraschte mich, meinen Namen so energisch aus seinem Mund zu hören, obwohl man uns noch nicht miteinander bekannt gemacht hatte. »Die hier müssen alle dahin zurück, woher sie gekommen sind. Sehr knappe und präzise Absagen wären genau richtig.« Er legte den Manuskriptstapel mit effizienter Anmut auf meinem Schreibtisch ab. »Und die hier«, fuhr er fort und hielt den Haufen Korrespondenz hoch, »müssen beantwortet werden. Ich werde meine Antworten heute Nachmittag diktieren.« Er hielt inne und warf mir über den Rand seiner Brille einen Blick zu. »Sie nehmen doch Diktat auf, nicht wahr?«

»Oh, ja«, antwortete ich. Mr. Turner hatte eine merkwürdige Wirkung auf die Menschen. Es war klar, dass er steif und kompromisslos war, aber Sekunden nach unserer ersten Begegnung wollte ich unbedingt seine Anerkennung gewinnen.

»Schön. Lassen Sie mich eines klarstellen: Ich kenne Sie nicht und ich habe Sie mir nicht als meine Sekretärin ausgesucht. Miss Everett hat das getan«, sagte er und sprach ihren Namen scharf *Miss Ev-er-ett* aus, mit der gleichen Betonung auf jeder Silbe. »Dafür können Sie sich bei ihr bedanken. Aber sie weiß, dass sie mir keine Dummköpfe schicken kann, was also bedeuten muss, dass Sie sie irgendwie beeindruckt haben müssen. Was meine Erwartungen betrifft, mag ich keine Ausreden und ich erwarte von Ihnen, dass Sie meine Aufträge vorrangig vor allem anderen, was Sie vielleicht sonst noch aus dem Schreibbüro bekommen, behandeln. Sie werden feststellen, dass ich hier ein sehr strenges Regiment führe. Zu meinem Bedauern muss ich Ihnen sagen, dass Sie keine langen Mittagspausen einlegen oder nachmittags einem Einkaufsbummel frönen können, weil ich vielleicht gerade ein Nickerchen mache. In *meinem* Büro wird die Bar definitiv *nicht* benutzt. Allerdings sage ich Ihnen Folgendes: Wenn Sie begreifen, dass es in diesem Geschäft darum geht, sehr fleißig zu arbeiten, und zwar viele Stunden lang, dann werden wir bestens miteinander auskommen. So weit alles klar?«

Ich nickte.

»Na gut.« Er warf einen Blick auf seine Armbanduhr. »Sie haben eine Stunde fürs Mittagessen, also halten Sie sich besser ran. Ich möchte um genau halb zwei mit dem Diktat beginnen.« Er machte kehrt und ging in sein Büro zurück. Die Tür schloss er mit der gleichen kraftvollen Effizienz, mit der er herausgekommen war. Ich erhob mich von meinem Schreibtisch und sammelte mit etwas weichen Knien meine Sachen zusammen.

Als die Aufzugtüren im zweiten Stock aufglitten, erblickte ich Judy, die dort auf mich wartete.

»Da bist du ja! Punkt halb eins«, sagte sie und hielt wie zum Beweis ihr Handgelenk in die Höhe. »Na, wenn sich eines über Mr. Turner sagen lässt, dann, dass man ganz bestimmt die Uhr nach ihm stellen kann!« Sie bedeutete mir, aus dem Aufzug zu steigen. »Komm. Er hat dich doch sicher ermahnt, dir nicht zu viel Zeit zu lassen. Wir fangen hier mit dem Rundgang an, und ich teile mein mageres Wissen mit dir, wer hier was macht.« In der linken Hand hielt sie eine weiße Papiertüte mit zwei kleinen Fettflecken darauf. Sie rollte sie oben auf und griff hinein. »Apropos mager, denn das bist du *wirklich*, furchtbar… Hier ist etwas, um dich zu mästen.« Sie reichte mir ein Roggenbrot mit Pastrami und behielt ein Sandwich für sich, das nach Pute aussah. Allein schon der Blick auf die Papierverpackung, die aufgrund des fettigen Fleisches und der Mayonnaise durchsichtig geworden war, führte bei mir zu Verdauungsstörungen. Zwar hätte ich viel lieber Pute gehabt, doch ich nahm das Sandwich trotzdem dankbar entgegen.

Lediglich unterbrochen vom Kauen hielt Judy einen ansonsten kontinuierlichen Monolog, während sie mich herumführte. Die Büroräumlichkeiten von Torchon & Lyle nahmen den größten Teil von sieben Stockwerken in dem vierundzwanzigstöckigen Hochhaus ein. »Wir sind der zweitgrößte Verlag in New York«, verkündete Judy stolz. Ich erfuhr, wo man Kaffee kochte und wie man ihn so kochte, dass sich keiner beschwerte. Sie erklärte mir, welche der anderen Sekretärinnen einem aus der Klemme halfen, wenn man eine Aufgabe verpfuscht hatte, und welche einem zwar anboten, eine Bestellung fürs Mittagessen aufzugeben, dann aber das Wechselgeld einsteckten. Judy plauderte auch über die verschiedenen Lektoren aus dem Nähkästchen – nicht so sehr darüber, welche Autoren sie verlegt und was sie veröffentlicht hatten, sondern vielmehr über persönliche Details, die mir dabei helfen würden, mich angemessen zu benehmen. *Alkoholiker …* sagte sie und deutete auf das Büro eines Lektors … *arbeitet nachmittags besser, am besten nicht vormittags an ihn wenden, wenn man seine Hand zittern sieht … Zänkische Ehefrau …* sagte sie von einem anderen, *wir müssen alle so tun, als wüssten wir nicht, dass er meistens in seinem Büro übernachtet.* Sie verdrehte die Augen, als wir an einem anderen vorbeikamen. *Neffe des Cheflektors …* sagte sie und wies mit dem Daumen auf ein weiteres Büro, *kaum je da und praktisch zu nichts nutze, aber pass auf, was du in seinem Beisein sagst; landet alles beim Big Boss.* Vor Miss Everetts Büro blieb sie stehen.

»Und ich gehe einmal davon aus, dass du Miss Everett schon kennengelernt hast«, sagte sie und hielt inne. Ihr Tonfall war verhalten, und ich musste unwillkürlich an den Phönix denken und daran, dass Judy mich angewiesen hatte, seine Klaue zweimal zu reiben. Ich wartete darauf, dass Judy fortfuhr, aber das tat sie nicht.

»Ja, Miss Everett ist diejenige, die mich eingestellt hat«, sagte ich nach einer Weile. Es war eine unnötige Bemerkung, aber mir fiel nichts Besseres ein, und die Stille aufgrund von Judys Schweigen ließ mich allmählich nervös werden. Sie warf mir einen Blick zu und lächelte steif.

»Na ja, etwas an dir muss ihr aufgefallen sein, wenn sie dich auserwählt hat, Mr. Turners Mädchen zu werden«, sagte sie. Naiv, wie ich war, hielt ich ihre Andeutung irrtümlich für ein Kompliment. Ich zuckte lächelnd mit den Schultern und errötete.

»Vielleicht mag sie ehrgeizige Mädchen. Ich habe ihr gesagt, dass ich Lektorin werden möchte«, räumte ich ein.

»Oh! Das hast du ihr *gesagt*? Das ist furchtbar kühn!« Judy schien mehr zu dem Thema sagen zu wollen, doch sie warf einen raschen Blick auf die Uhr und zuckte zusammen.

»Donnerwetter! Die Zeit rast. Du gehst besser an deinen Schreibtisch zurück, oder Mr. Turner beißt dir den Kopf ab. Er ist ein Pedant, aber das weißt du bestimmt schon. Ich bringe dich zurück zum Aufzug.« Auf dem Weg bedankte ich mich bei ihr für ihre Unterstützung. »Nicht der Rede wert!« Sie winkte meine Dankbarkeit fort. Ein Läuten ertönte, und die Aufzugtüren öffneten sich. Judy drückte meinen Arm freundschaftlich. »Du wirst sehen – es ist echt bombig hier. Wenn du erst einmal herausbekommen hast, um wen du besser einen Bogen machst, wird es ein Klacks sein.« Der rote Lippenstift, den sie zuvor getragen hatte, war jetzt größtenteils durch das verspeiste Sandwich verschwunden. Ich starrte ihre sommersprossigen Pauswangen und aufrichtigen blauen, untertassengroßen Augen an. Wir lächelten uns an, als die Türen zuglitten.

Ich lächelte immer noch, als der Aufzug im dritten Stock hielt und ein ziemlich massiger Mann mit rotem Gesicht einstieg, der ein kariertes Sportjackett trug.

»Na, Sie sehen aber fröhlich aus!«, sagte er mit einem Blick auf meine Miene. Während er sprach, füllte ein seltsam süßer, irgendwie übler, überreifer Geruch den Aufzug. Zu meinem Entsetzen wurde mir klar, dass der Mann während der Mittagszeit getrunken haben musste, und zwar nicht gerade in Maßen. In gespielt vertraulicher Manier beugte er sich zu mir, wobei der Alkohol seine Gesichtszüge zu einem hässlichen, anzüglichen Grinsen entgleiten ließ. »Oh, machen Sie wegen mir kein ernstes Gesicht! Ich mag Mädchen, die wissen, wie man sich amüsiert.« Er zwinkerte. »Sie sind neu«, stellte er schließlich fest. »Wessen Mädchen sind Sie?«

»Ich arbeite für Mr. Turner.«

»Ach. Na ja, der versteht keinen Spaß. Nicht im Vergleich zu meiner Wenigkeit. Ich sehe schon, dass ich Sie öfter im fünften Stock besuchen muss, bloß um Sie vor diesem Griesgram zu bewahren.«

Wir waren allein, und über den Aufzug legte sich angespannte Stille, während er mich weiter betrachtete. Ich zwang mich zu einem Lächeln. Als ein weiteres Läuten verkündete, dass wir den fünften Stock erreicht hatten, atmete ich aus.

»Oh, aber wo sind meine Manieren geblieben! Und ich schimpfe mich einen Gentleman!«, rief er mir hinterher, als ich durch die Aufzugtüren trat. Er verbeugte sich leicht in meine Richtung, wobei er ein wenig schwankte, als wäre die Aufzugkabine in Wirklichkeit ein kleines Boot, das schräg auf einer sanften Welle lag. »Harvey Frederick. Freut mich, Ihre Bekanntschaft zu machen!«

Bevor ich Gelegenheit hatte, auf seine Vorstellung zu reagieren, glitten die Aufzugtüren zu. Ich erinnerte mich daran, dass Miss Everett am Tag meiner Einstellung einen »Mr. Frederick« erwähnt hatte. Kaum vorstellbar, dass mich jeder bemitleidet hatte, weil ich Mr. Turner zugewiesen worden war! Für Mr. Frederick zu arbeiten, musste doch gewiss viel schlimmer sein. Vielleicht hatte Miss Everett mir einen großen Dienst erwiesen, und auf dem Rückweg zu meinem Schreibtisch überkam mich eine Woge der Dankbarkeit.

7

Am nächsten Morgen vergaß ich nicht, vor dem Eingang stehen zu bleiben und die Phönixklaue zu reiben, da ich mich über meine neue Stelle freute und hoffte, sie zu behalten. Mr. Turner steckte an dem Tag den Kopf genau dreimal aus seinem Büro: einmal, um mir Berichte zum Abtippen zu geben, und zwei weitere Male, um sich äußerst verärgert zu erkundigen, warum ich noch nicht fertig sei. Ich stellte mich der Herausforderung, legte einen Zahn zu, hatte die Aufgabe in Nullkommanichts erledigt und klopfte bei ihm an. Da er derart auf Eile gepocht hatte, ging ich davon aus, dass ich ihn informieren sollte, sobald ich fertig war.

»Jemand hätte Sie davon in Kenntnis setzen *sollen*, Miss Katz, dass ich unnötige Störungen verabscheue. Sie dürfen nie – *niemals* – an meine Tür klopfen, wenn sie nicht offen ist«, schalt er mich. »Wenn es sich um einen absoluten Notfall handeln sollte, dürfen Sie mich über die Sprechanlage anrufen.«

»Es tut mir leid. Das wusste ich nicht«, erwiderte ich.

»Tja, nun wissen Sie es«, sagte er mit gerümpfter Nase.

Meine Wangen verfärbten sich, und ich verließ umgehend sein Büro und schloss die Tür hinter mir.

Im Laufe der folgenden Monate gewöhnte ich mich zwar an meine Pflichten, schaffte es allerdings nicht, Mr. Turner je zufriedenzustellen. In seinem Leben gab es etliche Ärgernisse, für die ich offensichtlich persönlich verantwortlich war, wie er meinte.

»Um Himmels willen!«, beschwerte er sich bei einer Gelegenheit, und ich bekam fast einen Herzschlag, als er durch seine Bürotür stürzte und wütend der Heizung in der Nähe meines Schreibtisches mit dem Finger drohte. »Warum bestehen Sie darauf, dieses teuflische Ding weiter scheppern zu lassen, bis wir alle taub sind, anstatt den Hausmeister zu rufen?« Tatsächlich, als ich genau hinhörte, klapperte die Heizung ganz leise. Doch es hatte nichts mit dem apokalyptischen Getöse gemein, das Mr. Turner zu hören vermeinte. Mir selbst war es kaum aufgefallen, und ich begriff nicht, wie er es in seinem Büro hinter einer geschlossenen Tür hatte wahrnehmen können. Da ich sowohl Mr. Turners Empfindlichkeit als auch seinen Zorn fürchtete, rief ich sofort an, um die Heizung reparieren zu lassen, und schaute dem Hausmeister bei der Arbeit auf die Finger.

Man hätte meinen können, dass Mr. Turner mich hasste, doch ich hielt es für wahrscheinlicher, dass ich ihm völlig gleichgültig war.

»Er ist einfach so«, stellte Judy während einer unserer kurzen Mittagspausen fest. Einen Augenblick sah sie nachdenklich aus und betrachtete den halbmondförmigen Lippenstiftfleck, der den Rand ihres Kaffeebechers aus Papier zierte. Sie wischte ihn mit dem Daumen weg. »Er ist so, aber … vielleicht dir gegenüber ein bisschen mehr.«

»Warum mir gegenüber mehr?«, fragte ich.

Judy zuckte mit den Schultern. »Oh, ich weiß es nicht.« Sie brachte das Gespräch auf eine abendliche Seifenoper im Radio, die sie sich seit Neuestem anhörte. Judy wohnte in einem Frauenhotel, das dem Barbizon ähnelte, aber ein paar zusätzliche Annehmlichkeiten aufwies. Sie hatte ein Radio auf dem Zimmer, und im Wohnzimmer gab es sogar einen großen Schwarz-Weiß-Fernseher, vor dem sich die Mädchen versammeln konnten, um Sendungen wie *American Bandstand* anzusehen. Ich verfügte über keine dieser Zerstreuungen, aber das war mir ganz recht. Mr. Turner ließ mich den Stapel unverlangt eingesandter Manuskripte mit nach Hause nehmen, und ich verbrachte meine Abende mit der Lektüre.

»Wenn irgendetwas davon vielversprechend ist, schreiben Sie ein Gutachten und reichen es bei mir ein«, unterwies er mich. »Dann werde ich beurteilen, ob es unsere Zeit wert ist.« Ich hatte eine kleine Handvoll Gutachten verfasst, aber bisher traf nichts, was mir gefiel, Mr. Turners Wohlwollen. Das ist die Sache mit dem Geschmack: Man ist sich selten darüber einig, und Mr. Turner machte deutlich, dass er meinen *nicht* teilte. Doch wenn Mr. Turner nicht mein Mentor sein wollte, war das nicht so schlimm, denn Miss Everett schien die Aufgabe übernehmen zu wollen.

Nach ein paar Monaten bei Torchon & Lyle hatte Miss Everett es sich zur Gewohnheit gemacht, mich ein- oder zweimal pro Woche in ihr Büro zu rufen, um ein, wie sie es nannte, »kleines berufliches Gespräch« zu führen. Sie tat das mit einer solchen Regelmäßigkeit, dass sich mir der Weg in ihr Büro schon bald ins Gedächtnis gebrannt hatte: die Segelbootgemälde, die in all ihrer laschen Fröhlichkeit an der Wand des Korridors hingen, der zu Miss Everetts Büro führte; die Pflanze auf ihrem Fenstersims, deren Ranken voll wächserner Blätter sich nach unten zwischen die Stäbe der Heizung ringelten; der stechende, in der Luft hängende Geruch des Russischen Dressings, das Miss Everett, wie ich wusste, ihrem täglichen Salat beifügte. Miss Everett saß dann genauso da wie am Tag meines Vorstellungsgespräches, zurückgelehnt in ihrem übergroßen Drehstuhl, und starrte mich kühl an. »Ich gehe davon aus, Miss Katz …«, setzte sie immer an, wenn wir uns zu einem unserer beruflichen Gespräche niederließen. Miss Everett hatte die seltsame Angewohnheit, ihre Fragen als Beobachtungen zu formulieren. Ich weiß nicht, ob es sich dabei um einen kalkulierten Schachzug handelte, doch es lief darauf hinaus, dass es schwierig war, etwas anzusprechen, was nicht in ihren Feststellungen erwähnt wurde, denn das klang dann so, als würde man ihr widersprechen. Selbst jetzt ist mein Kopf noch voll von Beispielen dieser Unterhaltungen.

»Ich gehe davon aus, Miss Katz, dass es Ihnen bei Torchon & Lyle gefällt?«

»Oh, ja, Ma'am.«

»Ich gehe davon aus, dass Ihnen die ganzen Buchsignierungen und Verlagsfeiern Spaß gemacht haben?«

»Oh, auf jeden Fall, Ma'am.«

»Ich könnte mir vorstellen, dass unsere kleinen Soireen sich ziemlich davon unterscheiden, was Sie aus Iowa gewohnt sind.« (Miss Everett benutzte die Staatennamen Indiana und Iowa häufig so, als wären sie völlig synonym, und zu dem Zeitpunkt war ich ausreichend im Bilde, um sie nicht zu verbessern.)

»Oh, darauf können Sie wetten, Ma'am«, sagte ich, wie ich hoffte, mit aufrichtig klingendem Eifer. Übertriebene Schwärmerei war keine natürliche Veranlagung meinerseits, doch ich fuhr fort. »Ich muss mich den halben Abend lang zwicken, um mich zu vergewissern, dass ich das Ganze nicht bloß träume!«

»Hmm, ja. Das ist schon was. Ich habe von einem Kollegen gehört, dass Sie es geschafft haben, auf jeder einzelnen Party aufzukreuzen, die er in den letzten anderthalb Wochen besucht hat. Was für eine fleißige kleine Biene Sie doch sind.«

»Ich dachte, es sei eine gute Methode, um herauszufinden, wer die großen Namen sind – Sie wissen schon, für den Fall, dass es sich später als hilfreich erweist, wenn ich zur Lektorin befördert worden bin.«

»Das ist sehr ehrgeizig von Ihnen. Natürlich besteht die Arbeit nicht nur aus dem Knüpfen von Kontakten.«

»Ja, Ma'am.«

»Schließlich wollen Sie doch wohl Lektorin werden und nicht Debütantin, richtig?«

»Mehr als alles andere, Ma'am.«

»Mehr als alles andere?«

»O ja.«

»Mmm. ›Mehr als alles andere‹ klingt recht extrem. Wenn ich Sie wäre, wäre ich vorsichtig mit Aussagen, die andeuten, Sie würden nicht einmal vor etwas *Unmoralischem* zurückschrecken …«

Ich nickte mit der größten energischen Aufrichtigkeit, die ich zustande bekam. Trotz Miss Everetts seltsamer Besessenheit von bestimmten Themen war ich froh, sie auf meiner Seite zu haben. Beispielsweise schien es Miss Everett besonders am Herzen zu liegen, mich dahingehend zu beraten, sich wie »eine richtige Dame« zu verhalten und liederliches Benehmen zu vermeiden. Sie erzählte mir von anderen Mädchen, die sie in der Vergangenheit eingestellt hatte, Mädchen, die sie enttäuscht hatten, weil sie sich schließlich *in anderen Umständen* befanden, noch dazu unverheiratet. Miss Everett sagte, es sei ganz gleich, wie nett jemand sei, man könne einfach kein Mädchen beschäftigen, sobald es sich einmal in diese missliche Lage gebracht habe. Ich glaube, sie hatte das Gefühl, mir eine fürsorgliche Warnung mit auf den Weg zu geben – die Art von Warnung, bei der sich Miss Everett, sollte ich jemals in anderen Umständen sein, sagen könnte: *Man kann nicht behaupten, ich wäre nicht großzügig gewesen … Schließlich habe ich das Mädchen gewarnt.*

Lustig war nur, dass ich bei jeder einzelnen Predigt von Miss Everett über den Wert, nicht den Wünschen eines Mannes nachzugeben, unwillkürlich ihren sorgfältig geschminkten Mund anstarrte und sie mir bei sich zu Hause vorstellte, wie sie in ein Chiffonnegligé gekleidet Bonbons aß und Liebesromane las. Sie sich so vorzustellen, machte es schwierig, sie ernst zu nehmen. Miss Everett hatte etwas zutiefst Einsames an sich, als wäre eine Art von Verlangen in ihr herangereift, wie eine Frucht an einem Baum, und dann dort belassen worden, bis sie faulig war. Ich schalt mich sofort für diese Gedanken, denn schließlich schenkte sie mir ihre Zeit, und eine gewillte Mentorin war gewiss nicht zu verachten. Allein schon die Tatsache, dass es sie – eine weibliche leitende Angestellte – bei Torchon & Lyle gab, machte mir Hoffnung, dass ich es eines Tages vielleicht doch zur Lektorin bringen würde.

8

Als ich eines Morgens den Arm hochstreckte, um die glänzende Klaue des Phönix zu reiben, sah ich zu meiner Überraschung, wie eine dunkle Hand neben meiner auftauchte. Ich drehte mich um und erblickte einen jungen Neger mit Hornbrille. Er sah außergewöhnlich gut aus, mit hohen Wangenknochen und großem, athletischem Körperbau.

»Oh!«, sagte ich. »Sie müssen für Torchon & Lyle arbeiten.«

Angesichts meiner Überraschung lächelte er höflich. »Indirekt. Ich bin Botenjunge«, antwortete er und nickte dann in Richtung des Phönix, der über uns aufragte. »Aber mein Job gefällt mir doch so gut, dass ich ihn behalten will.« Wir drehten uns wieder dem Phönix zu.

»Es ist töricht, nicht wahr? Ich bin überhaupt nicht abergläubisch«, log ich, da ich auf einmal den Drang verspürte, mich zu erklären.

»Ich auch nicht«, sagte der junge Mann. »Aber für ein nettes Ritual habe ich etwas übrig.« Er legte einen Finger an den Nasenrücken und schob die Brille hoch. Dann betrachtete er mich durch die Brillengläser. In seinen Augen lag ein Schimmer scheuer, weltfremder Intelligenz. Es war ein verwandter Schimmer, einer, den ich von mir selbst kannte.

Am liebsten hätte ich ihn gefragt, wie es war, als Fahrradbote für Torchon & Lyle zu arbeiten, ob er je auf merkwürdige Botengänge geschickt werde oder berühmten Schriftstellern Dinge nach Hause brächte. Doch ich war zu befangen, um nachzufragen. Also standen der junge Mann und ich da und starrten einander an, beide ein verlegenes Lächeln im Gesicht, und keiner von uns gab einen Ton von sich, bis wir schließlich beide nickten und uns umwandten, um durch die Drehtür in das Gebäude zu gelangen. Er ging nach unten in die Poststelle, und ich wartete auf den Aufzug, um nach oben zu fahren.

Als ich später am Nachmittag gerade etwas abtippte, das mir am Vormittag diktiert worden war, kam Mr. Turner aus seinem Büro und warf etwas auf meinen Schreibtisch. Ich erkannte das Gutachten wieder, das ich ein paar Abende zuvor geschrieben und in dem ich einen Roman empfohlen hatte, den ich in dem Stapel unverlangt eingesandter Manuskripte gefunden hatte. Ich machte mich darauf gefasst, dass er mein schreckliches Urteilsvermögen bemängelte, doch die Kritik blieb aus.

»Das hier ist gar nicht so übel«, sagte er mit einem Stirnrunzeln. »Ich habe mir das Manuskript genommen und stimme zu, dass es vielversprechend ist. Die Qualität Ihres Gutachtens selbst ist mittelmäßig, aber ich könnte mir vorstellen, dass Sie mit der Zeit besser werden, wenn Sie von jetzt an als Gutachterin tätig sind.«

»Gutachterin?«, wiederholte ich ungläubig. Mein Herz tat einen Sprung, und ich konnte mir ein Lächeln nicht verkneifen. »Werde ich zur Gutachterin befördert?«

Beim Anblick meines Lächelns vertiefte sich Mr. Turners Stirnrunzeln. »Es ist mehr Arbeit, aber nicht mehr Geld – verstanden?«

»O ja, Sir! Ich fühle mich trotzdem sehr geehrt! Ich …«

Ich zögerte und suchte nach den richtigen Worten. »... ich nehme an!«

Mr. Turner bedachte mich mit einem geringschätzigen Blick, und ich erkannte, dass ihn meine unverhohlene Freude zusammen mit dem vermessenen Gedanken, ich wäre womöglich dazu berechtigt, anzunehmen oder abzulehnen, geärgert hatte.

»Schön«, grunzte er. »Sie können mit denen hier anfangen.« Er legte einen kleinen Manuskriptstapel auf meinen Schreibtisch. »Und kontaktieren Sie den Autor dieses unverlangt eingesandten Manuskripts.« Er deutete zurück auf mein Gutachten.

»Oh, das mache ich, Sir! Auf der Stelle«, sagte ich. Er verschwand in seinem Büro, und die Tür fiel hinter ihm zu.

Es war mir gleich, ob ihn mein Eifer verärgert hatte. Ich war Gutachterin! Ich war einen winzigen Schritt meinem Ziel näher gekommen, Lektorin zu werden. Vielleicht brachte es doch Glück, diese Statue zu reiben. Während ich im Posteingang nach Adresse und Telefonnummer des Manuskriptautors suchte, griff ich nach dem Telefon, um jemand ganz anderen anzurufen.

»Judy?«, sagte ich in den Hörer. Das Klicketi-Klack ihres ununterbrochenen Tippens war hörbar.

»Mmm?«

»Komm, lass uns heute Abend was trinken gehen. Ich habe etwas zu feiern!«

Als ich Judy später die Einzelheiten erzählte, freute sie sich für mich und wollte das Ereignis unbedingt begießen, doch es war nicht leicht, sie dazu zu überreden, ins Village zu fahren.

»Warum gehen wir nicht in eine Bar hier in Midtown oder aber an der Upper East Side?«, maulte sie, während sie eine frische Schicht Lippenstift auftrug. Die Uhren hatten bereits fünf geschlagen, und wir fuhren mit dem Aufzug nach unten. »Da sind die ganzen begehrten Junggesellen.«

»Im Village ist es lustig, du wirst schon sehen«, versprach ich. »Da pulsiert echte Energie. Ich habe dort schon die interessantesten Leute getroffen. Man weiß nie, wem man vielleicht begegnet: einem Maler oder einem Musiker oder einem Poeten!«

Judy klappte ihre Puderdose zu und ließ sie zurück in die Handtasche gleiten. »Genau *das* befürchte ich.«

»Oh, komm schon, Judy! Wer weiß? Der nächste Hemingway oder Salinger könnte dort sein, und Torchon & Lyle veröffentlicht vielleicht eines Tages sein Buch!«

»Du vergisst eines«, sagte sie. »*Dir* geht es um die Bücher. *Mir* geht es um einen Ehemann.«

Sie rümpfte die Nase und tat so, als würde sie schmollen, folgte mir dann allerdings gut gelaunt nach draußen auf die Straße, wo wir uns ein Taxi nahmen. Wir fuhren die Fifth Avenue zum Washington Square hinunter und kicherten aufgeregt, als der hoch aufragende Hochzeitstortenbogen in Sicht kam. Ich hatte mich für die Minetta Tavern entschieden, drüben in der MacDougal. Drinnen war es gemütlich, schummrig, es gab viel dunkles Holz und einen schwarz-weißen Schachbrettboden.

»Woher kennst du diesen Laden?«, fragte Judy und hob eine Augenbraue, als wir durch die Tür traten. Wir zogen an der Bar zwei Hocker heran und kletterten in unseren Bleistiftröcken wackelig empor. Ich erzählte von dem Tag, als ich Swish begegnet war, und dass er mir einen ganzen Haufen Künstlercafés südlich der 14th Street gezeigt hatte.

»Ich wünschte, ich könnte jeden Tag nach Feierabend ins Village kommen«, sagte ich. »Hier ist immer etwas los –

irgendeine Lyriklesung oder eine improvisierende Band oder… na ja, bei manchem weiß ich noch nicht einmal so recht, wie ich es beschreiben soll!«

»Ja, tja, Ausgehen kann teuer werden«, sagte Judy. »Besonders wenn man nicht mit dem Schlag von Gentleman unterwegs ist, der weiß, dass er die Rechnung zu bezahlen hat.« Ihr war anzumerken, dass sie nicht viel von Swish hielt.

»Also, in der Hinsicht bin ich nicht an Swish interessiert.«

»Ach so?«, fragte Judy. »Er sollte dich trotzdem einladen. Das *tut* ein Kerl nun mal.«

»Wie dem auch sei, du wirst feststellen, dass es hier unten überhaupt nicht teuer ist. Die meisten Lesungen und Kunst- und Musikvorstellungen sind kostenlos. Bei mir ist eher die Zeit knapp, nicht das Geld. Zu viele Manuskripte zu lesen!«

Judy verdrehte die Augen. »Du und deine ehrgeizigen Karrierepläne«, sagte sie mit gespielt tadelnder Stimme. »Was *soll* ich nur mit dir machen?«

In dem Moment spürte ich, wie jemand kurz meinen Ellbogen berührte.

»Ähm – Eden, stimmt's?«

Ich blickte in Richtung der Stimme und sah einen schmächtigen Mann mit sandfarbenem Haar und blassblauen Augen.

»Oh! Ja«, erwiderte ich. »Wie schön, dich wiederzusehen. Judy, das ist Cliff.«

»Angenehm.«

Judy schüttelte seine Hand und betrachtete ihn abschätzend, doch fast im gleichen Moment glitt ihr Blick zu einem anderen Jungen, der über Cliffs Schulter zu sehen war, und sie errötete.

»Das ist mein Kumpel Bobby«, erklärte Cliff. »Bobby, darf ich dich den Mädchen vorstellen?«

Bobby grinste auf höchst charmante, schiefe Art. Er war groß und sehr attraktiv, zudem besaß er diese entspannte, lässige Haltung, die andeutete, dass er sehr gut wusste, wie attraktiv er war.

»Hört mal«, fuhr Cliff fort. »Wir wollten gerade ins Chumley's. Es gibt da einen Stückeschreiber, der will, dass ein paar Schauspieler aus seinem neuen Stück vorlesen, und Bobby wird sich freiwillig melden.«

»Was meinst du, Judy?«, fragte ich. Ich wollte mitgehen, aber ich wollte auch, dass es für sie in Ordnung war.

»Einverstanden«, stimmte sie zu und lächelte Bobby immer noch sehnsuchtsvoll-benommen an.

Das Stück war furchtbar. Es war offensichtlich, dass der Autor sich für einen Vertreter des absurden Theaters hielt, wie Ionesco oder Beckett, allerdings nur einen Bruchteil des Talents besaß. Doch Bobby las seinen Text mit wilder Hingabe, und im ganzen Raum wurde jedes Mal, wenn er an die Reihe kam, träumerisch aufgeseufzt. Als alles vorbei war, klopften wir Bobby auf den Rücken, und die Jungen schlugen vor, in die Cedar Tavern weiterzuziehen. Ich hatte nicht vorgehabt, eine Tour durch alle Bars des Village zu machen, doch darauf schien der Abend hinauszulaufen. Sobald wir in der Cedar Tavern eintrafen, gesellte sich ein dritter Mann zu uns. Zu meiner Überraschung erkannte ich in ihm den weltfremd aussehenden Neger mit Hornbrille wieder.

»Wir haben uns doch heute Morgen vor dem Phönix gesehen!«, entfuhr es mir. Er lächelte, und das kameradschaftliche Gefühl, das wir früher am Tag geteilt hatten, kehrte zurück.

»Ihr kennt euch?«, fragte Cliff.

»Na ja, nicht offiziell«, sagte ich, da mir klar wurde, dass wir uns einander gar nicht vorgestellt hatten. »Ich heiße Eden.«

»Miles«, sagte er und streckte mir höflich die Hand hin. Wir plauderten eine Weile.

»Wie lange bist du schon Fahrradbote?«, fragte ich.

»Seit beinahe einem Jahr. Ich mache das nur halbtags«, antwortete er. »Ich drücke noch die Schulbank.«

»Oh!« Ich legte verwirrt den Kopf schräg. Für die Highschool wirkte er zu alt.

»College«, sagte er, da er meine Missdeutung bemerkte. »Columbia.«

Ich war beeindruckt und wollte schon etwas in der Hinsicht sagen, da verschüttete ein Fremder einen Drink über Judys Schoß, und sie sprang von ihrem Barhocker auf. Ihr war anzusehen, dass es ihr reichte. Es war fast zwei Uhr morgens. Cliff und Bobby wollten in die nächste Bar ziehen, um mehr zu trinken, und sahen ein wenig enttäuscht aus, als Judy und ich uns entschuldigten.

»Zeit für uns Karrierefrauen, uns wieder in Kürbisse zurückzuverwandeln«, sagte ich, »oder wir brauchen morgen viel mehr als nur Kaffee, um wach zu werden.«

Im Taxi auf der Rückfahrt nach Uptown tupfte Judy ihren Rock mit einem Taschentuch ab.

»War es schrecklich?«, erkundigte ich mich.

»Nicht schrecklich«, sagte sie. »Aber ich schicke dir die Rechnung für die Reinigung.«

Ich fragte sie, was sie von den Jungs hielt.

»Also, dieser Bobby sieht unglaublich gut aus.« Sie tupfte immer noch ihren Rock ab. »Aber er ist kein Mann zum Heiraten. Man sieht ihm an, dass er nichts als Ärger bringt! Und Cliff...« Sie überlegte einen Moment lang. »Tja, bei dem ist es vielleicht etwas anderes. Er scheint aus guter Familie zu stammen, außerdem ein Collegestudent: Mir ist ein Collegering aufgefallen!« Ich war froh, dass sie Cliff mochte. Ich mochte ihn auch. »Aber ich weiß nicht ...« Sie relativierte ihr positives Urteil: »Er ist mit so vielen Village-Leuten unterwegs ...«

»Vielleicht sind mehr von denen aufs College gegangen, als du denkst«, murmelte ich gedankenverloren und beobachtete, wie die Stadt vor dem Taxifenster vorüberflog, während wir die Third Avenue hinaufrasten. »Miles hat mir erzählt, dass er im Juni seinen Abschluss an der Columbia machen wird.«

»Wer ist Miles?«

»Der junge Mann, mit dem ich mich eben unterhalten habe.«

»Der Neger?«

Ich nickte, und sie stieß ein Seufzen aus.

»Oh, ehrlich, Eden ... Hipster und Neger! Willst du denn *niemals* heiraten?«

MILES

9

Ein paar Wochen vor meinem Abschluss an der Columbia überraschte meine Mutter mich, indem sie mir einen kleinen Chromnickelschlüssel in die Hand drückte und mir ein Geheimnis verriet.

Das geschah in der Wohnung unserer Familie in Harlem, in der ich damals aber nicht lebte. An der Columbia hatte ich einen Weg gefunden, das Stipendium so weit zu strecken, dass ich mir ein Zimmer in einem der Wohnheime leisten konnte, da ich – in meiner tragisch fehlerhaften Logik – dachte, dass mich allein der Umstand, nicht auf dem Campus zu wohnen, am Schließen von Freundschaften hinderte. Leider war das Zimmer in einem erbärmlichen Zustand, und ich hasste es, dort zu sein. Ich war zutiefst einsam, und auch unter den Mitbewohnern war keiner, mit dem ich nennenswerten Kontakt hatte. Bei der Zimmervermittlung wollten sie sich lieber nicht ausmalen, was ein anderer Student dazu sagen würde, wenn er sich das Zimmer mit einem farbigen Jungen teilen müsste. Sie hatten diese verzwickte Lage gelöst, indem sie mir mein eigenes Zimmer gegeben hatten. Ich war mir durchaus bewusst, dass sie mich viel schlimmer hätten behandeln können, und ich hatte jedes Mal Gewissensbisse, wenn ich mir den beengten, fensterlosen Raum ansah. Ich fragte mich, ob mein Zimmer nicht eigentlich eine Besenkammer war, die sie in allerletzter Minute umfunktioniert hatten, weil sie hofften, dass es mir nicht auffallen würde – oder dass ich wenigstens nicht mutig genug wäre, deswegen Krawall zu schlagen.

Jedenfalls befand ich mich in dieser recht trübseligen Besenkammer von einem Zimmer, als das Telefon auf dem Flur läutete und einer der jungen Studienanfänger – ich war der einzige Abschlusskandidat auf meinem Stockwerk – nach mir krähte. »Tillman!«, rief er. »Deine Ma ist am Apparat!« Ich erhob mich von meinem Bett, dankbar für die Gelegenheit, das Zimmer zu verlassen, und dachte, meine Mutter riefe lediglich an, um nach mir zu sehen.

»Miles?«, fragte sie. »Du musst heute Nachmittag hier vorbeischauen.«

»Um wie viel Uhr?« Ich hütete mich, nach dem Grund zu fragen.

»Ich muss schnell noch ein paar Sachen erledigen, aber warum kommst du nicht danach vorbei? Bin sowieso gleich wieder da.«

Dass sie mir befahl vorbeizukommen, war nichts Ungewöhnliches, die Dringlichkeit allerdings schon. »Ist was los?«

»Nein, nein, nichts ist los. Aber seitdem ich aufgewacht bin, spukt mir etwas im Kopf rum und ich muss mit dir reden. Dein Bruder ist draußen und spielt mit den Nachbarsjungen, und am besten reden wir, bevor Wendell heimkommt.«

»Na gut«, sagte ich. »Bis gleich.« Ich legte auf und kehrte in meine Besenkammer zurück, um mir Schuhe anzuziehen. In den Wohnheimkorridoren herrschte diese besondere, leicht manische Energie, die sich am Ende eines Studienjahres einstellt, wenn die Hälfte der Studenten ausgelassen jubelt, weil sie ihre Prüfungen bereits hinter sich hat, und die andere Hälfte immer noch wie verrückt lernt, um sie zu bestehen. Es war die Jahreszeit, in der Kleidung und Bücher in

Kartons verpackt und alte Heizplatten in der Nähe der Müllschlucker zurückgelassen wurden, weil so mancher Student meinte, der Hausmeister sollte sich dessen annehmen, was er, der Student, nicht mehr irgendwohin transportieren wollte.

Um von der Columbia nach Harlem zu laufen, musste man eigentlich nur den Hügel hinuntergehen, der die steinernen gotischen Fassaden von Morningside Heights von den grünen Straßenlaternen und den Brownstone-Häusern Harlems trennte, und der angenehmste Weg war durch den Morningside Park am östlichen Campusrand entlang. Es war ein warmer Tag. Kleine Schweißperlen kitzelten an meinen Schläfen, als ich den abschüssigen Pfad hinunterschlenderte. Ein heißer Tag bedeutete natürlich, dass in Harlem viele Menschen draußen auf ihren offenen Veranden sitzen, sich Luft zufächern und tratschen würden. Gemüsehändler würden Eiskübel über ihre Produkte gießen, Speiseeis würde von Handkarren verkauft und Kinder würden unter Jubel und Gelächter wild zuckend vor Wasser spritzenden Feuerhydranten tanzen – und natürlich schließlich zum Protest buhen, wenn die Feuerwehr anrückte, um den Strahl wieder abzustellen. Diese Szenen und Geräusche hatten sich mir ins Gedächtnis geprägt; in Summe machten sie meine Kindheit aus.

»Hey, Miles!«, rief mir eine junge Frau von ihrer Veranda zu, um aus purer Langeweile zu flirten.

»Hey, Sherrie!«, rief ich zurück. »Ist dir warm genug?« Darauf verdrehte sie die Augen und nickte mit einem Achselzucken, während sie sich ständig weiter Luft zufächelte. Dann bedachte sie mich mit diesem unbehaglichen Blick, den ich gut kannte, und musterte mich aus dem Augenwinkel kritisch von Kopf bis Fuß. Ich spürte, dass sie nicht weiter mit mir sprechen würde. Keiner meiner Altersgenossen aus der alten Nachbarschaft wusste so recht etwas mit mir anzufangen, besonders die Mädchen nicht. Ich war groß, ich trieb Leichtathletik; die Mädchen flirteten zwar mit mir, aber die meisten machten mir keine echten Avancen. Instinktiv wusste ich, dass es nicht daran lag, dass ich schon ein Mädchen hatte, auch wenn es so war: Ich hatte ein reizendes Mädchen namens Janet, mit der ich manchmal einen Milchshake trinken ging und lange Spaziergänge durch den kleinen Botanischen Garten am nördlichen Ende des Central Parks in der Nähe des Harlem Meers machte. Nein, es lag daran, dass ich für sie eine Kuriosität darstellte, faszinierend und gleichzeitig ein wenig verstörend.

Ich war an ihr distanziertes Verhalten gewöhnt. Damals saß ich zwischen einer ganzen Handvoll von Welten, was gleichzeitig bedeutete, dass ich keiner richtig angehörte. Ich war in Harlem zur Welt gekommen, aber an der Upper East Side auf die Schule geschickt worden. Letzteres rührte daher, dass einer Lehrerin an der P. S. 24 meine »herausragende Begabung« aufgefallen war und sie meinetwegen Bittschriften an eine Reihe von Kirchenorganisationen in Manhattan verschickt hatte. Es gingen wohltätige Spenden ein, hauptsächlich von alten weißen Witwen, die ich nie kennenlernte, denen ich jedoch Dankesbriefe schreiben musste. Ich weiß noch, wie meine ehemaligen Harlemer Klassenkameraden den riesigen Stapel Lateinbücher in meinen Armen sahen und misstrauisch den burgunderfarbenen Uniformblazer meiner Privatschule beäugten. Das war der Moment, in dem ich zum ersten Mal das Gefühl hatte, mein Leben würde sich in mehrere Teile aufspalten. Damals hatte ich noch keine Ahnung, dass das Erwachsenwerden nur allzu oft genau darin bestand, und dass meine Entwicklung in den kommenden Jahren immer und immer wieder zersplittern würde.

Um meinen vierzehnten Geburtstag herum starb mein

Vater. So fähig meine Mutter auch war, ertrug sie doch ein Leben ohne Mann nicht, und drei kurze Monate nach dem Ableben meines Vaters hatte sich ein kleiner Tyrann namens Wendell im alten Lehnsessel meines Vaters niedergelassen. Meine Mutter machte sich nie die Mühe, Wendell zu heiraten, doch im Laufe der Jahre fing sie an, ihn meinen »Stiefvater« zu nennen, eine Bezeichnung, die ich mehr oder weniger hinnahm, obwohl ich den Mann nie sonderlich mochte oder respektierte. Wendell war ein kleinliches Individuum mit derart verkniffenen Gesichtszügen, dass alle zweimal hinsahen, weil sie dachten, er hätte eben in etwas Bitteres gebissen. Diese Wahrnehmung war nicht ganz falsch, denn das bittere Etwas, das Wendell gekostet hatte, war das Leben. Seine Dauerstimmung war tiefes Gekränktsein. Wenn man ihm zuhörte, hatte man immer den Eindruck, die Welt habe sich gegen ihn verschworen und wolle ihn um jeden Preis unten halten. Er war klein und hatte eine Halbglatze – um letztere Tatsache zu verbergen, trug er eine schmutzige, graue Zeitungsverkäufermütze –, doch er besaß die drahtige, extrem starke Muskulatur eines Menschen, der sich ein Leben lang aus reinem Groll körperlich angestrengt hat. Ich gebe zu, dass er über eine beträchtliche Menge roher Intelligenz verfügte, doch seine Ignoranz gepaart mit seinem sturen Hass auf gebildete Männer bedeutete, dass diese gemeine, muntere Intelligenz wie ein wilder Bulle in einem sehr kleinen Pferch herumbockte.

Sein Scharfsinn ließ Wendell nur noch wütender über die Bitterkeit des Lebens werden, und er setzte seinen Verstand hauptsächlich ein, um sich an denjenigen zu rächen, die ihn seiner Meinung nach beleidigt hatten. Zu meinem Unglück war er der Auffassung, ich wäre der Haupttübeltäter. Und da sich sein Hass mittlerweile mit beinahe der gleichen Heftigkeit auf Cob, meinen siebenjährigen Bruder, richtete, regte sich in mir ständig ein nervöser Beschützerinstinkt. Zwischen Wendell und mir war es nie zu einer Schlägerei gekommen, doch die zweite Hälfte meiner Jugend verbrachte ich damit, Hanteln zu heben für den Fall, dass es irgendwann doch dazu kam. *Am besten reden wir, bevor Wendell heimkommt*, hatte meine Mutter am Telefon gesagt. Ich hatte nicht die leiseste Ahnung, was meine Mutter wollte, aber ich kam ihrer Bitte, dass wir vor Wendells Rückkehr miteinander reden sollten, gern nach.

In Gedanken versunken schlängelte ich mich durch die Straßen in der Nähe des Parks nach Norden ins Herz von Harlem, vorbei am Apollo Theater mit seinem Neonschild und dem Vordach, auf dem in großen schwarzen Lettern die Namen der Jazzmusiker prangten, die das weiße Wochenendpublikum für gut befand, gefolgt von weniger bekannten Künstlern, die die Ortsansässigen bevorzugten, in kleineren Lettern gleich darunter. Ich bog um ein paar weitere Ecken und näherte mich der Wohnung meiner Mutter in der 127th Street. Bei dem wohlbekannten Anblick überkam mich ein heimeliges Gefühl, die alte, braune Veranda mit den grasgrün gestrichenen Geländern und die hohen, rechteckigen Fenster – wie die Züge eines Gesichts, das mir vertrauter war als mein eigenes. Drinnen marschierte ich in den dritten Stock hinauf, und meine Schritte hämmerten einen befriedigend lauten Rhythmus auf den morschen Holzstufen. Als ich die Wohnung meiner Mutter erreichte, steckte ich den Schlüssel ins Schloss, hielt dann jedoch inne und klopfte für den Fall, dass Wendell doch da sein sollte, behutsam an. Als von drinnen nichts zu hören war, drehte ich den Schlüssel ganz um und trat ein.

Ich setzte mich zum Warten an den Küchentisch und erwog, einen der Äpfel zu essen, die in einer Schüssel vor mir lagen, überlegte es mir dann aber doch anders. Als es mir vor vier Jahren gelungen war, das Zimmer in dem Studentenwohnheim zu ergattern, hatte Wendell getan, als wäre diese Entwicklung eine Art persönlicher Triumph. Im Laufe der folgenden Jahre reagierte er immer gereizter auf meine Besuche und verlangte, dass ich anklopfte, statt selbst aufzusperren, und dass ich die Finger vom Kühlschrank ließ, dessen Inhalt meine Mutter herbeischaffte und bezahlte, den er aber ohne erkennbaren Grund als sein alleiniges Eigentum betrachtete.

In den letzten Monaten war meine Mutter noch nervöser als sonst geworden, wenn Wendell und ich uns im selben Zimmer aufhielten. Wir hatten nicht darüber geredet, ob ich nach meinem Universitätsabschluss wieder bei ihnen einziehen würde. Letztlich war geplant, dass ich Janet heiratete – Ringe waren nicht getauscht, aber Janet und ich hatten darüber gesprochen – und wir uns eine eigene Bleibe suchen würden, aber zuerst einmal musste ich genug Geld zusammensparen. Obwohl meine Mutter mich über alle Maßen liebte, wusste ich, dass sie die Vorstellung fürchtete, ich könnte wieder zu Hause wohnen, selbst übergangsweise, weil sie Angst davor hatte, dass mein Stiefvater und ich schließlich in einer Spirale der Gewalt enden würden.

Ich hörte die Wohnungstür. »Ma?«, rief ich.

»Komm und hilf mir, Miles«, befahl ihre Stimme schwer atmend. Meine Mutter war mit Einkaufstüten beladen, und ich nahm ihr die schwersten aus den Armen. Gemeinsam trugen wir alles in die Küche. Dann zog sie sich eine Schürze über den Kopf, seufzte und fischte etwas aus der vorderen Tasche.

»Hier.« Sie strahlte die gleiche kurz angebundene Effizienz aus, mit der sie bestimmt auch die nachmittäglichen Besorgungen erledigt hatte, und legte einen kleinen Schlüssel in meine rechte Handfläche.

Ich betrachtete ihn blinzelnd. »Was ist das?«

»Dein Daddy hat mir den Schlüssel gegeben«, sagte sie. »Ich habe versprochen, dass ich ihn dir gebe, wenn du alt genug bist.« Nachdem sie sich ihrer Verantwortung entledigt hatte, schlug sie zweimal klatschend die Hände aneinander, wie um eine unsichtbare Schicht Mehl abzuwischen, und wandte sich wieder den Einkäufen zu, die auf dem Küchentisch lagen. »Bin heute Morgen mit dem Gedanken an diesen Schlüssel aufgewacht und finde, dass das ein Zeichen ist. Es kann genauso gut jetzt sein. Weißt du, wir Mütter sind unseren Babys gegenüber wohl manchmal blind. Aber schau dich doch bloß mal an«, sagte sie, ohne mich tatsächlich anzusehen. »Stehst kurz vor dem Abschluss. Bist groß.«

Ich betrachtete weiter ungläubig den fremden Gegenstand in meiner Hand. »Ich verstehe das nicht«, sagte ich.

»Pah. Ich ja auch nicht«, sagte meine Mutter, mir immer noch den Rücken zugekehrt, während sie Dosengemüse in einen Wandschrank räumte. Sie holte ein Messer aus einer Schublade, schnitt einen Jutesack mit Kartoffeln auf und zählte leise vor sich hin. »*Verflixt!*«, entfuhr es ihr. »Der nichtsnutzige Betrüger hat mir versprochen, dass in einem Sack immer zehn Stück sind.« Den Kopf voller Fragen zu dem Schlüssel, sah ich zu, wie sie neun Kartoffeln in die dunklen Tiefen der Speisekammer räumte. »Ich will nicht, dass du zu viel erwartest. Du weißt ja, was mit deinem Daddy los war, als er krank wurde. Er hat völlig verrücktes Zeug vor sich hin geschwafelt. Ich weiß nicht, ob der Narr zum Schluss überhaupt noch seinen rechtmäßigen Namen wusste.«

Meine Hand zitterte. »Was … was lässt sich mit dem Schlüssel öffnen?«

Meine Mutter seufzte und drehte sich endlich zu mir um. »Bild dir bloß nichts ein. Da stapeln sich keine Goldbarren irgendwo in einem Safe.« Sie sah bedeutungsvoll in meine Augen, als wollte sie mich dazu bringen, einen unsichtbaren Berg aus wilden, optimistischen Hoffnungen im Keim zu ersticken. Ich gab mich nicht der Wahnvorstellung hin, unsere Familie besäße geheime Reichtümer, doch das meiner Mutter zu sagen, war zwecklos, also nickte ich zur Bestätigung ernst. »Weißt du noch, dass dein Daddy immer von seiner Zeit in der Armee erzählt hat? Tja«, sagte sie, und ihre Augen wurden glasig und skeptisch, als sie einen Blick auf den Schlüssel warf. »Als er starb, lag er da auf seinem Sterbebett und seine Augen sind die ganze Zimmerdecke entlanggewandert, als würde er gleichzeitig nichts und dann auch wieder alles sehen. Dann hat er auf einmal sonnenklar gewirkt und hat die Hand nach mir ausgestreckt. Ich habe ihm meine Hand gegeben und habe etwas Scharfes gespürt, und als ich sie aufgemacht habe, war da dieser Schlüssel. Der Schlüssel hat mit dem Tagebuch deines Daddys zu tun.«

»Tagebuch?« Ich hörte zum ersten Mal davon, dass mein Vater Tagebuch geführt hatte.

Sie zuckte mit den Schultern. »Er hat gesagt, er hat über all die Sachen geschrieben, die er im Krieg gemacht hat, und über all die anderen Soldaten, die er kannte, und die Schlachten, in denen sie gekämpft haben, und er hat das Tagebuch auf dem Weg zum Pazifik in einem alten Armeespind gelassen. Er wollte immer zurückfahren und es holen, damit du und Cob von seinen Abenteuern lesen könnt, aber er hatte nie die Gelegenheit.«

Ich blinzelte.

»Als er gestorben ist, hat er mir gesagt: ›Mae, bei Miles haben wir was richtig gemacht. Er hat eine komische Art, aber er ist blitzgescheit. Der Junge wird aufs College gehen, da bin ich mir ganz sicher. Wenn er mit seiner Ausbildung fertig ist, dann gib ihm das hier. Ich will, dass er meine Geschichten kennt und stolz ist.‹«

»Er wollte, dass ich…« Ich hielt inne und versuchte, mich unter einer Lawine der Verwirrung hervorzukämpfen. »…sein Tagebuch lese?«

»Ts, ts, ts«, machte meine Mutter. »So ist es wohl. Aber ich schätze mal, du solltest es besser erst mal suchen gehen.« Nach einer Pause fügte sie hinzu: »Das heißt, *falls* es da etwas zu finden gibt. Deshalb habe ich eben gesagt, ich will dir keine Hoffnungen machen. Vielleicht führt dieser Schlüssel nirgendwohin außer in den Wahnsinn eines sterbenden Mannes.«

Sie hob den schweren Deckel der Herdmulde hoch und griff nach einer gefährlich nah an der flackernden blauen Zündflamme liegenden Rolle Dollarscheine, die mit einem Gummiband zusammengebunden waren. »Zum Glück hat dein Stiefvater kein Interesse am Kochen«, sagte sie, zog das Gummiband von dem Bündel und zählte. »Da«, verkündete sie und reichte mir den Großteil der Rolle. »Ich habe hundert Dollar für deine Reise zusammengespart.«

»Meine Reise?«, stammelte ich. Meine Gedanken überschlugen sich. Ich blickte erst auf den Schlüssel und dann erneut auf das Bündel Dollarnoten. Noch nie im Leben hatte ich so viel Geld auf einmal in Händen gehalten.

»Ja, in der Tat, mein Sohn. Dieser Spind, von dem er geredet hat, muss sich auf einem Militärstützpunkt irgendwo in Kalifornien befinden. Von dort aus ist er in seinen Einsatz aufgebrochen, aber er ist nicht zum gleichen Stützpunkt zurückgekommen, weil er frühzeitig entlassen wurde. Ich vermute, dass das der Ort ist, den er gemeint hat. Das ist ein

Anfang.« Sie wies auf die Banknoten. »Aber du sparst besser noch mehr. Deine Suche könnte dauern, und Kalifornien ist ein teures Pflaster, hab ich mir sagen lassen.«

»Du willst, dass ich nach Kalifornien gehe?« Es kostete mein Gehirn trotz seiner tadellosen Ausbildung oft große Mühe, mit meiner Mutter Schritt zu halten, deren schlaues, ganz geschäftsmäßiges Denken häufig mit Blitzgeschwindigkeit die kompliziertesten Einzelheiten durchdrang. »Aber was ist mit Janet?«, stammelte ich.

»Janet wartet sowieso schon auf dich, mein Sohn«, sagte meine Mutter. »Dann wartet sie eben noch länger.« Sie seufzte. Ich wusste, dass meine Mutter nicht allzu viel für Janet übrighatte. Wie ich war Janet in unserem Viertel ein Außenseiter, und genau die Sache, die meine Mutter so stolz auf mich machte – nämlich Bildung –, war der Grund, aus dem sie Janet als »hochnäsig« bezeichnete. Doch gleichzeitig wartete meine Mutter ungeduldig darauf, dass ich heiratete, und sie begriff nicht, warum ich mir Zeit ließ.

»Schau mal«, sagte meine Mutter jetzt und nahm mein Gesicht in ihre Hände. Ihre Handflächen waren trocken und warm an meinen feuchtkalten Wangen. »Geh du auf die Suche nach deinem Daddy, erlebe ein Abenteuer! Und wenn du zurückkommst, bist du vielleicht endlich so weit, Pläne zu schmieden. Es ist Zeit, dass dir jemand Feuer unter dem Hintern macht, Junge! Dich dazu bringt, ein paar Entscheidungen im Leben zu treffen! Wenn das Mädchen es nicht tut, tue ich es.«

Ich versuchte, ihr in die Augen zu sehen, aber schließlich wandte ich den Blick ab und starrte die angeschlagenen Fliesen und die ewig schmutzigen Fugen des Küchenbodens an, weil ich nicht wagte, meine Angst zu zeigen. Um die Entlassung meines Vaters hatte es Gerüchte gegeben – Gerüchte, die im Viertel kursierten, über die ich allerdings nie mit meiner Mutter gesprochen hatte –, und bei der Vorstellung, dass die Worte meines Vaters irgendwo in einem Soldatenspind lagen, blieb mir vor Aufregung die Luft weg, aber es fühlte sich wie eine riskante Art von Aufregung an, die Art, die zu großer Enttäuschung führen konnte. Ich biss mir auf die Lippe und wusste nicht, was ich sagen sollte. Die Haltung meiner Mutter entspannte sich, und sie stieß ein Seufzen aus.

»Wirst du drüber nachdenken?«, fragte sie.

Ich nickte. »Ich denk drüber nach«, sagte ich und streckte die Hand aus, um ihr das Bündel Dollarscheine zurückzugeben.

»Nein«, wehrte sie ab. »Behalt du das. Du wirst es brauchen. Ich weiß, dass du's dir schon noch überlegen wirst.«

10

Als meine Mutter mir einen Schlüssel aushändigte und mir verkündete, ich solle nach meinem Vater suchen, meinte sie selbstverständlich nicht, ich solle nach seiner Leiche suchen. Wir wussten beide, wo die zu finden war: vergraben in einer entlegenen Ecke des Woodlawn Cemetery in der Bronx, zu dem Zeitpunkt seit guten sieben Jahren. Meinem Vater war ein Soldatenbegräbnis gewährt worden, was tiefen Eindruck auf mich gemacht hatte. Ich war vierzehn und das, was ich an dem Tag zu sehen bekam, hatte mich überwältigt. Ich war gebannt von dem Hornisten, der zum Ehrenappell spielte, und völlig verwirrt von den Schützen, die einen steifen, gewaltsamen, ohrenzerreißenden Salut für einen Mann abfeuerten, den ich kaum je in Soldatenuniform gesehen hatte. Später ließ mich meine Mutter nie vergessen: Er hatte während des Ersten Weltkriegs bei den Harlem Hellfighters gedient und war einer von nur einer Handvoll Farbiger, die sich dadurch ausgezeichnet hatten, dass sie in beiden Kriegen gekämpft hatten. »Vergiss das ja nicht«, sagte sie immer wieder, »dein Daddy ist ein Kriegsheld.« Ich tat es aber. Ich vergaß es.

Es war schwer vorstellbar. Laut meiner Mutter hatte mein Vater, ein reif aussehender Teenager, bezüglich seines Alters gelogen, um mit sechzehn in die Armee einzutreten. Er hatte den Grabenkrieg in Frankreich miterlebt, aber natürlich war das lange, bevor ich zur Welt kam. Ich kannte ihn nur als freundlichen, tattrigen Mann, der in einer Radioreparaturwerkstatt in der 125th Street arbeitete. Die Tatsache, dass er in der Nationalgarde aktiv blieb, war ein Detail, das ich größtenteils vergaß und das mir nur auf abstrakte Weise ins Gedächtnis gerufen wurde, wenn er an einem Wochenende im Monat verschwand, um seinen Dienst zu leisten. Als die Japaner Pearl Harbor bombardierten und das Regiment meines Vaters reaktiviert wurde, beobachtete ich völlig verwirrt, wie er seine Taschen packte und ausrückte. Im Ersten Weltkrieg mochte er ein frühreifer Teenager gewesen sein, aber der Mann, den ich kannte, als der Zweite Weltkrieg ausbrach, schien mir zu alt, zu gütig, zu väterlich. Was in aller Welt würde dieser friedfertige, liebevoll lächelnde Mann im Krieg tun?

Lange musste ich mir über die Frage nicht den Kopf zerbrechen. Zwei Monate nach seiner Abreise kehrte er in Zivilkleidung aus Okinawa zu uns zurück, nachdem man ihn auf einmal ehrenhaft entlassen hatte. Mein Vater sprach nie über den Grund – jedenfalls nicht mit mir –, doch in den Jahren nach seinem Tod beharrte meine Mutter darauf, dass es aufgrund körperlicher Beschwerden gewesen sei. Seine Lunge, eine Erkrankung der Atemwege, die er sich in den mit Gas gefüllten Gräben der Marne zugezogen hatte, machte ihn letztlich untauglich für den schwülen Südpazifik. Es gab keinen Regierungsmenschen, sagte meine Mutter immer, der für einen ausgebrannten vierzigjährigen farbigen Soldaten, dessen Lunge nicht richtig funktionierte, verantwortlich sein wollte. Was auch immer der Grund seiner Entlassung sein mochte, es schien ihm ein wenig von seinem Lebensmut zu nehmen. Eine Art vage, namenlose Traurigkeit schien ihn zu übermannen.

An den Tag seiner Rückkehr besitze ich nur eine undeutliche Erinnerung. Ich weiß noch, dass ich es komisch fand, wie er an die Wohnungstür klopfte, als würde er nicht dort leben, und dass seiner Kleidung eine Mischung aus seltsamen Gerüchen anhaftete, die ich später als den olfaktorischen Cocktail identifizierte, der den Geruch des Reisens ausmacht: Zigaretten, schales Bier, Mottenkugeln, muffige Polster und gebratenes Essen. Er kam nach Hause, aber nie ganz. Danach verbrachte er die meiste Zeit in derselben abgetragenen Flanellhose und dem immer gleichen schmuddelig-weißen Unterhemd, hörte sich im Radio Hörspiele an und hustete Stück für Stück einen kleinen Regenbogen aus roter und gelber Flüssigkeit in ein Taschentuch. Er sprach nicht über den Pazifik, aber manchmal erzählte er Geschichten von seinen ruhmreichen Tagen in Frankreich. Zu meiner Schande muss ich gestehen, dass ich diese Geschichten anzweifelte. Ich passte nicht sonderlich gut auf und hörte sie mir mit eben der Gleichgültigkeit an, die ich für seine Nacherzählungen der verschiedenen überraschenden Wendungen erübrigte, die sich früher am Nachmittag in *Ma Perkins* und *Young Doctor Malone* ereignet hatten. Vage erinnere ich mich daran, dass er erzählte, wie es war, als Farbiger in der Armee zu sein, und wie es gewesen war, an der Seite der Franzosen zu kämpfen und den Ärmelkanal zu sehen.

Am besten erinnere ich mich an meinen Vater mit einer sanften Miene und grauem Bart – vorzeitig ergraut, wie mir jetzt klar ist (er war erst Ende vierzig, als der Husten allmählich die Oberhand gewann). Mein Vater brachte keinen Zorn nach Hause oder traumatische Spuren der blutigen Schlachten, die er miterlebt hatte. Es gab keine Albträume, keine zitternden Hände. Ganz im Gegenteil: Trotz des Atemwegsleidens meines Vaters kann ich nur zu dem Schluss kommen, dass er offensichtlich noch genug Puste hatte, um meine Mutter zu bezirzen, da ein paar Jahre nach seiner Rückkehr aus Okinawa Cob auf die Welt kam. Wenn überhaupt, mangelte es meinem Vater höchstens an Durchsetzungskraft. Eine ehrenhafte Entlassung bedeutete, dass er für die G.I. Bill of Rights infrage kam, doch mein Vater nahm nichts davon in Anspruch. Er saß in seinem Sessel, durchaus freundlich, aber kraftlos, und nutzte den Bezug der Armlehnen mit seinen ruhelosen Daumen ab, während er meine Schulzeugnisse mit einem benommenen Lächeln quittierte. Ich bewegte mich in unserem beengten Wohnzimmer um ihn herum, als wäre er ein vergessenes Möbelstück.

Sosehr ich ihn auch als gütigen und geduldigen Mann wahrnahm, folgte ihm doch ein vager Hauch von Scham, wohin auch immer er ging. Ich wusste nicht, woran es lag. Das heißt, ich wusste nicht, woran es lag, bis eines Tages, als ich elf war, ein Mann namens Clarence an unsere Tür klopfte.

»Mel-vin Till-man!«, lallte Clarence, als mein Vater an die Tür ging. »Willst du deinen alten Kriegskameraden nicht umarmen?«

Ich weiß noch, wie ich Clarence beobachtete, der, mit starkem Körpergeruch und sichtbar schmutziger Kleidung, zu einer Umarmung vorstürzte. Zu meinem leichten Entsetzen tolerierte mein Vater Clarences Umarmung und erwiderte sie sogar, klopfte ihm auf die Schulter. Er bat Clarence herein und bot ihm ein Bier an, das dieser gern annahm.

»Dein Junge?«, fragte Clarence, als sie es sich im Wohnzimmer, wo ich in einem Sessel zusammengerollt ein Buch las, bequem gemacht hatten.

»Miles, begrüß Clarence«, sagte mein Vater mit einem Nicken. »Clarence war ein Hellfighter wie dein alter Herr. Einer von ganz wenigen Kerlen, die es so lange wie ich in der Garde ausgehalten haben!«

Zaghaft schüttelte ich ihm die Hand und tat dann so, als würde ich wieder lesen, da ich hoffte, im Raum bleiben zu dürfen, damit ich ein wenig lauschen konnte. Ich begriff nicht, wie und warum mein Vater mit einem Mann befreundet war, den ich für einen Obdachlosen und einen Säufer gehalten hätte, wenn ich ihm draußen auf der Straße begegnet wäre. Sie redeten über alte Zeiten. Es war deutlich, dass Clarence etwas von ihm wollte, aber eine Art verrückten Stepptanz aufführte. Als nach einer Weile das Bier leer war und das Gespräch versiegte, huschte Clarences Blick zu dem Platz, an dem ich tat, als würde ich lesen, und dann zurück zu meinem Vater, und er räusperte sich.

»Ich will nicht lügen, ich mache gerade harte Zeiten durch«, sagte Clarence. »Ich hätte nichts gegen ein wenig Gastfreundschaft, Melvin. Dagegen hätte ich überhaupt nichts.«

Mein Vater zögerte. Ich wusste, dass er daran dachte, was meine Mutter sagen würde.

»Du weißt doch noch, dass ich immer auf deiner Seite gewesen bin, nicht wahr, Melvin …«, drang Clarence mit leiser Stimme in meinen Vater. »Bei der ganzen Sache mit deiner Entlassung …«

Ich sah auf, und der Blick meines Vaters traf mein Gesicht.

»Darüber müssen wir nicht reden, Clarence«, sagte er hastig. Ich sah, dass etwas zwischen ihnen war, das meinen Vater zurückschaudern ließ. »Wir können wohl immer Platz auf dem Sofa schaffen«, erklärte mein Vater, wie um das Thema zu wechseln. »Mae wird es nichts ausmachen.«

Aber natürlich *machte* es meiner Mutter etwas aus. Sie ließ Clarence bei uns übernachten, aber spätabends hörte ich meine Eltern mit gedämpften Stimmen streiten. Meine Eltern stritten nur selten, und bei dem Klang wurde ich nervös. Ich konnte nicht schlafen und beschloss, mich leise in die Küche zu schleichen, um mir ein Glas Milch zu holen.

Wie sich herausstellte, war das leise Schleichen unnötig, denn unser Gast war wach. Das Licht in der Küche war an. Ich stieß auf Clarence, der im Kühlschrank herumkramte. Er wirbelte herum, als er mich eintreten hörte.

»Hab wegen dir fast einen Herzkasper gekriegt, Junge!«, schalt er mich. Er richtete sich auf und musterte mich von Kopf bis Fuß. »Sag mal, du musst es doch wissen: Was habt ihr hier Essbares drin, mein Sohn?«

Ich zuckte mit den Schultern. »Sie könnten sich ein paar Eier braten.«

Er schüttelte den Kopf. »Ich will nicht das ganze Haus mit dem brutzelnden Fett und dem Essensgeruch wecken«, sagte er. Als er redete, sah ich, dass seine Zähne und Zunge leicht violett waren, wie vom Wein verfärbt. Ich fragte mich, woher er den Wein haben könnte. Er hatte meinem Vater gesagt, er hätte eine Pechsträhne und wäre völlig pleite.

»Ma hat Schinken-Kartoffel-Auflauf gemacht«, sagte ich.

»Das tut's schon.«

Ich ging um ihn herum, um mir ein Glas Milch zu holen, und mir drehte sich der Magen um bei dem ranzigen Geruch nach billigem, süßlichem Wein, den er aus den Poren schwitzte. Da meine Mutter kein Essen und keine Getränke in irgendeinem Zimmer außer der Küche erlaubte, setzte ich mich pflichtbewusst an den Tisch und versuchte, das Glas, das ich mir eingeschenkt hatte, so schnell wie möglich auszutrinken. Clarence löffelte einen Berg kalten Kartoffelauflauf auf einen Teller, nahm eine Gabel und setzte sich mir gegenüber.

Ich sah ihm beim Essen zu. In seinem ungepflegten Bart

klebten feuchte Käsestückchen. Er ertappte mich dabei, dass ich ihn beobachtete – sehr wahrscheinlich mit angewiderter Miene –, und sah auf. Langsam breitete sich ein feindseliges, boshaftes Grinsen auf seinem Gesicht aus.

»Hat dein Daddy dir je von seiner Zeit in der Armee erzählt?«, fragte er.

»Schon.« Ich zuckte mit den Schultern.

»Ich wette, er hat dir nicht alles erzählt.«

Ich leerte die Milch und machte Anstalten, das Glas abzuwaschen und zu Bett zu gehen.

»Jetzt warte mal eben, mein Sohn«, sagte Clarence. Er schaufelte sich eine zweite Portion auf den Teller. »Lauf nicht weg. Lass uns ein wenig plaudern.«

Ich wollte nicht, setzte mich jedoch wieder, weil ich mich Clarences Aufforderung nicht widersetzen wollte.

»Erzähl mir von dir. Hast du ein Mädchen?«

Ich schüttelte den Kopf.

»Bist wohl noch zu jung, um dich schon groß dafür zu interessieren. Was ist dein Lieblingsfach in der Schule?«

»Latein«, erwiderte ich. Das stimmte. Ich hatte so hart gearbeitet, um meine Klassenkameraden an der Privatschule einzuholen, dass ich sie mittlerweile überflügelt hatte.

»*Latein!*«, johlte Clarence. »Was hat denn ein Niggerjunge wie du mit Latein am Hut?«

Bei der Beleidigung versteifte ich mich und antwortete nicht.

»Seit wann unterrichten die denn Latein an der alten P. S. 24?«, fragte er, während er immer noch über mich lachte.

»Tun sie nicht«, sagte ich. »Ich gehe auf die Warner Academy.«

Daraufhin hörte Clarence zu lachen auf und betrachtete mich mit zu Schlitzen verengten Augen. »Was ist denn das?«

»Eine Privatschule«, sagte ich. Er fuhr fort, mir Fragen über meine Schullaufbahn zu stellen, und ich erläuterte ihm alles stolz.

»Soso«, grunzte er, als ich mit meiner Erklärung fertig war. »Hört sich an, als hältst du dich für was Besseres, mein Junge.« Bei der Anschuldigung riss ich die Augen auf. »Ja, klar«, fuhr er fort. »Ich sehe doch, wie du mich anschaust und so tust, als könntest du dir bei mir die Krätze holen … Du glaubst doch, deine Scheiße stinkt nicht.«

Zu dem Zeitpunkt waren seine Augen gespenstisch schwarz geworden, und seine Miene war hart und bitter.

»Aber ich sag dir was, Junge … du glaubst vielleicht, dass du was Besonderes bist, aber du bist auch bloß ganz der Vater. Deine Mama hat dir erzählt, dein Alter wär ein Kriegsheld. Sicher – er ist bei dem Narrenumzug mit uns Übrigen die Fifth Avenue hochmarschiert, aber das war's auch schon. Er hat nicht im Pazifik gekämpft. Jeder weiß, dass dein Vater entlassen wurde, weil er ein Feigling und ein Dieb ist.«

»Er hat in Frankreich im Ersten Weltkrieg gekämpft«, sagte ich, »und er ist wegen seiner Gesundheit entlassen worden.«

»Ha! Diese körperlichen Beschwerden sind ein Gnadenakt. So konnten sie ihn wegen nichts anderem belangen.« Clarence beugte sich auf den Ellbogen vor und leckte sich die Lippen. Die Lampe über dem Küchentisch warf lange, hässliche Schatten über sein Gesicht, und mir wurde bewusst, dass er sich zu einer Art ultimativem Schlag bereitmachte. »Er ist so ein Feigling, er hat einen Mann ermordet, bloß damit sie keine Beweise für seinen Diebstahl haben«, knurrte Clarence mit leiser, vertraulicher Stimme.

Ich stand zitternd vom Tisch auf und stürmte aus dem Zimmer. Die restliche Nacht lag ich gekränkt und verwirrt im Bett. Ich glaubte Clarences Geschichte nicht. Er war ein

Trunkenbold und ein gemeiner Kerl. Dennoch hatte er da etwas berührt. Da *war* etwas komisch am Abschied meines Vaters. Oberflächlich betrachtet ergab die krankheitsbedingte Entlassung Sinn: Mein Vater war überdurchschnittlich alt, was den aktiven Dienst betraf, und es gab keinen Zweifel an der Echtheit seiner Atemwegserkrankung. Und trotzdem war da immer ein unbehagliches Gefühl gewesen, eine unbeantwortete Frage, die wie eine dunkle Wolke über allem hing. Ich wurde das Bild von meinem Vater im Wohnzimmer nicht los, seinen Blick, der sofort zu meinem Gesicht huschte, während er eilig sagte: »Darüber müssen wir nicht reden, Clarence.«

Als ich mit meinen erst zehn Jahren zu meiner Zimmerdecke hochstarrte, befiel mich auf einmal Angst davor, die Wahrheit zu erfahren, und diese Angst begleitete mich ins Erwachsenenalter, noch lange nach dem Ableben meines Vaters.

Clarence blieb einen ganzen Monat bei uns, viel länger, als er willkommen war, was meine Mutter betraf. Spätabends konnte ich hören, wie sie sich über ihn beklagte und Anschuldigungen gegen ihn vorbrachte, die ich nie verstand, noch nicht einmal, wenn ich ein Wasserglas gegen meine Zimmerwand drückte.

Als der Groll meiner Mutter wuchs, zerstritt sich mein Vater schließlich mit Clarence, und ich nahm an, dass es mit ihren Einwänden zu tun hatte. Ich konnte nicht mit Sicherheit sagen, was das Fass zum Überlaufen gebracht hatte. Ich schnappte beim letzten Streit zwischen meinem Vater und Clarence ein paar unzusammenhängende Sätze auf, aber sie waren kryptisch, mein Vater verlangte nur immer wieder: »Erklär mir, was diese Plaketten in deinen Sachen machen!«

Clarence hingegen gab sich empört über die Verletzung seiner Privatsphäre, bis er schließlich seine Habseligkeiten zusammenpackte und ich die Wohnungstür zuschlagen hörte.

Ich erfuhr nie, was mein Vater mit *Plaketten* meinte. Es ergab keinen Sinn. Soweit ich beurteilen konnte, hatte Clarence meinen Eltern nichts gestohlen, abgesehen von Unmengen Essen und Bier.

Jedenfalls musste Clarence dem Viertel schon bald nach dem Verlassen unserer Wohnung den Rücken gekehrt haben, denn obwohl ich damit rechnete, ihm irgendwann einmal über den Weg zu laufen, sah ich ihn nie wieder.

Nach dem Vorfall mit Clarence vermied ich das Thema der Verabschiedung meines Vaters um jeden Preis. Ich stellte meinem Vater niemals Fragen zu seinen Jahren beim Militär; meiner Mutter auch nicht. Ich verdrängte Clarences Worte, und so blieb es jahrelang, bis meine Mutter sich an diesem heißen Nachmittag im Juni an mich wandte und mir einen Schlüssel aushändigte.

»Hast du keine Angst, das ganze Land bis nach Kalifornien zu durchqueren?«, fragte Janet mich in einem Café in der 125th Street, nachdem ich ihr meinen Plan dargelegt hatte.

Ihr grüblerischer Blick durchbohrte mich. *Ja*, lautete die aufrichtige Antwort: Ich hatte Angst, es zu tun. Ich hatte auch Angst, es *nicht* zu tun.

»Ich weiß, dass das unsere Pläne ein wenig durcheinanderbringt … Es wird ein bisschen länger dauern, bis wir das Geld für eine eigene Wohnung zusammengespart haben, aber es ist etwas, das ich tun muss.«

Sie schloss die Augenlider, als seien sie auf einmal sehr schwer, und hob kurz eine Hand an die Schläfe. Dann ließ sie die Hand sinken und öffnete die Augen wieder. »Na schön«, sagte sie mit ergebener Stimme, zuckte mit den Schultern und schüttelte den Kopf. »Wenn es etwas ist, was du tun musst.«

»Ich glaube, es wird uns auf lange Sicht helfen.« Ich griff über den Tisch, um ihre Hand zu berühren. »Ich glaube, wenn ich das erst einmal getan habe, werde ich bereit sein für … die nächsten Schritte.« *Ehe* sagte ich nicht, aber natürlich meinte ich die Ehe, und Janet wusste es ebenfalls. Sie blickte auf und lächelte ergeben.

»Dann sollte ich dir wohl viel Glück wünschen.«

Ich drückte ihre Hand und beugte mich über den Tisch, um ihr ein dankbares Küsschen zu geben. Diese Aktion war nur bedingt erfolgreich. Ihre Lippen waren kalt und wächsern und rochen ein wenig nach dem seltsamen Fett, das zur Herstellung von Lippenstiften verwendet wurde. Allerdings lächelte sie, und ich erwiderte ihr Lächeln, obwohl sich bereits mein schlechtes Gewissen meldete, weil mein Entschluss, doch nach Kalifornien zu reisen, auch einen Funken Erleichterung mit sich brachte.

11

Das Geld, das meine Mutter mir gegeben hatte, war ein Anfang, doch wenn ich es bis nach Kalifornien schaffen wollte, musste ich so viel wie möglich sparen. Der Sommer rückte näher, und ich machte meinen Abschluss an der Columbia. Meine Mutter nahm mit einer Mischung aus Stolz und Angst auf dem Gesicht an der Zeremonie teil, während sie sich in der schwülen Sonne Luft zufächelte, denn der Studienabschluss bedeutete auch das Ende meines Lebens im Wohnheim, und das bedeutete, dass ich nach Hause zurückkehren und mit Wendell unter einem Dach leben würde.

Mein Einkommen stammte aus meiner Teilzeitstelle als Fahrradbote. Die Bezahlung war bescheiden, aber ich hatte kein großes Glück bei der Suche nach etwas anderem – zum Teufel mit dem Studienabschluss –, also bat ich den Zustelldienst, meine Stundenzahl so weit wie möglich zu erhöhen. Bezahlt wurde ich wöchentlich, und jeden Freitag stopfte ich etwas zu der Geldscheinrolle, die ich in einem alten Stiefel in der Ecke meines Schrankes versteckte, doch das Sparen ging langsam voran.

Eines Morgens beauftragte mich mein korpulenter Chef in der Zentrale mit einer Lieferung, die mein Schicksal auf recht unerwartete Weise veränderte. Es war – wie mir jetzt rückblickend klar wird – das zweite Mal in einem Monat, dass mir jemand einen Schlüssel reichte und meinen Lebensweg entscheidend beeinflusste.

»Pass bei dem bloß auf«, riet mir mein Chef, der auf einem Zahnstocher herumkaute und mir einen Zettel mit einer daraufgekritzelten Adresse reichte. »Ein Typ namens Augustus Minton, der sich von seinen Hilfskräften gern ›Mister Gus‹ nennen lässt. Er ist ein mürrischer Scheißkerl, aber reicher als Gott. Schreibt haufenweise Schundromane unter irgendeinem anderen Namen – wohl zum Spaß –, aber er kommt aus einer bedeutenden Familie, also dürfen wir ihn nicht verärgern. Der alte Sack ist nicht allzu gut zu Fuß, wenn er dich also nicht klingeln hört, geh zum Seiteneingang und sperr mit dem Schlüssel hier auf.«

Er reichte mir einen Haustürschlüssel und einen Briefumschlag und musterte mich dann von Kopf bis Fuß. »Hmm. Ich weiß, dass du einer dieser belesenen Neger bist, aber ich gehe mal nicht davon aus, dass du schon mal in einem Haus gewesen bist, das sich mit seinem vergleichen lässt. Versuch dich zu benehmen. Mit ein bisschen Glück kannst du das Päckchen unten lassen und musst nicht persönlich mit ihm sprechen.« Er hielt inne und rieb sich das Kinn. »Wenn ich es mir recht überlege … vielleicht rufe ich bei ihm an und warne ihn. Möchte nicht, dass der alte Knacker einen Herzinfarkt bekommt, wenn er einen Neger in seinem Haus sieht.«

Mein Chef schlurfte davon. Die obere Lasche des Briefumschlags war offen, und ein rascher Blick hinein enthüllte, dass sich in dem Päckchen ein dünnes Manuskript befand, das unter einem seltsam altmodischen Pseudonym verfasst worden war: »François Reynard.« Ich hatte den Namen schon öfter gesehen, in den Regalen von Buchhandlungen und manchmal sogar im Drugstore. Er war der Autor von kurzen Noir-Krimis, die Art Kost, die in den 1930er-Jahren beliebt war und häufig von Hollywood aufgekauft und verfilmt wurde.

Ich prägte mir die Adresse ein; sie war in der Upper East Side. Nachdem ich den Schlüssel in die Westentasche gesteckt hatte, fuhr ich mit meinem Fahrrad los. Damals waren Boten für Verlage unentbehrlich. Ein endloser Strom an Schriftstücken schien darauf zu warten, überall auf der Insel Manhattan verschickt zu werden, gelegentlich auch über die Brooklyn Bridge. Memos, getippte Durchschläge und unterzeichnete Verträge sausten zwischen Wolkenkratzern, Brownstone-Häusern und Villen herum. Damals lebten sehr viele Schriftsteller in New York, und häufig wurde die Korrespondenz zwischen Autoren und Lektoren direkt von Boten hin und her gefahren.

Ich radelte nach Uptown, und das Haus war mehr oder weniger so, wie ich es mir vorgestellt hatte: ein ziemlich großer, herrschaftlicher Brownstone-Bau in der East 78th Street in der Nähe des Parks. Es war ein Eckgebäude, die Art, die einen seitlichen Dienstboteneingang hat. Nach zwei Versuchen an der Klingel begab ich mich zum Seiteneingang und probierte den Schlüssel. Drinnen stand ich in einem schmalen Flur. Ich folgte ihm blindlings in eine Eingangshalle, wo meine Schuhe auf dem makellos weißen Marmorboden ein lautes Echo verursachten. Auf einem kleinen Konsolentisch lag ein in braunes Pergamentpapier eingeschlagenes Päckchen. Ich nahm an, dass es für mich bestimmt war, beziehungsweise für den Verlag, der mich beschäftigte, und ich hielt darauf zu, um es an mich zu nehmen.

»Wer da? Wer sind Sie?«, erklang eine Stimme. Ich erstarrte.

»Ich heiße Miles Tillman, Sir!«, rief ich zurück. »Ich bin ein Bote. Torchon & Lyle hat mich geschickt.«

»Sie sind nicht der übliche Bursche«, sagte die Stimme. Sie klang gepresst, voller Anspannung, als würde er einen Keuchhusten unterdrücken. Ich war sicher, dass er gelegen und ein Nickerchen gemacht hatte. Es war zu vernehmen, wie er in einem der hinteren Zimmer nach Luft schnappte, und ich begriff, dass ich ihn offensichtlich durch mein Klingeln geweckt und seine Routine durcheinandergebracht hatte. »Also?«, rief die Stimme. »Nun kommen Sie schon hoch.«

»Sir?«

»Sie sind hier in meinem Haus, ich muss Sie mir ansehen!«, versetzte er barsch. »Trödeln Sie nicht herum. Ich werde schließlich nicht jünger.«

Ich legte das Päckchen ab, griff mit einer Hand nach dem kalten Marmorgeländer und sah nach oben, wo die Stimme herkam. Es blieb mir nichts anderes übrig, als zu folgen. Oben an der Treppe stieß ich auf einen Korridor, der nach links und rechts abzweigte. Ich zögerte und überlegte, in welche Richtung ich gehen sollte.

»Schneller, Junge!«, schnauzte er. »Ihnen mangelt es an Selbstvertrauen. Ich kann Ihre trippelnden Schritte auf dem Läufer hören.«

Ich bewegte mich in Richtung der Stimme und fand den Weg zu einem Schlafzimmer, das gewaltiger, opulenter, bizarrer war als alles, was ich bisher zu Gesicht bekommen hatte. Es war der reinste Sultanspalast. Jeder Zentimeter des Zimmers war mit Samt und Seide bedeckt. Kissen lagen stapelweise inmitten von Tierfellen, die überall auf dem Boden verteilt waren. Ich sah auf und merkte, dass es keine sichtbare Zimmerdecke gab, lediglich sich bauschende Bündel rubinroter Seide, die wie in einem Zelt zu einer Spitze hochführten, von der ein seltsam aussehender, gläserner Kronleuchter hing. In ästhetischer Hinsicht hielt das Zimmer geradewegs auf einen Zustand der Geschmacklosigkeit zu, drehte aber in letzter Sekunde gerade noch ab. Bis zu dem Tag hätte ich nicht gedacht, dass es Menschen gab, die so reich waren, dass sie sich den Inhalt eines ganzen Museums nach Hause holen konnten.

Als mein Blick umherschweifte, entdeckte ich tatsächlich mehrere Gegenstände, die sehr wahrscheinlich schon einmal in einem richtigen Museum ausgestellt gewesen waren. Marmorskulpturen saßen auf ionischen Sockeln. Barocke Figuren waren in Grüppchen auf einem Kaminsims aufgestellt. Dunkle Renaissancegemälde in satten Farben hingen an den Wänden, die sich wölbende Muskulatur von Mensch und Tier so real und lebhaft, dass sie beinahe aus ihren vergoldeten Rahmen zu stürzen schienen.

»Es sind Kopien«, sagte Mister Gus, der mich beim Betrachten der Gemälde ertappte. »Aber recht akkurat, wie ich Ihnen versichern kann. Das da ist ein Tizian.« Ich nickte geistesabwesend. »Nicken Sie nicht, als wüssten Sie, wer das ist«, fuhr er mich mit verdrossener Stimme an. »Sie wissen nicht, wer das ist.« Meine Augen suchten nach dem Ursprung der Stimme. Das Zimmer war groß, schummrig und überladen, und es dauerte ein paar Sekunden, bis mein Blick auf ein kleines Gesicht fiel, das mir mit gerunzelter Stirn aus einem Berg von Kissen entgegenblickte.

Sein sprödes Antlitz schien über der Bettdecke zu schweben, und mir zuckte der Gedanke durch den Kopf, wie es möglich sein konnte, dass er noch bleicher wirkte als die weißen Bettlaken. Er war ganz so, wie ich ihn mir vorgestellt hatte, nur kleiner. Er hatte eingesunkene, totenkopfähnliche Gesichtszüge, und die Wangen- und Kieferknochen rahmten die Gesichtsseiten wie zwei schmal zulaufende, umgekehrte Trapeze ein. Sein Kinn war sehr spitz, Augen von einem verblassten Blau, seine Haut glich einer gesprenkelten Karte aus Altersflecken. Seine Lippen waren so dünn geworden, dass sie nur mehr eine straffe Linie waren. Doch die dunklen Haare, die immer noch in seinen drahtigen Augenbrauen und am dunklen Rand seiner unteren Wimpern vorhanden waren, ließen erahnen, dass er die Leute früher vielleicht einmal an Errol Flynn erinnert hatte und beinahe attraktiv gewesen war. Jetzt starrte er mich wütend an und wartete darauf, dass ich etwas sagte.

»Das ist ein Caravaggio«, sagte ich und deutete auf ein anderes Gemälde in der gegenüberliegenden Ecke. Ich lag mit meiner Feststellung richtig. Mit fünfzehn Jahren hatte ich ein gewaltiges Buch gefunden, das unter einer Bank im Central Park liegen gelassen worden war. In dem Buch befanden sich etliche durchsichtige Umschläge mit schwarz-weißen Hochglanzfotografien der großen Gemälde der westlichen Zivilisation. Ich nahm das Buch mit nach Hause, holte die Fotografien heraus und befestigte sie mit Klebeband überall an meinen Zimmerwänden. Es bereitete mir große Freude, sie zu betrachten, und sie hingen dort, bis mein Stiefvater sie zwei Jahre später in einem seiner alltäglichen betrunkenen Wutanfälle herunterriss. Der Caravaggio war eines meiner Lieblingsbilder gewesen. Ich hatte ihn über meinem Bett an die Zimmerdecke geklebt und mir seine Formen und Linien eingeprägt, aber ich hatte ihn noch nie in Farbe gesehen und nicht geahnt, was mir entging. Jetzt starrte ich ihn fasziniert an. Es war, als würde man einen alten Freund wiedersehen, den man zu kennen glaubt, und muss dann feststellen, dass es immer noch sehr viele Geheimnisse gibt, die es zu entdecken gilt.

»Pah«, sagte er. »Als man mich angerufen hat, um mich vorzuwarnen, dass Sie kommen, hieß es, Sie seien ein gebildeter Neger. Bis gerade eben wusste ich nicht, wie ich mir das vorzustellen habe.« Er zeigte über seine Schulter auf ein anderes Bild an der Wand rechts von seinem Bett. »Kennen Sie das da?«, erkundigte er sich.

»Nein, Sir«, gab ich zu. Er lächelte sofort, ein selbstgefälliges, erfreutes Lächeln.

»Dann gibt es also doch noch einen Unterschied zwischen uns«, sagte er.

»Ja, Sir.«

»Dem dürfen Sie nicht *zustimmen*, Junge!«, fuhr er mich an. »Ich habe Sie eben beleidigt. Stimmen Sie niemals einem Mann zu, der Sie beleidigt.«

»Ja, Sir.«

Er schnaufte und verdrehte die Augen. »Oh, ich sehe jetzt schon, dass Sie mir Ärger machen werden«, schalt er. »Sind Sie denn nicht gescheit genug, um einem Mann, der Sie beleidigt, zu widersprechen?«

»Bei allem Respekt, Sir«, sagte ich, »Beleidigungen sind relativ. Sie hängen davon ab, was ein Mann sein möchte – oder *nicht* sein möchte.« Mister Gus sah mich lange an, sein linkes Auge ein wenig mehr zusammengekniffen als das rechte.

»Ich glaube«, sagte er schließlich, »dass *Sie* eben *mich* beleidigt haben.« Erst als er das sagte, wurde mir klar, wie unverschämt ich gewesen war. Beim Gedanken an meinen Job schluckte ich und wartete auf seine nächsten Worte, während der Puls in meinen Ohren donnerte. Es würde ihn nicht viel kosten, im Verlag anzurufen und mich feuern zu lassen. »Pah«, sagte er. »Na ja. Wenigstens wird es mit Ihnen nicht langweilig werden. Kommen Sie her. Lassen Sie sich anschauen.«

Ich trat näher ans Bett. Er musste einer dieser alten Menschen sein, denen ständig kalt ist, denn die Bettdecke war bis zum Kinn hochgezogen. Sein ganzer Körper blieb darunter verborgen, und nur seine langen, spindeldürren Finger krümmten sich über den gefalteten Rand der kühlen, weißen Decke. Seine Augen musterten mich, und er erweckte den Eindruck, als rechne er eine lange und komplizierte mathematische Gleichung aus.

»Wie heißen Sie noch mal?«

»Miles Tillman, Sir.«

»Hmm, schön. Ich schätze mal, dass ich statt des üblichen Burschen Sie am Hals habe, also werde ich mit Ihnen vorliebnehmen müssen. Gehe ich recht in der Annahme, dass Sie ab und an die Zeitung kaufen?«

»Ja.«

»Sagen Sie nicht so schnell Ja, Sie Dummkopf«, blaffte er. »Sie wissen ja noch nicht einmal, welche Zeitung ich meine!«

»Ich habe angenommen, Sie meinen, ob ich die *Times* lese«, erwiderte ich.

»Natürlich haben Sie das. Aber heutzutage gibt es viele Zeitungen. Sie sollten keine Annahmen machen. Nur Narren machen Annahmen«, sagte er mit Nachdruck. »Sind Sie ein Narr?«

»Nein, Sir«, antwortete ich. Er tastete auf dem Nachttisch nach einem Zettel und reichte ihn mir.

»Tja, wenn Sie gelegentlich Zeitung lesen, bedeutet das, dass Sie in der Lage sein *sollten*, zum Zeitungskiosk zu finden. Nun«, sagte er, »hier ist die Liste aller Zeitungen, die ich haben will.«

Ich blinzelte den Zettel an, und mir ging langsam auf, dass ich von ihm auf einen Botengang geschickt wurde. Das Hühnergekrakel enthielt eine lange Liste an Zeitungen. Mir kam in den Sinn, dass es einfacher sein könnte, ihm den ganzen

Kiosk herzubringen, mitsamt der Holzbude, aber ich sagte es nicht.

»Und hier«, fuhr Mister Gus fort, während er keuchend die Hand nach hinten zum Nachttisch ausstreckte, um ein Glas zu holen. Darin befanden sich zwei Geldscheine und ein paar Fünf- und Zehncentstücke. Er musste darauf gewartet haben, jemandem diese Aufgabe zu übertragen, und das Geld irgendwann früher abgezählt haben, vielleicht sogar am Vorabend. Ich fragte mich, ob der letzte Botenjunge routinemäßig zu dieser Besorgung geschickt worden war. Er ließ den Inhalt in meine Handfläche plumpsen. »Und denken Sie bloß nicht, dass Sie was davon für sich einstecken können. Ich kenne den Preis und ich habe das Kleingeld genau abgezählt. Bei Ihrer Rückkehr bekommen Sie Ihr richtiges Trinkgeld, aber nicht vorher.«

Ich machte keine Anstalten zu gehen, sondern stand einfach nur sprachlos da.

»Na los! Gehen Sie, Junge!«, rief Mister Gus. »Beeilen Sie sich schon.«

»Haben Sie« – ich zögerte – »keine Haushaltshilfe?«

»Pah!«, grunzte er. »*Greta*«, rief er dann abfällig und knirschte mit den Zähnen, bei denen es sich nur um ein künstliches Gebiss handeln konnte. »Zu nichts nutze! Ständig außer Haus. Einkaufen, sagt sie, aber sie trödelt herum und lässt sich Zeit… versteckt sich vor mir, nichts weiter. Stellen Sie sich vor, sie hat sich angewöhnt, mir die Mahlzeiten zu bringen, während ich schlafe. Stellt das Tablett aufs Bett und läutet dann eine kleine Glocke, *nachdem* sie aus dem Zimmer gehastet ist, damit ich keine Gelegenheit habe, mich über ihre schrecklichen Kochkünste zu beschweren. Pah. Hält sich für schlau!«

Ich wusste nicht recht, was ich darauf erwidern sollte.

Unter den wütenden Blicken von Mister Gus regte sich in mir Verständnis für die Taktik seines Dienstmädchens.

»Na los!«, wiederholte er gereizt. »Gehen Sie schon!«

Ich löste mich aus meiner Erstarrung, ging nach unten und um die nächste Straßenecke – darauf bedacht, den Schlüssel mitzunehmen – und kaufte die Zeitungen. Der Kioskverkäufer schien mit der Liste vertraut zu sein. Er warf nur einen kurzen Blick darauf und legte die Zeitungen auf einen ordentlichen Stapel, ohne noch einmal alles zu überprüfen, was meinen Verdacht bestätigte, dass ich nicht der erste Bote war, dem Mister Gus diese Besorgung aufgetragen hatte. Bei meiner Rückkehr hatte der alte Mann sich in den Kissen aufgesetzt und wartete.

»Legen Sie sie hier ab, Junge«, sagte Mister Gus und tätschelte das Bett neben sich. Ich tat, wie mir geheißen. Er zog eine der Zeitungen auf seinen Schoß und blinzelte mit milchigen Augen, um die Schlagzeilen erkennen zu können. »Ihr Trinkgeld ist auf dem Nachttisch«, sagte er, ohne von seiner Lektüre aufzublicken. Ich sah nach, und tatsächlich, in meiner Abwesenheit war ein Umschlag aufgetaucht – aus der Nachttischschublade geholt, wie ich annahm, wo das Geld wahrscheinlich abgezählt bereitgelegen hatte. Es überraschte mich, dass es sich um einen Umschlag handelte, denn das bedeutete Papier, keine Münzen.

»Danke, Sir«, sagte ich.

»Felston war der Junge, den sie normalerweise vorbeigeschickt haben«, sagte er. »Ich habe Felston vertraut.«

Da ich nicht wusste, was ich auf diese müßige Bemerkung antworten sollte, schwieg ich.

»Aber wie ich höre, hat er letztens gekündigt.«

»Ja, Sir«, sagte ich, denn es stimmte. Bill Felston war ein sehr hübscher Bote, der neulich gekündigt hatte, um ein

Mädchen in New Jersey zu heiraten und die Tankstelle ihrer Familie zu übernehmen.

»Pah. Tja, wir hatten eine Abmachung, Felston und ich«, stellte Mister Gus fest. »Lieferung hin oder her, er kam immer mit den Zeitungen vorbei. Sehen Sie, ich habe etwas für meine Zeitungen übrig. Und Felston, nun ja, ich glaube, Felston hatte etwas für sein Trinkgeld übrig.«

»Ich verstehe«, sagte ich, ohne zu wissen, worauf er hinauswollte. Mister Gus hielt inne und ließ seine Zeitung sinken, um mich eingehend zu mustern. Sein Blick wanderte zweimal meinen Körper hinauf und hinunter, dann stieß er ein Ächzen aus.

»Sie sind wohl doch kein völliger Barbar«, sagte er. »Vielleicht ginge es mit Ihnen.«

»Was ginge mit mir, Sir?«

»Ich habe es gern, wenn mir meine Zeitungen – und zwar alle – jeden Tag vorbeigebracht werden. Wenn Sie auch nur die geringste Ahnung von alten Männern haben, dann wissen Sie, dass wir nicht viel Schlaf benötigen, also bringen Sie sie, so früh Sie wollen. Ich wache mit dem sprichwörtlichen Hahnenschrei auf, wie es so schön heißt, lange vor Morgengrauen. Wenn Sie dafür aufgeschlossen sind, dürfen Sie morgen anfangen.«

»Oh. Ich … Ich …«, stammelte ich.

»Das ist alles«, sagte Mister Gus. »Wenn Sie das Geld wollen – und lassen Sie mich Ihnen eins sagen, Sie wären ein Narr, es nicht zu wollen, Junge; als farbiger Botenjunge dürften Sie ja wohl kaum reich sein – dann kommen Sie morgen zurück.« Er winkte mit der Hand, wie um mich zu verscheuchen. Ich drehte mich um und ging die Treppe hinunter. Auf dem Weg nach draußen nahm ich das Päckchen an mich, für das ich ursprünglich hergekommen war.

Im Freien öffnete ich den Umschlag, den Mister Gus mir gegeben hatte, und fand zwei Dollar vor, die ordentlich darin steckten. Mein Wochenlohn als Teilzeitbote betrug fünfzehn Dollar. Zwei Dollar zusätzlich am Tag war keine Kleinigkeit. Wenn ich diesem Dienst eine Woche täglich nachkam, würde ich meinen Lohn fast verdoppeln. Allerdings beschlich mich angesichts dieser vorgeschlagenen Abmachung ein mulmiges Gefühl. Ich konnte den Finger nicht genau auf die Ursache legen, aber ich wusste, dass mein Unbehagen etwas mit Mister Gus zu tun hatte. Ich wusste, dass er das war, was man damals »einen überzeugten Junggesellen« nannte, und ich hegte den Verdacht, dass er trotz seiner mürrischen Art für Besuche von Botenjungen tatsächlich ebenso viel übrighatte wie für die Lieferung seines Zeitungsstapels. Trotzdem versprach diese Abmachung, falls ich diese zusätzliche Aufgabe übernähme, mich Kalifornien und dem Tagebuch meines Vaters einen Schritt näher zu bringen. Als ich am Nachmittag in die Pedale trat, schmiedete ich bereits Pläne, gleich als Erstes am folgenden Morgen bei Mister Gus vorbeizuschauen.

12

Es war schon eine Weile her, seit ich im Village gewesen war, und ich musste feststellen, dass ich die Szene vermisste. Sosehr ich es auch versuchte, war es mir doch nie gelungen, Janet dazu zu bewegen mitzukommen. Janet und ich, wir waren in mancher Hinsicht das spiegelverkehrte Abbild des anderen. Ich war durch meine Stipendien in der Welt aufgestiegen, während ihre Geschichte von einem finanziellen Rückschlag gezeichnet war. Ihr Vater hatte einen erfolgreichen Gemischtwarenladen in einer Kleinstadt im ländlichen Teil New Yorks betrieben und dafür gezahlt, sie auf Privatschulen zu schicken, bis der Gemischtwarenladen eines Tages niederbrannte und ihr Vater dabei tragischerweise ums Leben kam. Mit sechzehn Jahren wurde Janet zu ihrer Tante und ihrem Onkel nach Harlem geschickt, wo sie half, sich um deren vier Kinder zu kümmern. Wie ich wurde sie als Außenseiter betrachtet und hatte die Nase meist in ein Buch gesteckt.

Obwohl sie genauso gerne las wie ich, hatte sie einen sehr konservativen Geschmack und behauptete, die Atmosphäre im Village sage ihr nicht zu. Ich unternahm den Versuch, sie in das Viertel südlich der 14th Street zu locken, indem ich ihr von den aufregenden Dingen erzählte, die dort vor sich gingen, der Lyrik und dem Jazz und dergleichen. Sie argumentierte, Harlem habe reichlich Jazz, nur ohne das unschickliche

Benehmen und ohne dass alle Leute ihre gefährlichen politischen Ideen herausposaunten. Ich hätte sie darauf hinweisen können, dass es Letzteres auch in Harlem gab, wenn man nur wusste, wo man danach suchen musste, doch mir war klar, dass es nichts nutzen würde. Es war in Ordnung. Ich beschloss, das Village zu genießen, solange ich noch Junggeselle war, und es nach unserer Heirat aufzugeben.

Also schlenderte ich allein im Village durch das bunte Gemisch aus krummen Straßen. Ich schätzte die Künstler und die Bohemiens, die langhaarigen Hipster in ihren Unterhemden und hochgekrempelten Jeans, die Mädchen, die in Malerkitteln und flachen Ballerinas herumliefen. Als junger Farbiger genoss ich eine gewisse Anonymität. Es war nicht so, als hätten einen die Menschen im Village behandelt, als wäre man nicht farbig; aber für die Village-Klientel kam an erster Stelle, dass man ein Schriftsteller oder Maler oder Weltverbesserer war, und alles andere war zweitrangig.

Eines Abends, nachdem ich eine Botenschicht beendet hatte, schleppte ich meine schmerzenden Waden in ein kleines Café an der MacDougal, um mich zu entspannen und ein Buch zu lesen. Ich las gerade etwas über die Imagisten und trank schlückchenweise ein Glas billigen Rotwein, da stürzte eine Gruppe wilder junger Männer herein. Es war klar, dass sie schon vor ihrem Eintreffen woanders gebechert hatten. Sie waren ausgelassen und hauten mit ihren dröhnenden Stimmen ordentlich auf den Putz. Einer von ihnen kam mir bekannt vor, und ich stellte fest, dass es sich um Bobby handelte.

»Hey! Miles!«, rief er freundlich zur Begrüßung, als er mich erblickte. »Hey, Leute, kommt her, ich stelle euch meinen Kumpel Miles vor.« Von den anderen kannte ich keinen. Ich sah mich nach Swish, Pal und Cliff um, konnte sie jedoch nirgendwo erblicken. Es war klar, dass es sich um eine neue

Gruppe Freunde handelte, von der Bobby wahrscheinlich erst vor wenigen Stunden aufgegabelt worden war. Ich gehe einmal davon aus, dass sie seine Aufmerksamkeit erregt hatten, indem sie ihm Drinks spendierten. Auf diese Weise schloss Bobby häufig neue Bekanntschaften: Leute spendierten ihm Drinks oder kauften ihm etwas. Er bat nie um solche Großzügigkeit, aber sein schönes Gesicht tat es. Bobby hatte etwas ewig Zerzaustes, Attraktives an sich, das die Leute an James Dean erinnerte.

Jetzt kam er zu mir und ging dazu über, mich mit den anderen bekannt zu machen. Ich erinnere mich nicht an die Namen sämtlicher Männer, aber ich weiß noch, dass da zwei junge Männer namens Andrew und John waren, Ivy-League-Football-Meister, und diese beiden schienen die Anführer der Gruppe zu sein. Sie waren recht freundlich, aber nicht die Art Männer, die ich mochte: Sie waren privilegierte, verwöhnte Typen, die durch die berüchtigtsten Viertel von New York zogen, als wäre Manhattan eine Art privater Spielplatz, der nur zu ihrem alleinigen Vergnügen da war. Für einen gebürtigen New Yorker kann diese Attitüde, diese ständige Suche nach einem neuen Reiz besonders lästig sein, doch ich verdrängte meinen Ärger und lächelte und gab jedem der Reihe nach die Hand.

»Ihr Jungs seht aus, als wärt ihr bereit, heute Abend so einiges anzustellen«, versuchte ich, höflich Konversation zu betreiben.

»Wir werden uns auf dem Hamilton Lodge Ball amüsieren«, sagte Andrew. »Du solltest mitkommen! Du kannst uns in Harlem rumführen.«

Wie kamen sie zu dieser Annahme? Ich hatte nicht preisgeben, dass ich aus Harlem kam, und schon gar nicht, dass ich mich dort auskannte.

»Oh, ich weiß nicht …«, setzte ich an, doch Bobby fiel mir ins Wort.

»Komm schon, Miles! Es wird bestimmt lustig.«

»Komm schon, Miles«, erklang die Gruppe im Chor, manche Stimmen aufrichtiger als andere. Am liebsten hätte ich abgelehnt, aber zu dem Zeitpunkt sah ich keine Möglichkeit, einfach Nein zu sagen.

»Komm schon, Miles«, wiederholte Bobby. »Du kennst Harlem *tatsächlich* besser als wir Übrigen, und überhaupt, bist du je auf dem Hamilton Lodge Ball gewesen? Es soll eine *irre* Atmosphäre sein. Da springt für uns die eine oder andere Geschichte raus. Hast du keine Lust auf ein Abenteuer?«

»Ich habe eine Verlobte«, sagte ich.

»Die meisten Kerle hier auch«, sagte Bobby und wies mit dem Daumen über die Schulter. »Wie schon gesagt, wir werden bloß die Atmosphäre auf uns wirken lassen. Es ist harmlos.«

Ich sah ihn an. Bobby hatte diesen verschämten, leicht schuldbewussten Blick, den alle jungen Halunken an sich haben; in seinen Augen blitzte ein teuflisches Glitzern, stets verquickt mit einem schelmischen Lächeln, das besagte: *Gib nicht mir die Schuld! Ich hab nichts getan!* Jetzt lächelte er, und ich seufzte, da mir klar wurde, dass er nicht lockerlassen würde.

»Na schön«, lenkte ich widerstrebend ein. »Warum nicht?«

Nach ein paar weiteren Bieren torkelte die Gruppe ins Freie und teilte sich auf, als wir uns in eine Reihe Taxis zwängten. Ich fuhr mit Bobby und fragte mich die ganze Zeit über, wozu ich mich da hatte überreden lassen.

Der Rockland Palace in Harlem veranstaltete alljährlich den Hamilton Lodge Ball. Die Tanzveranstaltung war berüchtigt für übertrieben ausgelassenes Feiern und Unmengen an männlichen Gästen, die in Frauenklamotten kamen.

Bekanntermaßen hatten in den vergangenen Jahren Astors und Vanderbilts daran teilgenommen. Ich war noch kein einziges Mal dort gewesen, und während wir mit dem Taxi fuhren, machte ich mir Sorgen über die Konsequenzen, die das Erscheinen auf einem solchen Fest haben könnte. Sollte ich auf dem Ball gesehen werden, wäre das peinlich für meine Harlemer Familie, die sich stolz der Mittelschicht zurechnete, und in meiner Nachbarschaft würde ich noch mehr zum Außenseiter werden, als ich es ohnehin schon war. Doch gleichzeitig, überlegte ich, würde jeder, der davon berichtete, mich dort gesehen zu haben, zugeben müssen, dass er *ebenfalls* dort gewesen war. Wenigstens barg dieser Umstand eine gewisse wechselseitige Sicherheit.

Wir stiegen aus dem Taxi auf die 155th Street, unter einer schwarzen Markise, die in ein hohes Brownstone-Gebäude mit drei Flügeltüren und einem gewaltigen bogenförmigen Buntglasfenster führte. Tief aus dem Innern kreischte hektische Bandmusik, und wir bezahlten jeder das Eintrittsgeld bei einer über eins achtzig großen Blondine im Miss-America-Outfit, die an der Tür eine Geldkassette hielt. Ich sah auf der Stelle, warum man sie für diese Aufgabe ausgewählt hatte: Sie war perfekt geschminkt und bot einen beeindruckenden Anblick, ganz gleich, was sich in Wahrheit unter ihrem Abendkleid verbarg.

Ich folgte Bobby nach drinnen. Mir fiel sofort auf, wie viele Menschen ihm anerkennend zulächelten, während wir uns tiefer in die Menge schoben. Er lächelte auf eine sorglose Komme-was-da-wolle-Art zurück. Der Laden selbst war eine Mischung aus Tanzsaal und Theater, mit einem kleinen Balkon aus Logen an zwei Wänden. Mich überkam sofort das Gefühl, in einem Goldfischglas zu stecken.

»Weißt du, Bobby, ich werde mich vielleicht schon früh entschuldigen. Ich bin müde«, sagte ich, als wir weiter in das Dunkel traten. Ich war alles andere als passend angezogen und nicht in der Stimmung für laute Menschen. Das Licht reichte gerade einmal aus, dass ich das Weiß seiner Augen sehen konnte, als er sie verdrehte.

»Hör auf, so ein Langweiler zu sein. Entspann dich!«, sagte er. »Lass mich dir einen Drink spendieren, und wenn du dann gehen willst, geh ruhig.« Ich war verblüfft. Noch nie im Leben hatte ich gesehen, wie Bobby jemandem einen Drink spendierte. Das hatte er nie nötig gehabt. Die Vorstellung, dass er Geld in der Brieftasche hatte, das er vielleicht tatsächlich ausgeben würde, faszinierte mich. Soweit ich wusste, hatte er nie eine feste Arbeit gehabt.

Bobby hielt Wort, und ich hatte schon bald ein Bier in der Hand. Im Saal war es schwül; die Hitze und der Schweiß der auf beengtem Raum zusammengepferchten Menschen dominierte längst die Atmosphäre. Trotz der schwer lastenden Hitze waren haufenweise Menschen geschniegelt und gebügelt. Es war seltsam rührend. Gut frisierte Dragqueens – die sich, wenn schon nicht als schön, so doch wenigstens als *majestätisch* bezeichnen ließen – schwebten herum, mit Nerzstolen und Meerjungfrauenkleidern herausgeputzt. Frauen mit kurzem Haar schlurften in Smokings herum. Ich erhaschte einen Blick auf zwei Frauen in zueinander passenden Anzügen, die sich an der Bar küssten. Unzählige Leute trugen Kostüme zur Schau. Andere drückten sich in Zivilkleidung in den dunkleren Saalecken herum, manche mit aufrichtigem Interesse, andere ließen nur die Freakshow auf sich wirken, wie es bestimmt die Vanderbilts und Astors getan hatten. Touristen auf dem Karneval. Es war mir auf unerklärliche Weise peinlich festzustellen, dass wir ebenfalls dazugehörten.

»Gehen wir nach oben zu den Logen«, schlug Andrew der Gruppe vor, und John schritt auf die Treppenaufgänge zu, wobei er sich mit seiner massigen Statur einen Weg bahnte. Wir stiegen die Treppe nach oben und erreichten eine Loge, in der Andrew bereits Leute zu kennen schien. Als ich zum zweiten Mal an dem Abend reihum vorgestellt wurde, wurde mir klar, dass ich gerade etwa ein Dutzend Männer kennenlernte, die schon bald an der Wall Street arbeiten und Aktien und Rentenfondsanteile und dergleichen verkaufen würden. Manche dieser Burschen amüsierten sich auch einfach nur und wollten eine verrückte Zeit haben, an die sie sich später zurückerinnern konnten, wenn ihr Leben langweilig und grau geworden war. Meine Intuition verriet mir allerdings, dass für eine kleine Minderheit unter ihnen – ein paar der stilleren Typen mit nüchternem Blick – hier bereits der Grundstein für die gespaltene Natur ihres zukünftigen Erwachsenenlebens gelegt wurde.

»Was meinst du?«, fragte Bobby, während wir die bunte Menschenschar unten auf der Tanzfläche betrachteten. »Furchtbar wildes Treiben, aber trotzdem beeindruckend. Sieh dir all diese *Originale* an! Diese Typen ziehen alle Register.« Ich ließ den Blick über das Panorama unten schweifen. Halbnackte Leiber tummelten sich zwischen förmlich Gekleideten. Kopfputz wankte hoch über der Menge, als die Menschen unten umherwuselten. Es *war* ziemlich wild. Und schön. Und obszön.

Ich trank mein Bier in Rekordzeit aus, und bereits nach einer halben Stunde hatte Andrew eine violette Federboa in die Finger bekommen und sie sich um die Schultern drapiert. Unter leichtem Schwanken hockte er auf der Rückenlehne eines Sofas und übte betrunken den Vorsitz über das kleine Königreich unserer Loge aus. Er machte sich über das Ganze lustig, das verstand ich. Angesichts der Heftigkeit seines Entzückens fragte ich mich allerdings, ob er nicht ein wenig zu stark protestierte. Doch wenn jemand nachfragen würde, würde er sehr wahrscheinlich mit überraschender Boshaftigkeit zurückschlagen. Mich durchlief zitternd ein leichtes Ekelgefühl.

»Wohin gehst du?«, fragte Bobby, als er sah, wie ich mich abwandte.

»Ich guck mich vielleicht ein bisschen um«, erwiderte ich.

»Unten im Schützengraben?«, erkundigte er sich mit hochgezogener Augenbraue.

Ich nickte und ging auf die Treppe zu. Ich fragte mich, ob er mir wohl folgen würde, doch er blieb dort. Ich war erleichtert, fort von John und Andrew und der Truppe lustiger Gesellen zu sein, die sie anführten. Es reute mich, dass ich hergekommen war. Ich würde etwas Zeit totschlagen, indem ich im Getümmel unten ein paar Runden drehte, sagte ich mir, dann würde ich wieder nach oben in die Loge gehen und Bobby eine gute Nacht wünschen.

Unten angekommen wanderte ich ziellos im Saal herum und schwamm in einem wirren Meer aus Eau de Cologne, Körpergeruch und widerlich süßem Parfüm. Ein großer Mann, der mit einer sogar noch größeren Dragqueen tanzte, rempelte mich rückwärts an und wirbelte dann so schnell herum, dass sich einige Schluck Bier über mein Hemd ergossen.

»Tut mir leid, Kumpel!«, brüllte er.

Die Dragqueen – eine Brünette mit schneeweißer Haut und einem aufgemalten Schönheitsfleck über der Lippe – kicherte nervös, weil sie mich verärgert wähnte. Sie irrte sich. Meine persönliche Maxime lautete, Streit im Allgemeinen aus dem Weg zu gehen, und jetzt, auf dem Hamilton Lodge Ball, wollte ich auf keinen Fall die Aufmerksamkeit auf mich ziehen, indem ich eine Schlägerei anfing.

Ich winkte mit einem Schulterzucken ab, um mein mangelndes Interesse an einer Auseinandersetzung zu signalisieren, und entfernte mich dann auf der Suche nach etwas, womit sich das Bier von meinem Hemd wischen ließ, bevor der Fleck nicht mehr wegging. Da erschien eine Hand mit einem sauberen weißen Taschentuch.

»Hier, nimm das«, sagte eine Stimme. Ich blickte auf und folgte der Hand, die das Taschentuch hielt. Ein junger Mann mit erdbeerblondem Haar und haselnussbraunen Augen starrte mir entgegen. Er war ungefähr so alt wie ich, bürgerlich gekleidet – seine Kleidung veranlasste mich zu dem Schluss, dass er vielleicht Angestellter in einer Anwaltskanzlei oder einer Versicherung war – und er schien ganz genauso wenig zu unserer Umgebung zu passen wie ich. Ich betrachtete das Taschentuch und lächelte höflich.

»Das geht nicht«, widersprach ich.

»Bitte.«

»Na gut.« Ich griff nach dem Taschentuch und begann, so gut es ging, den dunklen Bierfleck abzutupfen.

»Das klappt nicht. Versuch's hiermit.« Er bot mir seinen Drink an. »Es ist Sodawasser.« Er nahm mir das Taschentuch ab, reichte mir das Glas, tunkte das Taschentuch hinein und tupfte dann den Fleck ab. Zwar war seine Methode auch keine perfekte Lösung, aber doch wesentlich besser als meine. Das Hemd wäre vielleicht doch noch zu retten.

»Danke«, sagte ich mit ruhiger Stimme, während er gewissenhaft weitermachte. Er lächelte.

»Du scheinst dich hier ungefähr so wohlzufühlen wie ich.«

»Ich wollte gerade das Gleiche sagen.«

»Ich weiß nicht, was ich hier mache«, sagte er lachend.

»Ein paar Freunde haben mich überredet«, erklärte ich. »Sie sind …« Ich warf einen Blick hoch zu der Loge, wo ich Bobby und seine Truppe Taugenichtse zurückgelassen hatte. Andrews Benehmen war eskaliert: Jetzt rief er Vorübergehenden unten Unverschämtheiten zu und begoss jeden, der es wagte, ihn zu ignorieren, mit Bier. »Ich schätze mal, sie sind nur hier, um sich über die Gäste zu mokieren. Ehrlich gesagt sind sie eigentlich nicht meine Freunde. Eher ein Rudel Hyänen.«

»Wie schade«, sagte er, folgte meinem Blick zu der Loge und runzelte die Stirn, als Andrew Bier auf die sehr raffinierte – und wahrscheinlich sehr *teure* – Perücke einer Queen tropfen ließ. Ich zuckte mit den Schultern. »Zugegebenermaßen ist das hier eigentlich auch nicht mein Ding«, fuhr er fort. »Zu protzig für meinen Geschmack, zu viel Rouge und Lippenstift. Nichts davon ist wirklich meine …«

»Farbe?«, schlug ich vor. Wir lachten beide vor uns hin.

»Ja. Aber die Kühnheit und der Mut des Ganzen hat etwas … etwas, worüber ich mich nicht lustig machen würde«, sagte er.

»Ich auch nicht. Echter Mut ist selten.« Wir sahen einander fest in die Augen und standen wortlos da.

»Möchtest du was trinken?«, fragte er. Er hielt sein Glas Sodawasser hoch und ließ das Eis klirren. »Nicht das Zeug hier, sondern was Richtiges?« Ich nickte, und er drehte sich um und bewegte sich auf die Bar zu. Ich folgte ihm.

Doch kurz bevor wir den Tresen erreichten, warf ich erneut einen Blick zu der Loge und sah, dass Bobby zu mir herunterblickte. Er hatte mich in der Menge ausfindig gemacht und beobachtete mich mit einem seltsamen, amüsierten Lächeln. Es hatte nichts Boshaftes an sich, doch es machte mir trotzdem zu schaffen, und mich durchzuckte etwas Kaltes. Ich erstarrte mitten im Gehen. Dem jungen Mann tippte ich auf die Schulter.

»Weißt du, ich habe mir das mit dem Drink anders überlegt … Ich sollte wirklich los«, erklärte ich. Ich beobachtete, wie sich die Stirn des jungen Mannes verwirrt in Falten legte. Ich betrachtete seine intelligenten, haselnussbraunen Augen und den geschmackvollen Anzug, und es tat mir augenblicklich leid, aber es ließ sich nicht ändern. Es gelang mir sogar, die Sache noch schlimmer zu machen, indem ich einen draufsetzte. »Ich bitte um Verzeihung, falls ich« – ich hielt inne – »einen falschen Eindruck erweckt haben sollte.« Er blieb stehen, Überraschung und Bestürzung waren ihm ins Gesicht geschrieben, und er sah mich wortlos an.

»Nochmals vielen Dank für die Hilfe«, schloss ich und streckte ihm die Hand hin. Es wirkte förmlich und linkisch, wie meine Hand so in der Luft hing. Er sah mich noch einen Moment lang an, schüttelte dann kalt meine Hand – worin etwas unglaublich Leeres und Zorniges lag – und drehte sich weg, um schnell wieder in der Menge zu verschwinden.

Ich stand da und kam mir mies vor, auch wenn ich nicht sagen konnte, weshalb. Ich sah nach oben zu der Stelle, von der aus Bobby uns beobachtet hatte, aber allem Anschein nach war er jetzt in ein Gespräch mit Andrew und John vertieft, die ihm auf den Rücken klopften und sich wegen etwas, das er sagte, vor Lachen krümmten. Ich fragte mich, ob es bei dem Witz vielleicht um mich ging. Verärgert wäre ich am liebsten gegangen, ohne ihm eine gute Nacht zu wünschen, doch sobald mir der Gedanke durch den Kopf geschossen war, schob ich ihn auch schon wieder von mir. Wenn Bobby nicht sah, wie ich allein das Fest verließ, würde er eventuell ganz andere Vermutungen darüber anstellen, wann und wie ich verschwunden war.

Ich machte mich auf, die Treppe zurück zur Loge hochzusteigen und mich zu verabschieden.

CLIFF

13

Man mochte schreiben wie ein Besessener, aber wenn es darum ging, veröffentlicht zu werden, war es unerlässlich, die richtigen Leute zu kennen. Eigentlich wollte ich mich mit Kerlen wie Rusty Morrisdale nicht anfreunden, doch wenn man bedachte, wer sein Chef war, konnte es nicht schaden, nett zu ihm zu sein. Literaturagenten waren damals eine Seltenheit, und nur die wirklich wichtigen Autoren hatten einen. Wenn Rustys Chef mich vertrat, würde ich mit Sicherheit groß herauskommen. Sobald mir dieser Gedanke in den Sinn gekommen war, malte ich mir stundenlang aus, wie mir der berühmte Literaturagent großmütig eine Hand auf die Schulter legte und mich zur nächsten Galionsfigur des geschriebenen Wortes auserkor. Und früher oder später würde der berühmte Agent gewiss mit meinem alten Herrn zum Lunch gehen; mein alter Herr traf sich mit allem zum Lunch, was Rang und Namen hatte, und Rustys Boss hatte definitiv Rang und Namen.

Ich verbrachte viel Zeit damit, mir detailliert vorzustellen, wie dieses Mittagessen ablaufen würde. In meiner Fantasie malte ich mir den berühmten Literaturagenten aus, wie er ein Steak aß und eine Zigarette rauchte und über ein Tischtuch aus weißem Leinen in eindringlichen, ernsten Tönen von dem *absoluten Genie* eines jungen Klienten sprach, während mein Vater lächelnd nickte und schließlich erstarrte, als der wichtige Literaturagent sagte, das junge Talent heiße Clifford Nelson und er gehe selbstverständlich nicht davon aus, dass es sich hier um ein Verwandtschaftsverhältnis handele. In manchen Variationen meiner Fantasie erstarrte mein Alter Herr nur, sobald er den Namen seines Sohnes vernahm, und in anderen verschluckte er sich ein wenig an seinem Martini und sabberte Gin auf seine teure Seidenkrawatte, aber so oder so war es sehr gut, sich diesen Fantasien hinzugeben, und es war eine befriedigende Art, den Nachmittag zu verbringen, besonders, nachdem man den ganzen Vormittag in ein leeres Notizbuch gestarrt und Kaffee getrunken hatte, bis die Uhr zwölf schlug und endlich die Zeit kam, etwas Whiskey in den Kaffee zu gießen und ihm damit *einen irischen Kick zu geben*, wie Swish es oft auf seine trockene, augenzwinkernde Art formulierte.

Die große Schwierigkeit der Mission, von Rustys Chef entdeckt zu werden, bestand natürlich darin, erst einmal von Rusty entdeckt zu werden. Ich würde ihn ausfindig machen müssen, und ich würde mich bei ihm einschleimen müssen. Ich entschied, dass es am besten wäre, auf der Suche nach Bobby durchs Village zu streifen, da Rusty ein starkes Interesse an Bobby an den Tag gelegt hatte. Wenn ich mich lange genug an Bobby heftete, würde Rusty vielleicht irgendwann auch auftauchen.

An dem Nachmittag traf ich weder Bobby noch Rusty, *aber* ich traf Swish im White Horse. Er trank ein Bier mit einem bleichgesichtigen Jüngling, den ich noch nie zuvor gesehen hatte. Das Gesicht des Jünglings wurde von dem kalten Licht des Spätnachmittags angestrahlt, das durchs Fenster drang, und schimmerte milchig-bläulich. Im White Horse war es immer dämmrig und ein wenig feucht, und der Holzboden knarzte, wenn man darauf ging, aber das Ganze hatte dennoch etwas Heimeliges, und es war ein beliebter Laden, in dem sich Hipster trafen und über Politik und Philosophie und Lyrik diskutierten. Ich ging davon aus, dass Swish und dieser blasse Jüngling ebendies gerade taten, und ich holte mir ein Bier und gesellte mich zu ihnen. Sie hockten in einer Sitznische, und sobald ich mich ihnen näherte, blickte Swish auf und lächelte und rutschte, um mir Platz zu machen.

»Hey, Cliff, altes Haus, alter Haudegen. Setz dich und lass mich dir Gene vorstellen.« Swish nickte dem bleichgesichtigen Jüngling zu. »Gene hier hat einem verrückten, alten Ex-Bolschewiken eine uralte Druckerpresse für 'n Appel und ein Ei abgekauft und wird seine eigene Literaturzeitschrift gründen. Hat für das Unterfangen ein Souterrain in der Bleecker angemietet.«

Gene lächelte verlegen und zuckte mit den Achseln. »Swish und ich haben uns Namen einfallen lassen. Ich habe mich entschieden, sie *The Tuning Fork* zu nennen.«

Ich stellte ihm ein paar Fragen zu dem Unterfangen, und er begann, seine Pläne für die Auflage genauer zu erläutern. Seine Ambitionen beeindruckten mich, aber auch seine scheue Bescheidenheit. Er hatte etwas Schlichtes an sich. Außerdem war er nicht einfach nur blass; er wies einen seltsamen Mangel an Farbe auf, fast wie bei einem Albino, von seinen farblosen Haaren bis hin zu seinen ausgewaschenen, haselnussbraunen Augen, die einen durch eine zerbrechlich wirkende Nickelbrille anspähten.

»Wir benötigen erstklassige Texte für unsere erste Ausgabe«, sagte Gene.

»Ich habe ihm erzählt, dass du Schriftsteller bist«, fügte Swish hinzu. Jetzt war es an mir, verlegen zu lächeln und mit den Achseln zu zucken.

»Hättest du Lust, etwas beizusteuern?«, fragte Gene. »Eine Geschichte oder vielleicht einen Essay? Aber natürlich ganz ohne Druck. Es ist nur so, dass mir der gute Swish erzählt hat, dass du ein toller Schriftsteller mit echten Ambitionen bist, und wir würden uns über etwas von dir freuen.«

»Tja«, sagte ich und ließ mir das Angebot durch den Kopf gehen. »Also gut.« Es würde Spaß machen, Teil einer neuen Literaturzeitschrift zu sein, die gerade gegründet wurde, und Gene wirkte genau wie die Art Mensch, die vielleicht tatsächlich mit einer Zeitschrift Erfolg haben könnte. Man brauchte Energie, um so etwas aufzuziehen, aber gleichzeitig musste man auch etwas Solides an sich haben. Die meisten Jungs im Village, die versuchten, eine Zeitschrift zu gründen, hatten die Energie, aber nicht die Ausdauer, und deshalb sah man so viele neue Zeitschriften kommen und nach nur wenigen Ausgaben wieder verschwinden. Es waren auffällige, rebellisch aussehende Zeitschriften, und ihre Titelseiten strotzten vor Dynamik und Jazz und hatten etwas Manisches an sich, von dem man wusste, dass es sich nicht aufrechterhalten ließe.

Genes Anblick verriet mir, dass seine Literaturzeitschrift ruhiger und zurückhaltender sein, aber immer noch reichlich Jugend und Energie besitzen würde. Im Moment hatte ich lediglich zwei Geschichten vorzuweisen. Eine, die ich vor ein paar Jahren über einen Jungen geschrieben hatte, der ein Mädchen verlässt und so tut, als würde es ihm nichts ausmachen, obwohl es ihn innerlich in Stücke reißt. Sie war ein bisschen wie diese Hemingway-Geschichte *Das Ende von Etwas*, doch das Pärchen geht nicht gemeinsam zum Angeln, sondern zu einem Baseballspiel, und nachdem der Junge Schluss gemacht hat, verlässt das Mädchen während des siebten Innings das Stadion. Der Junge lässt sie ziehen, sitzt da wie ein Stoiker und sieht sich das Ende des Spiels an, obwohl er völlig zerrissen ist. Ursprünglich hatte ich die Geschichte damals in der Prep School geschrieben, aber im Laufe der Jahre hatte ich daran gearbeitet und sie immer weiter verbessert, doch bisher hatte sie bei keinem der literarischen Schundblätter, bei denen ich sie eingereicht hatte, Erfolg gehabt. Vielleicht würde Gene sie als das erkennen, was sie war, und das große Potenzial sehen, das jenen Redakteuren verborgen geblieben war.

Die andere Geschichte handelt von zwei jungen Kerlen, die als Hobos mit der Eisenbahn fahren und in einer Kleinstadt im Mittleren Westen einen großen Schwindel abziehen. Sie bringen alle dazu, Lose für eine vorgetäuschte Lotterie zu kaufen. Die beiden Kerle gehen dabei äußerst verschlagen vor, denn sie besprechen ihren Plan nie in der Öffentlichkeit, sondern hinterlassen stattdessen Hobo-Nachrichten an geheimen Stellen überall an den Häusern der Stadt, und am Ende sind sie wieder im Zug, trinken Whiskey und lachen darüber, wie es ihnen gelungen ist, alle hinters Licht zu führen. Während ihres Aufenthalts in der Stadt vögelt einer der Kerle die junge, hübsche Tochter eines Farmers, aber später, als er dahockt und mit seinem Freund Whiskey trinkt und lacht, wird ihm klar, dass er wegen des Tricks, mit dem sie alle hereingelegt haben, nie wieder in die Stadt zurückkehren kann. Er mag das Mädchen, und die Erkenntnis, dass er sie nie mehr wiedersehen kann, lässt ihn zutiefst traurig werden, aber er macht weiter und verbirgt diese Traurigkeit vor seinem Freund. Ich muss zugeben, dass die Grundzüge der Geschichte von Swish stammten. Es war eine der Geschichten, die er gern von seinen alten Hobo-Tagen erzählte, weil sie so etwas wie eine Pointe hatte, und jeder, der sie hörte, lachte darüber. Natürlich hatte ich die Namen geändert und ein paar Einzelheiten abgewandelt, aber Swish stellte mir sowieso nie Fragen zu meiner Arbeit, und ich hielt es folglich für keine große Sache, wenn ich ihm nicht erzählte, dass seine Geschichte die eigentliche Inspiration für meine gewesen war. Außerdem wollte ich nicht, dass die Sache zwischen uns zu Misstönen führte. Es stimmte, dass der Keim meiner Idee in seiner Anekdote lag, aber ein Keim ist bloß ein Keim, und viel wichtiger war doch, was ein Schriftsteller aus dem Keim machte, nachdem er einmal eingepflanzt war, und ich war mir nicht sicher, ob Swish das begreifen würde. Jedenfalls entschied ich, Gene die erste Geschichte zu geben.

»Sicher«, sagte ich daher. »Ich glaube, ich hab da was.« Gene und ich vereinbarten, uns am nächsten Tag zu treffen, und er gab mir die Adresse der Souterrainwerkstatt in der Bleecker, und ich versprach, eine frisch abgetippte Kopie mitzubringen, damit er sie lesen konnte.

Auf einmal dachte ich wieder an den Tag mit Miles im Café und ich fragte mich, ob Swish Gene auch empfohlen hatte, Miles um eine Geschichte zu bitten. Doch Swish schien nicht daran gedacht zu haben, und ich war nicht sicher, ob ich das Thema überhaupt ansprechen sollte. Ohnehin war Miles mit seinen Sachen sehr zurückhaltend, und außerdem war es nicht meine Aufgabe, herumzulaufen und mich für ihn einzusetzen. Wenn ein Kerl die Leute dazu bringen wollte, sein Werk zu lesen und ihm Respekt zu zollen, dann war das *seine* Sache. Ich entschied, Miles nicht zu erwähnen, und überhaupt war ich froh, zufällig Swish und Gene über den Weg gelaufen zu sein, und ich war optimistisch, dass Gene meine Geschichte zusagen würde.

»Auf euch beide«, sagte Swish und hob sein Glas. Es war deutlich, dass er froh war, den Kontakt zwischen uns geknüpft zu haben, und wir waren alle ganz aus dem Häuschen bei der Vorstellung, aus Genes neuer Literaturzeitschrift könnte tatsächlich etwas werden.

Die Aussicht, dass etwas von mir Geschriebenes gedruckt erscheinen würde, hatte mich in Hochstimmung versetzt. Der Tag war noch jung, und ich fühlte mich auf einmal ganz verwegen und vielleicht auch ein wenig übermütig. Ich sage übermütig, denn in meinem Suff beschloss ich, nach Midtown zu fahren und dem Büro meines Vaters beim guten alten Bonwright Verlag einen Besuch abzustatten. Ich brannte darauf, ihm zu erzählen, dass meine Geschichte in einer Literaturzeitschrift abgedruckt werden würde, und ich stellte mir vor, wie ich es beiläufig ins Gespräch einfließen ließ.

Aus geschäftlicher Sicht und wenn man auf seine Gunst aus war, empfahl es sich, meinen alten Herrn nachmittags aufzusuchen. Obwohl ich die Dinge nur aus der Distanz beobachtet hatte, wusste ich doch einiges darüber, wie Lektoren arbeiteten, und mir war bekannt, dass es Lektoren gab, an die man sich besser vormittags wandte, und Lektoren, an die man sich besser nachmittags wandte. Und selbst wenn ich dieses Wissen nicht gehabt hätte, so wusste ich doch über meinen alten Herrn Bescheid, und er war definitiv der Typ, an den man sich nachmittags wandte, nachdem er sich ein gutes Steak und ein paar Martinis einverleibt hatte und vergnügt und umgänglich gestimmt war.

Es war ein kurzer Weg bis nach Midtown und zu dem Hochhaus, in dem mein alter Herr arbeitete. Ich stieg im siebten Stock aus dem Aufzug und suchte die Sekretärin meines Vaters an ihrem üblichen Platz inmitten des geschäftigen Treibens des Schreibbüros, aber da war niemand. Das war seltsam, denn seit mein alter Herr bei Bonwright arbeitete, hatte er immer dasselbe Mädchen gehabt, Francine, und Francine bewachte sein Büro auf diese sonderbare Wachhundmanier, die nur alte Schachteln an sich haben, die ihr ganzes Leben lang für denselben Chef arbeiten. Sie war hart und behielt seine Tür sorgfältig im Auge, und ich wusste, dass mein alter Herr es so mochte.

Seine Tür stand einen Spaltbreit offen, und ich schob sie ganz auf. Im Innern herrschte Chaos. Mein alter Herr ging vor dem Fenster auf und ab, während er sich mit jemandem am Telefon herumstritt und immer wieder an seiner Zigarette zog und gierig aus einem Glas Scotch trank. Sein Schreibtisch war unter einem riesigen Stapel Papier begraben, der allmählich zerfiel, ein zusammengeheftetes Manuskript nach dem anderen.

»Nein«, sagte er gerade ins Telefon. »Nein, nein, nein. Ich habe schon zwei Aushilfssekretärinnen hier gehabt. Und jetzt sage ich Ihnen, dass ich noch eine brauche. Mir wurde gesagt, das Mädchen aus der Zeitarbeitsfirma – wie hieß doch gleich noch einmal die, die sie schicken wollten? Barbara? –, mir wurde gesagt, *Barbara* wäre längst hier … Was? … Wann? Das ist untragbar! Es ist mir egal, ob sie woanders arbeitet. Schicken Sie mir in dem Fall eine andere. Was? … Ich weiß nicht, was angefordert wurde … Na, wen auch immer Sie schicken, ich kann Ihnen eines sagen: Entweder ist sie Montag hier, oder ich werde unsere Personalabteilung davon in Kenntnis setzen, dass Bonwright nicht mehr mit Ihrer Agentur zusammenarbeitet.«

Ich bückte mich, um ein paar Papiere aufzuheben, die heruntergefallen waren, und legte sie auf den Schreibtisch zurück. Als ich das tat, drehte mein alter Herr sich um und bemerkte mich. Ich hatte nur helfen wollen, doch er runzelte verärgert die Stirn und winkte mit der Hand, wie um mich zu verscheuchen. Mir wurde flau im Magen. Es war klar, dass ich mich verkalkuliert hatte, denn anstatt eines sehr guten Zeitpunkts, um ihm meine Neuigkeiten mitzuteilen, hatte ich mir einen sehr schlechten Zeitpunkt ausgesucht, und es war nicht sehr wahrscheinlich, dass es sonderlich gut für mich laufen würde. Nach einer Weile legte er auf, seufzte und leerte den Rest seines Scotchs.

»Ja? Wie viel brauchst du, Clifford?«, fragte er, nachdem er den Scotch hinuntergeschluckt und das Glas auf den Tisch geknallt hatte. Zornig drückte er die Zigarette aus. »Beeil dich. Ich habe keine Zeit, mich heute mit deinen finanziellen Nöten abzugeben.« Mein Vater war bekannt dafür, jeden außer mir freundlich und charmant zu behandeln.

»Ich bin nicht wegen Geld da.«

»Na, das ist ja ganz was Neues.«

»Wo ist Francine?«, erkundigte ich mich, da ich noch nicht so weit war, den wahren Grund meines Besuchs in Angriff zu nehmen.

»*Mrs. Edmund Roper* hat letzte Woche gekündigt.« Er zündete sich die nächste Zigarette an. Mit spöttischer Miene tat er so, als würde er auf seine Armbanduhr sehen. »Ich gehe davon aus, dass sie ungefähr jetzt auf Hochzeitsreise ist. Sie hat geheiratet, ist das nicht unfassbar?«

»In ihrem Alter?« Diese Neuigkeit warf mich um, denn Francine war eine herrische alte Vogelscheuche, und ich konnte sie mir beim besten Willen nicht verheiratet vorstellen, geschweige denn auf Hochzeitsreise.

»Wie sich herausstellte, hat sie sich einen netten alten Witwer geangelt«, sagte er mit verbitterter Miene, »und nun lässt sie mich hier verrotten.« Er wies mit einer Geste auf das Durcheinander auf dem Schreibtisch und durchquerte das Zimmer zu dem Servierwagen in der gegenüberliegenden Ecke. »Es ist wohl meine Schuld«, sagte er und goss sich noch einen Scotch ein. Er füllte ein paar Fingerbreit in ein zweites Glas, und ich nahm an, dass dieses für mich sei, also ließ ich mich in einem Sessel nieder. »Damals, als ich überhaupt jedes

Mädchen als Sekretärin hätte haben können, entschied ich mich für *die* alte Schreckschraube, weil ich dachte, tja, hier ist eine, bei der ich nicht so tun muss, als würde ich sie umschmeicheln, und schon hat man sie mir unter der Nase weggeschmeichelt! Weiß denn keiner mehr, was Loyalität ist?«

»Na ja, sie *war* ungefähr fünfzehn Jahre bei dir, oder nicht?«

»Darum geht es nicht, Clifford.« Er stellte das zweite Glas vor mir ab und seufzte.

Wir saßen da und tranken den Scotch und tranken dann noch zwei und ich hörte mir an, wie mein alter Herr Dampf abließ über seine Verpflichtungen im Büro und darüber, wie er ohne Francine zurechtkommen musste. Als sein Gesicht sich allmählich rosa verfärbte und ich spürte, wie meine Wangen aufgrund der Wärme des Scotchs zu glühen begannen, brachte ich das Thema auf Baseball, und welche Yankees sich angeblich gut im Frühjahrstraining machten. Nach einer Weile lockerte er die Krawatte, setzte sich weiter in seinem Sessel zurück und wir plauderten miteinander. Als er entspannt zu sein schien, kam mir wieder in den Sinn, meine guten Neuigkeiten anzusprechen, da sie ihn gewiss beeindrucken würden.

»Sag mal, ich habe nachgedacht«, erklärte ich, »über den ganzen Kram, den wir besprochen haben, nachdem ich dir gesagt habe, dass die Columbia gegessen ist und dass ich genug habe.«

»Gut«, sagte er. Er versteifte sich ein wenig in seinem Sessel. »Bist du zur Vernunft gekommen und willst nun doch einen Abschluss machen?«

»Nicht so ganz«, erwiderte ich. »Ich habe mir überlegt, ein bisschen zu schriftstellern.«

Er runzelte die Stirn. »Hmm.« Mehr sagte er nicht.

»Warum ziehst du so ein Gesicht?«, bohrte ich nach. Ich wusste, dass die Dinge allmählich eine ungute Wendung nehmen und mein Besuch nicht wie geplant verlaufen würde, aber es war mir gleich. Ich war erbost, denn hier war ein Mann, der sein ganzes Leben damit verbracht hatte, Schriftstellern zu helfen, die er nicht kannte, und da ich nun einer von ihnen werden wollte, wäre wohl eigentlich zu erwarten gewesen, dass er seinen eigenen Sohn ermutigen würde. »Schreiben ist harte Arbeit«, sagte ich, bemüht, den schrecklich defensiven Jammerton zu unterdrücken.

»Es *ist* harte Arbeit«, stimmte er mir zu, »und dennoch benötigt man sehr viel Talent. Ganz zu schweigen von reichlich Geduld und Erfahrung. Glaub mir, denn ich kenne mich damit aus: Die Welt braucht nicht noch einen gescheiterten Schriftsteller, Clifford.«

Ich starrte ihn an und hatte das Gefühl, einen Schlag in die Magengrube bekommen zu haben. Ich traute meinen Ohren nicht. Die giftigen Worte *Einen wie dich?* lagen mir auf der Zunge, doch ich verkniff sie mir.

»Deine Mutter und ich, wir hoffen, dass – falls du dich weigerst, dein Studium zu beenden –, dass du dir eine Anstellung suchst.« Er sah mich an und versuchte offensichtlich, väterlich-aufmunternd zu klingen. Das wirkte unnatürlich zwischen uns. »Ich vertraue fest darauf, dass du das kannst«, schloss er nach einer Weile. Er lächelte schmallippig. »So, ich sollte mich wieder an die Arbeit machen, Clifford. Ohne Francine ist das hier ein regelrechter Zoo.« Er hielt inne und zog ein paar Dollarscheine aus der Brieftasche. »Deine Mutter sagt, du hast sie schon seit über einer Woche nicht mehr angerufen.«

»Ihr wisst doch, dass ich in meiner neuen, *ähem*, Lage kein Telefon habe.« Ich starrte ihn zornig an.

»Ach ja.« Er sah gleichzeitig verärgert und peinlich berührt aus. »Tja, hier, bitte. Ich fürchte, das ist alles, was ich im Moment habe.« Er hielt mir zwei Fünfer und einen Zehner hin.

Er hätte genauso gut *Nun aber fort mit dir, Junge* sagen können, so schäbig kam ich mir vor. Ich wusste so gut wie er, dass es Freitagnachmittag war und an einem Freitagnachmittag im Verlagswesen nie etwas geschieht, und die einzige Arbeit, die er erledigen würde, wäre, die Flasche Scotch zu leeren und vielleicht nach dem Telefon zu greifen und ein paar Leute anzubrüllen. Ich wollte noch etwas sagen, doch mir fiel nichts ein, also riss ich ihm die Dollarscheine aus der Hand und stürzte aus dem Büro, ohne mich zu verabschieden.

Am Abend begab ich mich auf die Suche nach Swish, stieß jedoch stattdessen auf Bobby und Pal. Ich hatte in all unseren Stammkneipen nachgesehen und fand beide an einen Pfeiler gelehnt in dem winzigen unterirdischen Eckklub namens Village Vanguard, wo sie Musikern lauschten, die etwas Jazz spielten und in spastischer Synkopierung mit den Köpfen wackelten. Das Bild, das die beiden abgaben, wies eine komische Asymmetrie auf: der große, hoch aufragende Pal, der schüchtern den Kopf bewegte, während seine langen Wimpern die tiefblauen Augen vor dem grellen Bühnenlicht abschirmten, und Bobby mit seiner geschmeidigen Silhouette und seiner erotisierten Pantherpose, der einfach jedem zuzwinkerte, der Blickkontakt mit ihm aufnahm. Sie waren eine Studie in Gegensätzen; der Introvertierte und der Extrovertierte, wie eines dieser medizinischen Anatomiemodelle, die halbseitig geöffnet waren, um einem die Innen- und Außenansicht eines Menschen gleichzeitig zu zeigen.

»Mannomann, könnte ich einen Drink gebrauchen«, sagte ich im Herannahen. Ich war immer noch wütend über meinen alten Herrn.

»Hier, nimm das.« Pal reichte mir ein volles Bier. »Ich hole noch eins.« Er durchquerte den Raum in Richtung Bar, und ich dachte: *Unglaublich, dass einem ein Typ wie Pal das eigene Bier abtritt, ohne sich etwas dabei zu denken.* Typen wie Pal waren Gold wert und wussten es noch nicht einmal, und es war schade, dass nicht die ganze Welt aus solchen Männern bestehen konnte.

Ich lehnte mich an den Pfeiler, trank Pals Bier und redete mit Bobby, während er den Blick wie immer durch den Raum schweifen ließ und sich überlegte, welches Mädchen er an dem Abend vögeln würde. Gerade als ich anfing, mich zu entspannen und die Sache mit meinem alten Herrn zu vergessen, erhaschte ich einen Blick auf jemanden auf der anderen Seite des Pfeilers, den ich nicht gesehen hatte. Ich zuckte zusammen, weil ich nicht erwartet hätte, dass dort überhaupt jemand stand, und wie sich herausstellte, war dieser Jemand Rusty.

»Sag mal, dich kenn ich doch«, begrüßte Rusty mich. »Du bist der Kerl, der ein großer, wichtiger Schriftsteller werden wird«, sagte er und wiederholte damit das, was Rex gesagt hatte, während wir rauchend auf seinem Dach gesessen hatten. Die Worte ließen mich zurückweichen. Wenn er mich schon verhöhnte, könnte er so höflich sein, es mir verdammt noch mal nicht direkt ins Gesicht zu sagen. Doch dann richtete er sich auf, sah mich mit aufrichtiger Miene an und gab etwas von sich, das alles änderte.

»Vielleicht solltest du mir mal was von dir zu lesen geben«, sagte Rusty. Ich stand da und blinzelte dämlich, weil ich zwar damit gerechnet hatte, dass Rusty mich wie auf der Party verspotten würde, aber nicht damit, dass er mir tatsächlich einen Gefallen tun würde. Beim Anblick der Überraschung, die mir ins ganze Gesicht geschrieben stand, lächelte er, aber es war ein schiefes Lächeln, denn Rusty hatte eine sehr unschöne Art, die Lippen unangenehm zu spitzen, wenn er etwas genoss. »Schreib deine Adresse auf«, sagte er und reichte mir ein kleines Notizbuch und einen Bleistift aus seiner Tasche. »Ich schau bei Gelegenheit mal vorbei.«

Ich betrachtete Rusty mit seinen großen Ohren, die zu weit von seinem Kopf abstanden, und seinem Lächeln mit den gespitzten Lippen, und mir wurde klar, dass ich nicht sonderlich scharf darauf war, dass er zu meinem Wohnblock kommen und unangemeldet vorbeischauen würde, aber gleichzeitig dachte ich *Warum nicht, zum Teufel?* – denn hier stand dieser Kerl vor mir, der Assistent von New Yorks berühmtestem Literaturagenten, und überhaupt wäre ich ein Narr, sein Angebot nicht anzunehmen. Das war zu Beginn des Tages mein Plan gewesen, und nun war ich hier, und der Kreis hatte sich geschlossen. Ich griff nach dem Notizbuch, kritzelte meine Adresse hinein und reichte es ihm zurück.

»Wann meinst du, wirst du vorbeikommen?«, fragte ich.

»Ach«, sagte Rusty in unbestimmtem Tonfall, »irgendwann mal.«

EDEN

14

Während meines nächsten Gesprächs mit Miss Everett verkündete ich die guten Neuigkeiten. Ich wusste, dass sie sich für mich freuen und vielleicht sogar ein wenig stolz auf meine Leistung sein würde. Doch sobald die Worte – »Ich bin zur Gutachterin befördert worden!« – meine Lippen verlassen hatten, erkannte ich, dass ich die Lage falsch eingeschätzt hatte. Sie erstarrte einfach, das Gesicht völlig ausdruckslos. Dann gingen, ganz langsam, winzige Veränderungen vonstatten. Ihre Wirbelsäule versteifte sich im Sitzen, und der Bogen ihrer linken Augenbraue schwebte nach oben.

»Herrje, was für ein ehrgeiziges kleines Ding Sie doch sind«, stellte sie schließlich fest. Ihre Stimme hatte etwas Verwirrendes an sich, einen leicht herablassenden Tonfall, den ich bisher noch nicht bei ihr wahrgenommen hatte, und ihr Mund verzog sich zu einem breiten Lächeln mit geschlossenen Lippen. Es war eine dieser Mienen, bei denen man anfangs nicht zu sagen weiß, ob es sich eher um ein Lächeln oder eine Grimasse handelt; ihr ganzes Gesicht zerrte daran, und auf einmal musste ich an eine Geigenspielerin denken, die die Saiten ihres Instruments anzog. »*Gutachterin*, und nach nur drei Monaten, Miss Katz. Wir sollten alle besser auf der Hut sein. Sie bringen es wohl doch noch zur Lektorin.«

Ich wartete auf einen weiteren Kommentar, doch sie richtete die Aufmerksamkeit rasch wieder auf den schlecht gestapelten Manuskriptberg auf ihrem Schreibtisch. »Mabel!«, rief sie mit lauter Stimme. Die Tür schwang auf, und Mabel erschien, als hätte sie wie ein Schachtelmännchen darauf gewartet, dass jemand an der Kurbel drehte. »Ich begreife nicht, warum ich immer noch diese Manuskripte vor mir sehe, obwohl ich Sie vor über einer halben Stunde gebeten habe, sich darum zu kümmern und meine Anschreiben zu tippen«, schalt Miss Everett die jäh dahinwelkende Mabel.

»Ich dachte, Sie möchten bei Ihrem Gespräch mit Miss Katz nicht gestört werden«, erwiderte Mabel kleinlaut.

»Wenn ich das nicht wollen würde, hätte ich es Ihnen gesagt«, erklärte Miss Everett. »Abgesehen davon«, fuhr sie fort, »dürfen wir nicht den Kopf verlieren und uns wie kleine Narren aufführen. Miss Katz ist nicht so wichtig, dass wir unsere Arbeit vernachlässigen sollten, selbst wenn sie zur Gutachterin befördert worden ist.«

»Gutachterin! Oh, Eden – das ist genau das, was du wolltest! Herzlichen Glückwunsch«, sagte Mabel und drehte sich mit weit aufgerissenen Augen in meine Richtung.

»Das wäre alles, Mabel!« Miss Everett hob jäh den Manuskriptstapel auf und hievte ihn in Mabels Arme. Allerdings hatte Miss Everett den Stapel unvorsichtig hochgehoben, und als Mabel nun danach griff, bekam sie einen beträchtlichen Teil der untersten Seiten nicht zu packen, und sie glitten zu Boden. »Oh, Himmel noch mal!«, seufzte Miss Everett, während Mabel sich bückte, um die Manuskripte aufzuheben. Kopfschüttelnd sah Miss Everett noch einmal in meine Richtung. »Wenn Sie uns jetzt entschuldigen würden, Miss Katz, wir sind hier unten schwer beschäftigt. Ich bin mir sicher, dass oben recht viel Ihrer eigenen Arbeit auf Sie wartet, und Mr. Turner wird sich schon fragen, wo Sie abgeblieben sind.«

»Ja, Ma'am«, erwiderte ich. Ich nickte lächelnd und verschwand dann sehr eilig, indem ich auf dem Weg nach draußen über die auf dem Boden verstreuten Papiere hinwegsprang.

Erst verstrich eine Woche, dann waren es zwei... dann schließlich vier ganze Monate, ohne dass Miss Everett anrief und mich zu einem unserer Gespräche nach unten in ihr Büro bat. Allmählich machte ich mir Sorgen, ich hätte die einzige Befürworterin verloren, die ich besaß. Ich deutete ihr Schweigen als Zeichen, dass sie mich als undankbar abgeschrieben hatte.

Doch dann summte eines Tages das Telefon auf meinem Schreibtisch, und als ich an den Apparat ging, stellte ich fest, dass nicht Mabel, sondern Miss Everett persönlich am anderen Ende der Leitung war.

»Hallo, Miss Katz«, erklang der kühle, singende Tonfall, durchs Telefon ein wenig blechern. »Ob Sie wohl etwas Zeit hätten, schnell nach unten zu kommen? Ich habe etwas für Sie.«

»Oh! Natürlich«, erwiderte ich und warf mit dem Ellbogen beinahe einen Pappbecher mit kaltem Kaffee um. »Sofort!«

Miss Everett legte auf. Ich ließ den Blick rasch über meinen Schreibtisch gleiten. Vor mir summte leise die elektrische Schreibmaschine. Eigentlich war ich gerade dabei gewesen, einen Brief für Mr. Turner zu tippen, doch ich wollte Miss Everett nicht warten lassen. Ich schaltete die Schreibmaschine aus, verräumte ein paar Akten in eine Schublade und machte mich auf den Weg zum Aufzug.

Sobald ich im vierten Stock angekommen war, ging ich den Korridor entlang, vorbei an den Reihen von goldgerahmten Bildern mit Segelbooten, die ihre maritime Hochstimmung versprühten, dem vertrauten und zunehmend starken Geruch nach Russischem Dressing entgegen. Sobald ich bei Miss Everetts Büro angekommen war und den Türknauf berührt hatte, flog die Tür auf, und Mabel stürzte heraus, in dem für sie typischen gehetzten Tempo.

»Oh!«, stieß Mabel freudig überrascht aus. »Himmel! Ich hätte dich beinahe umgerannt, Eden! Geh nur rein, sie erwartet dich.«

Behutsam trat ich ein und stellte fest, dass Miss Everett, die Hände ordentlich vor sich auf dem Schreibtisch verschränkt, auf mich wartete. Das war ungewöhnlich. Beinahe immer, wenn ich Miss Everetts Büro betrat, befand sie sich in einem Wirbelwind aus Betriebsamkeit. Sie hatte die Angewohnheit, mich mehrere Minuten lang verlegen herumstehen zu lassen, bevor sie mich bat, Platz zu nehmen.

Sie lächelte – nicht das Geigensaiten-Lächeln, eher eine sanftere Variante dieses Lächelns – und deutete freundlich mit einer Hand winkend auf einen Stuhl. »So, Eden«, setzte Miss Everett an. »Ich muss schon sagen, Sie haben Ihre Zeit hier gut genutzt. Ich habe mir Ihre Beförderung noch einmal durch den Kopf gehen lassen und ich bin wirklich recht beeindruckt.« Ihr Gesicht verzog sich, und es gelang ihr, erneut das sanfte Lächeln zustande zu bringen.

»Danke, Miss Everett.«

»Im Geiste des *Mentorendaseins* habe ich beschlossen, Ihnen eine Gelegenheit zu eröffnen, damit Sie Ihrem wunderbaren Aufstiegsimpuls hier bei Torchon & Lyle weiter folgen können. Während unseres letzten Gespräches, Eden, haben Sie gesagt, Sie seien durch Ihre neuen Verpflichtungen nicht überlastet, sondern würden Sie vielmehr genießen. Ich gehe einmal davon aus, dass das immer noch der Fall ist?«

Ich nickte. »Oh, sicher. Ich habe festgestellt, dass ich die zusätzliche Arbeit ohne Weiteres erledigen kann, wenn ich einfach einen Teil meiner Zeit am Wochenende nutze.«

»Und das macht Ihnen nichts aus?«

»Nein. Ich sollte nicht … ich meine, ich habe mir gedacht, genau das *machen* Lektoren, und wenn ich Lektorin sein will, sollte ich mich besser an die Arbeitszeiten gewöhnen.«

»Das klingt sehr reif, und Sie haben ganz recht, die Angelegenheit auf lange Sicht hin zu betrachten. Jetzt bin ich sogar *noch* sicherer, dass ich richtig entschieden habe, Sie für das auszuwählen, was ich gleich vorschlagen werde.«

»Und was wäre das?«

»Nun ja, ich habe entschieden, Ihnen ein paar hiervon anzuvertrauen«, sagte sie und schob einen Manuskriptstapel über den Schreibtisch in meine Richtung. Von dieser unvermittelten Entwicklung überrascht, beäugte ich den Stapel ungläubig. »Ich gehe wohl recht in der Annahme, dass Mr. Turner ein sehr beschäftigter Mann ist«, fuhr sie fort. »Wahrscheinlich zu beschäftigt, um Ihnen seine Meinung über Ihre Gutachten in allen Einzelheiten kundzutun. Wie sollen Sie je lernen, erstklassige Gutachten zu schreiben, wenn man Sie nicht anleitet? Sehen Sie, auf diese Weise können wir einander gegenseitig helfen, Eden. Ich gestatte Ihnen, jede Woche ein paar meiner Manuskripte zu lesen und Gutachten zu schreiben. Und ich werde Ihre Gutachten persönlich prüfen und Ihnen sagen, was genau ich davon halte. Auf diese Weise dürften Sie viel dazulernen.«

Ich wusste nicht recht, was ich sagen sollte. Der Manuskriptstapel türmte sich gewaltig, und ihre Worte schwammen in meinen Ohren: *Ich gestatte Ihnen … zu lesen … Ihnen sagen, was genau ich davon halte …* Ich begriff zum einen, dass sie mir zusätzliche Arbeit aufbürdete, und ich begriff ebenfalls, dass es Miss Everett mit der Art, wie sie unser Gespräch eingerahmt hatte, gelungen war, zwei Dinge sehr geschickt miteinander zu verknüpfen: Sie hatte meinen Wunsch, Lektorin zu werden, an den zusätzlichen Manuskriptstapel gebunden, der jetzt vor mir lag. Ich hatte gesagt, dass ich Lektorin sein wollte – *mehr als alles andere*, hatte ich behauptet. Hier war meine Chance, ihr zu beweisen, dass ich es auch so gemeint hatte.

»Danke«, sagte ich schließlich.

»Selbstverständlich.« Miss Everett winkte ab. Ihre frisch lackierten Fingernägel blitzten im Licht auf wie fünf winzige purpurrote Blutlachen. »Keine Ursache. Sie haben Ihren Ehrgeiz deutlich gemacht, und ich möchte alles in meiner Macht Stehende tun, um ihn zu fördern und dafür zu sorgen, dass Sie Ihren Weg gehen.« Sie richtete die Aufmerksamkeit wieder auf ihren Schreibtisch und fing an, mehrere Papiere herumzuschieben. Es war klar, dass unsere Besprechung beendet war. Ich erhob mich von meinem Platz und streckte die Hand nach den Manuskripten aus.

»Oh – eine letzte Sache, Eden. Ich habe nur zwei Regeln bezüglich der Manuskripte, die ich Ihnen geben werde. Die erste lautet, dass Sie mir unverzüglich Bescheid geben, falls es bei der Fertigstellung eines Gutachtens zu Verzögerungen kommen sollte. Auf diese Weise kann ich die Sache selbst in die Hand nehmen und Ihre Gutachten nötigenfalls für Sie beenden. Und die zweite lautet, dass Sie diese Manuskripte niemals, unter gar keinen Umständen, aus dem Verlag schaffen. Ich hatte ein Mädchen, das sie mit nach Hause genommen und in einem öffentlichen Bus liegen gelassen hat – können Sie sich das vorstellen? Ich kann einfach nicht zulassen, dass sie verschwinden, und ich muss darauf bestehen, dass Sie hier daran arbeiten.«

Der Stapel, den Miss Everett mir reichte, war beträchtlich, und wenn ich die Manuskripte mit nach Hause nehmen könnte, würde mir das die Möglichkeit geben, abends weiter daran zu arbeiten. Beinahe hätte ich erwähnt, dass Mr. Turner mir gestattete, Manuskripte über Nacht und sogar übers Wochenende mit nach Hause zu nehmen, doch ich wollte nicht unverschämt oder respektlos klingen. Die Manuskripte lagen sehr schwer in meinen Armen, und mein Enthusiasmus erlahmte bereits bei dem Gedanken an die langen Abende voller Arbeit, die sich vor mir erstreckten, also nickte ich nur.

15

Ich wurde rasch mit den internen Rhythmen des Büros vertraut. Miss Everetts Dekret, dass die Manuskripte – jedenfalls *ihre* Manuskripte – das Haus niemals verlassen durften, bedeutete, dass ich lange bleiben musste, nachdem all die anderen Sekretärinnen, Gutachter und Lektoren Feierabend gemacht hatten. Auf dem Rückweg von der Damentoilette bot sich mir oft der Anblick meines erleuchteten Schreibtisches, der wie ein einsamer Schiffbrüchiger inmitten eines dunklen Meeres wirkte. Während dieser Abendschichten schaffte ich viel, aber ich kann nicht behaupten, dass ich mich je hundertprozentig wohlgefühlt hätte. Die Atmosphäre hatte etwas Unbehagliches, sobald die Lichter ausgeschaltet waren. Ich spürte, wie sich die widerhallende Höhle des fünften Stockwerks um mich erstreckte, und das knisternde Rascheln jeder Manuskriptseite hörte sich von Minute zu Minute lauter an. Ich fühlte mich wie in einem Spukschloss – so könnte man es wohl am besten beschreiben. Ich war mir sehr bewusst, isoliert zu sein und doch nicht allein. Um neun Uhr kam jeden Abend ein alter Schwede namens Olaf, um die Papierkörbe zu leeren und die Kaffeekannen zu reinigen. Beim Anblick der Pupillen in seinen Augen, milchig-blau mit fortgeschrittenem grauen Star, begriff ich, wie es kam, dass die gläsernen Kaffeekannen nie ganz sauber zu werden schienen. Häufig regte sich auch hier und da noch etwas. Lektoren, die zurückkehrten, um sich eine Flasche Scotch zu holen oder eine Weile bei ausgeschaltetem Licht in ihrem Büro zu verbringen und sich mit einer Damenbekanntschaft einen Schlummertrunk zu genehmigen. Das waren die Lektoren, die ich als die »Wölfe« des Verlags bezeichnete; es waren einsame Männer, die herumpirschten und das Büro benutzten, als wäre es ein privates Hinterzimmer im Sardi's oder Algonquin. Allerdings erkannte ich auch eine Spezies noch einsamerer Lektoren – diejenigen, die zu hart arbeiteten oder sich mit ihren Ehefrauen stritten. Diese Lektoren fanden sich letztlich damit ab, die Nacht über auf den kratzigen Polstern ihrer Bürosofas zu schlafen. Nach Büroschluss war Torchon & Lyle ein Ort tiefen Schweigens und dennoch voll rastloser Aktivität.

Als ich eines Abends von der Lektüre an meinem Schreibtisch aufblickte, sah ich eine blonde Erscheinung auf mich zukommen. Am beschwingten Schritt erkannte ich Judy. Bei ihrem Herannahen stellte ich zu meiner Verblüffung fest, dass sie um neun Uhr abends ganz genauso frisch und munter aussah wie um acht Uhr morgens.

»Ich dachte mir doch, dass ich dich hier antreffe!«, rief sie. Als sie in den Lichtkegel um meinen Schreibtisch trat, bemerkte ich, dass der leuchtende Lippenstift, den sie stets trug, frisch nachgezogen war. »Mabel hat erzählt, dass Miss Everett dir noch mehr Arbeit auf die Schultern geladen hat.«

In ihrer Stimme schwang ein mitleidiger Tonfall mit, der mich ärgerte. »Oh, das macht mir nichts aus«, erwiderte ich. »Ich betrachte es als Kompliment, dass sie meinem Geschmack vertraut. Stell dir einmal vor, sie macht sich gar nicht erst die Mühe, diejenigen Manuskripte zu lesen, die ich für schlecht halte! So sehr vertraut sie mir.«

Judy nickte freundlich, sah mich allerdings immer noch

mit einer Miene an, als wollte sie einem Kind helfen, das sich verlaufen hatte. Ich verstand Judy nicht; sie wollte offenbar einfach nicht akzeptieren, dass das die Art und Weise war, wie ich Lektorin werden würde. Doch auf einmal schien sie meinen Verdruss über ihr Mitleid doch zu bemerken, denn ihr Gesicht entspannte sich, und sie lachte.

»Guck doch nicht so mürrisch, ich bin zu deiner Rettung herbeigeeilt! Willst du ein Päuschen einlegen? Ich selbst habe schrecklichen Durst.«

Ich betrachtete den Manuskriptstapel, der irgendwie genauso riesig aussah wie noch vor Stunden, als ich ihn auf meinen Schreibtisch hatte plumpsen lassen. Mir wurde klar, dass ich in den letzten beiden Stunden angefangen hatte, etwas verschwommen zu sehen. »Das wäre vielleicht nett«, murmelte ich, dann hellte sich meine Miene auf, und ich warf einen Blick auf meine Armbanduhr. Wenn wir ganz kurz eine Tasse Kaffee trinken gingen, könnte ich in einer guten halben Stunde wieder erfrischt am Schreibtisch sitzen. »Wie spät ist es? Hat das Schrafft's noch ein bisschen auf?«

»Oh. Ich dachte, wir könnten woanders hingehen. Ich hatte da etwas Stärkeres als Kaffee im Sinn.«

»Stärker?«

Genau zwei Wodka Martinis und eine Stunde später verabschiedete ich mich widerwillig von Judy und zwang mich, ins Büro zurückzukehren. Der Wechsel von der lauten, muffigen Wärme der kleinen irischen Bar, in der wir uns einen Drink genehmigt hatten, zurück in die widerhallende Isolation des Büros war, als stiege man aus einem Dampfbad in ein Eisbecken. Das Gefühl von Geborgenheit, das mich in einer so angenehmen und einladenden Woge in der Bar überkommen hatte, schien jetzt eher wie ein zusammenhangloses Klirren in meinem Kopf.

Als die Aufzugtüren im fünften Stock aufgingen, trat ich hinaus, blieb jedoch sofort abrupt stehen. Quer durch den Raum ließ sich eine dunkle Gestalt ausmachen, die an meinem Schreibtisch herumlungerte. Ein Blick auf die massigen Konturen verriet mir, dass ich Mr. Frederick vor mir hatte. Sein Kopf drehte sich, und als das alkoholische Glitzern seiner wässrigen Augen aufblitzte, begriff ich, dass er in meine Richtung sah.

»Ach, Miss Katz – da sind Sie ja! Ich habe nach Ihnen gesucht«, sagte er mit träger, belegter Stimme.

»Nach mir?«

»Ja! Ich habe doch versprochen, dass ich Ihnen einen Besuch abstatten würde, und hier bin ich …«

»Das ist sehr … ähm … *aufmerksam.*«

»Genau! Ich bin ein sehr aufmerksamer Mann. Fragen Sie jeden! Fragen Sie alle!«

Ich hatte keine Ahnung, wer die Phantomgemeinde sein mochte, die ich seiner Meinung nach befragen sollte, doch ich bohrte nicht nach. Als ich auf meinen Schreibtisch zuging, trat Mr. Frederick näher an die Schreibtischlampe heran, und ich konnte seine Miene erkennen. Er torkelte so dicht heran, dass ich seinen Atem riechen konnte, und starrte mich mehrere Sekunden lang mit einem benommenen Lächeln, das sich dümmlich auf seinem Gesicht ausgebreitet hatte, an. Dann blickte er auf einmal niedergeschlagen drein und runzelte die Stirn. Er tippte mit dem Finger auf den Manuskriptstapel auf meinem Schreibtisch, und anhand des Durcheinanders erkannte ich, dass er bis gerade eben meinen Schreibtisch durchwühlt hatte.

»Ja, ich bin zu *Ihnen* gekommen … aber Sie waren nicht hier«, sagte er. »Wo waren Sie?«

»Oh, ich habe ein bisschen frische Luft geschnappt.« Sobald ich es gesagt hatte, bereute ich es. Meine Lüge klang nicht sehr überzeugend, und Mr. Fredericks Miene zeigte mir, dass er das genauso sah und dass er erraten konnte, wo genau ich gewesen war.

»Aha! *Frische Luft*, was?« Er zwinkerte mir zu. »Ich *wusste* doch, dass Sie ein Mädchen sind, das sich gern amüsiert.« Sein stupsender, bohrender Finger fuhr schnurstracks auf meine Rippen zu. Instinktiv schreckte ich zurück und hob die Hand, um ihm auf den Finger zu schlagen, konnte mich aber gerade noch zurückhalten.

»Ich will nicht zudringlich werden.« Er streckte beide Hände unschuldig in die Luft. Einen Moment wankte er auf der Stelle, kippelte betrunken auf den Füßen und ließ dann die Hände sinken, um seinen beträchtlichen Bauch zu reiben. »Ich bin auf jeden Fall ein Gentleman. Fragen Sie die Leute! Fragen Sie alle! Durch und durch ein Gentleman.«

»Selbstverständlich«, sagte ich. »Es tut mir leid.«

»Ja …«, sagte er, besänftigt durch die Möglichkeit, galant bleiben zu können. »Ich finde schon, dass ihr jungen Leute heutzutage zu besessen von der Sexualität seid. Ihr bekommt immer gleich ein falsches Bild …«

»Sie haben so recht, Verzeihung«, wiederholte ich und witterte auf einmal meine Chance. »Es ist schon reichlich spät, und meine Augen sind schon ganz müde. Ich sollte wirklich besser nach Hause gehen.« Ich vollzog meinen Abgang schnell genug, um dem nächsten Satz zuvorzukommen, den er sich womöglich gerade überlegte.

Ich eilte nach draußen, nahm die Treppe, schlich mich allerdings um fünf Uhr morgens wieder ins Büro, um in meiner Verzweiflung zu versuchen, meine Arbeit vom Vorabend zu Ende zu bringen.

Schon bald wurde dies zur Routine. Einmal angefangen,

ließ sich dem Katz-und-Maus-Spiel zwischen Mr. Frederick und mir schwer ein Riegel vorschieben. Mr. Frederick war nun stark auf meine Existenz ausgerichtet, ganz ähnlich wie eine Stechmücke, die man verscheuchte, bevor sie sich das erste Mal in der Nacht ganz mit Blut vollsaugen konnte – extrem sensibel für die Gegenwart eines warmen menschlichen Körpers in einem beengten Raum. Er begann mich ständig aufzusuchen, besonders nach Büroschluss. Mein reguläres Ausweichmanöver – mich schnell zu verdrücken und meine Arbeitszeit wieder hereinzuholen, indem ich um vier oder fünf Uhr morgens ins Büro zurückkehrte – forderte allmählich seinen Tribut. Als Judy eine Bemerkung über die dunklen Ringe unter meinen Augen machte, brach ich beinahe in Tränen aus, während ich meine Lage erklärte.

»Oh, er ist schamlos!«, befand Judy und verdrehte die Augen, als ich die unzähligen Abende beschrieb, an denen ich um meinen Schreibtisch gejagt worden war. »Und es ist nicht abzusehen, was er vorhat. Er hat Mädchen auf der alljährlichen Weihnachtsfeier richtig schlimme Dinge angetan – du weißt schon, hat sie in eine unangenehme Lage gebracht und dann am nächsten Tag erklärt, da könne man jetzt auch nichts machen, da er zu betrunken gewesen sei, als dass man ihn für irgendetwas verantwortlich machen könne, und dass es sowieso nur im Spaß gewesen sei. Ich glaube, er weiß, dass er nicht gefeuert werden kann. Wenn ich du wäre, würde ich mich um jeden Preis von ihm fernhalten.«

»Das versuche ich ja, aber es ist furchtbar schwierig, das zu bewerkstelligen, wenn Miss Everett mich an all diesen Manuskripten arbeiten lässt und er weiß, dass ich praktisch an den Schreibtisch gekettet bin.«

»Ich kapier es nicht«, sagte Judy, und ihr Pferdeschwanz glänzte, als sie missbilligend den Kopf schüttelte. »Warum nimmst du die Manuskripte nicht einfach mit nach Hause? Sie wird es nie erfahren.«

Ich ließ mir Judys Vorschlag durch den Kopf gehen und stellte fest, dass die Versuchung groß war.

Am Abend kam Miss Everett ein paar Minuten vor fünf Uhr an meinem Schreibtisch vorbei, wie sie es gewöhnlich tat, frisch bespritzt mit einer großzügigen Dosis Chanel No. 5. Ich wusste, dass sie im Begriff war, das Büro zu verlassen und Feierabend zu machen, weil ein Seidentuch über ihr Haar gebunden war und sie eine Schmetterlingsbrille in der Hand hielt. Sie plauschte freundlich mit mir, und währenddessen regte sich mein Gewissen und ich änderte drei- oder viermal meine Meinung, ob ich es fertigbringen würde oder nicht, meinen Plan durchzuziehen. Schließlich zerrte sie eine Ladung Manuskripte aus ihrer Straußenlederhandtasche und legte sie fröhlich auf einer Ecke des Schreibtisches ab.

»Nur ein paar mehr, die Sie sich anschauen sollen«, sagte sie. »Ich gehe einmal davon aus, dass Sie allmählich eine richtige Expertin werden. Es mag nach viel aussehen, aber es sollte nicht sehr lang dauern dahinterzukommen, ob sie gut sind oder nicht. Sie sind schlau, Sie werden im Nu damit fertig sein!«

Ich betrachtete den Stapel, den sie zurückgelassen hatte. Gott wusste, was sich darin befand. Die Papierstapel, die Mr. Turner mir überließ, waren oft nicht besonders hoch, und die Manuskripte, die sich darin befanden, zwar nicht herausragend gut, aber auch nie sehr schlecht. Ich glaube, er verfuhr nach einem System, indem er sie selbst erst einmal sichtete und mich nur diejenigen Manuskripte lesen ließ, die er ernsthaft in Betracht zog. Im Gegensatz dazu waren die Stapel, die Miss Everett mir gab, völlig chaotisch und beinhalteten die unterschiedlichsten Dinge von Liebesromanen über Krimis bis hin zu praktischen Handbüchern. Ich hatte Verständnis dafür, dass Miss Everett von ihren Kollegen als eine Art redaktionelles Auffangbecken benutzt wurde; beispielsweise lektorierte sie Koch- und Kinderbücher – Themen, bei denen ihre männlichen Gegenstücke annahmen, sie würden ihr zusagen, da sie schließlich eine *Frau* war –, während sie tatsächlich nicht das geringste Interesse daran hegte. Sie luden all ihre unerwünschten Projekte bei ihr ab, und nun lud sie im Gegenzug ihre unerwünschten Projekte bei mir ab.

Ich unternahm den Versuch, Miss Everetts Manuskripte an dem Abend zum ersten Mal mit nach Hause zu nehmen, und die ganze Zeit über schlug mir das Herz bis zum Hals. Nachdem sie gegangen war, wartete ich eine volle Stunde lang ab, bloß um sicherzugehen, dass sie nicht zurückkehren würde. Am Ende wartete ich so lange, bis sich endlich der dunstige Hauch des Chanel No. 5 aufgelöst hatte.

16

Die Manuskripte mit nach Hause zu nehmen war gar nicht *so* schlimm, räsonierte ich. Schließlich konnte ich effizienter arbeiten, wenn ich mir keine Sorgen machen musste, dass Mr. Frederick mir auflauerte, und ich war nie spät dran, was Miss Everetts Abgabetermine betraf. Was sie nicht wusste, konnte ihr nicht wehtun.

Dann wurde ich eines Tages doch erwischt. Ich vermasselte das Ganze gründlich. Wenn ich besser aufgepasst hätte, wäre mir aufgefallen, dass Miss Everett nicht das Seidentuch trug, das sie sich gewöhnlich ums Haar band, wenn sie nach oben kam, um mir auf Wiedersehen zu sagen. Doch es fiel mir nicht auf. Stattdessen packte ich noch früher als gewöhnlich zusammen und um sechs Uhr abends fuhr ich bereits mit dem Aufzug in die Eingangshalle hinunter, den Manuskriptstapel fest umklammert, den sie mir erst eine Stunde zuvor überreicht hatte. Unerwarteterweise hielt der Aufzug im vierten Stock. Die Türen gingen auf, und direkt vor mir stand Miss Everett.

»Oh!«, entfuhr es mir. Sie sah mich mit unverhohlener Neugier an. Die Türen schlossen sich, nachdem sie eingestiegen war. In Miss Everetts Hand wehte das Seidentuch. Sie war offensichtlich zurückgekehrt, um es zu holen. Statt das Tuch haubenhaft über ihr Haar zu binden, rollte sie es zu einem

Schlauch und band es sich um den Hals, die Enden schräg zur Seite, wie eine modische Stewardess. Ich atmete ein und bemerkte, dass ihr Chanel No. 5 frisch aufgetragen war. Sie war auf dem Weg irgendwohin, wurde mir klar, irgendwohin, um in der Stadt auszugehen. Wir sahen einander an. Ich räusperte mich.

»Schon fertig für heute, Eden?«, erkundigte Miss Everett sich in überraschtem Tonfall.

»Eigentlich nicht so ganz.« Ich zwang mich zu einem kläglichen Lächeln. »Ich habe mir gedacht, ich laufe vielleicht kurz über die Straße, um im Schrafft's eine Tasse Kaffee zu trinken.« Sobald die Worte meinen Mund verlassen hatten, wussten wir beide, dass es eine Lüge war.

»Ich hoffe, das sind nicht *meine* Manuskripte.«

Ich warf einen matten Blick in ihre Richtung und versuchte, etwas zu sagen, brachte aber keinen Ton heraus.

»Ich dachte, ich hätte mich klar ausgedrückt, Eden: Ich kann wirklich nicht zulassen, dass sie irgendwohin mitgenommen werden. Noch nicht einmal über die Straße ins Schrafft's.«

»Es tut mir leid«, sagte ich. »Ich werde nach oben fahren und sie sofort zurücklegen, Miss Everett.«

»Gut«, erwiderte Miss Everett. »So viel gebe ich Ihnen auch wieder nicht zu tun, und ich gehe davon aus, dass es Ihnen nichts ausmacht, heute ein wenig länger zu arbeiten. Ich brauche zwei davon bis morgen Vormittag.« Sie holte eine Puderdose aus der Handtasche und ging dazu über, sich die Nase zu pudern. Als sie fertig war, ließ sie die Dose zuschnappen und seufzte. »Und keine Sorge. Ich werde kein großes Aufhebens darum machen, dass Sie sie – wohin war es doch gleich, meine Liebe? – ins *Schrafft's* mitnehmen wollten.« Bei der Art, wie sie *Schrafft's* aussprach, drehte sich mir der Magen um. Sie gab mir zu verstehen, dass sie meiner Lüge nicht auf den Leim gegangen war. Ich nickte. Sie steckte die Puderdose ordentlich zurück in ihre Handtasche. Die Lippen in frisch aufgetragenem Revlon-Rot und die Haut weiß wie Schnee gepudert, starrte sie mich mit kalten blauen Augen an. »Es darf nur nicht wieder vorkommen. Ich fände es schrecklich, wenn Sie sich ganz bewusst nicht an meine Regeln gehalten hätten. Deshalb bin ich mir *sicher*, dass es lediglich ein simples Missverständnis war. Meinen Sie nicht auch, dass es nichts weiter war, Eden – ein simples Missverständnis?«

»Ja. Natürlich.« Der Aufzug klingelte, und als sich die Türen öffneten, war das leere, widerhallende Marmorfoyer zu sehen. Ich stand reglos da und kam mir wie eine Vollidiotin vor.

»Na, dann, schönen Abend, Eden«, sagte Miss Everett und stieg aus dem Aufzug. Sie drehte sich um und betrachtete mich mit argwöhnischer Miene, während die Türen zuglitten, als stellte sie sicher, dass ich nicht in letzter Sekunde versuchen würde herauszuspringen. Ich fühlte mich wie ein ungezogenes Kind, das man ins Direktorat geschickt hatte. Ich drückte auf den Knopf zum fünften Stock.

Ich spürte, wie die Aufzugkabine nach oben fuhr und den vertrauten gleichmäßigen Druck des Bodens gegen meine Beine, bei dem meine Knie immer ganz wackelig wurden. Äußerlich stieg ich nach oben. Doch innerlich sank mir der Mut.

Ich war nur eine knappe Stunde allein, als ich hörte, wie die Aufzugtüren erneut aufglitten. Irgendwo tief in meiner Magengrube wusste ich, dass es Mr. Frederick war. Instinktiv schnellte meine Hand vor, um meine Schreibtischlampe auszuschalten, und ich hielt den Atem an, als sich blitzschnell Dunkelheit um mich legte. Ein dummer, wilder Einfall kam mir in den Sinn. So schnell ich konnte, stürzte ich unter meinen Schreibtisch und zog den Stuhl fest hinter mich.

Ich hörte seinen schweren Atem quer durch den Raum. Anhand des Geräusches war zu erkennen, dass er ziemlich betrunken war. Er torkelte in Richtung meines Schreibtisches. Zu meiner Überraschung schaltete er auf dem Weg durch das Büro kein einziges Licht an. Das rief bei mir sowohl Angst als auch Erleichterung hervor. Ich war mir noch nicht sicher, ob sich die Dunkelheit als meine Feindin oder meine Verbündete herausstellen sollte.

Als er meinen Schreibtisch erreichte, ächzte er, während er Manuskriptstapel herumschob. Ich konnte mir seine Hände beim Durchwühlen meiner Sachen vorstellen: seine rötliche Haut und die aufgedunsenen Finger, an jedem Fingerknöchel ein glänzendes Büschel erdbeerblonder Härchen, der dicke Ringfinger von einem goldenen Ehering eingequetscht. Er brachte meinen Schreibtisch durcheinander, aber ich hielt den Mund, während er weiter wild herumwühlte. Einmal musste er sich allerdings zu weit vorgebeugt haben, denn er schien das Gleichgewicht zu verlieren und torkelte näher an die Seite des Schreibtisches heran, wobei er mich mit der Spitze eines der Herrenhalbschuhe trat, die er immer trug. Der Tritt war heftig und unerwartet. Meine Augen füllten sich mit Tränen. Es gelang mir, einen Schrei zu unterdrücken, aber da war es längst zu spät.

»Hey!«, rief Mr. Frederick. Auf einmal schloss sich eine Hand um meinen Knöchel. Boshaftes Gelächter erklang, während er an meinem Bein zog. »Ich kann Sie sehen!«, säuselte er. Als ich nicht gleich hervorkam, fing er an, heftiger zu zerren.

»Aua!«, rief ich. Ich spürte, wie die Hand zögerlich meinen Fußknöchel losließ.

»Schon gut, kleine Madame, jetzt hab ich dich erwischt! Komm da raus!«, brüllte er. Bei seinem manischen, singenden Tonfall wurde mir übel.

Ich schob den Stuhl weg, rollte mich auf die Knie und kroch unter dem Schreibtisch hervor. Mein Magen rumorte, und ich schwitzte. Ich stand auf und versuchte, meine zerknitterte Kleidung glatt zu streichen, in der Hoffnung, etwas Würde zu erlangen und die Situation wieder unter Kontrolle zu bekommen, aber Mr. Frederick ließ mich nicht zu Wort kommen. Stattdessen warf er sich wie ein wildgewordenes Tier mit dem ganzen Körper auf mich.

»Jetzt hab dich nicht so«, keuchte er in mein Ohr. »Ich *weiß*, dass du die Art von Mädchen bist, die gern ein bisschen Spaß hat. Ha, wir können gemeinsam wieder unter deinen Schreibtisch kriechen, wenn du willst!« Sein Atem war heiß vor Bourbon, und bevor ich michs versah, fuhren seine Hände über meinen ganzen Körper, bewegten sich unsanft über meine Bluse und meinen Rock. Ich spürte Mr. Fredericks Zunge im Ohr. Zwar versuchte ich, ihn wegzustoßen, doch während ich mich zur Wehr setzte, gewann Mr. Frederick die Oberhand und küsste mich voll auf den Mund.

Auf einmal ging die Deckenbeleuchtung an. Ich riss mich von Mr. Frederick los und erblickte einen schlanken Mann in ordentlichem grauen Anzug. Er hatte die Stirn gerunzelt und wirkte angewidert.

»Was ist denn hier los?«, fragte Mr. Turner. Seine Stimme war tonlos und streng, und etwas sagte mir, dass seine Worte nicht als Frage gemeint waren.

17

Beim Erwachen fühlte ich mich elend. Ich war spät nach Hause gekommen und hatte mich die ganze Nacht hin und her gewälzt und mir den Kopf zerbrochen, wie viel ich Mr. Turner erklären sollte – und mir vorgenommen, an Miss Everett heranzutreten in der Hoffnung, dass sie mir vielleicht helfen würde –, und ich hatte mich in eine solch erschöpfte Aufregung hineingesteigert, dass ich das schrille Läuten der blechernen Glocke des Weckers verschlief. Als ich endlich aufwachte, zog ich mich so rasch wie möglich an und eilte zu Torchon & Lyle. Mein Gehen war schon fast ein Laufen, und einmal verlor ich aus Versehen meinen Ballerinaschuh und musste auf einem Bein zu dem Rinnstein voll schmutzigem Wasser zurückhüpfen, in dem er gelandet war.

Gerade noch rechtzeitig schaffte ich es zu Torchon & Lyle. Ich schob mich durch die Drehtür und vergaß in meiner Eile, die Phönixklaue zu reiben. Später dämmerte mir mein Versäumnis. Ich eilte durch die Eingangshalle und fuhr mit dem Aufzug in den fünften Stock. Als der Aufzug läutete und die Türen aufglitten, tat ich einen tiefen, hoffnungsvollen Atemzug und stürzte vorwärts.

Zu meiner Überraschung saß bei meiner Ankunft ein fremdes Mädchen auf meinem Stuhl.

»Oh!«, entfuhr es mir. Ich überlegte kurz, ob ich vielleicht im falschen Stockwerk ausgestiegen sein könnte. Ich blinzelte und ließ den Blick über die anderen Sekretärinnen schweifen, über die Schilder mit den verschiedenen Lektorennamen neben den jeweiligen Türen – aber nein, das alles war richtig und vertraut und genau, wie es sein sollte. Nicht vertraut war nur das Mädchen, das an meinem Schreibtisch saß. »Oh!«, stieß ich erneut aus. »Es tut mir leid – bin ich spät dran? Hat man Sie als Vertretung hergeschickt?«

»Nicht als *Vertretung*«, sagte sie mit abfälliger Stimme und verdrehte ungeduldig die Augen. Mit gerümpfter Nase richtete sie die Aufmerksamkeit wieder auf die Zeitschrift, die sie gerade las. »Gehen Sie schon rein«, wies sie mich an. »Mr. Turner hat gesagt, ich soll Sie gleich bei Ihrer Ankunft reinschicken.« Sie machte sich nicht die Mühe, sich vorzustellen, obwohl klar war, dass sie genau wusste, wer *ich* war. Verblüfft stand ich dort, auf einmal wie benebelt. In meinem Kopf machte sich ein schrecklicher, pochender Schmerz breit. Ich betrachtete die junge Frau genauer. Sie war klein und untersetzt und trug eine Brille, die auf einer breiten Nase saß. Das honigblonde Haar wurde von einem weißen Stirnband zurückgehalten. Trotz der gedrungenen Gestalt wies sie das adrette Aussehen auf, das nur Geld zustande bringt. Ihre Nase war mit Sommersprossen gesprenkelt, die wahrscheinlich auf dem Golfplatz im Country Club ihrer Eltern erworben worden waren; die Haut an ihren Armen schimmerte von Bermudabräune; die blassrosa Kaschmirstrickjacke, die wie ein Cape über ihren Schultern zugeknöpft war, konnte nur von Bergdorf stammen. Sie war bestimmt die Tochter irgendeines Geschäftsfreundes, der Mr. Turner schon vor langer Zeit darum gebeten hatte, ihr eine Stelle zu besorgen, die sich für eine frischgebackene Collegeabsolventin geziemte. Mir wurde flau im Magen.

»Na?« Das Mädchen blickte durch die dicken Gläser ihrer

Brille zu mir auf. Ihre flachen blauen, vergrößerten Augen musterten mich. »Wollen Sie nicht reingehen?«

»Oh«, sagte ich. Ich hatte dort gestanden und vor mich hingestarrt. »Ja… Sind Sie sicher, dass Sie ihn nicht anrufen wollen?«

Sie schüttelte den Kopf. »Ich habe doch gesagt, dass er Sie erwartet.«

Meine Hand zitterte, als ich an Mr. Turners Tür klopfte. Ich war angewiesen, dies niemals – unter *keinen* Umständen – zu tun. »Herein!«, befahl seine Stimme. Ich drehte den Knauf. Mr. Turners Büro war elegant und modern, in einem minimalistischen Stil eingerichtet, der gerade der letzte Schrei war. Ich trat ein und tappte leise über den schwarzen Teppich. An der gegenüberliegenden Wand hing ein riesiges Gemälde, auf dem ein wildes Durcheinander aus Dreiecken, Zickzack und Quadraten in Primärfarben abgebildet war. Ich betrachtete das Gemälde mit leichtem Unbehagen; die Formen sahen ungefähr so durcheinander aus, wie sich mein Magen anfühlte. Mr. Turner saß in einem weißen Ledersessel vor einem Rauchglasschreibtisch und war damit beschäftigt, Formulare aus der Personalabteilung auszufüllen. Er kritzelte etwas auf die letzte Seite, was ich für seine Unterschrift hielt, legte die Seiten übereinander und klopfte den Rand des kleinen Stapels auf dem Schreibtisch in Form. Dann steckte er alle Papiere zusammen in einen braunen Hängeordner. »Nicht nötig, Platz zu nehmen, Miss Katz«, sagte er. »Ich fürchte, das hier wird nicht lange dauern.«

Ich schluckte mühsam den Kloß in meinem Hals hinunter und blieb stehen.

»Wovon ich Sie in Kenntnis zu setzen habe, ist ganz einfach und dürfte keine Überraschung sein. Ihre Anstellung bei Torchon & Lyle ist mit sofortiger Wirkung beendet.«

Ich keuchte auf. »Aber ... das kann nicht sein!«

»Ich versichere Ihnen, dass dem so ist. Nehmen Sie Ihre persönlichen Sachen an sich und gehen Sie auf dem Weg aus dem Verlag mit diesen Papieren bei Miss Everett vorbei.« Er reichte mir den Hängeordner. Ich betrachtete die Mappe. Oben auf die Registerkarte hatte jemand den Namen EDEN KATZ getippt, und mir wurde klar, dass ich meine eigene Personalakte in Händen hielt.

»Aber ...«, stammelte ich. »Haben Sie mit Miss Everett gesprochen? Ich weiß, wie es ausgesehen hat, als Sie mich mit Mr. Frederick gesehen haben, aber Sie haben es völlig falsch verstanden! Andere Mädchen hat er auch um den Schreibtisch gejagt – ich bin mir *sicher*, dass Ihnen das bekannt ist. Und ich würde niemals ... bitte, Mr. Turner, reden Sie mit Miss Everett! Wenn Sie mit Miss Everett sprechen, wird sie sich bestimmt für mich verbürgen!«

Erst antwortete Mr. Turner nicht. Er starrte lang und unerbittlich in meine Richtung. Ich glaube wohl, dass er mich in dem Moment hasste; ich hatte noch nie die Augen eines Menschen gleichzeitig so voller Verachtung und Distanziertheit gesehen. »Ich *habe* mit Miss Everett gesprochen«, sagte er. »Doch selbst wenn ich es nicht getan hätte, benötige ich gewiss nicht ihre Zustimmung, um eine Angestellte zu entlassen. Es ist ganz einfach. Sie hat mich davon in Kenntnis gesetzt, dass es nicht den geringsten Grund gab, warum Sie so spät am Abend etwas im Büro zu suchen hatten, es sei denn, Sie hatten etwas Ungebührliches im Sinn, und ich kann unmoralische Mädchen nicht ausstehen, Eden. Ich schlage vor, dass Sie ihr liederliches Benehmen woanders aufführen. Hier bei Torchon & Lyle können wir so etwas einfach nicht dulden.«

Ich war verblüfft. Nichts, was Mr. Turner sagte, ergab Sinn.

Mein Mund bewegte sich, ohne dass Wörter hervorkamen. Miss Everett hatte gesagt, *es gab nicht den geringsten Grund, dass ich so spätabends etwas im Büro zu suchen hatte.* Man schob mir die Schuld an Mr. Fredericks Zudringlichkeiten in die Schuhe, als hätte ich ihn dazu aufgefordert.

»Aber …«

»Es reicht, Miss Katz! Sie dürfen gehen.«

Ich erinnere mich nicht mehr daran, wie ich das Gebäude verließ, aber das Nächste, was ich bewusst wahrnahm, war, dass ich mich auf einer Bank im Central Park befand. Ich war derart benommen, dass mir die vertraute Gestalt von Judy kaum auffiel, die den Weg hinter mir hergestolpert kam und einen Pappkarton auf den Armen balancierte. Sie musste schon ein paar Häuserblocks lang versucht haben, mich einzuholen, doch in meinem Schockzustand war ich einfach weitermarschiert, blind und taub für ihre Verfolgung.

»Ich dachte mir schon, dass du vielleicht hier bist«, sagte sie, sobald sie wieder zu Atem gekommen war. »Alle haben sich gefragt, wohin du so schnell verschwunden warst, also habe ich angeboten, dir hinterherzulaufen.«

Mein Herz machte kurz einen Sprung bei der Vorstellung, Miss Everett könnte gegenüber Mr. Turner erfolgreich dafür plädiert haben, dass man mich behalten solle; doch dann stellte Judy den Karton neben mich auf die Bank, und ich erblickte den Inhalt: meine Handtasche, die Keramiktasse, die ich zum Kaffeetrinken mitgebracht hatte, und das Usambaraveilchen, das in einem kleinen gelben Topf auf meinem Schreibtisch gestanden hatte.

»Mann, das war vielleicht was! Mary Sue hat gesagt, du seist so schnell aus Mr. Turners Büro gestürzt, du hättest praktisch eine Spur Raketentreibstoff hinter dir hergezogen.

Du weißt wirklich, wie man einen Abgang macht, Eden.« Seufzend setzte Judy sich, zwischen uns der Karton. »Aber es tut mir furchtbar leid, dass es passiert ist.«

Meine Augen füllten sich mit Tränen. Mir wurde klar, dass ich mir selbst leidtat, und das ärgerte mich. Ich biss die Zähne zusammen.

»Oh, Eden… weißt du, es ist nicht deine Schuld«, sagte Judy, kramte in ihrer Handtasche herum und zog ein Taschentuch hervor. Als sie es mir reichte, fiel mir ein Fleck in der unteren Ecke auf, bei dem es sich wohl um Ketchup handeln musste. »Ich bin mir sicher, dass sie es geplant hat… weißt du, die ganze Angelegenheit mit Mr. Frederick.«

Den Ketchupfleck vermeidend, wischte ich mir über die Augen und sah Judy verwirrt an. »Was meinst du?«

»Miss Everett«, sagte sie nüchtern. »Ich bin mir sicher, sie wollte, dass Mr. Frederick kommt und dich belästigt.«

»Warum sollte sie das wollen?«

Judy sah mich ungläubig an. Ihre roten Lippen spitzten sich verächtlich. »Weil Miss Everett ihre Stelle mag, Dummchen, und sie es nicht schätzt, wenn du die Nase hineinsteckst, als würdest du ihr den Posten streitig machen.«

»Aber… aber… ich habe nicht versucht, ihr die Stelle wegzunehmen«, erwiderte ich, woraufhin Judy die Augen verdrehte und mit den Schultern zuckte. »Und abgesehen davon«, argumentierte ich, »bin ich mir *sicher*, dass sie mich gemocht hat! Ich habe diese Stelle auf Empfehlung eines vertrauenswürdigen Bürgen bekommen.« Judy betrachtete mich neugierig.

»Was meinst du damit?«

»Mr. Hightower hat mir ein Empfehlungsschreiben verfasst. Er hat gesagt, sie seien gute Kollegen gewesen. Ich dachte, sie wollte mir helfen.«

»*Horatio* Hightower?«

Ich nickte.

»Ach so«, sagte Judy. »Damit ist alles geklärt. Sie wollte nicht nur deine Kündigung, sie wollte deinen Kopf!«

»Ich verstehe das nicht«, sagte ich. Auf einmal fühlte ich mich sehr müde.

»Miss Everett und Mr. Hightower haben jahrelang Seite an Seite gearbeitet. Sie hatte es immer darauf abgesehen, dass er sie heiratet, aber das hat er nie getan!« Auf einmal klang Judy atemlos. »Ich glaube, er wusste, wenn er es täte, hätte er das ganze Leben lang Kopfschmerzen.« Sie stieß mich mit dem Ellbogen an und zwinkerte, dann wurde sie nachdenklich und sah in die Bäume. »Wahrscheinlich ging sie davon aus, dass du die Empfehlung nur bekommen hast, weil du mit ihm ins Bett gegangen bist.«

»Judy!«

»Ich sage ja nicht, dass *ich* das glaube, sondern dass Miss Everett es wahrscheinlich glaubt!« Sie winkte abwehrend mit den Armen. »Sie ist anderen Frauen gegenüber sehr voreingenommen.« Judy hielt nachdenklich inne. »Ich hatte mich gewundert, warum sie ausgerechnet dich Mr. Turner zugewiesen hat. Mittlerweile wissen wir wohl, dass sie es auf dich abgesehen hatte.«

»Inwiefern?«

Judy blickte auf ihre Füße und zuckte mit den Schultern. »Na ja, es ist bloß so, dass jeder weiß, dass Mr. Turner was gegen Juden hat.«

Ich blinzelte. »Was meinst du?«

»Ach, du weißt schon: Er hat einfach was gegen sie. Manche Leute sind so.« Ich sah sie entsetzt an, was sie gar nicht registrierte. Stattdessen setzte Judy sich unvermittelt auf und schnippte mit den Fingern. »Sag mal!«, rief sie. »Mannomann, diese Miss Everett, wenn ich es mir einmal recht überlege – sie ist gerissen! Ich wette, sie hat gleich von Anfang an ein richtig abgekartetes Spiel mit dir getrieben.«

Mir wurde flau, und Judy fuhr fort.

»Überleg doch mal: Sie hat dich mit Mr. Turner verkuppelt, weil sie überzeugt war, dass er gleich etwas gegen dich hätte und einen Grund finden würde, um dich zu feuern. Aber dann, als du sie überrascht hast, indem du zur Gutachterin befördert wurdest, hat sie noch einen draufgesetzt und dir all diese Manuskripte zu lesen gegeben, die du nicht mit nach Hause nehmen durftest, weil sie *wusste*, dass Mr. Frederick aufkreuzen würde. Sie *wollte*, dass Mr. Turner euch in flagranti ertappt! Sie hat *sichergestellt*, dass es aussehen würde, als würde da etwas Unmoralisches ablaufen!« Die Wucht ihrer eigenen Schlussfolgerung raubte Judy schier den Atem.

»Du klingst, als würde dich das beeindrucken«, sagte ich. Ich selbst war inzwischen nur noch angewidert.

Judy zuckte erneut mit den Schultern. »Na ja, sie mag ein Miststück sein, aber sie *ist* schlau, so viel steht fest.« Sie sah zu mir, hielt inne und streckte die Hand aus, um eine Blüte zu entfernen, die in mein Haar gefallen war. »Wie dem auch sei, du solltest dich deswegen nicht so grämen. Es ist nicht deine Schuld, und es gibt sowieso andere, ganz wunderbare Firmen, zu denen du wahrscheinlich viel besser passen wirst. Irgendwie bist du von Anfang an auf dem Holzweg gewesen.«

»Was soll *das* denn bedeuten?«

»Nichts. Es ist nur so, na ja … du weißt doch, wie es ist, Eden. Aber vielleicht gelingt es Miss Everett auch gar nicht, dich bei den, ähem, anderen Verlagen anzuschwärzen.«

»Bei *anderen* Verlagen?«

Judy stand das Unbehagen ins Gesicht geschrieben. Sie räusperte sich. »Ich bin dir immer eine gute Freundin gewesen, nicht wahr?«, fragte sie. Ich nickte. »Und daran wird sich nichts ändern. Wir werden weiterhin Martinis trinken gehen und ein Schwätzchen halten. Jedenfalls, wenn du das möchtest.« Wieder konnte ich nur nicken. Judy lächelte. »Hör mal, es wird schon werden. Ich drücke dir die Daumen. Aber ich sollte besser zurückgehen«, sagte sie. »Hier« – sie hob den Karton von der Bank hoch und stellte ihn behutsam auf meinen Schoß – »gib mir Bescheid, wenn du denkst, dass du noch etwas vergessen hast. Ich werde alles daransetzen, es für dich zurückzuholen.«

Judy tätschelte meine Schulter und zog von dannen, ihr letztes Versprechen blieb in der dichten Atmosphäre zwischen uns zurück. Ein frischer Frühlingswind kam auf, und ein Blütenschauer wurde von den Ästen über mir geschüttelt, sodass kurzzeitig ein Wirbel aus weißen Blütenblättern entstand, die sanft um mich herum fielen. Ich saß da und versuchte zu begreifen, was sie eben gesagt hatte.

18

Ich war entschlossen, eine andere Stelle im Verlagswesen zu ergattern. Ich tippte Briefe auf cremefarbenem Briefpapier, das ich mir eigentlich nicht leisten konnte, und verschickte Lebensläufe an andere Verlage. Und dann wartete ich ab.

Auf einmal glitt der Frühling in den Sommer über, und das Tempo der Stadt änderte sich. Da ich tagsüber keine Beschäftigung hatte, unternahm ich ziellose Spaziergänge und verbrachte viele Stunden in der Hauptfiliale der Stadtbibliothek am Bryant Park, während ich angesichts meiner schnell dahinschwindenden Ersparnisse immer nervöser wurde. Nachdem ich einen Monat lang keine Antworten auf die von mir verschickten Lebensläufe erhalten hatte, rief ich eines Freitags Judy an. Ich fühlte mich entmutigt und ein wenig deprimiert.

»Ich habe nichts gehört«, beklagte ich mich. »Keinen einzigen Mucks.«

»Das überrascht mich nicht«, sagte sie und zögerte dann.

»Was meinst du?«

»Na ja, ehrlich gesagt hat Betty erzählt, sie habe belauscht, wie Miss Everett mit jemandem am Telefon über dich geredet hat. Ich glaube, sie telefoniert möglicherweise in der Stadt herum«, sagte Judy mit entschuldigender Stimme. »Ich habe dir doch *gesagt*, wenn sie es auf jemanden abgesehen hat, kann sie fies sein.«

Ich war sprachlos.

»Hör mal, ich mach besser Schluss«, sagte sie. »Ich habe massenweise zu tippen. Es war prima, von dir zu hören, Eden. Ich hoffe, du findest was!«

Ich legte auf, saß etliche Minuten lang da und starrte dümmlich die Wand der Telefonzelle an. Miss Everett *telefonierte herum*, um die Leute gegen mich aufzubringen. Nachdem ich so hart gearbeitet hatte. Alles, was Judy mir im Park gesagt hatte, stimmte: Miss Everett *hatte* es wirklich auf mich abgesehen. Ich war blind gewesen. Mit vorsätzlicher, dümmlicher Blindheit geschlagen.

Ich brauchte einen Drink.

Es war ein törichter Impuls, aber ich zog dennoch eine frische Bluse und einen Rock an und nahm die U-Bahn ins Village. Es war immer noch früher Nachmittag, und eigentlich hätte ich mir eingestehen müssen, dass ich mir den Drink gar nicht leisten konnte. Dank extremen Erfindungsreichtums und großer Disziplin war es mir gelungen, einen Notgroschen zurückzulegen, aber ohne mein regelmäßiges Gehalt – so mager es auch gewesen sein mochte – war ich bald pleite. Trotzdem nahm ich die U-Bahn nach Downtown und begab mich in die Minetta Tavern, wo ein Barkeeper namens Sal sich den Schweiß von der Oberlippe wischte und das Taschenbuch, das er gelesen hatte, in seine Gesäßtasche schob, um mir einen köstlich trüben, olivensaftgetränkten Martini zu mischen, von dessen Zahnstocherspieß mir die roten Kirschpaprika-Augen der Oliven zuzwinkerten. Es hat etwas Peinliches, am helllichten Tag zu trinken, und ich war erleichtert, als der Barkeeper keine Anstalten machte, mich in ein Gespräch zu verwickeln. Er zog sich in seine Ecke zurück und richtete die Aufmerksamkeit sofort wieder auf sein Taschenbuch. Er kam nur wieder hervor, als ich ihn herwinkte, um eine weitere Runde zu bestellen. Zwei waren mein Limit – zumindest in finanzieller Hinsicht. Seit meinem Umzug nach New York hatte ich zweifellos Appetit auf ein oder zwei weitere Drinks entwickelt, mein Geldbeutel allerdings nicht. Nachdem ich mir knappe anderthalb Stunden vertrieben hatte, bezahlte ich und erhob mich. Doch gerade als ich gehen wollte, öffnete sich die Tür der Bar. Der Sonnenschein am Nachmittag war so hell, dass ich nicht viel mehr als eine Silhouette ausmachen konnte.

»Aber hallo!«, sagte eine Stimme. Die Gestalt trat ein.

»Oh – du schon wieder!« Es überraschte mich, Cliff zum dritten Mal über den Weg zu laufen. Ich lachte und vergaß kurzzeitig meine Niedergeschlagenheit.

»Wolltest du gerade gehen?«

Ich nickte.

»Bleib und trink ein Bier mit mir.«

»Ich sollte wirklich nicht.« Ich biss mir auf die Lippe und zählte im Kopf das Geld, das ich noch in der Tasche hatte.

»Sag mal«, stieß Cliff aus, als wäre ihm eben eine Idee in den Sinn gekommen, »wir haben doch Werktag, nicht wahr? Solltest du nicht bei Torchon & Lyle sein und dich im Schreibbüro abschuften? Was treibst du hier mitten am Tag?«

Mein Lächeln erstarb. »Oh. Na ja, die Wahrheit ist« – ich hielt erschrocken inne, weil sich meine Kehle zuschnürte. Ich sammelte mich – »man hat mich gefeuert.«

Cliff betrachtete mich einen Moment, seine blauen Augen auf meine gerichtet. »Tja, in dem Fall *musst* du bleiben. Ich kann mir keinen besseren Anlass vorstellen, ein Bier zu trinken.« Ich zögerte. »Komm schon«, bettelte er.

»Na gut«, sagte ich. Wir setzten uns, und Sal kam wieder zurück. Mir stand nicht der Sinn nach Bier, also bestellte ich einen dritten Martini.

»Ich sollte dir wohl die gleiche Frage stellen«, sagte ich zu Cliff, als wir es uns bequem gemacht hatten und an unseren Drinks nippten. »Was treibst du mitten am Tag hier?«

»Ich habe den ganzen Vormittag über geschrieben«, sagte er, »also fand ich, ich bin mir eine Belohnung schuldig.«

Wir plauderten ein wenig über unsere Leidenschaften: das Schreiben bei ihm, die Lektoratsarbeit bei mir.

»Ich bin wohl eine kleine Närrin gewesen. Ich bin nach New York gekommen und habe wirklich geglaubt, dazu bestimmt zu sein, Lektorin zu werden«, sagte ich und tat mir auf einmal selbst sehr leid.

»Du gibst doch nicht etwa schon auf, oder?«

Ich erklärte ihm die Sache mit Miss Everett und Mr. Turner, und was mit Mr. Frederick vorgefallen war. Den Teil über die beiden Briefe, die Mr. Hightower mir gegeben hatte, und Judys Bemerkung darüber, »dass Mr. Turner was gegen Juden hat«, ließ ich aus.

»Hör mal«, sagte Cliff, »es ist zu früh, das Handtuch zu werfen. Es wird sich schon was auftun; das ist nur eine Frage des Timings. Mädels verloben sich ständig und verlassen Verlage. Ja, erst neulich war ich bei Bonwright, um meinen alten Herrn zu besuchen, und seine Sekretärin – eine alte Schreckschraube! – ist gegangen, um irgendeinen alten Witwer zu heiraten. Ist das zu glauben, in ihrem Alter?«

»Dein Vater arbeitet bei Bonwright?«

Er nickte. »Roger Nelson.«

»Oh«, sagte ich beeindruckt. »Er ist bekannt.« Cliff sah gleichzeitig zufrieden und verärgert aus, als er hörte, dass ich den Namen kannte. Mich beschlich die Sorge, dass es nicht daran lag, was ich gesagt hatte, sondern *wie* ich es gesagt hatte – mit einem winzigen Hauch von einem Lallen. Zwischen einem zweiten und einem dritten Martini liegt eine exponentielle Steigerung, und es war töricht von mir gewesen, ihn zu bestellen. Der dritte Martini begann, seinen Tribut zu fordern. In Cliffs Gegenwart fühlte ich mich sehr gehemmt, und ich wollte mich nicht peinlich benehmen. Ich entschied, nach Hause zu gehen.

»Viel Glück, Eden«, sagte er, als ich ging. »Gib nicht auf.«

»Werde ich nicht«, erwiderte ich.

19

Auf dem Rückweg nach Uptown fragte ich mich, ob es wirklich so war. Der Optimismus, den ich bei meiner Ankunft in New York gehabt hatte, war unwiederbringlich in einem dunklen Loch verschwunden, wie ein Schlüssel, der einem in den Gitterrost im Bürgersteig fällt. Allmählich bezweifelte ich, dass ich ihn je wiedererlangen würde. Dann geschah etwas Komisches auf meinem Rückweg zum Barbizon.

Ein wenig nüchterner, aber immer noch mit leicht rosigen Wangen lief ich an einem Schönheitssalon vorbei und spähte ins Schaufenster. Ich war früher schon hier gewesen und wusste, dass es ein billiger Laden war, der nach Dauerwell- und Blondierungsmittel roch. Eine junge Friseurin beugte sich über die Rücklehne eines Friseurstuhls, träge auf den Ellbogen gestützt, und blätterte eine Zeitschrift durch, die auf dem leeren Sitz aufgeschlagen lag. Sie gähnte gelangweilt. Ihr war anzusehen, dass man sie angewiesen hatte, sich während der Arbeitszeit nicht hinzusetzen, und dass sie gerade den Feierabend abwartete, der wahrscheinlich bald nahte. Auf einmal packte mich ein jäher Impuls. Die Glocke über der Tür bimmelte, als ich mich ins Ladeninnere schob.

»Kurz schneiden«, sagte ich, sobald sie eilig die Zeitschrift aus dem leeren Stuhl entfernt hatte und ich hinaufgeklettert war. »Ich brauche eine Veränderung.«

»Wie kurz wollen Sie's?«, fragte sie und betrachtete meinen langen schwarzen Pferdeschwanz mit der skeptischen Miene eines Menschen, der sich nicht sicher ist, ob er gerade mit einer Verrückten redet oder nicht.

»*Sehr* kurz«, erwiderte ich. Sie zog die Augenbrauen ein wenig ängstlich in die Höhe.

»Sagen Sie mal, ich will ja keine Kundschaft vertreiben, aber ich bin neu hier. Sind Sie sicher?«, fragte sie und biss sich auf die Lippe. Auf der anderen Seite des Raumes tratschte eine Frau mit einer Nagelpflegerin. Sie hielten inne und drehten sich fasziniert zu mir um.

»Ich bin mir sicher.« Ich warf mir einen Blick im Spiegel zu. In meinen Augen schwelte ein leichtsinniges Feuer.

»Würde es Ihnen etwas ausmachen, sich wenigstens ein Foto auszusuchen? Etwas, das ich als Grundlage für den Schnitt hernehmen kann.« Sie reichte mir die Zeitschrift, die sie gelesen hatte. Ich nahm sie, blätterte ein paar Seiten um und hielt dann inne.

»*Das*«, sagte ich und deutete auf ein Fotomodell in einer Annonce von Max Factor.

»Mann, Sie meinen es echt ernst!«, entfuhr es ihr. »Das *ist* furchtbar kurz.« Zwar versuchte sie zu lächeln, aber als sie nach Schere und Kamm griff, zitterten ihre Hände leicht. Sie atmete tief durch und machte sich an die Arbeit. Ich sah nicht hin. Nach einer Weile brauchte sie die andere Seite meines Kopfes und drehte den Stuhl vom Spiegel weg. Sie blickte finster drein. Ihre Stirn war in Falten gelegt. Sie biss sich auf die Lippe. Als sie fertig war, trat sie einen Schritt zurück und musterte mich mit zusammengekniffenen Augen von oben bis unten. Dann kicherte sie voll stolzer Freude.

»Himmel!« Sie bedeckte den Mund.

Die Frisur war umwerfend: Auf einmal sah ich sehr modern aus, die dunklen Haare im Nacken ganz kurz geschnitten und den Pony über der Stirn zu einer ordentlichen schwarzen Linie zurechtgestutzt. Ich hatte den New Yorkerinnen nacheifern wollen, und erst als mir das in allen wichtigen Aspekten misslungen war, hatte ich es nun endlich ironischerweise geschafft, wenn auch nur oberflächlich. Die Nagelpflegerin im Salon pfiff und zwinkerte mir zu. »Ganz *Ein Herz und eine Krone*!«, stieß sie aus. »Sei auf der Hut, Gregory Peck!« Ich bedankte mich bei der Friseurin, bezahlte den Schnitt und verließ den Salon wie in Trance.

Auf dem Heimweg kaufte ich eine Flasche Wodka – noch ein Kauf, den ich mir eigentlich nicht leisten konnte, aber ich steckte schon so tief im Schlamassel, dass ich dachte, ich könnte auch gleich bis zum Grund tauchen – und schmuggelte sie nach oben auf mein Zimmer im Barbizon. Ich setzte mich auf den Boden und starrte mich im Spiegel an, während ich immer wieder direkt aus der Flasche trank. Ich brach in Schluchzen aus, bis ich kaum noch atmen konnte. Nach einer Weile verlor ich, Gesicht nach unten, das Bewusstsein, meine Haut heiß und klebrig von den Resten verdunsteter Tränen.

Erst als ich am nächsten Morgen aufwachte und in den Spiegel sah, wurde mir klar: Mein Haar *war* anders. Aber vor allem: *Ich* war anders. Ich sah wie ein neuer Mensch aus. Und just in dem Moment fiel mir noch etwas ein, eine scheinbar winzige, unbedeutende Kleinigkeit, die ich vergessen hatte. Ich entsann mich des Tages auf dem Universitätsrasen. Mr. Hightower hatte mir *zwei* Empfehlungsschreiben ausgehändigt. Eines hatte ich Miss Everett gegeben. Das andere steckte immer noch zusammen mit meinem Pass in meiner Schublade mit Unterwäsche.

Ich hatte eine Idee.

MILES

20

Am Tag nach dem Hamilton Lodge Ball trieb mich die Sorge um, jemand aus unserer Nachbarschaft könnte mich dort gesehen haben. Janet war kein Mensch, der voreilige Schlüsse zog, aber ich malte mir die Miene auf dem Gesicht meiner Mutter aus, wenn die Gerüchte sie erreichten. Ich wusste, ich würde sie niemals davon überzeugen können, dass das Ganze ein großes Missverständnis war. Da ich diese Sorge nicht ganz loswurde, entschied ich, es sei das Beste, gleich nach Beendigung meiner Botenschicht nach Hause zu fahren. Falls es ihr tatsächlich zu Ohren gekommen war, müsste sie gar nichts sagen, ich würde es merken. Meine Mutter war zu vielen Meisterleistungen fähig, aber ihre Missbilligung zu verbergen, gehörte nicht dazu. Abgesehen davon, überlegte ich mir, war es Zeit, meinem jüngeren Bruder Cob Aufmerksamkeit zu schenken. »Cob« war ein Spitzname, sein Vorname lautete Malcolm. Damals war er knapp acht Jahre alt, ein fügsamer Junge, der für sein unglaublich breites Lächeln bekannt war. Bei Cobs Anblick quoll einem das Herz vor Freude über; er hatte immer noch eine glückliche, unverdorbene Unschuld an sich. Es war eine Unschuld, die mich froh stimmte, aber auch nervös. Wendell verachtete Teenager, und mit jedem Jahr, das Cob näher an die Pubertät heranrückte, näherte er sich auch unwissentlich der Zeit, in der er als Sündenbock für Wendells Zornanfälle würde herhalten müssen. Wie sich herausstellte, war es ein guter Abend, um etwas Zeit zu Hause zu verbringen, denn Wendell war nicht da. Laut meiner Mutter hatte Wendell am Morgen die Wohnung mit Rute und Angelausrüstung verlassen. Das bedeutete, dass er wahrscheinlich den ganzen Tag beim Angeln am East River verbringen und erst nach Sonnenuntergang nach Hause kommen würde. Ich verstand die Männer nie, die das taten – Männer, die herumsaßen und aus einer in eine braune Papiertüte eingewickelten Bierflasche tranken und missmutig auf ihre gewaltigen Angelruten starrten, die notdürftig am Zaun entlang des East River befestigt waren. Doch wenn es einen Mann gab, der für diese eigenartige Sportart geschaffen war, dann Wendell.

»Miles!«, rief Cob, als er mich durch die Wohnungstür kommen sah. Er stürzte wie ein kleiner Bulle auf mich zu und schlang die Arme um meine Taille. Schlechte Sehkraft musste bei uns in der Familie liegen: Ich trug ja auch eine Brille, doch Cob benötigte eine Aschenbecherbrille mit so dicken Gläsern, dass es an ein Wunder grenzte, dass er überhaupt etwas sah. Die Ärzte sagten, wenn er sie in der Jugend trug, würde er vielleicht als Erwachsener ohne sie auskommen. Bis dahin machte es ihm die Brille unmöglich, in der Schule beliebt zu sein. Er hatte schon immer ein Faible für Insekten gehabt und manchmal fragte ich mich – vielleicht taktloserweise –, ob es nicht zum Teil an seiner ungünstigen Ähnlichkeit mit einer Gottesanbeterin lag.

»Hey, Cob!« Ich erwiderte seine Umarmung. »Sag mal: Welchen Tag haben wir morgen?«

»Freitag.«

»Dann ist also noch kein Wochenende, oder? Bist du mit den Hausaufgaben fertig?«

Seufzend schüttelte er den Kopf. Er war ein braves Kind. Ob Cob nun seine Hausaufgaben machte oder nicht, er hatte sich immer noch die unglaublich schöne Eigenschaft bewahrt, bei solchen Dingen nie zu lügen.

»Wie wäre es, wenn wir sie gemeinsam machen?«, schlug ich vor.

Unter heftigem Kopfnicken stimmte er zu. »Und anschließend kann ich dir dann die neuen Käfer zeigen, die ich gefangen habe?«, erkundigte er sich. Wenn etwas Cob am Herzen lag, dann, seine Insektensammlung zu vergrößern und vor anderen damit zu prahlen. Die geografische Beschaffenheit der Erde kannte er in schockierend präzisen Einzelheiten, aber nur in Bezug darauf, welcher Käfer wo lebte und welche Schmetterlinge mit den Jahreszeiten nach Norden oder Süden zogen. Zum Geburtstag schenkte meine Mutter ihm normalerweise Socken und Fußbälle, doch ich war dazu übergegangen, ihm schwere gebundene Bücher über Insektenkunde zu schenken, über die er auch niemals Enttäuschung äußerte – im Gegensatz zu den Socken und Fußbällen, für die er kaum Interesse zeigte.

»Schnapp dir deine Hefte und bring sie ins Wohnzimmer.« Ich stupste ihn an, und er lief los, um seine Schultasche zu holen. Ich begab mich auf der Suche nach meiner Mutter in Richtung Küche.

»Ma?«, rief ich und verspürte eine leichte Beklommenheit.

»Hier drinnen.«

Sie war am Küchentisch und schälte Karotten.

»Wie ich höre, wirst du Cob bei den Hausaufgaben helfen?«, fragte sie ohne weitere Begrüßung.

»Ja«, sagte ich erleichtert über ihren Tonfall. Ich wusste, dass ihr kein boshaftes Gerede zu Ohren gekommen war.

»Gut«, erwiderte sie. »Ich hab ihm gestern Abend geholfen, aber Wendell hatte mal wieder schlechte Laune, also mussten wir aufhören.« Das kam, wie ich wusste, immer häufiger vor. Jedes Mal, wenn meine Mutter Cob Aufmerksamkeit schenkte, wurde Wendell von blinder Eifersucht gepackt und bekam »schlechte Laune«, wie meine Mutter es nannte. Dass ein erwachsener Mann eifersüchtig war, wenn eine Mutter ihrem siebenjährigen Sohn Aufmerksamkeit schenkte, verblüffte mich, und dass sich meine Mutter – eine willensstarke Frau und obendrein die Ernährerin der Familie – diesen kindischen Wutanfällen beugte, verblüffte mich sogar noch mehr.

»Ich weiß noch, wie ich in Cobs Alter meine Hausaufgaben im Wohnzimmer gemacht habe«, murmelte ich, halb zu mir selbst. »Vater bekam nie schlechte Laune. Er war so interessiert an dem, was ich lernte.« Ich erinnerte mich daran, wie ich im Schneidersitz auf dem Boden neben dem Sessel meines Vaters gesessen hatte. Es war eine angenehme Erinnerung, die Art, wie er sich über meine Schulter gebeugt und mir dabei zugesehen hatte, wie ich Algebraaufgaben löste und chemische Gleichungen bearbeitete, als würde ich einen Zaubertrick nach dem anderen vollführen.

Meine Mutter entschied sich, meine Abschweifung zu ignorieren.

»Wer ist der alte Mann, für den du morgens Erledigungen machst?«, fragte sie. Meine Alarmbereitschaft war wieder geweckt. Sie meinte Mister Gus. Ich hatte ihr ein wenig von dem zusätzlichen Geld erzählt, das ich verdiente. »Das ist viel Geld dafür, dass du ihm bloß die Tageszeitung bringst«, sagte sie jetzt mit einem Stirnrunzeln. »Du weißt schon, dafür gibt's Zeitungsboten. Wieso hat er nicht einfach ein Abonnement?«

»Er sagt, Abonnements führen dazu, dass die Zeitungsleute faul werden«, wiederholte ich einen Satz aus Mister Gus'

Tiraden. »Er will nicht, dass irgendeine Zeitung glaubt, sie hätten ihn am Haken.«

Sie ächzte. »Hört sich an, als hättest du mit dem alle Hände voll zu tun.« Sie drehte sich auf ihrem Sitzplatz am Tisch, um die Karottenschalen in einen kleinen Abfalleimer zu häufen. »Na ja, lass nur nicht zu, dass er deine Zeit oder deine Freundlichkeit ausnutzt. Reiche Weiße versuchen immer, einen *auszunutzen.*« Kurzzeitig machte ich mir Sorgen, sie würde etwas Unheilvolles andeuten. Mir schwante, dass meine neue Arbeit teilweise mit Mister Gus' Einsamkeit zu tun hatte, aber direkt eingestanden hatte ich mir das noch nicht.

Nervös warf ich meiner Mutter einen Blick zu. Doch dann fiel mir wieder die Zeit ein, als sie als private Pflegerin einer alten Dame an der Upper East Side gearbeitet hatte. Die Frau hatte von meiner Mutter verlangt, immer mehr Arbeit zu übernehmen, war allerdings häufig vergesslich, wenn es an der Zeit war, meine Mutter zu bezahlen. Als die alte Dame schließlich verschied, wurde eine Abrechnung ihrer ausstehenden Schulden enthüllt. Der Name meiner Mutter war nicht aufgelistet. Selbst jetzt noch, Jahre danach, grämte sie sichtlich die Erinnerung, wie sie wie ein Tier geschuftet hatte und man ihr beinahe zwei Monatsgehälter schuldig geblieben war – zwei Monatsgehälter, auf die sie angewiesen war.

»Ich werde aufpassen«, sagte ich.

»Pass so viel auf, wie du willst«, erwiderte meine Mutter. »Aber lass dich im Voraus bezahlen.«

Den restlichen Nachmittag verbrachte ich im Wohnzimmer mit Cob, wir beide über den Sofatisch gekauert, wo wir Wortarten und anschließend die Feinheiten des »Borgens« beim Subtrahieren zweistelliger Zahlen durchgingen.

»Fährst du nach Kalifornien, um nach Daddys Tagebuch

zu suchen?«, fragte Cob mitten beim Lösen einer Matheaufgabe.

»Ma hat dir davon erzählt?« Ich war überrascht und ein wenig verärgert. Was bei der Sache herauskommen würde, machte mich nervös genug; ich musste nicht noch nervös für zwei sein. Cob nickte, und mir wurde ganz mulmig vor Verantwortungsgefühl.

Laut meiner Eltern hatte ich noch einen Bruder gehabt: einen großen Bruder namens Marcus, der im Alter von nur sechs Jahren im East River ertrunken war, weil er eine Mutprobe mit Kindern aus der Nachbarschaft eingegangen war. Er starb kurz nach meiner Geburt, und ich hatte mir diesen Umstand durch eine Art negativen Zaubertrick erklärt, als hätte mein Auftauchen auf dieser Welt ihn versehentlich vertrieben. Ein Foto von ihm hing in meinem Zimmer an der Wand. Von diesem Bild konnte ich mir alle möglichen Erinnerungen ableiten, natürlich ohne überprüfen zu können, inwiefern sie zutrafen, denn mir fehlte der reale Vergleich. Ab und zu redete ich mit seinem Foto laut auf eine vertraute Art, wie Kinder es manchmal tun, wenn sie einer Lieblingsstoffpuppe Geheimnisse anvertrauen oder einen unsichtbaren Gott um einen Gefallen bitten. Die Einzelheiten dieses Fotos hatten sich mir ins Gedächtnis eingeprägt. Marcus war ein hübscher kleiner Junge mit einem selbstsicheren Lächeln, die Schultern stolz nach hinten geworfen, und gelegentlich fragte ich mich, ob er, wenn er gelebt hätte, vielleicht der Mann geworden wäre, den sich mein Vater, wie ich weiß, als Sohn erhofft hatte.

Manchmal stellte ich mir auch den Tag der Tragödie vor. An späten Sommernachmittagen, wenn es nichts zu tun gab und die Hitze des Tages in der Wohnung festsaß, lag ich in meinem Zimmer herum, sah zu, wie die Staubkörner träge durch die Luft fielen, und gestattete meinen Augen zuzugleiten, obwohl ich nicht sonderlich schläfrig war und kein Nickerchen brauchte. Mein Wachtraum war immer der gleiche. Ich sah vor mir, wie Marcus mitten in der Stadt über die steilen Felsblöcke des Flussufers kletterte, während andere Jungen ihn verhöhnten und ihn anstachelten; wie sein kleiner, zäher Körper allmählich in die schmutzigen Fluten eintauchte und er sich dann vom Ufer in die Strömung abstieß. In meiner Vorstellung war er ein mutiges Kind gewesen, die Art Kind, die es nicht über sich gebracht hätte, unverrichteter Dinge umzudrehen. Die Mutprobe bestand darin, ganz bis ans andere Ufer und wieder zurück zu schwimmen. Natürlich hatte kein Kind aus unserem Viertel etwas im Wasser zu suchen, geschweige denn ein Sechsjähriger. Die gesamte Schwimmerfahrung eines Kindes aus Harlem belief sich im Allgemeinen auf eine Handvoll Sommertage, die man damit verbrachte, einander Chlorwasser ins Gesicht zu spritzen in einem öffentlichen Freibad, in dem sich Hunderte Kinder drängten und wo das Becken so niedrig war, dass man am Boden stehen konnte, und so voll, dass man nicht den Arm ausstrecken konnte, ohne jemand anderen zu berühren. Doch da ich mir Marcus stets als heldenhaften Anführer vorstellte, malte ich mir aus, dass er völlig furchtlos gewesen war. Wenn meine Grübeleien einmal besonders morbide wurden, fragte ich mich, ob er überrascht gewesen war, in jenen letzten Momenten, als er spürte, wie sein Kopf immer länger unter Wasser tauchte, bis er ganz flussabwärts abgetrieben worden war, an der Spitze von Randall's Island vorbei, und er schließlich gar nicht mehr an die Wasseroberfläche kam. Früher lag ich im Bett und starrte dieses Foto an, suchte Marcus' Gesicht nach irgendeinem Zeichen ab, als ob sich in dem Schimmer, der in seinen Augen glänzte, eine Spur von Vorahnung finden ließe, ein Signal, dass er begriffen hatte, dass sein Schicksal bereits besiegelt war. Ich fragte mich, ob er jetzt an meiner Stelle die Reise nach Kalifornien angetreten hätte.

»Wirst du hinfahren?«, wiederholte Cob seine Frage. Ich überlegte, was ich antworten sollte. Ich dachte noch ein Weilchen daran, wie anders die Dinge früher gewesen waren, wenn ich meine Hausaufgaben gemacht hatte, sich mein Vater über meine Schulter gebeugt und jedes Mal stolz und verblüfft gelächelt hatte, wenn ich einen Satz schrieb oder eine Gleichung löste. Mit diesen Gedanken ging ein bestimmtes Gefühl einher, – ein Gefühl, das ich für nichts in der Welt eintauschen würde –, und ich wünschte, Cob würde es auch kennen. Aber das konnte er nicht mehr.

»Vielleicht«, antwortete ich nach einer Weile. Das war ehrlich. »Wenn ich es hinbekomme.«

»Ma meint, du wirst Pas Tagebuch herholen«, sagte Cob. Dann lächelte er scheu und spähte mit einem Achselzucken wieder in die aufgeschlagenen Seiten seines Schulbuches. Ihm war anzusehen, dass er etwas wollte. Er wurde immer scheu, wenn er etwas wollte. »Und vielleicht könntest du … wenn du hinfährst … auch ein paar Käfer mitbringen«, fragte er. »Es ist mir noch nie gelungen, einen Monarchfalter zu fangen. Durch Kalifornien ziehen viele Monarchfalter.«

»Tatsächlich?«, fragte ich. Er nickte begeistert. »Na, also darüber würde ich gern mehr erfahren«, sagte ich und setzte mich zurück, um mir von meinem kleinen Bruder alles über die Schönheit und die Liebe und den Tod in der Insektenwelt erzählen zu lassen.

21

Ich war nicht wenig überrascht, als ich eines Morgens in Mister Gus' Haus eintraf, um den üblichen Zeitungsstapel abzuliefern, und ihn unten in der Küche vorfand, wo er neben einem Topf kochendem Wasser an einer Kaffeemühle herumhantierte. Ich erstarrte auf der Stelle, den Schlüssel zum Dienstboteneingang immer noch in der Hand und das Zeitungsbündel unterm Arm. Meinen Lippen entfuhr ein unwillkürliches Keuchen. Bisher hatte ich ihn nie außerhalb des Bettes gesehen und schon gar nicht aufrecht stehend und herumgehend. Er gab eine unheimliche Gestalt ab. Als Mister Gus mein Aufkeuchen hörte, wirbelte er mit blitzenden Augen herum.

»Und?«, wollte er wissen.

Und was?, dachte ich. Ich war da, wo ich sein sollte; *er* war derjenige, der nicht an seinem angestammten Platz war. Er versuchte, die Mühle zu bedienen, doch seine Hände zitterten stark. »Benötigen Sie Hilfe, Sir?«, fragte ich. Außerhalb des Bettes sah er sogar noch gebrechlicher aus als darin, wenn das überhaupt möglich war. In seinem gestreiften Schlafanzug verschwand er regelrecht. Er war dünner, als ich gedacht hatte, und ich sah, dass er einen leichten Buckel hatte.

»Ich versuche, Kaffee zu kochen«, sagte er mit einem ungeduldigen Schnauben. »Zur Abwechslung einmal *anständigen* Kaffee! Greta ist fort.«

Greta war die Frau, die Mister Gus das Frühstück brachte und es wegräumte, das Bett machte, ihm die Wäsche wusch. Die Art, wie er die Worte gebrauchte, *Greta ist fort*, gab mir zu verstehen, dass sie nicht zurückkommen würde und ich keine Fragen stellen sollte. Wenn sie gerade Besorgungen tätigte, sagte er gewöhnlich: *Greta ist außer Haus.* Ich hatte keine Ahnung, was vorgefallen war, doch ich wusste gut genug Bescheid, um intuitiv zu erfassen, dass es mit Mister Gus' gereizten Tiraden zusammenhing und dass es Greta immer schlechter gelang, Kontakt zu ihm zu vermeiden.

»Hier«, sagte ich und machte Anstalten, ihm zu helfen. Ich nahm ihm die Kaffeemühle aus den Händen, und nach einem Augenblick des Zögerns gab er nach und setzte sich, um mir zuzusehen. Ich mahlte mehrere Servierlöffel Kaffee, ließ das Pulver dann in das kochende Wasser fallen und schaltete sofort die Kochplatte aus. »Haben Sie …?«, fragte ich, doch bevor ich den Satz beenden konnte, hatte ich einen Deckel gefunden. Ich kramte noch ein bisschen herum, während der Kaffee zog, und fand eine Schöpfkelle. »Und … bitte schön«, sagte ich und schöpfte frischen Kaffee in eine verschnörkelte Teetasse aus Porzellan.

»Pah«, sagte Mister Gus, sah mich wütend an und streckte die Hand nach der Teetasse aus. Er starrte mich weiterhin wütend an, während er den Kaffee abkühlen ließ. Nach einer halben Ewigkeit führte er die Tasse an die Lippen und trank einen Schluck. »Pah«, wiederholte er, doch diesmal schwang ein etwas anderer Ton mit. Er nippte, dann nippte er noch einmal. »Pah. Nicht übel. Zwar nicht hervorragend. Aber nicht übel.«

Ich wusste, dass ich einen kleinen, aber klaren Sieg errungen hatte.

Ich lächelte immer noch, da fiel mein Blick auf eine elektrische Kaffeemaschine. Sie sah nagelneu und schrecklich modern aus. Außerdem war sie nicht eingesteckt und eine dünne Staubschicht hatte sich darauf gebildet.

»Aber warum …«, setzte ich an. »Sir … warum haben Sie nicht einfach *die hier* benutzt?« Ich trat zu der Maschine und deutete ungläubig darauf, als wäre ich soeben auf ein durch die Küche laufendes Einhorn gestoßen.

»*Ts!*«, zischte Mister Gus verächtlich. »Sie klingen wie Greta! Meine Nichte in Kalifornien hat mir das Gerät geschickt. Weiß nicht, warum ich es nicht gleich in den Müll geworfen habe, dieses Teufelszeug! Warum in aller Welt sollte ich *das* benutzen? Ich habe doch gesagt, ich will eine *anständige* Tasse Kaffee!«

»Haben Sie sie je ausprobiert?«, wagte ich einzuwenden.

»Das habe ich nicht nötig«, versetzte er unwirsch.

»Aber wenn Sie die Maschine benutzen, brauchen Sie nichts weiter zu tun, als den Kaffee hineinzugeben und auf einen Knopf zu drücken.«

Mister Gus warf mir einen Blick zu, der mich zum Schweigen brachte.

Ich seufzte. »Möchten Sie, dass ich Ihnen das hier auf einem Tablett nach oben trage?«, fragte ich, wobei ich von dem Kaffee und den Zeitungen sprach. Er antwortete mit einem mürrischen Nicken, und so machte ich mich auf den Weg, während Mister Gus sehr langsam, mit leise über die Läufer schlurfenden Füßen hinter mir herzockelte.

Als ich das Tablett auf dem Bett abgestellt und die Zeitungen so hingelegt hatte, wie er es mochte, hatte er mich noch immer nicht eingeholt, und mir wurde klar, dass er wahrscheinlich Schwierigkeiten auf der Treppe hatte. Nervös ging ich los, um nachzusehen. Ich trat an den Kopf der geschwungenen, halbkreisförmigen Treppe und sah nach unten.

Da war er, stieg beharrlich eine Stufe nach der anderen hoch und hielt zwischendurch immer wieder inne, wobei er versuchte, seinen schweren Atem zu unterdrücken. Ich wusste, wenn ich anbieten würde, ihm zu helfen, würde er sich weigern. Leise und geschäftsmäßig tappte ich die Treppe hinunter und ließ einen Arm unter seine Achsel gleiten. Zu meiner Überraschung leistete er keinen Widerstand oder raunzte mich an oder – wie ich befürchtet hatte – protestierte gar dagegen, von mir angefasst zu werden. Zusammen arbeiteten wir uns in recht effizientem, gleichmäßigem Tempo die Treppe empor.

»Danke«, sagte er mit heiserer Stimme, sobald wir den oberen Treppenabsatz erreicht hatten. Es war das Letzte, womit ich gerechnet hatte. Kurzzeitig dachte ich schon, ich hätte es mir eingebildet. Ich nickte und ließ ihn den restlichen Weg bis in sein Zimmer allein schlurfen, folgte ihm allerdings aus Angst, er könnte doch noch hinfallen.

»Wissen Sie«, sagte er, nachdem er sich wieder in dem immensen Haufen aus Kissen und Bettzeug niedergelassen hatte und nun wie ein Vogel aussah, der im Nest brütete, »Sie könnten öfter vorbeikommen und derlei Dinge machen – Kaffee, meine ich. Ich habe ein Mädchen, das mir meine Mahlzeiten vorbeibringt, aber ich habe noch keinen vollständigen Ersatz für Greta gefunden.« Ich sah ihn an. Jetzt überrumpelte er mich schon das zweite Mal an dem Morgen. »Ich würde Sie bezahlen«, fügte er hinzu.

Ich legte nachdenklich den Kopf schräg. Die Stunden, die ich als Bote arbeitete, würde ich hinunterschrauben müssen, aber praktisch gesehen ergab das Sinn, denn die Botenarbeit brachte mir nur halb so viel ein. Trotz all des Gepolters und der kratzbürstigen Seiten von Mister Gus begann ich, Gefallen an ihm zu finden.

»Schön. Macht nichts!«, versetzte Mister Gus, da er annahm, mein Zögern liefe auf eine Absage hinaus.

»Nein«, entgegnete ich. »Ich mache es. Das würde ich gern tun.«

Er sah mich an, seine Augen öffneten sich weit und füllten sich mit Tränen. Er bedachte mich mit einem leichten, angespannten, dankbaren Nicken. Dann sah er weg.

22

Wie ich bald herausfand, war die Liste an vernachlässigten Gegenständen, die in Mister Gus' Haus repariert werden mussten, endlos. Im Laufe der Jahre war er zu einer Art Einsiedler geworden, und sein Interesse daran, für den angemessenen Erhalt der Dinge zu sorgen, war im gleichen Maße geschwunden wie sein Interesse, Fremde in seinem Haus zu begrüßen.

»Sir… wenn Sie nach unten gehen, warum benützen Sie dann nicht den Aufzug?«, erkundigte ich mich. Zwei Tage zuvor hatte ich eine gotisch anmutende Holztür am Ende eines Flures geöffnet, die, wie ich glaubte, in eine Abstellkammer führte, und hatte einen schönen, vogelkäfigartigen Mechanismus aus Messing vorgefunden.

»Er ist kaputt«, fuhr Mister Gus mich an.

»Ich kann jemanden anrufen, der ihn repariert«, schlug ich vor.

»Was auch immer damit los ist, es ist bestimmt recht kompliziert. Und abgesehen davon will ich nicht, dass irgendein schmieriger *Reparaturmensch* hier drinnen herumlatscht, während ich versuche, zu lesen oder ein Nickerchen zu machen«, sagte er. In seiner Stimme schwang Ärger mit, doch je genauer ich hinhörte, desto klarer wurde mir, dass es sich bei dem Ärger lediglich um eine Maske handelte; darunter lag

Angst. Mister Gus fürchtete, vielleicht zurecht, man könnte ihn ausnutzen. Er stand neuen Bekanntschaften extrem misstrauisch gegenüber, und bevor Greta ging, hatte sie mir einen unglückseligen Vorfall weitergetratscht, bei dem es um einen Mann ging, der unter dem Vorwand, das Spendengremium der Metropolitan Opera zu vertreten, ins Haus gekommen war, wo sich jedoch herausgestellt hatte, dass er nichts mit der Met zu tun hatte und zehn lange Finger besaß. Erst Stunden, nachdem er fort war, bemerkte Greta, dass ein Paar silberne Kerzenständer und Aschenbecher aus geschliffenem Kristall von Tiffany's verschwunden waren. Greta war sich sicher, dass auch andere Dinge fehlten, doch als sie eine Liste der Gegenstände mit ihm durchging, die sie nicht finden oder über die sie keine Rechenschaft ablegen konnte, wand sich Mister Gus. Es war ihm peinlich, dachte sie. *So geht das also, Spenden sammeln …*, hatte er nur leise vor sich hin gemurmelt.

»Ich kann sicherstellen, dass der Mechaniker nur zu einer Zeit kommt, wenn ich hier bin, und ich kann ihn persönlich überwachen, wenn Sie möchten«, sagte ich. Mister Gus betrachtete mich argwöhnisch aus dem Augenwinkel.

»Gut«, sagte er, das Kinn vorgereckt und die Lippen zu einer schmalen Linie zusammengerollt. »Wenn Sie so stur darauf beharren.«

Ich rief bei mehreren Aufzugsmonteuren an – was schon einen bedeutsamen Sieg an sich darstellte, wenn auch nur, weil es Greta und ihren Vorgängerinnen verwehrt gewesen war, auch nur halb so weit zu kommen – und heuerte denjenigen an, der mir am seriösesten erschien. In der Zwischenzeit bastelte ich an anderen defekten Dingen im Haus herum, ersetzte Glühbirnen, verstärkte Schritt für Schritt lecke Wasserleitungen und ölte Scharniere. Mister Gus ignorierte all diese Arbeit, als wäre sie unsichtbar. Meine Hauptpflichten – laut Mister Gus – waren, Kaffee zu kochen, ihm Tabletts mit Essen zu bringen und abzuräumen, die scheinbar unendliche Anzahl von Kissen auf seinem Bett aufzuschütteln und ihm ein Bad einzulassen.

Eines Morgens in der Küche saß mir der Schelm im Nacken. Mein Blick fiel auf die elektrische Kaffeemaschine, und ich steckte sie spontan ein. Würde Mister Gus wirklich den Unterschied schmecken? Ich befüllte die Kaffeemaschine mit Wasser und Kaffeepulver, und im Nu rieselten wunderbar dunkle Tropfen heraus. Der Kaffee roch gut. Ich probierte ihn in der Hoffnung, er sei passabel, und der Geschmack war völlig in Ordnung. Vielleicht sogar besser als der Kaffee, den ich normalerweise kochte. Als ich ihn nach oben brachte und Mister Gus servierte, trank er ihn und schien zufrieden zu sein, offensichtlich nicht in der Lage, auch nur den geringsten Unterschied festzustellen.

»Warum das Lächeln, mein Junge?«, fuhr er mich an.

»Nichts, Sir. Es ist nur ein schöner Tag draußen.«

»Pah. Nicht, dass ich wüsste«, war alles, was er sagte. Die restliche Woche über kochte ich seinen Kaffee weiterhin in der Kaffeemaschine.

Am folgenden Morgen brachte ich den Mut auf, ihn nach dem Menschen zu fragen, der ihm die Kaffeemaschine geschenkt hatte. Je länger ich für Mister Gus arbeitete, desto mehr wunderte ich mich, wo seine Familienangehörigen sein mochten, denn sie schienen in seinem Leben auffallend abwesend zu sein.

»Sie haben gesagt, Ihre Nichte lebe in Kalifornien. Sehen Sie sie sehr häufig?«

Von der Frage überrascht, starrte er mich an. Im ersten Moment dachte ich, er werde mir gleich sagen, ich solle mich um meine eigenen Angelegenheiten kümmern. »Pah«, ächzte er nach einer Weile. »Nie«, sagte er. »Ich habe sie noch nie gesehen!«

»Noch nie?«

»Nein. Noch nicht einmal, als ich selbst in Kalifornien gelebt habe«, erwiderte er. Dann sah er mich mit einer Art schiefem Lächeln an. »Das haben Sie nicht gewusst, nicht wahr? – Dass ich in Kalifornien gelebt habe? Ha! In Hollywood übrigens. Habe Skripte für Tonfilme geschrieben. Was für eine Zeit das war! Was für eine Stadt!«

»Aber Ihre Nichte wohnt in Kalifornien, und Sie haben sich nie gegenseitig besucht?«

Er warf mir einen trockenen Blick zu. »Ihr Vater hat es nicht gebilligt, dass ich Kontakt zu ihr habe. Er hat vor Jahren aufgehört, mit mir zu reden.« Ich fragte ihn nicht, weshalb oder worum es bei dem Streit gegangen war, denn ich hegte den Verdacht, dass ich die Antwort bereits kannte.

»Wo wohnt er?«

»Manhattan«, grunzte er.

Ich war verblüfft. Die ganze Zeit über hatte Mister Gus einen Bruder, der hier in der Stadt wohnte, aber er sah ihn nie!

»Habe nicht den blassesten Schimmer, was er so treibt«, fuhr er fort. »Ich nehme an, dass er noch am Leben ist; andernfalls wäre es mir zu Ohren gekommen. Eines Tages werden wir uns schließlich um die heikle Angelegenheit unseres Familienfonds kümmern müssen. Allerdings schickt mir meine Nichte jedes Jahr ein Weihnachtsgeschenk«, sagte Mister Gus. »Jedes Jahr, ohne Ausnahme. Bin ihr nie begegnet, aber sie tut es trotzdem. Muss ein schlechtes Gewissen haben.«

Das Licht schwand allmählich aus seinen Augen, und auf einmal sah er fahl aus. »Jetzt lassen Sie mich in Ruhe, mein

Junge. Ich bin müde«, erklärte er. Ich gehorchte, und er drehte sich wie zum Schlafen um. Ich tappte leise aus dem Zimmer, die Hände um ein Tablett voll leerem Geschirr geklammert.

Etwa eine Woche später, nach zwei Besuchen des Monteurs, funktionierte der Aufzug wieder. Der Monteur tippte darauf, dass er schon seit etlichen Jahren nicht mehr benutzt worden war. Anfangs täuschte Mister Gus Gleichgültigkeit gegenüber der Wiederbelebung des Aufzugs vor, doch schon bald begann er, ihn jeden Tag zu benutzen, manchmal zweimal am Tag. Es war, als hätte er einen Teil seiner selbst zurückerhalten, und in gewisser Hinsicht traf diese Einschätzung vielleicht zu, denn mithilfe des Aufzugs konnte Mister Gus Stockwerke seines eigenen Hauses aufsuchen, die er lange Zeit praktisch nicht mehr bewohnt hatte.

Es bedeutete zudem, dass ich Mister Gus bei meinem morgendlichen Eintreffen recht häufig nicht im Bett vorfand. Trotzdem war ich eines Morgens doch wieder überrascht, als ich ihn in der Küche stehen sah. Diesmal galt die Überraschung aber nicht dem Umstand, ihn nicht im Bett vorzufinden; es war die Tatsache, dass er die Kaffeemaschine zu bedienen schien.

Wir betrachteten einander eine ganze Minute lang schweigend, bis er sich endlich wieder dem Gerät zuwandte und sich weiter an die Arbeit machte. »Glauben Sie nur nicht, ich wüsste nicht, dass Sie das Ding hier die ganze Zeit über benutzt haben.« Er meinte die Kaffeemaschine.

Ich war ertappt worden. Ich wusste nicht, was ich sagen sollte. Ich fragte mich, ob diese Entwicklung der Dinge bedeutete, dass ich gefeuert werden würde. Zu meiner Verblüffung begann er, leise in sich hineinzulachen. Ich lachte ebenfalls glucksend, und so standen wir in der Küche und amüsierten uns beide über uns selbst.

CLIFF

23

Ich starrte gerade auf die schrecklich unberührten weißen Seiten meines Notizbuches, als der elektrische Summer ertönte. Beim ersten Mal ignorierte ich ihn und dachte, es wäre bloß ein Klingelstreich oder eine zwielichtige Gestalt, die versuchte, ins Haus zu gelangen, denn das passierte ständig, doch als der Summer erneut ertönte, begriff ich, dass wirklich jemand an meiner Tür läutete. Ich ging nach unten, um nachzusehen, und da stand Rusty auf den Eingangsstufen. Rustys ganze Gestalt war eigenartig, und ich erkannte seine Silhouette sofort wieder. Die Sache mit Rusty war die, dass er erschreckende Ähnlichkeit mit einer Ratte hatte. Der Vergleich war passend, denn wie ich später herausfand, war er tatsächlich eine Ratte, doch selbst wenn er sich als ehrenhaft erwiesen hätte, sah man ihm das einfach nicht an, da er so stark an ein Nagetier erinnerte. Er hatte die Knopfaugen einer Ratte, und seine Ohren standen von seinem schmalen Kopf ab. Er war klein und schmächtig und trug immer Sportsakkos, die zwei Nummern zu groß wirkten und schlaff an seinen Schultern herabhingen.

Der unangemeldete Besuch überraschte mich, aber ich freute mich natürlich trotzdem, denn sobald ich Rusty erblickte, konnte ich nicht umhin, an den berühmten Agenten zu denken und mir auszumalen, was er für mich tun könnte, wenn Rusty uns je miteinander bekanntmachen sollte. Ich wusste nicht, was Rusty wollte, aber als ich ihn das letzte Mal im Village Vanguard gesehen hatte, sagte er, er würde gern einmal meine Geschichten lesen, was ich für eine höfliche Floskel hielt, die man so dahinsagt, obwohl man es gar nicht so meint. Jetzt überlegte ich, dass Rusty vielleicht doch nicht so übel war, wie ich anfangs gedacht hatte, denn vielleicht hatte er Wort gehalten und war an dem Tag nur deshalb an meiner Türschwelle aufgetaucht, um meine Geschichten doch noch zu lesen. Ich bat ihn nach oben und sagte, ich könne Kaffee aufsetzen und ihm sogar eine irische Note verleihen, wenn wir wollten, und Rusty willigte ein.

Sobald wir oben waren, betätigte ich mich an der Heizplatte und machte mich daran, Kaffee zu kochen. Statt in dem Sessel Platz zu nehmen, den ich ihm angeboten hatte, blieb Rusty, immer noch in Jacke und Handschuhen, stehen und stöberte seltsam hemmungslos im Apartment herum, indem er Schubladen öffnete und Bücherregale durchforstete, als wäre es seine Aufgabe herauszufinden, was sich darin befand. Er machte mich zusehends nervös. Ich kam mir vor wie ein Jude, dem man einen Nazi-Offizier auf den Hals gehetzt hatte, um ihn im Namen irgendeiner erfundenen Staatssache zu schikanieren.

»Das hier wollte ich auch schon lesen.« Er hielt eine schöne, gebundene Ausgabe von Emerson hoch und sah mich erwartungsvoll an. Abgesehen vom Plätschern des Kaffees auf der Heizplatte war es ziemlich still, und ich wünschte, ich hätte daran gedacht, eine Bop-Platte aufzulegen, nur um etwas im Hintergrund laufen zu haben. Während ich das dachte, hielt Rusty immer noch auf besitzergreifende Weise das Buch hoch, deutete auf das Cover und wartete meine Zustimmung ab.

»Du kannst es dir ausleihen, wenn du möchtest«, hörte

ich mich sagen. Eigentlich weiß ich nicht, warum ich es anbot, beziehungsweise vielleicht doch, denn hätte ich nicht gewusst, für wen Rusty arbeitete, hätte ich es nicht gesagt. Dieses Angebot schien ihn nicht sonderlich zu überraschen, und er ließ das gebundene Buch in die komische, kleine blaue Tasche gleiten, die er immer mit sich herumschleppte, und die Art, wie er es tat, gab mir zu verstehen, dass ich den alten Ralph Waldo und seine Interpretation von Selbstständigkeit nie mehr wiedersehen würde.

»*Das* ist ja eine Bude, die du da hast«, sagte er. Es war die Art von Bemerkung, die für gewöhnlich genauso gut ein Kompliment wie eine Beleidigung sein konnte, doch in dem Fall war völlig klar, dass Rusty es nicht gerade bewundernd meinte. Ich erwiderte nichts. Stattdessen stellte ich zwei nicht zueinanderpassende Kaffeetassen auf den Tisch und goss in jede ein wenig Whiskey. Rusty griff nach der Tasse, deren Rand nicht abgesplittert war, roch am Inhalt und streckte dann die Hand nach der Whiskeyflasche aus, um nachzuschenken. Als seine Tasse schließlich voll war und mehr Whiskey als Kaffee beinhaltete, setzte er sich in den Sessel und musterte mich über den Tassenrand hinweg. Ich spürte, wie seine Augen über die Konturen meines Gesichts fuhren, und gab mir Mühe, jeglichen Blickkontakt zu vermeiden. Endlich ergriff er das Wort.

»Attraktiv bist du nicht gerade«, stellte er in nüchternem Tonfall fest. Bevor ich etwas erwidern konnte, schlürfte er noch einen Schluck aus der Tasse und sprach weiter. »Aber so schlimm siehst du auch wieder nicht aus, was meinst du?« Wenn eine Frage jemals rhetorisch gemeint gewesen war, dann wohl diese. Mit zunehmendem Unbehagen nippte ich an meinem Kaffee und sandte ein vages, höfliches Lächeln in Rustys Richtung.

»Du bist einer dieser Nichts-Halbes-nichts-Ganzes-Typen«, urteilte er schließlich. Betretenes Schweigen machte sich breit.

»Sag mal«, setzte ich an, als ich mich mit meinem Anliegen nicht länger zurückhalten konnte. Mit einem Mal packte mich große Scheu. »Ich glaube, ich habe hier irgendwo ein paar Kopien dieser Geschichten, die ich erwähnt habe.« Ich stand auf und ging zu meinem Schreibtisch aus Flaschenkästen, auf dem meine Schreibmaschine vor einem kleinen Klappstuhl aufgebaut war, und tat so, als würde ich in einem alten Schuhkarton voller Papiere kramen. In Wahrheit hatte ich kürzlich frische Kopien meiner Geschichten einzig und allein für den Fall abgetippt, dass ich Rusty wieder über den Weg lief, und ich wusste genau, wo sie waren. Ich legte die Abschriften vor Rusty auf den Tisch. Es waren Originale und keine Durchschläge, weil ich mir dachte, falls sie Rusty vielleicht so gut gefallen sollten, dass er sie dem berühmten Literaturagenten geben würde, wäre es erbärmlich, wenn der Mann Durchschläge lesen müsste, und schlimmstenfalls könnte es die Meinung des Literaturagenten über den Inhalt selbst schmälern.

»Prima«, sagte Rusty und bedachte den Papierstapel auf dem Tisch mit einem trägen Blick. Er griff nicht gleich danach, sondern saß da, starrte in seine Tasse und ließ den Satz des Irish Coffee herumkreisen. Er hatte den Kaffee mit Whiskey in Rekordzeit getrunken, und ich widerstand der Versuchung, ihm noch eine Tasse anzubieten. Wie alle Schriftsteller wollte ich, dass er die Geschichten las und sah, wie stark sie waren, und es war mir gleich, ob er angesäuselt war, denn ich wollte, dass er sich bei der Lektüre wohlfühlte, allerdings sollte er auch wieder nicht so betrunken sein, dass er den Geschichten nicht die ihnen gebührende Aufmerksamkeit schenken konnte.

Wer Schriftsteller kennt, der weiß, dass sie eigen sind, was die Bedingungen betrifft, unter denen ihr Werk gelesen wird. Doch mit einem Mal schien Rusty keinerlei Interesse mehr daran zu haben, irgendetwas zu lesen. Die Kopien lagen auf dem Tisch, und mir wurde immer übler mit jeder Sekunde, die verstrich, ohne dass seine Hand auch nur zuckte, um nach ihnen zu greifen. Ich konnte mir nicht erklären, warum er gekommen war, wenn nicht wegen der Geschichten, obwohl – eine Sache fiel mir da schon ein, doch ich wollte es mir nicht in allen Einzelheiten vorstellen. Rusty bediente sich und goss sich noch einen Drink ein und machte abfällige Bemerkungen über mein Apartment und meine Angewohnheiten. Der Nachmittag verstrich in angespannter Atmosphäre. Die Uhr tickte, und um uns herum wurde die Luft allmählich muffig.

Auf einmal erhob Rusty sich von seinem Stuhl am Tisch in der Kochnische – eigentlich nur ein Klapptisch mit darübergeworfenem Bettlaken –, verdrehte demonstrativ die Augen und streckte sich gähnend. »Es ist ziemlich langweilig hier, findest du nicht?«

»Also hör mal …«, setzte ich an, da ich mir ziemlich sicher war, soeben beleidigt worden zu sein: erst wegen meines schäbigen Apartments, dann wegen meines Aussehens und jetzt, weil ich angeblich kein anregender Gastgeber war. Doch der Einwand erstarb auf meinen Lippen, sobald Rusty die getippten Kopien vom Küchentisch nahm. Er rollte sie zusammen, bis sie schmal wie ein Taktstock waren, und steckte sie in seine blaue Tasche. Ich wollte all meinen Mut zusammennehmen und fragen, ob das bedeutete, dass er sie später lesen wollte, doch Rusty achtete nicht auf mich, während ich hustete und mein Gewicht wie ein nervöser Boxer von einem Bein aufs andere verlagerte. Stattdessen wühlte er sich bereits auf der Suche nach meiner Jacke durch den Kleiderhaufen auf dem Boden neben der Matratze.

»Hier«, sagte er und hielt mir meine Jacke entgegen, nachdem er sie endlich gefunden hatte. »Zieh die an. Ich habe Lust auf eine Matinee.« Bei der Erwähnung der Matinee schwang etwas Gebieterisches mit, und mir war klar, dass Widerrede zwecklos war. Er hatte erklärt, was wir tun würden, und er hatte mich noch nicht einmal gefragt, weil er sich bereits sicher war, dass er mich nicht zu fragen brauchte. Ich wusste, für wen er arbeitete, und er wusste, was ich von ihm wollte, und obwohl es nie offen thematisiert worden war, hätte das Arrangement nicht offensichtlicher sein können.

Selbstverständlich bezahlte ich unsere beiden Eintrittskarten zu der Matinee. Und eine Runde Drinks in der Bar neben dem Kino. Und eine weitere Runde in einer komischen kleinen Bar an der West Side, die voller Matrosen war, deren Schiff gerade in den Hafenanlagen von Hell's Kitchen angelegt hatte, und die einen draufmachten, da sie für Monate ohne Unterbrechung auf hoher See gewesen waren und nur eine Woche Landgang hatten, bevor sie wieder die Anker lichteten. Allmählich wurde es spät – fast zwei Uhr morgens –, doch der Abend dröhnte weiter, und ich sah mich gezwungen, Rusty und mir weitere Drinks zu kaufen, ebenso wie gelegentlich einem Matrosen von der Handelsmarine oder einem Hafenarbeiter, die laut Rusty unbedingt ein kostenloses Pint Bier verdient hatten. Ich war dabei, all mein Geld auszugeben, und es würde nicht genug für die Miete übrig bleiben, und ich wusste, dass das nicht gut war, doch zu dem Zeitpunkt hatte mich längst die Aura von Rustys Chef in den Bann geschlagen, und ich war machtlos, mich dem zu entziehen. Rusty achtete darauf, den Namen des berühmten Agenten gerade eben oft genug zu erwähnen, um mich bei der Stange zu halten. Ein paarmal holte er den Taktstock aus zusammengerollten Manuskriptseiten aus der Tasche und legte ihn hier oder dort auf einen Bartisch, wie um mir ins Gedächtnis zu rufen, dass er sie vielleicht lesen würde. Oder auch, um mir ins Gedächtnis zu rufen, dass er sie vielleicht liegen lassen würde. Jedes Mal, wenn er das tat, beobachtete ich, wie sich die feste Rolle aus Eaton's Schreibmaschinenpapier, an der ich so fleißig getippt hatte, entfaltete wie ein kleiner Vogel, der versucht, seinen gebrochenen Flügel zu bewegen, und meine Abneigung gegen Rusty wuchs ein Stückchen. Zweimal beobachtete ich vom anderen Ende des Raumes, wie jemand ein Bier darauf abstellte, als handelte es sich um einen zusammengerollten Untersetzer. Als zwischen zwei Matrosen eine Schlägerei ausbrach, warf ich mich fast ins Getümmel, um Dampf abzulassen.

Die Nacht hatte es in sich. Rusty seinerseits zeigte keine Anzeichen, langsamer zu treten. Im Laufe des Abends sah ich häufig, wie er eine kleine Blechschachtel öffnete, die er an einer Kette um den Hals trug, und jedes Mal, wenn er sie öffnete, entnahm er einen kleinen zusammengeknüllten Papierfetzen. Da wusste ich, dass ich wahrscheinlich die Sonne über Manhattan aufgehen sehen würde, bis es endlich an der Zeit sein würde, den Heimweg anzutreten. Später fand ich heraus, dass er eine Tante hatte, die Asthmatikerin war und der er seit seinem vierzehnten Lebensjahr regelmäßig die Papierstreifen aus ihren Inhalatoren gestohlen hatte, und da ergab es ein bisschen mehr Sinn, warum Rusty so war, wie er war, denn man musste sich schon fragen, was es mit einem Menschen machte, so viele Jahre lang Bennies zu nehmen.

Tatsächlich gähnte die Sonne bereits im kalten blauen Licht der Morgendämmerung über dem Empire State Building, als Rusty und ich endlich auf der Rückbank eines Taxis saßen und nach Hause fuhren. Wir kurbelten die Fenster hinunter, steckten zwei Zigaretten an und rauchten sie schnell. Manchen Fahrern machte es etwas aus, manchen nicht, und da es diesem Fahrer nichts auszumachen schien, zündeten wir noch zwei an. Rusty fing wieder von dem berühmten Agenten an und erzählte, wie es war, für ihn zu arbeiten, und beim Reden glitt seine Hand auf mein Knie, und ich ließ sie dort, auch wenn seine Finger kalt waren. Rustys Hand hatte eine glitschige Leichtigkeit, bei der mir übel wurde – nicht weil ich an sich etwas gegen Homosexuelle hatte, denn ehrlich gesagt war ich zu dem Zeitpunkt in meinem Leben bereits mit einem Mann im Bett gewesen und ich wusste, dass es gut sein konnte –, sondern vielmehr, weil vor meinem geistigen Auge der homosexuelle alte Bock aufblitzte, der Rusty später im Leben sein würde. Es war so klar, als hätte ich es eben in einer Kristallkugel gesehen, und ich erschauerte, sah aus dem Taxifenster und versuchte, mich auf die Dächer der Häuser zu konzentrieren, die jetzt Rauch ausspien, um den nächsten geschäftigen Morgen in der Stadt vorzubereiten.

Als wir vor meinem Wohnblock hielten, blieb Rusty sitzen, um weiterzufahren, denn er lebte jenseits der Brücke in Astoria, und als ich aus dem Taxi steigen wollte, beugte er sich herüber, zupfte an meinem Hemdschoß und sagte: »Sei ein Freund und gib mir einen Dollar fürs Taxi, okay?« Er war betrunken, und es war ihm an der Stimme anzuhören.

»Ich habe bloß einen Fünfer.«

»Dann gib mir einen Fünfer.«

Zu dem Zeitpunkt überraschten mich seine eklatanten Wünsche längst nicht mehr, und mit einem müden Reflex griff ich in das abgenutzte Futter meiner Gesäßtasche, zog den allerletzten Fünfdollarschein hervor, den ich besaß, und reichte ihn ihm. Ich wusste, dass es mehr war, als die

Taxifahrt kosten würde, und ich wusste auch, dass er das bei unserem nächsten Wiedersehen nicht ansprechen würde, ebenso wenig wie ich, und daher würde ich mein Wechselgeld niemals wiedersehen.

»Danke«, sagte er, und zum ersten Mal in der Nacht glaubte ich, einen echten Anflug von Dankbarkeit zu bemerken. Er tätschelte den zusammengerollten Taktstock aus Papier, der wie ein Wunder wieder in seine Tasche zurückgefunden hatte. »Reden wir demnächst weiter von deiner Schriftstellerei. Ich sehe da eine große Zukunft.« Dies war das erste Mal, dass er meine Schriftstellerei mir gegenüber direkt erwähnte, und ich stand blinzelnd da. »Groß!«, rief er, zog die Taxitür zu und winkte, und der Fahrer fuhr in Richtung des East River davon, in Richtung all dessen, was sich jenseits der graubraunen Ufer befand.

EDEN

24

Ich machte mich daran, einen Aktionsplan auszuarbeiten. Damit meine Idee funktionierte, würde ich gewisse Makel beseitigen müssen. Zum einen meine Sozialversicherungskarte. In meiner ersten Woche bei Torchon & Lyle hatte mich Miss Everett während meiner Mittagspause losgeschickt, damit ich sie abholte. (Um sie zu bekommen, hatte ich tatsächlich mehrere Stunden lang Schlange stehen müssen, und bei meiner Rückkehr ins Büro war Mr. Turner über meine Abwesenheit so erbost gewesen, dass er mich beinahe auf der Stelle gefeuert hätte; ein weiterer subtiler Hinweis, dass Miss Everett vielleicht von Anfang an darauf aus gewesen war, dass ich meine Stelle verlor.) Jetzt würde ich eine neue Karte benötigen, unter anderem Namen. Ein Führerschein und eine Geburtsurkunde könnten auch nicht schaden. Ich fragte im Village herum, und schließlich erzählte mir ein Bildhauer, dessen Bekanntschaft ich gemacht hatte, von einem Ehepaar irgendwo in der Lower East Side, das die infrage kommenden Artikel anfertigen könne.

»Zwei alte Polen«, sagte er. »Recht nett. Professionell. Diskret. Waren richtig gut darin, damals in der Heimat Dokumente zu fälschen, und haben im Krieg eine richtige Druckerpresse betrieben.« Er reichte mir eine Karte, auf die in geprägten Goldlettern der Name eines Judaica-Ladens stand. Ich zuckte zusammen, als ich den Namen des Ladens und das, was sie verkauften, sah, und machte mir sofort Sorgen. Ich fragte mich, was sie von meiner beabsichtigten Namensänderung halten würden.

»Und ich gehe einfach … in das Geschäft und frage am Ladentisch?«

Er nickte. »Natürlich *diskret*. Es wird dich allerdings einiges kosten, und über den Preis lässt sich nicht verhandeln. Keine Ausnahmen.«

»Wie viel kostet es?«, fragte ich. Er nahm die Karte zurück und schrieb einen Betrag auf die Rückseite. Ich sah ihn mir an; die Zahl war erschreckend, und zu dem Zeitpunkt lebte ich längst von meinen mageren Ersparnissen.

Ein Neuanfang wäre nicht billig, doch nachdem ich mir alles ein paar Tage lang überlegt hatte, entschied ich, dass es die Sache wert war. Ich fuhr in die Lower East Side, suchte das Geschäft und fragte am Ladentisch nach. Eine hohlwangige Frau, deren Haar zu einem festen silbernen Knoten zusammengebunden war, musterte mich mit kalten, schwarzen, misstrauischen Augen und erteilte mir eine Reihe widerwilliger Anweisungen. Stirnrunzelnd betrachtete sie die beiden Namen, die ich aufgeschrieben hatte – den alten und den neuen –, und hob wortlos eine Augenbraue. Ich notierte die restlichen Informationen, reichte ihr mein Geld und bekam gesagt, ich solle in zwei Wochen wiederkommen.

»Zwei Wochen?«, fragte ich.

»Ja«, erwiderte sie mit unfreundlicher, stoischer Stimme. Mir fiel auf, dass sie einen starken polnischen Akzent hatte. »Früher nix fertig.«

Sie sah mich erneut stirnrunzelnd an, und ich machte mir Sorgen, dass meine Ungeduld allzu offensichtlich war. Zwei Wochen wirkte wie eine schrecklich lange Wartezeit.

Genau in dieser Zeit kam meine Freundin Diana aus Indiana zu Besuch. Ich musste mir wohl inzwischen einen typischen Boheme-Stil zugelegt haben, denn als sie am Busbahnhof Port Authority ausstieg, bedachte sie mich mit einem überraschten Blick, in dem sich alles spiegelte: meine elegante Kurzhaarfrisur, meine ordentliche, schwarze, um die Hüften locker sitzende Caprihose und die dunkle Raffinesse der Sonnenbrille, die ich aus der Fundkiste in der Bücherei geangelt hatte. Da mir mein Rauswurf unangenehm war, hatte ich niemandem zu Hause davon erzählt, und fürchtete mich vor dem Besuch meiner Freundin, weil ich mich der Tatsache würde stellen müssen, dass ich in New York gescheitert war. Doch als Diana die Stufen des Busses herunterkam, wusste ich, dass ich mir keine Sorgen hätte machen müssen. Bevor sie von der letzten Stufe stieg, hielt sie inne und betrachtete mich, ließ alles auf sich wirken. Alles, was sie hervorbrachte, war: »Oh … aber du bist ja so schlank geworden!«

Ich lachte, und sie lachte, und während ihr Blick von meinem Kopf bis zu meinen Zehenspitzen wanderte, begriff ich, dass sie sämtliche Unterschiede zwischen uns bemerkte. Für die Verhältnisse in Indiana war Diana immer sehr schick gewesen, und mir fiel auf, dass sie ein Reisekostüm trug, das höchstwahrscheinlich extra für diese Reise aus dem Katalog von Sears, Roebuck bestellt worden war. Aus dem Katalog von Sears, Roebuck zu bestellen, war in Fort Wayne eine beliebte Methode, sich seine Garderobe auszusuchen, und Diana war wahrscheinlich mit dem Kostüm zufrieden gewesen, als es per Post eintraf, doch jetzt, als sie das Spiegelbild ihrer matronenhaften Silhouette in den gewaltigen schwarzen Gläsern meiner Sonnenbrille erblickte, war ihr anzusehen, dass sie ihre Meinung geändert hatte. Neidisch war sie allerdings wohl nicht auf mich, denn meiner knabenhaften Figur schien sie mit Skepsis zu begegnen. Es war zu einer Zeit, ehe Frauen regelmäßig auch außer Haus Hosen trugen, und hier stand ich mitten in Manhattan und trug eine. Ich glaube gar nicht so sehr, dass sie mich bewunderte, eher hatte ich sie aus dem Gleichgewicht gebracht. Indem sie meine Veränderung wahrnahm, registrierte sie auch indirekt den Unterschied zwischen der Provinz und dem Kosmopolitischen.

Am Wochenende sahen wir uns die Sehenswürdigkeiten an. Es war ein komisches Gefühl, Diana zu Besuch zu haben, als wäre ich gleichzeitig an zwei Orten. Ich erinnere mich noch ganz deutlich daran, dass wir einmal an der Upper East Side entlangspazierten und an einer Bar vorüberkamen, die zufällig die rot-weiße Fahne des Footballteams der Indiana Hoosiers über dem Eingang gehisst hatte.

»Na, so was!« Diana deutete darauf. »Sieh dir das bloß mal an!«

Ich lachte. »Hab ich's dir nicht gesagt?«, fragte ich. »Die ganze Nation – ja, die ganze *Welt* – wohnt in New York. Hier findet man alles.«

Diana blieb vor der Bar stehen und betrachtete die Fahne. Da wurde mir klar, dass kein Mensch auf so poetische Weise Heimweh verspürt wie jemand, der zum ersten Mal nach New York kommt und eine winzige Spur des eigenen Heimatstaates entdeckt.

»Würdest du da nicht eines Abends hineingehen und einen Mann aus Indiana kennenlernen wollen?«, sagte sie zu mir. »Oh, wäre das nicht was? Ihr würdet euch gemeinsam scheckig lachen über den Zufall.«

Ich nickte, hauptsächlich ihr zuliebe.

»Und dann könntest du heiraten und nach Hause ziehen«, fuhr Diana fort, ganz atemlos aufgrund des neuen, aufregenden Plans, den sie für mein Leben ersann, »und jedes Mal, wenn ihr Leute zum Abendessen bei euch hättet, könntet ihr ihnen erzählen, wie ihr beide tausend Meilen weit weggezogen seid, bloß um euch in einer Bar in New York kennenzulernen.« Sie drehte sich um und suchte mein Gesicht nach dem angemessenen Grad an Begeisterung ab.

Ich dachte an die interessanten Menschen, denen ich in New York begegnet war, vor allem im Village. Insgesamt betrachtet war es gewiss ein verrückter Haufen. Doch selbst die Merkwürdigsten, selbst diejenigen, die mir Unbehagen bereiteten – wie beispielsweise die Dichterin, die in der Gegend dafür bekannt war, dass sie sich auf den Rat ihres Psychiaters hin auf offener Straße zum Urinieren hinhockte, um sich nicht dieser oder jener Freudschen Haltung zu beugen –, schienen mir im Vergleich eine angenehmere Abendgesellschaft als die Mittelschichtsleute aus dem Mittleren Westen, die an dieser hypothetischen Soiree teilnehmen würden.

»Ja, das klingt nett«, log ich. Wir gingen weiter und verbrachten den Nachmittag im Metropolitan Museum, wo Diana die Zivilisation des alten Ägyptens fast so interessant fand wie diejenige von Bloomington, Indiana.

Als ich Diana am Montag zum Busbahnhof zurückbrachte, umarmte sie mich, trat dann einen Moment zurück und betrachtete mich mit einem süßen, schweren Seufzer. Da begriff ich, dass sie nicht in die Stadt zurückkommen würde, und gleichzeitig fand sie sich damit ab, dass ich mich auf eine Art verändert hatte, die mich an New York band. Wir waren die ganze Schulzeit hindurch gute Freundinnen gewesen und hatten sogar dasselbe College besucht, doch jetzt würden wir getrennte Wege gehen, so war es eben.

»Auf Wiedersehen, Eden! Denk daran zu schreiben«, sagte sie. »Versprich mir, dass du es mich sofort wissen lässt, wenn du verlobt bist, und ich werde das Gleiche tun.«

Aus Gefälligkeit stimmte ich zu, doch in Wahrheit lag mir nichts an diesem Pakt. Als ich Diana an dem Tag am Busbahnhof zum Abschied winkte, hätte ich ebenso gut französischen Tüllhochzeitskleidern, Schmorbraten, sonntäglichen Bridgepartien und all den anderen Dingen, die gewiss in ihrer Zukunft, aber nicht in meiner lagen, zum Abschied winken können. Ich stellte mir all die Wangenküsschen vor, die ich nie erhalten würde, nach Kaffee riechende Küsse meines Ehemanns, der sich Toastkrümel aus den Mundwinkeln wischt und morgens durch die Haustür verschwindet, und während ich mir das vorstellte, erschauderte ich, denn ich spürte die Küsse in einer winzigen Phantomparade über meine Haut hinwegziehen. Eigentlich beneidete ich Diana nicht um dieses Leben; dennoch stimmte es mich leicht melancholisch, die Dinge auf diese Weise zu betrachten. Es war ein wenig, als wäre man auf einer Beerdigung, und in gewisser Weise trauerte ich wohl um eine Version meiner selbst, die es nie geben würde.

Ich ging zu Fuß vom Busbahnhof zurück zum Barbizon. New York erlebte in dem Jahr einen heißen Sommer, und die Nachmittagssonne ergoss sich dick wie bernsteinfarbener Honig über die Straßen der Stadt, und die rosigen Gesichter der Menschen, an denen ich vorüberkam, überzog ein glänzender Schweißfilm. Ich bog um eine Ecke und ging an zwei Chassidim vorüber, denen unter der Last ihrer schweren Wollanzüge und schwarzen Filzhüte besonders heiß und unbehaglich zumute zu sein schien und denen die langen Schläfenlocken an den Wangen klebten. Fort Wayne und der Mittlere Westen wirkten auf einmal weiter weg denn je, und ich wusste nicht mehr, wer ich war oder wie die Menschen mich wahrnahmen; ich war weder hier noch dort. Ich sah auf meine Armbanduhr und rechnete aus, durch welche Städte Dianas Bus vielleicht gerade in dem Moment fuhr.

Im Central Park ließ ich mich auf einer Bank nieder. Ich gestattete mir, verzweifeltes, hoffnungsloses Heimweh zu empfinden, während ich mit dem kleinen Zeiger meiner Uhr sechzig Sekunden abzählte. Dann stand ich auf und zwang mich, es hinter mir zu lassen.

25

Zwei Wochen waren vergangen, was bedeutete, dass es an der Zeit war, meine Papiere abzuholen. Es war das Erste, woran ich dachte, bevor ich an dem Morgen auch nur die Augen aufschlug. Ich stand auf, zog mich an und entschied, den Bus vom Barbizon nach unten in die Lower East Side zu nehmen. Es war ein langsamer, mühsamer Weg mit vielen Haltestellen und dauerte sehr lange. Ich hätte wohl die Subway nehmen können, aber aus irgendeinem Grund stand mir der Sinn danach, über der Erde zu bleiben, aus dem Fenster zu schauen, während sich die Landschaft veränderte, und *wirklich* dabei zuzusehen, wie ein Viertel von Manhattan ins nächste hinübergleitet, Hunderte Dörfer, jedes mit einem anderen Charakter, alle auf eine Insel gestapelt. Schließlich machten die steinernen Hochhäuser und Brownstone-Bauten der East Sixties den bunten Geschäftsmarkisen und industrielleren Bauten der East Thirties und Twenties und den Backsteinwohnblöcken am Rand des Village Platz, bis wir den ganzen Weg zur Houston Street gezuckelt waren, wo der Bus endlich abdrehte und nach Osten weiterfuhr. Wir kamen an Katz's Delikatessen vorüber, und obwohl ich nicht mit ihnen verwandt war, war ich mir der Ironie deutlich bewusst. Der Anblick dieses vertrauten Namens in schwungvollen Buchstaben von oben nach unten auf dem rot-weißen Schild jagte mir einen Schauder über den Rücken.

Das eigenartige Gefühl verließ mich auch nicht, als ich an der Haltestelle ausstieg und die Orchard Street entlangging, vorbei an Bäckereien, die Knisches verkauften und deren Schilder in den Schaufenstern auf Englisch und Jiddisch beschriftet waren. Das hier war gleichzeitig exotisch und vertraut. Meine Großmutter hatte Knisches gebacken, und meine beiden Großeltern verstanden Jiddisch. Mit mir hatten sie Englisch geredet, aber miteinander sprachen sie eine Mischung aus Deutsch und Jiddisch – jedenfalls bis zum Krieg. Bei Kriegsausbruch ließen sie das Deutsche ganz sein und sprachen nur in gedämpftem Tonfall Jiddisch, wenn keine Fremden zugegen waren. Ich versuchte, sie mir hier vorzustellen, wie sie den trüben Pfützen auswichen, die ständig auf den schmalen, unebenen Straßen der Lower East Side zu finden waren, und sich beide einen Weg durch das Treiben bahnten, während ihnen Straßenverkäufer Preise nachriefen. Als sie einwanderten, waren sie durch New York gekommen und dann nach Chicago weitergezogen, dort aber nur kurz geblieben. Für sie bedeutete Amerika weites Land, und sie waren auf der Suche nach diesen Landschaften nach Indiana gezogen und hatten sich für Fort Wayne entschieden, weil sich dort auch Indianas älteste Synagoge befand.

Es war komisch, aus dem Mittleren Westen nach New York gezogen zu sein und dann festzustellen, dass sich hier alles gegen mich wandte. Ich dachte an meine Eltern in Indiana: wie sie arbeiteten und einkauften, dem örtlichen Lions Club beitraten, sich freiwillig bei der Heilsarmee meldeten. Als in Amerika geborene Kinder von Einwanderern waren sie viel mehr darauf aus, sich an das Leben im Mittleren Westen anzupassen, als ihre Eltern es gewesen waren, und bestritten ihren Alltag mit einer beherzten, entschlossenen Unbeirrtheit, die nur sehr bewusst handelnde Menschen besitzen. Hier und da gab es jedoch kleine Vorfälle. Die Bewerbung meiner Eltern beim Country Club wurde abgelehnt. Jemand kratzte einen Davidstern in den Lack unseres alten Hudsons, während meine Mutter in der Kroger-Filiale einkaufte. Es gab eine Geburtstagsfeier, bei der man mich absichtlich übergangen hatte. Ich erinnere mich daran, einmal bei einem Besuch in der Synagoge frisch geworfene Eier gesehen zu haben, deren Gelb an der Außenmauer hinabtropfte. Der Krieg verstärkte im Laufe der Zeit die Spannungen. Ich war mir bewusst, dass es gewisse Familien in der Stadt gab, die das Gefühl hatten, der Krieg wäre »unsere Schuld«. Doch trotz dieser Erinnerungen leisteten meine Eltern gute Arbeit, mich vor allem weiteren abzuschirmen, diese Vorfälle weit draußen an der Peripherie meiner Kindheit zu halten, und ich fühlte mich in Indiana vollkommen zu Hause. Sie hatten einen Weg gefunden, »die Katzes« von Fort Wayne, Indiana, zu sein, und deshalb erfüllte es mich jetzt mit Scham, dass ich es nicht geschafft hatte, meinen Weg in New York als Eden Katz zu machen. Hätten sie gewusst, was ich vorhatte, so hätte es ihnen wohl das Herz gebrochen.

Es war etwas anderes, in New York jüdisch zu sein als in Indiana. Man könnte meinen, es wäre hier leichter, doch genau diese Annahme hatte mich überhaupt erst in die Bredouille gebracht. Es war nur auf eine andere Art leichter. Es ist ein Mythos, dass Stadtmenschen von Natur aus aufgeschlossener sind, mehr Akzeptanz und Toleranz gegenüber Andersartigkeit besitzen. Die Wahrheit lautet, was auch immer Menschen sind, seien es nun Heilige oder aber Frömmler, sie sind einfach so, wie sie sind, und dadurch, dass die Stadt all diese unterschiedlichen Arten von Menschen zusammenwürfelt, unterstreicht sie die Toleranz (oder deren Mangel) nur noch. Im Gegensatz zu mir hatte Miss Everett dieses Geheimnis gekannt und gewusst, wie sich Nutzen daraus ziehen ließ. Ich hatte das Gefühl, nur zwei Wahlmöglichkeiten zu besitzen: mit eingezogenem Schwanz nach Hause zurückzukehren oder zu bleiben und mit allen erdenklichen Mitteln zu kämpfen.

Das Ladeninnere war dunkel und kühl, wenn auch ein wenig muffig. Ich stand einen Moment lang da und lauschte in die Stille. Vom Ende des vollgestopften kleinen Raumes her rief mir ein Mann hinter einem Ladentisch etwas zu.

»Hallo!«, sagte er. Er hatte einen starken polnischen Akzent und fast eine Glatze, eine gesprenkelte Landkarte aus Altersflecken dort, wo früher sein Haaransatz gewesen war. Ich sah mich nach der Frau um, mit der ich das letzte Mal gesprochen hatte, doch sie war nirgends zu sehen. »Kann ich Ihnen helfen?«

»Ich … bin vor zwei Wochen hier gewesen«, sagte ich.

»Ach.« Sein Finger fuhr in die Luft. »Ich habe mir schon gedacht, dass Sie es vielleicht sind.« Er drehte sich um und zog einen schweren marineblauen Vorhang beiseite, der in eine Art Hinterzimmer führte.

»Letztes Mal habe ich mit einer Frau gesprochen …«, fuhr ich fort, da ich unbedingt sicherstellen wollte, dass wir beide uns tatsächlich richtig verstanden. »Sie hat meine Informationen aufgenommen, aber sie hat nicht viel gesagt. Sie schien ein wenig verärgert … Ich hatte Angst, sie gekränkt zu haben.« Ich versuchte, mich ihm durch den Laden zu nähern, wobei ich fast einen Korb mit aufgestapelten dunklen Samtjarmulkes umgeworfen hätte.

»Das war meine Frau Agata.« Grinsend winkte er ab. »Die lächelt nie. Nichts für ungut.« Er bedeutete mir, ihm durch den Vorhang ins Hinterzimmer zu folgen. »Ich weiß, warum Sie hier sind. Kommen Sie, kommen Sie!«

Ich folgte ihm. Der dicke, kreideartige Geruch von Staub erfüllte die Luft. Meine Augen mussten sich erst an die Dunkelheit gewöhnen.

»Sie können mich Leo nennen«, sagte er, sobald wir uns hinter dem Vorhang befanden. Ich nickte. Wir waren in einer Art Lagerraum. Zweifellos war es der Ort, an dem Leo und Agata während der Verkaufszeit Pause machten. Auf einem Tisch befand sich ein Teller mit Speiseresten, anscheinend Hühnchen und Orangenschalen, und aus den Lautsprechern eines gewaltigen hölzernen Radios auf einem Regal zeterte eine Seifenoper. An der Wand hing ein merkwürdig antik aussehendes Gemälde in dunklen, schweren Farben. Ich blinzelte und erkannte, dass ich der Jungfrau Maria gegenüberstand. An einer angrenzenden Wand hing ein weiterer überraschender Gegenstand: ein riesiges barockes Silberkruzifix, ein wenig stumpf angelaufen.

Er sah, dass ich das Kruzifix mit verwirrt gerunzelter Miene betrachtete, und lachte in sich hinein.

»Wir sind Katholiken«, sagte er.

»Aber ...« Ich versuchte, mir einen Reim darauf zu machen. »Sie besitzen einen Laden für Judaica.«

»Geschäft ist Geschäft.« Er zuckte die Schultern. Dann ging er zu einem schweren Eichenschreibtisch, öffnete eine Schublade und hielt einen länglichen Briefumschlag in die Höhe. Instinktiv begriff ich, dass sich darin sämtliche Dokumente befanden, um die ich gebeten hatte. »Vor dem Krieg hatten wir einen kleinen Laden für seltene Bücher. Ruhiger Laden. Zu ruhig! Hinten war eine antike Druckerpresse«, sagte er. »Dann kam der Krieg. Diese Presse war gutes Geschäft. Wollten alle Papiere! Wir haben Hunderte Menschen aus dem Nazi-Gebiet geholt ... natürlich gegen einen entsprechenden Preis.«

»Und Sie sind nach Amerika gekommen und haben einen Judaica-Laden aufgemacht?«

Erneut zuckte er die Achseln. »Warum nicht? Wir hatten schon den Warenbestand. Manche Menschen waren nämlich dankbar. Dankbar um ihr Leben! Andere … haben uns Dinge dagelassen, damit wir sie verstecken, und sind nie zurückgekommen. Schöne Dinge!« Er öffnete eine Schublade voll silberner Kidduschbecher und vergoldeter Menora und winkte mit einer Hand. »War gefährlich, sie zu verstecken! Und jetzt … jetzt, warum sollten sie verkommen? Sie sind Teil einer großen Tradition. Gold! Silber! Schöne Dinge! Jemand wird stolz darauf sein, so schöne Dinge zu besitzen.«

»*Gegen einen entsprechenden Preis*«, sagte ich.

Er verengte die Augen zu Schlitzen. »Gegen einen entsprechenden Preis, ja. Aber es sind Dinge für alte Traditionen und sehr nützlich für neue Menschen. Ist trotzdem gut, um wichtige Erinnerungen zu schaffen.« Er öffnete den länglichen Umschlag und ließ die Dokumente auf den Schreibtisch gleiten. Er hob etwas hoch, das eine Sozialversicherungskarte zu sein schien – ich ging davon aus, dass es diejenige war, die ich bestellt hatte –, und sagte: »Manchmal ist es wichtig, sich an eine Kultur zu erinnern, manchmal ist es wichtig, sie zu vergessen, was? Erinnert mich an die alten Zeiten.«

»Ist das meine Bestellung?«, erkundigte ich mich mit kalter Stimme. Ich streckte die Hand aus, wie um danach zu greifen. Er zog den Umschlag zurück, schien zu zögern.

»Ich verstehe das nicht. Das hier ist *Amerika*, hier ist es in Ordnung für Sie! Okay, nicht perfekt, aber ist in Ordnung!«

»Es ist für eine Arbeit. Ich möchte mich auf eine neue Stelle bewerben.«

»Was für eine Arbeit?«

»Im Verlag.«

»Ha!«, lachte er und bückte sich, um sich aufs Knie zu schlagen. »Im *Verlag*? Gibt viele Juden im Verlag! Massenweise! Sie suchen an falschen Orten. Ich nehme Ihr Geld, aber Sie brauchen keinen neuen Namen. Ist Irrsinn.«

»Ich brauche einen Neuanfang«, sagte ich wütend darüber, was er andeutete. »Es ist nicht so, dass ich etwas gegen meinen Namen hätte. Es gibt da jemanden, der… Na ja, wie dem auch sei, der springende Punkt ist, dass ich neu anfangen will.«

Mit zusammengekniffenen Augen musterte er mich von Kopf bis Fuß. »Meine Frau hat gesagt, sie glaubt, dass etwas nicht stimmt mit Ihnen. Sie hat nicht verstanden, was Sie – ein nettes Mädchen! – im Schilde führen.«

»Ich habe nichts Gesetzeswidriges gemacht, wenn Sie das meinen«, fuhr ich ihn an. Leo hob die Hände hoch, als wollte er sagen *Das ist nicht meine Meinung, nur die meiner Frau.* »Ich meine«, fügte ich hinzu, »abgesehen von… na ja, dem hier.« Die Erkenntnis ließ mich kleinlauter klingen.

»Was kümmern mich Ihre Angelegenheiten? Ihre Angelegenheiten sind Ihre Sache.« Er ließ die Hände sinken und gab mir den länglichen Umschlag. »*Meine* Angelegenheiten sind Papiere, das ist mein Geschäft.«

»Danke«, sagte ich und nahm den Umschlag entgegen. Ich öffnete ihn und sah die verschiedenen Dokumente durch. Er beinhaltete alles, was ich benötigte, um von vorn anzufangen, um mich mit einem neuen Namen um Stellen zu bewerben und einen Neubeginn zu wagen. Ich bedankte mich nochmals bei dem Mann und wandte mich zum Gehen. Doch bevor ich aus der Tür war, sagte er etwas, das während der gesamten Heimfahrt in meinem Kopf widerhallte.

»Herzlichen Glückwunsch«, sagte Leo. »Sie sind jetzt das, was wir in der Branche einen Geist nennen.«

Ich sah ihn an und überlegte, was ich sagen sollte. Doch dann dachte ich mir, *Geister können nicht sprechen.* Also sagte ich nichts, drehte mich um und ging.

Als ich am Abend mit einer frischen Woge aus Triumph und Empörung gegenüber Miss Everett einschlief, wusste ich nicht recht, was ich von Leo und Agata denken sollte, ob ich sie für barmherzig oder geldgierig hielt. So war das mit den Menschen: Die meisten waren eine Mischung aus beidem, mit unterschiedlich gutem Ergebnis.

26

Ich schickte meinen Lebenslauf mit meinem neuen Namen zuerst Bonwright zu. Das war wohl dem Umstand geschuldet, dass Bonwright ein großer Verlag war und mir Bonwright durch die Unterhaltung, die ich an dem einen Nachmittag mit Cliff in der Bar geführt hatte, in frischer Erinnerung geblieben war. Es war nicht so, dass ich per se damit rechnete, für Cliffs Vater zu arbeiten. Ich ging davon aus, dass Roger Nelson in der Zeit, in der ich mir eine neue Sozialversicherungskarte besorgt hatte, längst einen passenden Ersatz gefunden hatte, weshalb ich höchst überrascht war, als ich eines Morgens einen Anruf erhielt und gebeten wurde, ausgerechnet bei ihm zu einem Vorstellungsgespräch zu erscheinen.

»O ja«, sagte die Frau, die mit den Einstellungen betraut war, eindringlich am Telefon, »ich fürchte, Mr. Nelson ärgert sich allmählich über die Aushilfsmädchen, die er geschickt bekommt. Er will auf der Stelle jemand Festen finden. Diese Aushilfssekretärinnen sind furchtbar unerfahren, und Sie sagen, Sie hätten ein Empfehlungsschreiben, das ist schon mal vielversprechend. Wie bald können Sie vorbeikommen, um sich mit ihm zu treffen?«

»Oh. Ich bin davon ausgegangen, dass ich zuerst ein Vorstellungsgespräch in der Personalabteilung haben würde«, sagte ich und widerstand dem Drang, an den Nägeln zu kauen.

»Normalerweise ja«, erwiderte die Frau. »Doch angesichts der Zwangslage, in der sich Mr. Nelson befindet, möchte er selbst jemanden aussuchen. Sehen wir mal … Wie wäre es morgen um ein Uhr?«

Ich zögerte. Und wenn Mr. Nelson mich einstellte? Was würde Cliff sagen? Wir würden einander doch gewiss wieder über den Weg laufen. Cliff wusste nicht, dass ich meinen Namen geändert hatte. Die Dinge wurden bereits kompliziert.

»Das passt«, sagte ich und schob meine Bedenken beiseite. Ich wollte die Stelle nicht nur, ich brauchte sie auch unbedingt.

»Wunderbar! Ich trage Sie in den Terminplan ein. Sie melden sich in Roger Nelsons Büro. Er ist im sechsten Stock. Es gibt da eine Aushilfssekretärin namens Barbara – du meine Güte, Sie werden schon sehen, was ich mit den Aushilfssekretärinnen meine! –, die Sie bei Ihrem Eintreffen empfangen wird.«

Ich weiß noch, dass sich jene Nacht für mich wie die längste in der Geschichte anfühlte. Ich war so erleichtert, als es endlich Morgen wurde, dass mir beim Anziehen und Fertigmachen kaum die drückende Hitze auffiel. Als ich mittags das Barbizon verließ, kündigte sich bereits ein weiterer heißer, zähflüssiger Tag an, und ich schwitzte, als ich von der Subway an die Oberfläche kam. Ohne mich richtig an den zurückgelegten Fußweg erinnern zu können, stand ich auf einmal vor dem hoch aufragenden Gebäude, das Bonwright beherbergte. Ich blickte zu den ehrwürdigen Goldlettern auf, die in die Kalksteinfassade graviert waren, und zu den unzähligen Reihen großer Fensterscheiben, die sich in die Luft erhoben wie eine kleine Armee, die gen Himmel vorrückte. Ich holte tief Luft. Es blieb mir nichts anderes übrig, als hineinzugehen.

Ich trat auf die riesige Drehtür zu. Die Mittagspause begann für manche und endete für andere, und eine Parade aus Sekretärinnen – von denen die meisten, wie ich annahm, zu Bonwright gehörten, aber auch zu Anwalts- und Steuerkanzleien, die ebenfalls Büros in dem Hochhaus hatten – ergoss sich in einem gleichmäßigen Strom in das Gebäude hinein und aus dem Gebäude heraus. Ganz kurz hätte ich schwören können, Judy gesehen zu haben, das gepflegte weizenfarbene Haar hoch zu einem Pferdeschwanz gebunden und knallroten Lippenstift auf dem Mund. Ich war so überzeugt, dass sie es war, dass ich mich regelrecht beherrschen musste, um ihr keinen Gruß zuzurufen; ich ermahnte mich, dass Judy unmöglich dort sein konnte. Und obwohl ich mich verzweifelt nach einem freundlichen Gesicht sehnte, war es im Grunde besser, hier niemanden zu kennen. Das war meine einzige Chance auf einen Neuanfang.

Ich fuhr mit dem Aufzug in den sechsten Stock, wo mich eine Empfangsdame mit verkniffener Stimme knapp grüßte, indem sie lediglich sagte: »Name bitte?«

»Eden Collins«, antwortete ich. Es hörte sich in meinen Ohren sehr seltsam an. Andererseits war das wohl nicht verwunderlich.

»Ja«, sagte die Empfangsdame und fuhr mit dem Finger über einen Terminkalender. »Miss Collins. Ich sehe, Sie haben einen Termin.« Sie drehte sich mit dem Stuhl, stand auf und bedeutete mir, ihr zu folgen, bis mich hinter einer Mauer der vertraute Anblick eines Schreibbüros begrüßte. Die Türen der leitenden Angestellten säumten das gewaltige, offene Großraumbüro, und der Name eines jeden Lektors wurde in eleganten Silberlettern angezeigt. Frauen saßen reihenweise an Schreibmaschinen, jede wahrscheinlich in der Nähe des Lektors, als dessen Assistentin sie eingeteilt war. Das beständige Summen von Schreibmaschinen und Geplapper erfüllten die Luft.

»Sehen Sie das Mädchen da drüben in der gegenüberliegenden Ecke? Das ist Mr. Nelsons heutige Aushilfssekretärin. Melden Sie sich bei ihr, und sie wird Ihnen Bescheid geben, sobald Mr. Nelson Zeit für Sie hat.« Die Empfangsdame schnaubte auf. »Zumindest wird sie es *versuchen.*«

»Danke«, sagte ich. Ich ging in die Richtung, in die sie wies. In dem Raum roch es nach abgestandenem Kaffee und Druckfarbe – ein vertrauter Geruch, einer, der sich mir während meiner Zeit bei Torchon & Lyle ins Gedächtnis eingeprägt hatte. Sobald ich den Raum durchquert hatte, räusperte ich mich. »Eden Collins, ich habe einen Termin bei Roger Nelson«, sagte ich zu der Aushilfssekretärin, die an dem Schreibtisch saß. Sie sah auf, und ich starrte unwillkürlich in zwei große braune Augen und eine Explosion aus blondiertem Haar.

»Oh!« Sie sprang auf, und für den Bruchteil einer Sekunde befiel mich Panik, da der Ausschnitt ihres Kleides so tief war, dass es den Anschein hatte, als würden gleich ihre Brüste aus der Bluse quellen und ich müsste sie vielleicht auffangen. Sie streckte mir eine Hand mit lackierten Fingernägeln entgegen. Die Brüste hüpften wundersamerweise an Ort und Stelle herum, quollen jedoch nicht über, und ich atmete insgeheim erleichtert auf. »Ich heiße Barbara«, sagte sie und sprach es »Booob-rah« aus.

»Eden Collins«, wiederholte ich und schüttelte ihre Hand.

»O ja! Natürlich!«, sagte sie. »Sie stehen im Kalender.« Sie reckte einen Finger in die Luft, wirbelte dann herum und machte ein paar Schritte, um eine der Lektorentüren aufzureißen. »Mis-tah Nelson? Eden Collins ist hier, sie hat einen Termin.«

»Barbara, meine Liebe, ich habe Ihnen doch gezeigt, wie die Sprechanlage funktioniert. Wissen Sie noch, gestern, als wir es wieder einmal durchgegangen sind?«, rief eine Männerstimme zurück. Er seufzte.

»Oh! Stimmt!«, erwiderte Barbara aufgekratzt. Mit einer schweren Bewegung ihres wohlgeformten Arms knallte sie die Tür zu. Ich beobachtete, wie sie sich über den Schreibtisch beugte (wieder gab mir der Ausschnitt ihres Kleides zu denken) und die Taste für die Sprechanlage drückte. Hinter der Tür war ein gedämpftes Summen zu hören.

»Ja?«, drang die Stimme aus der Sprechanlage, gefolgt von einem weiteren tiefen Seufzen.

»Eden Collins ist zu ihrem Bewerbungsgespräch da«, meldete Barbara.

»Na schön«, sagte er. »Schicken Sie sie rein.«

»Aber sicher!«, erwiderte Barbara begeistert. Sie stand auf, öffnete erneut die Tür und bedeutete mir, ihr zu folgen. »Mr. Nelson, Eden Collins«, verkündete sie. »Hoppla! ’Tschuldigung«, fügte sie hinzu und bückte sich, um die Nagelfeile aufzuheben, die ihr zu Boden gefallen war. Barbaras Naives-Pin-up-Girl-Gehabe hatte etwas Clownhaftes an sich, und ich fragte mich, ob sie die Masche nicht absichtlich abzog.

Ich spähte zu Roger Nelson, als er sich hinter seinem Schreibtisch erhob, da ich neugierig war, ob er wohl Ähnlichkeit zu seinem Sohn aufwies. Irgendwie war er kräftiger, als bestünde er aus schwereren Knochen. Er trug einen gut geschnittenen Anzug und eine allem Anschein nach teure Seidenkrawatte. Sein Haar war spärlich geworden, sodass nur noch ein silberner Halbkranz von seinen Ohren abwärts verlief, der den Rest seines Kopfes wie eine sehr glatte, glänzende

Kuppel erscheinen ließ. Er hatte diese Art gütige Augen, die ich insgeheim immer schon als »Santa Claus«-Augen bezeichnet hatte. Sie wiesen ein strahlendes Kornblumenblau auf und funkelten ein wenig im Licht, was durch seinen rötlichen Teint noch verstärkt wurde. Es war leicht, sämtliche Einzelheiten zu registrieren, da er mich im Moment nicht ansah. Sein Blick war unverwandt auf Barbaras Hinterteil gerichtet, während sie sich bückte, um die Feile aufzuheben.

»Danke, Barbara«, sagte er. Hinter mir machte Barbara ihren Abgang und zog die Tür hinter sich zu.

Er beugte sich über den Schreibtisch, um mir die Hand zu reichen. Mir fiel ein leichter Wanst um seine Taille auf.

»Tja, Miss Collins, wie ich höre, haben Sie ein Empfehlungsschreiben.«

Mit einem Nicken griff ich nach dem Brief in meiner Handtasche. Er überflog ihn schnell, ließ seine Augen von einer Seite zur anderen huschen.

»Hier werden Sie in den höchsten Tönen empfohlen.« Sein Lächeln weckte einen Schmetterlingsschwarm in meinem Magen. Er räusperte sich. »Meine letzte Sekretärin hat fünfzehn Jahre lang für mich gearbeitet. Ich habe sie all meine Manuskripte lesen lassen, und das Büro funktionierte wie eine gut geölte Maschine – eine Qualität, die seit ihrem Weggang leider abhandengekommen ist. Ich gehe davon aus, dass Sie auch irgendeinen Sekretärinnenkurs absolviert haben? Sie wissen, wie man ein Diktat aufnimmt und tippt und dergleichen?«

»Ja, Sir.«

»Hmm. Und Sie lesen gern? Wenn ich Ihnen Lektoratsaufgaben übertrage – ich verspreche nicht, dass wir Sie gleich zur Gutachterin ernennen –, aber wenn ich Sie bitte, gelegentlich ein Manuskript zu lesen, könnten Sie die Manuskripte, die ich Ihnen zuweise, recht zügig lesen?«

»O ja!«, stieß ich hervor und versuchte dann, meine Begeisterung zu zügeln, um nicht mit meinen ehemaligen Aufgaben bei Torchon & Lyle hervorzusprudeln. »Das ist der Teil der Arbeit, der mich am meisten interessiert.«

»Welches Buch, das in letzter Zeit veröffentlicht worden ist, gefällt Ihnen am besten?«

Wir plauderten eine Weile über Bücher und was einen Bestseller ausmachte. Ich erzählte von dem Kurs, den Mr. Hightower über Unterhaltungsliteratur gegeben hatte. Ich nannte ihm die Romane, die ich als Teenager am meisten gemocht hatte, und später als junge Frau am College. Einmal ertappte ich mich dabei, wie ich vom ersten Mal schwärmte, als ich Katherine Mansfield und Carson McCullers gelesen hatte, sah dann allerdings, wie ein leicht desinteressiertes Stirnrunzeln über Mr. Nelsons Gesicht huschte. Mir fiel wieder ein, mit wem ich sprach, und ich erwähnte sicherheitshalber ein paarmal Hemingway und Joyce, was er zu billigen schien.

»Tja, Miss Collins, zugegebenermaßen scheinen Sie mir sehr geeignet für diese Stelle. Aber ich will sichergehen, dass Sie wissen, worauf Sie sich da einlassen … Ihre Büroetikette muss einwandfrei sein, und das Lesen, das ist recht viel Arbeit – bei der ich größtenteils erwarte, dass sie nach den regulären Arbeitszeiten erledigt wird. Ist Ihnen das klar?«

»O ja, Sir.«

»Und das hier ist Ihre erste Stelle?«, erkundigte er sich.

Ich zögerte. Ich zögerte lediglich einen ganz kurzen Moment, aber dennoch zögerte ich. Ich stand im Begriff zu lügen. Auf die leichte Schulter nahm ich es nicht.

»Ja«, sagte ich schließlich. »Das ist richtig.«

»Hmm«, sagte Mr. Nelson. »Tja …« Er verstummte, sammelte sich dann wieder. »Ich hatte auf jemanden mit Erfahrung gehofft, aber Sie scheinen mir nicht auf den Kopf gefallen zu sein. Wir werden wohl einfach hoffen, dass Sie schnell lernen. Barbara kann ich schlecht behalten.« Er lächelte vor sich hin. »Das würde ich gern, aber es geht nicht. So wunderbar und so *talentiert* sie auch sein mag, ich gerate mit der Arbeit zu sehr in Rückstand. Insbesondere mit den Gutachten.« Er musterte mich kurz. »Sie sehen *tatsächlich* wie jemand aus, der viel liest.«

Ich war mir nicht sicher, ob es sich um ein Kompliment oder eine Beleidigung handelte, doch dann lächelte er, und ich lächelte zurück. Mr. Nelson besaß einen unverfrorenen Charme, dem man nur schwer widerstehen konnte. Er hatte etwas Gepflegtes, jedoch sehr Männliches an sich. Da hob er einen Finger, als sei ihm etwas eingefallen.

»Haben Sie schon zu Mittag gegessen, Miss Collins?«

»Oh … nein«, antwortete ich.

»Ich auch nicht.« Er lächelte. »Ich habe eine fabelhafte Idee.« Er beugte sich vor und drückte eine Taste an der Sprechanlage, die auf seinem Schreibtisch stand. »Barbara? Legen Sie beiseite, was auch immer an Akten oder Gutachten Sie gerade ruinieren, Süße. Wir gehen Mittag essen. Die Steaks gehen auf mich!«

Ich sah ihn verblüfft an.

»Wir veranstalten einen kleinen Lunch«, sagte er. »Wir drei, sozusagen um die Wachablösung zu feiern.«

»Meinen Sie damit, dass ich eingestellt bin?«

»Sie können heute Nachmittag anfangen.«

Und einfach so, wenn auch völlig benommen, folgte ich Mr. Nelson und einer entzückt kichernden Barbara nach unten in die Eingangshalle, wo wir ein Taxi nahmen und bis zum Delmonico's fuhren.

Vom Delmonico's gehört hatte ich schon, aber ich war noch nie dort gewesen. Es war eine dunkel getäfelte Zufluchtsstätte voller Banker, erhellt von strahlendem Kronleuchterglanz, wie ihn nur sehr teure Restaurants zu haben scheinen. Mr. Nelson bestellte für uns alle, was bedeutete, dass beinahe sofort drei Martinis auftauchten, ein wenig später gefolgt von drei englischen Steaks, Rahmspinat und Kartoffelgratin.

Während Mr. Nelson schon im Büro eine königliche Autorität verströmt hatte, steigerte sich diese Eigenschaft im Restaurant noch, sodass er geradezu löwenhaft wirkte und den Speisesaal beherrschte, die ganze Zeit über eine seiner gebieterischen, schweren, prankenhaften Hände auf dem Tisch. Sein Umgangston mit den Angestellten, die ihn alle sehr gut zu kennen schienen, war freundlich. Der Oberkellner war bei unserem Eintreten zu unserer Begrüßung herbeigeeilt und hatte nicht mit der Wimper gezuckt, als er Mr. Nelson in Begleitung nicht nur einer, sondern zwei junger Damen erblickte. Als unsere Steaks an den Tisch gebracht wurden, trat der in weißen Kittel und Kochmütze gekleidete Koch herbei, um sich zu erkundigen, ob sie nach Mr. Nelsons Geschmack angebraten seien. Als wir mit dem Hauptgang fertig waren, kehrte der Oberkellner zurück und plauderte eine Weile mit Mr. Nelson. Da zog Mr. Nelson beiläufig eine Zigarre aus der Innentasche seines Jacketts.

»Es macht Ihnen doch nichts aus, wenn ich die rauche, oder?«, erkundigte er sich. Die Mundwinkel des Oberkellners zuckten. Es war offenkundig, dass es ihm *sehr wohl* etwas ausmachte.

»Selbstverständlich, Roger«, sagte er, vollführte eine kleine, steife Verbeugung und eilte zum Rezeptionstisch zurück.

Während Mr. Nelson seine Zigarre paffte, unterhielt er uns mit Geschichten darüber, wie er mit Raymond Chandler auf Sauftour gegangen war oder wie er während eines Besuches von William Faulkner in New York in Schwierigkeiten geraten war. Ich hörte sie mir nervös an, denn eines war im Lauf des Mittagessens völlig offensichtlich geworden: Barbara begriff nicht ganz, dass meine Einstellung das Ende ihrer vorübergehenden Beschäftigung bedeutete und dass es sich hierbei um ein Abschiedsessen handelte. Sie nannte ihn »Roger« und nicht »Mr. Nelson« und tätschelte in regelmäßigen Abständen liebevoll seinen Arm, als wären sie das Gastgeberpaar und ich ein Gast.

Als sich das Mittagessen dem Ende zuneigte, entschuldigte sie sich und ging auf die Damentoilette, sodass ich allein mir Mr. Nelson zurückblieb.

»Hat Ihnen der Lunch gefallen?«, erkundigte sich Mr. Nelson.

»Absolut reizend«, erwiderte ich. »Nur … Ich glaube nicht, dass Barbara begreift, dass ihr Beschäftigungsverhältnis beendet ist.«

»Ja«, murrte er. »Sie kapiert es nicht. Wie schade. Ich hätte sie von der Agentur anrufen lassen sollen. Wie dem auch sei, dafür ist es jetzt zu spät.«

Die Rechnung traf ein, ein Zettel auf einem kleinen silbernen Tablett, und er griff danach. Ich beobachtete, wie er ihn unterschrieb, und fragte mich, auf welche Weise er das Missverständnis mit Barbara aus der Welt räumen würde.

»Nun«, sagte er und sah mit entschiedenem Blick auf seine Armbanduhr, »ich mache mich besser wieder auf den Weg ins Büro. Sie können nachkommen, wenn Sie hier fertig sind.«

Er stand auf und richtete seine Krawatte, während ich ihn verständnislos anblinzelte. *Wenn Sie hier fertig sind*, hatte er gesagt … Wir hatten die Mahlzeit beendet; mir fiel nichts ein, was noch zu tun wäre oder warum ich nicht einfach mit ihm mitfahren sollte. Doch er ergriff erneut das Wort und löste das Rätsel auf.

»Seien Sie so nett und geben Sie Barbara Bescheid, dass sie nicht länger gebraucht wird. Kommen Sie, wenn Sie das erledigt haben, anschließend ins Büro zurück. Sie können Ihren Arbeitsvertrag in der Personalabteilung abholen und sich heute Nachmittag an Ihrem neuen Schreibtisch einrichten.«

»Ich?«, fragte ich. »Es ihr sagen?«

»Ja«, erwiderte er, ohne auf das Entsetzen in meiner Stimme einzugehen. »Das können Sie doch, nicht wahr? Danke, Eden. Ich sehe Sie dann gleich, und wir können uns an die Arbeit machen.« Mit einem ernsten Nicken eilte er durch den Raum und schlüpfte aus der Tür. Verschwommen sah ich, wie er ein Taxi heranwinkte.

Ich drehte mich um und nahm meinen Mut zusammen. *Bei einer vorübergehenden Aushilfe ist doch völlig klar, dass man nur vorübergehend gebraucht wird,* beruhigte ich mich. *Barbara kann unmöglich allzu enttäuscht sein.* Wie seltsam sich dieser Tag entwickelte!

Der Oberkellner kam mit einem Teller Crêpes Suzette herbei und stellte sie vor mich auf den Tisch. »Mr. Nelson hat darum gebeten, den Damen ein Dessert zu servieren«, erklärte er.

»Wie aufmerksam«, murmelte ich tonlos. Mir war bewusst, dass ich undankbar klang. »Danke«, fügte ich hinzu.

Als ich aufblickte, kehrte Barbara gerade von der Damentoilette zurück. Ihre Frisur war geglättet und der Lippenstift frisch nachgezogen.

»Wo ist Roger?« Sie spähte mit glänzenden, hoffnungsvollen Augen arglos umher.

»Barbara«, sagte ich, »bitte nehmen Sie Platz.«

Mit einem schrecklichen Gefühl schob ich den Teller mit den Crêpes Suzette näher zu ihr. Vielleicht war sie eine Naschkatze, und die Crêpes würden ihr Trost spenden. Ich holte Luft und überbrachte ihr die Nachricht.

27

Barbara nahm es nicht sonderlich gut auf. Die Gute versuchte zwar, keine große Szene zu machen, aber dennoch schniefte sie in die weiße Stoffserviette, bis kleine Rinnsale aus Wimperntusche ihre Wangen hinunterliefen. Ich begleitete sie zurück auf die Damentoilette, wo wir den Versuch unternahmen, den Schaden mithilfe des Inhalts unserer beider Handtaschen zu richten.

»Ich bin kein Dummkopf«, sagte sie nachdrücklich, während sie sich meine Puderdose reichen ließ, um sich unter den Augen abzutupfen. »Ich *weiß*, dass ich eine lausige Sekretärin abgebe. Darum ist es mir sowieso nicht gegangen. Es ist nur, dass … Oh, er ist gegangen, ohne sich auch nur zu verabschieden! *Das* ist auf jeden Fall ein Signal.« Sie verzog wieder das Gesicht und stieß einen leisen Klagelaut aus. »Ich schätze mal, damit weiß man, dass man nicht mehr die geringste Chance hat, einen Kerl bei der Stange zu halten.«

Entsetzt wurde mir klar, dass sie es darauf abgesehen hatte, seine Geliebte zu werden. Ja, vielleicht war ihr das bereits gelungen – auf die eine oder andere Weise –, aber sie wollte es zu einer Gewohnheit werden lassen. Ich entschied, je weniger ich davon wusste, desto besser.

Später verabschiedeten Barbara und ich uns am Bordstein vor dem Delmonico's voneinander. Wären wir in Midtown gewesen, wäre sie mir vielleicht ins Büro gefolgt, bloß um zu sehen, ob es noch einen Hoffnungsschimmer gab. Doch wir waren so weit nach Downtown gefahren wie nur irgend möglich. Mir schwante, dass Mr. Nelson nichts dem Zufall überließ.

Schon bald erfuhr ich, dass Barbara nicht die Einzige war, die Bewunderung für Mr. Nelson hegte. Tatsächlich war Mr. Nelsons überwältigendes Charisma wahrscheinlich seine hervorstechendste Eigenschaft. Bei seinen Kollegen war er hoch angesehen. Er konnte die heikelsten, neurotischsten Schriftsteller mit einem einzigen Tätscheln des Rückens beruhigen. Agenten liebten ihn; andere Lektoren wollten so sein wie er. Seine Verabredungen zum Lunch dauerten notorisch lang, und dennoch äußerten sich die meisten Menschen, mit denen er zu Mittag aß, enttäuscht, wenn es schließlich vorüber war. Das wusste ich, denn wenn sie nicht wollten, dass der Lunch endete, fanden sie häufig einen Vorwand, um mit ihm in den Verlag zurückzukehren und sich noch einen Drink in seinem Büro zu genehmigen. Beim Herauskommen schüttelten sie Mr. Nelson die Hand, wollten immer noch nicht gehen und versprachen, ihr Mädchen anzuweisen, bald wieder einen Termin zu vereinbaren.

»Wunderbar«, sagte Mr. Nelson dann. »Ihre Sekretärin soll Eden hier anrufen. Sie ist ein Genie, was meinen Kalender betrifft.«

Das war noch so eine clevere Strategie, denn ich konnte nicht viel mit Mr. Nelsons Kalender anstellen; er war ständig ausgebucht.

Wie mir klar wurde, war es Mr. Nelsons Aufgabe, beliebt zu sein, und er war äußerst versiert darin. Wenn er einen Fehler hatte, dann den, dass er vielleicht ein wenig *zu* gut darin war, beliebt zu sein; es war offensichtlich, dass ihm seine Popularität gefiel und dass er sich sehr bewusst war, was andere von ihm hielten. Ich fragte mich, ob das nicht vielleicht daran lag, dass er sich »hochgeheiratet« hatte. Wie die meisten Männer mit einer Ausnahmepersönlichkeit hatte Mr. Nelson eine Art Mythologie um seinen Erfolg gesponnen. »Hab mich am eigenen Schopf aus dem Sumpf gezogen«, sagte er gern und ging dann dazu über, von einer langen Reihe an Arbeiterjobs zu erzählen, die ihn vom Zeitungsjungen zum Lkw-Fahrer zum Cheflektor gebracht hatten. Doch das war nur die halbe Wahrheit. Seine Ehefrau Doris war, wie ich erfuhr, eine gut frisierte, silbrige Blondine mittleren Alters, deren schönes Gesicht häufig die Gesellschaftsseiten zierte. Sie entstammte einer der ältesten New Yorker Familien; indem Roger Nelson sie geheiratet hatte, hatte er eine mächtige soziale Allianz geschlossen – eine eigentlich ausgeschlossene –, und es war offensichtlich, dass Mr. Nelson gern die Namen sowohl seiner Schwiegereltern als auch ihrer illustren Vorfahren ins Gespräch einfließen ließ.

Allerdings war nicht klar, wie viel ihm tatsächlich daran lag, verheiratet zu sein.

Mr. Nelsons Büro war gewaltig und wies auch ein Sofa auf. In einer Schublade hatte er Wechselkleidung und kleines Rasierzeug. Arbeitete er abends lang, schlief er im Büro, anstatt bis nach Connecticut zu pendeln. Wenn Mr. Nelson nicht spät blieb, ging ich davon aus, dass er nach Hause fuhr.

Doch eines Morgens kam ich früh ins Büro und stellte fest, dass mein Telefon bereits läutete. Ich eilte durch das riesige, leere Großraumbüro des Schreibsaals, um dem schrillen Läuten ein Ende zu bereiten.

»Roger Nelson bitte«, erklang eine ältere Frauenstimme. Seine Tür stand einen Spaltbreit offen, und ich konnte sehen, dass er nicht in seinem Büro war, doch aus irgendeinem Grund ahnte ich instinktiv, dass ich das nicht sagen durfte. Da war etwas in der Stimme der Anruferin, dünne Vibrationen, die eine gereizte, nervöse Anspannung verrieten und mich ahnen ließen, dass ich meinen Chef in Schwierigkeiten bringen könnte.

»Er ist kurz außer Haus«, sagte ich.

»Oh«, sagte die Frau. »Hier spricht Mrs. Nelson. Er hat gestern Abend angerufen und gesagt, er werde spät arbeiten. Ich gehe davon aus, dass er in seinem Büro übernachtet hat, und ich rufe jetzt in einer persönlichen Angelegenheit an.«

»Oh – natürlich! Mrs. Nelson, wie reizend, Ihre Stimme zu hören. Sie haben ihn eben verpasst, er ist losgegangen, um sich ein frisches Hemd zu besorgen«, sagte ich. Unglücklicherweise wiesen alle Anzeichen darauf hin, dass Mr. Nelson sich in den letzten zwölf Stunden keineswegs auch nur in der Nähe seines Büros aufgehalten hatte. Ich betete insgeheim, dass sie nicht zurückrufen würde, bevor Roger es in den Verlag geschafft hatte.

»Aha«, sagte sie. »Bitte richten Sie ihm aus, dass ich angerufen habe.«

»Das mache ich«, sagte ich in der Absicht, mich vorzustellen und noch weiter ins Detail zu gehen, aber sie hatte bereits aufgelegt. Offenbar hegte sie kein Interesse daran, zu erfahren, wer ich war; vielleicht hielt sie mich für eine weitere Barbara. Als ich aufblickte, stand Mr. Nelson vor meinem Schreibtisch. Sein Hereinkommen hatte ich nicht gehört. Ich zuckte zusammen.

»Das war meine Frau?«, fragte er.

»Ja«, erwiderte ich.

»Und Sie haben ihr gesagt, ich würde mir ein frisches Hemd besorgen?«

»Ja.«

Seine Haltung entspannte sich. »Ja. Na, sehr gut.« Er lächelte mich verlegen an. »Danke, Eden.«

Dieser Wortwechsel wurde nie wieder angesprochen. An dem Tag, an dem ich Barbara im Delmonico's getröstet hatte, hatte ich beschlossen, dass es das Beste wäre, meine Nase nicht in Dinge zu stecken, die Mr. Nelson außerhalb seiner Arbeitszeit trieb. Meine Tätigkeit bei Mr. Nelson gefiel mir auch größtenteils sehr gut. Bei ihm wurden die literarischsten Texte im ganzen Haus eingereicht, und in seinem Stapel unverlangt eingesandter Manuskripte fanden sich häufig sehr gute Texte. Obwohl ich noch nicht offiziell zur Gutachterin befördert worden war, ließ er mich ziemlich viele Manuskripte nach Hause mitnehmen und lesen, und er vertraute auf meine Einschätzung, was ihre Qualität und ihr Potenzial betraf.

Während meines ersten Monats bei Bonwright war ich mit unserem Arrangement zufrieden. Ich las viele niveauvolle Sachen, und Mr. Nelson hatte bereits zwei Manuskripte auf meine Empfehlung hin erworben. Er lobte meinen »scharfen Blick«, und ich war sehr stolz auf mich. Doch dann fiel mir eine Kleinigkeit auf: Mr. Nelson hatte die Angewohnheit, meinen literarischen Geschmack nur dann zu loben, wenn wir in seinem Büro waren, und zwar allein. Im Schreibbüro oder vor Kollegen verriet er nie, dass ich irgendetwas für ihn gelesen hatte, geschweige denn den »scharfen Blick« besaß, der zum Erwerb des betreffenden Manuskripts geführt hatte.

Eines Tages beschloss ich, ihn zu fragen, ob ich nicht offiziell zur Gutachterin ernannt werden könnte. Ich nahm meinen Mut zusammen und klopfte an seine Tür.

»Aber Sie arbeiten erst seit ein paar Wochen für mich,

Eden!«, rief er, als wäre er überrascht. »Sie wollen jetzt schon eine Beförderung?«

Ich wies ihn nicht darauf hin, dass es mehr als ein paar Wochen waren. »Ich bitte Sie um keine Gehaltserhöhung«, sagte ich und versuchte, fröhlich zu klingen. »Ich habe mir nur gedacht … da Sie mir so viele Manuskripte zu lesen geben … könnte ich vielleicht offiziell zur Gutachterin ernannt werden. Sie wissen schon, dem Titel nach.«

Seine Lippen zuckten verärgert, und er legte die Stirn in Falten. »Ich finde, es ist recht früh, so etwas zu verlangen, Eden. Während Ihres Vorstellungsgesprächs habe ich es so gemeint, als ich sagte, es würde ein paar Lektoratsaufgaben geben, aber dass ich nicht versprechen könne, Sie gleich zur Gutachterin zu befördern.« Er schob ein paar Papierstapel auf seinem Schreibtisch herum, als wäre er auf einmal sehr beschäftigt. »Offen gesagt verstehe ich euch Karrierefrauen heutzutage nicht. Meine letzte Sekretärin, Francine, hat früher immer fast all meine Manuskripte gelesen. *Sie* hat fünfzehn Jahre für mich gearbeitet und hat mich kein einziges Mal darum gebeten, dass ich sie offiziell zur Gutachterin ernenne.«

»Oh.« Ich biss mir auf die Lippen und überlegte sorgfältig, wie ich vorgehen sollte. In dem Moment, der verstrichen war, seitdem ich das Thema angesprochen hatte, war mir eines sehr deutlich geworden: Mein Ehrgeiz war kein Vorzug, auch wenn ich ihn dafür gehalten hatte. Mr. Nelson wollte eine Sekretärin von dem Schlag, die permanent an seiner Seite blieb, Manuskripte las, aber nie darum bitten würde, als Gutachterin gewürdigt zu werden. Er wollte ein Mädchen, das mit der Aufgabe zufrieden war und an Ort und Stelle blieb, eine, die er nie würde ersetzen müssen.

»Sehen Sie mal«, sagte er jetzt und seufzte, als wäre das

alles ein großes Ärgernis, »derzeit kann ich Ihnen keine Beförderung anbieten. Aber wenn Sie sich die Sache durch harte Arbeit verdienen, können wir uns vielleicht etwas überlegen.« Er hielt inne und bedachte mich mit einem ernsten Blick. »Wenn Sie sehr, sehr, *sehr* hart arbeiten, können wir zu einem späteren Zeitpunkt noch einmal über dieses Thema reden. Haben wir uns verstanden?«

»Ja, Mr. Nelson«, versicherte ich eilig.

»Wenn Sie wollen, dass ich Sie ernst nehme, dürfen Sie keine einzige Aufgabe verpfuschen, die ich Ihnen übertrage – ist das ebenfalls klar? Ich kann Ihnen nicht mehr Verantwortung übertragen, wenn Sie nicht bereit dafür sind.«

»Selbstverständlich!«

»Na schön ...« Er ächzte. Er zog eine Zigarre aus der Schreibtischschublade, schnitt sie an und machte sich daran, sie mit einem eleganten vergoldeten Feuerzeug zu toasten. Ich spürte, dass er sich darauf vorbereitete, mich wegzuschicken, doch er wirkte gedankenverloren, als habe er mir noch etwas zu sagen, das er sich noch nicht ganz zurechtgelegt hatte.

»Wissen Sie, Eden, Sie glauben bestimmt, das Lektorendasein wäre sehr glamourös, aber es ist viel harte Arbeit, und nicht alles davon lässt sich in Zahlen ausdrücken. Beispielsweise haben Sie keine Ahnung, wie es ist, manche dieser Autoren bei Laune zu halten. Man muss sie ständig umschmeicheln und wissen, wie man ihre Egos bauchpinselt! Oh, eine Arbeit für Frauen ist das nicht, so viel ist sicher. Männer können wohl kaum auf das Wort einer Frau vertrauen; das ist nun mal so.« Mit einem Kopfschütteln zuckte er die Schultern.

»Ich bin mir sicher, dass Sie recht haben«, sagte ich. »Aber vielleicht können Sie mir etwas beibringen, zumindest ein bisschen. Ich habe schon so viel gelernt, indem ich zugesehen habe, wie Sie mit Menschen umgehen. Sie sind sehr gut darin.«

Das stimmte. Zudem sollte es ihm schmeicheln.

»Ja.« Mr. Nelson lächelte selbstzufrieden, während er seine Zigarre anzündete und sie zum Glühen brachte, indem er daran paffte. »Tja, zumindest wissen Sie die Dinge richtig einzuschätzen. Nun aber zurück an die Arbeit, ja?«

Ich stimmte ihm zu und verließ sein Büro, um die Aufgaben zu erledigen, die auf meinem Schreibtisch auf mich warteten.

Später am Abend rief ich bei Judy an. Ich hatte eine Weile nicht mit ihr geredet und wollte sie auf den neuesten Stand bringen.

»Oh, das mit Bonwright sind wunderbare Neuigkeiten, Eden!«, sagte sie. »Ich wusste, dass Miss Everett nicht jeden bis in alle Ewigkeit gegen dich aufbringen kann.«

»Na ja, vielleicht nicht«, sagte ich. »Aber es ist nicht ganz so, wie du vielleicht denkst …« Ich gestand die Wahrheit über Mr. Hightowers zwei Empfehlungsschreiben und über meinen Namen. »Ich hatte einfach das Gefühl, einen Neuanfang verdient zu haben«, erklärte ich ohne rechte Überzeugung.

»Das hast du auch«, erwiderte Judy mit aufrichtiger Stimme. »Ich bin froh, dass du die Ärmel hochgekrempelt hast und etwas wegen deiner Situation unternommen hast! Ehrlich gesagt, habe ich mir bei unserem letzten Gespräch ein wenig Sorgen gemacht, du würdest aufgeben und nach Indiana zurückgehen. Mädchen in New York sind in der Beziehung so komisch. Man weiß nie, welche herkommen, um sich gleich darauf wieder umzudrehen und wegzugehen.«

Ich pflichtete ihr bei, und wir diskutierten über New Yorks eigenartige soziale Schwerkraft und tratschten über Mädchen, die geblieben waren, und Mädchen, die die Flucht ergriffen hatten.

»Tja, ich glaube, ich werde für immer hierbleiben«, sagte Judy. »Ich hätte gern ein Haus im Hudson Valley oder vielleicht in Connecticut oder Long Island, viel weiter möchte ich nicht wegziehen, und natürlich auch das nur, falls ich verheiratet bin. Apropos, schlägt dein Herz immer noch für Bücher anstatt für Jungs?«

»Ja, ich wäre immer noch gern eines Tages Lektorin«, sagte ich. »Bloß ist der Weg dorthin ein wenig steiniger, als ich gedacht hätte.«

»Wie ist – wie heißt dein Chef? Mr. Nelson?«

»Ach, wohl ganz in Ordnung. Er lässt mich viel lesen, und die Arbeit ist niveauvoll. Er ist nur … na ja …« Ich zögerte, bevor ich ihr von seiner Reaktion erzählte, als ich darum gebeten hatte, offiziell zur Gutachterin ernannt zu werden.

»Das hört sich an, als wolle er nichts weiter als eine feste Sekretärin«, erklärte sie.

»Das befürchte ich auch«, sagte ich.

»Tja, man kann es ihm nicht verübeln«, stellte Judy fest. »Es ist ein angemessener Wunsch für eine Führungskraft seines Formats.«

»Stimmt wohl«, sagte ich. »Ich hoffe nur für meinen Seelenfrieden, dass ich aufsteigen kann, wenn ich hart arbeite.«

»Eden, im Moment ist es vielleicht einfach am besten, zufrieden und dankbar zu sein, dass du eine Stelle hast!«

»Du hast recht«, erwiderte ich. Wir unterhielten uns noch kurz und verabredeten schließlich, in der folgenden Woche Martinis trinken zu gehen. Es war schön, wieder mit Judy zu reden. Und sie hatte recht: Ich *hatte* Glück, eine Stelle zu haben.

28

Meinen Teil der Abmachung hielt ich ein: Ich arbeitete hart. Im Büro tippte ich und legte Akten ab, nahm Diktate auf und bediente den Vervielfältigungsapparat, verschickte Korrespondenz und stellte sicher, dass es in Mr. Nelsons Büro nie an Kaffee mangelte – oder an irgendeiner anderen Getränkesorte. Ich ließ die Mittagspause aus; ich war immer putzmunter. Abends blieb ich bis in die Puppen wach, las Manuskripte und kritzelte Notizen, die ich in den frühen Morgenstunden vor dem Eintreffen der anderen Sekretärinnen abtippte.

Doch leider ging mein Plan nach hinten los, wenn auch nur kurzzeitig. Ich arbeitete so hart, dass ich mein Immunsystem überstrapazierte und mir eine schreckliche Grippe einfing. Ich ignorierte die Tatsachen, ging trotzdem ins Büro und arbeitete ein paar Stunden lang, so gut es ging. Doch als meine Temperatur stark anstieg und ich anfing, Punkte zu sehen, schwenkte ich die weiße Fahne der Kapitulation. Ich holte ein anderes Mädchen, das meinen Schreibtisch besetzen sollte, und steckte den Kopf in Mr. Nelsons Büro, um ihm von meiner Krankheit zu berichten.

»Die Grippe, Eden? Aber es ist Sommerzeit. Wie ungewöhnlich«, sagte Mr. Nelson, ohne von seinem Schreibtisch aufzublicken.

»Ja«, sagte ich. »Es kommt gewiss unerwartet.« Trotz meines Schüttelfrosts spürte ich, wie mir die Fieberhitze in Wangen und Stirn schoss. Ich nahm alles nur noch verschwommen wahr. Mir war schwindlig, und ich wankte ein wenig auf meinen Absätzen. Ich wusste, dass ich nicht sehr viel länger aufrecht stehen konnte. Mr. Nelson blickte seufzend auf.

»Na, dann sollten Sie wohl heute früher nach Hause gehen, Eden, und sich übers Wochenende ausruhen. Wir haben nächste Woche viel zu tun.«

»Danke, Sir«, brachte ich hervor. Ich taumelte aus dem Büro und zurück zu meinem Schreibtisch, um meine Sachen einzusammeln, während alles um mich her wie ein bizarrer, ferner Traum wirkte.

Ich hatte schon den ganzen Weg zu den Aufzügen geschafft, da versagte mir der Kreislauf. Mir wurde klar, dass ich in Ohnmacht fallen würde. Gerade noch rechtzeitig öffneten sich die Aufzugtüren, und ein vertraut aussehender junger Mann mit sandfarbenem Haar erschien. Als ich nach vorn taumelte, machte er eine reflexhafte Bewegung, um mich aufzufangen, und ich fiel in seine Arme.

»Cliff?«, murmelte ich verwirrt. Vielleicht war ich am Halluzinieren. Ich mühte mich ab, wieder auf die Beine zu kommen. Doch es nützte nichts; ich hatte keine Kraft mehr. Gleichermaßen verwirrt sah er auf mich herab, während er mich immer noch in den Armen hielt.

»Ich dachte, so etwas passiert nur in Filmen«, sagte er lächelnd, und seine blauen Augen funkelten. Ich versuchte, meine Verlegenheit mit einem Lachen zu überspielen, begann stattdessen jedoch zu husten. Das Schwindelgefühl nahm zu, als mich die Anstrengung des Hustens überwältigte und ich begann, schwarze Punkte zu sehen. Meine Lider flatterten, während ich gegen den Drang ankämpfte, die Augäpfel in meinem Kopf nach hinten gleiten zu lassen.

»Oh, Mann«, sagte er. »Du verulkst mich nicht. Wir bringen dich besser zu einem Arzt.« Er beugte sich vor, und ich spürte, wie er einen Arm unter meine Knie schob und mich ganz vom Boden hochhob.

»Kein Arzt«, murmelte ich in vager Angst vor den zusätzlichen Kosten. »Nach Hause, bitte. Setz mich einfach in ein Taxi. Das wird schon.«

»Wo ist dein Zuhause?«

»Das Bar … bi … zon«, antwortete ich. Dann gab ich auf und ließ mich von der Dunkelheit einhüllen. Ich vernahm das helle Klingeln des Aufzuges. Es schien von sehr weit her zu kommen, wie vom Ende eines langen Tunnels – das war der letzte Gedanke, an den ich mich erinnere.

Als ich wieder zu mir kam, befand ich mich in einem fremden Zimmer. Blinzelnd sah ich mir meine Umgebung an und versuchte, mich daran zu erinnern, was vorgefallen war. Ich war wohl in einem kleinen Apartment. In der gegenüberliegenden Ecke befand sich eine Kochnische, und es war heiß und sonnig in dem Zimmer. Seltsamerweise herrschte hier ein intensiver Geruch vor, der mich ans Theater erinnerte, wie eine Mischung aus frischer Farbe und uraltem Staub und muffigen Kostümen. Für den Farbgeruch gab es einen sichtbaren Beweis, denn das ganze Zimmer – sogar der Holzboden – war vollständig schwarz gestrichen. Die Einrichtung war gleichzeitig spartanisch und chaotisch: eine Matratze, die mitten im Zimmer lag, zwei nicht zusammenpassende Bücherregale und Kommoden und schließlich zwei Klappstühle und ein Kartentisch, auf dem ein altes Modell einer Smith Corona Schreibmaschine stand. Auf dem Boden vor dem Fenster türmten sich Bücherhaufen, die so nachlässig und willkürlich gestapelt waren, als sollte der Eindruck entstehen, ihr Besitzer sei nicht so sehr daran interessiert, sie zu lesen, sondern wolle vielmehr ein kleines Freudenfeuer entfachen.

Einen flüchtigen Moment lang glaubte ich, es wäre werktags, und mein Körper wurde vor kalter Panik ruckartig hellwach. Die Sonne strömte durch die Fenster – ich würde zu spät zur Arbeit kommen! Doch dann dämmerte mir, dass es Samstag war, und ich entspannte mich. Seufzend lag ich dort, sammelte meine Gedanken und versuchte, mich an die verschwommenen Ereignisse des Vortages zu erinnern.

»Ach – du bist ja wach!«, rief eine Stimme quer durchs Zimmer, als die Wohnungstür aufging. »Das ist prima. Ich habe mir allmählich schon Sorgen gemacht, du wärst mir ins Koma gefallen, und ich hätte keinen Schimmer gehabt, was ich dann mit dir hätte machen sollen.«

Die Tür schloss sich, und ich betrachtete den vertrauten, blauäugigen jungen Mann mit den sandfarbenen Haaren.

»Oh, das *warst* also du!«, sagte ich. »Ich dachte, den Teil hätte ich halluziniert.«

»Ich habe dich doch nicht ins Barbizon gebracht«, erklärte Cliff das Offensichtliche und blickte verlegen drein. »Du hast immer wieder ›Kein Arzt‹ gemurmelt, aber ich war mir ziemlich sicher, dass du bald völlig das Bewusstsein verlieren würdest, und habe mir gedacht, ich behalte dich besser im Auge. Gentlemen sind in den oberen Geschossen im Barbizon nicht erlaubt, weißt du? Also habe ich dich hierhergebracht.«

»Oh!« Mich packte eine neue Woge der Verlegenheit. »Ich bin vor dir in Ohnmacht gefallen!« Er lachte in sich hinein, und bei den Worten schwoll seine Brust ein wenig an.

»Schön, dich wiederzusehen«, sagte er und streckte eine Hand aus. »Von der Ohnmacht mal abgesehen.«

»Ja«, erwiderte ich und schüttelte seine Hand mit recht

mattem Griff. Zu dem Zeitpunkt war das Fieber zurückgegangen, aber ich fühlte mich immer noch sehr schwach. Jeder Muskel in meinem Leib bebte mit diesem seltsamen Gefühl, das man nach einem Fieber bekommt – als wären sämtliche Muskeln in den letzten vierundzwanzig Stunden völlig verkümmert. »Ich muss zugeben, dass ich mich ein wenig schäme«, sagte ich. »Ich hoffe, ich habe keine Szene gemacht.«

»Na ja, ich habe ein paar komische Blicke geerntet, als ich dich im Aufzug und durch die Eingangshalle getragen habe, aber ich würde mir deswegen keinen Kopf machen«, sagte Cliff. »Eine Ohnmacht braucht einem nicht peinlich zu sein, besonders als Frau.«

Ich nickte und machte Anstalten, mich aufzusetzen. Als ich merkte, dass ich nur ein Unterkleid anhatte, errötete ich erneut. Ich sah mich in dem Zimmer nach meiner Kleidung um und erblickte sie auf dem Boden am Fuß der Matratze, ordentlich gefaltet, die Schuhe gleich daneben. Ich drehte mich im Bett herum, um die Füße auf den Boden zu stellen, doch als ich das tat, stieß ich an etwas Schweres, Metallenes.

Als ich nach unten blickte, sah ich in der Nähe der Kopfseite der Matratze eine Reihe aufgestapelter Konserven. »Hoppla! Verzeihung. Was ist *das* denn?«

»Was das ist?« Cliff schnaubte, die Augen ungläubig aufgerissen. »Willst du mich auf den Arm nehmen? Nach denen hast du die ganze Nacht verlangt. Ich musste in drei verschiedene Lebensmittelgeschäfte gehen, um welche aufzutreiben.«

Völlig verblüfft kniff ich die Augen zusammen, um die Dosen genauer zu betrachten. »Oh!«, entfuhr es mir, als ich die Etiketten enträtselt hatte. Vor mir aufgestapelt waren mehrere Dosen mit Pfirsichen und Birnen von Del Monte. »*Ich* habe darum gebeten?«

»Immer wieder«, sagte Cliff. »Du hast dauernd gemurmelt: ›Ich brauche Pfirsiche und Birnen aus der Dose. Wo sind meine Pfirsiche und Birnen aus der Dose?‹ Also bin ich schließlich losgezogen und habe welche besorgt.« Ich lachte glucksend. Er betrachtete mich. »Was ist so komisch?«

»Ich habe wohl doch halluziniert. Das hier hat mir früher immer meine Großmutter zu essen gegeben, wenn ich krank war.« Ich hob eine Dose hoch und lächelte angesichts des vertrauten Markenlogos. »Als ich noch ein kleines Mädchen war. Sie hat sich wohl gedacht, sie sind weich und breiig – leicht zu essen, wenn man krank ist –, und ich mochte bestimmt den süßen Sirup. Aber ich kann mich ehrlich nicht daran erinnern, in der Nacht danach verlangt zu haben. Es tut mir so leid. Ich muss wirklich recht krank gewesen sein.«

»Tja, wie dem auch sei«, sagte Cliff mit einem Achselzucken, »du hast darum gebeten, und hier sind sie. Wie wär's, wenn ich dir jetzt welche serviere?« Er nahm eine Konserve vom Boden und ging auf die Kochnische zu. »Du *warst* ziemlich krank und du hast schon eine Weile nichts gegessen.«

Auf einmal befiel mich Scheu. »Na ja, gut.« Ich sah ihm zu, wie er eine Schüssel säuberte, die Konserve öffnete und den Inhalt hineingoss. Er kam zur Matratze und setzte sich neben mich auf die Kante, dann reichte er mir die Schüssel und einen Löffel. Ich bedankte mich bei ihm, nahm die Schüssel entgegen und aß nervös einen Bissen. Er hatte eine der Konserven mit Birnen ausgesucht, und die weiche, körnige Konsistenz füllte meinen Mund und löste sich langsam wie zuckriger Sand auf. Ein wenig Saft rann mein Kinn hinunter, und ich wollte ihn schnell wegwischen.

»Hier«, sagte er, griff nach einem Hemd – eines von seinen – und tupfte mir das Kinn ab, als wäre das Hemd eine Serviette. Mir stieg Hitze in die Wangen. »Na, es sieht ja aus, als würdest du wieder ein bisschen Farbe bekommen«, stellte er fest.

»Ja. Ich fühle mich ein wenig besser«, erwiderte ich peinlich berührt.

»Dein Haar ist jetzt vollkommen anders.«

Verlegen fuhr ich mit der Hand an mein kurzes Haar. »Ich habe es schneiden lassen.«

»Es steht dir.«

»Danke.«

»Und«, sagte Cliff, »was hast du überhaupt im guten alten Bonwright Verlag getrieben?«

»Oh«, entfuhr es mir, da mich auf einmal die Erkenntnis traf. »Das erkläre ich dir wohl besser mal.«

CLIFF

29

Als Eden mir erzählte, sie würde für meinen alten Herrn arbeiten, haute mich das irgendwie um. Und irgendwie ergab es auch Sinn, denn wenn man es sich recht überlegte, arbeitete sie im Verlagswesen und er auch, und die Verlagswelt ist schließlich klein, also hätte es keine allzu große Überraschung sein sollen. Doch ich muss zugeben, dass ich Eden in einem Teil meines Gehirns abgespeichert hatte und meinen alten Herrn im anderen, und als sie in meinem Kopf zusammentrafen, war das sehr verwirrend.

»In gewisser Weise habe ich mich bei dir zu bedanken«, sagte Eden, wie sie so im Unterkleid auf meiner Matratze saß. Diese Aussage überraschte mich ebenfalls, denn mir war nicht klar, warum oder wie ich eine Rolle dabei gespielt haben sollte, dass mein alter Herr sie eingestellt hatte. Soweit ich wusste, hatte ich nie auch nur den geringsten Einfluss auf den sturen Mistkerl gehabt.

»An dem Tag in der Minetta Tavern«, erklärte sie, »hast du mir gesagt, ich solle bei meiner Suche nach einer neuen Stelle nicht aufgeben, und du hast erwähnt, dass seine Sekretärin gekündigt hat.«

»Hmm, das habe ich«, entsann ich mich.

»Ich habe nicht geplant, dass es so läuft, aber ich bin furchtbar froh, dass es so ist«, sagte sie. Ich überlegte, ob ich auch froh war. Eden arbeitete für meinen Vater … Vielleicht gab es Gründe, eifersüchtig zu sein, aber es ließ sich schwer sagen, in welche Richtung die Eifersucht ging. Wie dem auch sei, ich wusste, dass ich mich für Eden freuen sollte, denn sie war ein gescheites Mädchen und hatte es verdient, die Arbeit zu haben, die sie wollte. Ich sagte ihr, ich hätte das gerne gemacht, und während ich es sagte, entschied ich, dass dem tatsächlich so war, und mich überkam eine gewisse Selbstzufriedenheit, weil ich etwas Nettes für jemanden getan hatte.

»Da gibt es noch etwas, das ich dir sagen sollte … etwas, wovon ich sehr hoffe, dass wir es für uns behalten können«, fuhr Eden fort. Ich hatte nicht den blassesten Schimmer, wovon sie sprach, aber es hörte sich an, als würde sie mir gleich etwas beichten, und ich war neugierig. Sie redete weiter und erzählte mir, bei Torchon & Lyle habe es eine Frau gegeben, die es auf sie abgesehen hatte – an einen Teil davon erinnerte ich mich noch von dem Tag in der Minetta, als sie mir von ihrem Rauswurf erzählt hatte –, und ihre jetzige Beichte lautete, dass sie sich bei Bonwright unter einem anderen Namen hatte einstellen lassen. »Ich hoffe, dass du nichts Schreckliches über mich denkst«, sagte sie. »Bei Bonwright … bin ich ›Eden Collins‹.«

»Ich finde das gar nicht so schrecklich«, versicherte ich ihr. »Diese Miss Everett hat dir unverdientermaßen einen schlechten Ruf angehängt, und du bist schlau genug gewesen, etwas dagegen zu unternehmen. Die Welt kümmert sich nicht um Mauerblümchen und Naivlinge.«

Sie lächelte mich an, und ihr war anzusehen, dass sie unglaublich erleichtert war.

Sie war furchtbar krank gewesen, aber nun ging es ihr besser. Nachdem sie sich angezogen und zurechtgemacht hatte, half ich ihr zurück ins Barbizon, und als wir uns im Foyer voneinander verabschiedeten, starrte mich eine prüde Alte erbost an, die mit genug Schminke zugekleistert war, um Carmen Miranda Konkurrenz zu machen, und ermahnte Eden, dass männliche Besucher oben nicht gestattet seien. Im Barbizon war die Ausgangssperre abgeschafft worden, aber beim Anblick dieser Frau befielen einen Zweifel. Es war offensichtlich, dass sie alles im Auge behielt und ihr nicht entgangen war, dass Eden am Vorabend nicht nach Hause gekommen war, was sie fuchsteufelswild machte, weil sie Eden keine Standpauke halten oder eine Geldstrafe auferlegen oder sie hinauswerfen konnte oder was auch immer das Barbizon früher mit verruchten Frauen gemacht hatte. Nicht dass Eden eine verruchte Frau war, doch es war klar, dass diese scheinheilige alte Dame mit ihren Adleraugen sie für eine hielt. Als ich mich von Eden verabschiedete, küsste ich ihr wie ein Gentleman die Hand und gab noch eine übertriebene altmodische Verbeugung obendrauf, um der Dame an der Rezeption eine lange Nase zu machen.

»Sehen wir uns die Tage im Village?«, fragte ich. »Wie wäre es, wenn wir einander absichtlich wieder über den Weg laufen, beispielsweise im White Horse am Freitag?«

»Oh«, sagte sie und biss sich auf die Lippe. »Ich bin mit einer Freundin verabredet. Geht es in Ordnung, wenn ich sie mitbringe?«

»Natürlich.«

»Bis dann.« Sie errötete erneut, und ich wusste, dass sie angebissen und ich sie an der Angel hatte.

Später fragte ich mich, ob sie mich nicht ebenfalls an der Angel hatte, denn ich dachte die restliche Woche furchtbar viel an sie. Ich rief mir das Bild von ihr in Erinnerung, wie sie in ihrem Unterkleid dagesessen hatte, am Rand meiner Matratze. Am Freitag wollte ich unbedingt ins White Horse, und noch nicht einmal Bobby mit seinen Plänen, ein paar Mädels für uns aufzutreiben, brachte mich davon ab. Er wusste auf der Stelle, dass etwas faul war, als ich ihn abwies, weil keiner Bobby jemals abwies, wenn er einen Kerl dazu einlud, mit ihm auf die Pirsch zu gehen.

»Pal könnte ein Mädchen gebrauchen«, stellte ich fest.

»Sicher. Das Problem ist bloß, dass Pal nie weiß, was er machen soll, wenn er eins abkriegt«, erwiderte Bobby. »Ich habe schon alles getan, außer sie für ihn in Geschenkpapier einzupacken.«

Es brauchte einige Überzeugungskraft, bis Bobby mich abschrieb, aber als ich ihn endlich dazu bewegt hatte, meine Bude zu verlassen, zog ich mir ein sauberes Hemd an, kämmte mir die Haare und machte mich solo auf den Weg zum White Horse. Es war komisch, wegen eines Mädchens derart nervös zu sein. Ich verließ mein Mietshaus im Ostteil des Village und eilte westwärts auf die Hudson Street zu. Es war ein lauer Abend, und vor der Bar wimmelte es von Kerlen mit Bier in der Hand, und jedes Mal, wenn jemand ein Streichholz anzündete, um eine Zigarette anzustecken, bekamen ihre Gesichter einen leicht morbiden Schimmer. Manchmal konnte es im White Horse Krawall geben. Es war immer übervoll mit Hipstern, die mit Bennies und Bier zugedröhnt waren.

»Cliff!«, hörte ich eine Stimme rufen, sobald ich eintrat. Ich sah nach links, und da hockte Swish in einer Sitznische im Nebenzimmer. Ich hatte nicht damit gerechnet, ihm über den Weg zu laufen, auch wenn ich selbst nicht weiß, warum es mir nicht in den Sinn gekommen war, denn Swish ging oft ins White Horse und er saß immer in der Nische, von der das Gerücht umging, Dylan Thomas habe dort seinen letzten Drink zu sich genommen. Jetzt blieb mir nichts anderes übrig, als über den knarzenden Holzboden zu gehen und mich zu ihm zu gesellen.

Swish und ich plauderten eine Weile, während ich in regelmäßigen Abständen im Hauptraum nach Eden Ausschau hielt.

»Es sieht also ganz so aus, als sei der alte Eisenhower an Bord bei dem Gesetzesentwurf, Alaska zum Bundesstaat zu erklären«, sagte Swish gerade. Seit Neuestem hatte er eine Faszination für Alaska entwickelt, nachdem er irgendwo gelesen hatte, dass es eine Stelle in Alaska gab, an der man über die Beringstraße gucken und die UdSSR in der Ferne auf der anderen Seite erspähen konnte. Keiner von uns beiden wusste, ob auch nur ein Fünkchen Wahrheit darin steckte, aber Swish bestand darauf, wir sollten sobald wie möglich einen Roadtrip unternehmen und es uns mit eigenen Augen ansehen. »Sobald du deinen Roman beendet hast«, sagte er jetzt gerade. »Wir fahren da hoch, Cliff, alter Junge, und es wird großartig, denn du wirst einen Haufen Geld von der Veröffentlichung deines Geniestreichs haben, und wir werden das Jagen erlernen und wie Könige leben und zwei Eskimofrauen heiraten, die uns dann das Wild braten, das wir fangen.«

»Sicher, sicher«, sagte ich und sah wieder zum Eingang der Bar. Swish dachte sich ständig heroische Abenteuer aus, aber bisher waren wir noch zu keinem aufgebrochen.

»Sag mal, nach wem hältst du eigentlich dauernd Ausschau?«

Als wäre das ihr Stichwort, kam Eden herein. Das Twinset, das sie bei unserer ersten Begegnung getragen hatte, war längst passé – oder zumindest hatte sie so weit dazugelernt, es nicht im Village zu tragen, und stattdessen sah sie jetzt mit ihrer kurzen, geschniegelten Frisur und den Caprihosen wie eine echte Künstlermieze aus. Sie kam zusammen mit diesem Mädel, Judy oder so ähnlich. Ich erkannte sie von dem Abend wieder, als wir alle zu Bobbys spontaner Lesung des Theaterstücks seines Kumpels gegangen waren. Eden ließ den Blick auf diese intelligente, neugierige Art, die sie an sich hatte, durch den Raum schweifen und sah mich und Swish im Nebenzimmer sitzen.

»Hallo, hallo!«, rief Swish und winkte sie herüber. Edens Anblick versetzte ihn in freudige Erregung. Doch nachdem wir uns alle begrüßt hatten und wieder in der Sitznische saßen, sah Swish mich mit schräg gelegtem Kopf an, als würde ihm ein neuer Gedanke in den Sinn kommen. Sein Blick glitt von mir zu Eden und wieder zurück, und ich glaube, dass ihm in der Sekunde die Wahrheit aufging.

»Wie geht es dir?«, erkundigte ich mich bei Eden. »Bist du wieder ganz gesund?«

»So gut wie neu.« Sie lächelte. Sie und Judy tauschten wissende Blicke, und es war klar, dass Eden ihr die Geschichte erzählt hatte, bevor die beiden hereingekommen waren. Ich hoffte, Eden hätte ein gutes Wort für mich eingelegt und gesagt, wie aufmerksam ich gewesen sei, indem ich mich um sie gekümmert und ihr dieses gottverdammte Dosenobst gebracht hatte. Die Art, wie Eden errötete, wenn sie mich ansah, und beim Reden nervös mit den Händen herumwedelte, verriet mir, dass sie sich wahrscheinlich positiv über mich ausgelassen hatte, genau wie erhofft.

Doch das alles schien Judy, die an dem Abend in gereizter Stimmung war, ohnehin ziemlich gleichgültig zu sein. Sie trug eine schmale silberne Armbanduhr, berührte sie immer wieder und warf Blicke darauf, und zweimal lenkte sie sogar Edens Aufmerksamkeit auf die Uhrzeit, das Gesicht zu einer leichten Grimasse verzogen. Man musste kein Genie sein, um zu erkennen, dass Judy eine Frist gesetzt hatte, wie lange sie mit uns Künstlertypen unten im alten White Horse verbringen wollte. Sie hielt uns alle für Beatniks, die nichts Gutes im Schilde führten, und Judy war die Art Mädchen, die sich einen Ehemann angeln wollte – oder aber zumindest ein paar Martinis in einem netten Restaurant abstauben und das Kleingeld behalten, das ihr die Männer eigentlich für die Damentoilette gaben.

Voll wurde das Maß, als Bobby auftauchte. Zuerst wurde Judy bei Bobbys Anblick putzmunter. Ich dachte schon, ich hätte Glück, weil es aussah, als habe Bobby an dem Abend noch keine Mädchen aufgegabelt. Er stürzte mit einem anderen Kerl, der ein bisschen an Marlon Brando erinnerte, ins White Horse, und gemeinsam boten die zwei eine rechte Augenweide, und ich hoffte, die beiden würden Judy ablenken. Sie setzten sich zu uns, und kurzzeitig hörte Judy auf, auf ihre Uhr zu sehen. Doch dann … wurde deutlich, dass Bobby und Brando größeres Interesse daran hatten, miteinander zu reden als mit sonst jemandem. Judy sah gleichzeitig angewidert und ein wenig enttäuscht aus, als ihr die Erkenntnis dämmerte, und sogar ich seufzte und hatte Mitgefühl mit ihr.

In der Zwischenzeit amüsierte ich mich bei meinem Gespräch mit Eden prächtig. Sie hatte einen Abschluss an einem kleinen privaten Frauen-College im guten alten Indiana gemacht, und obwohl ich noch nie von ihrer Alma Mater gehört hatte, hatte Eden viele gute Bücher gelesen und wusste furchtbar viel über Politik und das Zeitgeschehen, also tippte ich einmal darauf, dass das College doch ziemlich okay gewesen sein musste. Trotz der wechselseitigen Begeisterung bei unserem Buchgeplauder spürte ich allerdings, dass ich gegen eine Art Wand anlief. Die Wand war Judy, und es wurde offensichtlich, dass ich mir, um an Eden heranzukommen, das Wohlwollen ihrer Freundin verdienen musste. Jetzt griff Judy gerade nach ihrer Handtasche und machte sich bereit zu gehen, und falls sie das tat, würde sie Eden wahrscheinlich mitnehmen. Ich musste mir rasch etwas einfallen lassen.

»Sagt mal«, setzte ich an, »ich frage mich, ob ihr Mädels mir bei etwas aus der Patsche helfen würdet.«

»Worum geht's?«, fragte Eden. Judy sah mich nur trocken an.

»Na ja, eigentlich ist es für meine Mutter. Sie veranstaltet morgen Mittag ein Wohltätigkeitsessen im Cedarbrook Club, und ein paar Leute haben in letzter Minute abgesagt. Sie muss Tische besetzen. Wenn ihr beide nichts vorhabt, würdet ihr mir einen echten Gefallen tun, wenn ihr kommt und euch mit mir an einen Tisch setzt.«

»*Der Cedarbrook Club?*« Judys Augen wurden weit, ganz wie ich erwartet hatte. »Ist das nicht der berühmte Country Club draußen in Connecticut?«

»Das Mittagessen ginge natürlich auf mich«, sagte ich. Das stimmte nur teilweise, denn streng genommen ginge das Mittagessen auf meine Mutter – oder jedenfalls auf ihre Mitgliedschaft –, aber ich fand, je weniger ich darüber verlauten ließ, desto besser. »Ihr müsstet nur aufkreuzen, einen Krabbensalat essen und mit ein paar Leuten reden.«

»Aber würde das bedeuten, mit deiner Mutter zu reden?«, fragte Eden.

»Sicher.«

»Fände sie das nicht komisch? Schließlich arbeite ich für deinen Vater.«

»Neee, komm schon … das alles nimmt sie gar nicht wahr. Sie wird nicht im Bilde sein, wenn wir es ihr nicht sagen. Wahrscheinlich wird sie bloß denken, dass ich endlich ein nettes Mädchen kennengelernt habe, das ich mitbringen kann. Sie wird freundlich sein, versprochen.«

Eden war anzumerken, dass sie sich geschmeichelt fühlte. Sie biss sich auf die Lippe und wechselte einen Blick mit Judy, um sich höflich bei ihrer Freundin die Genehmigung einzuholen.

»Also, ja«, sagte Judy schließlich. »Ich schätze mal, wir könnten hingehen. Ich bin noch nie im Cedarbrook gewesen, aber ich habe schon viel davon gehört.«

»Klasse«, sagte ich. »Ich leihe mir einen Wagen und hole euch Mädels mittags am Barbizon ab.«

Judy hatte bereits zusammengepackt und war immer noch in Aufbruchstimmung, aber wenigstens hatte ich jetzt die Sicherheit, dass ich Eden am nächsten Tag wiedersehen würde. Sie stellten mir ein paar Fragen darüber, ob es ein formelles Essen sei und was sie anziehen sollten, was wohl normal ist, denn Mädchen machen sich immer Sorgen um solche Dinge. Ich beantwortete ihre Fragen, doch in Wahrheit wusste ich es nicht so genau. Meine Mutter hatte mich eingeladen, aber ich hatte nicht vorgehabt hinzugehen, und jetzt würde ich sie gleich morgen früh anrufen und ihr Bescheid geben müssen, dass ich es mir anders überlegt hatte.

EDEN

30

Hier bin ich!«, trällerte Judy auf dem Weg in die Lobby des Barbizon. Sie war sehr schick in ihrem blauen Viskose-Krepp-Kleidchen mit Glockenrock und einem breiten kirschroten Gürtel um den geschnürten Taillenbund. Wir gaben uns zur Begrüßung Küsschen, und als sie nicht hinsah, wischte ich mir ein wenig roten Lippenstift von der Wange.

»Sollten wir nicht besser draußen warten?«, fragte sie.

»Gehen wir.«

Sie war aufgeregt, das wusste ich, weil sie erpicht darauf war, sagen zu können, dass sie im Cedarbrook gewesen sei. Dank Cliffs großzügiger Einladung hatte sie sich ein wenig für ihn erwärmen können. »Wenn er Mitglied im Cedarbrook ist, kann er gar nicht so übel sein«, hatte sie gesagt, nachdem wir das White Horse verlassen hatten. »Ich begreife trotzdem nicht, warum er sich mit diesen Rüpeln im Village abgibt. Aber vielleicht lernen wir heute nette Leute kennen.« Mit netten Leuten meinte Judy nette Männer.

»Wie läuft's in der Arbeit?«, erkundigte ich mich jetzt bei Judy, während wir auf dem Gehsteig standen und in die Sonne blinzelten.

»Oh, eigentlich ganz gut«, erwiderte sie in gelangweiltem Tonfall.

»Wie geht es … Miss Everett?«, fragte ich. Ich brannte vor

Neugier auf den Klatsch, doch bei dem Versuch, das Thema auf Miss Everett zu lenken, befiel mich auf einmal große Scheu.

»Ach, du weißt schon.« Judy zuckte mit den Schultern. »Immer noch ein Miststück, das junge Mädchen in Angst und Schrecken versetzt.«

Ich lachte mit einer seltsamen Genugtuung.

»Allerdings«, fuhr Judy fort und legte den Kopf schräg, »hat sie sich so viel beschwert, dass man ihr letztlich eine Gutachterin bewilligt hat, deren Aufgabe offiziell darin besteht, ihr zur Hand zu gehen. Kleines Dingelchen. Und ist es zu fassen? Miss Everett scheint sie zu mögen! Sie sagt, sie sei die beste Gutachterin, die der Verlag je hatte.«

Das versetzte mir einen merkwürdigen Stich.

»Sie ist so seltsam.« Ich schüttelte den Kopf und versuchte, mit normaler Stimme zu sprechen. »Ich verstehe sie nicht. Sie hatte es wirklich auf mich abgesehen, dabei habe ich ihr überhaupt nichts getan. Weißt du noch, wie hart ich gearbeitet habe und all die Abende bis spät geblieben bin? Dabei war ich im Grunde noch nicht einmal *ihre* Sekretärin!«

»Mmmhmm«, sagte Judy mit ferner, abwesender Stimme, holte eine Puderdose aus der Handtasche und puderte sich die Nase. Ihr lag offenkundig um einiges mehr an ihrem eigenen Spiegelbild als daran, die Ungerechtigkeit meiner Entlassung zu bestätigen.

»Warum, meinst du, hat sie so etwas Ungeheuerliches getan?«, hakte ich nach.

Judy ließ die Puderdose zuschnappen. »Tja, meine Theorien habe ich dir ja schon geschildert. Schau mal, Eden, es ist das Beste, sie einfach zu vergessen. Wer weiß, warum diese verbitterte alte Schrulle irgendetwas tut.«

Ich konnte nicht anders, sondern rief mir sämtliche schrecklichen Dinge ins Gedächtnis, die Miss Everett getan hatte, wie sie Mr. Fredericks Fehlverhalten und letztlich Mr. Turners Bigotterie ausgenutzt hatte, um dafür zu sorgen, dass ich gefeuert wurde. Auf einmal kam mir ein Gedanke in den Sinn, und mich durchrieselte Panik.

»Judy …«, sagte ich. »Glaubst du, dass das hier die Art von Country Club ist, die … die …« Ich suchte verzweifelt nach der passenden Formulierung, doch es misslang gründlich. »… gewisse *Arten* von Menschen nicht zulässt?«

Judy blinzelte mich an, ihre Miene ausdruckslos. »Oh«, sagte sie, als sie verstand, was ich meinte. »Oh, darüber würde ich mir keine Sorgen machen. Du bist doch jetzt ›Eden Collins‹, nicht wahr? Außerdem bist du sehr schlau. Keiner wird auch nur das Geringste merken.«

Sie hatte es gesagt, um mich zu beruhigen, doch mir wurde noch unbehaglicher zumute, als habe sie gar nicht verstanden, worum es ging.

In dem Augenblick hielt ein protziger Sportwagen am Bordstein, und darin erkannten wir Cliff. Er hupte und sprang heraus, um uns die Tür aufzumachen. »Hallo, die Damen!«, rief er. Zugegebenermaßen sah er in Jackett und Krawatte ziemlich flott aus. »Steigt ein.« Das taten wir, und er eilte mit athletischen Schritten um den Wagen herum zum Fahrersitz.

»Woher hast du den Wagen?«, erkundigte Judy sich voll Bewunderung.

»Kumpel von mir von der Columbia«, antwortete Cliff. »Ein Kerl namens Rex.« Er drehte sich über die Schulter, um Judy auf der Rückbank anzusehen. »Eigentlich sollte ich euch zwei mal miteinander bekannt machen. Er würde dir gefallen.« Er zwinkerte, und wir brausten los.

Die Fahrt aus der Stadt zum Cedarbrook Club war angenehm. Es war einige Monate her, seit ich aus der Stadt herausgekommen war, und ich hatte vergessen, wie schön es sein konnte, in einem Auto zu fahren und Häuser und kleine Wäldchen vorüberfliegen zu sehen. Judy hielt das Gespräch am Laufen, indem sie Cliff weitere Fragen zu dem geheimnisvollen Eigentümer des Wagens stellte, doch ich war damit zufrieden, wie in Trance aus dem Fenster zu starren. Bei unserer Ankunft beim Cedarbrook wurden wir von einem Wächter an einem kleinen Pförtnerhaus angehalten, und Cliff zückte einen Mitgliedsausweis. Dann lenkte er den Wagen das kleine Sträßchen entlang, das sich, wie es den Anschein machte, meilenweit durch Golfgrün schlängelte.

»Ah ja, da sind wir. Der Tummelplatz der alten Dame«, verkündete er und hielt vor einem imposanten klassizistischen Gebäude, das, wie ich annahm, als Hauptklubhaus diente. »Ich sag's dir«, wandte er sich an mich, »sie wird über mein Erscheinen entzückt sein und darüber, dass ich derart erstklassige Begleitung mitgebracht habe.«

Ein junger, pickeliger Bursche fuhr den Wagen weg, woraufhin wir das Gebäude betraten. Das Klubhaus war zu großen Teilen altmodisch. Marmor und schweres Holz sowie diese absichtlich triste Spielart von Bibliotheksmobiliar, für die anscheinend wohlhabende Menschen überall ein Faible haben. Doch der Speisesaal, in dem Cliffs Mutter ihren Lunch gab, war frisch renoviert, sehr modern und recht elegant, mit hellem Holz verkleidet und mit rosafarbenem Teppichboden.

Cliff besorgte uns schnell ein paar Cocktails. »Wozu in einem Country Club sein, wenn wir uns nicht ein paar Martinis gratis hinter die Binde kippen können?«, scherzte er. Kurz darauf machten wir uns auf die Suche nach unseren Tischkarten und fanden unsere Plätze.

»Da bist du ja!«, sagte eine große, elegante hellblonde Frau, die auf uns zuschwebte. Sie gab Cliff ein Luftküsschen auf die Wange. »Ehrlich, Clifford, ich stehe immer noch unter Schock. Du bist noch nie zu einem Lunch von mir gekommen.«

Cliff lächelte, offensichtlich peinlich berührt. »Ich würde nicht *nie* sagen«, erwiderte er.

»Nein …« Ein amüsiertes Lächeln umspielte ihre Lippen, als sie zuerst Judy und dann mich musterte. »Na, dann werde ich es nie wieder sagen.« Die dezenten Hinweise der Körpersprache ihres Sohnes deutend, wandte sie sich mir zu und streckte mir eine Hand entgegen. »Doris Nelson, freut mich!«

»Mutter, das ist Eden Collins«, stellte Cliff mich vor. Mein Vorname, Eden, schien ihr nicht das Geringste zu sagen. Ich war erleichtert. Cliff fuhr fort. »Und Judy …« Er hielt inne, da ihm aufging, dass er Judys Nachnamen nicht kannte.

»Wheaton«, warf Judy ein.

»Wheaton, wie reizend«, gurrte Doris. »Und so ein frisches Gesicht, gesund wie der Weizen aus Ihrem Namen.«

»Ach, danke schön«, erwiderte Judy. Sie bestaunte fassungslos die Diamanten an Mrs. Nelsons Ohren.

Ich war überrascht. Am Telefon war mir Doris Nelson kalt und unfreundlich erschienen. Doch hier war sie, elegant und warmherzig, und hatte offensichtlich nur Wohltätigkeit im Sinn. Der Lunch diente auch als Spendenveranstaltung für ein Waisenhaus in einer benachbarten Stadt.

»Ich freue mich so, dass Sie gekommen sind«, sagte sie jetzt und lächelte in meine Richtung. »Sie haben es geschafft, meinen Clifford an einem Wochenende in den Club zu bringen!« Sie plauderte noch ein paar Minuten mit uns und entschwebte dann wieder – aus reiner Verpflichtung, wie sie uns versicherte –, um sich unter die Gäste zu mischen, die Eintrittskarten gekauft hatten und für das Waisenhaus spendeten.

Wir saßen mit fünf anderen Gästen an einem gewaltigen runden Tisch. Entweder hatte Cliff die Anordnung unserer Tischkarten eingefädelt oder aber er hatte einfach großes Glück: Links neben Judy saß ein gut aussehender, junger Jurastudent namens Chester. Fünf Minuten, nachdem das Essen begonnen hatte, konnten Cliff und ich uns daher einigermaßen ungestört unterhalten. Ich fand etliches mehr über ihn heraus. Insbesondere bewunderte ich seine Entschlossenheit, Schriftsteller zu werden, vor allem angesichts der Tatsache, dass er Roger Nelson zum Vater hatte. Ich wusste aus erster Hand, dass Roger Nelson einen langen Schatten warf und kein Mann war, der sich leicht beeindrucken ließ. Und ich hatte das Gefühl, dass Cliff und ich etwas Wichtiges gemeinsam hatten: Wir schwankten beide zwischen der Verlagswelt und der schonungsloseren Welt des Village hin und her.

»Danke, dass du mitgekommen bist«, sagte Cliff, nachdem wir Suppe und Salat hinter uns gebracht hatten und zum Dessert vorstießen. »Amüsierst du dich ein bisschen?«

»Oh, sehr«, erwiderte ich. »Es ist so nett hier, und ich genieße unser Gespräch wirklich sehr.« Wir tauschten ein verschämtes Lächeln und innige Blicke aus.

Später am Abend, nachdem Cliff Judy in ihrem Frauenhotel und mich wieder im Barbizon abgesetzt hatte, rief ich bei Judy an, damit wir uns über den Tag austauschen konnten. Sie und Chester hatten bereits vereinbart, am nächsten Abend essen zu gehen, und Judy betete die Liste persönlicher Einzelheiten herunter, die sie beim Lunch über ihn in Erfahrung gebracht hatte. Ich fragte sie schüchtern nach Cliff.

»Er ist furchtbar vernarrt in dich, Eden!«, sagte sie durch die Leitung.

»Wirklich, meinst du?«

»Mmmhmm. Und weißt du, du könntest es um einiges schlechter treffen, als einen Kerl abzukriegen, dessen Eltern Mitglied im Cedarbrook Club sind.«

»Oh, aber die Zukunft … Ich sehe nicht, wie es funktionieren könnte!«, gab ich zu bedenken.

»Wieso nicht? Wo liegt das Problem?«

»Na ja, zunächst einmal bin ich die Sekretärin seines Vaters. Ich bezweifle, dass Mrs. Nelson das sehr gefallen würde. Bestimmt würde sie es vorziehen, wenn Cliff mit einem Mädchen zusammenkommt, das noch nie im Leben gearbeitet hat: eine höhere Tochter wie sie selbst. Und was *Mr.* Nelson betrifft … na ja, nehmen wir mal an, aus der Sache wird was Ernstes …«

»Ja?«

»Na ja, dann könnte ich wahrscheinlich nicht mehr bei Bonwright arbeiten. Wie sollte das gehen? Und Mr. Nelson wäre sicher schrecklich wütend, wenn ich kündige und mit seinem Sohn durchbrenne.«

»Ach *was*!«, lachte Judy. »Das wird ein lustiges Detail in der Geschichte, wie ihr euch kennengelernt habt – du weißt schon, etwas, das man den Enkelkindern erzählen kann. Roger und Doris … sie würden beide darüber hinwegkommen, sobald das erste Baby da ist. Abgesehen davon … wenn Cliffs Vater so ist, wie Cliff ihn beschreibt, dann geschieht es ihm vielleicht recht, weil er seinem Sohn nicht genügend Aufmerksamkeit geschenkt hat!«

»Himmel, ich hoffe nicht, dass Cliff mich so sieht«, sagte ich. »Das denkst du doch nicht, oder?«

»Willst du mich auf den Arm nehmen?«, fragte Judy. »So,

wie er dich mit kleinen Sternen in den Augen anhimmelt? Auf keinen Fall.« Es entstand eine Pause, und ich merkte, dass sie im Hintergrund mit etwas herumhantierte – vielleicht einer Nagelfeile – und den Gegenstand beiseitelegte. »Hör mal, Eden«, sagte sie, und ihre Stimme wurde ernst, »ich finde es bewundernswert, dass du Ambitionen hast, Lektorin zu werden, aber was, wenn das nie passiert? Oder was, wenn es passiert und du feststellst, dass es dich nicht erfüllt? Möchtest du keine Versicherung für dein eigenes Glück abschließen?«

»Worauf willst du hinaus?«

»Ich sage nur, du beklagst dich ständig, dass es nicht so aussieht, als würde Mr. Nelson die Absicht hegen, dich je zu befördern. Und du weißt bereits, wie es woanders aussieht; an Miss Everett muss ich dich nicht erinnern, und es gibt viele wie sie da draußen. Vielleicht ist es an der Zeit, na ja, an ein paar Notfalloptionen zu *arbeiten*. Es könnte nicht schaden. Wenn du diesen Clifford magst, ist das vielleicht nicht das Schlechteste, was du tun kannst.«

Ich schwieg und ließ mir die Worte durch den Kopf gehen.

»Damit will ich nur sagen, dass ich weiß, dass du Karriere machen willst, sicher, aber ich finde auch, dass jede Frau ihr Potenzial ausschöpfen sollte, und du würdest eine gute Ehefrau abgeben, wenn du nur wolltest, Eden«, sagte Judy. »Ehrlich, ich meine das als Kompliment. Und was will Cliff denn machen? Schriftsteller sein, stimmt's? Ich begreife nicht, inwiefern sich das Lektorendasein so sehr davon unterscheidet, die Frau eines Schriftstellers zu sein. Tippen nicht die meisten Frauen von Schriftstellern die Arbeiten ihrer Männer ab und redigieren sie auch?«

»Ich schätze mal …«

»Wie dem auch sei.« Auf einmal änderte sich Judys Tonfall. »Ich hoffe, es macht dir nichts aus, dass ich ganz offen mit dir bin. Hör mal, ich sollte besser Schluss machen. Ein anderes Mädchen möchte telefonieren.«

»Na schön. Gute Nacht, Judy.«

Ich legte auf, aber Judys Argumentation ließ mich nicht los. Ich fühlte mich auf jeden Fall zu Cliff hingezogen, und es hatte den Anschein, als fühlte er sich ebenfalls zu mir hingezogen. Und er war sehr entschlossen, etwas aus sich zu machen. Vielleicht wäre es doch aufregend, die Frau eines Schriftstellers zu sein. Judy hatte nicht unrecht: Die Frau eines Schriftstellers *war* eine Art erste Lektorin.

Ich lachte lauthals, als mir klar wurde, wie weit ich den Dingen vorausgriff. Schließlich hatte Cliff mich noch nicht einmal um ein Date gebeten.

CLIFF

31

Ich machte Eden im Sommer '58 einen Heiratsantrag, nicht lange nach unserem ersten Date. Die ganze Heirats-Chose war verdammt spontan, und ich hatte mich eigentlich nie als Ehemann gesehen, aber ich mochte Eden, und wir lachten gern und ließen die Hüften in spastischer Ekstase zum Bop kreisen, und natürlich lief es klasse im Bett. Aber vor allem heiratete ich sie, weil mir die Vorstellung, sie könnte einen anderen heiraten, das Herz brach.

Da war auch noch die Sache mit meinem alten Herrn – nicht, dass er mich enterbt hatte, sondern die ganze Brooklyn-Geschichte, die ich bereits erwähnte –, für die Eden Verständnis hatte. Ich hatte noch nie jemandem von damals erzählt, als ich mit elf Jahren meinem alten Herrn im Zug bis nach Bensonhurst gefolgt war und was ich bei meiner Ankunft gesehen hatte. Doch ich erzählte Eden eines Tages davon, als wir mitten am Nachmittag nackt zusammen lagen, und Sonnenschein durch die Stäbe des kleinen Fensters meines Apartments strömte. Wir hatten beide die Augen geschlossen, als ich ihr die Geschichte erzählte, und sie kannte mich gut genug, dass sie meinen Arm streichelte, während ich sprach, damit ich wusste, dass sie wach war und lauschte und alles anhörte, aber sie war auch klug genug, die Sache nie wieder bei einer anderen Gelegenheit anzusprechen, und ich fand, ein Mann könnte es um einiges schlechter treffen, als ein Mädchen dieser Güte zu heiraten.

Als ich um Edens Hand anhielt, wurden ihre Augen groß und hell und aufgeregt, aber da Eden nun einmal Eden war, gab es natürlich teuflisch viele Fragen dazu, wie die Sache funktionieren würde. *Würden wir es unseren Eltern erzählen, und sollte sie weiter für meinen alten Herrn arbeiten, und was war mit ihrem Namen und bla, bla, bla,* und schon bald war klar, dass wir im Grunde keine Hochzeit planten, sondern vielmehr durchbrennen wollten. Aber ehrlich gesagt, passte es mir gut in den Kram durchzubrennen, und Eden auch. Dass sie ihre Stelle beim guten alten Bonwright Verlag kündigte, wollte ich nicht und hielt es auch nicht für notwendig, und sie wollte es ebenfalls nicht. Die Dinge, die wir aneinander mochten, waren eng mit unseren Ambitionen verwoben, und unsere Ambitionen waren ebenfalls miteinander verwoben, aber natürlich ahnten wir das damals kaum.

Eden hatte ein furchtbar schlechtes Gewissen, weil sie ein paar Arbeitstage ausfallen lassen musste, aber schließlich gelang es mir, sie zu überreden, meinem alten Herrn zu erzählen, sie müsse ihre kranke Tante zu Hause in Indiana besuchen, und recht bald schon schmiedeten wir Pläne, aufs Standesamt zu gehen, und Bobby komponierte einen kleinen Song für uns auf der Gitarre, und Pal schrieb ein Gedicht extra für unseren Tag und nannte es ein *Epithalamium*, und es war mir zu peinlich zuzugeben, dass ich erst im Lexikon nachschlagen musste, um herauszufinden, dass es sich um den griechischen Begriff für ein Hochzeitsgedicht handelte.

Da wir ja unsere Familien an dem Tag nicht eingeladen hatten, waren da nur Bobby und Swish und Pal und eine Handvoll anderer Leute aus den Cafékreisen, und natürlich Edens Freundin Judy, aufgebrezelt mit ihrem roten Lippenstift, Chesters Arm aufgeregt drückend und auf und nieder hüpfend, weil sie so scharf darauf war, den Strauß zu fangen. Da waren wir, standen auf dem Standesamt herum und sahen alle ein wenig dünn und hager aus auf den Fotografien, die an dem Tag gemacht wurden, als wären wir junge Welpen, die erst in ihre Körper hineinwachsen mussten und in der Zwischenzeit über ihre Pfoten stolperten. Swish mit seinem wirren Haarschopf und dem von der Herumstreunerei ganz ledernen Gesicht, und Bobby mit dem lässigen Hüftschwung und diesem Glitzern in den Augen und dem Sunnyboy-Aussehen, und Pal mit den langen, schwarzen Wimpern und dem scheuen Lächeln, und Eden und ich, nervös-verhalten lächelnd, während wir wie junge Fohlen mit wackligen Knien umherliefen, als würden wir alles zum ersten Mal erleben.

Die ganze Gruppe verabschiedete uns später, als Eden und ich am Port Authority in den Bus nach Niagara stiegen, und warfen Reis und riefen uns süße und aufrichtige Wünsche hinterher. Als ich der Gruppe zum Abschied winkte, sah ich Swish in die Augen, und den Bruchteil einer Sekunde lang erblickte ich dort einen Anflug von Bedauern, und ich wusste nur zu gut, dass es mit Swishs Gefühlen für Eden zu tun hatte und damit, dass ich mich ein bisschen mies verhalten und bei ihnen dazwischengefunkt hatte. Als der Motor des Busses brüllend erwachte, drehte ich mich noch einmal um, doch der Blick war verschwunden, und eine Woche später, als Eden und ich von unserer Hochzeitsreise zurückkehrten, suchte ich wieder in Swishs Augen danach, doch offenbar hatte er zu dem Zeitpunkt im Geiste wahrer Freundschaft entschieden, es auf sich beruhen zu lassen und sich mit anderen Dingen zu beschäftigen, und dachte nicht mehr viel daran. Und wer weiß, ob der Blick überhaupt jemals wirklich da gewesen war?

Als wir nach New York zurückkehrten, packte Eden ihre beiden Koffer im Barbizon und brachte sie in mein kleines Apartment im Village. Ich zog scherzhaft eine Show ab und trug meine Braut über die Schwelle, was uns beide zum Lachen brachte, und anschließend feierten wir ein zweites Mal Flitterwochen auf der Matratze auf dem Boden.

32

Eden war sehr für meine Idee, Schriftsteller zu werden, und der Plan lautete, dass wir uns ein gemeinsames Leben aufbauen würden, in dem ich tagsüber schrieb, während sie bei Bonwright arbeitete, und dann am Abend würde sie nach Hause kommen und alles abtippen, was ich am Tag geschrieben hatte, und wir würden miteinander schlafen und uns in dem sicheren Wissen sonnen, dass Gutes geschrieben worden war und dass wir das Skript dessen lebten, was eines Tages unweigerlich ein Kapitel der Literaturgeschichte werden würde. Es war ein guter Plan, bloß dass mir nicht gleich Worte kamen, und an den ersten beiden Tagen, als ich nichts geschrieben hatte und Eden tippbereit nach Hause gekommen war, hatten wir so oder so miteinander geschlafen, und anschließend streichelte sie mein Haar und versicherte mir, die Worte würden schon kommen, vielleicht sei ich einfach ein nächtlicher Schreiber und wisse es nur noch nicht. Dann stand sie vor der Heizplatte in der kleinen Kochnische und kochte Kaffee, während der Schein der Straßenlaternen ihren glatten, nackten Körper und das dunkle, fließende Haar erglänzen ließ. Ich genoss es wahnsinnig, sie zu vögeln, und anschließend fühlte ich mich immer leicht und hungrig und ausgezehrt und erledigt auf eine Art, die ich von keiner ihrer Vorgängerinnen her kannte.

Ich lag dann da und sah ihr zu, wie sie im Dunkeln Kaffee kochte, und spürte, dass ich gut daran getan hatte, sie zu heiraten. Eden war ein kleines Mädchen, hatte aber dennoch einen sehr langen Oberkörper und trotz ihrer Schlankheit verbreiterten sich ihre Hüften auf schöne, großzügige Weise, und im Neonlicht der Straßenlaternen sah sie wie etwas aus, das ich mir von einem anderen Planeten und vielleicht auch aus einer anderen Ära ausgeliehen hatte, und das Ganze war sehr surreal. Wenn sie mit der Heizplatte fertig war, schaltete sie jedes Mal das elektrische Licht ein und stellte den Kaffee vor mich hin, und ich ging dann zum Schreibtisch und saß da und starrte auf die trüben Seiten des Notizbuches, das den ganzen Tag leer herumgelegen hatte. Eden schlüpfte in den zerschlissenen Seidenmorgenmantel, den sie sich eines Tages aus einer Laune heraus in Chinatown gekauft und anschließend jeden Tag getragen hatte, und dann griff sie nach einem Buch oder einem Manuskript und las leise, weil sie glaubte, sie sollte meiner Inspiration ihren Lauf lassen.

Eden rief mir immer ins Gedächtnis, ich hätte zwei Geschichten geschrieben, die ich sehr mochte, und wenn ich zwei gute Geschichten schreiben könne, dann sei ich in der Lage, weitere und sogar noch bessere zu schreiben, und es gehe nur darum, die richtige Strategie zu finden, um die Blockade meiner Kreativität zu beseitigen. Da wir in Künstlerkreisen verkehrten, war Eden natürlich offen für alle möglichen Lösungen für meine Schreibblockade, aber ich musste die Grenze ziehen, als sie anfing, die ganze Zeit davon zu sprechen, ich solle einen Seelenklempner aufsuchen. Viele Leute in unserem Kreis gingen damals zu Psychiatern und berichteten Großartiges, aber wenn man mich fragt, waren es Frauen und Schwule mit Sexproblemen, die in den höchsten Tönen davon sprachen, in Therapie zu sein. Ich hatte kein

Sexproblem und begriff nicht, wie mir ein Psychiater dabei helfen sollte, ein besserer Schriftsteller zu sein, und nach ein paar Meinungsverschiedenheiten zu dem Thema brachte ich Eden dazu, die Sache auf sich beruhen zu lassen.

Das andere Hauptthema, das oft in unseren Meinungsverschiedenheiten eine Rolle spielte, war Rusty. Nachdem Eden und ich geheiratet hatten, dauerte es nicht lange, bis Rusty wieder aufkreuzte. Eden verabscheute ihn vom ersten Augenblick an, was teilweise daran lag, dass Rusty, wenn er an der Türschwelle auftauchte, von mir erwartete, dass ich stehen und liegen ließ, was ich gerade machte, und mit ihm durch die ganze Stadt fuhr, damit wir uns auf meine Kosten amüsierten, was jetzt eigentlich *unsere* Kosten waren, Edens und meine. Einmal drohte mir Eden mit der Aussicht, ich müsse mir einen Brotberuf suchen, wenn ich nicht damit aufhörte, unsere ganze Miete für diesen weinerlichen Scheißkerl hinauszuwerfen. *Dieser weinerliche Scheißkerl* war Edens Name für Rusty, wenn Rusty nicht da war. Wenn er da war, sagte sie ihm niemals etwas Negatives ins Gesicht und war genauso nett zu ihm wie ich, und mir wurde klar, dass die Aura von Rustys Chef auch sie nicht kaltgelassen hatte und sie fürchtete, meine Aussichten zu ruinieren, wenn sie Rusty sagte, er solle Leine ziehen. Keiner von uns konnte sich sicher sein, ob Rusty wirklich vorhatte, meine Geschichten dem berühmten Literaturagenten zu geben, aber schon der bloße Gedanke reichte aus, damit wir uns von unserer besten Seite zeigten.

Einmal erzählte Rusty uns, er habe die Seiten seinem Chef gegeben, aber dann sagte er, sein Chef sei mit dem Zug nach Westchester gefahren und habe sie versehentlich im Zug liegen lassen und ob es uns etwas ausmachen würde, neue Kopien abzutippen, damit Rusty sie ihm geben könne. Natürlich sagten wir, es mache uns überhaupt nichts aus, und Eden ging gleich daran, neue Kopien zu tippen. Rusty sagte, der Agent habe eine der beiden Geschichten gelesen, und dass ihm das Gelesene gefallen habe. Ich fand, das waren unglaubliche Neuigkeiten. Ich fragte Rusty, welche Geschichte es war, doch Rusty erinnerte sich nicht, und dann hatte er jedes Mal, wenn wir ihn anschließend sahen, vergessen, bei dem Agenten nachzufragen, um welche es sich handelte.

»Er blufft«, sagte Eden eines Abends, als wir unter uns waren. »Er hat niemandem irgendetwas gegeben.«

Das stimmte wahrscheinlich, aber in dem Moment hasste ich sie trotzdem dafür, dass sie es gesagt hatte.

»Rusty macht sich für niemanden stark, außer für sich selbst«, fuhr sie fort.

»Tja, ich glaube, da haben wir einen Fall, bei dem ein Esel den anderen Langohr schimpft«, sagte ich.

»Was meinst du?«

Ich zuckte mit den Schultern. »*Du* arbeitest schließlich bei Bonwright. Es ist ja nicht so, als würdest du bei meinem alten Herrn für mich eintreten, oder?«

Sie erstarrte mitten im Hemdenbügeln und blinzelte mich mit ihren großen Augen an; der Gedanke war ihr offensichtlich nie auch nur in den Sinn gekommen.

»Du … du denkst doch nicht im Ernst, dass ich das tun sollte, oder?«, fragte sie.

»Nein«, erwiderte ich, doch ich musste etliche Minuten über meine Antwort nachdenken, denn als ich sie mir durch den Kopf gehen ließ, erkannte ich, dass ich vielleicht *doch* dachte, sie sollte es tun. Sie könnte ihn irgendwie auf mein Talent aufmerksam machen, beispielsweise … indem sie ihn dazu brachte, meine Geschichte zu lesen, die demnächst in *The Tuning Fork* veröffentlicht werden würde, selbst wenn sie nichts von unserer Heirat sagen dürfte oder die Sache anonym angehen müsste.

Ich behielt diesen Einfall für mich, auch wenn das eigentlich nicht zielführend war. Da wir nun verheiratet waren, sollte sie begreifen, dass alles, was für mich gut war, auch für sie gut wäre. Ich hatte ihr geholfen, die Stelle bei meinem alten Herrn zu ergattern, indem ich ihr überhaupt erst einen Tipp gegeben hatte, und sie hatte sogar selbst einmal gesagt, dass sie sich bei mir dafür revanchieren müsste. Abgesehen davon hatte sie meinen alten Herrn streng genommen wegen ihres Namens belogen, und ich hatte auch dieses Geheimnis für sie bewahrt. Insgesamt war ich tatsächlich ein Bombenehemann, und was war schon so schlimm daran, wenn eine Ehefrau ihrem Mann ein wenig unter die Arme griff?

MILES

33

Du hast jetzt genug Geld zusammengespart, um loszufahren, nicht wahr?«, fragte Janet mit leiser Stimme.

Wir saßen auf einer Bank an unserem üblichen Platz: dem nordöstlichsten Ende des Central Parks, am Harlem Meer, dem kleinen Ententeich, der an die 110th Street grenzte. Ich drehte mich, um Janet in die Augen zu sehen, aber da sie auf das Gewässer hinausstarrte, musterte ich ihr Profil. Sie hatte einen sehr langen, majestätischen Hals. Dieses charakteristische Merkmal hatte ich mir noch nie näher angesehen. Je mehr ich sie betrachtete, umso fassungsloser war ich, dass mir nie aufgefallen war, welch deutliche Ähnlichkeit sie mit einem großen, anmutigen Vogel hatte. Sie trug das Haar leicht gelockt und kurz, hatte eine niedrige Stirn und ein kleines Kinn und eine dreieckige, schnabelartige Nase. Ihre Augen waren riesig, weit und schräg verlaufend, wie diese berühmte Büste der Nofretete. Verblüffenderweise war sie gleichzeitig voller Demut und Stärke.

»Es lässt sich schwer sagen, wie viel genug sein wird«, sagte ich. »Aber ich denke mal, ja, jetzt dürfte ich genug Geld für die Reise gespart haben.«

»Wann wirst du abreisen?«

»Ich bin mir noch nicht sicher. Ich … na ja, ich muss kündigen«, sagte ich.

»Dieser alte Mann zahlt dir auf jeden Fall viel Geld.«

»Ja. Macht er. Ich habe Glück gehabt«, sagte ich. Sie warf mir einen Blick zu, den ich nicht deuten konnte. »Vielleicht will er mich bei meiner Rückkehr nach New York wieder einstellen«, fuhr ich fort, weil ich hoffte, ihr damit Mut zu machen. »Und wir haben im Nu genug zusammengespart, um zu heiraten.«

»Nein. Es wird andere Arbeit geben«, erwiderte Janet mit düsterer Überzeugung. »Ich würde nicht wollen, dass du wieder für ihn arbeitest.«

Ich nickte. Zu meiner Überraschung war ich mit ihr einer Meinung. Obwohl ich Mister Gus mittlerweile mochte, barg das Wissen, dass meine Arbeit bei ihm nur vorübergehend war, einen gewissen Trost in sich. Vielleicht ging mir seine ungeheure Einsamkeit auf die Nerven. Er tat mir leid, aber ich hatte beinahe das Gefühl, seine Einsamkeit wäre ansteckend, und ein Urinstinkt schien mir zu signalisieren, dass ich es vermeiden sollte, mich damit zu infizieren.

»Du wirst mir aber doch Bescheid geben, nicht wahr?«, fragte sie. »Wenn du dir deine Fahrkarte für die Abreise kaufst?«

»Natürlich.« Ihre Sorge war rührend. »Natürlich gebe ich dir Bescheid«, wiederholte ich.

»Und du wirst dich verabschieden?«

»Ja, natürlich, auch das. Und dir ist doch klar, dass ich im Nu wieder da sein werde, ja?«

Ich griff nach ihrer Hand, und sie presste sofort das Gesicht an meine Brust. Ich legte den Arm um sie und versuchte, sie zu trösten. Sie besaß auch die zarten, dünnen Knochen eines Vogels und ihre Haut fühlte sich stets kühl an.

»Möchtest du …«, sagte sie ganz leise, »… möchtest du es nicht versuchen … nur einmal, bevor du abreist?«

Sie sprach davon, intim mit mir zu sein. Das wusste ich, weil sie in letzter Zeit recht viel davon redete. Als sittsames Mädchen und obendrein Jungfrau hatte sie ohne ersichtlichen Grund die fixe Idee entwickelt, dass wir vor meiner Abreise nach Kalifornien miteinander schlafen sollten. Ich wusste nicht recht, was ich davon halten sollte. Es kam mir wie ein Akt mädchenhafter Verzweiflung vor, nicht wie das Handeln einer erwachsenen Frau, die voller Begehren war und aus freiem Willen agierte.

Es bereitete mir Kopfzerbrechen. Ich machte mir Sorgen, dass es der falsche Zeitpunkt war. Ich machte mir Sorgen, dass wir einander nicht genügen würden. Ich machte mir Sorgen, dass ich ihr gegenüber irgendwie versagen würde – nicht auf diese platte, körperliche Art, sondern schlimmer: auf eine Art, der wir uns beide nicht stellen und die wir nicht benennen können würden.

Erste Begegnungen waren zwangsläufig eine gewisse Enttäuschung, und ich wollte nicht, dass Janets erstes Mal wie meines sein würde. Ich hatte meine Jungfräulichkeit kurz nach dem Tod meines Vaters verloren. Erpicht darauf, es hinter mich zu bringen, hatte ich mich umgesehen und war schließlich mit einer Freundin aus dem Viertel, einem vollbusigen Mädchen mit ausladenden Hüften, das Leota hieß und drei Jahre älter war als ich, ins Bett gegangen. Leota war die erste Frau, die ich kannte, die eine »Verlängerung« trug, eine Art künstliches Haarteil, das sie sich täglich in ihr kurzes Haar klemmte, das sie glatt an den Schädel gebürstet und zu einem winzigen Knoten hochgesteckt trug, der – meistens – nur teilweise von der Verlängerung verdeckt wurde. Heraus kam so etwas wie ein kecker, in Wellen herabfallender Pferdeschwanz, aus dem oben ein seltsames bisschen Haare hervorlugte. Wie die anderen Mädchen aus der Nachbarschaft hatte Leota immer auf diese hohle, gutmütige Art mit mir geflirtet, aber während die anderen Mädchen nach ihren kühnen Angeboten davonflatterten, machte Leota mir den Eindruck, als sei sie vielleicht gewillt weiterzugehen, wenn auch nur aufgrund einer Wette, die sie insgeheim mit sich selbst über mich abgeschlossen hatte.

Meine Annäherungsversuche nahmen nicht viel Zeit in Anspruch; ich lud Leota an einem Sommertag in die Wohnung meiner Familie ein, als ich wusste, dass meine Mutter und Wendell unterwegs sein würden, und ließ beherzt eine Hand unter ihre Bluse gleiten. Wie sich herausstellte, war sie in der Sache nicht nur willig, sondern geradezu begeistert. Sie war beim Liebesakt schon erfahren, wie es Mädchen, deren Körper sich bereits in jungen Jahren entwickeln, so häufig sind, und ich erinnere mich noch an ihren nüchternen Pragmatismus, mit dem sie, ehe wir unsere gemeinsame Bemühung in Angriff nahmen, ihre Verlängerung aus dem Haar entfernte. Kurz darauf, nachdem der Akt vollzogen war, stand sie vor der Kommode und steckte die Verlängerung wieder fest. Ihr Blick glitt von den Klemmen, die sie sich ins Haar steckte, zu meinem Gesicht im Spiegel, und ich spürte, dass sie in Gedanken zu einem Schluss über mich kam, etwas, das sie zuvor nie richtig wahrgenommen hatte. Nach Beendigung des Liebesspiels hatte ich mir sehr schnell wieder das Unterhemd über den Kopf gezogen und meine Shorts hochgezerrt. Doch als Leota mich ansah, wie ich dort saß, die zerwühlte Decke im Bund der Shorts eingeklemmt, während meine Beine ungelenk über die Bettkante hingen (meine Socken waren absurderweise die ganze Episode hindurch an meinen Füßen geblieben), kam ich mir auf einmal nackt und entblößt vor. Einen flüchtigen Moment sah sie mich mit verengten Augen im Spiegel an, und es war, als versuchte sie bereits, das gerade eben zwischen uns Vorgefallene zu beurteilen, als versuchte sie, sich an die Phantomgestalt meiner Männlichkeit in ihr zu erinnern – als könnte sie dadurch vielleicht das Wesen dessen ergründen, was in meinem Herzen war.

»Soso«, war schließlich alles, was sie sagte, während sie die letzte Klemme feststeckte und nach ihrer Handtasche griff, um zu gehen.

Leota schien etwas über mich erkannt zu haben, etwas, wovon ich mir nicht sicher bin, ob ich es damals überhaupt selbst erkannt hatte. Unser Intermezzo war ein Geheimnis, das wir für uns behielten, und wir blieben befreundet, lächelten uns entspannt zu und begrüßten einander, wann immer wir uns in der Schule oder im Viertel begegneten. Ich tanzte sogar ein- oder zweimal im benachbarten Tanzsaal mit ihr, doch unsere Interaktionen waren flüchtig und höflich; nie wieder entfernte sie mir zu Ehren diese Verlängerung aus ihrem Haar.

Seitdem hatte ich andere Erfahrungen mit Frauen gehabt. Frauen mochten mich, fanden mich charmant, doch selbst, wenn sie gewillt waren, mit mir ins Bett zu gehen, hielten sie eine gewisse Distanz. Keine meiner Eskapaden führte zu etwas Dauerhaftem. Janet war die erste Frau, die ich kennengelernt hatte, mit der ich mir eine Zukunft vorstellen konnte. Sie war gescheit und wollte Lehrerin werden. Sie war aufgeschlossen für die Welt um sie her; sie sah genauer hin und hörte sorgfältiger zu als die meisten Menschen. Und sie akzeptierte würdevoll die Tatsachen im Leben, an denen sie nichts ändern konnte, eine Fähigkeit, die ich nie beherrscht, aber schon immer angestrebt hatte. Nein, ich würde Janet nicht enttäuschen, überlegte ich insgeheim. Nicht in einer Angelegenheit, die sich durch bloße Geduld in Ordnung bringen ließ.

»Liebling, du weißt doch, dass wir nirgendwohin können«, stellte ich fest. Es stimmte; mir lag nicht daran, die Erfahrung zu wiederholen, die ich mit Leota in der Wohnung meiner Mutter gemacht hatte – außerdem konnte ich heute nicht mit Sicherheit sagen, ob die Wohnung leer war –, und die Wohnung, in der Janet lebte, war zum Bersten voll mit drei Erwachsenen und vier Kindern.

»Ich weiß«, sagte sie mit tonloser Stimme.

»Heben wir uns etwas Besonderes auf, das wir bei meiner Rückkehr miteinander teilen können.« Ich drückte sie beruhigend. »Etwas, worauf wir uns freuen können, etwas nur für dich und mich.«

»Na schön, Miles«, sagte sie. »Du weißt es besser.« Sie schniefte und straffte dann ihre Mundwinkel und nahm das Gesicht von meiner Brust. An meinem Hemd befanden sich zwei kleine Flecken, wo ihr Tränen aus den Augen gequollen waren, doch als ich sie ansah, erweckte sie nicht den Eindruck, als habe sie geweint. Vielleicht war es bloß der Wind oder der unbeholfene Winkel unserer Umarmung. Jedenfalls waren ihre Augen jetzt trocken, und sie sah wieder weg, hinaus über den Ententeich.

»Ich freue mich schon auf deine Rückkehr«, sagte sie.

»Ich mich auch«, erwiderte ich.

Ich ließ den Blick durch den Park um uns schweifen. Er war schön, leuchtend frische Herbstfarben. Ich weiß noch, dass der Sommer in dem Jahr auf die Art zu Ende ging, wie er es immer in Manhattan tat: in einem Ausbruch aus glühenden Orange- und überbordenden Gelbtönen, der einem immer einen Stich ins Herz versetzte.

34

Wenn ich die Reise nach Kalifornien tatsächlich antreten würde, bedeutete das, dass ich bei Mister Gus kündigen musste. Vor dieser Aufgabe graute mir, denn ich wusste, dass er es als einen Akt des Verrats erachten würde. Ich bot an, noch einen ganzen Monat zu bleiben, um ihm einen anderen Botenjungen zu suchen, der die zusätzliche Arbeit vielleicht zu schätzen wusste.

»Pah«, sagte er und murmelte leise etwas vor sich hin, das nach »Das habe ich nun davon, dass ich Sie überbezahlt habe« klang. Er wollte mir nicht gestatten, ihm bei der Suche nach einem Ersatz zu helfen, und sagte mir, ich solle bloß noch die restliche Woche bleiben.

Als mein letzter Tag näher rückte, wurde Mister Gus immer stiller und starrte länger ins Leere, als er das gewöhnlich tat. Ab und zu zuckten seine Lippen, und er sog Luft ein, als wollte er sprechen, doch es folgten keine Worte. Er schien ständig kurz davor, etwas zu sagen, konnte sich jedoch offenbar nicht erinnern, worum es sich handelte.

Schließlich bot sich ihm die Gelegenheit an meinem vorletzten Tag durch eine Schlagzeile in der *Post*. Ich weiß noch, dass es einer dieser bedeckten, warmen Herbsttage in Manhattan war, an denen sich der sonnige Himmel mit Blitz, Regen und Mücken füllte. Die Stadt roch nach nassem Laub und

Wolken, die von oben drückten wie eine flache, graue Decke. Am Morgen besorgte ich wie üblich die Zeitungen und machte mich daran, im Schlafzimmer Staub zu wischen und aufzuräumen, während er sie durchsah. Er war mürrisch und ignorierte mich anfangs größtenteils, grummelte vor sich hin, die Zeitungen wären nass, obwohl ich sorgfältig darauf geachtet hatte, dass sie trocken blieben, und sie auf dem Rückweg vom Zeitungskiosk unter meinen Regenmantel gesteckt hatte.

Er bat mich um ein Handtuch, das ich ihm brachte, und beim Durchgehen des Zeitungsstapels tat er so, als würde er von jeder einzelnen Seite imaginäres Wasser wischen. Als die *Post* an der Reihe war, legte er das Handtuch beiseite, schnalzte mit der Zunge und schnaubte laut. Es war keine Beschwerde, weil die Zeitung feucht war. Dank meiner flüchtigen Lektüre auf dem Weg durchs Haus wusste ich, dass er eine Titelgeschichte über zwei Männer betrachtete, die ermordet in der Nähe des Ramble im Central Park aufgefunden worden waren. Es war eine sensationslüsterne, gewalttätige Geschichte. Die Männer waren zu Tode geprügelt worden, und der Mörder – oder *die* Mörder, da es sich wohl um eine Gruppe handelte – waren immer noch auf freiem Fuß. Die Zeitung deutete an, man habe die beiden Männer in unschicklichem Zustand vorgefunden, nannte jedoch keine Einzelheiten – ich kann nur annehmen, um eine Verleumdungsklage zu vermeiden.

»Pah«, grunzte Mister Gus. Er schüttelte die Zeitung, um die gefalteten Seiten wieder steifer werden zu lassen. »Haben Sie das gesehen, mein Junge?«

Ich nickte.

»Und?«

»Und was, Sir?«

»Na, was halten Sie davon?«

»Es ist wohl eine Schande«, sagte ich. Ich wollte die Schlagzeile nicht diskutieren, aber Mister Gus' Kieferpartie war angespannt, und wie ich wusste, bedeutete das, dass der Gesprächsverlauf feststand. Er würde sich nicht davon abbringen lassen.

»Und welcher Teil genau ist Ihrer Meinung nach schändlich?«, bohrte er nach. Mir war klar, dass ich behutsam vorgehen musste. Bei Fragen der Moral konnte Mister Gus sehr streng sein. Er gehörte zu dem Schlag Mensch, der es brauchte, dass andere ihm zustimmten, und nahm es als persönlichen Affront, wenn sie es nicht taten. Gleichzeitig hegte ich meinen Verdacht, was Mister Gus betraf, doch er hatte seine Vergangenheit streng unter Verschluss gehalten und nichts Konkretes, das bei meinem endgültigen Urteil den Ausschlag in die eine oder andere Richtung gegeben hätte, war je an die Oberfläche gekommen. »Welcher Teil ist Ihrer Meinung nach schändlich?«, wiederholte er.

»Wohl alles«, sagte ich in der Hoffnung, es sei so diplomatisch, dass es ihn zufriedenstellen würde. »Es ist eine Schande.« Leider hatte ich jetzt seine ungeteilte Aufmerksamkeit. Mister Gus ließ die Zeitung in den Schoß sinken, legte den Kopf schräg und sah mich mit zu Schlitzen verengten Augen an.

»Und glauben Sie, die Polizei wird die Männer verhaften, die diesen Mord begangen haben?«

»Ich gehe einmal davon aus, dass sie es versuchen werden«, antwortete ich.

»O ja«, sagte Mister Gus, »*versuchen* werden sie es. Aber werden sie jemanden verhaften?«

»Ich weiß es nicht.«

Er hob die Zeitung wieder hoch. »Hier steht, es gäbe Grund zu der Annahme, die Opfer hätten zur Zeit des Überfalls abartigem Verhalten gefrönt und sie hätten mit dem Kommunismus sympathisiert. Was halten Sie davon?«

Ich zuckte mit den Schultern.

»Es ist für die Behörden recht schwierig zu wissen, *was* diese Männer zum Zeitpunkt des Überfalls getan haben, meinen Sie nicht? Es sei denn, sie sind allwissend – was die meisten Polizisten nicht sind, wie ich Ihnen versichern kann – oder sie spekulieren, oder aber sie haben mit den Schlägertypen gesprochen, die diese beiden Männer totgeprügelt haben.«

Ich antwortete nicht. Stattdessen drehte ich mich um, zog die Vorhänge auf und fing dann an, die Kissen auf dem Diwan aufzuschütteln, der sich vor dem gewaltigen Fensterbrett befand. Ich war mir bewusst, dass wir auf eine Art Scheideweg zustürzten, den ich zu vermeiden gehofft hatte. Rückblickend hatte ich die Wahrheit über Mister Gus' Leben und über den Quell seiner Verbitterung eigentlich schon immer gekannt.

»Der Central Park«, sagte er, »hat eine eigenartige Geschichte. Besonders der Ramble. Haben Sie sich je zur Abendzeit in diesen Teil des Parks gewagt, mein Junge?«

»Nur versehentlich«, sagte ich eine Spur zu schnell. Er bedachte mich mit einem langen, abschätzenden, enttäuschten Blick. Ihm war anzusehen, dass er – irrtümlich, wie ich hinzufügen darf – glaubte, ich würde lügen.

»Dann haben Sie also gesehen, was in dem Tunnel im Park vor sich geht, was?«

Ich nickte. Er verdrehte die Augen zur Kassettendecke und lachte glucksend.

»Vielleicht ist es ein Übergangsritus; schließlich wissen wir, wenn es um Hirten geht, dass der liebe Gott seiner Herde gern den einen oder anderen Streich spielt.« Als er sich mir zuwandte, wurde mir angesichts seines bitter verkniffenen Lächelns mulmig zumute. »Ich habe das Gleiche gesehen, als ich noch ein Junge war«, fuhr er fort. »Bin auf einem Spaziergang mit meinem Vater zufällig über zwei junge Männer gestolpert, die gerade mitten dabei waren. Sie haben keine Vorstellung, wie peinlich mir das war.« Seine milchigen Augen richteten sich auf einen unsichtbaren Gegenstand an der gegenüberliegenden Zimmerwand. »Mein Vater ... mein Vater war angewidert. ›Hilft nichts‹, erklärte er mir. ›Sodomiten finden immer in jeder Stadt zueinander. Man kann sie nicht voneinander getrennt halten; es ist Teil ihrer jämmerlichen Natur.‹« Er hielt inne. »Er hatte recht, wissen Sie? Wir finden *immer* zueinander, denn – wie Tiere, die auf dieser Erde herumstreifen, können wir den Gedanken nicht ertragen, dass wir die Einzigen unserer Art sind.«

Er hatte das Wort *wir* verwendet, und mich durchfuhr ein kalter Schock, als mir sein dreistes Eingeständnis bewusst wurde. Er setzte sich auf und beugte sich über das Bett nach vorn, weg von seinem Kissennest. Ich sah die Sehnen an seinem Hals, die sich anspannten, um ihn aufrecht zu halten, wo seine Muskulatur versagte. Seine blaugrauen Knopfaugen wurden ganz rund, und seine Stimme kam auf einmal als lautes, flehendes Zischen.

»Ich sage Ihnen Folgendes: Wählen Sie es, mein Junge! Wählen Sie es, bevor es Sie wählt. Sie glauben, es gäbe die Chance, dass es nicht geschieht, dass es irgendwie einen Weg gibt, Ihr Leben zu leben, ohne ihm ins Auge blicken zu müssen, aber es wird Sie wählen, und Sie können es nicht verhindern. Also wählen Sie. Treffen Sie Ihre Wahl, während Sie jung sind und an jemanden glauben können und dafür sorgen können, dass es einige Zeit andauert. Diese kurze Zeitspanne ist die einzige Ewigkeit, die einem von uns Sterblichen je zuteil wird. Lassen Sie nicht das Schicksal die Wahl für Sie treffen; warten Sie nicht, bis Sie alt und verzweifelt sind – und *jämmerlich*, wie mein Vater sagte, denn er hatte nicht unrecht – und Sie nur noch an schrecklichen Orten herummachen können und es nur Ihr Körper ist … ja, nur Ihr Körper, der versucht, der Seele zu beweisen, dass er nicht allein ist, und ein ums andere Mal scheitert.«

Ich sah ihn an; seine Unterlippe bebte, und ich begriff, dass in seinem Flehen Liebe mitschwang. Nicht für mich, sondern für jemand anderen, jemanden aus seiner Vergangenheit oder – noch wahrscheinlicher – für eine jüngere, frühere, noch unverdorbene Version seiner selbst. Die Heftigkeit seines Flehens war rührend, und einen Moment lang verebbte der schier bodenlose Quell meiner instinktiven Abscheu. Einen Moment lang spielte ich mit dem Gedanken einzugestehen, dass ich verstand, wovon er redete. Von flüchtigem Optimismus gepackt, dachte ich schon, ich würde ihm versprechen, seine Worte zu beherzigen und zu versuchen, so zu handeln, wie er es mir riet.

Aber es waren noch nicht einmal zwanzig Sekunden verstrichen, da wanderten meine Gedanken wie automatisch zu meiner Mutter. Meine Mutter, die zuerst Marcus verloren hatte, den mutigen Sohn, und dann meinen Vater, den Soldaten, der bei ihrer Hochzeit Galauniform getragen hatte. In meiner Rolle als zweitgeborener Sohn hatte ich immer versucht, die Lücken zu füllen, die diese beiden Männer zurückgelassen hatten, versuchte manchmal, Cob das Vorbild zu sein, das Marcus mir gewiss gewesen wäre, versuchte dann wieder, die Hand meiner Mutter zu halten und ihr eine Stütze zu sein, wenn Wendell zu betrunken oder nicht da oder verbittert war, und erwies mich letztlich an beiden Fronten als erbärmlicher Ersatz. Jetzt starrte ich in Mister Gus' Augen, dachte an meine Mutter und an Cob, und eine Tür in meinem Innern schloss sich sehr fest.

»Sie werden mir verzeihen müssen, Mister Gus«, sagte ich. »Den Lauf der Welt kenne ich nicht so wie Sie; ich bin mir nicht sicher, ob ich weiß, wovon Sie sprechen.«

Blinzelnd saß er einen Moment da, und der intelligente Funke, der während seiner Worte so heftig in seinen Augen gebrannt hatte, erstarb langsam.

»Ich verstehe«, sagte er nach einer Weile.

Den restlichen Tag ließ er mich in Ruhe, sodass ich meine kleinen Aufgaben schweigend erledigen konnte. Er starrte aus dem Fenster und beobachtete den Regen. Als es an der Zeit war, ihm das Abendessen zu bringen, bedachte er das Tablett mit einem müden Blick und schob es dann beiseite.

»Sir? Sie sind still gewesen. Alles in Ordnung?«, erkundigte ich mich.

»Gehen Sie nach Hause, Mr. Tillman«, sagte er. Es war das erste Mal, dass er eine andere Anrede als »mein Junge« benutzte, und es überrumpelte mich.

»Aber Sie brauchen jemanden, der das Geschirr abräumt. Und außerdem … ist da immer noch … Ihr tägliches Bad.«

»Ich sagte, GEHEN SIE NACH HAUSE!«, brüllte er. Seine Lautstärke war überraschend. Ich hatte nicht gedacht, dass er so laut schreien könnte.

Unsere Blicke trafen sich, und in dem Moment verstanden wir einander völlig. »Wie Sie wünschen, Sir«, sagte ich nach einer Weile. Ich legte die Serviette hin, die ich ihm hingehalten hatte, und ging in Richtung Tür, dann zögerte ich.

»Ich bin mir sicher, dass Sie froh sein werden, wenn Ihnen ein anderer Junge zur Hand geht«, sagte ich. Ich versuchte, fröhlich zu klingen; es war ein Friedensangebot, aber ich erkannte, dass er es falsch verstand. Ich versuchte ein Lächeln, das mir bei Mister Gus' Gesichtsausdruck allerdings sofort wieder verging. Er hatte schon immer alt ausgesehen, doch jetzt sah er älter aus, als ich ihn je erlebt hatte; sein Antlitz war im Grunde eine Totenmaske. Es war ein Ausdruck jenseits von Trauer, als wäre er ausgehöhlt worden. Ich erkannte, was er eigentlich war: ein verendendes Tier, ohnmächtig und voll Pathos, aber eines, das, sollte ich mich ihm nähern, trotzdem auf mich losgehen würde.

Ich betrachtete ihn einen Moment, drehte mich dann um und verließ das Zimmer. Meinen letzten Tag verbrachten wir völlig schweigend. Auf dem Weg nach draußen fand ich einen Briefumschlag, auf den mein Name gekritzelt war, und darin einen Hundertdollarschein.

EDEN

35

Auf einmal gab es bei Cliff einen Durchbruch. Ich wusste nicht, was ihn dazu gebracht hatte, aber es war so. Er hatte an einer schrecklichen Schreibblockade gelitten, bis er eines Tages bei meiner Rückkehr aus dem Verlag wie wild schrieb und bündelweise Papier um ihn her verstreut lag, als wäre eine winzige Bombe hochgegangen. Es war wie eine Szene aus einem Theaterstück oder einem Film: Der frustrierte Künstler wird unvermittelt von der Muse geküsst und beginnt, halb verrückt, seine Vision so schnell wie möglich niederzuschreiben. Es verschlug mir den Atem, und ich klatschte in die Hände.

»Sollen wir feiern?«, fragte ich.

»Ich kümmere mich darum.« Er meinte eine Flasche Sekt. »Ich will so bald wie möglich so viel es geht hiervon abgetippt haben. Wärst du so freundlich?«

»Oh.« Ich zögerte, verstand allmählich. »Sicher. Hier.« Ich zog einen Fünfdollarschein aus der Handtasche und reichte ihn Cliff in der Hoffnung, er werde nicht alles ausgeben. Er lief nach draußen, um in die Wein- und Spirituosenhandlung um die Ecke zu gehen, und ich tat mein Bestes, die über den Boden verstreuten Seiten aufzusammeln und in die richtige Reihenfolge zu bringen. Bis zu seiner Rückkehr hatte ich die Smith Corona startklar auf den Klapptisch gestellt.

»Ist es …«

»Ein Roman? Da hast du verdammt noch mal recht«, sagte Cliff grinsend. »Ich wusste, dass es bloß eine Frage der Zeit war, bevor ich einen beginnen würde, und jetzt ist es so weit!« In der Kochnische hatte er ein wenig mit der Flasche zu kämpfen, die er gekauft hatte, und ein lautes PLOPP ertönte, als der Champagnerkorken nach oben flog und von der Decke abprallte, wobei er beinahe die einzige Deckenglühbirne getroffen hätte. Cliff goss eine großzügige Menge der golden-sprudelnden Flüssigkeit in eine Tasse, und ich streckte eine Hand aus, in der Annahme, dass sie für mich bestimmt war.

»Na, na«, schalt Cliff kopfschüttelnd. »Bringen wir erst das Tippen hinter uns. Es ist wichtig, dass es tipptopp abgetippt wird.«

Ich sah ihn an. »Na gut«, sagte ich nach einer kurzen Pause, weil ich keinen Streit vom Zaun brechen wollte. Ich wusste, dass die Blockade recht lange gewährt hatte, und dass wahrscheinlich gerade die Begeisterung mit ihm durchging. Und mehr als alles andere freute ich mich *für* ihn. Ich griff nach den handgeschriebenen Seiten und klopfte sie auf dem Klapptisch zu einem ordentlichen Stapel. Ich sah nach, ob das Farbband in gutem Zustand war, zog ein leeres Blatt Papier ein und tippte auf den Zeilenschalthebel, um die Schreibwalze bis ganz nach rechts zu schieben.

»Und los geht's!«, sagte ich und zwinkerte Cliff zu. Er grinste noch breiter und trank einen großen Schluck aus der Tasse.

»Eden, Schätzchen, es ist zu früh, etwas zu sagen, aber ich glaube wirklich, dass ich es geschafft habe!«

»Ich kann dir gar nicht sagen, wie froh es mich macht, das zu hören, Cliff.«

Ich begann zu tippen. Er saß da und sah mir trinkend bei der Arbeit zu. Ich nahm mir Zeit, tippte mit äußerster Sorgfalt und las dabei mit. Die Geschichte war ein wenig unzusammenhängend, und ich konnte der Handlung nicht ganz folgen. Es schien sich, wie mir mit einem winzigen Stich klar wurde, um einen introspektiven Roman zu handeln, der von einem jungen Mann während seiner Studienzeit erzählt wird. Ein paarmal überprüfte ich, ob ich die Seiten in die richtige Reihenfolge gebracht hatte. Mir war bewusst, dass sich Cliffs Schreiberguss im Frühstadium befand, und ich wollte ihn nicht entmutigen. Wenn er später einmal meine Hilfe wollte, würde ich sie ihm gern gewähren. Dass meine Arbeit bei Bonwright und sogar die Zeit bei Torchon & Lyle bereits meinen Blick für Texte geschärft hatten, erfüllte mich mit Stolz.

»Woher ist diese plötzliche Inspiration gekommen?«, fragte ich in einer Pause, während ich ein weiteres Blatt Papier in die Schreibmaschine einspannte.

»Von meiner bezaubernden Gattin.« Er beugte sich über meine Schulter, um meinen Nacken zu küssen, während ich erneut weitertippte. »Sie ermutigt mich.«

»Es ist furchtbar nett von dir, das zu sagen.«

»Ich sage dir, ich habe eine Glückssträhne, Eden! Ich werde das hier innerhalb von ein paar Wochen fertig haben, und dann nimmt mich ein Verlag unter Vertrag, das spüre ich!«

Die Pferde gingen mit ihm durch, aber das wollte ich nicht sagen. Ich hatte viele junge Autoren gesehen, die in diese Falle tappten. Manche hatten die imaginäre Lesereise fertig geplant, bevor sie auch nur das erste Kapitel zu Ende geschrieben hatten.

»Hör mal«, fuhr Cliff fort und schnippte mit den Fingern, »ich werde mit Gregg Carns über die Höhe des Vorschusses reden, den er bekommen hat, bloß um eine Vorstellung von der Größenordnung zu haben, in der ich mich bewege.«

»Jetzt?«, fragte ich ein wenig beunruhigt, er könnte gleich für die restliche Nacht ausgehen und mich seine Seiten allein abtippen lassen. Gregg Carns war ein Bekannter von uns. Er war ein Hipster, der im Village lebte und über den das Gerücht umging, er habe einen beträchtlichen Vorschuss für einen Roman über eine Gruppe Junkies bekommen, die quer durchs Land nach San Francisco fahren. Das Buch hatte sich sehr gut verkauft, und ein Rezensent nannte ihn die Stimme unserer Generation. Doch mit jedem Honorarscheck nahm die Wahrscheinlichkeit, dass er je ein zweites Buch schreiben würde, exponentiell ab, da er immer mehr dem Suff verfiel.

»Nein, nein.« Cliff lächelte und küsste mich auf die Wange. »Sei nicht albern. Heute Abend feiern wir, nur wir beide. Und ich will hier sein, wenn du mit dem Tippen fertig bist, damit ich es mir durchlesen kann. Gregg gehe ich morgen fragen.«

Ich tippte, Cliff las, und schließlich gelang es mir, zwei Schluck Champagner zu ergattern, bevor er leer war. Es war spät, als wir endlich ins Bett gingen, aber wir waren beide glückselig und liebten uns mit gierigem, ausgelassenem Hunger. Am Morgen wachte ich erschöpft auf und sah ein wenig blass aus, als ich mich fürs Büro ankleidete, aber es kümmerte mich kaum. Cliff schrieb, und das machte ihn glücklich, alles andere zählte nicht.

Als ich am nächsten Tag aus der Arbeit kam, fürchtete ich, der Zauber könne verflogen sein – dass es sich bei Cliffs jäher Inspiration um einen Zufallstreffer gehandelt haben könnte. Doch ich traf Cliff im Grunde ganz wie am Vortag an. Und genau wie tags zuvor sammelte ich den Wirbelsturm aus Papieren ein, die auf dem Boden verteilt lagen, und machte mich ans Abtippen. Der einzige Unterschied bestand darin, dass Cliff Bier anstatt Champagner trank, während er mir zusah.

Nach etwa einer Woche dieser Routine hatte Cliff einen beträchtlichen Stapel Manuskriptseiten angehäuft. Er wurde rastlos. Das Bier wurde von Whiskey abgelöst, und Cliffs Gedanken richteten sich immer mehr vom Schreiben aufs Veröffentlichtwerden.

»Hör mal, Eden«, sagte er eines Sonntagnachmittags, »mir ist da etwas eingefallen, und du wirst vielleicht nicht gleich begeistert sein, aber ich möchte, dass du mich ausreden lässt, denn ich glaube, es wäre für uns beide von Vorteil, und was soll schon eine Ehe, wenn nicht beide Vorteil daraus ziehen?«

»Ich weiß nicht recht, ob ich dir folgen kann«, erwiderte ich. Er setzte sich mit mir hin und erläuterte seinen Vorschlag. Sein Vater sei einer der literarischsten Lektoren in ganz New York, erklärte er, und mit wem sonst sollte Cliff zusammenarbeiten, wenn nicht mit genau so einem Lektor? Das Problem bestehe darin, dass sein Vater voreingenommen gegen ihn sei.

»Ich bin mir nicht sicher, ob ich das zurechtbiegen kann, Cliff«, sagte ich so sanft wie möglich.

»Aber genau da liegst du falsch, Eden, Schätzchen. Du *kannst* es zurechtbiegen. Du kannst meinem alten Herrn mein Manuskript zustecken und ihm sagen, es wäre anonym eingereicht worden. Dann, wenn er verrückt danach ist, kannst du enthüllen, wer es geschrieben hat. Es ist genial!«

»Oh …«, entfuhr es mir. Ich hatte Bedenken. Das Manuskript war, wie ich wusste, nicht fertig. Mr. Nelson würde nicht verrückt danach sein, aber das konnte ich Cliff nicht sagen. Es würde ihn am Boden zerstören, und schlimmer noch: Ich wusste, es würde etwas zwischen uns kaputt machen, das sich nie wieder richten ließe. »Ich glaube«, sagte ich zögerlich, »dass ich mich da besser raushalte. Es könnte die Dinge durcheinanderbringen. Und die Dinge sind sowieso schon furchtbar durcheinander …«

»Du bist bloß egoistisch.«

Ich blinzelte. »Egoistisch?«, wiederholte ich und dachte insgeheim, dass eine egoistische Frau nicht arbeiten ging, während der Ehemann zu Hause blieb.

»Schließlich war es *mein* Tipp bezüglich *meines* alten Herrn, durch den du die Stelle bekommen hast. Ich habe dir einen Vorsprung vor der Konkurrenz verschafft; das Mindeste, was du tun könntest, wäre, das Gleiche für mich zu tun. Ich bitte dich ja um nichts Unmoralisches … Ein anonym eingesandtes Manuskript ist sowieso kein allzu großer Gefallen! Weißt du, du bist schrecklich herablassend für ein Mädchen, das herumläuft und *bezüglich seines Namens lügt*. Was würde mein alter Herr wohl sagen, wenn er *davon* wüsste, frage ich mich?«

Als ich diese Drohung hörte, überlief mich angesichts des Verrats ein kalter Schauder, und mein Herz setzte einen Schlag aus. Ich war sprachlos.

»Ich begreife nicht, warum du das nicht für mich tun willst, Eden!«, fuhr er fort. »Willst du mich *zurückhalten*? Du und ich, wir wissen beide, dass du gelogen hast, um an die Stelle zu kommen, und ich habe es keiner Menschenseele verraten, nicht wahr? Nein, ich bin dir ein sehr guter Ehemann gewesen. Ich habe das hier verdient!«

Ich starrte ihn ungläubig an. Es war schrecklich, furchtbar: Wir hatten unseren ersten richtigen Krach. »Lass uns nicht streiten«, setzte ich an, aber es war zu spät. Er sah, dass ich es nicht tun würde, und das hatte ihn in Rage versetzt. Cliff griff nach der Schreibtischlampe – die einzige andere Lichtquelle neben der erbärmlich trüben Glühbirne an der Decke – und schmetterte sie zu Boden. Dann lief er aus dem Apartment und knallte die Tür mit aller Wucht zu.

Ich hob die Teile der Lampe auf und warf sie in den Abfalleimer. Den restlichen Abend las ich Manuskripte in der gespenstischen Stille nach dem Lärm der zerschmetterten Lampe und der zugeschlagenen Tür. Cliff kam erst um vier Uhr morgens nach Hause. Nach Alkohol stinkend stieg er ins Bett. Wir rollten uns beide auf die Seite und schliefen ein, einander den Rücken zugekehrt.

36

So wütend ich auch auf Cliff war, fiel es mir furchtbar schwer, sehr lange wütend zu bleiben. Meine Unfähigkeit, weiterhin Groll zu hegen, hatte etwas mit meinem überwältigenden Mitleid zu tun, und mein Mitleid hatte mit gewissen Dingen zu tun, die mir Cliff von seinem Vater erzählt hatte. Nachdem wir uns das erste Mal geliebt hatten, hatte er mir eine Geschichte aus seiner Kindheit erzählt. Es war mitten am Nachmittag, und wir lagen nackt auf der Matratze in seinem Apartment, hielten einander, atmeten den Duft der Haut des anderen ein. Cliff war immer komisch, was seinen Vater betraf, und da ich Mr. Nelson kannte, glaubte ich zu wissen, warum. Doch als er mir diese besondere Geschichte erzählte, begriff ich, dass seine gemischten Gefühle viel tiefer gingen als alles, was ich bisher angenommen hatte.

Cliff erzählte mir die Geschichte stoßweise. Es war offensichtlich, dass sie einen wunden Punkt darstellte; ich fürchtete, dass er, falls ich etwas sagte – und wäre es nur ein einziges, laut ausgesprochenes Wort –, nicht fortfahren würde. Also hörte ich einfach zu und streichelte seinen Arm, um ihn zu ermutigen. Ich musste es mir später in Gedanken zusammensetzen und die offenen Stellen füllen, wo Cliff einen Satz unvollendet gelassen hatte, weil seine Stimme versagte und er sich sammeln musste.

Schließlich war ich in der Lage, die folgende Darstellung zusammenzufügen:

Eines Tages im April, als Cliff elf Jahre alt war, beschlossen er und seine Freunde im Übermut, die Schule zu schwänzen. Als Jungs, die auf eine Privatschule in Connecticut gingen, bedeutete Schuleschwänzen, den Zug nach Manhattan zu nehmen, sich an einem Portier vorbeizuschleichen und nach oben in eine der leeren »Stadtwohnungen« ihrer Familien zu gehen, um die Hausbar zu plündern.

Die Jungen waren gerade erst am Grand Central eingetroffen und standen vor dem Bahnhof, um ihr Wechselgeld für das Taxi zusammenzulegen, da sah Cliff auf und erblickte seinen Vater, der den Gehsteig entlangspazierte. Cliffs erste Reaktion war Panik. Sein verängstigtes Gehirn kam zu dem Schluss, sein Vater wäre auf seine Abwesenheit in der Schule aufmerksam gemacht worden und zum Bahnhof gekommen, um ihn zu suchen und zu bestrafen. Er stürzte hinter einen Zeitungskiosk, um sich zu verstecken. Doch als er beobachtete, wie sein Vater abdrehte und die Stufen zu einem Subway-Bahnhof hinunterging, wurde ihm klar, dass sein Vater gar nicht nach ihm Ausschau hielt. Ganz im Gegenteil, es war offensichtlich, dass Cliffs Vater nichts von seiner Gegenwart ahnte.

Ihm war unerklärlich, wohin sein Vater unterwegs sein könnte. Die einzigen Termine, die Cliffs Vater im Allgemeinen außerhalb des Verlags wahrnahm, waren Treffen zum Lunch, aber es war weit nach der Mittagszeit, und sein Vater war niemand, der die Subway nahm, wenn er mit dem Taxi fahren konnte. Cliffs Neugier übermannte ihn, und er beschloss, dem Geheimnis nachzuspüren. Seine Freunde versuchten, ihn davon abzubringen, doch Cliff hatte es sich in den Kopf gesetzt.

Er schlich hinter seinem Vater die Subway-Treppe hinunter und versteckte sich hinter Mülleimern und anderen Passagieren, die auf dem Bahnsteig warteten. Als der Zug einfuhr, wartete Cliff ab, bis sein Vater eingestiegen war, und stürzte dann in den Waggon dahinter. Er postierte sich so, dass er die Gestalt seines Vaters durch die Scheiben zwischen den Waggons ausmachen konnte, aber so, dass es unwahrscheinlich war, dass sein Vater wiederum ihn erblickte. Doch während der Zug die Schienen über die Manhattan Bridge und nach Brooklyn entlangschaukelte, überkam Cliff ein gewisses Unbehagen. Falls sein Vater ein Geheimnis haben sollte, so schwante Cliff, dass er eigentlich nicht darüber Bescheid wissen wollte.

Als sein Vater schließlich an der 20th Avenue in Brooklyn ausstieg, folgte Cliff ihm, und das Rätsel wurde sogar noch verwirrender. In einiger Entfernung zurückbleibend, kam Cliff langsam voran, während Mr. Nelson in einen Park ging, in dem ein Little-League-Baseballspiel stattfand. Er beobachtete, wie sein Vater auf die Zuschauertribüne kletterte, Platz nahm und anfing, die Spieler anzufeuern. Die Ereignisse verblüfften Cliff. Warum in aller Welt sollte sein Vater den Zug bis nach Brooklyn nehmen, um sich ein Little-League-Spiel anzusehen? Schon bald erhielt er die Antwort. Das Spiel ging zu Ende, und einer der Spieler – der Shortstop, der bemerkenswerterweise den einzigen Homerun des Spiels erzielt hatte – lief vom Spielfeld direkt auf Cliffs Vater zu. Cliff kniff die Augen zusammen, um besser sehen zu können. Der Junge schien ungefähr im gleichen Alter wie Cliff zu sein, doch während Cliff recht klein war, war dieser Junge recht groß. Er war hochgewachsen, mit dunklem Haar und olivfarbener Haut. Ja, alles an dem Jungen ließ auf irgendeine mediterrane Abstammung schließen, abgesehen von einem Paar sehr blasser, nordisch aussehender Augen.

Cliff sah weiter hin. Cliffs Vater klopfte dem Jungen stark begeistert ein-, zwei- und dann dreimal auf die Schulter. Sie stiegen von der Tribüne herunter, und es war klar, dass sie vorhatten, gemeinsam zu gehen. Cliff war übel. Er wünschte, er wäre nicht in den Zug nach Brooklyn gestiegen; er war überzeugt, dass sein Vater eine Art unnatürliches Interesse an diesem jungen Knaben entwickelt hatte. Jedenfalls war er dieser Überzeugung, bis er so nahe herankam, dass er seinen Vater sagen hörte: »Komm schon, mein Sohn, bringen wir dich nach Hause zu deiner Mutter.«

Das verblüffte Cliff völlig. Er folgte ihnen. Sie verließen das Baseballfeld und gingen mehrere Blocks weit, bogen hierhin und dorthin, überquerten Avenues, bis sie zu einem roten Backsteinreihenhaus kamen. Eine Frau stand auf der Veranda, lehnte im offenen Türrahmen und blickte über die Straße, während sie unbekümmert eine Zigarette rauchte. Cliff duckte sich hinter ein paar Mülltonnen, die am Bordstein herumstanden, und musterte die Frau aus der Ferne. Sie hatte eine üppige Figur und eine schmale Taille. Ein hervorstehendes Muttermal auf ihrer linken Brust lugte aus dem tiefen Ausschnitt ihrer engen Bluse hervor, und sie hatte kurzes schwarzes Haar. Zwei Strähnen waren in makellos runden Schnörkeln an ihr Gesicht geklebt und umrahmten hohe Wangenknochen und rot geschminkte Lippen. Sie hatte etwas Schönes an sich, aber auch etwas Gewöhnliches, wie eine Reklame für billige Kosmetik.

Beim Anblick von Cliffs Vater und dem Jungen vom Baseballfeld verzog sie die Lippen zu einer Art schiefem Lächeln und rief: »Siehst du, Johnny? Was hab ich dir gesagt? Ich hab dir doch *gesagt*, er wird zu deinem Spiel kommen.« Der große, dunkelhaarige Junge nickte und reckte stolz das Kinn. Er unterdrückte ein Grinsen und sein Gesicht war angespannt, um männlich und stoisch zu wirken. Die Frau trat aus dem Türrahmen, um »Johnny« vorbeizulassen, und er lief ins Haus.

»Also … du bist eine richtige Augenweide, Dolores«, sagte Cliffs Vater. Nachdem er auf die offene Veranda gestiegen war, die ins Haus führte, gab er der Frau einen Kuss auf die Wange. Gleichzeitig gelangweilt und amüsiert aussehend verdrehte sie die Augen und zwinkerte ihm zu.

»Kommt darauf an, wer hinsieht«, erwiderte sie. Dann richtete sie sich auf und war ganz geschäftsmäßig, als sei ihr etwas eingefallen, das sie vergessen hatte.

»Komm rein.« Sie warf die Zigarette nach unten und trat sie mit der Spitze ihres rechten Pumps aus. »Ich habe Essen auf dem Herd.« Cliffs Vater ging ins Haus. Sie folgte ihm und schloss die Tür.

Cliff erhob sich aus seinem Versteck hinter den Mülltonnen und stand verwirrt da. Nachdem mehrere Momente verstrichen waren und niemand wieder herausgekommen war, näherte er sich dem Haus noch ein Stück und bezog Stellung bei einem Busch direkt gegenüber auf der anderen Straßenseite. Dort wartete Cliff ab und beobachtete. Das Reihenhaus hatte zwei Stockwerke, mit einer kleinen Veranda und einem Erkerfenster. Das Erkerfenster gehörte zu einer Art Esszimmer, und Cliff hatte freie Sicht auf Dolores, Johnny und seinen Vater, die beengt um einen Tisch saßen. Dolores stellte Essen auf den Tisch, das aus Spaghetti und grünen Bohnen zu bestehen schien. Die Szene hatte etwas eigenartig Intimes, das Cliff Unbehagen bereitete. Gerade als Dolores die Vorhänge zuzog, beobachtete er noch, wie sein Vater die Hand ausstreckte und Johnnys Haar zerzauste. Es fühlte sich an, als wäre sämtliche Luft aus Cliffs Lunge entwichen. Seine Muskulatur verkrampfte sich, während er wie eine Straßenkatze in den Büschen kauerte; er bewegte sich nicht, er atmete kaum. Am Bordstein in der Nähe parkte ein Nachbar ein altes Oldsmobile und ging direkt an Cliff vorbei, ohne ihn zu sehen. Die Abenddämmerung kroch heran.

Schließlich wurde das Licht unten vom Licht im ersten Stock abgelöst. Dann wurde auch das ausgeknipst. Zu dem Zeitpunkt war es schon spät. Vögel, die in den Bäumen gesessen hatten, waren verstummt und dahin verschwunden, wohin auch immer Vögel fliegen, nachdem sie in den Bäumen gesessen haben. Die dürftige Handvoll Sterne, die kühn genug war, sich am Nachthimmel von Brooklyn zu zeigen, erschien, Grillen zirpten und in einiger Entfernung auf den Hauptstraßen dröhnten Hupen, Teenager fuhren herum und brüllten sich etwas zu. Nachdem das Licht im ersten Stock ausgegangen war, wartete Cliff noch eine Stunde.

Schließlich stand Cliff mit steifen Knien auf, und ihm kam zum ersten Mal in den Sinn, dass er keine Ahnung hatte, wie er bis nach Connecticut zurückkommen sollte. Voller Angst wurde ihm klar, dass er seine Mutter würde anrufen müssen. Es würde ziemlichen Ärger geben. Möglicherweise wusste sie sogar, dass er nicht in der Schule gewesen war. Doch seltsamerweise machte er sich in dem Moment keine sonderlichen Sorgen um sich oder darum, wie er einer Bestrafung entgehen könnte. Er steckte in einem anderen Dilemma. Er sorgte sich um die Gefühle seiner Mutter, darum, wie er erklären würde, was er in Brooklyn machte, und wie sie vielleicht reagieren würde.

Cliff stand neben einer Telefonzelle vor einem Diner, hüpfte von einem Bein aufs andere und änderte mehrere Male seine Meinung, bis sich eine Frau mittleren Alters mit sehnigem Hals und Raucherstimme aus der Tür des Diners lehnte und brüllte: »Hey, Kleiner, das ist kein Pissoir, also vergiss es!« Cliff sah sie böse an und zeigte ihr den Mittelfinger. Dann betrat er rasch die Telefonzelle, griff nach dem Hörer und tätigte seinen Anruf.

Seine Mutter kam den ganzen Weg von Greenwich hergefahren, um ihn abzuholen. Als er am Telefon Brooklyn erwähnt hatte, hatte sie nicht überrascht geklungen, ebenso wenig hatte sie ihn zu einer Erklärung gedrängt. Sie hatte sich einfach nach dem Namen des Diners erkundigt und nach der Kreuzung, an der es sich befand. Die Familie beschäftigte einen Chauffeur namens Leonard, doch sie erwähnte ihn nicht, und Cliff begriff, dass sie selbst fahren und allein kommen würde. Zu dem Zeitpunkt war er zu müde, um noch überrascht zu reagieren, und lediglich verwirrt und enttäuscht angesichts dieser Wende. In Anbetracht der Lage konnte er sich eigentlich nicht beklagen; seine Mutter holte ihn ab und sie hatte ihm keine Strafe fürs Schuleschwänzen angedroht, und das müsste ihm erst einmal genug Trost sein.

Es dauerte lange, bis sie eintraf. Cliff saß stundenlang am Bordstein, hungrig, weil er den ganzen Tag nichts gegessen hatte, was ihm erst bewusst wurde, als er auf einmal von irgendwoher den wunderbar fettigen Geruch von überbackenen Käsesandwiches wahrnahm. Seltsame Gefühle überkamen ihn. Zuerst war er wütend auf seinen Vater, und dann richtete sich sein Zorn unerklärlicherweise gegen seine Mutter. Während die Minuten verstrichen, wurde er immer zorniger, bis er schließlich vor Entrüstung schäumte. Doch sein Zorn verschwand in dem Moment, als sie am Bordstein hielt. Sie trug nur einen Hausmantel, das dünne Gesicht abgespannt und blass, und es war offensichtlich, dass sie kurz zuvor bereits Cold Cream auf die Haut aufgetragen und sie dann wieder weggewischt hatte, um sich auf die Fahrt zu begeben. Sie machte einen zerbrechlichen Eindruck auf Cliff, und zum ersten Mal begriff er auf eine Art, die ihm in jüngeren Jahren entgangen war, dass seine Eltern sterblich waren. Seine Mutter beugte sich über die Sitzbank, um die Verriegelung an der Beifahrertür des Hudsons hochzuziehen, und er stieg ein. Wortlos fuhren sie nach Greenwich zurück, woraufhin sie den Wagen in der Garage abstellte, ins Haus ging und die Treppe hochstieg, um zu Bett zu gehen.

»Gute Nacht, Clifford«, war der einzige Satz, der über ihre Lippen kam.

Am nächsten Morgen wartete zusammen mit seinem üblichen weichgekochten Ei ein Entschuldigungsbrief in der tadellosen Schrift seiner Mutter auf dem Frühstückstisch auf ihn. Er lautete: »Bitte entschuldigen Sie Cliffs Absenz. Er ist gestern krank gewesen.« Als seine Freunde ihn fragten, ob er das Rätsel um seinen Vater gelöst habe, zuckte er mit den Schultern und sagte mit einem Kopfschütteln: »Ich habe ihn verloren.« Seine Freunde machten sich über ihn lustig und schalten ihn einen lausigen Detektiv. Ein paar Tage lang war er die Zielscheibe ihres Spotts, bis schließlich einem anderen Jungen ein Missgeschick unterlief und sich die geballte Aufmerksamkeit auf das nächste Opfer richtete. Cliff und seine Mutter sprachen nie über den Vorfall.

»Sie wusste Bescheid«, erklärte Cliff mir, während wir auf der Matratze lagen. »Sie wusste die ganze Zeit, dass er nebenher ein Mädchen hatte. Dass ich einen *gottverdammten Bruder* hatte, Himmel noch mal …« Er hielt inne. Wir hatten die Arme umeinandergeschlungen; ich spürte, wie sich seine Kieferpartie beim Schlucken anspannte. »Einmal hat sie am Frühstückstisch zu meinem Vater gesagt: ›Du hast in letzter Zeit viel in der Stadt übernachtet, Roger. Ich finde, du solltest kürzertreten.‹ Einfach so! Direkt vor mir, als wüssten wir nicht genau, wo er übernachtet hatte.«

Ich wusste nicht, was ich sagen sollte, und mir war klar, dass es Cliff lieber wäre, wenn ich überhaupt nichts sagte. Also streichelte ich einfach weiter seinen Arm, um ihm zu verstehen zu geben, dass ich wach war und zuhörte.

Nach unserer Heirat fragte ich Cliff einmal, ob er nicht gern eines Tages mit seinem Halbbruder reden würde. Schließlich waren sie miteinander verwandt. Und beinahe im gleichen Alter. Doch zu dem Zeitpunkt kannte ich Cliff gut genug … Ich hätte längst erraten sollen, wie seine Antwort lauten würde.

»Wozu?« Ein höhnisches Grinsen machte sich langsam in seinem Gesicht breit. »Ich sag dir eins … wenn ich es je täte, würde ich dem Mistkerl eins in die Fresse hauen, diesem miesen, nutzlosen Möchtegern.«

CLIFF

37

Eden und ich waren wohl wie alle Frischvermählten, am einen Tag hatten wir einen Streit und konnten einander nicht ausstehen, und am nächsten tat ich etwas ganz Simples, wie ihr einen Bund Margeriten mitzubringen, den ich für fünfundzwanzig Cent an einem Zeitungskiosk gekauft hatte, und auf einmal konnten wir beide nicht die Finger voneinander lassen. Ich hatte bei unserem großen Streit in einigen Punkten recht gehabt und fand nicht, dass ich etwas zurücknehmen sollte, aber es gab eine Sache, die mir furchtbar leidtat, und das war die Erwähnung von Edens Namensänderung. Ich hatte gemerkt, dass sie das aus der Fassung gebracht hatte. Wenn sie mich auch nur im Geringsten kannte, sollte sie wissen, dass ich sie niemals verpfeifen würde, aber ich fühlte mich trotzdem ziemlich mies, wenn mir dieser Teil unseres Streitgespräches wieder einfiel, und ich beschloss, Eden eine Weile nicht damit zu behelligen, dass sie meinem alten Herrn mein Manuskript unterjubeln sollte.

Eines Samstags kreuzte Rusty unangemeldet auf, wie es seine Gewohnheit war, während Eden und ich uns gerade im warmen Licht der seltenen, aber herrlichen Nachmittagssonne liebten. Sobald der Summer ertönte, wussten wir natürlich, dass es Rusty war, und wir wussten auch, dass wir mit dem, was wir gerade so eifrig betrieben, aufhören und an die Tür gehen mussten, denn ansonsten würde es Konsequenzen geben. Ich löste mich aus ihrer Umarmung und zog mir die Hose an, ziemlich widerwillig, da mir durchaus bewusst war, dass man nur eine begrenzte Zahl an Nachmittagen im Leben bekommt, an denen man jung ist und die eigene Frau ebenfalls und einen noch Liebe verbindet und der Sonnenschein auf solche Weise durchs Fenster strömt, dass das Wort *großzügig* in der Luft zu hängen scheint. Doch da Eden meinem alten Herrn kein Manuskript zustecken würde, musste ich jetzt mehr denn je an Rustys Chef herankommen, und weil es immer Konsequenzen hatte, wenn man Rusty verärgerte, ging ich nach unten zur Eingangstreppe. Wie sich herausstellte, gab es ohnehin Konsequenzen, denn als Rusty die knarzende Treppe hinauf und in unsere Wohnung trottete, warf er nur einen Blick auf den klebrigen Schweißfilm auf unseren Gesichtern und das Bettzeug, das jetzt zusammengerollt wie der Zopf aus Rapunzels Haar von der Matratze baumelte, und er wusste ganz genau, was nur wenige Minuten zuvor im Gange gewesen war.

Jedes Mal, wenn jemand sich dem Liebesspiel hingab oder jemanden vögelte, vermieste das Rusty die Laune, und es folgte unweigerlich ein kleiner, aber verheerender Tobsuchtsanfall. Die Gründe für seine schlechte Laune verstand ich nicht so ganz, aber es war so, als glaubte er, es gäbe nur eine begrenzte Menge Sex auf der Welt, und jedes Mal, wenn jemand etwas davon aufbrauchte, nahm er es von dem Haufen, der rechtmäßig ihm zustand. Er ging in unserer Wohnung auf und ab wie eine gereizte Wildkatze. Eden machte ihm in der Pfanne auf der Kochplatte ein Sandwich mit geschmolzenem Käse, doch er weigerte sich, einen einzigen Bissen zu sich zu nehmen, und beschwerte sich stattdessen in einem fort, sein Hemd sei auf der Taxifahrt zerknittert worden, weil der Fahrer so lausig gewesen sei, dass Rusty sich auf der Rückbank zusammenkauern musste, um nicht aus dem Taxifenster zu fliegen, wenn der Fahrer einmal wieder todesverachtend in den Verkehr ausgeschert war. Beinahe hätte ich gefragt, wie Rusty es geschafft hatte, das Taxi zu bezahlen, ohne dass ihm jemand das Geld auslegte, doch ich hielt den Mund. Schließlich erbot sich Eden, ihm das Hemd zu bügeln, und er zog es seufzend aus, als ließe er sich zu einem großen Gefallen breitschlagen.

Rustys Anblick, wie er im Unterhemd mit seinen schmalen Schultern und spindeldürren Armen am Küchentisch saß, die Brust so weich und schlaff, genügte, damit mir übel wurde, aber ich musste ihn nicht lange ertragen, denn Eden war eine tüchtige Büglerin, und als das Hemd fertig war, zog Rusty es rasch an, erhob sich und schrie, sobald er auf den Beinen war: »Gütiger Himmel, ich begreife nicht, wie ihr es hier drinnen aushaltet; es mieft richtig!« Dann erklärte er, wir müssten alle rausgehen und etwas unternehmen. Eden und ich zogen uns um, und schon bald standen wir draußen am Bordstein und halfen Rusty, ein Taxi heranzuwinken. Die Nachmittagssonne war jetzt ganz weg; die Abenddämmerung hatte eingesetzt, und die Neonschilder begannen, wie Glut vor dem aschgrauen Himmel zu erglimmen. Als endlich ein Taxi anhielt, um uns einsteigen zu lassen, schenkte Eden mir einen Blick, der besagte: *Noch so eine Sache, bei der wir Geld werden ausgeben müssen, das wir eigentlich nicht haben, denn wir beide wissen ganz genau, dass er nicht anbieten wird zu bezahlen.* Ich zuckte mit den Schultern, wie um zu sagen: *Und was soll ich deiner Meinung nach tun?* Sie seufzte, und ich seufzte, und wir stiegen ein. Ich glaube, an dem Abend waren wir Rustys Forderungen gegenüber besonders folgsam wegen des großen Streits, den wir über mein Manuskript geführt hatten. Wenn

Rusty es je hinbekäme, mein Werk dem großen wichtigen Literaturagenten zu geben, wären die Probleme zwischen uns gelöst und wir würden nie wieder streiten, von daher dachten wir uns, es könnte nicht schaden, ihm zu geben, was er wollte.

Wie sich herausstellte, wollte Rusty eigentlich gar keine frische Luft, denn eigentlich wollte er Gras rauchen, also nannten wir dem Fahrer schließlich eine Adresse in Harlem, denn damals gab es in Harlem jede Menge Gras – so viel, dass man manchmal, wenn man kein Geld hatte, sich welches zu kaufen, einfach nur draußen durch die Straßen gehen und dort die Luft einatmen musste, um so richtig high zu werden. Nach Harlem zu fahren, fand ich nicht so schlimm, denn wenn wir einmal dort waren, konnten wir in ein paar Jazzspelunken gehen, und es war immer schön, die Negermusiker trompeten zu hören, wie es nur die Negermusiker konnten.

Bei unserer Ankunft in Harlem fanden wir das Gras und den Jazz am selben Ort. Da es noch früh war, waren die Nachtklubs noch nicht voll, und wir hatten einen Tisch für uns. Der Kellner erklärte uns, wegen des Grases müssten wir an der Bar nachfragen, und da Rusty diesen Part natürlich auf keinen Fall übernehmen würde, lag diese Aufgabe bei mir. Der Barkeeper verwies mich auf einen Lagerraum im hinteren Teil des Klubs, gleich neben der Herrentoilette, und dort angelangt, stand ich vor zwei ausgemusterten Pissoirs, bis sich endlich unvermittelt ein korpulenter Mulatte mit tief gerunzelter Stirn durch die Tür schob, mir ohne ein einziges Wort oder ein Zucken der Miene mein Geld abnahm und das Gras reichte und genauso schnurstracks wieder hinausschlurfte, wie er hereingekommen war.

Als ich an den Tisch zurückkehrte, diskutierten Rusty und Eden gerade irgendetwas, und als ich mich setzte, nahm Rusty mir das Gras ab und wechselte rasch das Thema, indem er sich bei mir erkundigte, was ich von dem Kerl hielt, der da an der Bar saß. Nach der ganzen Nacht-und-Nebel-Aktion mit dem Gras ärgerte es mich ein wenig, dass Rusty begann, sich gleich am Tisch vor aller Augen eine Marihuanazigarette zu rollen, doch ich entschied, nicht weiter darauf zu achten, sondern seiner Bitte Folge zu leisten, und sah zur Bar hinüber. Da waren zwei farbige Mädchen mit leicht glänzender Haut, ein Fettwanst, so dick, dass sein Gesäß den Barhocker unter ihm verdeckte, und ein athletisch gebauter Neger mit Rollkragenpulli und Hornbrille. Ich nahm an, dass Rusty den jungen Athleten meinte.

Zu meiner Überraschung merkte ich, dass es sich bei dem Mann, den wir anstarrten, um Miles handelte.

Er musste unsere Blicke gespürt haben, denn just in dem Moment drehte er sich um und sah in unsere Richtung. Ich winkte, und er nickte angespannt und lächelte. Es war komisch, ihn dort in der Bar zu sehen. Eigentlich wusste ich, dass er in Harlem geboren und aufgewachsen war, aber dennoch verbrachte er einen Großteil seiner Freizeit im Village, und wenn man es gewohnt ist, einen bestimmten Menschen in einer gewissen Umgebung zu sehen, ist es irritierend, ihm an einem ganz anderen Ort zu begegnen; es gibt einem fast das Gefühl, als hätte der Mensch ein zweites Leben, das er vor einem geheim hält. Während ich Miles jetzt ansah, malte ich mir sein anderes, sein Harlem-Leben aus.

»Ihr zwei kennt den Typen?«, fragte Rusty. Eden und ich nickten.

»Er ist in der Village-Szene unterwegs. Irgendwie komisch, ihn hier zu sehen.«

»Bring ihn her und lad ihn zu der Party bei euch zu Hause ein«, sagte Rusty zu mir, und mir wurde klar, dass das despotische Kleinkind wieder zugange war.

»Wir veranstalten keine Party bei uns zu Hause«, sagte ich, doch als Rusty mir einen vielsagenden Blick zuwarf, begriff ich auf einmal: Wir *veranstalteten* eine Party bei uns zu Hause. Ich durchquerte die Bar und ging zu dem Barhocker, auf dem Miles saß, und überredete ihn nach ein wenig höflichem Geplauder, sich zu uns an den Tisch zu setzen. Miles war anzumerken, dass es ihm unbehaglich war, uns außerhalb des Village zu sehen, aber da es seinem Wesen widerstrebte, unhöflich zu sein, folgte er mir zurück an den Tisch.

Eden schien sich aufrichtig zu freuen, den guten alten Miles zu sehen. Sie lächelten einander offen an, und sie fragte ihn nach der Columbia und dem Abschluss und seiner Arbeit als Fahrradbote. Rusty und ich saßen missmutig da, ich, weil meine Frau unglaublich vertraulich mit einem Kerl umging, von dem ich nicht wusste, dass sie ihn so gut kannte, und Rusty, weil es ihm einzig und allein darum ging, dass alle ihm Aufmerksamkeit schenkten, und insbesondere, dass Miles ihm Aufmerksamkeit schenkte.

»Erzähl ihm von der Party, die ihr veranstaltet«, mischte Rusty sich in die Unterhaltung. Ich erzählte Miles von der Party und lud ihn ein, woraufhin er ein wenig unbehaglich dreinblickte.

»Ich weiß nicht recht«, sagte er. »Ich verlasse bald die Stadt.«

»Wann fährst du los?«, wollte Rusty wissen.

Miles zögerte. »Ich muss noch ein paar Dinge klären, aber nächste Woche oder so.«

»Tja, unsere Party ist *diese* Woche, also kannst du sie einschieben, kein Problem. Ich sag dir was: Wir machen eine Abschiedsparty draus«, drängte Rusty.

»Oh, tut das nicht«, wehrte Miles ab. »Aber ich kann wohl vorbeischauen«, räumte er zögerlich ein, vor allem an mich und Eden gewandt.

Rusty grinste siegesgewiss und musterte Miles auf betrunkene, bekiffte und ein wenig anzügliche Weise. Unter Rustys Starren rutschte Miles unbehaglich hin und her und gab gebanntes Interesse an den Musikern auf der Bühne vor, die noch nicht einmal angefangen hatten zu spielen.

Eden warf den beiden einen nervösen Blick zu, doch als sie mich danach fragend ansah, zuckte ich nur mit den Schultern. In dem Moment schmetterte die Trompete los und bellte sich durch eine zungenbrecherische Reihe sehr schneller Jazznoten, und die Bühne leuchtete bunt auf, als die Musiker einsetzten. Rusty ließ locker und richtete die Aufmerksamkeit auf die Bühne, und wir taten es ihm gleich, während die Musiker mit beeindruckend eindringlicher und geschmeidiger Kraft loslegten. Der Klub füllte sich zusehends, und bald hing dicker Rauch von Zigaretten und Gras und Zigarren in dem Raum und eine schwere, knoblauchgetränkte Hitze verschwitzter Leiber, die zu dicht beieinanderstanden.

Ich merkte schon, dass es ein langer Abend werden würde, und wieder einmal würden Eden und ich wahrscheinlich mehr Geld ausgeben, als wir uns leisten konnten, und das bedeutete, dass wir gegen Monatsende wieder jonglieren mussten, um die Miete bezahlen zu können. Das war kein Selbstmitleid; es waren einfach die Tatsachen. Und jetzt hatte Rusty eine Party gefordert, was bedeutete, dass wir bald bei uns zu Hause ein wildes Fest veranstalten mussten, was ebenfalls mit Kosten verbunden sein würde. Ich hatte auf nichts davon Lust, aber damals hatten wir beide große Angst davor, Rusty zu enttäuschen. An dem Abend legte sich eine vage, diffuse Prise Angst über meine Gedanken, wie eine Handvoll Kerne, die erst noch in der Erde versinken mussten. Doch es war ein schöner Abend, jedenfalls ist er mir so in Erinnerung, also setzte ich mich zurück und lauschte dem Blasen der großartigen Musiker, statt mir über irgendetwas, was Rusty anstellen könnte, Sorgen zu machen. Nachdem ich mir zehn Minuten lang den Jazz angehört hatte, gelang es mir, die Sämlinge nervöser Angst zu verdrängen, in der Hoffnung, dass sie, wenn sie einmal im Hinterkopf waren, gar nicht erst aufkeimen würden.

38

Es verstand sich von selbst, dass wir Swish und Bobby und Pal einluden, und obwohl die Party von Rusty eingefordert worden war, war es schön, die ganze Clique wieder beisammen zu haben, und es dauerte nicht lange, da hatten Eden und ich allmählich das Gefühl, als wäre die ganze Sache sowieso unser Einfall gewesen. Die frühherbstliche Kühle hatte ein wenig nachgelassen, und jeder war an dem Abend bester Laune. Von Pal war gerade ein kleines Lyrikbändchen gedruckt worden, und es war unmöglich, nicht in seine freundlichen blauen Augen zurückzulächeln, während er es mit verlegenem Stolz herumreichte. Swish war ebenfalls auf der Höhe: Er hatte sich die Haare schneiden lassen, verzichtete an dem Abend auf die verlotterte Hobokleidung und stand in seiner typisch drahtigen Pose gebeugt in der Ecke und debattierte mit einem sommersprossigen Blonden mit Brille und zerknittertem Karohemd über Politik. Der Blonde debattierte eigentlich weniger, als dass er zuhörte und nickte.

Bobby kreuzte immer als Letzter auf Partys auf, und wir wussten das alle von ihm und mochten es mittlerweile sogar. Immer wenn das Tempo nachließ und es anfing, öde zu werden, stürzte Bobby mit seiner explosiven Energie durch die Tür und brachte neues Leben in die Bude. Wie zu erwarten, tauchte Bobby an dem Abend, nachdem wir alle eine

Weile herumgehockt waren und ein paar Drinks intus hatten, mit zwei riesigen Haschblöcken auf, die er von einem verrückten Franzosen und einem Mädchentrio hatte, nach deren Namen er sich noch nicht einmal erkundigt hatte, sondern die er einfach nach den Andrews Sisters LaVerne, Maxene und Patty nannte. Ich redete an dem Abend nicht viel mit den Mädchen, da klar war, dass sie es alle auf Bobby abgesehen hatten und jede versuchte, sich länger zu halten als die andere, um zu sehen, welche der drei sich schließlich für die Nacht in Bobbys Schönheit sonnen durfte. Ich weiß noch, dass sie jedes Mal kicherten, wenn er sie mit den Namen der Andrews Sisters ansprach, obwohl niemand die Andrews Sisters mochte und es offensichtlich geringschätzig gemeint war und wir uns alle ein wenig darüber wunderten, wie wenig Selbstwertgefühl sie besaßen.

Insgesamt konnten allerdings nicht einmal die Andrews Sisters die Stimmung an dem Abend verderben, was gut war. Wir waren ziemlich aufgedreht und wollten unbedingt Spaß haben. Nach Bobbys Auftauchen war es auf einmal sehr voll im Zimmer, die Gespräche rasten mit Überschallgeschwindigkeit dahin und keiner schenkte Rusty viel Aufmerksamkeit, sodass ich kurzzeitig dachte, ihm könnte langweilig werden und er würde nach Hause gehen. Natürlich tat er das nicht, denn er wartete auf Miles' Erscheinen, und schließlich erschien Miles tatsächlich, sah sehr manierlich und muskulös aus, und ein Weilchen später ereignete sich eine unangenehme Geschichte, die ich nicht vorhergesehen hatte, wie ich zu meiner Schande gestehen muss, und bei der ich deshalb auch wenig tat, um sie zu verhindern. Die unangenehme Geschichte hatte ihren Anfang genommen, nachdem die Party hoch aufs Dach gezogen war.

Als Miles unser Apartment erreicht hatte, hatte er sein

schönes, dunkelhäutiges Gesicht unsicher ins Zimmer gesteckt und zögerlich an die offene Tür geklopft, obwohl er uns ganz offenkundig gefunden hatte. Sonny Rollins dröhnte heiß und laut aus dem Plattenspieler. Eden winkte und ließ mich stehen, um zu Miles hinüberzugehen. Swish gesellte sich zu den beiden, und kurz darauf waren alle drei in eine von Swishs großen Debatten verstrickt. Als ich das Zimmer durchquerte, steckte Swish mitten in einer Schmährede darüber, ob es nun besser wäre, als Farbiger in den USA oder in Russland zu leben.

»Versteh mich nicht falsch«, sagte Swish gerade, als ich dazustieß, »ich verstehe, was du über Dos Passos sagst, denn ich habe natürlich eine echte Zuneigung für den Typen und auch für seine politischen Ansichten, und ich würde nichts lieber tun als zustimmen, aber ich sage eben, ein Farbiger – ein Mann wie du – könnte möglicherweise besser daran tun, in einem fremden Land zu leben, wo sein Volk nicht wie ein gottverlassenes kapitalistisches Anhängsel des Staates von der Regierung angeschirrt wird, und wo du ohne die Last der Geschichte deines Volkes einen Neuanfang machen könntest und mit den richtigen Intellektuellen vielleicht sogar eine eigene Geschichte eurer …«

Miles runzelte freundlich die Stirn und schüttelte den Kopf, und ich sah, wie Swish sich in freudiger Erwartung, dass ihm gleich jemand widersprechen würde, am ganzen Leib anspannte. »Du gehst davon aus, dass ich die Geschichte meines Volkes vergessen will«, sagte Miles. Er betonte die Wörter *meines Volkes* auf eine trockene Art, und ich glaube, das sollte zu verstehen geben, dass Swish einen Ausdruck verwandte, den zu verwenden er kein Recht hatte. Swish entging dieser Punkt, denn Swish war schon immer der Meinung gewesen, seine bloße Geburt habe ihm zu allen möglichen

Rechten verholfen, insbesondere dem Recht, über alles zu reden, was er wollte, mit jeglichen Ausdrücken, die ihm am besten in den Kram passten.

»Aber warum denn nicht?«, fragte Swish. »Es ist die Geschichte von Bettlern, zusammengeschustert von eben den Leuten, die euch zu Bettlern degradiert haben. Der Neger wird nie mit dem Weißen gleichberechtigt sein, bis er seine Geschichte als Sklave ablegt und alle dazu bringt, die Schande zu vergessen, dass er sich hat versklaven lassen.«

»Es ist eine Geschichte der Not«, sagte Miles, auf einmal sehr still und ernst. »Und Not lässt Menschen stark werden in ihrer eigenen Überzeugung von sich als Volk.«

»Tja, meiner Meinung nach klammert ihr euch an der Schlinge fest, die um euren Hals liegt, und im Großen und Ganzen ist das der Grund, warum dein Volk genau da geblieben ist, wo es geblieben ist.«

Es war kaum merklich, aber ich sah doch, wie Miles bei Swishs Worten zusammenzuckte. Er straffte die Schultern und räusperte sich, und da war mir klar, dass dies für Miles wahrscheinlich nicht das erste Gespräch mit einem leidenschaftlichen Weißen à la Swish war und er vor langer Zeit gelernt hatte, sich nicht allzu heftig aus der Reserve locken zu lassen, weil das genau das war, was diese Typen immer wollten. »Ich verstehe«, sagte Miles kühl. »Und möchtest du dann auch, dass die Juden ihre Verfolgung während des Krieges vergessen?«

»Darauf kannst du wetten«, sagte Swish. »Der Krieg war natürlich furchtbar für die Juden, aber die Überlebenden stilisieren sich bloß zu Opfern, indem sie herumhocken und darüber reden, wie furchtbar es ihnen ergangen ist.«

Diesmal war es Eden, die zusammenzuckte. Meist vergaß ich, dass Eden jüdisch war, und nun, bei ihrem Zusammenzucken, fiel mir wieder ihr richtiger Name ein. Doch bevor ich viel über diese Tatsache nachdenken konnte, spürte ich, wie Rusty neben mir auftauchte, klein, mickrig und gierig.

»Sag deinem Freund, er soll uns mit seinem Geschwafel nicht so runterziehen«, sagte mir Rusty leise ins Ohr und meinte damit Swish. Sein Wissen, dass ich tun würde, was er mir befahl, fand ich schrecklich, aber in einer Sache hatte er recht, die Unterhaltung wurde zunehmend düster. Swish meinte es gut, aber er entfachte gern Kontroversen – das betrachtete er als seinen Beitrag zum Erhalt der amerikanischen Demokratie –, und Gespräche, die in einem schlichten Ton anfingen, konnten manchmal kippen, den Abend vergiften und jedem die Stimmung verderben.

»Wie wäre es, wenn wir nach oben aufs Dach gehen?«, schlug ich vor, und jeder außer Swish schenkte mir ein erleichtertes Lächeln. Die große politische Debatte wurde fallen gelassen, während wir Bobby und den Andrews Sisters folgten, die Minuten vorher aus dem offenen Fenster über die Feuerleiter, die zum Dach führte, nach oben geklettert waren.

Oben an der Leiter atmete ich eine Nase voll eklig-süßer Luft ein und erkannte, dass Bobby entschieden hatte, das Haschisch zu probieren. Als Gruppe rauchten wir hauptsächlich Gras und nicht Hasch, weil Hasch manchmal gegen Ende des Abends zu unliebsamen Nebenwirkungen führen konnte, aber es war eben leider auch so, dass wir aller Wahrscheinlichkeit nach bei allem, was Bobby tat, mitmachen würden, und so dauerte es nicht lange, bis jeder auf dem Dach das Hasch rauchte, und wie sich herausstellte, war das Zeug in Ordnung. Die Temperaturen waren angenehm, und der Nachthimmel wirkte weit und offen und beinahe gespenstisch, wie er so mit der trüben Energie von einer Million gebrochenen Stadtlichtern schimmerte. Pal rief von der Feuerleiter zu uns hoch, wir sollten den Eimer, den wir auf dem Dach aufbewahrten, an dem Seil herablassen. Unten füllte er ihn mit Bier, Whiskey- und Wodkaflaschen, und wir zogen ihn wieder hoch, und danach war die Party offiziell aufs Dach umgesiedelt.

Sobald wir uns auf den neuen Ort eingelassen hatten, standen manche von uns mit Drinks in den Händen da und plauderten, andere tanzten zur Jazzmusik, die aus den Fenstern unter uns hochstieg, und manche breiteten alte Decken auf der geteerten Fläche aus und legten sich hin, um zu rauchen und zum Himmel hochzuschauen. Eden und ich fanden eine dunkle Ecke und fingen an zu reden. Ich nahm ihre kleine, feingliedrige Hand in meine und dachte mir wieder einmal, wie klug es von mir gewesen war, sie zu heiraten.

Es fiel mir nicht auf, als Rusty und Miles von der Party verschwanden, und sonst auch keinem, aber später, als wir versuchten, uns einen Reim darauf zu machen, folgerten wir, dass Rusty ungefähr eine Stunde, nachdem wir uns alle aufs Dach begeben hatten, die Unverfrorenheit besessen haben musste, Miles Amytal in den Drink zu mischen. Wie ich hörte, hatte Rusty das Amytal genau wie die Bennies von seiner alten Tante mit den Gesundheitsproblemen bekommen. Aber woher Rusty auch das Zeug hatte, das er Miles an dem Abend verabreichte, er hatte offenbar Miles' Körpermasse und Widerstandsfähigkeit unterschätzt, denn auf einmal vernahmen wir Lärm aus dem kleinen Bretterverschlag, in dem sich der Luftschacht über der Haupttreppe des Hauses befand, und als wir die Tür öffneten, schlug Miles mit verwirrter, benommener Gewalt um sich und verpasste Rusty ein dickes, fettes blaues Auge, während seine Arme und Beine in alle Richtungen ruderten und er gegen die Wirkung der Droge ankämpfte.

Es dauerte eine Weile, bis wir reagierten. Wir waren alle immer noch ziemlich bekifft von dem Hasch, das sich als fein, aber sehr stark herausgestellt hatte. Unter Schock standen wir da und starrten die beiden miteinander ringenden, um sich schlagenden Gestalten an, und schon bald hatte Rusty passend zu seinem blauen Auge eine blutige Nase. Blut und Rotz strömten plätschernd zu Boden, als Rusty sich bückte, um seine Hose hochzuziehen, die immer noch um seine Fußknöchel hing. Die Bewegung ließ erneut Panik in Miles aufsteigen, und sein muskulöser Rücken prallte gegen die Tür zum Treppenhaus im Innern des Dachverschlags. Er schlug um sich, und dann zerbrach die rostige Kette, die die Tür wahrscheinlich fast zwei Jahrzehnte lang versperrt hatte, und die Tür flog auf. Miles torkelte hindurch und stolperte ungestüm, auf eine schreckliche, grässliche Art, bei der sich mir der Magen drehte, die Treppe hinunter; es war, als würde man ein verwirrtes Tier beobachten, das um sein Leben kämpft.

Wir standen da und lauschten den Geräuschen von Miles, der sich polternd und unter Stürzen seinen Weg die Treppe hinunterbahnte. Ich rührte mich erst, als ich das vertraute Klappern der Haustür vernahm. Da eilten Eden und ich zur anderen Seite des Daches, um nach unten zu spähen. Weit unten humpelte Miles blind in den Gegenverkehr. Obwohl es schwer von seiner Körpersprache abzulesen war, glaube ich, dass er in seinem verwirrten Zustand versuchte, ein Taxi heranzuwinken. Mehrere Taxifahrer fuhren einen Bogen um ihn, bis endlich einer hielt. Als der Fahrer erst zu spät erkannte, dass es sich bei seinem Passagier um einen wahnsinnigen Farbigen in zerrissener Kleidung handelte, versuchte er, vom Bordstein wieder loszufahren, musste aber letztlich doch mit Miles als Fahrgast vorliebnehmen.

Voll Entsetzen und Scham wandten wir uns alle Rusty zu.

Danach war die Party mehr oder weniger zu Ende. Die Leute verließen grüppchenweise das Dach, gingen durch die Wohnungstür unseres Apartments und besprachen mit leise grollenden Stimmen, wohin sie als Nächstes ziehen könnten. Ich brachte Rusty nach unten in das Badezimmer auf dem Gang, reichte ihm ein paar Handtücher und sagte ihm, er solle sich sauber machen. Dann schloss ich die Tür. Ich wollte ihm nicht zusehen, wie er sich um seine Wunden und Schrammen kümmerte, und helfen wollte ich ihm ganz bestimmt nicht. Als Rusty nach einer Dreiviertelstunde wieder herauskam, hinkte er leise den Flur entlang, ohne auch nur einen Blick zu uns ins Apartment zu werfen, und wir beobachteten, wie er sich kläglich zur Treppe vorarbeitete, ein bisschen wie ein Pirat, der auf einem Holzbein humpelte. Dann verschwand er einfach so, ohne ein Wort.

Aufgrund des bloßen Umstands, dass ich ihm mit den Handtüchern geholfen hatte, vermied Eden den restlichen Abend jeglichen Blickkontakt mit mir. Als wir endlich in der Nacht das Licht ausschalteten und uns auf die Matratze auf dem Boden legten, drehte sie mir die kalte, mondbeschienene Fläche ihres Rückens zu und murmelte mit einer so leisen Stimme, dass sie kaum zu hören war: *Wir haben ihn zur verdammten Schlachtbank geführt.*

Ich griff nach ihrer Hand, doch sie zog sie fort.

MILES

39

Ich schlief tagelang. Gelegentlich drang das Geräusch von Wendells Gebrüll aus dem Wohnzimmer in mein Zimmer, und sogar noch weiter, bis in meine Träume, aber das war mir völlig gleich. In regelmäßigen Abständen lief meine Mutter geschäftig herein und wieder hinaus, stellte mir Teller mit Essen hin und räumte sie später wieder ab, wenn sie sah, dass sie unangetastet waren. Sie kam und ging wie die Gezeiten. Cob tauchte an meinem Bett auf, schob seine Aschenbecherbrille auf dem Nasenrücken nach oben, hielt ein Glasgefäß hoch und präsentierte mir stolz eine sich häutende Zikade. Der groteske Anblick fand seinen Weg in meine Albträume: wie sie langsam aus dem eigenen Körper hervorbrach, einem Monster in einem Horrorfilm gleich, und eine tote, zerbrechliche Skulptur ihrer selbst zurückließ, die immer noch einen abgebrochenen Ast gepackt hielt.

Am dritten Tag stand ich auf und betrachtete mich im Spiegel.

Selbst in ihrem schlimmsten Zustand sah die Zikade um Längen besser aus.

Janet begriff nicht, weshalb ich darauf bestand, mich am Telefon zu verabschieden, anstatt mich wie geplant mit ihr an unserem üblichen Treffpunkt im Park zu verabreden. Doch es war Zeit zu gehen. Sobald ich aufrecht stehen konnte, ohne purpurrote Punkte zu sehen, packte ich einen kleinen Koffer und machte mich auf den Weg zum Port Authority Busbahnhof, wo ich eine Fahrkarte für einen Greyhound kaufte. Ich setzte mich nach hinten. Der Motor erwachte grollend zum Leben. Wir tauchten in den Lincoln Tunnel und kamen hoch ans Licht. Marschland und Fabriken. Pech-Kiefer und Birke blitzten in chaotischen Reihen vorüber, Soldaten, die auf dem Schlachtfeld aus dem Glied traten. Stunde um Stunde, Meile um Meile wurde die Erde immer flacher. Der Fahrer hielt an Fast-Food-Läden, Raststätten. Der Bus erschauderte jedes Mal, wenn der Motor abgeschaltet wurde. Es klang wie das Todesröcheln eines Dinosauriers. Immer andere Gesichter, eine sich ständig erneuernde Besetzung. Es roch nach Fett, nach Knoblauch, nach Zigaretten, nach Körperausdünstungen. Eine Tuba wurde in den Bus geschleppt und weggetragen. Ein kleines Mädchen warf seine Puppe aus dem Fenster und bekam eine schreckliche und öffentliche Tracht Prügel vor den Augen aller Fahrgäste.

Wälder wurden abgelöst von Mais, Mais von Weizen, Weizen von Wüste, Wüste von Bergen. Ungläubiges Staunen jedes Mal, wenn das neue Landschaftsbild exakt den Erwartungen entsprach: rote Scheune am Rand des Maisfelds, ein cartoonhafter Kaktus, der einarmig zwischen Sand und Steppenläufern salutierte. Alles so anders als New York, wie man es sich nur wünschen konnte, alles genau wie versprochen. Die letzte Etappe, felsiger Granit, der in ein Tal schmolz, zu Gebirgsausläufern und Eichen, Landfalten, die sich schließlich auf die nickelfarbene Bucht hin öffneten. Brausen über die Brücke und in das Herz von San Francisco, ein Hauch von Salz in der Luft.

Später am Abend, in dem beengten Hotelbadezimmer, enthüllte mein Gesicht im trüben Schein der Glühbirne eine

Landkarte des Heilens: blasse Spuren von Gelb- und Lilatönen und Indigoblau verendeten unter dem Segeltuch meiner Haut. Schorf, wie ein dickes, ledriges Pflaster an meiner Wange, begann abzufallen. Ein Exoskelett, das zurückgelassen werden konnte.

»Was ist Ihnen denn zugestoßen?«, hatte eine neugierige Frau auf dem Bussitz neben mir gefragt und auf mein Gesicht gedeutet.

»Ein Unfall«, hatte ich gesagt.

Ich hätte antworten sollen: *Ich häute mich.*

Ich stieg ins Bett. Meine Muskulatur schmerzte vom Herumsitzen, die Knochen vibrierten immer noch vom Grollen eines Geistermotors. Bilder blitzten vor der schwarzen Leinwand meiner geschlossenen Augenlider auf. Die letzten Abende in Manhattan. Rusty. Cob und seine Zikade. Vorbeisausende Bäume, tick-tick-tick, bis sie sich in Brückenstahlträger verwandelten und am Ende der Welt versiegten. Die noch vor mir liegende Aufgabe. Immer der Gedanke an meinen Vater.

40

Auf Gedeih und Verderb hatte Rusty mich auf meiner Mission vorwärtsgedrängt. Es ist seltsam, aber die Reise ist in meinen Gedanken so sehr mit meinen abheilenden Blutergüssen verbunden, dass ich sie mir anders nicht vorstellen kann.

Als ich am nächsten Tag aufstand, war es schon später Vormittag, auch wenn ich es zuerst nicht wusste; die Tageszeit war von dem grauen Nebel vor dem Fenster unkenntlich gemacht worden. Schon bald sollte ich herausfinden, welch merkwürdiger Ort San Francisco war. Der Nebel sammelte sich auf dem Blattwerk im Park, tröpfelte von Dachvorsprüngen in den Stadtvierteln und bildete sentimentale Tränen an den Steinfassaden in Downtown. Ich bestaunte die weißen Gebäude im Zuckerbäckerstil, die die Skyline bildeten, und die Lebkuchenformen seiner lustigen, bunt gestrichenen Häuser. Cable Cars mit Bremsern, die sich an den Hebeln abmühten, klapperten die Hügel hoch und donnerten sie wieder hinunter. Flitterwöchner wanderten Hand in Hand am Fisherman's Wharf entlang, wo ein Saxofonist mit einem Orgelspieler um Aufmerksamkeit rang. Hipster mit ungewaschenen Haaren lasen Lyrik auf dem Rasen am Washington Square, während Italiener mit ledrigen Gesichtern laute, heftige Kartenspiele auf Klapptischen neben der Kirche spielten, wo Joe DiMaggio und Marilyn Monroe bekanntermaßen für Hochzeitsfotos posiert hatten.

Die Stadt stand in krassem Kontrast zu allem, was ich vom Aufwachsen in New York her kannte. Manhattan ist Beton und Ehrgeiz. Dampf, der im Winter aus einem Kanaldeckel aufsteigt, im Sommer ein heißer Luftstoß aus einem Subway-Gitter. Das innere Getriebe der Stadt mahlt rund um die Uhr, schnurrt im Namen des Kommerzes. Die Straßen von New York sind deutlich schwül – besonders in Harlem. Alle charakteristischen Eindrücke und Gerüche sind von Menschen gemacht. Die auffälligen Farben der Ladenschilder, Markisen, Reklameschriften. Der Duft nach gegrilltem Fleisch, nach den pudrigen Parfüms der Damen, nach säuerlichen Körperausdünstungen – all das vermischt mit dem kohlartigen Geruch nach Müll, der über den Rinnsteinen hängt.

In San Francisco äußerte sich die Dynamik des Lebens nicht so sehr im ungeheuren Ausmaß des vom Menschen Geschaffenen, fand ich, sondern war vielmehr eingebettet in die Natur, von der die Stadt umgeben war; ihr Glanz verbarg sich in den Zypressen, die romantisch an den Hügeln lehnten, dem Glitzern der Bucht, den überraschenden Fetzen blauen Himmels, die gelegentlich durch den Nebel brachen. *Das* war es, was die jungen Menschen und Künstler in der Stadt inspirierte und ihnen Auftrieb verlieh, was verzückte Pärchen und nostalgische Bohemiens lockte. Ich ging im Golden Gate Park spazieren. Dort herrschte ein seltsamer Geruch vor, an den man sich erst gewöhnen musste – eine Art krautige Schärfe, die manchmal unglaublich frisch und sauber roch, und dann wieder scharf und wild, ein bisschen wie Katzenpisse. Er schien von der nassen Rinde der Eukalyptusbäume auszuströmen, verstärkt durch die kühle, frische Brise des Pazifiks.

Kurz vor meinem Aufbruch zum Port Authority hatte Cob

mich mit einer Handvoll winziger Glasgefäße ausgestattet. Jetzt ließ ich mich auf einem riesigen Baumstumpf oben auf dem Hügel mitten im Stow Lake nieder und unternahm einen planlosen Versuch, ein paar Insekten einzusammeln, die für ihn von Interesse sein könnten. Ich fing einen Käfer mit schillernd schwärzlich-grünem Panzer, der mir exotisch vorkam. Ich ließ ihn in das Gefäß fallen und bewunderte ihn im Licht, ein zwischen dem Grün verborgener Regenbogen aus Farben.

Die Wahrheit lautete: Ich schindete Zeit.

Ich war den ganzen Weg quer durchs Land gekommen, konnte mich jedoch nicht dem nächsten Schritt stellen, und dieses Unvermögen gab mir Sicherheit. Ich hatte nie wirklich geglaubt, dass mein Vater im Ersten Weltkrieg ein Held gewesen war, und ich glaubte ganz gewiss nicht, dass er im Zweiten ein Held war. Wenn ich den Spind meines Vaters niemals fand, konnte ich auch nicht von etwas enttäuscht werden, das er in sein Tagebuch geschrieben hatte. Außerdem konnte ich auch nicht enttäuscht werden, falls sich der Spind als völlig leer herausstellen sollte. Ich vermied eine Tragödie, indem ich ein anderes Trauerspiel aufführte.

Doch dann malte ich mir aus, wie ich nach Hause zurückkehrte, nachdem ich meine Ersparnisse ausgegeben hatte, nachdem ich die einhundert Dollar meiner *Mutter* ausgegeben hatte. Meine Mutter, die so hart arbeitete. Bei meiner Rückkehr würde es Fragen zu meiner Reise geben, man würde verlangen, dass ich die Geschichte meiner Bemühungen erzählte. Lügen kam nicht infrage. Es war Teil meiner Natur, Dinge auszulassen – ich hatte eine Begabung in der Kunst des Auslassens –, aber zu glatten Lügen war ich nicht imstande. Nicht meiner Mutter gegenüber. Eine Stunde verstrich, während ich dasaß und mich diesem Gefühl der Lähmung im Park hingab, bis mir schließlich bei dem Gedanken, mit leeren Händen zu meiner Mutter zurückzukehren, übler wurde als bei dem Gedanken, den Versuch zu unternehmen, den Spind meines Vaters aufzuspüren. Als die Entscheidung endlich getroffen war, stand ich auf, steckte Cobs Gefäße ein und klopfte mir den Staub von der Hose.

Wo anfangen? Ich hatte mir nicht vorgestellt, wie es wäre, tatsächlich in San Francisco einzutreffen; monatelang war es in so sicherer, so überaus großer Entfernung geblieben. Ich hatte keine Ahnung, was ich als Nächstes tun sollte. Die vernünftigste Strategie, entschied ich, bestünde darin, den Weg meines Vaters zurückzuverfolgen. Das Regiment meines Vaters war von den Piers unten bei Fort Mason ausgelaufen; ich beschloss, dort anzufangen.

Auf meinem Weg zum Torhaus in der Nähe des Jachthafens war es sonnig. Ich erblickte mehrere gewaltige graue Schiffe an den Docks, und in der Ferne dahinter glitzerte die marineblaue Bucht. Zwei Militärfahrzeuge standen hintereinander am Checkpoint, während Männer in Uniform ihre Ausweispapiere einem Mann zeigten, der neben einem Türrahmen stand und ihr Kommen und Gehen festhielt. Ich zögerte. Die hoch offizielle Atmosphäre der Szene machte mir Angst. Diesen Teil hatte ich nicht ganz durchdacht. Hier war ich, dreitausend Meilen weit weg von zu Hause, und ich hatte keinen einzigen weiteren Schritt geplant. Vorsichtig näherte ich mich dem Torhaus.

»Wo ist Ihre Uniform, Soldat?«, fragte der Mann mit gerunzelter Stirn, ein Klemmbrett umklammert.

»Ich …« Ich stammelte. »Ich bin Zivilist.«

Missbilligend betrachtete er meine Blutergüsse. »Was haben Sie hier zu suchen?«

Ich erzählte ihm von meinem Vater, dem Schlüssel, dem Spind. Ihn schien meine Geschichte nicht gerade zu fesseln, und seine Miene war zerstreut, als er mehrere Männer in Uniform durch das Tor nickte, während ich redete.

»Keine Spinde hier auf dem Gelände, Buddy«, sagte er, sobald ich geendet hatte. »Und selbst wenn es welche gäbe, könnte ich Sie nicht auf den Stützpunkt lassen, damit Sie hier herumstöbern. Das hier ist kein öffentlicher Freizeitpark; es ist ein Militärstützpunkt, Eigentum der Armee der Vereinigten Staaten.«

Mir war klar, dass ich kurz davorstand, abgewiesen zu werden, und jähe Panik schnürte mir die Kehle zu. Ich hustete. »Vielleicht könnten Sie mir nur sagen ...«

»Wie schon gesagt, das hier ist keine Touristeninformation. Na los! Wir haben hier zu tun«, sagte der Mann mit einer gewissen Endgültigkeit. Verächtlich winkte er mich weg, doch ich blieb wie angewurzelt stehen und blinzelte ihn bestürzt an. »Buddy, es kommen gerade ein paar Jungs aus Korea zurück, die nicht halb so lang hätten dortbleiben sollen, wenn es Ihnen also nichts ausmacht, wir sind hier ein wenig beschäftigt.« Sein Winken verwandelte sich in eine verscheuchende Geste, und er richtete die Aufmerksamkeit auf einen Laster, der darauf wartete, passieren zu dürfen.

Wenn es eine Möglichkeit gegeben hätte, mir die Tür vor der Nase zuzuknallen, ohne seinen Posten zu verlassen, hätte er es bestimmt getan. So oder so war die Wirkung die gleiche. Verwirrt entfernte ich mich vom Jachthafen und folgte der Van Ness, die ungefähr in Richtung meines Hotels bergauf verlief. Ich wollte mich hinlegen, nachdenken, mir etwas Neues einfallen lassen. Die Feigheit, mit der ich vorhin im Park zu kämpfen gehabt hatte, kam mir nun töricht vor. Aus Angst vor dem möglichen Erfolg wäre ich die Aufgabe beinahe nicht angegangen; jetzt dämmerte mir, dass ein Erfolg mit großer Wahrscheinlichkeit gar nicht möglich wäre.

Zum ersten Mal erkannte ich, was für ein naives Unterfangen das hier war: Meine Mutter hatte mir einen Schlüssel gegeben und mich auf eine Suche geschickt, und hier war ich und folgte diesem einen Hinweis, wie eine törichte Märchenfigur. Was hatte ich erwartet? Auf einmal fühlte sich die Welt riesengroß an, und ich fühlte mich sehr klein. Ich war farbig, in einer fremden Stadt, und was am schlimmsten war: ein Zivilist, der nach einem Spind auf einem Militärstützpunkt suchte.

Wieder im Hotel ruhte ich mich auf den kaputten Sprungfedern meines Bettes aus, starrte nach oben an die Decke und überlegte, was ich tun sollte. Ich würde es wohl weiter versuchen. Sonst gab es nichts, was ich tun konnte, und es gab andere Einrichtungen der Armee, bei denen ich mein Glück probieren konnte. Ich würde eine Liste anfertigen, logische Schritte unternehmen. Eins nach dem anderen; einen Fuß vor den anderen. Ich würde es versuchen, bis mir das Geld ausging. Niemand konnte es mir verübeln, wenn ich weitermachte, bis mir das Geld ausging.

41

Am nächsten Tag versuchte ich es am Stützpunkt Presidio. Tags darauf nahm ich die Fähre über die Bucht, um es bei Fort Baker in Sausalito zu probieren. Ich fuhr sogar mit einem Bus nach Treasure Island, falls mein Vater vielleicht durch diesen Marinestützpunkt gekommen war und man mich dort einließe. Jedes Mal erntete ich die gleiche Abfuhr. Mit durchkreuzten Plänen und frustriert begann ich, jeweils den Rest des Nachmittags in der Hauptfiliale der Bibliothek zu verbringen. Sie befand sich in der Nähe des Platzes mit der Oper, dem Ballett und den Gerichtshöfen im seltsam an Paris erinnernden, aber dennoch leicht heruntergekommenen Verwaltungsherzen der Stadt. Ich ging durch die Gänge aus stark gestutzten Platanen, lauschte dem lauten Flattern von Vogelflügeln und betrachtete den Staub von Taubenfedern. Ich landete in der Bücherei und kehrte immer in die gleichen Abteilungen zurück: zu den Zeitschriften, in den Mikroficheraum. Ich suchte, wie mir klar wurde, nach Beweisen, um Clarences Behauptung zu untermauern – oder zu widerlegen. Ich sah mir jede Schlagzeile an, in der das 369. Regiment auch nur Erwähnung fand. Zu Beginn konzentrierte ich mich auf 1943 bis 1945, dehnte meine Suche allerdings schon bald aus. Doch das Einzige, was ich entdeckte, war, wie wenig während des Zweiten Weltkriegs in der Zeitung über das 369. Regiment berichtet worden war. Es war auch möglich, erkannte ich, dass ein Mord in Übersee vielleicht nicht von der Armee gemeldet wurde, da sich militärische Ermittlungen nicht an Zivilregelungen zu halten hatten.

Abends ging ich spazieren und landete oft in einer Bar oder einem Café. Eines Abends führten mich meine Wanderungen ins Herz von North Beach. Als ich die Columbus Avenue entlangschlenderte, schwebten hier und da die Klagelaute von live gespieltem Jazz aus den Häusern und kreuzten meinen Weg auf dem Gehsteig, bis ich mich schließlich in einen Klub locken ließ. Ich schob mich durch eine ledergepolsterte Tür in eine dunkle, schwüle Höhle voll Menschen, die zu überaus lebhaftem Bebop mit den Köpfen wippten und mit den Füßen auf den Boden klopften. Sämtliche Gesichter glänzten verschwitzt und lächelnd, von dem Mädchen an der Ecke der Bar bis ganz nach vorn zu der erhöhten Fläche, wo die Band spielte. Die Musiker auf der Bühne besaßen eine gehörige Portion Talent; ich merkte, dass sie von der Westküste kamen und Stimme und Attitüde von dort mitgebracht hatten, und hier stand ich nun, mitten in einem Rest von Harlem, und mir wurde beim Zuhören ganz wohlig ums Herz. Ich ließ mich auf einem Hocker an der Bar nieder, und schon bald kam der Barkeeper und nahm meine Bestellung auf.

Nach zwei Bieren, als ich die Atmosphäre des Ladens gründlich in mir aufgesogen hatte und mich gut fühlte, hielt ich es für das Beste, in mein Hotel zurückzukehren, bevor es zu spät wurde und der Zauber nachließ.

Im Freien auf der Straße hatte sich der berühmte Nebel von San Francisco wieder ausgebreitet. Ich schlenderte in Richtung meines Hotels und lauschte den Nebelhörnern, die irgendwo auf dem Wasser ertönten, das, wie ich wusste, ein gutes Stück hinter mir lag, wo der sanfte Hang von North Beach vom Fisherman's Wharf abgelöst wurde. Es gab drei Nebelhörner, und ich hatte den Eindruck, als würden sie synkopisch zueinander blasen, aber vielleicht wurde ich da in meinem Eindruck von dem Jazz beeinflusst, dem ich eben gelauscht hatte. Es war komisch … zuweilen hörte, sah oder roch ich irgendeine Kleinigkeit, und dann traf mich die Erkenntnis, wie weit ich von zu Hause weggereist war. Ich hörte etwa einen Seelöwen in der Ferne bellen, und mir wurde klar, dass ich den ganzen Weg quer über einen Kontinent gekommen war und mich nun in Kalifornien befand. So erging es mir jetzt, während ich an den Straßenlaternen vorüberspazierte und den Nebelhörnern lauschte.

Nachdem ich auf der Columbus Avenue fünf Blocks zurückgelegt hatte, griff ich in den Mantel und spürte die ungewohnte Form von etwas Rechteckigem aus Metall. Ich zog es hervor und starrte ein Messingfeuerzeug von Zippo an. Im Schein der nächsten Straßenlaterne betrachtete ich den Mantelstoff ein wenig genauer, und auf einmal fiel mir etwas auf. Ich griff in die andere Tasche und fand ein kleines Bündel gefalteter Dollarscheine vor, die von einer silbernen Geldklammer mit den eingravierten Initialen *J. A. B.* zusammengehalten wurden. Leichte Angst durchzuckte mich, ich machte kehrt und begab mich beinahe im Laufschritt auf den Rückweg zum Jazzklub. In meiner Eile betete ich darum, dass ich die Mäntel austauschen konnte, ohne jemandem meinen Irrtum erklären zu müssen. Ich hoffte, dass ich nicht den Mantel eines Weißen trug, da das die Transaktion noch komplizierter machen würde.

Beide Gebete wurden nicht erhört. Als ich mich wieder durch die rot gepolsterte Tür des Klubeingangs schob, erblickte ich sofort einen Mann, der in der Nische vorn herumlungerte, sich am Kopf kratzte und den Mantel hielt, den ich jetzt als meinen erkannte. Er war weiß; ein junger Mann, ungefähr in meinem Alter. Als ich mich näherte, stellte ich fest, dass er von mittlerer Größe und Statur war, mit leicht olivfarbenem Teint und vornehmen römischen Gesichtszügen. Eine Haarlocke fiel über seine gerunzelte Stirn, und er wirkte nachdenklich, während er das Gesicht näher an den Mantel brachte, das Kleidungsstück immer wieder umdrehend.

»Aha!«, sagte er, sobald er mich und – vor allem – den Mantel, den ich trug, erblickte. »Und gerade zur rechten Zeit! Ich habe es mir nicht erklären können. Fast hätte ich mich schon gefragt, ob ich zu viel getrunken habe.«

Er lächelte mich an. Sein junges Gesicht strahlte auf offene, entspannte Weise. Es besaß eine seltsam vertraute Wärme, und kurzzeitig fehlten mir die Worte.

»Es tut mir schrecklich leid«, sagte ich, während ich mich wieder fasste. Ich schlüpfte so schnell und behutsam wie möglich aus seinem Mantel, ärgerte mich über mich selbst, weil ich nicht daran gedacht hatte, ihn auszuziehen, bevor ich durch die Klubtür gekommen war.

»Das sollte es auch.« Er grinste immer noch. Ich merkte eine schwache Spur von einem Südstaatenakzent. »Es wäre wahrscheinlich gesund für meine Leber, wenn ich mir Fragen zu dem Thema stellen *würde.*«

»Ich meine, die Verwechslung«, sagte ich. »Es war ein aufrichtiger Fehler.« Ich reichte ihm seinen Mantel. Er nahm ihn entgegen, machte aber nicht sofort Anstalten, mir meinen zurückzugeben. Stattdessen hielt er beide zu der dürftigen Glühbirne empor.

»Sehen Sie sich das einmal an«, sagte er blinzelnd. »Sie sind sich bemerkenswert ähnlich. Abgesehen von einem winzigen Unterschied im Stoff, was?« Ich stimmte ihm zu und war erleichtert, als er mir endlich meinen Mantel gab. »Wie haben Sie die Vertauschung bemerkt?«

»Ich habe die Hände in die Taschen gesteckt«, räumte ich ein.

»O ja!« Der junge Mann schnippte mit den Fingern und fuhr unvermittelt mit der Hand in eine der Taschen. Als er die Geldklammer hervorzog, überfiel mich ein äußerst unangenehmes Gefühl.

»Hey«, sagte ich, ohne einen barschen, defensiven Unterton unterdrücken zu können. »Es ist alles da. Sie können nachzählen.«

Er lachte glucksend. »Nein, nein, nein«, sagte er. »Immer mit der Ruhe! Niemand wirft Ihnen etwas vor. Ich habe den Jungs, mit denen ich trinke – sehen Sie die Typen dort drüben? – gesagt, dass die nächste Runde auf mich geht. Deshalb habe ich mich überhaupt erst auf die Suche nach meinem Mantel begeben.«

»Oh.« Ich lächelte, verlegen und erleichtert.

Er sah mich an, und Belustigung umspielte seine Lippen. Er hatte die Augen eines grüblerischen Welpen; seine Iris funkelte in tiefem, sinnlichem Braun, während seine Wimpern sehr schwarz und sehr lang waren. Instinktiv wandte ich den Blick ab, als hätte ich in die Sonne gesehen.

»Ich schätze mal, ich schulde Ihnen etwas«, sagte er.

»Wie bitte?«

»Einen Finderlohn – weil Sie mir doch den Mantel zurückgebracht haben. Wenn man etwas verliert und sich jemand die Mühe macht, es einem zurückzubringen, ist es üblich, ihm einen Finderlohn zu geben.« Sein Lächeln verbreiterte sich zu einem teuflischen Grinsen. »Lassen Sie sich in Form eines Drinks auszahlen?«

»Das ist nicht nötig.«

»Aber sicher doch.«

Ich zögerte. Ich sah zu seinen Freunden. Drei Männer saßen vornübergebeugt in einer Sitznische. Ihr Anblick bereitete mir Unbehagen, und ein Bild von Rusty blitzte vor meinem geistigen Auge auf.

»Das ergäbe keinen Sinn«, sagte ich. »Ich bin ja schuld an der Verwechslung.« Ich wies auf den Mantel in meiner Armbeuge. »Und abgesehen davon ließe sich sagen, wenn ich *Ihnen* Ihren Mantel zurückgegeben habe, dann haben Sie auch mir *meinen* Mantel zurückgegeben.«

»Das ist ein ausgezeichneter Punkt«, sagte er. Er nahm seinen Mantel, hängte ihn zurück an einen Kleiderhaken und legte den Arm um mich. »In dem Fall schulden wir einander einen Finderlohn; wir werden je zwei Drinks draus machen müssen.« Er zwinkerte. »Kommen Sie schon, Sie können mir tragen helfen.« Er schob mich in Richtung der Bar. »Ich heiße Joey«, fügte er hinzu.

Hinter mir hörte ich die Klänge eines anderen Jazzensembles, das auf die Bühne kam und die Instrumente stimmte.

»Miles«, antwortete ich.

»Woher kommst du, Miles?«

»New York.«

Wir bestellten eine Runde puren Whiskey und trugen die Drinks zu der Sitznische. Seine Freunde spähten neugierig zu mir. Sie waren – wohl aus reinem Zufall – in einer Art Farbskala angeordnet: Ganz rechts saß ein sommersprossiger Flachskopf, der Mann in der Mitte hatte sandfarbene Haare, und der Linke war ein brünetter Brillenträger.

»Leute, ich möchte euch Miles vorstellen, der den ganzen Weg von New York hergekommen ist. Das Schicksal, in Gestalt eines Wollmantels, hat ihn heute Abend zu uns geführt.«

Wir glitten in die linke Seite der Sitznische, wo Joey ihren

Farbkreis mit seiner olivfarbenen Haut und den dunklen Locken fortsetzte und ich ihn auf eine Weise vervollständigte, mit der sie bestimmt nicht gerechnet hatten. Sie stießen auf seine Worte hin einen Pfiff aus.

»Weit weg von zu Hause, was?«, sagte der Mann mit dem sandfarbenen Haar. Es war nicht unverschämt, aber so richtig freundlich war es auch nicht. Er rutschte widerwillig weiter, um Platz in der Sitznische zu machen, und die Sitzbank bebte aufgrund der Belastung. Fett war er eigentlich nicht, aber er besaß eine ungerührte Korpulenz, die darauf hinwies, dass er früher einmal ein übergewichtiges Kind gewesen war und es geschafft hatte, seine gewaltige Körpermasse für den Part als Schulhoftyrann zu instrumentalisieren.

»Stimmt wohl«, sagte ich.

»Da drüben ist mein Kumpel Eddie«, sagte Joey, deutete auf den Flachskopf und machte gegen den Uhrzeigersinn weiter. »Und Eddie und ich haben hier eben Bill und Donald kennengelernt.«

»Freut mich«, sagte ich.

Sie nickten höflich. Um den Tisch herrschte eine komische Atmosphäre, als hätte ich etwas bereits in Gang Befindliches unterbrochen. Ich trank einen Schluck Whiskey, und die bernsteinfarbene Flüssigkeit fing den Schein der flackernden Kerze auf, die in der Mitte des Tisches stand. Joey beobachtete das Licht in meinem Gesicht eingehend, während ich trank, und lächelte mich an, als wären wir alte Bekannte und als wären ihm gerade eben ein paar der Gründe eingefallen, warum er mich so gern mochte.

Er war, wie ich erkannte, ein ausgesprochen gut aussehender junger Mann. Ich ließ den Blick über die Runde am Tisch schweifen. Es bestand ein größerer Altersunterschied zwischen ihnen, als auf den ersten Blick ersichtlich war. Joey hatte ich auf ungefähr fünfundzwanzig geschätzt, und nur Eddie, der Flachskopf, schien etwa im gleichen Alter zu sein. Als meine Augen sich an das trübe Licht in der verdunkelten Sitznische gewöhnten, sah ich, dass Bill Ringe unter den Augen und leicht aufgedunsene Wangen hatte, die nahelegten, dass er auf die vierzig zuging. Donald wirkte ebenfalls älter. Der ursprüngliche Eindruck von Jugend, den er machte, war das Resultat einer gewissen Sorgfalt, denn er wirkte sehr gepflegt, sein dunkles Haar war ordentlich gekämmt und sein Rollkragenpulli und die Brille waren mit großer Umsicht ausgesucht. Sein Teint war ebenfalls glatt und gepflegt, doch es gab ein paar winzige verräterische Zeichen: klitzekleine Fältchen an den äußeren Augenwinkeln, eine Handvoll silberner Fäden, die in das Dunkelbraun um seine Schläfen verwoben waren.

»Also, Miles«, wandte Joey sich mir zu und führte unser Gespräch fort, als wären wir allein in der Sitznische. »Wirst du mir verraten, warum du Gefäße mit seltsam anmutenden Käfern in den Manteltaschen mit dir herumschleppst?«

Ich errötete. Mir war nicht in den Sinn gekommen, dass er, während ich den Inhalt seiner Taschen ausgekundschaftet hatte, wahrscheinlich im Gegenzug das Gleiche mit meinen getan hatte. »Mein kleiner Bruder sammelt Insekten«, antwortete ich. »Sie sind für ihn.«

»Hört sich an, als seist du ein braver großer Bruder«, sagte er lächelnd. Dann runzelte er die Stirn. »Sag mal, bedeutet das, dass ihr die Käfer umbringt, oder lasst ihr sie am Leben?«

»Cob – das ist mein kleiner Bruder –, wenn er ein Insekt findet, dass bereits tot ist, heftet er es an ein Brett, aber nur, wenn es bereits tot ist. Die Deckel der Gefäße haben winzige Löcher; ich wollte versuchen, sie lebendig nach New York zurückzubringen. Er baut ihnen Terrarien.«

Das Stirnrunzeln verschwand, und Joey lächelte wieder, offensichtlich zufrieden mit dieser Antwort. Es war eigenartig rührend, dass ihm das Leben von ein paar Insekten am Herzen lag. Etwas an Joeys lümmelnder Selbstsicherheit und seiner unbefangenen Art erinnerte mich an Bobby. Doch gleichzeitig hatte Joey etwas Gutherziges und Sensibles an sich, das Bobby fehlte.

Auf der anderen Seite der Sitznische wurde die Unterhaltung laut. Wir hielten inne, um kurz zu lauschen, und ich schloss, dass Donald Eddie beigebracht hatte, etwas auf Französisch zu sagen, ein Vorgang, der den korpulenten, des Französischen überhaupt nicht mächtigen Bill erboste.

»Hör nicht auf ihn!«, brüllte er Eddie an und deutete auf Donald. »Der kann kein bisschen Französisch; er will es dich bloß glauben machen. Das ist alles Kauderwelsch. Wer weiß, was er sagt? Fahr nach Paris und wiederhole das vor irgendeinem Franzosen auf der Straße, und er wird dir eins auf die Nase geben.« Donalds gepflegter, kompakter Körper versteifte sich.

»Vielleicht wird er das tatsächlich.« Donald lächelte Bill herablassend an und bedachte Eddie mit einem boshaften, lüsternen Zwinkern. »Aber nicht, weil es Kauderwelsch ist.«

»Ist ja egal, wer braucht schon Paris? Reisen ist Geldverschwendung, wenn ihr mich fragt«, sagte Bill. »Man kommt nach Hause und hat nichts vorzuweisen. Es sei denn, es zählen Automobile – ich habe mir eben einen tollen Ford gekauft«, erklärte er, und sein Mund verzog sich zu einem prahlerischen Grinsen. Es war klar, dass er sich den Großteil des Abends Gedanken darüber gemacht hatte, wie sich zu eben diesem Umstand überleiten ließe. »Er steht gleich vor der Tür.«

»Moment mal, du hast einen Wagen hier?«, fragte Joey.

Joeys neu geschöpftes Interesse an ihrer Unterhaltung brachte Bill zum Lächeln. Frischer Optimismus schwellte ihm die Brust.

»Aber sicher doch«, sagte er.

»Na, warum hast du das nicht gleich gesagt?«, wollte Joey wissen. »Was sitzen wir hier herum, wenn wir draußen sein und eine Spritztour machen könnten?«

Und einfach so war es entschieden, während Joeys charmantes weißes Lächeln wie ein Leuchtturmfeuer in der Sitznische erstrahlte. Wir tranken unsere Gläser leer, und Joey überredete die Gruppe zum Aufbruch. Ich zermarterte mir das Gehirn nach einer Möglichkeit, wie ich zurückbleiben konnte, denn sosehr Joey mir auch aufrichtig sympathisch war, sagten mir die anderen nicht zu, und ich wollte nicht mitfahren. Mir graute vor der Vorstellung, in Bills Wagen zu steigen. Ich machte mir Sorgen, in einem Stadtteil zu landen, in dem ich nicht klarkäme. Alle standen vom Tisch auf und schlurften aus der Tür. Ich folgte widerwillig, blieb zurück, bis Joey kehrtmachte, einen Arm um mich legte und mich weitertrieb.

»Ist das nicht eine Schönheit?«, fragte Bill, als wir uns einem stark glänzenden, zweifarbig lackierten Ford Fairlane in Rot-Weiß näherten, der am Bordstein parkte.

Ich überlegte mir ein paar Vorwände und spielte sie stumm im Geiste durch, wand mich aber bei der Vorstellung, sie Joey aufzutischen, da vor meinem geistigen Auge wieder die enttäuschte Miene des sich verraten fühlenden jungen Mannes auf dem Hamilton Lodge Ball aufblitzte. Zwar hatte ich Joey eben erst kennengelernt, aber aus Gründen, die ich nicht ganz verstand, ertrug ich den Gedanken nicht, die gleiche Miene in seinem Gesicht zu erblicken. Ich würde mitfahren, entschied ich – vorerst einmal.

Ich stieg in Bills glänzenden Ford, gleich gefolgt von Joey, und in meinem Kopf wirbelten der Whiskey und der Jazz aus dem Klub. Der Motor erwachte grollend zum Leben, und wir kurbelten die Fenster herunter, um die kühle, nebelschwere Nachtluft einzuatmen.

An dem Abend fuhren wir durch die ganze Stadt. Es war eine Art inoffizielle Rundfahrt, vom Alkohol befeuert, und auch jetzt noch wird mir beim Gedanken an San Francisco auf der Stelle schwindlig, und ich sehe einen gespenstischen Neonstreifen von all den Lichtern auf dem Broadway und dem Geary Boulevard vor mir. Jemand – ich weiß nicht mehr, welcher der Jungs – verfiel auf die verrückte Idee, dass wir mit dem Auto die Lombard Street hinunterfahren sollten. Es war ein Uhr morgens, und die Touristen, die gewöhnlich durch die Lombard Street wuselten, waren nicht da, sodass die ungewöhnliche Straße wie ein verlassener Spielplatz aussah. Ich weiß noch, dass wir vor Angst johlten und schrien, als wir von ganz oben auf dem Hügel nach unten in die backsteingepflasterten Serpentinen stürzten, die bekanntermaßen »die kurvenreichste Straße Amerikas« bilden.

»Machen wir's noch mal!«, jubelte Joey, sobald wir unten angekommen waren. »Fahr einen Bogen zurück und wechseln wir uns ab. Jeder versucht, so schnell wie möglich zu fahren, und wir sehen, wer es am besten hinkriegt.« Jedem anderen hätte Bill die Bitte bestimmt mit gerunzelter Stirn abgeschlagen. Doch als Bill sich zu Joey umdrehte, stolz auf die Begeisterung, die er in dem schönen Jungen hervorgerufen hatte, war deutlich, dass Bill alles tun wollte, damit diese Wirkung länger anhielt, und schon bald befanden wir uns wieder oben auf dem Hügel. Jemand rief »Alle Mann durchwechseln!«, und wir sprangen alle aus dem Wagen, liefen im Uhrzeigersinn um das Auto und sprangen wieder hinein, diesmal mit Joey hinter dem Steuer.

Abgesehen von einem kleinen Anstoßen des rechten Vorderreifens am Bordstein, als er in die zweite Serpentine einbog, lenkte Joey uns ohne Vorfall den Hügel hinunter. Er war kein bisschen schneller als Bill gefahren, aber unten bejubelten wir ihn alle; sehr wahrscheinlich wollten wir hauptsächlich sein schönes Gesicht wieder erstrahlen sehen, und es ging uns weniger darum, ihm zu seinen mittelmäßigen Fahrkünsten zu gratulieren. Nach Joey kam Eddie an die Reihe und dann Donald. Donald nahm seine Armbanduhr ab, und die vier reichten sie herum, um die Zeit zu stoppen, während jeder versuchte, das Tempo des anderen zu übertreffen. Eddie entpuppte sich als ausgezeichneter Fahrer; Donald nicht. Ich bin mir ziemlich sicher, dass es da eine Topfpflanze in einem griechisch anmutenden Gefäß vor einem der verschnörkelten viktorianischen Häuser gab, die unser kleines Abenteuer an dem Abend nicht unbeschadet überlebte. Irgendwann fuhr ein Polizeiauto durch die Gegend. Die Officers spähten missbilligend in unser Auto und erwogen wohl, ob sie uns wegen Herumfahrens anhalten sollten. Es war klar, dass ihnen ein Wagen voller Männer verdächtig vorkam. Wir fuhren kurz weg, bis Joey darauf bestand, dass wir zurückkehrten.

Bills Interesse an dem Unterfangen schwand ebenso wie die Begeisterung für jeden neuen Fahrer, und nachdem Donald die Abfahrt absolviert und uns wieder nach oben auf den Hügel gefahren hatte, hatte Bill genug davon, dass andere Männer kleine Kratzer und Dellen in die großartige glänzende Karosserie seines kostbaren Fairlane fuhren.

»Okay«, sagte er. »Jetzt reicht's. Fahren wir zu 'ner kleinen Party, von der ich drüben im Mission District gehört habe.«

»Moment mal«, sagte Joey. »Miles ist noch nicht dran gewesen.«

»Miles muss nicht drankommen, oder, *Miles*?«, fragte Bill, ohne sich zu mir auf der Rückbank umzudrehen.

»Eigentlich nicht«, erwiderte ich. Ich hatte tatsächlich gar nicht an die Reihe kommen wollen.

»Siehst du? Miles verzichtet. Jetzt lasst uns zu der Party fahren.«

»Er kann nicht verzichten«, beharrte Joey. Er saß neben mir und streckte den Arm aus, um meine Hand zu drücken. Ich verspürte einen seltsamen elektrischen Schlag. »Ich will sehen, wie er die Strecke fährt. Fahren wir nur noch einmal runter.«

Bill seufzte, und diesmal drehte er sich *doch* um. Er musterte mich wütend vom Vordersitz. Seine Augen fanden die Stelle, wo Joeys Hand auf meiner ruhte, und verharrten dann dort. Er spitzte verbittert die Lippen. Ich versuchte mein Bestes, um zu signalisieren, dass er sich in mir irrte, doch er achtete kaum auf meine Unschuldsbekundung.

»Kann er überhaupt Auto fahren?«, fragte Bill laut, als wäre ich nicht anwesend.

»Gibt nur eine Möglichkeit, das herauszufinden«, sagte Joey und drehte sich mit einem Zwinkern zu mir.

»Jesus, Maria und Josef«, sagte Bill. »Schön. Bringen wir's hinter uns. Ich fass es nicht, dass ich bei dieser Schnapsidee mitspiele.«

»Wieso willst du ihn nicht fahren lassen?«, wollte Joey wissen.«

»Ich denke, du weißt, warum.«

»Was ist schon groß dabei, Bill?«, fragte Donald. »Neger haben uns schon eine Ewigkeit in Autos herumgefahren. Ein Abend mehr wird keinem schaden.«

Bill gefiel der erniedrigende Kommentar, denn er brach in schallendes Gelächter aus. »Ha! Na gut, schön; ich gebe mich geschlagen. Alle raus!«

Wir stiegen aus und tauschten Plätze. Doch mittlerweile hatte sich die Atmosphäre geändert. Es gab kein johlendes Ums-Auto-Laufen und fröhliches Türenschlagen. Wir stiegen einfach aus und marschierten düster im Kreis. Ich kletterte auf den Fahrersitz, und mir war bewusst, dass Bill sich direkt hinter mich auf die Rückbank gleiten ließ. Die Autotüren schlossen sich mit einem Klicken, und Bill beugte sich über meine Schulter, sodass sich sein heißer Atem über meinen Nacken ergoss.

»Ich hoffe für dich, dass du fahren kannst, Junge«, knurrte er.

»Seht mal, Leute, ich muss das wirklich nicht machen«, sagte ich. Ich versuchte, meine Stimme so entspannt und freundlich wie nur möglich klingen zu lassen.

»Doch, musst du«, sagte Joey. »Ich gehe jede Wette ein, dass du hier der beste Fahrer bist.«

»Ach ja? Ist das so?« Bill drehte sich zu Joey, der neben mir auf dem Vordersitz saß. »Willst du ernsthaft darauf wetten?«

»Sicher«, erwiderte Joey. »Warum nicht?« Sein Grinsen überdeckte den Tonfall in seiner Stimme, der sich in meinen Ohren streitlustig anhörte.

»Was sagst du zu hundert Mäusen?«

»Ich sage: prima. Die Wette gilt«, antwortete Joey. Ich hatte erst vor zwei Stunden beobachtet, wie Joey die Dollars in seiner Geldklammer gezählt hatte, und dann mit angesehen, wie er den Großteil des Betrags ausgegeben hatte. Es war klar, dass sämtliche Anwesende in dem Wagen ebenfalls über diesen Umstand im Bilde waren, und mir kam in den Sinn, dass Bill irgendwie darauf baute. Bei der Vorstellung, auf welche Weise Bill vielleicht versuchen würde, eine Ersatzleistung einzufordern, erschauderte ich. Doch Joey zwinkerte mir zu. Ich riss im Gegenzug die Augen auf. Was traute er mir zu, und warum?

Ich legte die Hände um das golden lackierte Plastik des Lenkrads. Den Großteil des Abends hatten wir die ganze Zickzackstrecke der Lombard Street für uns gehabt, aber jetzt war eine Touristenfamilie aufgetaucht, um sie hinunterzufahren. Ich entschied, dass es das Beste sei, abzuwarten, bis sie die steilen Serpentinen ganz hinter sich gelassen hatten, bevor ich die Strecke in Angriff nahm.

»Tagesausflügler«, erklärte Donald verächtlich. Er kniff die Augen zusammen, um das klapprige Auto besser sehen zu können. »Oh, der Herr erbarme sich unser. Wahrscheinlich aus dem Central Valley. Es ist beinahe zwei Uhr morgens, und sie sind zu geizig, über Nacht in der Stadt zu bleiben, also quetschen sie sämtliche Sehenswürdigkeiten in einen Tag.« Das Auto erreichte den Fuß des Hügels und zögerte, bog dann aber endlich in die Leavenworth ein.

Ich atmete durch. In Wahrheit war dies im Lauf meines gesamten Lebens erst mein siebtes Mal hinter dem Steuer eines Autos. Meine Familie konnte sich ein Auto weder leisten, noch brauchte sie eines. Die Subway brachte uns überallhin, wo wir etwas zu suchen hatten. Ja, ich hatte überhaupt nur fahren gelernt dank eines Onkels, der sein Versprechen gegenüber meinem sterbenden Vater hielt, indem er einmal im Jahr die lange Fahrt von Detroit nach New York unternahm, um nach unserer Familie zu sehen. Ich schloss die Augen und sprach ein Gebet. Ich war zu dem Schluss gekommen, das Beste, was ich mir erhoffen konnte, wäre, dass ich keinen größeren Schaden an einem Automobil anrichten würde, dessen Reparatur ich mir nicht leisten konnte. Unvermittelt blitzte Marcus vor meinem geistigen Auge auf, der Bruder, den ich nie kennengelernt hatte, in dessen Foto ich als Heranwachsender mit den Augen beinahe Löcher gebohrt hatte.

Mein Fuß hob sich jäh vom Bremspedal, als wäre er nicht

mit mir verbunden, und trat aufs Gas. Entsetztes Schweigen legte sich über den Wagen, als wir nach vorn flogen und abwärts stürzten, erst in die eine Richtung, dann in die andere. Einmal war mir vage bewusst, dass mein Fuß gleichzeitig sowohl das Gaspedal als auch die Bremse betätigte. Joeys Hand umklammerte meinen Unterarm; diesmal war es weniger eine aufmunternde Geste als vielmehr der brutale Schraubstockgriff der Angst. Das Auto bewegte sich wie ein Skifahrer, der im Slalom einen Hang hinunterfuhr, ohne jeglichen Zwischenfall, und obwohl wir alle genug Angst für ein ganzes Jahr verspürten, dauerte es in Wirklichkeit bloß Sekunden. Als ich unten ankam, spürte ich, wie mein Fuß auf die Bremse trat, und ich griff hinters Lenkrad, um den Parkhebel einzulegen. Das Auto wiegte sich heftig auf den Reifen und blieb stehen.

Es war still, abgesehen vom Klang der keuchenden Männer, als sie nach Luft schnappten.

»Heiiiiilige Scheiße!«, rief Eddie. Er griff über den Sitz, klopfte mir rasch auf die Schulter und drückte dann Joeys Schulter. »Heilige Scheiße, Mann! Ich glaube, du hast eben hundert Mäuse gewonnen!«

»Das will ich wohl meinen«, sagte Donald. Ich erhaschte im Rückspiegel einen Blick auf Bill. Sein Mund hatte sich zu einer festen Linie zusammengeschnürt, und er wirkte über das Ergebnis meiner Anstrengungen alles andere als erfreut. In dem Moment begriff ich, dass ich ein Narr gewesen war, denn eine Delle in seinen Fairlane zu fahren, war nicht das Schlimmste, was ich ihm hätte antun können.

»Wir haben nie darauf eingeschlagen, und du weißt, das bedeutet, dass die Wette eigentlich nicht gilt, aber ich werde dir dein Geld trotzdem geben«, sagte er.

Immer noch freudig erregt, achtete Joey nicht auf Bills

spöttische Bemerkung. »Hab ich's euch *gesagt* oder hab ich's euch gesagt?«, grinste er, an alle und niemanden im Besonderen gerichtet. Er drehte sich zu mir und drückte mir aus einem Glücksgefühl heraus ungelenk die Schulter. »Sag mal, ich sollte meinen Gewinn mit dir teilen.«

Der Gedanke, ich könnte fünfzig der missgönnten hundert Dollar einsammeln, war zu viel für Bill. Mir fiel auf, dass sein Auge vor heftigem Ärger zu zucken begann. Seine Schläfen wölbten sich, während sein Kiefer mahlte.

»Na schön, alle Mann zurück! Zeit, dass ich wieder an meinen rechtmäßigen Platz komme«, sagte er. Er öffnete die Wagentür, und wir Übrigen folgten seinem Beispiel automatisch. »Los, los!«, befahl er, und jeder bewegte sich schneller und wir machten im Laufschritt eine letzte lächerliche Runde um den Fairlane. Während der vorherigen Zwischenspiele, als wir wie eine winzige Kolonie verwirrter Ameisen um das Auto geeilt waren, war ich jeweils als Letzter wieder in das Fahrzeug gestiegen, da ich erst Platz nehmen wollte, wenn ich mir sicher sein konnte, dass ich niemandem im Weg war. Dieses Mal war es nicht anders. Eine Wagentür nach der anderen wurde zugeknallt, während ich mir mit meinen Schritten ein wenig mehr Zeit ließ als die anderen und nach dem einen übrig gebliebenen Sitzplatz Ausschau hielt. Ich sah, dass sich mein Platz jetzt auf dem Rücksitz befand, und streckte die Hand nach dem Türgriff aus. Doch bevor ich den Griff herunterdrücken konnte, steckte Bill den Kopf aus dem Beifahrerfenster.

»Schade, dass du nicht so schnell laufen kannst, wie du fährst, Bimbo!«, brüllte er. Auf einmal gab der Motor des Fairlane ein gewaltiges Brüllen von sich. Die Reifen quietschten, und ich versuchte, loszulassen und meine Hand wegzunehmen, als das Auto anfuhr, doch ich war nicht schnell genug. Ich hatte das Gefühl, mein Handgelenk würde entzweigerissen.

Vor Schmerz schrie ich unwillkürlich auf, steckte meine verletzte Hand unter die gegenüberliegende Achsel und drückte sie dort fest, was die fürchterlichen Schmerzen abwehren sollte, die an meinen Nerven nach unten und oben ausstrahlten. Ich sah den immer kleiner werdenden Rücklichtern von Bills Fairlane hinterher. Sie entfernten sich wie ein glühendes rotes Augenpaar, das in die dunkle, neblige Nacht entschwebte, während das Automobil davonraste. In der Luft unmittelbar um mich herum hing der widerliche Geruch nach verbranntem Gummi, und als ich den Blick senkte, bemerkte ich zwei deutliche schwarze Streifen auf dem Asphalt, die von Bills Reifen zurückgelassen worden waren. Ich stand da und blinzelte, teils aus Überraschung und teils aufgrund der unwillkürlichen Tränen, die mir wegen der verletzten Hand in die Augen gestiegen waren.

So, dachte ich. Sie hatten mich zurückgelassen. Während mein Herz immer noch heiß in meiner Brust hämmerte, atmete ich tief die kühle, feuchte Luft ein. Irgendwo in der Ferne bellte ein Hund, und woanders stieß eine Trauertaube ihren quälerischen eulenhaften Schrei aus. Ich eilte heimwärts und hoffte, nicht wieder dem Streifenwagen über den Weg zu laufen, bevor ich es zurück ins Hotel schaffte.

42

Etwa eine Woche verstrich. Ich ließ den Vorfall mit dem Automobil hinter mir und konzentrierte mich wieder auf die Jagd nach dem Spind meines Vaters. Sosehr ich es auch versuchte, hatte ich immer noch Mühe, auf einen Stützpunkt zu gelangen. Die Wachposten waren unfreundlich und begegneten meinen Erkundigungen regelmäßig mit barschem Desinteresse. Mein erspartes Geld schwand dahin; allmählich machte ich mich darauf gefasst, doch mit leeren Händen nach New York zurückzukehren. Dann stand ich eines Morgens auf, rasierte mich, zog mich an und schlenderte die Hoteltreppe hinunter, vorbei an dem Mann am Empfang. Er war stämmig mit einem schweren Schnauzbart und irgendwie tat er mir immer leid, wenn ich ihn sah, da er gezwungen war, in einem seltsamen kleinen Kabuff mit Fenster zu sitzen, ähnlich einem Kinokassenhäuschen. Es war weinrot gestrichen und mit vergoldetem Holzwerk umrahmt, als wollte man davon ablenken, dass es offensichtlich von einem argwöhnischen Hoteldirektor eingerichtet worden war, der Angst vor Dieben hatte. Ich bedachte den Rezeptionisten morgens gewöhnlich mit einem unpersönlichen, entschuldigenden Nicken und ging meines Weges, aber an dem Morgen, als ich mich gerade auf dem Weg zum Ausgang befand, schreckte er mich auf, indem er mit den Fingerknöcheln an die Scheibe klopfte.

»Mr. Tillman!«, rief er mit barscher Stimme durch das kreisrunde Sprechloch in der Fensterscheibe. Bei meinem Namen drehte ich mich um und kehrte zurück.

»Ja?«

»Nachricht für Sie«, grunzte er. Er schob einen Zettel unter der Scheibe hindurch, trank dann einen großen Schluck aus einer schmutzig aussehenden Tasse und wischte sich mit Daumen und Zeigefinger ein paar Tropfen Kaffee von seinem Schnauzbart. Ich griff nach dem Zettel und las.

Aha! Hab dich gefunden.
Komm in das Café um die Ecke, wenn du so weit bist.
– Joey

Ich blinzelte und las die Nachricht erneut.

»Wann hat mein Bekannter das hier hinterlassen?«, fragte ich.

»Ungefähr vor 'ner Stunde.« Der Rezeptionist zuckte mit den Achseln.

»Danke.« Ich eilte aus der Tür und taumelte halb um die Ecke. Da war Joey und saß im Schaufenster des Cafés. Beim Näherkommen wurde ich langsamer, zögerte, dann klopfte ich an die Scheibe. Überrascht blickte er auf. Sofort verzog sich sein Gesicht zu einem breiten, vertrauten Grinsen, und abermals durchzuckte mich ein elektrischer Schlag. Er winkte mich in den Laden, und ich ging zum Eingang des Cafés, durchquerte den Raum und ließ mich auf den Platz gegenüber von ihm gleiten.

»Es war nicht leicht, dich zu finden«, sagte er, sobald ich es mir in der Sitznische bequem gemacht hatte. »Als Anhaltspunkt hatte ich bloß einen Vornamen. Und deine Beschreibung natürlich. Zum Glück scheint sich dein – *ähem* – Hotel keine allzu großen Sorgen um die Privatsphäre der Gäste zu machen.«

»Du hast nach mir gesucht?«

»In der ganzen Stadt«, erwiderte er. »Hör mal«, fuhr er fort und auf einmal wurde er ernst und betrachtete, über den Tisch gebeugt, den Verband an meiner verletzten Hand. »Es hat mir schwer auf der Seele gelegen. Ich möchte mich für das Benehmen des Kerls neulich nachts entschuldigen … Du weißt schon, weil er weggefahren ist. Die Sache war nicht meine Idee, und ich habe anschließend echt mit Bill rumgestritten. Ich habe ihn überredet, zu dir zurückzufahren, aber da warst du längst fort.«

Dieses Wiedersehen hätte mich mit Misstrauen erfüllen sollen. Die Nacht in Bills Fairlane hatte mich an Cliffs Party und an Rusty erinnert. Die Blutergüsse von letzterem Vorfall waren erst vor ein paar Tagen endlich gänzlich verschwunden. Zu dem Zeitpunkt wusste ich, dass ich mich bei Joey einfach für die Entschuldigung bedanken und gehen sollte, doch aus einem unerfindlichen Grund fühlte ich mich an die Sitznische gekettet.

»Ich würde es gern wiedergutmachen«, sagte Joey.

»Nicht nötig.«

»Tja, ich würde dich wenigstens gern auf ein Frühstück einladen. Würdest du zum Frühstück bleiben?«

Ich versuchte, die Wörter *Nein, danke* zu bilden, aber sie blieben mir im Hals stecken. Ich war bereits viele Tage in der Stadt herumgelaufen, ohne mehr als fünf Worte mit einem anderen Menschen zu wechseln, und ich merkte jetzt, dass es sich gut anfühlte, mit jemandem zu reden. Die deftigen Gerüche eines guten Café-Frühstücks waren mir längst in die Nase gestiegen: Eier, Speck, Pfannkuchen, Ahornsirup. Unwillkürlich lief mir das Wasser im Mund zusammen.

»Frühstück kann wohl nicht schaden«, räumte ich ein.

Eine Frau mit tabakfarbener Haut und einem Bleistift hinter dem Ohr kam nach einer Weile herangeschlendert, um Joey Kaffee nachzuschenken, und wir gaben unsere Bestellung auf.

»Was bringt dich den ganzen Weg von New York bis nach San Francisco?«, fragte Joey, sobald sie gegangen war. »Abgesehen von deiner berüchtigten Insektensafari natürlich.«

Ich lächelte und überlegte, was ich antworten sollte. Ehe ich michs versah, erzählte ich von meinem Vater, von seinem Spind und dem Tagebuch, das sich angeblich darin befand, und von meinen gescheiterten Versuchen, auf einen Stützpunkt zu gelangen. »Ich weiß einfach nicht, was ich tun soll«, sagte ich kopfschüttelnd.

»Aber da ist noch etwas«, sagte er, sobald ich meine Mission fertig erläutert hatte. »Nicht wahr?«

»Was meinst du?«

»Bei der Sache mit dem Spind deines Vaters. Die dich zurückhält. Du wirkst« – er suchte nach dem richtigen Wort – »als seist du hin- und hergerissen. Du wirkst enttäuscht, na klar, aber auch ein kleines bisschen erleichtert.«

Ich starrte ihn an. Ich hatte mich nie auch nur für halb so durchschaubar gehalten; er kannte mich kaum. »Na ja …«, setzte ich zu einer Antwort an. Und schon sprudelte alles heraus. Ich erzählte ihm von Clarence und von den Zweifeln, die Clarence in meinen Gedanken gesät hatte. Joey saß an dem Cafétisch und tunkte das auf beiden Seiten gebratene Spiegelei mit der Kruste von leicht angebranntem Toast auf, während ich in vierzig Minuten mehr redete, als ich es seit Wochen getan hatte. Es war wohl die Art, wie er eine Frage stellte und ihr eine großzügige Pause folgen ließ, die mich aus der Reserve lockte. Mir waren all die Pausen, die in den

Gesprächen der meisten Menschen fehlten, nie aufgefallen. Jahre später fragte ich mich, ob Joeys schöne Pausen etwas damit zu tun hatten, dass er aus dem Süden stammte, in dem ein langsamerer Takt des Lebens herrschte, aber jetzt ist mir klar, dass das eine grobe Vereinfachung war. Es lag nicht nur daran, dass Joey Pausen machte, sondern dass er *für mich* Pausen machte, mit einem freundlichen Lächeln auf den Lippen, und aufrichtig auf meine Antworten wartete.

Bis Joey das restliche Eigelb mit einem letzten Stück Toast aufgetunkt hatte, hatte ich jede Einzelheit erzählt, die mir über meinen Vater in den Sinn kam, und alles in einem bunten Gemisch vor ihm ausgebreitet, als hätte ich eine Schachtel Puzzleteile auf den Tisch gekippt.

»Ich werde dir helfen«, sagte er, zog einen Dollarschein aus der Brieftasche und beglich die Rechnung. »Es ist ziemlich offensichtlich, dass du es dein restliches Leben lang bereuen wirst, wenn du dich nicht ein bisschen mehr ins Zeug legst. Was du brauchst, ist ein guter, schneller Tritt in den Hintern.« Er sah mich an, und alle Witzeleien waren vergessen. Verschwunden war der verschmitzte Charmeur von dem Abend im Jazzklub vor einer Woche, der impulsive Junge, der den winzigen, tückischen Abschnitt der Lombard Street mit Höchstgeschwindigkeit hinunterfahren wollte. »Ich möchte dir gern bei der Suche helfen«, wiederholte er, diesmal in noch ernsterem Tonfall. »Wenn du mich lässt.«

Ich starrte ihn an. »Ich bin mir sicher, dass du Besseres zu tun hast«, entgegnete ich. Ich lächelte in der Hoffnung, dies signalisiere ihm, dass er aus dem Schneider war, dass diese Geste nicht nötig war.

»Ehrlich gesagt nicht.« Er grinste. »Ich bin gerade aus der Armee raus und schlage Zeit tot, weil ich darauf warte, etwas wegen einer Stelle im Außenministerium zu hören.«

Ich blinzelte.

»Begreifst du denn nicht?«, fuhr er fort. »Das ist das Beste daran: Ich habe alle Zeit der Welt und obendrein kann ich dir helfen, auf einen Stützpunkt zu gelangen, vielleicht ein bisschen herumstöbern und ein paar Fragen stellen, um zu sehen, ob sich jemand an deinen Vater erinnert oder Aufzeichnungen hat. Wenn du klug bist, nimmst du mein Angebot an.« Er zwinkerte. Ich dachte darüber nach. Es stimmte, dass er als ehemaliger Soldat einen Vorteil zu bieten hatte: Er würde sich Zutritt zu einem Stützpunkt verschaffen können, was mir bisher verwehrt gewesen war.

Unsicher biss ich die Zähne zusammen und schluckte.

»Na schön«, war alles, was ich schließlich sagte. Wir schüttelten uns die Hände, wie um den Pakt zu besiegeln, und traten aus dem Café auf die Straße, wo die Sonne gleißend auf den hellen, kreidefarbenen Gehweg niederbrannte. Es war komisch: In dieser Stadt hielt man morgens immer die Luft an und wartete darauf, ob und wann die Sonne schließlich durch den Nebel brechen würde.

43

Als ich schließlich die Energie für erneute Nachforschungen aufbrachte, um das Tagebuch meines Vaters aufzuspüren, entpuppte Joey sich als guter Verbündeter. Sein Charme half ungeheuer, die Räder zu ölen. Wie versprochen brachte er uns auf sämtliche militärische Anlagen in der Gegend, von denen es viele gab. Doch wie ich vermutet hatte, war das Betreten des Stützpunktes nur die erste Hürde. Das Personal in den Verwaltungsbüros war im Grunde keinen Deut freundlicher als die Wachposten an den Torhäusern, und alle beharrten darauf, dass es keinen Spind von der Art gab, die mir meine Mutter beschrieben hatte.

Schließlich, als ich Joey schon beinahe überzeugt hatte, nicht noch mehr seiner Zeit zu vergeuden, deutete ein Angestellter in einem der Büros auf dem Stützpunkt Presidio auf den Schlüssel in meiner Hand und rief: »Ich sag Ihnen was: Sie suchen gar nicht nach einem Spind auf einem Militärstützpunkt! So wahr ich hier stehe, das da ist die Art Schlüssel, die sie für die Spinde unten im Y benutzen.«

»Im Y?«, wiederholte ich.

»Sie wissen schon: das Y. Young Men's Christian Association. Die Jungs von der Armee benutzen das Y für alle möglichen Dinge; es ist oft ein zweites Zuhause«, sagte der Büroangestellte. »Ich sage Ihnen, das sieht wie die Art Schlüssel aus, mit denen man nachts seine Sachen in dem großen Y an der Ecke Golden Gate und Leavenworth wegsperren kann.«

Joey und ich wechselten einen überraschten Blick. Das hier war eine Wende, die eigentlich hätte offensichtlich sein sollen, mir aber nie in den Sinn gekommen war.

»Wieso habe ich nicht gleich daran gedacht?«, fragte Joey. »Das Y. Natürlich!«

Wir fanden die YMCA-Hauptfiliale von San Francisco an der Kreuzung, die der Büroangestellte auf einen Zettel gekritzelt hatte. Zu dem Zeitpunkt ging allmählich die Sonne unter und warf lange Schatten auf alles, und der Eingang des Y wies ein Paar romanischer Säulen auf, die dem Bauwerk ein recht müdes, ernstes, bankenhaftes Aussehen verliehen. Drinnen war es schwül und ein bisschen heruntergekommen – aber das ist wohl nicht anders zu erwarten bei einem Gebäude, das immer in Gebrauch ist. Wir näherten uns dem gewaltigen Empfangstisch am Eingang, doch er war nicht besetzt. Den Laden durchdrang ein heftiger, schwerer Geruch nach Studentenwohnheim; es roch nach einem üblen Gemisch aus Brathähnchen, Sportsocken und Zigarettenrauch. Männer lungerten herum, manche mehr, manche weniger bekleidet. Irgendwo auf einem Korridor klingelte ein Telefon, während in einem großen Saal in der Nähe ein Fernseher lief. Ich wollte an der Rezeption warten, bis jemand kam, doch Joey winkte mich weiter.

»Komm schon.«

Während wir durch den Irrgarten aus Korridoren und Treppenhäusern schlenderten, bemerkte ich, dass in seinem Gang eine gewisse gelassene Vertrautheit lag. Er kannte sich hier aus. Es hätte mich nicht überraschen sollen, dass Joey schon einmal hier gewesen war, allerdings fragte ich mich unwillkürlich, mit wem. Doch bevor ich den Mut aufbrachte, ihn zu fragen, kamen wir zu einem Korridor zwischen einer Turnhalle und einer Art türkischem Bad. Der Gang war von Metallspinden gesäumt. Als ich meinen Schlüssel hochhielt, sah ich, dass er zu einem der Spinde passen könnte.

»Aha.« Joey grinste. »Hab ich's mir doch gedacht!«

Ich konnte nicht anders, als sein Grinsen zu erwidern. Ich wurde von Aufregung gepackt, mein Herz klopfte heftig. Ich suchte nach dem Spind, der zu der winzigen Zahl passte, die in den Schlüssel meines Vaters geprägt war. Ich holte Luft, hob den Schlüssel, um ihn ins Schloss zu stecken, und zögerte, sodass meine Hand vor der ausdruckslosen Metallfront des Spinds verharrte.

»Mach schon«, drängte Joey, nachdem mehrere Sekunden verstrichen waren. »Worauf wartest du noch?« Es war eine rhetorische Frage. Natürlich wusste er, warum ich zögerte. In Situationen wie dieser gab es nur zwei Zustände: das *Vorher* und das *Nachher*. Ich klammerte mich an eine weitere Sekunde des *Vorher* fest.

Doch ich hatte mich umsonst aufgeregt. Die Spindtür schwang nicht plötzlich auf und enthüllte leeres Dunkel oder gar eine Ansammlung persönlicher Gegenstände meines Vaters, denn die Spindtür schwang *gar nicht* auf. Als ich den Schlüssel endlich ins Schloss gesteckt hatte, glitt er zwar ohne Weiteres hinein, ließ sich dann aber nicht drehen. Ich versuchte es erneut, diesmal mit mehr Gewalt. Nichts. Ich steckte ihn verkehrt herum hinein und versuchte es wieder, doch vergeblich. Ich war verblüfft. Es war auf jeden Fall die richtige Art Schlüssel, in der richtigen Art Schloss. Ich überprüfte die Nummer auf dem Schlüssel und die Nummer an dem Spind: 273. Es gab keine Sechsen oder Neunen, die Verwirrung stiften konnten … Sie stimmten zweifellos überein.

»Ich verstehe das nicht«, murmelte ich.

»Lass mich mal versuchen«, sagte Joey und nahm mir den Schlüssel aus der Hand. Er versuchte ihn zu drehen, mit dem gleichen Ergebnis. Auf einmal merkten wir, dass jemand hinter uns stand.

»Verzeihung«, erklang eine barsche Stimme. Wir drehten uns um und erblickten einen stiernackigen jungen Mann in Sportkleidung, aus dessen Haar etwas tropfte, das nach Schweiß roch. »Das ist mein Spind.« Wir starrten ihn an. Er musterte uns eingehender, betrachtete seinen Spind und runzelte die Stirn. »Sagen Sie mal, was für eine krumme Nummer ziehen Sie hier überhaupt ab?«

»Das ist Ihr Spind?«, fragte Joey. »Das ist unmöglich.«

»Sicher ist er das«, erwiderte der Mann. »Warum denn nicht?«

Ich hielt meinen Schlüssel hoch, damit er ihn inspizieren konnte.

»Pah. Na, das ist aber komisch«, sagte der Mann und betrachtete die Nummer auf dem Schlüssel. Er holte seinen eigenen Schlüssel hervor und hielt ihn neben meinen. »Aber sie sind nicht dort gleich, wo es darauf ankommt.« Er deutete auf den Bart der beiden Schlüssel, und es stimmte: Die Größe der Schlüssel und der Stil der eingeprägten Zahlen waren identisch, aber die gezackten Kanten waren anders geschnitten.

»Sagen Sie mal, allmählich beschleicht mich das Gefühl, dass ihr Klugscheißer nichts Gutes im Schilde führt«, sagte der Mann warnend. Joey antwortete nicht, versunken in die Betrachtung der beiden Schlüssel, die jetzt auf seiner Handfläche glänzten. Das Gesicht des Mannes überzog sich mit einem leichten Rosaton, und ich versuchte, Joey verstohlen mit dem Ellbogen anzustupsen, doch ohne Wirkung. »Sehen

Sie mal«, sagte der Mann, der allmählich die Geduld verlor, »ich weiß nicht, was für einen Schwindel Sie bei mir versuchen, aber ich denke, mir reicht's. Ich nehm mir jetzt wieder meinen Schlüssel.«

»Hey, Buddy«, sagte Joey. »Das ist kein Schwindel. Wir versuchen bloß, etwas herauszubekommen.« Es war das erste Mal, dass ich sah, wie Joeys Charme scheiterte.

»Ich geb Ihnen was, das Sie herausbekommen können«, sagte der andere. Er hob die Faust, und es war klar, was gleich passieren würde.

»Wir haben Sie verärgert«, platzte es aus mir heraus, »und das tut uns sehr leid.« Der Mann sah mich an. »Das Ganze ist ein ehrliches Versehen«, fuhr ich fort. Ich zeigte mein bestes Lächeln – ein Lächeln, das ganz aus weißen Zähnen und dunkler Haut bestand und gewöhnlich dazu führte, dass ich mich verachtete, wenn ich es einsetzte. »Gehen wir und sprechen mit dem Direktor, ja?« Während dieser Bitte blieben meine Hände hinter dem Rücken verschränkt, was, wie ich gelernt hatte, die nötige Haltung war, um einen Streit unter Männern zu verhindern, besonders wenn man ein junger Farbiger ist und das hat, was die Leute eine athletische Figur nennen. Gerade in dem Augenblick kam ein junger Mann in den Korridor, und so fügte ich sicherheitshalber hinzu: »Bitte, das ist doch vernünftig, nicht wahr, Sir?« Damit ein Mann das Interesse an einer Schlägerei verlor, gab es nichts Besseres, als ihn vor unbeteiligten Zuschauern darum zu bitten.

Es funktionierte. Er warf einen Blick auf den jungen Kerl, der gerade den Korridor betreten hatte, und ließ die halb zur Faust geballte Hand sinken. Er ächzte. »Schön. Mir nach.«

Zum Glück war der Direktor – dem wir zuvor nicht begegnet waren – an der Rezeption, als wir drei dort eintrafen. Er zog nervös an einer Zigarette und trug eine zweite, nicht angesteckte über dem Ohr, während er versuchte, mit einer Damennagelfeile eine Schublade unter dem Empfangstisch zu öffnen. Er blickte auf und runzelte bei unserem Herannahen sofort die Stirn, da er ganz richtig erkannte, dass zusammen mit uns zusätzliche Arbeit auf ihn zukam.

»Gibt's Ärger, Jungs?«, erkundigte er sich. Er ließ die Schublade sein und legte die Nagelfeile beiseite.

»Ich habe diese beiden Schlitzohren beim Einbrechen in meinen Spind ertappt«, erwiderte unser Begleiter.

»Sind sie gut darin?«, witzelte der Mann, hielt die Nagelfeile hoch und deutete auf die abgesperrte Schublade, doch niemand lachte. »Hmm.« Der Direktor musterte uns eingehender; erst mich, dann Joey. »Habe ich Sie hier nicht schon einmal gesehen?«, fragte er Joey.

»Es handelt sich um ein Missverständnis«, sagte Joey, ohne die Frage zu beantworten.

»Was für ein Missverständnis denn?«, wollte der Direktor wissen.

Wir erläuterten unsere Situation und zeigten ihm den Schlüssel.

»Hmm«, sagte der Direktor, nahm die Zigarette aus dem Mund und betrachtete den Schlüssel mit einem zusammengekniffenen Auge. »Diese Kerle sagen möglicherweise die Wahrheit, Floyd«, wandte er sich an den stiernackigen jungen Mann. Mit einem gewaltigen Stoß seiner Füße katapultierte der Direktor seinen Bürostuhl ans andere Ende des Empfangstisches. Er öffnete eine Schublade und holte ein sehr abgenutzt aussehendes Logbuch hervor.

»Zwei dreiundsiebzig, sagen Sie?«

Ich nickte. Alle beobachteten fasziniert, wie sein Finger die Seite hinunterglitt. Endlich hielt der Finger inne, und der Direktor tippte auf einen einzeiligen Eintrag.

»Ja. Hatten einen ganzen Haufen Schließfächer, als die Jungs anfingen, in den Südpazifik auszulaufen. Es war ein ständiges Kommen und Gehen. Das Problem ist, dass die Hälfte von ihnen nie zurückgekommen ist! Als herrenlos gekennzeichnet. Wir mussten die Schlösser austauschen.« Er rieb seine aktuelle Zigarette in einem Aschenbecher aus und griff nach der, die über seinem Ohr klemmte. »Das erklärt, warum sie an Ihrem Spind herumgemacht haben, Floyd«, sagte er. Floyd sah enttäuscht aus. Ich wusste, dass er gehofft hatte, uns eine saftige Tracht Prügel verabreichen zu können. Doch er war nicht der einzige Enttäuschte. Ich selbst war ziemlich niedergeschlagen; wir hatten endlich den richtigen Spind gefunden, nur um herauszufinden, dass er als »herrenlos« eingestuft und an einen Muskelprotz namens Floyd übergeben worden war.

»Können Sie sich ausweisen, Freundchen?«, fragte der Direktor mich. Joey fragte er nicht. Ich zögerte, da ich unsicher war, ob er mich schikanieren wollte.

»Klar.« Ich zuckte die Achseln.

»Tja, wenn Sie beweisen können, dass Sie ein Familienangehöriger sind, ist das alles, was wir brauchen.«

»Alles, was Sie wofür brauchen?«

»Na, damit Sie den Inhalt abholen können natürlich.«

Meine Augen weiteten sich, und ich fiel beinahe vornüber. »Wie bitte?«

»Das ist alles, was wir brauchen«, wiederholte der Direktor. »Es sei denn, Sie sind nicht hier, um den Inhalt abzuholen?«

»Oh, er ist gewiss hier, um den Inhalt abzuholen«, antwortete Joey für mich. »Darauf können Sie wetten.« Jeder außer dem Direktor schien diese Wende der Dinge aufregend zu finden. Selbst Floyd sah ein bisschen weniger sauer aus. Aus

Neugier, worum es sich bei diesem mysteriösen »Inhalt« handeln könnte, der früher in seinem Spind gewesen war, lungerte er noch ein Weilchen herum, bevor er schließlich das Interesse verlor und sich trollte.

Ein Lagerraum im Keller wurde durchstöbert, und zum Vorschein kam ein Pappkarton mit der Aufschrift TILLMAN-273. Nachdem ich meinen Ausweis gezeigt und fünf maschinengeschriebene Formulare unterzeichnet hatte (die allesamt sofort in einen weiteren Karton in dem verstaubten Lagerraum wanderten, wo sie seither bestimmt keine andere lebende Seele zu Gesicht bekommen hat), war ich der stolze Besitzer eines großen, in Leder gebundenen Tagebuches voller sich einrollender, vergilbter Seiten mit leichtem Wasserschaden, alle über und über mit der kaum leserlichen Handschrift meines Vaters übersät. Es war ein ziemlich erbärmlich aussehender Preis. Wenn Floyd geblieben wäre, wäre er bestimmt zutiefst enttäuscht gewesen. Doch ich grinste wie ein Narr. Joey ebenfalls.

EDEN

44

Nach unserer katastrophalen Party verbrachten Cliff und ich immer mehr Zeit getrennt voneinander. Abends ging er mit Swish trinken, während ich mich mit Manuskriptstapeln tröstete. Morgens richtete ich das Frühstück her, während Cliff ausschlief. Ich deckte leise den Tisch mit Kaffee, Toast, Tomatensaft, einer halbierten Grapefruit, zwei hart gekochten Eiern. Dann schlich ich mich auf Zehenspitzen aus der Wohnung, um zur Arbeit zu gehen. Bei den seltenen Gelegenheiten, wenn wir gemeinsam frühstückten, sprach keiner von uns an, was Miles zugestoßen war. Unser schlechtes Gewissen war ein heikles Thema, das gemieden wurde, eine schwere Last auf uns beiden, die keiner von uns direkt eingestehen wollte.

Eines Abends allerdings, als ich heimkam, zog Cliff sich gerade ein Sportjackett an. Es war dasselbe Jackett, das er an dem Tag getragen hatte, an dem er Judy und mich in den Cedarbrook Club mitgenommen hatte.

»Wohin gehst du?«, fragte ich.

»Abendessen mit meiner Familie«, erwiderte er und suchte das Jackett nach Fusseln ab, ohne mir in die Augen zu sehen.

»Oh«, sagte ich verwirrt. »Das ist eine Überraschung. Im Kalender deines Vaters ist gar nichts eingetragen gewesen.«

»Tja, du musst ja auch nicht über *alles* Bescheid wissen,

was in *meiner* Familie vor sich geht«, fuhr Cliff mich an. »*Du* bist Sekretärin, Himmel noch mal!«

Ich war entsetzt. »Was…«, stammelte ich, »was soll das denn heißen?«

»Nichts«, sagte Cliff. »Es tut mir leid. Sieh mal, ich muss los.«

»Cliff…«, sagte ich bestürzt.

»Was?« Er drehte sich um. »Ich muss ein bisschen Zeit mit dem alten Herrn und der alten Dame verbringen. Es ist ja nicht so, als könnte ich dich dazu einladen, oder?«

Er kramte in seiner Tasche nach dem Schlüssel und schlurfte aus der Wohnung, wobei er mir auf dem Weg nach draußen mechanisch einen Kuss auf die Wange gab. Ich stand da und betrachtete die geschlossene Tür, immer noch verblüfft über seine Reaktion. Er hatte bestimmte Wörter betont. *Meine* Familie. Nicht über *alles* Bescheid wissen. *Du* bist Sekretärin.

Allmählich fragte ich mich, ob unsere heimliche Heirat nicht ein großer Fehler gewesen war. Das Bild, das ich an dem Tag im Kopf gehabt hatte, als ich vom Cedarbrook nach Hause gekommen war und mit Judy telefoniert hatte, war am Verblassen. Es war eine seltsame Reise gewesen von Eden Katz zu Eden Collins – eine, die sich ehrlich gesagt nicht abgeschlossen anfühlte –, und mir wurde klar, dass ich nicht den leisesten Schimmer hatte, wie ich Eden Nelson sein sollte.

Ich war unruhig, nachdem Cliff davongeeilt war. In letzter Zeit hatte ich so hart gearbeitet, dass noch nicht einmal sonderlich viel zu lesen da war; ich hatte den Bodensatz des Stapels unverlangt eingesandter Manuskripte erreicht und fürchtete, dass es nicht genug gab, um mich an dem Abend abzulenken. Ich spielte mit dem Gedanken, in die Bar um die Ecke zu gehen und das dortige Telefon zu benutzen, um Judy anzurufen, aber ich wusste, dass sie mit Chester verabredet war.

Mir kam in den Sinn, dass ich von einer Buchvorstellung gehört hatte, die an dem Abend stattfand und die ich besuchen könnte.

Eine ganze Weile nach meiner Anstellung bei Bonwright hatte ich Angst gehabt, Verlagsfeiern zu besuchen, wie ich es während meiner Arbeit bei Torchon & Lyle getan hatte. Anfangs hatte ich befürchtet, ich könnte Miss Everett über den Weg laufen. Ich stellte mir vor, sie könnte eine Szene machen oder mich auf sonst irgendeine schreckliche Weise vor einer Gruppe Leute schneiden. Doch dann fiel mir ein, wie ungesellig sie zuweilen war und dass sie nie eine der Verlagsfeiern besuchte. Ich selbst war damals in meiner Torchon-&-Lyle-Zeit auf furchtbar vielen Partys gewesen, und auch wenn ich vor Miss Everett sicher war, bestand immer noch Grund, sich vorzusehen, um nicht einem anderen Bekannten über den Weg zu laufen, der mich als Eden Katz kannte. Wenn jemand, der mich als Eden Collins kannte, mit jemandem verkehrte, der mich als Eden Katz kannte, und mein Name zufälligerweise fiel, würde es Verwirrung geben, und diese Verwirrung könnte für mich zu einer peinlichen Katastrophe führen.

Allerdings musste man auch bedenken, dass ich jetzt einen neuen Look hatte ... eine neue Frisur und einen neuen Stil ... und vielleicht war ich nicht auf Anhieb wiederzuerkennen. Ich grübelte darüber nach. Die Vorstellung, an dem Abend zu Hause zu bleiben, war schrecklich bedrückend. Der Reiz der Verlagsfeiern lockte mich erneut, und ich beschloss, es zu riskieren und hinzugehen. Ich zog mir eine schöne Bluse und einen Rock an und nahm die Subway zu einem modern aussehenden Tanzsaal in einem fünfstöckigen Gebäude in der Nähe des Columbus Circle.

Ich sollte recht behalten, dass die Frisur einen Unterschied machte. Ich war erleichtert – und später vielleicht ein wenig enttäuscht –, als mir klar wurde, wie völlig anonym ich unter den Gästen auf der Verlagsfeier war. Drinnen schlenderte ich durch den Saal und erkannte Menschen wieder, denen ich mich früher einmal ausdrücklich hatte vorstellen lassen, doch sie trieben einfach an mir vorüber, leeren Blickes und mit einem gelassenen Lächeln auf den Lippen. Wenn ich direkt auf sie zugegangen wäre und ihnen meinen Namen ins Gedächtnis gerufen hätte, hätten sie bestimmt eifrig meine Hand geschüttelt und sich an mich erinnert – oder zumindest so getan, als würden sie sich an mich erinnern. Doch jetzt stand mir eine zweite Option zur Verfügung: Ich konnte mich ihnen abermals vorstellen, und niemand würde auch nur den geringsten Verdacht schöpfen.

Einmal im Laufe des Abends stand ich zufälligerweise neben einer Gruppe Männer, die alle in eine lebhafte Debatte vertieft waren. Ayn Rands neues Buch, *Atlas wirft die Welt ab*, war im Vorjahr veröffentlicht worden, und wie es den Anschein hatte, waren sich die Kritiker höchst uneinig über die Vorzüge des Buches; entweder liebte man es oder man hasste es.

»Es ist genauso gut wie *Der ewige Quell*«, argumentierte gerade ein Mann, als ich mich dem Kreis anschloss.

»Genau«, erwiderte ein dünner, älterer Gentleman in sarkastischem Tonfall. »Ganz genauso *gut.*«

»Na, sagen Sie über *Den ewigen Quell*, was Sie wollen«, erwiderte der erste Mann mit gerümpfter Nase, offensichtlich gekränkt. »Aber *ich* würde mich ganz gewiss nicht über die Verkaufszahlen lustig machen. Und haben Sie schon gehört? *Atlas wirft die Welt ab* hat eine Auflagenhöhe von hunderttausend! Die Massen haben gesprochen. Die Leute wollen ihre Bücher lesen.«

»Ich begreife nicht, warum«, warf ein dritter Mann ein. »Immer dieselbe grässliche Leier! Da wird einem ja in der Kirche weniger gepredigt.«

»Sie predigt, weil sie eine Frau ist; so sind sie nun mal«, grunzte ein Mann mit olivfarbener Haut und Stupsnase.

»Sie hat nicht viel an sich, das beweist, dass sie tatsächlich eine Frau *ist*«, sagte der ältere Gentleman. »Sie besteht aus nichts als scharfen Kanten und Unverschämtheiten.«

»Aber sie ist trotzdem eine von ihnen, möchte ich wetten. Sie da«, sagte der erste Mann und wandte sich mir zu. Ich erstarrte. »Junge Dame. Sie sind eine Frau. Sie mögen doch bestimmt Ayn Rand?«

Ich biss mir auf die Lippe, da ich mich in Bedrängnis gebracht fühlte. »Nein«, entgegnete ich kühl. »Eigentlich nicht.« Ich hoffte, dass ich mich nicht auf dünnes Eis begab. »Ich habe nicht viel für ihren Prosastil übrig, und ich befürworte ihre Ideen nicht sonderlich. Sie ist eine Frau, sicher, aber meiner Meinung nach scheint sie nicht zu wissen, wie man Frauenfiguren schreibt. Jedenfalls keine, die ich in irgendeiner Weise aus dem richtigen Leben kennen würde. Sie mögen knallhart sein, aber letzten Endes sind sie ganz bestimmt nicht sehr modern oder emanzipiert.« Ich zögerte und überlegte einen Moment. »Ehrlich gesagt, ich liebe sie nicht, aber ich hasse sie auch nicht; ich finde sie wohl einfach nur seltsam«, sagte ich. »Ihre Ideen sind so starr und so absolut, und trotzdem begreife ich nicht, wie sie – Ayn Rand, eine Frau – in eben die philosophische Welt passen könnte, die sie selbst erschaffen möchte.« Ich hielt inne. Mittlerweile starrten mich alle an, und ich spürte, wie mir die Röte in die Wangen stieg.

»Scharfsinnig formuliert«, erklang eine Frauenstimme. Als ich in Richtung der Stimme sah, erblickte ich eine Frau; ich weiß nicht, warum sie mir nicht schon vorher aufgefallen war.

Sie war sehr klein – das musste ich gerade sagen! –, aber sie war vielleicht sogar noch ein bisschen kleiner und schmaler als ich. Doch trotz ihrer kleinen Statur hatte sie etwas Auffälliges an sich, etwas, das nahelegte, dass sie, wenn sie wollte, auch einen ganzen Raum dominieren konnte. Ein Teil dieses Eindrucks rührte von der Art her, wie sie sich zurechtmachte. Sie trug ein makellos sitzendes grünes Kostüm, und wie sie so inmitten der Männer auf einer Verlagsfeier dastand, wirkte sie wie ein Stern aus sattem Smaragdgrün in einem Meer aus grauen Flanellanzügen.

»Und wie lautet Ihre Meinung zu dem Buch, das wir heute hier feiern?«, fragte sie. Ich glaubte, etwas Taxierendes in ihrem Tonfall zu entdecken.

»Oh, niemand diskutiert je über das Buch bei seiner Vorstellung. Das gehört sich doch nicht, oder?«

»Braves Mädchen«, sagte sie mit dem Anflug eines Lächelns. Sie berührte meinen Ellbogen und lenkte mich ein Stückchen von den Männern weg, die ohne uns erneut ihre Debatte über Ayn Rand aufnahmen. Ich streckte die Hand aus, um mich vorzustellen.

»Ich heiße …«

»Eden Katz, ich weiß.«

Verblüfft und auf einmal verängstigt blinzelte ich.

»Nein, man hat uns nicht vorgestellt«, bestätigte sie, indem sie meine Gedanken las. »Aber sehen Sie, ich besuche recht viele dieser Veranstaltungen und mache es mir zur Aufgabe, auf alles zu hören, was um mich herum vor sich geht. Man sagt mir nach, ich habe ein sehr gutes Gedächtnis für Gesichter und Namen. Mavis Singer«, sagte sie. Sie griff in ihre Handtasche und holte höflich eine Karte hervor. »Farbman & Company.«

»Oh, Sie sind Lektorin!«, entfuhr es mir, ermutigt, weil ich den Titel auf ihre Karte geprägt sah. »Meine Güte, es überrascht mich, dass Sie sich an mich erinnern können!« Ich nickte über die Schulter zum Rest des Saals und zuckte mit den Schultern. »Ich dachte eigentlich, ich hätte mir große Mühe gegeben, einen Eindruck zu hinterlassen, aber das scheinen die Leute anders zu sehen.«

»Ich erinnere mich daran, dass Sie Katz heißen. Und ich erinnere mich daran, dass Sie für Bob Turner bei Torchon & Lyle gearbeitet haben«, sagte sie und hielt inne, als erwöge sie den nächsten Satz sorgfältig. »In Anbetracht dieser beiden Tatsachen habe ich mich gefragt, wie es Ihnen wohl ergehen würde. Sind Sie noch dort?«

Ich schluckte, da ich spürte, dass ich mit dem Rücken zur Wand stand. Zwar wollte ich mich nicht erwischen lassen, doch Ms. Singer hatte eine wunderbare Würde an sich und ich sah mich genötigt, ihr die Wahrheit zu sagen – in welcher Form auch immer. »Ich bin jetzt bei Bonwright«, antwortete ich. »Bei Roger Nelson.«

»Hmm«, sagte sie. »Das ist in Ihrem Fall auch eine ziemlich interessante Stelle.«

Ich wusste nicht, was sie damit meinte, und wartete nervös darauf, dass sie fortfuhr.

»Wissen Sie, Eden, ich weiß noch, wie schwierig es war, als ich in diesem Geschäft angefangen habe. Es kann viele ... *Fallen* geben, die es zu umschiffen gilt, besonders für eine Frau. Wenn Sie möchten, kann ich bei Bonwright vorbeischauen und einmal nach Ihnen sehen, mit Ihnen Mittagessen gehen und Ihnen meinen Rat geben, sofern Sie ihn wollen.«

»Oh – ähm, nein«, sagte ich rasch. »Das ist ein reizendes Angebot, aber ich möchte nicht Ihre Zeit in Anspruch nehmen.«

Dass sie auf der Suche nach Eden Katz bei Bonwright aufkreuzte und stattdessen Eden Collins vorfand, war das Letzte, was ich wollte. Ms. Singer musterte mich von Kopf bis Fuß, als versuchte sie, mich zu durchschauen. Mit hochgezogener Augenbraue sah sie mich an.

»Oder Sie könnten bei mir im Büro vorbeischauen, wenn Ihnen das lieber ist.«

Ich biss mir auf die Lippe. »Nun«, sagte ich, »das wäre sehr nett.« Sosehr ich mich auch vor einer Entlarvung fürchtete, war die Verlockung doch groß.

»Sie sind jederzeit willkommen«, sagte Mavis, die immer noch versuchte, meine Miene zu deuten. Ich wusste, dass ich es ihr nicht leicht gemacht hatte. Sie lächelte freundlich, und wir gaben uns die Hand. Ich steckte ihre Karte in die Clutch, die ich dabeihatte, und dann richteten wir unsere Aufmerksamkeit wieder auf den Rest der Feier.

Später am Abend, wieder im Apartment, dachte ich erneut an sie, als ich die Tasche leerte und die Karten sortierte, die ich eingesammelt hatte. Gewöhnlich schrieb ich kurze Notizen auf die Rückseiten, um mich an Persönlichkeit und Interessen der Leute zu erinnern, und dann steckte ich sie alle zur Aufbewahrung in einen großen Briefumschlag.

Als ich an dem Abend Ms. Singers Karte in der Hand hielt, betrachtete ich sie eine ganze Weile grüblerisch. Sie hatte klug und nett gewirkt, und es hatte den Anschein, als sei sie aufmunternd, gewillt, eine Art Mentorin für einen jungen Menschen wie mich zu sein. Andererseits hatte Miss Everett anfangs auch so gewirkt. Ich überlegte mehrere Male hin und her, ob ich Ms. Singer anrufen und ihr liebenswürdiges Angebot annehmen sollte oder nicht.

Nachdem ich Ms. Singers Karte mehrere Minuten lang angestarrt hatte, steckte ich sie schließlich zusammen mit den anderen in das Kuvert, mit einem einzelnen Fragezeichen, das ich auf die Rückseite notiert hatte. Ich wusste noch nicht so recht, was ich von Ms. Singer und ihrem Interesse an meiner Laufbahn halten sollte.

CLIFF

45

Ich war auf dem Weg, um mit meiner Familie im Club »21« zu Abend zu essen. Was ich Eden darüber gesagt hatte, dass ich Zeit mit meinem alten Herrn und meiner alten Dame verbringen musste, stimmte. Seitdem ich nicht mehr auf die Columbia ging, hatte ich sie immer seltener gesehen, hauptsächlich weil ich, wenn ich sie doch einmal traf, immer nur dieselbe Leier zu hören bekam, und zwar dass ich mir eine Arbeit suchen sollte. Es war keine Leier, die irgendjemand hören wollte, und ich schon gar nicht, aber sie waren schließlich meine Familie, und ich fühlte mich verpflichtet, sie gelegentlich zu sehen.

Doch wenn ich ehrlich bin, muss ich zugeben, dass ich derjenige war, der an dem Abend unsere Verabredung in die Wege geleitet hatte. Ich hatte bei meiner Mutter angerufen und ihr erzählt, wie sehr ich sowohl sie als auch meinen alten Herrn vermisste und dass ich mich ihnen nicht nahe genug fühlte und ob sie in die Stadt kommen und mit mir zu Abend essen würden. Ich erbot mich sogar, die Reservierung vorzunehmen, was meiner Meinung nach eine nette Geste war. Während meiner Kindheit war meine Mutter oft mehr mit ihren Wohltätigkeitsvereinen als mit der Kindererziehung beschäftigt gewesen und sie ließ sich daher recht einfach Schuldgefühle einreden. Natürlich rief sie meinen Vater an, sobald wir aufgelegt hatten, und verlangte, dass wir alle gemeinsam als Familie Abendessen gehen sollten.

Ich fühlte mich schlecht, als Eden nach Hause kam und sah, wie ich mich zum Ausgehen fertig machte, denn ich hatte das Abendessen erst kurz zuvor vereinbart und natürlich hatte ich ihr nichts davon erzählt. Es war ja ohnehin nicht so, als hätte ich sie einladen können, und ich hatte nicht damit gerechnet, dass sie deswegen so aus der Fassung geriet. Doch sobald ich ihr ins Gesicht sah, war klar, wie gekränkt sie war. Wir lagen seit der schlimmen Sache, die auf unserer Party passiert war, im Streit – oder eigentlich nicht im Streit, sondern führten vielmehr stillschweigend Krieg, denn wenn wir stritten, bediente Eden sich des Tricks, ganz klein und leise und schrecklich zu sein. Eine kurze Zeit lang vor der Sache mit der Party, gleich nach unserer heimlichen Hochzeit, waren wir richtig glücklich gewesen, aber nun war ich mir nicht mehr sicher, ob wir wirklich füreinander geschaffen waren. Anfangs hatte sie gewirkt, als würde sie ganz hinter meiner Schriftstellerkarriere stehen, doch wenn es wirklich darauf ankam, war sie doch nicht gewillt, sich allzu sehr ins Zeug zu legen, um mir bei der Umsetzung dieses Ziels zu helfen. Sie hatte nichts dagegen, meine Arbeit abzutippen und all diese Dinge, doch sie wollte mir nicht helfen, wenn es wirklich darauf ankam, wenn es darum ging, meine Arbeit jemandem zuzuspielen und dafür zu sorgen, dass sie veröffentlicht wurde.

Früher am Tag hatte Gene im Apartment vorbeigeschaut. Er hatte endlich die erste Ausgabe von *The Tuning Fork* gedruckt, und er war in meiner Bude aufgekreuzt, um mir zwei Belegexemplare vorbeizubringen. Ich freute mich sehr, die Zeitschrift zu sehen; wenn es etwas gibt, das ein Schriftsteller liebt, dann, seinen Namen gedruckt zu sehen. Wenn man sonst seinen Namen liest, blickt man meist nur hindurch, aber wenn er in einer Zeitschrift oder einem Buch abgedruckt vor einem liegt, sieht man ihn mit den Augen der anderen, und auf einmal wird etwas Handfestes daraus, wie noch nie zuvor. Gene und ich kippten uns gemeinsam ein paar Bierchen hinter die Binde und bewunderten das elegante Design der Zeitschrift, und als er ging, um einige der Ausgaben in den Cafés im Village auszulegen, sonnte ich mich ausgiebig in meinem eigenen Ruhm. Da war mir der Gedanke in den Sinn gekommen, meine Mutter anzurufen und mich zum Abendessen zu verabreden.

Jetzt befand ich mich auf dem Weg zu dem Restaurant und trug ein Jackett, das kratzte und an den Schultern ein wenig zu eng war, aber von dem ich wusste, dass meine Mutter es für einigermaßen respektabel hielt. Bei meiner Ankunft waren die beiden schon im Restaurant, was nicht gut war, wie sich herausstellte, denn als der Oberkellner mich durch den dunklen Barraum, in dem aller mögliche Zierrat von der Decke hing, zu ihrem Tisch führte und ich sie erblickte, saßen beide mit auf dem rot-weiß karierten Tischtuch verschränkten Händen da, und ich erkannte, dass sie meine spontane Aufforderung, gemeinsam zu Abend zu essen, beunruhigt hatte.

»Alles in Ordnung, Clifford?«, fragte meine Mutter, sobald ich mich gesetzt hatte.

»Geht es um Geld, mein Sohn?«, schnaubte mein Vater. »Brauchst du Geld?«

Ich sah von einem ängstlichen Gesicht zum anderen. Es war eine verflixt seltsame erste Reaktion darauf, dass ein Sohn mit einem zu Abend essen wollte, und außerdem sehr aufschlussreich. Ich fand es enttäuschend, dass sie so wenig von mir hielten, andererseits hatten sie schon immer genau so wenig von mir gehalten, und warum sollte sich das jetzt ändern?, überlegte ich. Ich räusperte mich und sagte ihnen, dass es mir gut gehe und ich kein Geld bräuchte, was größtenteils stimmte; der erste Teil eher als der zweite.

»Warum die Dringlichkeit, Clifford?«, bohrte mein alter Herr nach.

Ich zuckte die Achseln. »Kann ein Bursche denn nicht einfach mit seinen Eltern zu Abend essen?«, fragte ich. Es konnte einen auf die Palme bringen, in ihrer Gesellschaft zu sein, und irgendwie war mir diese Tatsache in der Zeit, die ich getrennt von ihnen verbracht hatte, entfallen. Jetzt erinnerte ich mich wieder deutlich daran.

»Der Junge vermisst uns, Roger«, sagte meine Mutter und tätschelte die Hand meines alten Herrn, die auf dem Tisch lag. »Hinterfragen wir es nicht zu sehr, damit sich das Gefühl nicht in Luft auflöst.«

Der Kellner kam und nahm unsere Bestellung auf.

»Möchtest du eine Flasche Montrachet bestellen, Pops?«, fragte ich meinen alten Herrn. Das bestellte er immer, wenn wir in den »21« gingen und etwas zu feiern hatten. Ich hatte das Gefühl, dass es etwas zu feiern gab, aber natürlich konnte er das nicht ahnen, da ich ihm noch nicht von *The Tuning Fork* erzählt hatte.

»Warum sollte ich das tun?«, fuhr er mich an. »Und ich habe dich schon einmal darum gebeten, Clifford, mich nicht ›Pops‹ zu nennen.«

Er war verärgert und ungeduldig. Es war offensichtlich, dass er lieber woanders gewesen wäre, und wieder einmal hatte ich einen falschen Weg gewählt, mich an ihn zu wenden. Unser Abendessen ging in dieser Manier weiter. Meine Mutter war entzückt, dass ich sie unbedingt hatte sehen wollen, und plapperte in einem fort, während mein alter Herr gereizt war und ständig auf die Uhr sah. Die unberührte Ausgabe von *The Tuning Fork*, die ich mitgebracht hatte, steckte in meinem Uni-Aktenkoffer, der an meinem Stuhlbein lehnte. Ich warf einen Blick hinab und stellte mir die Seiten vor, die dort unten im Dunkeln verborgen waren, und es fühlte sich an, als hätte ich etwas Brennbares dabei, das jeden Moment wie eine Bombe explodieren könnte. Ich wollte auf den richtigen Zeitpunkt warten, doch mir wurde immer klarer, dass ich den Moment selbst würde herbeiführen müssen. Als unsere Teller abgeräumt waren und meine Mutter das Dessert bestellt hatte, holte ich endlich die Ausgabe heraus und schob sie meinem Vater über den Tisch zu.

»Was ist das?« Er runzelte die Stirn.

»Eine Literaturzeitschrift«, sagte ich.

Er schwieg, während er mit Argwohn in den Augen auf den Tisch hinabblickte.

»*The Tuning Fork*? Noch nie gehört«, sagte er nach einer Weile.

»Sie ist neu«, erklärte ich. »Ein Freund von mir hat sie gerade erst gegründet. Gene – mein Freund – hat ziemlich viel Ahnung. Er wird Großes in der Literaturszene bewirken.«

Mein alter Herr hob eine Augenbraue, bevor er sich zügeln konnte. Er hatte während der ganzen Mahlzeit Scotch getrunken und hob jetzt den Finger, um sich noch einen bringen zu lassen, schien jedoch nicht die Aufmerksamkeit des Kellners erregen zu können. »Ja. Nun. Ich gehe mal davon aus, unten im Village drucken heutzutage alle möglichen Leute Zeug und nennen es Literatur.«

»Es ist eine gute Zeitschrift«, sagte ich und hasste mich sofort dafür. Meine Stimme hatte diesen defensiven Winselton angenommen, der meinem alten Herrn bestimmt nicht entging. Meine Stimme war ganz belegt, und ich räusperte mich.

»Ja, ich habe auch eine Geschichte in dieser Ausgabe«, sagte ich lauter. »Es ist wirklich eine gute Zeitschrift«, wiederholte ich dümmlich.

»Ganz bestimmt, und es ist sehr nett, dass dein Freund dich so mag«, sagte er in herablassendem Tonfall. Mein alter Herr, der es nicht gewohnt war, ignoriert zu werden, ließ die Hoffnung auf den Kellner fahren und schürzte aufgebracht die Lippen.

»Das ist nicht der Grund, warum er meine Geschichte genommen hat: Er hat mich darum *gebeten*«, sagte ich. »Vor der ganzen Sache hier kannte ich ihn noch nicht einmal. Es war ein *bestellter* Beitrag.«

»Aber sicher doch«, sagte mein alter Herr. Ich hasste die Veränderung des Tonfalls, die er in die schlichte Bemerkung *Aber sicher doch* legen konnte.

»Clifford, Darling«, mischte meine Mutter sich ein, da sie die Zwietracht spürte und sie ihr Unbehagen bereitete. »Ich bin mir sicher, dass deine Geschichte wunderbar ist. Darauf würde ich Geld verwetten. Du nicht auch, Roger? Würdest du nicht Geld darauf verwetten?« Sie stieß ihn mit dem Ellbogen an.

»Ja, ja«, sagte mein alter Herr. Es war die Bestätigung, auf die meine Mutter aus war, aber meine Würde ließ sich damit nicht retten, da sein Tonfall verflucht abfällig war.

»Das kann er leicht sagen«, grunzte ich leise, auf einmal zornig. »Sein Geld ist es ja nicht.« Ich spielte auf das Vermögen meiner Mutter an. Als mein alter Herr mein Gemurmel vernahm, fuhr sein Kopf herum, und eine dunkle Gewitterwolke zog sich dicht über seiner Stirn zusammen.

»Was sagtest du, Liebes?«, erkundigte sich meine Mutter.

»Nichts.«

»Seht mal«, sagte mein alter Herr und schlug damit eine

neue Richtung ein, da er mittlerweile die Hoffnung auf eine letzte Runde Alkohol aufgegeben hatte, »mir ist eben eingefallen, dass ich noch etwas im Verlag zu erledigen habe. Ich fürchte, ich mache mich besser schnell auf den Weg und kümmere mich darum. Doris – die Sache könnte recht lang dauern; ich denke, ich werde heute im Büro übernachten. Ist es in Ordnung, wenn du allein nach Hause fährst?«

»Gewiss, mein Lieber«, erwiderte meine Mutter.

Ich war stinksauer. Vager hätte sich mein alter Herr nicht ausdrücken können – *etwas zu erledigen?* –, aber es war gleich, wie vage er sich ausdrückte, denn meine Mutter würde nicht versuchen, ihn auf Einzelheiten festzulegen, und das wusste er, und so war es eben. Sie hatten vor Jahren eine Art Einigung erzielt, höchstwahrscheinlich ohne je auch nur darüber zu reden, und diese Dynamik war etabliert und mittlerweile zu dem Fundament geworden, auf dem ihre Ehe beruhte. Er stand auf und richtete seine Krawatte. Der schäbige Mistkerl würde noch nicht einmal der Höflichkeit halber bleiben, während meine Mutter ihr Dessert aß. Er verabschiedete sich, küsste meine Mutter auf die Wange und schüttelte mir die Hand, bevor er durch den Saal segelte, um seinen Mantel zu holen.

Ich wusste nur zu gut, wohin er als Nächstes gehen würde, und zwar nicht zurück ins Büro. Ich blickte auf den Tisch, auf dem immer noch die Ausgabe von *The Tuning Fork* mit meiner Geschichte darin lag, dort, wo die Hilfskellner den Teller meines Vaters abgeräumt hatten.

»Wolltest du, dass dein Vater die Ausgabe bekommt, Liebes?«, fragte meine Mutter, die meinem Blick zum Tisch mit der vergessenen Zeitschrift darauf folgte. »Ich kann sie mit nach Hause nehmen und auf seinen Nachttisch legen.«

Ich musste mich sehr zusammenreißen, um nicht in unverschämtes, schallendes Gelächter auszubrechen und etwas darüber zu sagen, dass mein alter Herr selten neben dem Nachttisch schlief, von dem sie sprach, doch ich sah meine Mutter an und wusste, wie sehr es sie kränken würde.

»Ach, nein«, sagte ich. »Ist nicht so wild.«

Ich saß bei ihr, während sie ihre Profiteroles verspeiste, entschuldigte mich aber schon bald danach. Zum Abschied küsste ich meine Mutter und ging zur Garderobe. Ich hatte kein Bargeld bei mir und hatte dummerweise auch vergessen, Eden um etwas zu bitten, und jetzt lächelte mich der Mann an der Garderobe erwartungsvoll an.

»Hier«, sagte ich und klatschte die Ausgabe von *The Tuning Fork* auf den Garderobentisch. »Die können Sie als Toilettenpapier benutzen.«

Ich ließ sie dort liegen und ging nach draußen in den kühlen Herbstabend.

MILES

46

Nachdem wir das Y verlassen hatten, kehrte ich allein in mein Hotelzimmer zurück. Den Abend verbrachte ich damit, das Tagebuch zu betasten, es voll Erstaunen zu betrachten und nervös in den Händen herumzudrehen, ohne es jedoch aufzuschlagen. Den Großteil der Nacht und den nächsten Morgen verschwendete ich an dieses seltsame, hingebungsvolle Ritual. Ich vergaß zu essen. Früher tat ich Menschen, die behaupteten, sie hätten vergessen zu essen, immer als melodramatisch ab, doch seit das Tagebuch in mein Leben getreten war, verstand ich es besser: Es ist schwierig, daran zu denken, etwas zu verzehren, wenn man gerade selbst verzehrt wird. Einmal döste ich für eine gesegnete, lindernde Weile ein, meine Arme hielten das Tagebuch an die Brust gedrückt, und beim Erwachen begrüßte mich der modrige Geruch und rief mir die zu erledigende Aufgabe ins Gedächtnis. So verschwommen selbstmörderisch sich das auch anhört, ich war mir, nur einen ganz kurzen Moment lang, des Wunsches bewusst, ich wäre nicht aufgewacht. Etwas an dem Tagebuch brachte mich auf die Erde zurück, als ich erwachte und wieder zu mir kam; die Tatsache seiner Existenz durchdrang meinen Körper wie Tinte, die sich auf einem Blatt Papier ausbreitete. Rückblickend ist mir jetzt klar, dass ich offenbar damit rechnete, dass das Tagebuch die Erinnerungen an meinen

Vater irgendwie neu schreiben – oder schlimmer, sie vollständig auslöschen würde –, und für so etwas kann man niemals bereit sein.

Gegen Mittag klopfte es an meiner Hotelzimmertür. Ich zuckte zusammen und erstarrte.

»Miles?«, erklang eine gedämpfte Stimme.

»Joey?« Ich schüttelte meine Bewegungslosigkeit ab.

»Hey«, sagte er mit vertraut freundlicher Stimme, sobald ich die Kette von der Tür entfernt und ihm geöffnet hatte. Sein Blick schweifte durchs Zimmer und verweilte auf dem ungeöffneten Tagebuch, das auf dem Bett lag. Ein paar Türen weiter fing ein Baby zu weinen an, was in mir einen schamvollen Schauder ob meiner schäbigen Unterkunft hervorrief.

»Komm rein«, bot ich an, zögerte dann. »Wenn du willst.«

»Sicher.«

Joey betrat das Zimmer, und ich schloss die Tür hinter ihm. Das Babygeschrei drang in halber Lautstärke herein.

»Und, gute Lektüre? Worüber hat dein Vater geschrieben?«, fragte er, setzte sich aufs Bett und warf einen Blick auf das Tagebuch. Es war beinahe vierundzwanzig Stunden her, seitdem ich den Inhalt des alten Spinds meines Vaters im Y entgegengenommen hatte.

»Ich weiß es nicht.«

»Was meinst du damit, du weißt es nicht?«

Ich hörte ihn ein wenig aufkeuchen, als ich den Kopf schüttelte.

»Du meinst, du hast es nicht geöffnet?«

»Es ist nicht so einfach«, sagte ich.

Da schnaubte er. »Ha, okay, schön. Aber jemand, der sagt, seine Familie wäre einfach, ist ohnehin ein Lügner.«

In dem Moment wurde mir klar, dass wir die ganze Zeit über nach dem Spind meines Vaters gesucht hatten, aber dass ich Joey nie sehr viel nach seiner eigenen Vergangenheit befragt hatte. Ich wusste, er stammte aus dem Bergland Kentuckys, dass seiner Familie eine Bourbonbrennerei gehörte und sie relativ wohlhabend waren, beziehungsweise nahm ich das aufgrund von Joeys vagen Beschreibungen an.

»Wie ist denn *deine* Familie?«, fragte ich jetzt.

Er zuckte mit den Schultern. »Reich. Dumm. Aber ich habe ein paar schöne Erinnerungen an meine Mutter. Sie war intelligent, voller Leben, sehr geduldig mit mir, als ich noch ein Kind war.«

»Ich verstehe«, sagte ich und erkannte mich selbst in seinen Worten nur allzu gut wieder. »Wie alt bist du gewesen, als sie starb?«

»Sieben. Niemand hat mir je gesagt, dass sie krank war. Danach war ich wohl ein eher unzähmbares Kind. Im Rückblick schätze ich mal, dass mich mein Vater deshalb eine Zeit lang auf ein Internat geschickt hat. Tja, aus dem Grund und wegen seiner neuen Frau … halb so alt wie er und dumm wie Bohnenstroh, aber trotzdem gewieft genug, um meinen Vater dazu zu kriegen, ihr einen Diamanten an den Finger zu stecken und mich noch in derselben Woche im Internat anzumelden.«

»Das tut mir leid«, sagte ich betreten.

»Lass nur«, erwiderte er. »Das Internat war gar nicht so übel. Reichlich arme kleine reiche Jungs, und man sieht sich um und erkennt, dass es vielen schlechter geht als einem selbst.« Er hielt inne und lächelte mich an. »Abgesehen davon«, fügte er hinzu, »habe ich auf dem Internat meine erste Liebe gefunden.«

Er sagte das ohne das geringste Unbehagen. Insgeheim fragte ich mich, wie viele es gegeben hatte.

»Nein … das Internat war bestimmt nicht der schlimmste

Teil meiner Kindheit«, sagte er. »Der schlimmste Teil kam, als mein Onkel zu uns zog. Er war derjenige, der entschied, mich vom Internat zu nehmen und wieder nach Hause zu holen.« Er schüttelte den Kopf. »Ich wünschte, er hätte es nicht getan.«

»Was ist passiert?«, fragte ich.

»Nichts«, weigerte Joey sich. Er stand auf. »Reden wir jetzt nicht darüber. Jetzt will ich feiern. Was meinst du? Du wirst offensichtlich mit dem Öffnen des Dings warten, als wäre es eine Art heiliger Schrein«, sagte er und deutete auf das Tagebuch. »Amüsieren wir uns in der Zwischenzeit. Vielleicht bist du nach einer guten Ablenkung entspannter.«

»Was schwebt dir vor?«

»Meine Freundin Sally Ann veranstaltet eine Party«, sagte er. »Sie hat dieses morsche alte Haus in Potrero Hill und feiert geniale Partys.«

Mir graute innerlich bei der Vorstellung, auf eine Party zu gehen, doch Joey hatte recht damit, dass ich eine Ablenkung brauchte: Seitdem ich das Tagebuch ins Hotel gebracht hatte, war ich in eine seltsame Bewegungslosigkeit verfallen, unfähig weiterzukommen.

Joey bot an, für ein Taxi zu zahlen. Wir winkten eines herbei und fuhren los, unterhielten uns aufgeregt und bliesen Zigarettenrauch aus den Fenstern. Sobald wir die Stadt durchquert hatten, kletterte das Taxi auf einen steilen Hügel und setzte uns vor einem verschnörkelten, windschiefen, verfallenen viktorianischen Haus ab, an dessen Dachvorsprüngen und Giebeln viel rüschenhaft-überladenes Zierwerk wie Zuckerguss hing. Früher einmal musste das Haus zauberhaft gewesen sein, doch jetzt sah es einfach scheußlich aus. Jemand hatte das Haus in einer knallbunten Kombination aus Rot, Lila und Gelb gestrichen, die Giebelverzierungen hingegen glänzend schwarz, wie die Farbe eines Ölteppichs. Es gab Stellen, an denen die Farbe bereits abblätterte, und mehrere Stellen, wo sie den Konturen des Giebels nicht so ganz die Treue hielt. Eine lange Treppe führte zur vorderen Veranda hoch. Oben drückten wir auf eine Klingel, doch diese Formalität war sinnlos, da die Party so laut tobte, dass das Läuten verschluckt wurde. Mit einem Schulterzucken drehte Joey am Türknauf, und wir traten scheu in ein überfülltes Zimmer. Ein paar Partygänger nickten uns auf vage, gleichgültige Art zu, als wir uns an ihnen vorüberschoben. Sie trugen so etwas wie eine unbeabsichtigte Uniform, schwarze Rollkragenpullover oder gestreifte Matrosenhemden, alles dekoriert von ein paar schwarzen Baskenmützen und roten Schals. Jeder sah bewusst künstlerisch und schräg aus, und ich erkannte in dieser Szene ein Echo von Greenwich Village wieder. In einer gegenüberliegenden Ecke war eine Gruppe Leute um einen jungen Kunststudenten versammelt, der laut ein Gedicht vorlas, während ein RCA-Projektor sporadisch Bilder nackter Männer und schwangerer Frauen neben reifem Obst und dem Atompilz einer explodierenden Atombombe an eine weiß getünchte Wand warf. Jazz trompetete von einem Plattenspieler im angrenzenden Zimmer.

»Suchen wir Sally Ann!«, rief Joey über den Lärm.

Er packte mich am Arm und lenkte mich durch das Partygetümmel. Wir bewegten uns einige Flure entlang, bis wir mitten in einen gewaltigen rückwärtigen Salon kamen, in dem eine Frau von einem blauen Samtsofa aufsprang, wo sie an der Schulter eines glattrasierten Mannes gelehnt und eine Huka-Pfeife geraucht hatte.

»Darling!«, sagte sie bei Joeys Anblick, warf den Huka-Schlauch fort und breitete die Arme theatralisch aus. »Mein aller*liebster* Darling! Ich bin ja überglücklich!«

»Sally Ann!«, rief Joey zurück und breitete im Gegenzug die Arme aus. Sie fielen einander um den Hals.

Sally Ann war eine Honigblondine mit seidigen Locken, die sie schulterlang trug. Ihr Lippenstift war auf überaus sorgfältige Art aufgetragen, mit einem erfolgreich gemeißelten Amorbogen, wo Gott selbst sich offenbar geweigert hatte, einen zu erschaffen. Sie trug einen vollen Tüllrock in der Farbe von Zuckerwatte und ein Paar blassrosa Slipper. Eine elegante schwarze Schärpe war mit dem klaren Ziel, ihre kurvenreiche Silhouette zu betonen, um ihre Taille geschnürt. Und obwohl zu bezweifeln war, dass sie im Laufe des Abends einen Fuß vor die Tür gesetzt hatte, krönte ihren Kopf ein überflüssiger Pillbox-Hut mit einer recht absurden, wogenden Straußenfeder, die erst nach oben wegstand und sich dann schließlich nach unten bog, wo sie beinahe an ihre Nasenspitze strich und direkt zwischen ihren hellblauen Augen hing.

Während ich sie musterte, kam mir der Gedanke, dass sie ihre Kleidung und Haltung eins zu eins aus irgendeinem Artikel in einer Frauenzeitschrift zum Thema »Perfekte Gastgeberin« übernommen hatte – allerdings so übertrieben, dass sie etwas Kostümiertes an sich hatte, das das Konzept eher zu verspotten schien.

»Was in aller Welt *ist* das?«, fragte Joey, hob das Mundstück vom Teppich auf, wo sie es hingeworfen hatte, und folgte dem Schlauch der Huka zurück zu der Stelle, an der er an der bunten Glasvase befestigt war.

»Ist sie nicht exotisch, Darling? Dick hat sie aus dem Nahen Osten mitgebracht, um mir eine Freude zu bereiten.« Sie beugte sich auf verschwörerische Art zu uns, ohne jedoch die Stimme zu senken. »Ich glaube, er hat es sich in den Kopf gesetzt, dass mir dieser Arabien-Unsinn eine Inspiration sein wird, seinem kleinen Harem beizutreten.« Sie stieß Joey mit dem Ellbogen in die Rippen und legte den Kopf schräg, um unsere Aufmerksamkeit auf einen Mann am anderen Ende des Zimmers zu lenken. Dick stand mit einem zierlichen Mädchen mit rehbraunen Augen im Arm da, strich ihr den ordentlich geschnittenen Pony aus den Augen und flüsterte ihr liebevoll etwas ins Ohr.

»Du bist nicht fürs Haremsleben gemacht, Sally Ann«, stellte Joey fest. »Als Hauptdarstellerin ganz vorne auf der Bühne bist du spitze, aber ich weiß nicht, wie gut du dich im Chor schlagen würdest.«

»Offen gesagt weiß ich das auch nicht, Darling«, erwiderte sie. Sally Ann wandte sich zu mir, musterte mich genauer und machte eine schwungvolle Geste in meine Richtung. »Aber wie ich sehe, hast du dein eigenes erlesenes Exemplar mitgebracht!« Während ich mich gegen diese herablassende Einschätzung sträubte, warf Joey mir einen entschuldigenden Blick zu, was Sally Ann allerdings nicht zu bemerken schien. »Wer ist dieser unglaublich gut aussehende und muskulöse junge Kerl?«

»Das ist mein Freund Miles. Miles? Sally Ann. Sally Ann, Miles.«

»Aber du *hast* keine Freunde, Darling«, sagte sie. Auf einmal wirbelte sie in meine Richtung. Später erklärte mir Joey, dass Sally Ann nicht in der Lage sei, mit mehr als einem Menschen gleichzeitig zu reden. Auf diese Weise hatte sie diesen atemlosen, vertrauensvollen Charme entwickelt. Dabei hatte sie die ständige Angewohnheit, von demjenigen, mit dem sie gerade nicht redete, in der dritten Person zu sprechen, als wäre er nicht anwesend. »Ehrlich«, fuhr sie fort und blinzelte mich mit ihren großen blauen Augen an. Das Gespräch war jetzt ein privates zwischen uns beiden. »Frag ihn! Er hat keine

Freunde. Keinen einzigen.« Sie beugte sich vor. »Möchtest du wissen, warum? Weil sich alle seine Freunde in ihn verlieben«, antwortete sie. »Es stimmt! Das tun sie *alle*! Jeder einzelne.«

»Bist *du* nicht mit ihm befreundet?«, fragte ich.

»Nun ja; da hast du mich erwischt, du schlauer Teufel.« Lachend streckte sie die Hand nach Joeys Kinn aus, das leichte Bartstoppeln und ein kleines Grübchen aufwies, nahm es zwischen die Finger und drehte es in meine Richtung. »Aber ich schwöre dir, dass es stimmt. Und kann man es ihnen verübeln?«

Ich war zu peinlich berührt, um zu antworten. Joey errötete, und Sally Ann lachte abermals. Sie ließ Joeys Kinn los und wandte sich wieder mir zu.

»Dir bin ich noch nie über den Weg gelaufen«, sagte sie und musterte mich flüchtig von Kopf bis Fuß. »Und ich kenne *jeden* in der Stadt.«

»Das stimmt«, sagte Joey. »Das tut sie.«

»Du bist nicht von hier, nicht wahr?«

»Nein«, sagte ich. »New York.«

»Ach, das ist ziemlich weit weg. Wie lange hast du vor zu bleiben?«

Die Frage erregte Joeys Aufmerksamkeit, als dämmerte ihm, dass *er* mich nicht gefragt hatte, wie viel länger ich zu bleiben plante. Meine einzige Mission war die Suche nach dem Tagebuch meines Vaters gewesen, und jetzt war sie erfüllt. Mir fiel auf, dass Sally Ann Joeys Miene aus dem Augenwinkel beobachtete und sein leicht steigendes Interesse bemerkte.

»Ich denke mal …«, geriet ich ins Stocken und sah nervös zu Joey, »ich werde wahrscheinlich in ein oder zwei Tagen den Greyhound nehmen.«

»Warum denn so bald? Gefällt dir Frisco nicht?«, fragte Sally Ann mit theatralischer Schmollstimme, als hätte ich eben ihre Lieblingscousine beleidigt.

»Doch«, versicherte ich ihr. »Ich fürchte, es ist eine Frage des Geldes. Ich habe schon zu viel ausgegeben; mein Hotelzimmer verschlingt täglich Kosten, die ich mir nicht auf unbestimmte Zeit leisten kann.«

Sie beobachtete Joey immer noch aus dem Augenwinkel, während ich meine bevorstehende Abreise verkündete. Angesichts seiner Reaktion verzog sich ihr Mund, und ihre Augen verengten sich, und zu meinem Entsetzen wurde mir klar, dass sie eifersüchtig war.

»Ist das nicht schade?«, wandte sie sich Joey zu. »Wirst du es nicht bedauern, wenn Miles so bald schon abreist?« Es war offensichtlich, dass sie die Antwort bereits kannte.

»Tatsächlich«, sagte Joey und sah mich jetzt unverwandt an, »werde ich das.«

Wir wechselten einen ernsten Blick, während Sally Ann von einem Bein auf das andere trat, weil sie sich ärgerte, dass sie so leicht links liegen gelassen wurde.

»Tja!«, rief Sally Ann und durchbrach damit die gewichtige Anspannung dieses Blickwechsels. »Das muss begossen werden! Es gehört sich nicht, jemanden abreisen zu lassen ohne einen Toast, um ihm *bon voyage* zu wünschen.«

Sie führte uns zu einer kleinen Bar in ihrem Wohnzimmer, wobei ihr Zuckerwatte-Tüllrock bei jeder Bewegung lächerlich raschelte. Wir bahnten uns auf ihre Weisung hin einen Weg durch das Gedränge. Sie räusperte sich, und ein paar Partygäste, die im Alkoholvorrat der Bar herumstöberten, kicherten und traten höflich beiseite.

»Wisst ihr …«, sagte sie, duckte sich hinter die Bar und kramte herum, »ich glaube, ich habe möglicherweise genau das Richtige … Wenn ich es nur in die Finger bekomme … Aha! Hier ist es!« Sie tauchte wieder auf und hielt stolz eine Champagnerflasche am mit glänzender Folie umwickelten Hals. Ich betrachtete das bekannte schildförmige Etikett und erkannte die Wörter *Dom Pérignon.*

»Möchtest du den nicht für einen besonderen Anlass aufheben?«, fragte ich. In den ungefähr zehn Minuten seit unserer Bekanntschaft war mir nicht verborgen geblieben, wie wenig Sally Ann mich mochte. Jetzt warf sie mir einen Blick zu, der besagte, ich solle ihr bei ihrer Vorstellung großmütiger Freude keinen Strich durch die Rechnung machen.

»Unsinn. Wir sollten auf deinen Besuch anstoßen und dich stilvoll verabschieden! Und überhaupt, warum morgen trinken, was man heute trinken kann?«, erwiderte sie. »Das ist mein Motto.« Sie zwinkerte. »Nun«, fuhr sie fort und hielt die Flasche in unsere Richtung, »wer möchte den Gastgeber spielen? Joey?«

Joey nahm die Flasche entgegen und machte sich daran, die Folie aufzuwickeln und das Drahtgeflecht zu entfernen. Der Korken kam mit einem lauten *PLOPP* heraus, und die Flaschenöffnung rauchte ein wenig wie der Lauf einer Pistole. Die meisten Gläser von Sally Ann waren bereits in Gebrauch, daher gossen wir den Champagner in drei Pappbecher. Sally Ann befahl Joey, sie bis zum Rand zu füllen.

»Nun«, sagte sie in herrischem Tonfall, »sprich einen richtigen Toast auf Miles aus!« Sie hob ihren Pappbecher in die Höhe.

Joey sah mich an. »Ich weiß nicht, ob ich dem gerecht werden kann«, sagte er kopfschüttelnd.

»Darf ich etwas sagen?«, warf ich ein.

»Natürlich«, sagte Sally Ann. »Nur zu.«

»Ich glaube nicht, dass ich das Tagebuch meines Vaters

ohne dich gefunden hätte, Joey«, sagte ich. »Ich hatte großes Glück an dem Abend, als ich aus Versehen nach dem falschen Mantel gegriffen habe.« Ich hob meinen Becher.

Sally Ann, die noch nicht in den Kontext eingeweiht war, wirkte bereits ein wenig fasziniert.

Joey hob seinen Becher. »Ich freue mich für dich, Miles, dass du gefunden hast, wonach du gesucht hast. Es freut mich, dass ich helfen konnte, wenn auch nur ein kleines bisschen. Ich wünschte …« Seine Stimme verlor sich, und er betrachtete den Teppich. Um uns herum tobte die Party weiter, aber ich war in dem Moment so sehr auf Joey konzentriert, dass es war, als hätte jemand die Lautstärke heruntergedreht. Joey räusperte sich und sah wieder hoch. »Es ist schade, dass du nicht länger hierbleiben kannst.«

»Auf Miles«, schaltete Sally Ann sich ein und übernahm die Führung, »der zweifellos ein echter Charmeur ist, denn es ist ihm offensichtlich gelungen, den berüchtigt immunen Joey zu betören.« Sie zwinkerte erneut, sah zwischen unseren Gesichtern hin und her und lächelte aufgrund unseres gegenseitigen Unbehagens in sich hinein.

Niemand sagte ein weiteres Wort. Wir stießen mit den Pappbechern an, das Wachspapier rieb aneinander, und wir tranken alle einen Schluck. Er war warm und ein wenig schaumig; die Flasche hätte auf Eis gelegt gehört.

»Mir ist eben ein absolut brillanter Einfall gekommen«, platzte Sally Ann plötzlich heraus und unterbrach damit die Gesprächspause. »Vielleicht muss Miles *doch nicht* so bald die Stadt verlassen. Ich meine … wenn es nur eine Frage der Hotelkosten ist.«

Ich hätte wissen sollen, was als Nächstes kam. Sally Ann war die Art Mädchen, die ihrer Eifersucht Ausdruck verlieh, indem sie den Mann, der ihre Liebe nicht erwiderte, näher an das Objekt *seiner* Begierde drängte. Ich hatte schon gesehen, wie Mädchen das mit anderen Mädchen machten und wildes Entzücken bei der Aussicht vortäuschten, Kupplerin für den Jungen zu spielen, der ihnen durch die Lappen gegangen war. Aber ich hatte noch nie gesehen, wie eine Frau dies mit zwei Männern tat. Angesichts der damaligen Gefahren fand ich es rücksichtslos von ihr.

»Wovon redest du, Sally Ann?«, fragte Joey.

»Zufälligerweise gehört mir ein altes Hausboot«, erwiderte sie. »Auf der anderen Seite der Bucht in Sausalito. Mein Großvater hat es mir vererbt, und ich mache nicht viel damit. Behalten habe ich es hauptsächlich, um Partys darauf zu feiern; du weißt schon, kleine Künstlerfeste im Sommer.

Ich veranstalte tolle Campinglager«, fügte sie hinzu und stupste Joey mit einem wissenden Lächeln an. »Jedenfalls ist es nicht gerade das Ritz, aber es hat alles Notwendige … Wasserleitungen und Elektrizität und all so was.«

Sie wandte sich an mich. »Ich begreife nicht, warum du nicht bleiben kannst, wenn du es doch willst.« Sie lächelte, und in ihr Auge kroch ein boshaftes Glitzern.

»Sag mal … das ist vielleicht gar keine so üble Idee … Was meinst du, Miles?«, fragte Joey mit einer jähen Woge frischer Energie. »Du könntest noch ein bisschen länger bleiben, dir die Sehenswürdigkeiten ansehen. Schließlich … sind dreitausend Meilen ein furchtbar langer Weg. Wer weiß, wann du es je wieder hierherschaffst?«

Ich überlegte. »Das stimmt«, sagte ich. Ich zögerte immer noch.

»Komm schon, was wartet in New York denn schon groß auf dich?«, bohrte Joey.

Ich zuckte mit den Schultern. Mir wurde klar, dass ich *sehr wohl* mehr Zeit in San Francisco verbringen wollte. Mit Joey.

»Und natürlich wird Joey dir Gesellschaft leisten«, fügte Sally Ann hinzu, als läse sie meine Gedanken. Wir drehten uns beide zu ihr, unsicher, wie dieser Kommentar gemeint war. »Du wirst doch mit ihm auf dem Hausboot wohnen, nicht wahr, mein Lieber?«, sagte sie mit aalglatter, beiläufiger Stimme zu Joey.

Joey blinzelte.

»Ich habe Miles eben erst kennengelernt«, erklärte sie, »und es wäre mir lieber, das Hausboot an einen Fremden zu verleihen, wenn ich wüsste, dass auch jemand dort ist, dem ich vertraue.«

Ihre geschlossenen roten Lippen verzogen sich zu einem verkniffenen Lächeln. Es war eine Herausforderung, eine Mutprobe. Sally Ann hatte Joey etwas angeboten, wovon sie wusste, dass er es wollte. Sie forderte ihn heraus, es anzunehmen.

»Das … ließe sich wohl einrichten«, erwiderte Joey zögerlich. Er musterte mein Gesicht nach einem Anzeichen von Billigung oder Ablehnung, doch er konnte nichts finden; ich war reglos wie ein Stein, an der Oberfläche gefroren, während mein Herz wild in meiner Brust klopfte. Ich spürte es so heftig hämmern, als wollte es in meine Kehle hochsteigen. »Wenn Miles nichts gegen die Abmachung hat.«

Joey hatte mir gesagt, dass er und Eddie bei einem Kumpel von Eddie schliefen. Eine kostenlose Bleibe war wohl so gut wie die andere, aber natürlich steckte mehr hinter Sallys Vorschlag. Während wir dort standen und an unserem Champagner nippten, wussten wir das alle, aber niemand war gewillt, es auszusprechen – noch nicht einmal Sally Ann, der unsere Verlegenheit offensichtlich Freude bereitete. Ich fragte mich, was Joey Eddie sagen würde und Eddies Kumpel.

»Gut!«, rief sie nun. »Dann ist es ausgemacht. Ich gebe dir

die Schlüssel«, sagte sie zu Joey, »und Miles kann gleich morgen früh aus seinem Hotel ausziehen.«

»Großartig«, murmelte Joey.

»Großartig«, lautete mein Echo. Ich wandte mich an Sally Ann und bedankte mich mechanisch, während sie mich angrinste, selbstgefällig und wissend.

Sally Ann trank den restlichen Champagner mit uns und überreichte einen Schlüssel an einem Kaninchenfuß-Schlüsselanhänger, der bis zu den glänzenden Sehnen abgegriffen war. Dann entließ sie uns wieder in die dröhnende Energie der Party, eine erfahrene Fischerin, die ihren Fang zurück ins Wasser warf. Beim Davonrascheln lächelte sie über die Schulter. Joey und ich stolperten durch den Raum und betrieben Small Talk mit anderen Partygästen, als hätten wir Angst, zusammen allein zu sein, manisch und nervös und aufgeregt und zutiefst verlegen.

In Gedanken stellte sich mir die gleiche Frage immer wieder … Zu was genau hatte ich da meine Zustimmung gegeben? Die Antwort war etwas, das Joey und ich gemeinsam entscheiden würden, und gleichzeitig wusste ich, dass es bereits entschieden war. Ich wusste eines: In New York hätte ich nicht die gleiche Entscheidung getroffen. Diese weit entfernte Stadt, die gerade noch so am Rand der westlichen Erdhalbkugel hing, hatte etwas Freizügiges. Hier war ich ein anderer Mensch. Auch ich hing an einer Art Rand, aber zum ersten Mal im Leben war ich gewillt loszulassen.

Erst ein oder zwei Tage später wurde mir klar, dass ich bei Joeys Frage *Was wartet in New York denn schon groß auf dich?* meine Chance verpasst hatte zu sagen: *Janet. Janet wartet auf mich.*

47

Im Morgengrauen verließen wir Sally Anns Party. Wir fuhren in mein Hotel. Es war klar, dass der Mann am Empfang Joey von neulich wiedererkannte. Da er uns, die Lippen leicht angewidert verzogen, aus dem Augenwinkel beobachtete, wartete Joey unten, während ich nach oben ging, um schnell meine Sachen zu packen.

»Hier ist meine Nachsendeadresse«, sagte ich bei der Abmeldung. Ich schob einen Zettel unter der Scheibe hindurch. Darauf hatte ich die Nummer des Postfachs in Sausalito gekritzelt, die Sally Ann uns gegeben hatte. Der Rezeptionist nahm den Zettel mit einem Ächzen entgegen. Er musterte mich mit leerem, stoischem Blick und spuckte den Sonnenblumenkern, auf dem er herumgekaut hatte, in eine Tasse. Unwillkürlich beschlich mich Skepsis, ob ich je nachgesandte Post zu Gesicht bekommen würde.

»Bereit?«, fragte Joey.

Als wir nach unten zum Pier gingen, um die Fähre zu nehmen, zog ich den Mantel aus und legte ihn mir etwas umständlich über den Arm. Das Wetter in San Francisco schien uns ein wenig an der Nase herumführen zu wollen. Es war unmöglich, sich passend anzuziehen. In der einen Minute aalte man sich im gleißenden Sonnenschein und schwitzte unter der schweren Last des Wintermantels, während man in der nächsten vielleicht in der grauen, bitteren Kälte zitterte, die gewöhnlich Schauerromanen vorbehalten war.

Die Überfahrt mit der Fähre war angenehm. Bei unserer Ankunft in Sausalito folgten wir der Küstenlinie am Jachthafen vorbei zu einer Gruppe exzentrisch aussehender Bauten. Später erzählte Joey mir die Geschichte hinter dem Hausboot, das offensichtlich im Laufe der Jahre behelfsmäßig repariert worden war. Sally Anns Großvater hatte das Hausboot, zusammen mit einem kleinen Fischerboot, gekauft, als Sausalito noch ein kleines Fischerdorf war. Ohne die Golden Gate Bridge war San Francisco damals ein abgelegener Ort gewesen, ein glänzendes Gestirn auf der anderen Seite der Bucht, das den Jachtbesitzern, die den Hafen anliefen und laut über ihre Anteile an Goldminen in El Dorado schwadronierten, viel bedeutete, aber für die örtlichen Fischer nichts weiter als ein besserer Leuchtturm war. Sobald sowohl Sally Anns Großvater als auch ihr Vater verstorben waren, verkaufte sie das Fischerboot, behielt jedoch das Hausboot, hauptsächlich – wie sie uns gesagt hatte – als einen zweiten Veranstaltungsort für ihre berüchtigten Partys.

Am Tag unseres Einzugs bahnten wir uns einen Weg über Deck und vorbei an den Pflanzen in ihren angeschlagenen Terrakottatöpfen und drehten den Schlüssel zum ersten Mal. Gleich von Anfang an war nichts so, wie ich es mir vorgestellt hatte. Als ich das Wort *Hausboot* das erste Mal vernommen hatte, erwartete ich viel weiße und marineblaue Farbe und dass alles luftig und leicht sein würde, auf dem Wasser treibend. Im Gegensatz zu meinen Erwartungen bestand die Eingangstür aus einem schweren Stück rotem Küstenmammutbaum. Joey stieß sie auf, und uns schlug kühle, trübe, feuchte Luft entgegen. Es roch nach Schlick und Meersalz und nach würzigen Kräutern und gleichzeitig nach einem kalten, modrigen Keller.

Wie die Eingangstür bestanden auch die Wände des Hausbootes aus Rotholz. Doch im Gegensatz zur Eingangstür, die den Großteil ihrer natürlichen roten Pigmente an die Elemente eingebüßt hatte, leuchtete das Holz der Wände vor Farbe. Die Holzverkleidung im Innern des Hausbootes war eine marmorierte Mischung aus Karmesinrot, Bernsteingelb und Gold. Die Wände wiesen einen Hauch von hellem Glanz auf – nicht von dem Versuch eines Besitzers, sie mit Glanzlack zu versiegeln, sondern einfach aufgrund der verstrichenen Zeit, in der sie durch menschliche Berührung glatt gerieben worden waren. In einer gegenüberliegenden Ecke stand ein Holzofen aus schwarzem Eisen. Dies war in meinen Augen bei Weitem der überraschendste Gegenstand in dem Zimmer. Ich weiß nicht, was meiner Vorstellung nach ein Boot warm halten sollte, aber bestimmt nicht das. Mich erschreckte seine Schwere; ich hatte das Gefühl, als könnte das Boot unter der Last sinken. Und die Vorstellung, dass man das Boot heizen sollte, indem man eben die Sache verbrannte, die es über Wasser hielt – Holz! Nichtsdestotrotz stand er da und bullerte Hitze in den Raum, sobald man ihn richtig gefüttert hatte.

Dem Innern des Hausbootes waren etliche seltsame Renovierungsversuche anzusehen. Jemand hatte Filz als eine Art behelfsmäßigen Teppich verlegt. Er war billardgrün und fühlte sich während meines gesamten Aufenthaltes klamm an. Lief man in Strümpfen darüber, waren die Fußsohlen den restlichen Abend nass. Wenn ich es mir jetzt recht überlege, war es gut möglich, dass der grüne Filz für einen guten Teil des kalten, modrigen Kellergeruches verantwortlich war, der alles zu durchdringen schien.

Das Hausboot war zwar spärlich eingerichtet, es entstand aber dennoch der Eindruck, dass es mit Kleinkram vollgestopft war. Verschiedene Werkzeuge und Fischereiausrüstungsgegenstände hingen hinten an Nägeln, die überall in die Wände des einen Hauptraumes des Bootes gehämmert waren. Zeitschriften und Zeitungen waren hüfthoch gestapelt, und die Fensterbretter waren mit Zetteln und Quittungen übersät. Mitten im Zimmer standen zwei Liegestühle um einen kleinen Holztisch, der zu hoch für die Stühle war. Es war ein Höhenunterschied, der alle drei Gegenstände irgendwie nutzlos werden ließ; diese Beobachtung bestätigte sich, als ich mich auf einen der Liegestühle setzte und gleich feststellen musste, dass mir der Tisch ans Kinn reichte. Das einzige andere große Möbelstück auf dem Hausboot war ein Kapitänsbett, das in die gegenüberliegende Ecke gebaut war. Es hatte eine ungewöhnliche Größe: Eigentlich war es ein Doppelbett, war allerdings gute fünfzehn Zentimeter kürzer, als man vielleicht gewöhnlich erwarten würde. Ich muss zugeben, dass mir das Bett einige Schwierigkeiten bereitete. In den Nächten, in denen ich darin schlief, baumelten meine Füße über die Kante, und oft wachte ich auf und musste feststellen, dass sie aufgrund der kühlen Nacht und schlechten Durchblutung taub geworden waren.

Joey und ich nahmen gegenüber dem Hausboot eine sehr unterschiedliche Haltung ein. Wir sahen es beide als das schäbige Drecksloch, das es nun einmal war, aber wir reagierten auf seinen trüben Glanz und die triste Umgebung auf gegensätzliche Weise. Joey nahm Veränderungen vor. Er fing mit den Fenstern an und wischte die weißliche Kruste weg, die irgendein ehemaliger Bewohner absichtlich mit Seife hingeschmiert hatte. Er zerrte die wenigen Möbelstücke, die wir hatten, auf der Suche nach der idealen Anordnung im Zimmer herum. Er hob ganze Stapel an Zeitungen und Zeitschriften auf und warf sie in die Bucht. »Die Fische können die Schlagzeilen lesen«, sagte er.

Es war offensichtlich, dass Joey in der Stimmung war, aus dem Hausboot eine Art richtiges Zuhause zu erschaffen. Damals merkte oder begriff ich es nicht, aber jetzt sehe ich es. Meine Reaktion auf das Hausboot war völlig anders. Ich bewegte mich dort wie ein Fremder und achtete darauf, keine Spuren zu hinterlassen. Wenn ich etwas brauchte, das es vielleicht erforderlich machte, in den Schränken oder Truhen herumzusuchen, wartete ich, bis Joey nach Hause kam. Noch öfter verzichtete ich sogar ganz darauf. Ich fasste nichts an, ich öffnete nichts, ich staubte nichts ab.

Es lag nicht daran, dass ich gegenüber Sally Ann misstrauisch gewesen wäre und mir Sorgen gemacht hätte, sie könnte unangemeldet auftauchen. Ich verspürte eher ein vages Unbehagen. Es war das Hausboot selbst, das ich nicht stören wollte, als würde es mich vielleicht verschlucken, wenn ich die falsche Schublade aufzog oder am falschen Spinnennetz rührte. Die Wahrheit lautete, dass ich Angst hatte.

Bis zu dem Moment, als ich meinen Koffer packte und mein Hotelzimmer räumte, war Joey lediglich ein hilfsbereiter Fremder, der ein persönliches Interesse daran entwickelt hatte, mir bei der Suche nach dem Tagebuch meines Vaters zu helfen. Das ist die Lüge, die ich mir selbst einredete. Und das ist die Lüge, die dafür sorgte, dass ich mich in seiner Gegenwart wohlfühlte, und die mir gestattete, mich zentimeterweise näher an ihn heranzuschieben, ohne zu spüren, wie der Abstand zwischen uns immer kleiner wurde. Doch an dem Tag, an dem wir in das Hausboot zogen, löste sich diese Lüge in Luft auf und wurde von einer stärkeren Brise davongetragen. Es war mir nur allzu deutlich bewusst, dass ich auf der

Stelle hätte kehrtmachen und gehen müssen, sobald wir die Tür aufsperrten und eintraten. Es gab nur ein Bett und kein Sofa; bestimmt war Sally Ann sich dessen bewusst gewesen, als sie das Angebot mit dem Hausboot überhaupt erst aufgebracht hatte.

Joey und ich sprachen nicht über die Schlafsituation, während wir uns nervös daran machten, unsere Sachen auszupacken. Das scherzhafte Geplänkel zwischen uns war zu leicht, gleichzeitig aber auch zu schwierig. Ich wusste, dass ich von dort verschwinden und nie mehr zurückblicken sollte. Doch zu dem Zeitpunkt hatte mich die Lüge sozusagen in die Hände der Wahrheit ausgeliefert und es *gab* kein Zurück. Zum ersten wunderbaren, schrecklichen Mal war ich da, wo ich hingehörte. Zusammen verräumten wir unsere Sachen mit einer gemeinsamen ernsten, ängstlichen Würde. Als unsere Koffer leer waren, drehten wir uns mitten im Zimmer einander zu und mit dem Mut des Soldaten streckte Joey den Arm aus, um meinen Hinterkopf in der Hand zu halten, ganz sanft.

Danach war es um uns geschehen.

48

Beim Einleben auf dem Hausboot werkelte Joey herum, pfiff wie ein glücklicher Kanarienvogel und führte seine Verbesserungsmaßnahmen durch. Wie ich schon bald herausfand, war er ein kleiner Meister, wenn es um die Kunst des Zusammenschusterns von Sachen ging. Als wir entdeckten, dass die schwere Eisentür des Holzofens jedes Mal, wenn wir sie zum Feuerschüren öffneten, aus den Scharnieren fiel, schaffte es Joey, den Stift im Scharnier mit einem zurechtgebogenen Bügel und einem einzelnen Eisenbahnnagel, den er in der Nähe der Schienen in der Stadt gefunden hatte, zu ersetzen. Er polierte eine Radkappe und hängte sie als Rasierspiegel in die Dusche, da es im Badezimmer keinen Spiegel gab. Beim Öffnen eines verwitterten Schrankkoffers entdeckte er ein paar alte Reusen, die er säuberte und im Wasser um das Hausboot verteilte. Er fing ein Paar kalifornische Taschenkrebse und kochte sie am Abend, bis ihre Panzer an den Rändern überall eine rostige flammend orange Farbe aufwiesen.

Manchmal fuhren wir mit der Fähre über die Bucht nach San Francisco. Bei anderen Gelegenheiten unternahmen wir in den bewaldeten Hügeln um Sausalito Spaziergänge. Wenn es darum ging, Besorgungen in der Stadt zu machen, entschieden wir, dass es am besten wäre, wenn Joey allein ging, um unliebsame Aufmerksamkeit zu vermeiden.

Jedes Mal, wenn er Besorgungen machte, saß ich allein da und starrte das Tagebuch an, das ich noch immer nicht aufgeschlagen hatte.

Das Objekt an sich war schon Furcht einflößend. Es war dick, schwer und in hartes Leder gebunden. Die Seiten waren aufgrund von Witterung und Alter zerknittert; von der Seite sah es wie ein Buch aus, das mit einem Stapel steifer gelber Rüschen vollgestopft war. Ich hatte das Gefühl, dass das Tagebuch seine lange Reise vielleicht nicht überlebt hätte, wäre es weniger robust gewesen. Der Einband war zerkratzt und abgenutzt, fleckig von Schmutz, Kaffee und – an einer verdächtigen Stelle – anscheinend Blut. Insbesondere dieser Fleck machte mir eines unmissverständlich klar: *Dieses Objekt war im Krieg gewesen.* Krieg, ein abstrakter, weit von meiner Existenz entfernter Ort, der jetzt real wurde durch den rötlich braunen Rest Blut eines Menschen … meines Vaters oder eines anderen, völlig unbekannten Menschen. Ich hatte die Geschichten meines Vaters über den Ersten Weltkrieg mit großem Zweifel beäugt, und nun wurde mir klar, dass es die Zweifel eines verwöhnten, naiven Kindes waren.

An einem Morgen endlich, während Joey unterwegs war und der Nebel dicht über der gesamten Bucht lag, stupste ich den Einband auf. Einfach so. Ich hatte das schon ein oder zwei Mal vorher getan, hatte die Handschrift meines Vaters oberflächlich gemustert, aber ohne die Worte zu lesen. Diesmal gestattete ich meinen Augen jedoch, länger zu verweilen. Ich begann zu lesen. Falls es irgendwelche Hinweise gab, die Clarences Geschichte möglicherweise bekräftigten oder widerlegten, würde ich sie wahrscheinlich am Ende finden, während des Zweiten Weltkrieges, als meinem Vater die Seiten ausgegangen waren, kurz bevor man ihn per Schiff an die

Kriegsfront im Pazifik gesandt hatte. Doch ich beschloss, am Anfang zu beginnen. Wenn ich schon die Wahrheit über meinen Vater erfahren würde, dann wollte ich alles erfahren.

Es begann mit der Anwerbung meines Vaters. Mein Großvater hatte seinem Sohn das leere Notizbuch 1917 gegeben, an dem Tag, an dem mein Vater beschloss, sich der Armee anzuschließen, und ihm ans Herz gelegt, seine Erfahrungen festzuhalten. In seinem ersten Eintrag schrieb mein Vater darüber, wie er in einem Tanzstudio in der 125th Street Schlange gestanden und sein Alter um zwei Jahre erhöht hatte, um in die Armee eintreten zu können, nervös und aufgeregt, stolz, seinem Land zu dienen. Die Einträge gingen weiter, während mein Vater von den Ereignissen berichtete, die ihn schließlich vom Ausbildungslager bis aufs Schlachtfeld führten. Das Wort *Ausbildung* verwende ich im weiteren Sinne, denn im Vergleich zu den weißen Regimentern war die Ausbildung der Hellfighters ein Witz. Während die weißen Regimenter monatelang trainierten, taten es die Rekruten des 369. lediglich ein paar Wochen lang in ihrer Zivilkleidung und erhielten zum Üben Besenstiele anstelle von Gewehren. Sie wurden sogar noch schlechter behandelt, als sie nach South Carolina geschickt wurden, damit sie dort ihre Ausbildung beendeten, denn die Anwohner gaben sich alle Mühe sicherzustellen, dass die farbigen Jungen aus dem Norden begriffen, dass sie den Rassengesetzen und allem, was damit einherging, unterlagen. An der Front wurden sie monatelang zu Arbeitsdiensten abbestellt, bis endlich entschieden wurde, dass man sie als Teil einer französischen Division in die Schützengräben schicken würde.

Ich erinnerte mich daran, wie mein Vater während meiner Kindheit etwas an den Tag gelegt hatte, was sich nur als eine Art emotionalen Patriotismus für Frankreich beschreiben lässt – lediglich übertroffen von seinem Patriotismus für Amerika –, und bei der Lektüre der Seiten seines Tagebuchs begriff ich endlich den Grund für seine Gefühlslage bezüglich der Franzosen: Den Franzosen war seine Hautfarbe viel weniger wichtig als der Umstand, dass er ein loyaler und wehrtauglicher Mann war. Er schrieb darüber, wie unglaublich es war, auf einmal mit einem gewissen Maß an Würde behandelt zu werden. Er und die anderen in seinem Regiment wurden mit französischen Helmen ausgestattet und an die Frontlinien geschickt, wo das 369. beeindruckenderweise nie einen einzigen Schützengraben oder einen Fuß Boden verlor.

Es ließe sich vielleicht sagen, dass die Deutschen beinahe genauso egalitär wie die Franzosen waren, wenn auch auf nicht ganz so offenkundig schmeichelhafte Weise, denn den Spitznamen »Harlem Hellfighters« hatte das Regiment meines Vaters von den Deutschen verliehen bekommen. Als ich das las, lachte ich ein wenig in mich hinein bei der Vorstellung, wie ein Deutscher mit Kulleraugen einen Schwarzen anstarrte, der in seinen Schützengraben gestürzt kam, und schlussfolgerte, dass eine derart furchterregende Naturgewalt nur aus dem Höllenschlund selbst stammen konnte.

Außerdem begriff ich allmählich, warum mein Vater gegenüber Clarence so tolerant gewesen war und ihn länger als gewollt bei uns zu Hause hatte wohnen lassen. Laut eines Eintrags meines Vaters rechnete er es Clarence an, dass dieser ihm das Leben gerettet hatte, indem er meinen Vater aus der Bahn der Kugel eines Heckenschützen gestoßen hatte, als sie in der späten Abenddämmerung während der ersten Tage des Regiments in den Schützengräben Wache saßen. Die Kugel war so dicht vorübergeschwirrt, dass sie Clarences Ohr schnitt und eine oberflächliche Wunde verursachte, die heftig blutete. Dankbar überließ mein Vater Clarence seine

Alkoholration des Tages, und so wurde ihre Freundschaft zementiert.

Sobald ich einmal mit der Lektüre anfing, kam ich in Schwung und verlor mich schnell in immer mehr Seiten. Ein wortgewandter Schreiber war mein Vater nicht gerade, doch es gab einige Beschreibungen in seinem Tagebuch, die, jedenfalls in meinen Augen, an Lyrik grenzten. Er beschrieb die sorgfältige Art, mit der er die Verschlüsse seiner Gasmaske überprüfte. Den gelben Nebel, der schwer in den Schützengräben lag. Er beschrieb, wie es gewesen war, als erstes Regiment den Rhein zu erreichen, an seinen Ufern zu stehen und die Landschaft zu betrachten. Ein Ballon aus Stolz schwellte meine Brust, nicht nur aufgrund der Dinge, die er mit angesehen hatte, sondern auch wegen der zärtlichen Art, mit der er der Welt um sich herum Aufmerksamkeit schenkte. Er schrieb von seiner Heimkehr nach New York und darüber, wie er in einer Parade mitmarschierte – ich kann nur annehmen, dass es sich dabei um dieselbe Veranstaltung handelte, die Clarence erwähnt hatte – und wie er den ganzen Weg die Fifth Avenue hoch, beim Einbiegen in die 110th Street, dann die Lenox entlang und beim Marsch in das vertraute Herz Harlems hinein versuchte, ein Grinsen zu unterdrücken.

Als Joey von seinen Erledigungen zurückkehrte, betrachtete er mich genau und fuhr beim Anblick meiner Lektüre überrascht zusammen.

»Du liest es«, stammelte er. »Wie – wie ist es?«

»Gut«, sagte ich. Das war tatsächlich meine ehrliche Meinung. »Seine Berichte von den Schützengräben im Ersten Weltkrieg sind wirklich außergewöhnlich … und wenn man bedenkt, dass er das alles im Alter von nur sechzehn Jahren erlebt hat …«

»Sechzehn?«, wiederholte Joey.

»Er war so begierig darauf, in die Armee einzutreten, dass er zu denen gehörte, die sich älter gemacht haben.«

Joey wartete ab. Ihm war anzusehen, dass er weitere Fragen stellen wollte, es jedoch aus höflicher Rücksichtnahme nicht tat. Er werkelte herum, verstaute Dinge, blieb allerdings absichtlich in Hörweite, nur für den Fall, dass ich ihm etwas mitteilen wollte. Wir verbrachten den Großteil des Tages auf diese Weise: ich auf dem Bett, bei der überaus konzentrierten Lektüre, während Joey leise in der Nähe herumschwirrte. Stunden vergingen, das Tageslicht schwand, und Joey schaltete mir fürsorglich die elektrische Glühbirne ein, die über dem Kopfende des Bettes hing.

»Haha!«, lachte ich ein wenig später lauthals, als ich einen bestimmten Eintrag las. Die Einträge verebbten langsam, als der Krieg vorüber war und mein Vater Europa verließ und nach Amerika zurückkehrte. Er blieb in der Nationalgarde, ging aber an Werktagen bei einer kleinen Radioreparaturwerkstatt in Harlem in die Lehre.

»Hör dir das an«, sagte ich. Joey kam zu mir und setzte sich ans Fußende des Bettes. Ich machte mich daran, aus dem Tagebuch vorzulesen: »Junge Frau kam heute rein, um das Radio ihres Daddys abzuholen … hab ihr gesagt, ich musste eine der Vakuumröhren austauschen … sie hat getan, als würde ich mir was ausdenken, ich stand kurz davor, das ganze verfluchte Radio auseinanderzunehmen, um ihr zu zeigen, was ich gemacht hatte … war nicht zufrieden, bis ich sie eine der Röhren selbst halten ließ, und hat gesagt: ›Das ist es? Das ist alles, was repariert werden musste? Das schaut mir aber nicht nach viel aus. Schaut nicht aus, als könnte da so viel Klang aus dem kleinen alten Ding rauskommen.‹ Ich habe ihr die Technik von Radios so gut ich konnte erklärt, hab ihr das Marconi eingepackt und hab sie zurück zu ihrem

Daddy geschickt. Ist mir so was von auf den Wecker gegangen! Aber hat was Komisches an sich. Musste den restlichen Tag an sie denken …«

»Was ist so lustig daran?«, erkundigte Joey sich.

»Das«, sagte ich und lachte immer noch vor mich hin, »muss meine Mutter gewesen sein.«

»Oh.« Er lächelte und lachte mit mir. Dann wartete er darauf, dass ich mehr sagte, aber als ich es nicht tat, machte er sich wieder höflich ans Herumwerkeln. Ich las begierig sämtliche Einzelheiten der ersten Verabredung meiner Eltern, eine Geschichte, die aus dem Mund meiner Mutter viel keuscher geklungen hatte.

Es wurde spät. Schließlich stieg Joey neben mir ins Bett und beschäftigte sich mit einem Taschenbuch, während ich weiterlas. Die Minuten verstrichen bis weit nach Mitternacht und in die frühen Morgenstunden, aber ich konnte nicht aufhören zu lesen.

»Hör dir das an«, sagte ich leise, und die Brust war mir schwer beim Lesen. »Mein Junge ist heute gestorben. Im Krieg habe ich vieles gesehen, aber ich habe ihn nicht wiedererkannt, als sie seine Leiche aus dem Fluss gezogen haben. Als hätten meine Augen und mein Hirn nicht mehr funktioniert. Mae musste es bestätigen, sie nickte dem Officer zu, und der Officer schrieb ›Marcus Tillman‹ in den Bericht. Mae war schon immer stärker als ich. Jetzt trägt sie eine größere Last denn je, denn ich habe das Gefühl, als würde ein Teil von mir nicht mehr funktionieren. Man muss wohl feststellen, dass ein Mann nie wieder derselbe ist, nachdem er seinen ersten Sohn verloren hat.«

Joey sah mich an und wartete auf eine Erklärung.

»Mein großer Bruder«, sagte ich. »Marcus. Er ist in dem Jahr gestorben, als ich auf die Welt gekommen bin.«

Joey nickte mir ernst zu. In seinen Augen lag ein zärtlicher, mitfühlender Blick, und in dem Moment dachte ich, dass er die widerstreitenden, komplizierten Gefühle verstand, die ich zu dem Thema hatte, die Unruhe, die ich immer über den ungünstigen Zeitpunkt meiner Geburt verspürt hatte, dass ich den Verdacht hegte, ein erbärmlicher Ersatz für den Bruder gewesen zu sein, der vor mir gekommen war.

»Darf ich?« Joey streckte behutsam die Hand nach dem Tagebuch aus. Ich überließ es ihm. Er blätterte ein paar Seiten weiter. Die Einträge waren in der Zeit nach Marcus' Tod verständlicherweise weniger geworden, nahmen schließlich jedoch wieder zu. Joey musste nicht weit blättern, bis er auf das stieß, wonach er suchte. Er blickte zu mir auf und lächelte.

»Eigentlich habe ich es gar nicht verdient, einen auch nur halb so schlauen Sohn wie Miles zu bekommen«, las Joey laut vor. Er fuhr fort, die Worte meines Vaters wiederzugeben – in denen meine Intelligenz und mein Potenzial gepriesen wurden und er mich als seine »beste und klügste Schöpfung« bezeichnete – und ignorierte voller Mitgefühl den glasigen Blick in meinen Augen, als ich meine Emotionen wegblinzelte.

»Und nun«, sagte Joey und lächelte mich liebevoll an, »glaube ich, dass du dich ausruhen solltest. Lass uns schlafen.« Er schlug das Tagebuch zu und beugte sich über mich, um es auf den kleinen Nachttisch neben dem Bett zu legen. »Keine Sorge«, fügte er hinzu, als er mein Gesicht bemerkte. »Ich weiß, dass du das ganze Ding in einem durchlesen möchtest, aber das kannst du nicht. Es läuft dir nicht davon.«

49

Zwei Tage später befand ich mich auf der Fähre und sah den dicken braunen Seelöwen zu, wie sie sich aus der Menge lösten und von Hafenfelsen ins Wasser glitten, während das Schiff aus dem Dock in Sausalito ausfuhr. Die Fähre war auf dem Weg nach San Francisco. Ich hatte das ganze Tagebuch meines Vaters durchgelesen und mit einer bestimmten Mission im Kopf beschlossen, in die Hauptfiliale der Stadtbücherei zurückzukehren.

Die Lektüre des Tagebuchs war zu großen Teilen ermutigend gewesen. Der Bericht meines Vaters über die Schützengräben im Ersten Weltkrieg schien mir heldenhaft und ehrlich, die erste Bewährungsprobe eines jungen Mannes. Seine Anekdoten über das Leben zwischen den Kriegen, wie er meine Mutter kennengelernt und eine Familie gegründet hatte, hatten mich ihm nähergebracht und mir einen seltenen Blick auf meine Kindheit durch seine Augen gewährt. Es war die letzte Flut an Einträgen – die Einträge, die bis zu seinem abgebrochenen Militärdienst während des Zweiten Weltkrieges reichten, genau wie ich vermutet hatte –, die mir erneut Clarences vernichtende Worte ins Gedächtnis riefen und dazu führten, dass ich meinen Vater anzweifelte.

1941 herrschte in der U.S. Army immer noch Rassentrennung, und während viele Soldaten um meinen Vater herum durch neu eingezogene Männer ersetzt wurden, blieben die Harlem Hellfighters als Division der Nationalgarde mehr oder weniger intakt. Doch nachdem die Japaner Pearl Harbor bombardiert hatten, wurde das Regiment meines Vaters neu organisiert und wieder in den aktiven Dienst übernommen. Sie wurden zum Training in den Norden geschickt, kurzzeitig in Massachusetts stationiert, dann per Schiff nach Westen geschickt, letztlich mit dem Ziel Hawaii und Okinawa. Zu dem Zeitpunkt war mein Vater neununddreißig, auch wenn ihn seine ursprüngliche Schwindelei gegenüber der Armee in den offiziellen Dokumenten zwei Jahre älter machte. So oder so war er eine Ausnahmeerscheinung unter den Achtzehnjährigen, die sich anwerben ließen und den Großteil des Regimentes um ihn herum bildeten. Junge Gefreite machten sich über meinen Vater und Clarence hinter deren Rücken lustig und spotteten über die beiden »alten« Männer, die nicht klug genug gewesen waren, sich von der Nationalgarde zu verabschieden, als man es von ihnen erwartete. Laut der Tagebucheinträge meines Vaters waren diese Sticheleien nicht sehr subtil, doch er schaffte es, die meisten an sich abperlen zu lassen.

Allerdings kannte seine Toleranz eine Ausnahme. Der kommandierende Offizier meines Vaters, Captain Julian Harris, war ein großspuriger junger Tyrann. Als Sergeant sollte mein Vater als Julians rechte Hand dienen. Zudem glaubte mein Vater als Veteran mit reichlich Erfahrung, Julian seinen Rat anbieten zu müssen. Dieses Angebot stieß auf taube Ohren. Julian in seiner Unsicherheit, er könnte von »einem alten Kerl, der sich für einen Kriegshelden hält« unterminiert werden, reagierte, indem er meinen Vater wie einen Lakaien behandelte. Er drehte ihn im Ausbildungslager durch den Wolf, pickte ihn bei jeder Gelegenheit heraus und trieb ihn in der Hoffnung, er würde vielleicht zerbrechen, mental und körperlich an seine Grenzen. Während mein Vater in der Lage zu sein schien, die unverschämte Behandlung durch die anderen Männer zu ignorieren, gelang es Julian, meinen Vater in Rage zu versetzen. Bei der Lektüre seines Tagebuchs traf mich die eiskalte Erkenntnis, dass die Wut und der Groll meines Vaters sehr real waren. Dies war eine Seite an ihm, die ich nie gekannt hatte.

Die Situation zwischen den beiden Männern verschlimmerte sich noch, als ans Licht kam, dass jemand im Regiment Radiobauteile stahl und sie sehr wahrscheinlich auf dem Schwarzmarkt verkaufte. Julian beschuldigte sofort meinen Vater. Da mein Vater eine gewisse Zeit lang in einem Radioreparaturladen gearbeitet hatte, gab er einen guten Verdächtigen ab. Er besaß das Wissen, welche Teile wertvoll waren und wo sie sich unbemerkt verkaufen ließen. Es machte mich nervös, dass mein Vater die Anschuldigungen in keinem seiner Einträge leugnete. Allerdings ist das vielleicht gar nicht so seltsam; Tagebücher sind Dokumente, die wir für uns selbst schreiben, unter der Annahme, dass sie geheim bleiben. Wenn mein Vater unschuldig war, ist es logisch, dass er möglicherweise nicht das Bedürfnis verspürte, sich *vor sich selbst* zu rechtfertigen. Dennoch sehnte ich mich unwillkürlich nach einem Dementi, nach dem Beweis seiner Unschuld. Stattdessen zeichneten die Tagebucheinträge einen Bericht von Julians Verstößen gegen die Würde meines Vaters auf, bis meinem Vater schließlich die Seiten ausgingen. Er ließ das Tagebuch mit einer letzten Notiz, dass er sich Sorgen mache, zu viel über seine Abneigung gegenüber Julian geschrieben zu haben, in einem Spind verschwinden. »Am besten lasse ich meine Klagen hinter mir«, schrieb er. »Keiner soll sie gegen mich verwenden können.«

Diese letzte Notiz schürte meine Nervosität und ließ Clarences Anschuldigungen wieder aufleben. Ich versuchte, es mir auszumalen. Da war mein Vater, immer noch unter dem Verdacht, Radioersatzteile gestohlen zu haben, und segelte mit einem Mann, den er mehr als jeden anderen Menschen auf der Welt verabscheute, über den Pazifik. Clarences Stimme hallte in meinem Kopf wider: *Er hat einen Mann ermordet, bloß damit sie keine Beweise für seinen Diebstahl haben …* Es schien unmöglich. In dem Mann, den ich kannte, steckte die Tat nicht – nicht der Diebstahl und ganz bestimmt nicht die andere. Doch sowohl der untypische Zorn meines Vaters als auch die Umstände waren beunruhigend. Ich wollte mehr.

Sobald die Fähre in die Stadt einfuhr, ging ich die Market Street entlang und suchte mir den Weg zurück zum Civic Center, genauer gesagt zur Bibliothek. Ich war erst seit dreieinhalb Wochen in San Francisco, doch es fühlte sich wie eine Ewigkeit an seit jenen ersten Tagen, die ich damit verbracht hatte, im Mikroficheraum herumzuhantieren und am Leihschalter Zeitschriften aus dem Bestand anzufordern. Diesmal wurde mir von einem alten Bibliothekar geholfen, der – teils aus Notwendigkeit und teils aus kurioser, nostalgischer Affektiertheit – ein antikes Hörrohr benutzte.

»Man kann Besucher nicht bitten, lauter zu reden, wenn man in einer Bibliothek arbeitet«, erklärte er, als er mich dabei ertappte, wie ich das wunderlich geformte Messingrohr betrachtete. »Beethoven persönlich hat so eines benutzt«, fügte er in leicht defensivem, beleidigtem Tonfall hinzu. Als ich beschrieb, was ich suchte, wobei ich darauf achtete, höflich in das Hörrohr zu sprechen, führte der Bibliothekar mich durch die Regale mit den Nachschlagewerken zu einer Abteilung mit gebundenen Ausgaben des *New York Times*

Obituaries Index, der gesammelten Todesanzeigen der *New York Times.*

»Wenn der Kerl aus New York war, wie Sie sagen, würde ich hier anfangen. Sie wissen, wie man im Index nachsieht, oder?« Er betrachtete mich skeptisch. Ich nickte. »Ich wünschte, alle Zeitungen würden die herausbringen; sehr hilfreich«, seufzte er und tätschelte die Buchrücken. Er machte kehrt und überließ mich meiner Suche. Ich zog ein paar Bände herunter, ungefähr ab der Zeit der Einschiffung meines Vaters bis hin zu seiner letztendlichen Verabschiedung. Es gab nur einen Mann, den mein Vater wahrhaft gehasst hatte. Ironischerweise betete ich nun, dass dieser bestimmte Mann den Krieg überlebt hatte.

Ich überflog die alphabetische Liste im hinteren Teil. Beim Anblick seines Namens sank mir der Mut.

Harris, Julian Owen.

Ich blätterte die entsprechende Seite auf. Tatsächlich war Julian ermordet worden, nur zwei Wochen vor der Verabschiedung meines Vaters. »Captain Harris, Opfer einer schrecklichen Gewalttat, wurde während seiner Stationierung in Übersee auf dem Heimweg in die Kaserne erstochen …« Ich spürte, wie sämtliches Leben aus meinem Leib entwich. Ich musste mich setzen und kroch in einen der steifen Holzsessel an einem Lesepult in der Nähe. Mit dem Buch auf dem Schoß starrte ich den Tisch an.

Minuten verstrichen, während ich mit gerunzelter Stirn dasaß und in die Holzmaserung starrte, ohne sie jedoch wahrzunehmen. Selbst jetzt fällt es mir schwer, die Gefühle zu beschreiben, die mich heimsuchten, während ich dort saß und die Tatsache von Julians Ermordung auf mich wirken ließ. Clarence hatte darauf gepocht, dass sich ein Mord ereignet hatte, und dem war tatsächlich so gewesen.

Doch dann kehrte mein Blick auf das Zeitungspapier zurück und meine Aufmerksamkeit fiel insbesondere auf eine Zeile. »Die Militärpolizei geht davon aus, dass das Motiv für den Mord ein vorangegangener Diebstahl war. Zusätzlich zu Bargeld und einer Armbanduhr entfernte der Dieb insbesondere Captain Harris' Rangabzeichen. An Captain Harris' Uniform fehlten die Silberplaketten und konnten bisher nicht ausfindig gemacht werden.«

In meinem Hirn schrillte eine Alarmglocke. Während jenes letzten Streits mit Clarence hatte mein Vater ständig wiederholt: »Erklär mir, was die Plaketten in deinen Sachen machen!« Damals war es mir ein Rätsel gewesen. Das Wort *Plakette* sagte mir nichts, und ich begriff nicht, warum mein Vater so aufgebracht war, seine Augen von einer unbekannten Qual blutunterlaufen. Jetzt ergab es Sinn.

Clarence.

Sowohl das Rätsel als auch die Lösung hatten die ganze Zeit über offen vor mir gelegen. Ich fragte mich, auch wenn es jetzt zu spät war, warum mein Vater, als er die Plaketten des Captains in Clarences Sachen gefunden hatte und zur gleichen Schlussfolgerung wie ich gekommen war … warum er Clarence nicht den Behörden übergeben hatte. Doch dann versetzte ich mich in die Lage meines Vaters und stellte mir vor, was ich an seiner Stelle getan hätte. Clarence gab es nie zu, jedenfalls nicht im Laufe des Gespräches, das ich mit anhörte. Mein Vater glaubte, Clarence habe ihm das Leben gerettet. Abgesehen von den Plaketten existierte kein Beweis. Und selbst mit den Plaketten stand das Wort meines Vaters gegen Clarences. Es hatte nicht den Anschein, als wollten die Behörden – seien sie weiß oder farbig – den Mordfall unbedingt aufklären, vielmehr schienen sie ihn vertuschen und vergessen zu wollen.

Na schön, dachte ich. Ich hatte meine Antwort. Oder zumindest so viel Antwort, wie ich jemals erwarten konnte.

Als ich am Abend zum Hausboot zurückkehrte, erzählte ich Joey die Geschichte von Julians Todesanzeige, von den fehlenden Plaketten des Captains und dem letzten Streit zwischen Clarence und meinem Vater. Erschöpft legte ich mich aufs Bett.

»Du glaubst, Clarence hat die Plaketten als eine Art Souvenir behalten?«

Ich zuckte die Achseln.

»Ein unheimlicher Gedanke.«

»Ja«, stimmte ich ihm zu.

»Ich wette, du fühlst dich erleichtert«, sagte er lächelnd.

Ich überlegte, schüttelte aber den Kopf.

»Warum nicht?«, wollte er wissen.

»Die ganzen Jahre ...«, sagte ich, »habe ich ihn angezweifelt. Ich glaubte nicht, dass er im ersten Krieg irgendetwas Heldenhaftes vollbracht hatte – es war so weit weg, weißt du ... und dann hegte ich Zweifel daran, dass er sich im zweiten in der Marine ehrenhaft benommen hatte. Zu was für einem Sohn macht mich das?«

»Ach«, sagte Joey und kroch neben mich ins Bett. »Das ist das Komische an Zweifeln.«

»Was meinst du?«

»Man fühlt sich verdammt mies. Aber wenn man sich einmal die Mühe macht, es genauer zu betrachten, ist es eigentlich ein Zeichen von Liebe. Es zeigt, dass es einem wichtig ist. Es ist das Gehirn, das die Weisheit des Herzens infrage stellt. Das bedeutet nicht, dass es das Herz nicht die ganze Zeit über besser weiß, es bedeutet nur, dass das Hirn nicht begreift, wie das vor sich geht.«

Später kam es mir unheimlich vor, dass Joey diese Worte

gesagt hatte, aber damals waren sie einfach nur ein Trost, ein Hinweis, dass meine Liebe und meine Zweifel denselben reinen Ursprung hatten.

CLIFF

50

Ich hatte die Nase voll vom Schreiben, jedenfalls für ein Weilchen. Mein großer Plan war gewesen, meinem alten Herrn beiläufig eine Ausgabe von *The Tuning Fork* zuzustecken und dann, wenn er meine Geschichte las und sie ihm gefiel, würde er mich natürlich fragen, ob ich noch etwas anderes hätte, und ich würde ihn mit dem Romanmanuskript überraschen, an dem ich arbeitete. Doch als es nicht wie geplant lief, nahm mir das den Wind aus den Segeln, und ich steckte wieder fest.

Schriftsteller zu sein war prima, aber auf einer Schreibmaschine herumzutippen war keine große körperliche Anstrengung, und eines Tages kam mir in den Sinn, dass es mich weich werden ließ, den ganzen Tag zu schreiben und die ganze Nacht zu trinken, also fing ich drüben im Y ein bisschen zu boxen an. Die ganzen anderen Kerle, die im Y boxten, hatten mir ungefähr zehn Jahre und gute zwanzig Kilo voraus. Es waren riesige Draufgänger, die ein Durst nach Sportarten mit Körperkontakt verband und die im Krieg nicht genug im Einsatz gewesen waren. Manche waren ganz ansehnlich, und andere waren überall mit Pin-ups und Ankern tätowiert, aber ansehnlich oder nicht, sie waren alle eigentlich der gleiche Typ, und ich war der einzige, der wirklich anders war.

Ich war mir der Unterschiede bewusst, die mich von ihnen abhoben, und ganz besonders der Tatsache, dass ich Bücher gelesen hatte, die sie nicht gelesen hatten. Sie waren keine Intellektuellen, und es war ihnen egal, dass Hemingway geboxt hatte und dass er behauptet hatte, die Rhythmen des Boxrings zu verstehen, habe ihm geholfen, bessere Dialoge und bessere Szenen zu schreiben. Es lag ihnen nichts am Lesen oder an Hemingway und schon gar nicht am Schreiben. Ihnen lag nur daran, wie und wo sie den nächsten Schlag landen konnten. Das mochte ich an ihnen. Ihre einfachen Gemüter hatten etwas Schlichtes und Sauberes und Reines an sich, das sie in gewisser Weise beinahe adelte.

Natürlich beruhte dieses Gefühl anfangs nicht auf Gegenseitigkeit, und ich musste mir ihren Respekt verdienen. Das tat ich, indem ich einen fiesen rechten Haken hinlegte, ohne mir dabei die Schulter auszurenken. Etliche Männer hatten einen guten rechten Haken, und wenn einer besonders groß war, konnte er sein Gewicht hineinlegen und jemanden tatsächlich bewusstlos schlagen. Aber die meisten Kerle mit starkem Haken renkten sich schließlich die Schulter aus und dann mussten sie zum Arzt und gelegentlich sogar zum Chirurgen und anschließend waren sie ein gutes Weilchen außer Gefecht gesetzt und manche erholten sich sogar nie mehr so weit, dass sie wieder richtig boxen konnten. Daran war ihre schlechte Technik schuld. Wenn man einen guten rechten Haken hatte und sich der richtigen Technik bediente, bestand kein Verletzungsrisiko, aber den meisten Männern hatte man keine richtige Technik beigebracht, ihnen nur gesagt, dass sie so fest wie möglich zuschlagen sollten.

Zu meinem Glück hatte ich einen Kumpel an der Columbia, der für Oxford geboxt hatte, und er hatte mich das Geheimnis eines richtigen Hakens gelehrt. Der Kerl, der mich unterrichtete, war ein Student im Magisterstudiengang namens Richard – immer Richard, nie Dick oder Ricky oder etwas dergleichen. Ich begegnete ihm in einer Bar in der Nähe von Morningside Heights und fand schnell heraus, dass zu seinen Lieblingsbeschäftigungen zählte, Bier zu trinken und viel über Schopenhauer zu reden, bis er völlig angesäuselt war, und dann wollte er immer nach draußen in eine Gasse gehen und erklären, wie Schopenhauer und das Boxen zusammenhingen. Er erzielte viele Treffer, und sie taten reichlich weh, aber er zeigte einem auch immer bereitwillig, wie er jeden einzelnen Treffer gelandet hatte, und auf diese Weise wurde aus der Erfahrung letztlich eine Art Kreuzung zwischen Trainingsboxkampf und Univorlesung.

Jedenfalls zeigte ich ein paar Männern im Y den Trick, wie man einen rechten Haken landete und dabei die Schulter schützte, und als sie sahen, dass es funktionierte, und *spürten*, dass es funktionierte, wollten alle Übrigen beigebracht bekommen, wie es ging.

Untereinander hielten sie örtliche Wettkämpfe ab und tüftelten eine Methode aus, wie jeder Wetten abschließen und der Sieger mit einem kleinen Preisgeld von dannen ziehen konnte. Eigentlich wetteten sie nicht so sehr, um Geld zu verdienen, als vielmehr, um das Preisgeld stellen und es abwechselnd gewinnen zu können. Je aussichtsloser die eigenen Chancen standen, umso größer der Anteil der Gesamtsumme, den man mit nach Hause nehmen konnte, sodass es sehr aufregend war, wenn ein Außenseiter einen dieser Wettkämpfe gewann. Als ich sie drängte, mir zu sagen, wie meine Chancen stünden und was mein Anteil des Preisgelds wäre, erfuhr ich, dass es sich um eine recht anständige Summe handelte, der ich nicht widerstehen konnte. Ich dachte daran, welchen Unterschied das Geld für Eden und mich selbst machen könnte, und wie schön es wäre, zur Abwechslung einmal der Geldverdiener zu sein. Ich könnte die Sache mit ihr wirklich wiedergutmachen.

Ich stellte mir vor, wie ich siegen und Eden zum Abendessen in ein schickes französisches Lokal ausführen und ihr einen tollen Hut kaufen würde. Sie war verrückt nach Hüten; keine Ahnung, warum, denn damals waren Hüte bei den hippen Leuten aus der Mode geraten, und keine der Miezen im Village trug Hüte, es sei denn natürlich, man zählte Baskenmützen dazu, von denen es südlich der 14th Street nur so wimmelte. Förmliche Hüte waren nur etwas für Spießer. Doch Eden lief immer noch jedes Mal, wenn wir an einem Hutmacher vorbeikamen, das Wasser im Mund zusammen und sie starrte ins Schaufenster. Es war ein Rest Geschmacksverirrung aus Indiana, wo ihre Mutter in meiner Vorstellung die Gastgeberin beim wöchentlichen Bridgeklub spielte und ihr Vater mit bis zu den Knien hochgezogenen Strümpfen im Argyle-Muster über den Golfplatz spazierte, oder was auch immer Leute in den großen Vororten des Mittleren Westens tun, wenn sie versuchen, die Dinge nachzuahmen, die sie in Zeitschriften und im Fernsehen gezeigt bekommen. Eden mochte Hüte, aber sie kaufte sie sich nie selbst, weil sie sagte, sie seien zu teuer und sie habe sowieso keine Gelegenheit, einen zu tragen. Ich stimmte ihr zu, aber ich wollte trotzdem, dass sie einen schönen Hut besaß, und ich wollte derjenige sein, der ihn besorgte.

Jedenfalls meldete ich mich zu einem Kampf an, und die Männer setzten ein Datum fest. Sie gingen davon aus, dass ich gegen diesen jungen Spanier Carlos antreten würde, aber ich überraschte sie alle, indem ich darauf bestand, gegen einen großen Polen namens Jozef zu kämpfen. Ich hatte beiden beim Kämpfen zugesehen, und Carlos war klein und flink,

Jozef hingegen riesengroß und langsam. Ich entschied, dass langsam besser wäre, obwohl Jozef ein Schwergewicht war, ich dagegen höchstens ein Weltergewicht und – wenn ich ganz ehrlich bin – wahrscheinlich eher ein Leichtgewicht, falls ich hart trainierte und das ganze Bier und den Whiskey von meinem Bauch wegtrimmte. Natürlich war es verrückt von uns, auf diese Weise Gewichtsklassen zu mischen; ich war mir sicher, dass ich mit jedem Pfund meines Körpers der bessere Boxer war, aber dennoch trennten mich immer noch schrecklich viele Pfunde von Jozef. Ich rechnete damit zu verlieren, war aber dennoch freudig erregt.

In der Woche vor dem Kampf war ich sehr diszipliniert, ging nicht so viel aus und trainierte so viel zusätzlich, wie ich ertrug. Eden fiel auf, dass etwas anders war, und manche der Blutergüsse konnte ich nicht verbergen. Als ich erklärte, beim Boxen gewesen zu sein, war ihr anzusehen, dass sie es missbilligte. Ich sagte ihr, dass ich zum Boxen ginge, weil es meine Schreibsäfte wieder zum Fließen brächte, aber ich merkte, dass es ihr trotzdem nicht gefiel. Wahrscheinlich hätte sie lieber einen Ehemann gehabt, der strickte, um wieder neuen Schreibschwung zu bekommen, aber das war töricht von ihr, denn das war überhaupt nicht der Mann, den sie geheiratet hatte. Ich ging davon aus, dass sie ihr missbilligendes Stirnrunzeln zurücknehmen würde, sobald ich das Geld von dem Preisboxkampf gewonnen, sie zum Abendessen ausgeführt und ihr den Hut gekauft hatte.

Am Tag des Kampfes fühlte ich mich bei meiner Ankunft gelassen und bereit, alles zu geben. Vielleicht braucht man einfach das Gefühl, nichts zu verlieren zu haben. Ich sah mich an dem Nachmittag in der Sporthalle um und erkannte, dass keiner im Raum damit rechnete, dass ich gewinnen würde, und auf einmal fühlte ich mich sehr frei. Für sie war ich der Junge, der mit einem silbernen Löffel im Mund geboren und auf schicke Schulen geschickt worden war, und man erwartete, dass ich windelweich geprügelt werden würde. Sollte es tatsächlich schlimm für mich ausgehen und ich verlor, würde das die Erwartungen eines jeden einzelnen Mannes im Raum befriedigen, und es wäre nichts Schreckliches dabei, diesen Männern einfach Genugtuung zu geben. Ich sah ihnen an, dass sie mich in Gedanken längst den erniedrigenden Knockout hatten durchleben lassen, der unangenehmste Teil war also bereits überstanden.

Jozef war schon da und tänzelte auf den Zehenspitzen, machte bei meinem Eintreffen Aufwärmübungen, bloß dass er eigentlich nie sonderlich leicht auftrat, sodass es weniger ein Tänzeln war, als vielmehr ein plattfüßiges Herumgeschlurfe in der ihm eigenen langsamen, dümmlich-polternden Art, während zwei andere Kerle seine Fäuste umwickelten und seine Handschuhe zubanden. Ich kannte ihn nicht so gut, aber manche Männer im Y hatten Bemerkungen fallen lassen, dass Jozef vielleicht richtig geistig behindert war, und sie sagten, wenn das stimmte, dann war es vielleicht ungerecht, wenn man auf die gleiche Weise gegen ihn kämpfte, wie man gegen einen Kerl kämpfte, der nicht geistig behindert war. Da hatten sie nicht ganz unrecht, aber das änderte nichts an der Tatsache, dass Jozef riesig war und ihn niemand offiziell zum geistig Behinderten erklärt hatte, also bestand für mich kein Grund, mich nicht ins Zeug zu legen.

Ich spähte durch die Turnhalle und sah zu, wie er ins Schwitzen geriet. Zwischen leichten Gymnastikübungen gingen zwei Kerle mit einem Eimer auf ihn zu, um sein Gesicht mit einem nassen Tuch abzuwischen. Der Kampf würde stattfinden, und es war klar, dass jeder erwartete, dass ich verlor, obwohl Jozef nun einmal so blöde war. Jozef war riesig, und letzten Endes musste man sein Geld einfach auf einen Kerl setzen, der so gewaltig war. Die Männer, die sich um ihn kümmerten, kicherten und waren offenbar begierig darauf, dass Jozef und seine schweren Fäuste mir endlich zeigten, wie wenig eine echte Privatschulerziehung im Boxring ins Gewicht fiel.

Sie legten ihm ein Handtuch um den Nacken und rieben ihm mit ihren schwieligen Händen die Schultern, und während ich durch den Raum blickte, bereute ich es, Swish und Pal und selbst Bobby nichts von dem Preiskampf erzählt zu haben, denn sie wären die idealen Begleiter bei solchen Dingen gewesen und sie hätten mir zugejubelt und hätten reichlich herumgewitzelt, um mich bei Laune zu halten. Doch ich musste mit zwei Kerlen aus dem Y vorliebnehmen, die so nett gewesen waren vorzutreten, als Tony, der behelfsmäßige Schiedsrichter, nach Freiwilligen gerufen hatte. Robert und Arturo waren anständige Kerle und der Aufgabe gewachsen, aber sie verrichteten ihren Dienst träge, wie aus Pflichtgefühl. Sie glaubten nicht, dass ich eine Chance gegen Jozef hatte, und während sie sich um mich kümmerten, machten sie deutlich, dass sie fanden, ich solle allen die Mühe ersparen und genug gesunden Menschenverstand aufbringen, um erst gar nicht in den Ring zu steigen.

Ich machte mich bereit, und ehe ich michs versah, läutete die Glocke zur ersten Runde. Jozef kam gleich wie ein Bulldozer auf mich zu und hielt mich in der Ecke. Ich spürte zwei schreckliche Hiebe am Körper, die ihr Ziel nicht verfehlten, und kurz darauf hatte er mich in die Seile gedrängt. Aus der Ferne hörte ich Tony abpfeifen und Jozef verwarnen, er solle seine Hiebe oben halten. In der zweiten Runde war ich klüger und begann anzutäuschen, und das schien Jozef wirklich aus der Offensive zu holen, jedenfalls kurzzeitig. Ein guter Boxer weiß, dass man den ersten Teil eines Kampfes damit verbringen sollte, den Gegner zu studieren, und erst *dann* mit den besten Schlägen auf ihn loszugehen, und ich erkaufte mir Zeit, um ihn studieren zu können. Wir tänzelten umeinander herum und tauschten Geraden aus, und auf diese Weise fand ich heraus, wo und wie er am langsamsten war. Das lief eine Weile so, während ich wie ein Moskito um Jozef herumschwirrte und vorschnellte, um gelegentlich eine Gerade zu landen.

Jozef wurde inzwischen ungeduldig und fing an, mir zuzurufen, ich solle auf seine Weise kämpfen und versuchen, ein paar große Treffer zu landen. Ich widerstand seiner höhnischen Einladung größtenteils, aber es war schwer; ich sah in sein dummes, pausbäckiges Gesicht und auf die Spuckefäden, die sein Kinn hinunterliefen, und wollte unbedingt eine Gerade auf seinem gebrochenen Nasenrücken landen. Ich hütete mich, diesem Drang nachzugeben, und bearbeitete stattdessen die Seiten seines Kopfes mit Geraden, da ich hoffte, ihn allmählich aus dem Gleichgewicht zu bringen. In der sechsten Runde war seine Geduld schließlich am Ende, und er begann mit gewaltigen, wilden Schlägen. Und da wusste ich, dass ich ihn dranhatte. Ich war schon immer gut darin gewesen, rasch auszuweichen und mich durchzuschlängeln, und ich musste nichts weiter tun, als einen Bogen um ihn zu machen, bis er erschöpft war. Immer wieder duckte ich mich, während er ausholte und danebentraf.

Zu dem Zeitpunkt wurden die Jungs, die uns höflich angefeuert hatten, merklich lauter. Bis dahin waren sie recht ruhig gewesen. Es hatte wohl niemand damit gerechnet, dass ich mehr als zwei Runden überstehen würde, doch ich hatte mit meiner Fähigkeit, Jozefs Schlägen auszuweichen und all diese

Geraden zu landen, alles auf den Kopf gestellt. Ich merkte, dass zwischen einigen der Männer inmitten des allgemeinen Gebrülls Nebenwetten abgeschlossen wurden, und ich wurde mir zunehmend der Tatsache bewusst, dass sich meine Überraschungsleistung zu dem mauserte, woraus Legenden gemacht sind.

An zwei Wänden in der Boxhalle im Y befanden sich Spiegel, und einmal erhaschte ich einen Blick auf das Spektakel, das wir abgaben. Es war wie etwas aus der Bibel: Jozef, der große Goliath, taumelte mit der Präzision eines betrunkenen Matrosen im Ring herum, und ich, der agile David, sauste mit meinen blitzschnellen Geraden anstelle einer Steinschleuder hierhin und dorthin. Allerdings hätte ich mich nicht so sehr an dem Bild erfreuen sollen, denn die Ablenkung bedeutete, dass ich während eines entscheidenden Moments in den Spiegel sah. Es gelang Jozef endlich, einen seiner Schläge zu landen, und er traf mich direkt an der linken Kopfseite. Schon allein die Wucht ließ mich Sterne sehen, und mir wurde klar, dass ich völlig k. o. geschlagen werden würde, wenn ich ihn noch einen solchen Schlag landen ließe. Ich könnte den ganzen Kampf innerhalb von Sekunden verlieren, wenn ich meine Eitelkeit mit mir durchgehen ließ.

Ich besann mich und konzentrierte mich wieder darauf, mich zu ducken und Geraden zu verteilen, und gewann die nächste Runde. Jedes Mal, wenn die Glocke ertönte und die Runde endete, wurde Jozefs Gesicht immer röter, bis er schließlich nicht mehr so sehr wie ein Mensch, sondern eher wie ein Stoppschild aussah. Ich beschloss zu versuchen, ob sich das nicht ausnutzen ließe. Wenn ich bei Jozef eine Gerade landete, grinste ich ihn jedes Mal an, während ich wegtänzelte, und seine Wut stieg. Nach und nach drehte er völlig durch, trieb mich in die Seile und hieb zu. Doch es gelang ihm kein einziger richtiger Treffer. Er war verzweifelt und hieb wild durch die Gegend, wobei er nur meine Seiten streifte.

»Sag mal, was versuchst du denn da, Kumpel – mich abreiben?«, verhöhnte ich ihn. Er brüllte auf und warf sich wie ein wildes Tier auf mich. Tony musste mehrmals abpfeifen und mahnte Jozef schließlich ab, weil er den Kopf eingesetzt hatte.

»Den Kopf eingesetzt?«, höhnte ich, da ich nicht widerstehen konnte. »Tja, es gibt wohl für alles ein erstes Mal.« Es dauerte eine ganze Minute, bis Jozef die Beleidigung kapierte, doch als er es tat, rastete er völlig aus. Ich wusste, dass wir gerade einen entscheidenden Punkt im Kampf erreichten. Bis dahin ging es in dem Match für mich einzig und allein darum auszuweichen, gar nicht so anders, wie ein Matador seinen Umhang schwenkt und sich katzenhaft zur Seite bewegt. Manche Männer fingen zu buhen an – was wohl mir galt –, weil ich so vielen Schlägen auswich, aber es tat mir nicht im Geringsten leid. Ich war nicht dort, um den Beweis anzutreten, dass ich robust genug war, um Jozefs Sandsack zu sein, ich war dort, um zu siegen, und Boxen besteht zu einem Teil aus Muskeln und zu zwei Teilen aus Hirn, das sage ich immer. Als Jozef jetzt auf mich zustürzte, trat ich zur Seite und ließ ihn an mir vorübertorkeln, dann wirbelte ich herum und schlug ihm mit der Faust direkt in die Niere. Ich hörte ihn unter dem Hieb aufstöhnen, und ich wusste – genau wie David vor mir diesen süßen Moment der Erkenntnis erreicht hatte –, dass Goliath dazu bestimmt war zu stürzen. Mir gelangen noch mehrere solcher Treffer, mit kleinen Abweichungen, und nach der zwölften Runde war es ein unverkennbarer Sieg. Tony hob meinen Handschuh in die Luft und verkündete den Sieg, wenn auch mit einem gewissen Widerwillen. Im Saal erhob sich ohrenbetäubender Lärm, manche Männer jubelten, manche buhten. Wie es schien, hatte jeder eine Meinung.

»Randy! Hol den Gewinn!«, rief Tony in den Krach, sobald er meine Hand hatte fallen lassen. Robert und Arturo kamen und halfen mir, die Handschuhe auszuziehen, während Randy aus dem Saal stürzte und mit einem von einem Gummi festgehaltenen, zusammengerollten Dollarbündel zurückkehrte. »Na gut, Cliff, für dich«, sagte Tony und reichte es mir. »Der ganze Topf. Glückwunsch.« Er stieg zwischen die Seile und vom Ring hinunter. Jetzt kamen andere Männer hoch, kletterten in den Ring und klopften mir und Jozef auf den Rücken.

»Gut gemacht!«, riefen manche. »Wackerer Junge! Wer hätte das gedacht?«

»Buh! Was soll denn das?«, spotteten andere. »Das ist doch kein Kampf.«

Wie mir klar wurde, fühlten sie sich um die blutige Tracht Prügel betrogen, die ich ihrer Meinung nach hätte einstecken sollen. Ohne Schiedsrichter hätte Jozef mich ganz bestimmt k. o. geschlagen, erklärten sie. Das stimmte, aber es kümmerte mich nicht. Es war nun einmal Fakt, dass es einen Schiedsrichter gegeben hatte und ich mir ganz klar einen Sieg erboxt hatte. Ich freute mich über meinen Sieg, und als ich das Geldbündel betrachtete, das ich mit der Hand umklammert hielt, wurde mir klar, dass ich große Lust hatte, mich in der Siegesfeier zu verlieren.

»Wer will mit mir auf meinen Sieg anstoßen?«, rief ich durch den Saal.

51

Natürlich wollten sie alle auf meinen Sieg anstoßen, denn die Kerle im Y nahmen an, dass die Drinks auf mich gingen, und die Leute haben es immer eilig, Geld auszugeben, wenn es nicht aus ihrer eigenen Tasche stammt. Männer, die mich angefeuert hatten, kamen mit, um auf mich anzustoßen, und Männer, die mich ausgebuht hatten und offensichtlich enttäuscht waren, dass Jozef es nicht geschafft hatte, mir den Schädel einzuschlagen, kamen mit, um zu schnorren und mir noch weiter auf die Nerven zu gehen. Wir fingen in einer kleinen Bar um die Ecke des Y an, aber irgendwann hatte jemand die glorreiche Idee, dass wir uns von meinem Gewinn ein Hotelzimmer nehmen und eine richtige Party mit Mädchen und allem Drum und Dran veranstalten sollten. Natürlich meinten die Kerle mit »Mädchen« Prostituierte, und als ich das Ganze im Kopf überschlug, erkannte ich, dass der Abend größere Kosten verursachen würde, als sich sogar mit meinem Gewinn abdecken ließe.

Aber Partys haben es so an sich, dass man ihnen unmöglich Einhalt gebieten kann, wenn sie erst einmal im Gange sind, und ich gebe auch zu, dass ich recht wenig tat, um das Geschehen zu drosseln. Ich dachte mir, die Männer könnten unmöglich von mir erwarten, dass ich für alles aufkam, und ich hoffte, dass jeder Kerl am Ende des Abends, wenn es ans

Zahlen ging, anständig sein und seinen Teil der Rechnung für die Mädchen und den Alkohol und, wenn ich Glück hatte, vielleicht sogar einen Teil der Zimmerrechnung begleichen würde. Zu dem Zeitpunkt war meine Idee, Eden zum Abendessen auszuführen und ihr einen Hut zu kaufen, längst vom Tisch, aber wenigstens hatte ich die gute Absicht gehabt und außerdem konnte ich in Zukunft andere Kämpfe gewinnen und mehr Geld nach Hause bringen. Das hier war der erste richtige Preisboxkampf, und ich hatte gewonnen und daher ein Recht auf eine echte Feier.

Allerdings feierte ich ein bisschen zu heftig, denn irgendwann um drei oder vier Uhr morgens war ich so besoffen, dass es in meinen Ohren zu dröhnen begann und ich nur noch verschwommen sah und dann das Bewusstsein verlor. Danach erinnere ich mich an nichts mehr.

Ich erwachte spät am folgenden Nachmittag allein in dem Hotelzimmer. Na ja, eigentlich nicht *allein*, denn tatsächlich standen der Hoteldirektor und zwei seiner muskulöseren Pagen vor mir. In dem Zimmer herrschte ein heilloses Durcheinander. Beim Aufsetzen vernahm ich Scherbengeklirr und glaubte, winzige Teile einer ehemals hübschen blauen Vase wiederzuerkennen. Zigaretten waren in den Teppich getreten. Das Fenster stand sperrangelweit offen, und Federn von einem zerfetzten Kissen schwirrten in verschiedenen Winkeln des Zimmers herum. An der Lampe neben dem Sofa hingen Damenstrümpfe.

»Zeit, das Zimmer zu räumen, Sir«, sagte der Hoteldirektor. »Diese Gentlemen werden Ihnen beim Aufbruch behilflich sein, allerdings fürchte ich, dass Sie zuerst für den Schaden werden aufkommen müssen.« Seine Stimme deutete an, dass es sich hierbei um eine ganz geschäftsmäßige Transaktion handelte. »Das versteht sich wohl von selbst«, fügte er mit einem Lächeln hinzu.

Ich gab ihm, was noch von den zerknüllten Banknoten in meiner Tasche übrig war. »Für den Rest werde ich meine Bank anrufen müssen«, sagte ich, indem ich sein widerwärtiges Verhalten nachahmte. Er ließ das Lächeln sein und schien wenig amüsiert.

Private Telefonanschlüsse waren damals sehr teuer, und Eden und ich hatten noch immer keinen in unserem Apartment. Aber um die Ecke gab es eine Bar, in der Swish und ich oft tranken, und man mochte mich dort, und ich wusste, wenn ich den Barkeeper an die Strippe bekäme, könnte ich ihn dazu bringen, jemanden um die Ecke zu Eden zu schicken und ihr von meiner Notlage zu berichten. Da Werktag war, kam Eden erst nach fünf Uhr nach Hause, doch nach ein paar Versuchen klappte es tatsächlich, und sie erhielt die Nachricht, und dann konnte ich nur noch dasitzen und abwarten und hoffen, dass sie herbeieilen und das Geld vorbeibringen würde. Ich ließ ihr zusammen mit meiner Nachricht den Rechnungsbetrag ausrichten und hatte keine Ahnung, woher sie das Geld nehmen sollte, aber Eden war schlau, und ich wusste, dass ihr etwas einfallen würde.

Über eine Stunde sollte verstreichen, bevor sie endlich auftauchte. Die Sonne ging unter, und ich wurde unter einer Art informellen Hausarrest gestellt. Der Hoteldirektor verschwand, um sich um andere Angelegenheiten zu kümmern, und ich war gezwungen, in dem zerstörten Hotelzimmer auf dem Sofa zu sitzen und zu warten, während die beiden Pagen-Muskelprotze mich taxierten wie ein Paar Aasgeier vor einem verendenden Gnu.

Ich fühlte mich schon ziemlich schlecht, so verkatert und lädiert, wie ich von dem Boxkampf war, so richtig mies ging es mir aber erst in dem Moment, als ich Eden das Zimmer betreten sah. Wahrscheinlich hatte sie sich gefragt, wo ich steckte, als ich letzte Nacht nicht nach Hause gekommen war, und hier hatte sie ihre enttäuschende Antwort. Ihr Gesicht war blass, und sie sah sehr müde aus.

»Mr. Nelson!«, rief mir der Direktor zu, als er mit Eden am Arm durch das Zimmer auf mich zukam. »Es wird Sie freuen zu hören, dass Ihre Gattin die Freundlichkeit besessen hat, die Rechnung für Sie zu begleichen.« Er ließ die Geschäftsmasche sein und schenkte mir ein gehässiges Grinsen. Am liebsten hätte ich dem Scheißkerl einen Hieb verpasst. Er wusste ganz genau, dass er einen Pagen hätte hochschicken können, um mich holen zu lassen, während Eden unten in der Hotellobby wartete, doch stattdessen hatte er sie absichtlich nach oben ins Zimmer geschleift, damit sie sich die Sache selbst ansehen konnte. An der Art ihres Eintretens konnte ich ablesen, dass sie nichts mit der Sache zu tun haben wollte, nun aber mit hineingezogen worden war. Ich beobachtete, wie sie ihre schwarzen Ballerinas behutsam aufsetzte und vorsichtig über das zerbrochene Glas auf dem Boden stieg. Und auf einmal wurde mir sehr bewusst, was sich ihrem Blick bot: leere Flaschen und Scherben auf dem Boden, Lippenstift an meinem Kragen, das ganze Zimmer schäbig von billigem Parfum. Insgeheim verfluchte ich erneut den falschen Scheißkerl von Direktor; es amüsierte ihn natürlich, mit anzusehen, wie sie mich so vorfand.

»Ich habe dir deinen Mantel mitgebracht, nur für den Fall«, sagte Eden und hielt ihn mir entgegen. Ich bedankte mich bei ihr und zog ihn über mein Hemd und die zerknitterte Hose, froh, den erbärmlichen Zustand meiner Kleidung zu kaschieren.

Natürlich bat der Direktor die beiden Pagen, uns aus dem

Hotel zu geleiten. Er verfiel wieder in seinen künstlich-gastfreundlichen Tonfall, als tue er uns einen großen Gefallen, wohingegen er eigentlich nur sicherstellte, dass wir in hohem Bogen hinausflogen, und als er es sagte, hätte ich beinahe die Beherrschung verloren und ihn geschlagen. Doch dann dachte ich an Eden und wusste, das Beste, was ich tun konnte, war, meine zitternden Fäuste um ihretwillen unter Kontrolle zu halten. Dass sie die Erniedrigung, hinausgeworfen zu werden, über sich ergehen lassen musste, war schlimm genug; das Mindeste, was ich tun konnte, fand ich, war, diesen letzten Teil so zivilisiert wie möglich über die Bühne zu bringen.

Ich nahm Eden an der Hand und gestattete ihnen, uns schnell nach draußen zu geleiten, und ehe wir uns versahen, standen wir auf der 52nd Street. Mittlerweile war es weit nach sieben Uhr, und ich hatte das Gefühl, als fehlte ein ganzer Tag aus meinem Leben. Es war ein kühler, windiger Abend, einer, an dem man wieder weiß, dass die Stadt eine Insel ist, und der Wind von beiden Flüssen gleichzeitig herzuwehen scheint. Ich bewegte mich in Richtung der Subway, doch Eden ließ meine Hand sinken.

»Ich möchte zu Fuß gehen.« Ihre Stimme klang wie von weit her.

»Es sind furchtbar viele Blöcke.«

»Das weiß ich.«

»Na schön«, stimmte ich zu. »Dann gehen wir zu Fuß.« Wir bogen nach Süden ab und gingen in Richtung Village.

»Was ist passiert?«, fragte sie. Es schwang kein Vorwurf mit, aber die Frage machte mich dennoch nervös, weil ihre Stimme seltsam distanziert klang.

»Es hat einen Preisboxkampf gegeben.« Wir gingen schweigend noch ein paar Schritte. »Ich habe gewonnen«, fügte ich hinzu.

»Oh«, sagte sie. »Glückwunsch.« Sie setzte mir zuliebe ein kleines mattes Lächeln auf. Ich war verblüfft. Obwohl ich so schreckliche Dinge getan hatte, gelang es ihr tatsächlich, mir Mut zu machen. Verdammt!

»Wir haben beim Feiern wohl ein bisschen über die Stränge geschlagen. Ich wollte nicht, dass die Sache derart aus dem Ruder gerät. Es tut mir leid, dass du zum Hotel kommen musstest. Jemand … einer der Männer muss meine Brieftasche gestohlen haben. Sie haben mir was in den Drink gemischt oder so und haben mich dort hängen lassen, die Penner. Du weißt ja, wie Jungs sein können, wenn sie außer Rand und Band geraten. Ich wette, sie sind jetzt irgendwo und lachen sich einen Ast.«

Sie seufzte. Ich wusste, dass sie mir nicht glaubte, oder dass sie mir wenigstens nur teilweise glaubte, denn Eden war zu gescheit, um mir jemals die ganze Geschichte ohne Wenn und Aber abzukaufen. Ich sagte immer *größtenteils* die Wahrheit, doch Eden wusste, dass ich dazu neigte, ein oder zwei Tatsachen auszulassen.

»Sag mal, wo hast du die Kaution hergekriegt?«, fragte ich in dem Versuch, etwas Unverfängliches zu sagen.

»Ich hatte ein wenig gespart«, erwiderte sie. »Ich habe es immer ›Rusty-Geld‹ genannt – ein Notgroschen, falls die Dinge aus dem Ruder laufen. Das ist jetzt jedenfalls alles futsch.«

Erst war ich wütend und gekränkt, weil sie Geld beiseitegelegt und mir nichts davon gesagt hatte, aber just in dem Moment, als ich das dachte, kam mir ein zweiter Gedanke, der mich auf der Stelle ernüchterte. Ohne mich müsste sie gar kein Geld beiseitelegen, und überhaupt war der Umstand, dass sie Bares wegpackte, gerade eben sehr nützlich gewesen und hatte dazu geführt, dass ich jetzt zu meinem Apartment nach Hause ging und nicht in einem Streifenwagen zum Gefängnis nach Midtown fuhr.

Wir kamen an einem Hutmacher vorbei. Er hatte geschlossen, aber das Licht war an. Im Schaufenster hatte jemand einen gewaltigen Hutständer aus Eisen aufgebaut, der wie ein Baum aussehen sollte. Ich weiß nichts über Hüte, aber diese Hüte waren sehr bunt und wie Raumschiffe konstruiert und wirkten ausgesprochen schick. Genau wie Eden zu müde gewesen war, mich weiter zu den Umständen zu befragen, die zu meinem Debakel in dem Hotel geführt hatten, war sie jetzt zu müde, aufmerksam zu sein und sich die Hüte im Schaufenster auch nur anzusehen, wie sie es normalerweise getan hätte. Dieser verfluchte Anblick brach mir schier das Herz.

Ich überlegte, ihr von meinem Plan zu erzählen, den Gewinn dafür herzunehmen, ihr einen wunderschönen Hut zu kaufen und schick mit ihr essen zu gehen, aber dann wurde mir klar, dass sie mich für meine Absichtsbekundungen hassen würde – als würden die irgendetwas zählen! Stattdessen ging ich den restlichen Heimweg einfach schweigend neben ihr her. Es war das Beste und Rücksichtsvollste, was ich tun konnte.

EDEN

52

Schließlich gewann die Neugier die Oberhand. Na ja, Neugier und außerdem wohl eine Art von Unbehagen. Unbehagen in meiner Ehe, Unbehagen, was meine Aussichten auf eine Beförderung bei Bonwright betraf.

Ich griff nach der Vinylabdeckhaube meiner Schreibmaschine und zog sie über das Gerät.

»Wohin gehst du, Eden?«, erkundigte sich ein Mädchen namens Donna neugierig. Es war eine Stunde zu früh für unsere gewöhnliche Mittagspause.

»Ich habe einen Arzttermin.« Sogleich regte sich mein schlechtes Gewissen ob dieser Lüge. Man hätte meinen können, dass es mir nach all den Täuschungen, die sich im vergangenen Jahr in mein Leben geschlichen hatten, mittlerweile nichts mehr ausgemacht hätte, es mit der Wahrheit nicht so genau zu nehmen, aber dem war nicht so.

»Hoffentlich nichts Ernstes!« Donnas Blick verriet eine gewisse Gier nach Neuigkeiten für die Gerüchteküche.

»Ist es nicht«, enttäuschte ich sie. »Nur zur Kontrolle.« Ich griff nach meiner Handtasche und durchquerte das Schreibbüro zu einem Ständer in der Zimmerecke, an dem mein Mantel hing. »Mr. Nelson weiß, dass ich jetzt gehe. Ich habe gerade nach ihm gesehen, und er sollte nichts brauchen, bis er vom Mittagessen zurückkehrt.«

»Na schön.« Donna drehte sich desinteressiert zu ihrer eigenen Arbeit zurück. »Hoffentlich musst du nicht allzu lange im Wartezimmer herumsitzen. Das hasse ich!«

»Ich auch. Bis später!«

Ich fuhr mit dem Aufzug nach unten und verließ das Gebäude. Draußen war es kalt, aber sonnig und klar. Die meisten Blätter waren von den Ästen gefallen; der Wind blies sie in die trockenen Rinnsteine, wo sie lustlos raschelten und darauf zu warten schienen, dass endlich Regen, Eisregen oder Schnee herniederging.

Da es nicht sehr weit war, ging ich zu Fuß zur Ecke Madison und 50th Street. Das Gebäude sah anders aus, als ich erwartet hatte; es war eine ehemalige Villa oder dergleichen, die man so aufgeteilt hatte, dass jeder Flügel einer anderen kleinen Firma gehörte. Nach Torchon & Lyle und Bonwright brachte ich Verlage mit kalten Stahlhochhäusern in Verbindung, nicht mit ehemaligen Wohngebäuden – wenn auch prächtigen – wie diesem. In der schwarz-weiß gefliesten Eingangshalle fand ich das kleine Goldschild, das darauf hinwies, welcher Flügel Farbman & Company beherbergte. Es gab einen ganz kleinen Vogelkäfig von einem Aufzug und eine Marmortreppe. Ich nahm die Treppe.

Oben führte mich eine freundliche Empfangsdame zu Mavis Singers Büro. Auf dem Weg den Korridor entlang standen die meisten Bürotüren offen, und ich spähte hier und dort hinein. Es war ermutigend zu sehen, dass Ms. Singer, obwohl sie eine Frau war, ein genauso großes Büro wie ihre männlichen Kollegen zugewiesen bekommen hatte und man sie nicht in einem kleineren Büro auf einem anderen Stockwerk untergebracht hatte, wie es bei Miss Everett und den meisten Lektorinnen der Fall war.

»Hallo, Ms. Singer!«, rief die Empfangsdame freundlich

und klopfte leicht an das Innere des Türrahmens. »Eden Katz für Sie.«

Wie seltsam es war, stellte ich fest, wieder den Klang meines richtigen Namens zu hören.

»O ja, Miss Katz!« Sie blickte von ihrem Schreibtisch auf und lächelte freundlich. »Herein, herein! Ich mache nur eben ein paar Dinge hier fertig, und dann können wir essen gehen.« Sie bot mir einen Platz an. Genau wie bei der Verlagsfeier war sie sehr adrett gekleidet, diesmal in einem marineblauen Wollkostüm. Ihr Büro war bibliotheksgrün mit gewaltigen Fenstern, die das Licht hereinließen.

»Bürokratische Bagatellen«, erklärte sie, während sie Dinge auf dem Schreibtisch ordnete. »Ich werde sie noch schnell sortieren, damit ich sie auf dem Weg nach draußen an Betty übergeben kann.«

»Gewiss«, sagte ich. »Lassen Sie sich Zeit.«

Sie hatte eine rasche, saubere Effizienz an sich. Wir plauderten, während sie die Dokumente auf ihrem Schreibtisch und auf dem Regal ordnete.

»Was sind Ihre Ambitionen im Verlagswesen, wenn ich fragen darf, Eden?«

»Ich möchte eines Tages Lektorin werden.«

»Das habe ich mir gedacht«, sagte sie. »Sehr gut. Auf den Feiern ist mir aufgefallen, dass Sie aufmerksam waren und in Gedanken beim Geschäftlichen sind.«

»Ja.« Ich zögerte. »Allerdings frage ich mich allmählich …«

»Wie sehr Sie es wollen?«, schlug Ms. Singer vor und blickte zu mir auf. Sie zuckte heftig mit den Schultern. »Tja, es ist nicht jedermanns Sache.«

»Nein, das ist es nicht«, erwiderte ich. »Ich will es immer noch. Sogar ganz furchtbar. Es ist nur … na ja, die meisten Leute scheinen der Ansicht zu sein, dass ich unrealistisch bin, dass ich andere Ziele haben sollte, auf die ich zurückgreifen kann.«

»Wie etwa einen Ehemann und Kinder?«

»Vermutlich.« Ich setzte mich auf dem Stuhl zurecht. »Lektorin werden zu wollen… Glauben Sie, dass ich unrealistisch bin?«

Ms. Singer hielt im Ordnen inne und sah mir direkt in die Augen. »Sehen wir einmal von der Tatsache ab, dass ich Sie kaum kenne und nicht sagen kann, was für Sie im Besonderen realistisch sein mag oder nicht… Regel Nummer eins im Verlagswesen, Eden: Achte auf dein Publikum. Ich bin eine Frau und ich bin Lektorin. Zweimal dürfen Sie raten, wie meine Meinung zu dem Thema lautet.«

Ich kam mir dumm vor. Ich hatte nicht die leiseste Ahnung, weshalb mir diese lächerliche Frage ausgerechnet vor Ms. Singer entschlüpft war.

»Ist schon gut, Eden«, fuhr sie fort, als hätte sie meine Gedanken erraten. »Sie haben die Frage gestellt, weil Sie sich selbst noch nicht sicher sind, und daran ist nichts auszusetzen. Aber« – sie hielt einen Finger empor – »wenn Sie diese Frage unterschiedlichen Menschen stellen, werden Sie sehr unterschiedliche Antworten erhalten.« Sie beugte sich vor. »Wenn Sie die Frage beispielsweise Roger Nelson stellen, würde ich wetten, dass Sie eine ganz andere Antwort erhalten werden als diejenige, die ich Ihnen gerade gegeben habe. Ich finde, es könnte nicht schaden, einen Standpunkt von der Gegenseite zu hören.«

Sie stand auf und belud sich vorsichtig die Arme mit mehreren Stapeln aus Verträgen, Umsatzberichten und Manuskripten. Ich bot meine Hilfe an.

»Nicht nötig«, sagte sie, »ich bin relativ kompetent.« Ein wahreres Wort ward noch nie gesprochen, dachte ich.

Beim Mittagessen unterhielten wir uns weiter über das Verlagswesen und die Lektoratsarbeit. Ich erzählte, was ich bei Torchon & Lyle getan hatte, und von den Pflichten, die mir jetzt, da ich bei Bonwright war, übertragen worden waren. Zu meiner Erleichterung fragte sie nicht nach, was den Wechsel von einem Verlag zum anderen veranlasst hatte. Ich umging behutsam das Thema Miss Everett, deutete nur leise an, dass zwischen uns Uneinigkeit geherrscht hatte, ohne es je direkt auszusprechen. Ms. Singer schien den Charakter eines jeden, der etwas in der Verlagswelt war, ausgezeichnet zu kennen. Ich fragte mich, ob sie nicht längst über Miss Everett oder über Mr. Turner und seine angeblichen Vorurteile Bescheid wusste.

Ms. Singer hatte etwas Erfrischendes und Direktes an sich. Sie war durchaus freundlich, gleichzeitig aber sehr professionell. Sie tratschte nicht oder diskreditierte ihre Kollegen. Sie machte es einem leicht, Vertrauen zu fassen, stellte jedoch gleichzeitig keine Fragen, mit denen sie sich in mein Privatleben einmischen würde. Die größte persönliche Offenbarung, die wir teilten, war, dass wir beide ursprünglich aus den Vororten viel kleinerer Städte stammten: Ihre Heimatstadt befand sich in New Jersey, und meine lag in Indiana.

»Auf die Gefahr hin, dass das eine banale Beobachtung ist – Manhattan kann ein ziemlicher Schock sein, nicht wahr?«, stellte sie beim Mittagessen fest.

»Ja«, räumte ich ein. »Ich habe früher nicht bemerkt, wie … wie wichtig es für mich war, dass das Vorstadtleben mich irgendwie … in sich aufnimmt und mich verschwinden lässt … wenn das Sinn ergibt.«

»Versuchen Sie nicht so sehr, unsichtbar zu sein, Eden«, riet sie mir mit wissendem Tonfall. »Dafür gibt es keine Auszeichnungen. Seien Sie einfach Sie selbst.«

Einmal war ich versucht, reinen Tisch zu machen und ihr die Wahrheit über Torchon & Lyle zu sagen, und dass ich mir die Stelle bei Bonwright als »Eden Collins« und nicht »Eden Katz« hatte erschleichen müssen. Doch dann malte ich mir aus, wie ich es ihr erzählte – einer Frau namens *Singer*, die in einer Firma namens *Farbman* arbeitete –, und verspürte ein tiefes Schamgefühl. Es konnte auch nach hinten losgehen und furchtbar schieflaufen: Es bestand durchaus die Möglichkeit, selbst wenn ich nicht daran glaubte, dass Ms. Singer es vielleicht aus professionellem Anstand heraus als ihre Pflicht ansähe, das Gesetzwidrige der Situation an Mr. Nelson weiterzugeben. Bei mir waren genug Dinge nach hinten losgegangen, und ich entschied, meine Beichte für mich zu behalten.

Ich war auch froh, dass ich es tat, denn kurz nachdem ich mich dagegen entschieden hatte, Ms. Singer von meinem Namen zu erzählen, sagte sie etwas, das mich – für den Bruchteil einer Sekunde – an Miss Everett erinnerte.

»Eine Sache, Eden …«, setzte sie an.

»Ja?«

»Es geht mich nichts an, aber wenn Sie es wirklich zur Lektorin bringen wollen, würde ich Ihnen von Heirat oder einer Familie abraten.«

Ich blinzelte, da mich die abrupte, unverlangte Meinungsäußerung überraschte.

»Sie sind recht jung, und vielleicht ändert sich die Welt eines Tages, aber wie die Dinge stehen, ist es für uns Frauen schier unmöglich, alles zu haben. Ich bin bei diesem Thema umgänglicher als andere, aber selbst ich fand es schwierig, ein Mädchen zu behalten, nachdem sie den Entschluss gefasst hat, schwanger zu werden. Manche Mädchen können ihre Mutter oder eine alte Tante tagsüber zum Babysitting mobilisieren, aber man kann doch davon ausgehen, dass sie lieber zu Hause wären, und wenn nicht, dann stimmt vielleicht etwas nicht mit ihnen, das man in Ordnung bringen sollte. Es ist wahrscheinlich, dass Sie irgendwann einmal zwischen einer Karriere und einer Familie wählen müssen, und es ist gut, im Vorfeld zu entscheiden, was Ihnen am meisten am Herzen liegt.«

Sie sagte nicht *mehr*, sie sagte *am meisten*, womit sie andeutete, dass es hier nicht nur um einen kleinen Ausschlag in die eine Richtung ging – eher um einen ganz klaren Erdrutschsieg. Was hätte sie gesagt, wenn ich ihr erzählt hätte, dass ich bereits verheiratet war, dass ich heimlich mit dem Sohn des Chefs durchgebrannt war? Wieder überkam mich dieses Schamgefühl. Es war wie etwas Glitschiges, das in meinen Körper sickerte und mich nach unten zog. Wie war mein Leben so verworren geworden?

»Okay, ich habe meine Pflicht getan und habe meine Meinung zu dem Thema bekundet«, erklärte Ms. Singer in fröhlichem Tonfall. »Sprechen wir jetzt von etwas anderem.«

Wir beendeten unser Mittagessen pünktlich – keine zusätzlichen Martinis oder Zigarren nach dem Mittagessen für Ms. Singer – und eilten ins Büro zurück. Ich weiß nicht zu sagen, weshalb mir so traurig zumute war, aber es war so. Meine Stelle bei Mr. Nelson sagte mir durchaus zu, und dennoch kam ein winziger Teil von mir nicht umhin, sich zu wünschen, ich könnte zurückgehen und es noch einmal tun: nach New York ziehen und nach einer Stelle suchen und all das. Es wäre schön, wenn ich Ms. Singer zu Beginn und nicht erst am Ende begegnet wäre.

Bei meiner Heimkehr am Abend bot sich mir ein unerwarteter Anblick. Als ich den Schlüssel umdrehte und die Tür öffnete, stieß ich auf Cliff, der ein Kuvert adressierte und einen Stapel Manuskriptseiten hineinstopfte. Ich trat näher und erkannte in dem Manuskript die Seiten wieder, die ich für ihn abgetippt hatte.

»Eden, Schätzchen!«, rief er. Er lächelte, und ich sah, dass er fröhlich und beschwingt war. »Komm, setz dich.« Er führte mich zu einem Klappstuhl neben dem Kartentisch.

»Also«, fuhr er fort, »ich weiß ja, dass du in den letzten Wochen viel wegen mir hast durchmachen müssen.« Ich ging davon aus, dass er sich auf die Katastrophe mit Rusty und Miles auf unserer Party, das zertrümmerte Hotelzimmer und die damit verbundene Rechnung bezog, die ich hatte begleichen müssen, nachdem er den Preisboxkampf im Y gewonnen hatte. Ich beäugte argwöhnisch das Briefkuvert und hoffte, dass er mich nicht – schon wieder – bitten würde, seinem Vater die Seiten als unverlangt eingesandtes Manuskript zuzustecken.

»Keine Sorge«, sagte er, als er meinem Blick folgte und meine Gedanken erriet. »Der Punkt ist, dass es mir leidtut, und meine Entschuldigung besteht darin, dass ich dich da raushalte, genau wie du es dir erbeten hast. Weißt du, ich bin auf die Crux bei der Sache gestoßen: Die ganze Zeit habe ich mit meinem alten Herrn um den heißen Brei geredet. Ich bin nie hingegangen und habe ihn gebeten, einfach einmal mein Werk zu lesen! Ist es zu fassen? Nachdem ich es mir also gründlich habe durch den Kopf gehen lassen, habe ich entschieden, mich ein für alle Mal an meinen Vater zu wenden, von Mann zu Mann.«

Ich war schockiert. Es war, überlegte ich, vielleicht das erste Mal, dass ich Cliff den Ausdruck *mein Vater* anstelle von *mein alter Herr* hatte verwenden hören. Ich wusste nicht recht, wie das zu deuten war.

»Ich reiche mein Manuskript selbst ein«, sagte er stolz, »auf die gute, altmodische Art. Ich werde es rein geschäftlich machen: eine echte Einsendung, von mir an ihn. Werde es richtig mit der Post schicken!«

»Wow«, sagte ich, halb beeindruckt, halb entsetzt. In Gedanken war ich blitzschnell bei dem, was Mr. Nelson sagen würde, falls er sich tatsächlich die Mühe machen sollte, Cliffs Manuskript in seinem derzeitigen Zustand zu lesen.

MILES

53

Ohne bewusste Absicht hatte ich begonnen, so etwas wie meine Memoiren zu schreiben. Aus einer Laune heraus hatte ich in einem Schreibwarenladen in San Francisco ein Notizbuch gekauft und ehe ich michs versah, war ich dabei, die Seiten zu füllen. Ich fing an, jede Kindheitserinnerung an meinen Vater niederzuschreiben, die mir im Gedächtnis geblieben war. Dann wieder schrieb ich die Anekdoten aus dem Tagebuch meines Vaters um. Ich wechselte zwischen meinen Erinnerungen und seinen ab, indem ich zwei Hälften zusammenbaute – den Kriegshelden und den alten Mann in seinem Sessel –, sodass sie ein Ganzes ergaben. Es waren merkwürdige Frage-und-Antwort-Memoiren. Für mich war es außerdem kathartisch: eine Methode, um die Informationslawine über meinen Vater, die mich nach der Entdeckung des Tagebuches überrollt hatte, mit den Gedanken und Fragen in Einklang zu bringen, die ich als Kind über ihn in mir herumgetragen hatte.

»Hör mal«, sagte ich dann manchmal zu Joey und las eine Passage aus dem Tagebuch meines Vaters vor, die ich überarbeitet hatte, oder manchmal – wenn ich mich besonders mutig fühlte – eine Passage, die ich mit meiner eigenen Stimme geschrieben hatte, aus meinen eigenen Erinnerungen konstruiert. Er hörte dann mit seinem glücklichen Pfeifen auf, legte beiseite, woran auch immer er gerade herumwerkelte, und lauschte sorgfältig, dabei nickend, als sei er beeindruckt.

Meist wusste ich, dass Joey die ruhige Art und nüchterne, aufmerksame Miene mir zuliebe zur Schau trug, da er von Natur aus eher redselig und fröhlich war. Doch als ich eines Tages eine dieser Passagen vorlas, huschte ein Schatten über Joeys Gesicht, der deutlich betroffener und ein wenig gequält wirkte.

»Stimmt was nicht, Joey?«, erkundigte ich mich.

»Nein«, sagte er, doch der Schatten war immer noch da. Ich schlug mein Notizbuch zu und betrachtete ihn vorsichtig.

»Du hast einmal deinen Onkel erwähnt«, sagte ich in dem Versuch, den Grund für seine Irritation zu erraten. »Dass er es war, der dich von dem Internat geholt hat.«

»Ja.«

»Was ist danach passiert?«

Joey zuckte mit den Schultern. »Es ist nicht wichtig.«

»Bitte, ich möchte es wissen. Du sagtest, er hat nicht schon immer bei euch gewohnt. Wie kam es zu der Veränderung?« Wir waren im Freien auf dem schmalen Deck, das um das ganze Hausboot verlief, und Joey kauerte über einem elektrischen Toaster, den er gefunden hatte, und versuchte, das Gerät aus reinem Jux zu reparieren. »War er der Bruder deines Vaters?«

Joey schüttelte den Kopf. »Meiner Mutter. Ihre Familie hatte sehr großen Erfolg bei der Pferdezucht – richtig beeindruckende Tiere, die im Derby liefen –, aber die Wahrheit ist, dass mein Onkel den Großteil des Familienvermögens beim Wetten verloren hat. Als ich ungefähr sechzehn Jahre alt war, musste er bei uns einziehen, weil er völlig pleite war. Das hat er den Leuten natürlich nicht auf die Nase gebunden. Er brauchte einen Vorwand, also entschied er, dass ich das war.«

»Wie meinst du das?«, fragte ich.

»Er hat gesagt, er würde bei uns wohnen, um das Andenken an seine Schwester in Ehren zu halten und die Entwicklung seines Neffen zu ›korrigieren‹.« Joey bemerkte den Ausdruck, der über mein Gesicht huschte. »Er hat gesagt, ich wäre zu weich«, erklärte er, »dass mich das Internat zu einem Waschlappen mache. Natürlich war dem nicht so. Aber er hatte mich ein oder zwei Jahre zuvor an der Schule besucht, und ich glaube, ihm war aufgefallen, wie die Dinge um mich standen.«

Joey sagte nicht, was er mit *wie die Dinge um mich standen* meinte, aber das musste er nicht: Ich wusste es. Ich fragte mich, ob es Joeys Onkel gewesen war, der sich zwischen ihn und seine erste Liebe gestellt hatte.

»Mehr als diese aufgeladene Andeutung brauchte es nicht, damit mein Vater ihm gestattete, jegliche korrektiven Maßnahmen zu ergreifen, die er für nötig befand. Wenn es um die Nachkommenschaft ging, war es meinem Vater immer am allerliebsten, wenn andere Leute dafür verantwortlich waren, die eigentliche Arbeit zu tun. Er hat kein Rückgrat und weiß es. Tja … damit will ich sagen, dass mein Onkel, nachdem er seine verschleierte Beschuldigung vorgebracht und angeboten hatte einzuschreiten, mehr oder weniger freie Hand hatte. Betrunken, arbeitslos und verschuldet machte er es zu seiner hauptamtlichen Aufgabe, mich unter dem Vorwand, mir zu Hause ›Unterricht‹ zu erteilen, zu tyrannisieren. Eine gewisse Art von Bildung *war* es wohl.« Joey zuckte erneut mit den Schultern.

Ich dachte an Wendell und war dankbar, dass meine Mutter, wenn sie ihm schon nicht die Stirn bot, dennoch ihr Bestes tat, um Wendell und mich getrennt zu halten, und sie übertrug Wendell niemals in irgendeiner Weise die Verantwortung für mein Benehmen.

»Wenigstens wusste ich, woran ich war«, fuhr Joey fort. »Mein Onkel hatte schon einmal bei uns gewohnt, bloß für eine Woche oder so, ein paar Monate nach dem Tod meiner Mutter. Es war das erste Mal, dass ich ihm begegnet bin, meine Mutter war gerade verstorben, und ich war ziemlich nervös. Ich dachte, er würde vielleicht wie meine Mutter aussehen, er würde vielleicht ihr Lachen haben, er würde vielleicht die Gabel wie sie halten ... Er sah überhaupt nicht aus wie sie. Ich weiß nur noch, dass mir auffiel, wie *rot* er war. Sein Teint sah ständig sonnenverbrannt aus, sein Haar war rotblond – sogar seine Augen waren blutunterlaufen. Er schwitzte viel am Hals; an all seinen Kragen waren Flecken. Ich war erst sieben. Auch damals behauptete er, ich sei zu weich. Er ließ es an mir aus, indem er mir das Jagen beibrachte.

Ich hatte ihm von einem kleinen Ritual meiner Mutter und mir erzählt, dass wir abends einen Spaziergang über das Gelände machten und das Rotwild mit getrocknetem Mais fütterten. Meine Mutter hatte eine besondere Art an sich; sie brachte das Wild dazu, ihr aus der Hand zu fressen.

Das Erste, was mein Onkel tat, war, mit mir ein Jagdversteck zu bauen. Die Art von Jäger war er, weißt du: die Art, die das Wild überlistet, indem sie in einem Ansitz hockt und Futter ausstreut. Es war nicht von Anfang an schrecklich. Zuerst dachte ich, wir bauen ein Baumhaus. Es mag naiv klingen, aber ich hatte noch nie im Leben etwas getötet – noch nicht einmal ein Eichhörnchen. Ich hatte höchstens mal mit Luftdruckgewehren auf leere Dosen geschossen.«

Das glaubte ich Joey gern. Mir fiel wieder die Sorge ein, die er am ersten Abend unserer Bekanntschaft um Cobs Insekten an den Tag gelegt hatte. Seit wir uns auf dem Hausboot eingelebt hatten, war Joey derjenige, der meist die Insekten in ihren kleinen Glasgefäßen fütterte und sich um sie kümmerte. Er war so weit gegangen, ein Buch über Insektenkunde aus der Bücherei auszuleihen.

»Wir waren oben auf dem Hochsitz, als es passierte«, fuhr er jetzt fort. »Es könnte daran gelegen haben, dass ich erst ein Kind war, dass ich es mir nur einbildete, aber dieses erste Reh, das auf die Lichtung kam … Ich schwöre, dass es diese ganz bestimmte Hirschkuh war, eine, die früher immer kam und meiner Mutter direkt aus der Hand gefressen hat. Wir müssen ein Geräusch verursacht haben, oder aber sie hat uns gewittert, denn sie sah hoch und betrachtete uns mit ihren feuchten braunen Augen, und sie und ich, wir starrten uns unverwandt an. Sie war eine schöne Hirschkuh, hatte etwas Majestätisches an sich, und während ich sie betrachtete – jedenfalls einen Moment lang – schien es, als wäre ich aus der Zeit gefallen, als wäre ich wieder mit meiner Mutter dort und würde das Wild in der Abenddämmerung füttern, wie wir es immer getan hatten.

Aber dann schob mir mein Onkel das Gewehr in die Arme und schrie mich an, ich solle schießen. Ich tat, wie mir geheißen. Insgeheim betete ich, dass sie erschrecken und weglaufen würde, aber sie erstarrte.«

»Wie … wie ist es ausgegangen?«, erkundigte ich mich behutsam.

»Die Kugel traf sie am Vorderlauf und zerfetzte ihr Kniegelenk. Sie taumelte und stürzte, aber dann versuchte sie, wieder aufzustehen. Sie lief ein paar Meter und stürzte … lief und stürzte, lief und stürzte … Bei dem Anblick wurde mir ganz schlecht. Mein Onkel schrie mich wütend an und beklagte sich, ich hätte sie nur verwundet und ihr damit einen langsameren, schmerzhafteren Tod beschert.

Diese Worte waren es, die mich mit Scham erfüllten. Er schlug mich mit dem Gewehrkolben, bis ich blutete, aber ich kann mich kaum noch an die Schmerzen erinnern. Am meisten taten mir die Schmerzen dieser Hirschkuh weh, dort draußen im Wald, wie sie lief und stürzte, lief und stürzte, heftig um sich schlug, während das Leben aus ihr wich.«

Er sah mich an.

»Daran kann ich mich immer noch am besten erinnern.«

Ich wusste nicht, was ich sagen sollte. Ich hatte ein schlechtes Gewissen, weil ich es angesprochen, weil ich ihn zum Reden gedrängt hatte. Gleichzeitig war ich froh, ihn nun besser zu kennen, zu verstehen, wie er tickte.

Wir bereiteten das Mittagessen zu. Der dunkle Schatten verschwand allmählich aus Joeys Gesichtszügen. Er schien ihn abgeschüttelt zu haben. Den restlichen Nachmittag und Abend war er so glücklich wie immer, werkelte auf dem Hausboot herum und pfiff wieder wie ein Kanarienvogel.

Erst spät in der Nacht, nachdem wir zu Bett gegangen waren und ein paar Stunden geschlafen hatten, schrie er sich die Seele aus dem Leib und setzte sich schweißgebadet im Bett auf. Ich wusste sofort, dass er einen Albtraum gehabt hatte, und ich ahnte auch, worum es in dem Albtraum gegangen war. Allerdings war ich mir nicht so sicher, wie ich ihm helfen sollte, abgesehen davon, einen Waschlappen in kaltes Wasser zu tauchen und Joey im Arm zu halten, während ich ihm den kühlen Lappen an die Stirn drückte.

Diese Verletzlichkeit an ihm kam unerwartet und war mir neu. Es war das erste Mal, dass ich sie sah, und ich wusste nicht recht, wie sie zu deuten war. Es war jedenfalls so, dass es meine Liebe zu ihm noch steigerte. Doch wenn ich ehrlich bin, steigerte es auch meine Angst vor dem, was wir waren, vor dem, was wir einander antaten, und ganz besonders vor dem, was wir einander in Zukunft antun würden.

54

Wir erlebten die gleichen Anfangsschwierigkeiten wie alle Liebespaare, die zusammenziehen und beginnen, Familie zu spielen. Was heißen soll, dass Joeys Art, mit den Dingen umzugehen, nicht meine Art war, mit den Dingen umzugehen, und umgekehrt. Unsere unterschiedliche Sicht der Dinge ergab sich, wie ich glaube, aus unserer unterschiedlichen Klassenzugehörigkeit und Rasse. In vielerlei Hinsicht diktierte meine Hautfarbe meine Sicht der Dinge, ob ich nun einen Abschluss von der Columbia hatte oder nicht. Ich war mir bewusst, wie wenige Vorteile mir das Leben hatte angedeihen lassen; ich gab mir Mühe, keine unliebsame Aufmerksamkeit auf mich zu ziehen. Ich war ein Meister in der Kunst des Unsichtbarseins.

Joey hingegen war privilegiert und weiß und ein Meister in der Kunst, gesehen zu werden. Die Schläge seines Onkels hatten ihn nur noch darin bestärkt, sein Leben so zu leben, wie es ihm gefiel, und er war nur vorsichtig, wenn er vermeiden wollte, von offizieller Seite entdeckt zu werden. Aus seinen Erzählungen schloss ich, dass er sich in der Armee auf dünnem Eis bewegt hatte. Manche Erzählungen machten mich nervös.

Eine seiner Lieblingsangewohnheiten auf dem Hausboot war, splitterfasernackt an Deck zu liegen und sich zu sonnen, während er Kirschen aß und die Kerne ins Wasser spuckte.

»Wir wollen keine Aufmerksamkeit auf uns ziehen«, rief ich ihm oft ins Gedächtnis.

»Das hier ist ein Sonnenbad und kein Banküberfall«, erwiderte Joey dann und winkte ab.

Er weigerte sich, die Sache ernst zu nehmen, selbst als die Küstenwache auf Patrouille eine Runde durch den Hafen drehte. Ich versuchte, ihn von Deck und wieder nach drinnen zu scheuchen, aber natürlich hätte ich mehr Erfolg beim Flöhehüten gehabt. Stattdessen endete es damit, dass ich mich ins Bootsinnere duckte, während er den Beamten zugrinste und scherzhaft salutierte, als sie vorüberfuhren. Das geschah mehr als einmal. Ich war entsetzt und irgendwie verängstigt – und unwillkürlich auch ein wenig belustigt –, als Joey es eines Tages fertigbrachte, sie zu uns an Deck auf ein Bier einzuladen.

Joeys Charme hatte diese Wirkung – und brachte derartige Szenarien hervor, die kaum zu glauben waren. Sein Charme war zweifellos seine größte Stärke und hatte eine enorme Anziehungskraft. Und es brachte mich ziemlich aus der Fassung, als ich eines Tages erkannte, wie sehr mir diese Eigenschaft auch zu schaffen machte. Ich musste an seine allzu große Vertraulichkeit mit der YMCA denken und verspürte eine schreckliche, rasende Eifersucht. Leider muss ich zugeben, dass ich ihn verurteilte: Er war zu schamlos, zu gedankenlos, machte es sich zu einfach, und ich wollte ihm begreiflich machen, wie teuer uns das zu stehen kommen könnte.

Mein Ärger über Joey nahm seltsame Züge an: Unwillkürlich versteckte ich mich hinter Janet.

»Du solltest dir im Klaren darüber sein«, erklärte ich ihm eines Tages, »dass ich nicht wie du bin.«

Natürlich wollte er wissen, was ich meinte. Ich erzählte ihm, dass ich zu Hause ein Mädchen hatte, das zu heiraten ich beabsichtigte.

»Sicher.« Joey zuckte gutmütig mit den Schultern. »Aber das ist nicht schlimm.«

Ich blinzelte ihn an. »Was meinst du damit, ›nicht schlimm‹?«

»Ich meine, natürlich hast du ein Mädchen.« Ich forschte in seinem Gesicht nach Ironie, fand jedoch keine. Er stellte mir ein paar Fragen über Janet – eigentlich bloß Oberflächliches. Wie sie sich kleidete, wo sie wohnte, welche Filme wir uns im Kino ansahen et cetera. Er zeigte eine träge Neugier, so wie ein Kind vielleicht einem zurückgekehrten China-Reisenden Fragen über das Leben dort stellen würde.

»Das alles scheint dich nicht zu stören«, sagte ich.

»Warum sollte es?«, erwiderte Joey mit einem Schulterzucken. »Sie hört sich nett an – sehr bodenständig und all so was –, aber ihr könnt nicht die gleichen Gefühle füreinander hegen wie wir. Es ist nicht dasselbe.«

»Es wird erwartet, dass wir heiraten. Ich wünschte, du würdest es ernster nehmen.«

»Nee«, sagte er und ließ den Arm um mich gleiten. »Du wünschst dir bloß, ich wäre mehr wie du: ein alter Griesgram im Körper eines jungen Mannes.« Er zwinkerte, und ich seufzte resigniert.

Eines Nachmittags befand ich mich allein auf dem Hausboot und schrieb Seiten aus dem Tagebuch meines Vaters ab, wie es mir zur Routine geworden war, da kam Joeys Freund Eddie auf der Suche nach ihm vorbei. Es war ein schöner Tag, und ich hatte alle Fenster und Türen aufgerissen, um frische Luft hereinzulassen. Es war sehr ruhig, und ich war ganz in die Stille versunken, als unvermittelt an die offene Rotholztür geklopft wurde und Eddie den Kopf hereinsteckte. Ich erwartete niemanden, und das leuchtende Aufblitzen seiner weißblonden Haare überraschte mich so sehr, dass ich beinahe vom Stuhl fiel.

»Hey, Mann«, sagte er und hielt kapitulierend die Hände hoch. »Tut mir echt leid, Kollege.« Ich hatte ihn seit unserer Spritztour in Bills Fairlane, als wir spätabends die Lombard Street hinuntergefahren waren, nicht mehr gesehen, erkannte ihn jedoch sofort wieder. Im Türrahmen gab er vor dem grellen Sonnenschein, der hinter ihm hereinströmte, eine schlaksige Figur ab. Er sah wie ein Junge aus, der gerade von einem Maisfeld in Iowa oder einem Weizenfeld in Nebraska hereingelaufen kam. Beinahe rechnete man damit, in dem weißblonden Haar ein paar vereinzelte Strohhalme vorzufinden.

»Wir bekommen eben nicht viel unerwarteten Besuch«, sagte ich, fasste mich wieder und stieß ein gutmütiges Lachen aus. Am ersten Abend unserer Begegnung war mir Eddie sympathisch gewesen; er wirkte unkompliziert, sanft.

»*Wir?*« Grinsend zog er eine Augenbraue in die Höhe, sodass mir ein wenig unbehaglich zumute wurde.

»Er ist gerade nicht da«, sagte ich mit Bezug auf Joey. »Es gibt noch Bier, glaube ich.«

»Das wäre klasse.« Er nickte, und ich ging an Deck, um zwei Flaschen hochzuholen. Auf dem Hausboot hatten wir keine Kühltruhe, und Joey hatte diesen Mangel an modernen Gerätschaften wettgemacht, indem er die verschlossenen Bierflaschen in eine Krebsfalle steckte und sie in das kalte Wasser hinabließ. Eddie trat ins Freie und sah mir zu, wie ich das Seil hochzog und die Falle öffnete.

»Sieht mir nach einem von Joeys schlauen Einfällen aus«, stellte er fest und deutete auf die Falle, während seine Lippen ein leichtes Lächeln umspielte. Sein Kentucky-Akzent hatte einen nasalen Ton, der Joey abging. Ich öffnete ein Bier an der Deckreling und reichte es ihm, dann öffnete ich eines für mich. Obwohl die Flaschen verschlossen waren, hatten sie immer einen leichten Geruch nach Motorenöl und brackigem Meerwasser an sich. Wir gingen wieder hinein und ließen uns ein wenig verlegen auf den beiden Liegestühlen mitten im Raum nieder. Die Brise wehte durch die offene Tür herein, und das Geräusch von Wasser, das leise an die Anlegeplätze klatschte, drang zu uns hoch.

»Was hältst du von Frisco?«, erkundigte Eddie sich in höflichem Plauderton. Ich war dankbar, dass er nicht den Abend unserer Autofahrt angesprochen hatte.

»Ich mag es hier«, erwiderte ich. »Es ist …« Ich gab mir Mühe, die richtigen Worte zu finden, aber sie wollten sich nicht einstellen. »… so anders als New York.«

Er lachte und sagte den einen Satz, den alle Menschen sagen, die nicht aus New York stammen: »Ja, New York ist schön zum Besuchen, aber ich weiß nicht, wie irgendjemand dort leben kann.« Er schüttelte den Kopf. »Mein Ding ist es jedenfalls nicht.«

»Ich weiß nicht, wann Joey zurück sein wird«, sagte ich. Mir fiel auf, dass Eddie bereits mehr als die Hälfte seines Bieres getrunken hatte. Er schien trotz all seiner Maisfeld-Patina ein schneller Trinker zu sein.

»Ach, das passt schon. Ich bin bloß vorbeigekommen, um ihm zu sagen, dass ich in meinem Postfach nachgesehen habe und heute meinen Brief bekommen habe. Wollte sehen, ob er ihn auch gekriegt hat.«

»Deinen Brief?«

»Vom Arbeitsministerium«, sagte er. »Ich habe die Stelle. Wollte mich bloß bei Joey bedanken.«

»Dich wofür bei ihm bedanken?« Ich war verwirrt. Joey hatte erwähnt, dass sowohl er als auch Eddie sich für Regierungsjobs bewarben, aber bis zu dem Augenblick hatte ich diesem Umstand nicht allzu viel Beachtung beigemessen, gebannt wie ich war vom Tagebuch meines Vaters und meinem neuen Leben auf dem Hausboot.

»Es ist ein Verwaltungsjob – ich werde als Sekretär irgendeines Bergbauingenieurs arbeiten –, dabei habe ich noch nie in einem Büro gearbeitet. Jetzt muss ich bis Ende des Monats tippen lernen. Ich und tippen, ha! Ich bin mir ziemlich sicher, dass Joeys alter Herr seine Beziehungen hat spielen lassen, und ich bin dankbar.«

»Oh«, sagte ich und ließ das alles auf mich wirken.

»Yep, Joeys alter Herr ist ein Eisblock, das ist mal sicher, aber er tut Joey trotzdem den einen oder anderen Gefallen.«

»Dann sind wohl Glückwünsche angebracht.« Ich bot ihm die Hand.

»Ach, danke«, sagte er. »Ich bin bloß hergekommen, weil ich mir gedacht habe, dass Joey seinen Brief vielleicht auch bekommen hat. Ich brenne darauf herauszufinden, ob wir zusammen in D. C. sein werden, wie wir es geplant haben.«

Etwas an der Art, wie Eddie diese Wörter, *wie wir es geplant haben*, aussprach, rief feindselige Wut in mir hervor. Ich erhob mich und riss Eddie – nicht sehr würdevoll – die leere Bierflasche aus der Hand. Ich schnitt eine kleine Grimasse, die ein Lächeln sein sollte.

»Tja, ich muss zurück an die Arbeit«, sagte ich und machte Anstalten, die Flaschen wegzuräumen, um mich wieder ans Werk zu machen. Eddie legte den Kopf schräg, und ihm war anzusehen, was er dachte. Was hatte sich zwischen uns geändert?, fragte er sich. Und was konnte ich zu tun haben, das so dringend war?

»Na schön«, sagte er, als rechnete er nicht mit einer Antwort. Er stand auf und strich sich T-Shirt und Bluejeans glatt. »Tja, ich habe nur vorbeigeschaut, um Joey meine Neuigkeiten zu berichten und mich nach dem Brief zu erkundigen. Sagst du ihm, dass ich hier war?«

»Mache ich«, versprach ich. Eddie nickte, und mich befiel Scham, da ich mir bewusst war, dass ich mich wie ein verzogenes Kind nach einem Tobsuchtsanfall aufgeführt hatte. »Mache ich«, wiederholte ich dümmlich und versuchte zu lächeln. »Danke, dass du vorbeigeschaut hast, Eddie.«

Gelassen erwiderte er mein Lächeln. Seine blauen Augen wirkten liebenswürdig, sein weißblondes Haar engelsgleich. Ich war ein Narr; mein Verdacht war nichts weiter als ein Hirngespinst. Er wandte sich zum Gehen und machte ein paar Schritte auf die Tür zu, hielt dann inne.

»Miles? Du wirst doch auf ihn achten, oder?«

Ich erstarrte. »Was meinst du?«

Er lächelte verlegen und zuckte die Schultern. »Oh, ich weiß nicht... Joey ist leichtsinnig. Lässt sich von Typen wie Bill und Donald Drinks spendieren... Wie dem auch sei, zwei Männer, na ja, manchmal erregt das Aufmerksamkeit. Und ein Weißer und ein Neger, na ja, die Leute haben die Angewohnheit, sich an so ein Paar zu *erinnern*, verstehst du? Aber er scheint ruhiger geworden zu sein, seit er dich kennengelernt hat, und das freut mich. Ich hoffe nur, ihr schafft es...« – Eddie schüttelte den Kopf – »dass es so weitergeht und dass du dich gut um ihn kümmerst.«

Er drehte sich um und ging durch die Tür. Ich sah ihm nach, eine schwarze Silhouette, die das grelle Licht des Nachmittags durchschnitt.

Joey kehrte nach einer Stunde mit zwei Tüten von dem kleinen Lebensmittelgeschäft in der Stadt zurück. Ich stand auf, um ihm zu helfen, erstarrte allerdings, als ich sah, dass er mit der Hand ein offenes Kuvert umklammerte.

»Eddie ist hier gewesen«, berichtete ich pflichtschuldig. »Ihm ist im Arbeitsministerium eine Stelle bewilligt worden, und er wollte sich bei dir für die Einflussnahme deines Vaters bedanken.«

Joey strahlte. »Oh, das ist klasse!«

»Eddie wollte auch in Erfahrung bringen, ob du *deinen* Brief erhalten hast«, fügte ich hinzu. Sein Blick fiel auf das Kuvert, das er getragen hatte, als habe er vergessen, dass es da war.

»Ja!«, erwiderte er. »Ich habe die Stelle!«

»Herzlichen Glückwunsch«, sagte ich. Ich lächelte, und wir umarmten uns, aber in Wahrheit war ich mir nicht sicher, was das alles zu bedeuten hatte, und die Worte kamen nicht ganz von Herzen.

55

»Deine Stelle beim Außenministerium … was wirst du dort überhaupt machen?«

Wir hatten ausgeschlafen und uns den Vormittag im Bett vertrieben. Beziehungsweise hatte Joey ausgeschlafen. Ich hatte wach gelegen und dem Klang seines leisen Schnarchens gelauscht, ruhelos in dem Versuch, mir Joeys Leben nach mir vorzustellen. Das Leben, das er nun *ohne* mich haben würde. Jetzt war er wach. Ich stand auf, um mir die Hose anzuziehen, während Joey meinem Beispiel mit beträchtlichem Widerwillen folgte.

»Ich werde Aufrüstungsberichte für das Amt für politisch-militärische Angelegenheiten verfassen«, antwortete er. »Es ist eigentlich bloß Bürohengstarbeit, aber manche Informationen sind Geheimsache: die Munitionsmengen, mit denen wir andere Länder beliefern und dergleichen.« Auf einmal lachte er. »Wenn man es sich einmal recht überlegt, ist es gar nicht so anders wie das, was ich früher gemacht habe.«

»Was meinst du? Wie das, was du in der Armee gemacht hast?«

Ich fragte ihn, was die Männer tatsächlich in der Armee machten, wenn kein Krieg herrschte. Er zuckte mit den Schultern und sagte, soweit er es absehen könne, unterscheide es sich gar nicht so sehr von der Arbeit in irgendeiner anderen Branche, denn hauptsächlich ginge es um Bestände: Entweder zählte man Bestände oder prüfte die Verwendung von Beständen oder verschickte Bestände von einem Ort zum anderen. Ich fragte ihn, ob nicht mehr dran sei, woraufhin er erneut die Schultern zuckte und sagte: »Vielleicht für die Offiziere. Aber die gemeinen Soldaten … es ist, als leite man ein großes landesweites Lagerhaus. Manchmal tun wir so, als würde Krieg herrschen, und wir führen Trainingsübungen durch. Dann verfassen zwei Kerle einen Bericht darüber, wie viel Bestand dafür benötigt würde.«

Unwillkürlich lachte ich.

Es war schwierig, Joey gram zu bleiben. Doch seit dem Eintreffen seines Briefes vom Außenministerium rollte eine kleine Kugel Groll in meiner Magengrube herum und wurde immer größer. Ich hatte keinen Grund, mich verraten zu fühlen. Vom ersten Moment an, als ich mich bereit erklärt hatte, zu ihm auf das Hausboot zu ziehen, war es so gewesen, dass nicht über die Bedingungen unserer Beziehung gesprochen wurde, kein einziges Mal. Und es war nicht so, als hätte ich nicht gesehen, wie Joey mit anderen flirtete, oder als hätte ich seine Vertrautheit mit der YMCA nicht beobachtet. Nichtsdestotrotz machte mich der Gedanke wütend, ich könnte einer von vielen sein, eine Zwischenstation, während er von einer Küste zurück an die andere zog.

Joey bemerkte meinen Gemütswandel beinahe augenblicklich.

»Welche Laus ist denn dir über die Leber gelaufen, Miles?«, fragte er. Er kam her und legte die Hände auf meine Schultern. »Seitdem ich gestern die guten Neuigkeiten erfahren habe, benimmst du dich komisch.«

Ich öffnete den Mund, um es abzustreiten, hielt aber inne. Unehrlich würde ich ihm gegenüber nicht sein.

»Ich bin wohl nicht – noch nicht – bereit, getrennte Wege zu gehen.«

Er legte den Kopf schräg und betrachtete forschend mein Gesicht.

»Wovon redest du?«, fragte er lachend. »Die Stelle ist in D. C. – das ist ja das Schöne daran! Wenn du nach New York zurückkehrst, werden wir an derselben Küste sein.« Er ließ meine Schultern los, und seine Arme glitten nach unten um meine Taille. »Es ist möglich, dass wir uns weiterhin sehen!«, sagte er mit einem triumphierenden, sachlichen Lächeln, als habe er eine schwierige mathematische Gleichung gelöst, an der er gearbeitet hatte.

»Oh«, sagte ich verblüfft. Meine Nackenhaare stellten sich aufgrund eines jähen kalten Schweißausbruches auf. »Daran … hatte ich nicht gedacht.«

»Natürlich heißt es werktags nur Arbeit und kein Vergnügen, aber an den Wochenenden kann ich mit dem Zug zu dir fahren und uns ein Hotelzimmer besorgen.« Er nahm die Arme von meiner Taille und griff nach dem Brief, den er auf dem Tisch liegen gelassen hatte, überflog ihn und dachte laut. »Weißt du, die Bezahlung ist nicht allzu rosig, aber so schlecht ist sie auch wieder nicht. Wenn ich in D. C. ein bisschen knausere, können wir uns vielleicht schließlich irgendwo in Manhattan eine kleine Bude nehmen.« Er legte wieder die Arme um mich und schmiegte das Gesicht an meinen Hals. Auf einmal zuckte er zusammen. »Himmel! Was ist los mit dir? Dein Herz schlägt eine Million Mal pro Sekunde!«

»Mir geht's gut«, sagte ich. »Ich freue mich bloß. Das sind Neuigkeiten für mich. Ich lasse es alles auf mich wirken.« Ich *freute* mich tatsächlich. Und hatte eine Heidenangst.

»Das willst du doch, oder?«, fragte er. »Dass wir uns weiterhin sehen?«

»Sicher.«

»Na also«, sagte er. Er drückte mich und ließ mich los. »Das sollten wir feiern.«

»In Ordnung«, stimmte ich immer noch benommen zu. Im Bruchteil einer Sekunde hatte sich alles geändert.

»Ich bin glücklich. Sind wir nicht glücklich?«, fragte er.

Ich schüttelte meine Trance ab und versuchte, die Frage zu verstehen, die er gestellt hatte. *Sind wir nicht glücklich?* »Natürlich.«

»Schau mal, mach das fertig, womit du gerade beschäftigt bist.« Er wies zum Tisch, wo mein Notizbuch und das Tagebuch meines Vaters aufgeschlagen lagen. »Ich gehe in die Stadt zurück und schaue, ob sich nicht Champagner für uns auftreiben lässt.« Er hatte ein Glitzern in den Augen und grinste, und unwillkürlich erwiderte ich sein Grinsen. Er machte Anstalten zu gehen, hielt dann inne und wirbelte herum. »Oh!«, entfuhr es ihm, und er zog ein Kuvert aus der Tasche. »Oh, ja – das hier ist für dich gekommen. In meiner gestrigen Aufregung habe ich es in die Tasche gesteckt und vergessen.«

Joey reichte mir das Kuvert und beugte sich vor, um mich zu küssen. Ich erwiderte seinen Kuss flüchtig.

»Bin gleich wieder da.«

»Okay«, stimmte ich zu und sah ihm nach.

Als ich auf den Brief hinunterblickte, erstarrte ich. Mein Herz blieb stehen, und ich spürte, wie mir das Blut aus dem Gesicht wich. Er war von Janet. Ich öffnete ihn. Ihre Briefe seien ihr zurückgeschickt worden, schrieb sie, mit dem Vermerk ZURÜCK AN ABSENDER, und sie habe beunruhigt versucht, mein Hotelzimmer anzurufen. Was sei diese Postfachadresse, die der Hotelangestellte ihr gegeben habe? Wo schliefe ich, wenn nicht im Hotel?

Ich brauchte nicht lange, um mir zusammenzureimen, dass sich der Rezeptionist in meinem ehemaligen Hotel in San Francisco dazu entschieden hatte, meine Post zurückzuschicken, und dass er Janet bei ihrem Anruf mit der Nachricht der Postfachadresse verwirrt hatte. Ich fragte mich, ob dies aus böser Absicht geschehen war; er hatte Joey und mich zweifellos voll Hass und Abscheu angestarrt.

Ich faltete den Brief wieder zusammen und ließ ihn in das Kuvert gleiten, während ich mir sehnlichst wünschte, es gäbe ihn nicht. Mein leichtes panisches Zittern bei Joeys Vorschlag, wir sollten uns weiterhin sehen, wenn wir beide wieder an der Ostküste wären, war durch das jähe Auftauchen von Janets Brief, Janets Handschrift, Janets Worten deutlich verstärkt worden. Was machte ich hier? Auf einmal hatte ich große Angst.

In weniger als zehn Minuten hatte ich all meine Sachen gepackt und war die Straße entlanggegangen – in die entgegengesetzte Richtung, in die Joey gegangen war –, um mir ein Taxi zu rufen, das mich über die Brücke zum Busbahnhof in San Franciscos Downtown bringen sollte. Ich schrieb eine Nachricht – eine schmerzhaft beiläufige Nachricht, denn mehr noch als ihn versuchte ich mich selbst davon zu überzeugen, dass mir die Sache gleichgültig war –, die besagte, ich befände mich auf dem Rückweg nach New York. Meine Familie brauche mich, schrieb ich (ohne genaue Einzelheiten mitzuteilen, die er mir sowieso niemals geglaubt hätte), also würde ich in den Osten zurückkehren, und es sei ohnehin an der Zeit für mich weiterzuziehen. Ich kann mir nicht vorstellen, wie es für Joey war, zurückzukommen und diese Nachricht vorzufinden. Dass ich sie geschrieben habe, stimmt mich jedes Mal, wenn ich daran denke, ziemlich traurig, denn sie steckte voller Feigheit und Lügen.

56

Die Rückfahrt nach New York war öde, grau, scheinbar endlos. Die Straßen waren rutschig vom frühwinterlichen Regen, sodass die Bremsen des Busses ab und an kreischten, wenn der Fahrer versuchte, das große, schwerfällige Stahlungeheuer gewaltsam auf Kurs zu halten, während wir über den Asphalt brausten. Neuankömmlinge mühten sich beim Einsteigen aus ihren tropfnassen Mänteln und ließen das Regenwasser in die Polster dringen, sodass feuchte Gerüche nach nasser, dreckiger Wolle freigesetzt wurden. Die Stimmung der Passagiere war schlecht, was meiner Laune angemessen war.

Ich schaffte es zurück bis nach New York und kehrte in einer surrealen Benommenheit nach Hause zurück, in mein altes Zimmer in der Wohnung meiner Mutter. Genau genommen war ich jetzt Absolvent der Columbia – kein Student mehr –, und eigentlich hätte ich tolle Aussichten haben müssen. Aber mir schien das keine Rolle zu spielen. Es stand mir frei, als Mann mit Diplom meinen Weg zu machen, als Erwachsener, der stolz die Wörter *summa cum laude* in seinen Lebenslauf schreiben konnte, dennoch fühlte ich mich sehr niedergeschlagen und hatte keine Energie. Es hatte doch keinen neuen Start in meinem Leben gegeben. Ich hatte das zwar während meines Aufenthaltes in San Francisco gedacht. Oder genauer gesagt in Sausalito, auf dem Hausboot. Jene kostbaren Tage hatten sich mehr nach dem Beginn von etwas angefühlt als alles andere, was ich erlebt hatte. Aber es war ein Fehlstart gewesen; dessen war ich mir jetzt sicher.

Ich traf mich mit Janet, um ihr zu sagen, dass ich wieder in der Stadt sei, und erklärte ihr die Dinge, so gut es ging. Zwar erwähnte ich Joey, sagte aber, wir wären lediglich Freunde und dass er mich aus finanziellen Überlegungen eine Zeit lang bei sich einquartiert hatte. Geld nannte ich auch als Grund, warum ich mich nicht so oft mit Janet treffen konnte.

»Ich kann es mir nicht leisten, dich so viel auszuführen«, erklärte ich ihr.

»Ich mag den Park«, sagte sie. »Der Park ist kostenlos.«

»Im Freien wird es jetzt viel zu kalt«, sagte ich. »Ich verspreche dir, dass ich bald Arbeit finden werde, und dann kann ich dich richtig ausführen.«

»Na schön«, stimmte sie zu.

Aber auch das war ein falsches Versprechen. Ich hing zu Hause rum und begab mich nicht auf Arbeitssuche, jedenfalls nicht gleich. Meine Depressionen waren Mutter und Cob ein Rätsel. In ihren Augen war ich auf Abenteuerfahrt gegangen und siegreich mit dem Andenken meines Vaters, seinen Worten, seinem Tagebuch, seinen Kriegsgeschichten zurückgekehrt.

»Ich bin stolz auf dich, mein Sohn«, sagte meine Mutter, als ich ihr das Tagebuch zum ersten Mal zeigte, und betrachtete es staunend. »Du hast's hingekriegt.« Sie schlug es irgendwo auf, und ihr Gesicht verzog sich im Bad der Gefühle, als ihr Blick über die vertraute Handschrift meines Vaters wanderte. Dann rissen sie die Geräusche von Wendells Schnarchen im Wohnzimmer aus den Träumereien, und sie gab mir das Tagebuch eilig zurück und wischte sich dann die Augen ab.

»Hier«, sagte sie leise, »ich hoffe, dass du jedes einzelne Wort liest und es dich stolz macht.«

»Das hat es längst«, erwiderte ich in der Hoffnung, sie zu beruhigen.

»Warum siehst du dann so traurig aus?«

Es gab eine Antwort auf ihre Frage, allerdings keine, die ich laut aussprechen konnte.

Während der ersten Woche nach meiner Rückkehr verließ ich kaum das Bett. Erst war sie verblüfft, aber schon bald wurde die Verwirrung von Ungeduld abgelöst, und schließlich brachte mich meine Mutter – eine Frau, die Untätigkeit nicht allzu lange ertrug – zum Aufstehen.

»Ich weiß nicht, welchen Grund du dafür hast, dich so sehr selbst zu bemitleiden, aber ich habe keinen Faulpelz großgezogen!«, schimpfte sie und verursachte einen kleinen Tornado aus Energie, während sie so tat, als würde sie mein Zimmer aufräumen. Es war beeindruckend; es gelang ihr, die Laken vom Bett zu reißen und in den Wäschekorb zu stopfen, noch bevor ich ganz aufgestanden war.

Ich nahm die Subway nach Midtown zu dem Kurierdienst, wo ich meinen alten Job wiederbekam. Ich versuchte nicht, Mister Gus zu kontaktieren und meine Pflichten für ihn wieder aufzunehmen, da ich es für das Beste hielt, es auf sich beruhen zu lassen. Die Tage vergingen, indem ich mit dem Fahrrad durch die Stadt fuhr und Lieferungen für den Kurierdienst übernahm, und meine Abende verbrachte ich damit, einen weiten Bogen um Wendell zu machen. Jedes Mal, wenn wir uns im Wohnzimmer oder im Flur über den Weg liefen, gingen wir in die Offensive und pirschten in der Wohnung meiner Mutter herum, warfen einander aus den hasserfüllten Augen zweier Wildkatzen unheilvolle Blicke zu.

Meine größte Freude während dieser düsteren Zeit war

das Entzücken in Cobs Gesicht, wenn ich ihm abends laut Einträge aus dem Tagebuch unseres Vaters vorlas. Aber abgesehen von der glücklichen, goldenen halben Stunde, die ich damit verbrachte, kam ich mir zutiefst untätig vor, nachdem Cob zu Bett gegangen war. Ich sagte mir, dies liege daran, dass ich nicht mehr mit dem Studium beschäftigt war, aber ich wusste, dass die Dinge komplizierter waren.

Den ersten Anflug von Reue hatte ich schon verspürt, noch ehe ich meine Unterschrift unter die Nachricht an Joey gesetzt und das Hausboot verlassen hatte, doch richtig heftig wurden die Gefühle, als ich eines Tages nach Hause kam und meine Mutter nervös im Wohnzimmer im Kreis laufen sah.

»Er wollte nicht sagen, warum er gekommen ist«, verkündete sie im Klageton, als ich die Wohnung betrat.

»Wer?«, fragte ich.

»Der weiße Junge, der geklingelt hat. Er hat nach dir gefragt, aber er wollte nicht sagen, warum er gekommen ist.«

Mein Herz machte einen Sprung.

»Hat er gesagt, dass er wiederkommen wird?«, fragte ich.

»Nein«, sagte sie mit Bestimmtheit.

»Oh.«

»*Gesagt* hat er, dass er im Café um die Ecke auf dich wartet.«

»Was?«

»*Gesagt* hat er, dass er im Café um die Ecke auf dich wartet«, wiederholte sie und stampfte ungeduldig mit dem Fuß auf. »Beeil dich. Geh und kläre das. Ich weiß nicht, was in aller Welt er will, aber der bedeutet Ärger, und diese Familie kann keinen Ärger gebrauchen.«

Die Kuriertasche immer noch über der Schulter, stürzte ich auf die Tür zu. Begeisterung trug mich die Treppe hinunter, die Straße entlang und um die Ecke.

Als ich mich dem Café näherte, fühlte ich mich ein wenig high und benommen … und dann erblickte ich ihn, als ich durch die große Schaufensterscheibe spähte. Und dann, als ich die Situation betrachtete und tief in meinem Innern trübes Verständnis dämmerte, stürzte auf einmal alles um mich her zusammen. Der weiße Junge, der in der Sitznische des Cafés auf mich wartete, war *nicht* Joey, wie ich gehofft und erwartet hatte, aber es war jemand, den ich kannte. Ich betrachtete blinzelnd seinen vertrauten sandfarbenen Haarschopf und die kecke Stupsnase, und dann blickte er auf und bemerkte mich ebenfalls.

Es war Cliff, aus dem Village. Ich hatte ihn seit dem schrecklichen Abend seiner Party nicht mehr gesehen. Ich vermochte nicht zu sagen, was er jetzt von mir wollte, doch er hatte mich gesehen, und es gab kein Zurück. Vollgesogen mit der triefenden Last der Enttäuschung atmete ich tief durch und schob mich durch die Tür des Cafés.

CLIFF

57

Ich überraschte alle wohl ziemlich, als ich nach Harlem fuhr. Es war alles Teil meines neuen Grundsatzes, guten Willen zu zeigen. Ich hatte mich entschlossen, einen neuen Anfang zu machen. Ich wusste, dass ich Eden in letzter Zeit ein lausiger Ehemann gewesen war, wenn man die Sache mit dem Preisboxkampf und dem Hotelzimmer bedachte. Ich war ziemlich destruktiv zu Werke gegangen und musste mir eingestehen, dass dahinter wohl mein Frust über meine Schriftstellerei und meinen alten Herrn steckte. Ich hatte schließlich den Stier bei den Hörnern gepackt, war direkt auf ihn zugegangen und hatte mein Manuskript offiziell eingesandt. Eden hielt sich größtenteils aus der Sache heraus, aber sie erwähnte *doch*, dass es per Post eingetroffen sei und dass sie das Kuvert auf dem Schreibtisch meines alten Herrn bemerkt habe. Ich hatte es direkt an ihn adressiert, »Privat und vertraulich« darauf vermerkt und nach einer Woche erhielt ich per Post eine Empfangsbestätigung mit einer Verabredung zum Mittagessen im Keen's. »Wir werden über deine Seiten sprechen«, hatte er unten in seiner Krakelschrift geschrieben. Es war ein bisschen komisch, dass er nicht Eden beauftragt hatte, die Empfangsbestätigung zu schicken, denn laut ihr erledigte er so etwas fast nie persönlich, doch andererseits war ich sein Sohn, und es war nur natürlich, dass mir eine bessere Behandlung widerfuhr. Ich wusste, dass die Seiten, die ich ihm geschickt hatte, gut waren, und er würde das wahrscheinlich ebenso sehen, und ich versuchte, nicht zu viel zwischen den Zeilen zu lesen. Jetzt blieb mir nichts anderes übrig, als abzuwarten.

Während ich darauf wartete, dass unsere Verabredung zum Mittagessen herannahte, verbrachte ich Zeit damit, mir die Dinge durch den Kopf gehen zu lassen, und insbesondere verbrachte ich Zeit damit, darüber nachzudenken, wie ich ein besserer Mensch werden könnte und ein besserer Ehemann für Eden. Mir kam in den Sinn, dass wir beide immer noch wegen der Sache mit Miles am Abend unserer Party ein schlechtes Gewissen hatten, und wenn ich schon dabei war, um mich herum Dinge wiedergutzumachen, gab es eines, was ich tun konnte: nach Harlem fahren, ihm in die Augen sehen und mich entschuldigen, von Mann zu Mann. So gehörte es sich, und sobald ich mich dazu entschlossen hatte, fühlte ich mich, allein schon wegen meines Einfalls, sehr wohltätig.

Die Entscheidung, mich bei Miles zu entschuldigen, war leicht, aber ihn ausfindig zu machen, war eine andere Sache. Seit dem üblen Abend auf unserem Dach war er von der Village-Bildfläche verschwunden. Zwar hatte er davon geredet, die Stadt zu verlassen, aber mittlerweile musste er doch gewiss zurück sein. Das konnte nur bedeuten, dass er sich absichtlich von uns fernhielt. Ich glaubte, mich zu erinnern, dass Miles' Nachname Tillman lautete. Ich sah im Verzeichnis der Columbia nach, fand aber nichts. Im Telefonbuch stand er auch nicht, aber es *gab* einen Tillman mit einer Adresse, die nicht weit von dem Jazzclub entfernt war, in dem Eden und Rusty und ich ihm begegnet waren. Ich hielt es für ein Zeichen, dass ich mich auf der richtigen Spur befand.

Ich nahm die Subway in nördlicher Richtung und lief in

Harlem herum, bis ich die Adresse fand. Ein paar Negerkinder balgten sich auf der offenen Veranda, und als ich sie fragte, ob sie Miles Tillman kannten, sagten sie, *aber sicher*, sie würden Miles Tillman kennen und dass die Familie Tillman im dritten Stock anzutreffen sei. Oben kam eine Frau mittleren Alters an die Tür. Ich erkundigte mich nach Miles, und sie sah mich erschrocken an, und mir dämmerte, dass ich mit meinem ordentlichen Hemd und der guten Hose in ihren Augen wahrscheinlich wie der Steuereintreiber aussah.

»Er steckt nicht in Schwierigkeiten«, erklärte ich. »Ich bin nur hier, um ihm etwas von einem gemeinsamen Freund zu erzählen.« Das entsprach nicht ganz der Wahrheit, denn Rusty war nicht gerade mein Freund, geschweige denn Miles' Freund, und ich wollte Miles lediglich sagen, was für ein Fehler es meinerseits gewesen war, Rusty in unsere Gruppe und auf die Party zu lassen, aber das alles wollte ich nicht der Frau erklären, die an der Tür stand. Ihr war anzusehen, dass sie nicht an die Existenz eines gemeinsamen Freundes glaubte, auch wenn sie es nicht sagte. Stattdessen nickte sie höflich, blickte jedoch immer noch ein wenig nervös drein. Miles sei außer Haus, werde allerdings bald nach Hause kommen, sagte sie und lud mich ein, einzutreten und im Wohnzimmer zu warten. Ich spähte über ihre Schulter in die Wohnung, die ganz nett aussah, entschied mich jedoch, ihre Einladung auszuschlagen, da ich spürte, dass ihr das Ganze dennoch Unbehagen bereitete. Und richtig, als ich ihr sagte, dass ich in dem Café um die Ecke in der 125th Street warten würde, wirkte sie erleichtert. Ich fragte sie, ob sie so freundlich wäre, Miles rüberzuschicken, wenn er nach Hause käme. Sie bejahte, und ich ging.

Ich wartete noch nicht sehr lange, als Miles auftauchte, was gut war, denn ich musste Kaffee bestellen, nur um dort zu sitzen, und ich hatte nicht viel Geld und wollte vermeiden, noch etwas zu bestellen. Ich weiß nicht, wen Miles erwartete, aber bestimmt nicht mich. Als er um die Ecke bog, saß ich in einer Nische am Fenster und starrte auf die Straße hinaus. Sein Gesicht war dunkel und glänzte vor Schweiß, und er wirkte freudig erregt, doch bei meinem Anblick erstarrte er, und das Lächeln verschwand aus seinem Gesicht. Ich versuchte, es nicht persönlich zu nehmen, denn ich wusste, dass es hauptsächlich an Rusty und der schrecklichen Sache lag, die er Miles angetan hatte. Ich beobachtete, wie sich der finstere Blick in Miles' Gesicht schlich, und begriff, dass er keine Sekunde davon vergessen hatte. Es gab nichts, was ich sagen konnte, um es besser zu machen, aber ich war trotzdem gekommen, um mich zu entschuldigen. Wenn man es sich recht überlegt, sind die meisten Entschuldigungen nutzlos, aber es ist trotzdem nett, sich zu entschuldigen, und aus irgendeinem Grund – wie schon gesagt, wegen Eden und wegen meines Neuanfangs – war ich wirklich erpicht darauf, diese vorzubringen.

Miles betrat das Café und kam mit verkniffener Miene schnurstracks auf meinen Tisch zu. Er stand vor mir, und die Zeit für meine Entschuldigung war gekommen. Wir starrten einander an. »Meine Mutter hat gesagt, du hättest zu Hause nach mir gefragt«, erklärte er.

»Ja«, erwiderte ich. Das Förmliche an seinem Tonfall erschütterte mein Selbstvertrauen. Er stand vor meinem Tisch und schien sich unbehaglich zu fühlen. »Setz dich«, sagte ich. Er stellte die Tasche ab, die er trug, und ließ sich auf den Platz mir gegenüber sinken. Das tat er auf anmutige Weise, und als ich ihn musterte, fiel mir wieder auf, wie schlank und muskulös er war, und wie attraktiv. Die Brille tat auch ihren Teil. Miles räusperte sich, und mir wurde klar, dass ich etwas sagen musste.

»Du hast nicht mit mir gerechnet«, sagte ich.

»Nein.«

»Aber du hast jemanden erwartet«, stellte ich fest. Er antwortete nicht. »Wen hast du erwartet?«, fragte ich. Ich hatte kein Recht nachzufragen, aber ich war neugierig und konnte nicht anders. Miles verengte die Augen und sah mich mit der gleichen argwöhnischen Miene an, die er damals aufgesetzt hatte, als ich ihn in dem Jazzclub angesprochen hatte, und zögerte.

»Bloß einen Freund. Jemanden aus San Francisco«, sagte er schließlich.

»Ein Freund aus Frisco?«, wiederholte ich. Ich hatte mir Miles nicht außerhalb von Harlem oder dem Village vorgestellt, geschweige denn außerhalb von New York, und San Francisco war ein Ort, den ich schon immer hatte besuchen wollen, wo ich aber noch nie gewesen war. Vor mir saß offensichtlich ein welterfahrener Neger, der herumkam. Ich war beeindruckt. »Bist du schon oft dort gewesen?«, erkundigte ich mich.

»Bin gerade zurückgekommen.«

»Hey, cool, Mann«, sagte ich in der Hoffnung, dass ihm mein anerkennender Tonfall auffallen und er begreifen würde, dass wir von Natur aus Freunde waren. »Frisco ist eine Stadt für Verrückte«, fügte ich hinzu. Eigentlich hatte ich nicht gebieterisch klingen wollen, aber so kam es heraus. Miles nickte. Er machte Anstalten, etwas zu sagen, doch gerade in dem Moment klingelte die Glocke über der Cafétür, und ein kleiner Negerjunge kam hereingelaufen.

»Miles!« Der kleine Junge grinste und warf sich in Miles' Arme. Miles fing ihn auf und setzte ihn sich auf den Schoß, allerdings ohne das Grinsen zu erwidern. »Mama hat gesagt, du bist nach Hause gekommen und wieder gegangen.« Der

Junge drehte sich und grinste in meine Richtung. Er wirkte völlig unbeschwert und sorglos, mit einem Urvertrauen, das die Leute oft voller Bewunderung der Negerrasse zuschreiben. Ich hatte noch nie ein Kind auf eine so herzensreine Art lächeln sehen, und der Anblick war ein kleines Wunder, doch gleich im nächsten Moment trübte Miles dieses Lächeln, sodass es zwar immer noch strahlte, allerdings ein wenig dumpfer.

»Ich habe etwas zu erledigen, kleiner Mann«, sagte Miles. »Renn schon mal los und sag Mama, ich bin bestimmt zum Abendessen wieder zu Hause.«

»Versprichst du, dass du mir noch mehr von Pa vorliest?«

»Sobald ich wieder zu Hause bin. Jetzt geh, Cob. Ich meine es ernst.«

Der Junge schob die Füße hin und her und ließ die Schultern hängen. »Tja, also«, er drehte sich abermals zu mir um, »freut mich, Ihre Bekanntschaft gemacht zu haben, Mister.«

Da mich das amüsierte, streckte ich die Hand aus, und der kleine Junge schüttelte sie mit ungeheurem Ernst und stellte sich als »Mister Malcom ›Cob‹ Tillman« vor.

»Na gut, das reicht jetzt aber«, sagte Miles. »Mach schon, Cob; verschwinde.« In Miles' Stimme war eine Anspannung gekrochen, und Cob und ich tauschten einen Blick, der besagte, dass wir beide wussten, wir sollten besser auf ihn hören. Der Junge wirbelte auf den Füßen herum und stürzte auf dem gleichen Weg hinaus, auf dem er gekommen war.

»Mein kleiner Bruder«, erklärte Miles.

»Niedlich«, sagte ich. Das schien ihn zu beunruhigen, und er straffte die Schultern.

»Sieh mal«, sagte Miles, »ich will ja nicht unverschämt sein, aber was willst du?«

»Ich bin hergekommen, um dir zu sagen, was ich über die ganze Sache denke«, antwortete ich. Meine Stimme kam ganz komisch aus meiner Kehle hervor. Auf einmal war ich verflucht nervös. »Und weißt du«, fuhr ich fort, »weißt du … um dir zu sagen, dass ich nicht mehr mit Rusty befreundet bin.«

»Glückwunsch«, sagte er.

»Ich meine, ich weiß nicht, ob ich ihn überhaupt je als Freund bezeichnet hätte. Wenn du die Wahrheit hören willst, hat er uns alle getäuscht. Mich eingeschlossen. Mannomann, hat der mich hinters Licht geführt! Er hat sich als echt miese Ratte entpuppt. Aber das weißt du längst.«

Miles nickte nur, und ich sah, dass sich seine Kieferpartie verspannte.

»Also bin ich bloß hergekommen, wie schon erwähnt, um dir zu sagen, dass ich ihn hätte schlagen sollen, als ich die Gelegenheit dazu hatte. Du weißt schon, bevor der ganze Unsinn angefangen hat. Das hätte ich wirklich tun sollen, ehrlich.« Beinahe hätte ich *bevor der ganze Unsinn auf dem Dach angefangen hat* gesagt, aber ich spürte, dass Miles keine näheren Erläuterungen benötigte, um zu wissen, was ich meinte.

Miles nickte. »Da geht es uns wohl beiden so«, sagte er nach einer Weile.

»Ich meine, ich wünschte wirklich, ich hätte es getan«, wiederholte ich. »Ich hätte ein schlechtes Gewissen gehabt, einen so winzigen Kerl zu verprügeln, aber ich hätte ihn bewusstlos geschlagen, wenn wir je von Angesicht zu Angesicht miteinander gekämpft hätten.«

»Ja, nun ja«, sagte Miles, »ich gehe jetzt besser.« Bevor ich etwas sagen konnte, stand er aus der Nische auf. »Schön, dich wiedergesehen zu haben.« Er hängte sich die Tasche über die Schulter und streckte den Arm zum Handschlag aus. Das musste ich ihm wirklich lassen, er hatte höfliche Umgangsformen. Ich ahnte, dass es ihm kein Vergnügen bereitet hatte, mich wiederzusehen, aber er ließ es sich nicht anmerken.

»Cliff.« Er nickte.

»Miles.« Ich erwiderte sein Nicken.

Wir schüttelten uns die Hände. Er ging rasch auf die Tür zu. Ich war nicht ganz zufrieden mit dem Ergebnis unseres Treffens; etwas fehlte noch.

»Ich wünschte wirklich, ich hätte den Mistkerl bewusstlos geschlagen, als ich die Gelegenheit dazu hatte!«, rief ich ihm hinterher. Ich weiß nicht, warum ich das ständig wiederholte. Es war wohl das Nächstbeste, was ich statt einer Entschuldigung zu bieten hatte, und überhaupt gab es Miles zu verstehen, dass ich wirklich auf seiner Seite war, und darum ging es eigentlich. Er nickte und schlüpfte durch die Tür, winkte mir dann kurz zu, als er am Schaufenster vorüberging.

Ich beobachtete, wie er um die Ecke verschwand, und dann saß ich allein in der Nische und leerte meinen restlichen Kaffee. Ich hatte mir das Ganze anders ausgemalt: ich, wie ich mich bei Miles entschuldigte, und er dankbar, und wir beide, wie wir uns richtig anfreundeten. Ich hatte mir auch vorgestellt, wie ich zu Eden nach Hause ging und ihr davon erzählte und dass sie auf die Art lächeln würde, wie sie es tat, wenn sie stolz auf mich war und froh, meine Frau zu sein. Vielleicht würden wir Miles sogar dazu bringen, sich wieder der Gruppe im Village anzuschließen, und er würde kommen, und wir würden ihm zeigen, wie nett und großzügig wir gegenüber einem Neger sein konnten. Während ich dort in der Nische saß, wurde mir klar, wie töricht diese Vorstellung gewesen war.

Ich sah durch das Schaufenster auf den Verkehr und die geschäftig vorübereilenden Menschen hinaus. Es war den ganzen Tag über trocken gewesen, aber jetzt setzte ein frühwinterlicher Regen ein, und überall auf dem Gehsteig waren große hässliche Flecken. Der Rückweg zur Subway würde sehr nass werden, und selbst wenn ich meine gute Hose hochkrempelte, würde ich wahrscheinlich nasse Hosenbeine bekommen, was ich nicht ausstehen konnte.

Mir war klar, dass sich der nasse Weg so oder so nicht vermeiden ließe, also glitt ich aus der Sitznische. Doch beim Aufstehen fiel mein Blick durch Zufall auf die andere Seite, wo Miles gesessen hatte, und ich bemerkte etwas. Auf dem Sitz lag ein mit einem Gummi zugebundenes Notizbuch voller Papiere. Es musste beim Sitzen aus Miles' Tasche gefallen sein, und als er dann aufgestanden war, hatte er es eilig gehabt und nicht bemerkt, dass es herausgefallen war.

Ich hob es auf. Da ich schon bei seiner Wohnung gewesen war, wusste ich, wo er lebte, und ich wusste, dass ich es ihm zurückgeben sollte, doch aus irgendeinem Grund tat ich es nicht. Rückblickend, da ich alles weiß, was ich jetzt weiß, wünschte ich ehrlich, ich hätte es getan. Aber das ist genauso, wie zu sagen, ich wünschte, ich hätte Rusty in dem Augenblick geschlagen, als ich ihm begegnete, oder ich wäre nach meinem Kampf im Y nie in das Hotelzimmer gegangen. All das stimmte im Grunde, aber die Vergangenheit war die Vergangenheit, und was geschah, geschah. Statt Miles sein Notizbuch zurückzubringen, stellte ich fest, dass in mir eine ungeheure Neugier brannte.

Ich entfernte das Gummiband und spähte in das Notizbuch hinein und sah, dass es mit etwas vollgeschrieben war, das nach einer Art behelfsmäßigem Manuskript aussah. Ich starrte auf die Seiten und erinnerte mich an den Tag, an dem wir gemeinsam in dem Café geschrieben hatten. Ich fragte mich, ob das Manuskript etwas taugte. Jedenfalls wäre es interessant, ein wenig darin zu lesen, bevor ich es zurückgab.

58

Zuerst las ich Miles' Seiten nur in kleinen Portionen. Ich schob es wohl ein bisschen auf, weil ich nicht wusste, ob es sein Tagebuch war oder etwas in der Art, und wenn es sich als schreckliches Zeug herausstellen sollte, wäre mir das bei der Rückgabe des Notizbuches peinlich. Doch das, was Miles an dem Tag in dem Café geschrieben hatte, war in Ordnung gewesen, und zufälligerweise waren diese Seiten auch ziemlich passabel. Ich sah gleich, dass das Zeug gut war. Manches brauchte leichte Änderungen hier und da, und Miles zuliebe markierte ich diese Stellen beim Lesen, um ihm eine Hilfe zu sein. Kritik ist eine Form echter Hilfe, selbst wenn das nicht jeder immer durchblickt. Mir kam in den Sinn, dass ich möglicherweise eine zweite Chance zu einer Entschuldigung hatte, indem ich Miles diesen Gefallen tat und meine Verbesserungsvorschläge vermerkte.

Wenn ich ehrlich bin, muss ich zugeben, dass ich auch noch einen zweiten Grund hatte, Miles' Seiten zu lesen und zu korrigieren, und zwar, mich von der bevorstehenden Verabredung zum Mittagessen mit meinem alten Herrn abzulenken. Ich vertraute zwar auf das Romanmanuskript, das ich ihm bei Bonwright zugeschickt hatte, aber der alte Mistkerl hatte etwas an sich, das immer dazu führte, dass meine Hände klamm wurden. Dieses Treffen im Keen's würde über meine Zukunft entscheiden – darauf lief alles hinaus –, und allein schon der Gedanke daran war ein bisschen, als würde man versuchen, direkt in die Sonne zu starren. Man musste wegsehen, und das gelang mir am besten, indem ich mich auf Miles' Notizbuch konzentrierte.

Anfangs war es schwierig, meine Kritik aufzunotieren, weil ich nicht ganz sicher war, was ich da gerade las. Zeitweise wirkte es wie Memoiren und dann wieder wie eine Kriegserzählung. Viel handelte davon, im Krieg zu sein, und mich überraschten die lebhaften Schilderungen verschiedener Schlachten. Zuerst dachte ich, Miles hätte eine seltsame und unbändige Einbildungskraft, aber dann fiel mir wieder ein, was sein kleiner Bruder gesagt hatte, als er in das Café gelaufen kam und Miles gebeten hatte, ihm mehr von ihrem Vater vorzulesen, und ich begriff auf einmal, was ich da wahrscheinlich gerade las, und ich respektierte das Geschriebene aufgrund seiner Authentizität umso mehr. Vorstellungskraft ist etwas Tolles, aber meiner Meinung nach hatte Hemingway recht, als er sagte, es gebe keinen Ersatz für aus dem Leben gegriffene Erfahrung und dass man über das schreiben solle, was man kenne. Ich will nicht von irgendeinem Scharlatan, der noch nie an der Front war, über den Krieg hören, und glaube, dass das auch sonst niemand will. Wie dem auch sei, nachdem ich rekonstruiert hatte, dass es sich bei den Kriegspassagen wahrscheinlich um die von Miles neu geschriebenen Geschichten seines Vaters handelte, wusste ich, dass das bei diesem Manuskript nicht der Fall war.

Insgesamt hatte das Ganze auch eine echte Erzählstruktur, und das fand ich spannend. Die Geschichte war auf zwei Ebenen aufgebaut: Zum Teil bestand sie aus den Anekdoten seines Vaters aus den Schützengräben – darüber, wie es war, hungrig und müde zu sein und keine Strümpfe zu haben, während man ständig Mörsergranaten ausweichen und Männer, deren Beine weggesprengt worden waren, durch ein wahres Rattenlabyrinth schleppen musste und dergleichen. Auf der anderen Ebene der Geschichte ging es um Miles und wie er als Heranwachsender dachte, der eigene Vater wäre ein alter, heruntergekommener Tattergreis, nur um später herauszufinden, dass er edel und tapfer und ein Kriegsheld gewesen war. Die Szenen seiner Nacherzählung dramatischer Ereignisse waren fesselnd, aber erst in den anderen Szenen kam eine unerschrockene Ehrlichkeit zum Vorschein, durch die Miles' erzählerisches Können besonders wahrhaftig und stark wurde. Er verwob geschickt die Kriegsszenen des Vaters mit den Szenen zwischen dem kriegsversehrten Vater und dem Sohn zu Hause, und man konnte eine Art modernes Porträt eines Vaters und Sohnes entstehen sehen. Natürlich schwang in der Entdeckung, dass er seinen Vater unterschätzt hatte, etwas Trauriges und Schuldbewusstes mit, doch Miles gelang es, mit seinem feinfühligen Stil der Geschichte das Sentimentale zu nehmen, was ihr sehr guttat.

Jedenfalls machte es mir Spaß, Miles' Seiten zu lesen, und es ging sogar so weit, dass ich mich auf die Zeit am Tag freute, wenn ich mich hinsetzte, um sein Werk zu lesen. Beim Lesen der Seiten eines anderen Schriftstellerneulings kann man viel lernen, indem man sich vor Augen führt, welche Teile ihm gut und welche weniger gut gelungen sind. Da ich mit einem Lektor als Vater aufgewachsen war, konnte ich ohne Weiteres die Mängel an Miles' Schreiben benennen, doch gleichzeitig war sein Werk oft auch sehr gut, und in vielerlei Hinsicht hatte er Stärken entwickelt, die sich deutlich von meinen eigenen abhoben. Ich weiß nicht mehr, wann ich anfing, Passagen aus seinen Seiten in mein eigenes Notizbuch abzuschreiben, aber irgendwie gelang es mir, mit dieser Methode zu analysieren, was an Miles' Technik gut war, um mir die Kniffe selbst anzueignen. Ich schrieb also ein paar von Miles' Passagen handschriftlich ab und tippte sie dann auf der Schreibmaschine.

Als ich die Schreibmaschinenphase erreichte, nahm ich kleine Bearbeitungen zur Handlungsverbesserung vor und änderte diese oder jene Einzelheit, um die Geschichte für mich persönlicher zu gestalten. Beispielsweise änderte ich den jungen Mann und seinen Vater ab, sodass sie keine Neger, sondern weiß waren, denn das wirkte authentischer und mehr im Einklang mit Hemingways Aussagen, dass man über das schreiben solle, was man kenne, und ich wusste genau, dass ich in der Phase meiner Karriere noch zu grün war, um rein aus meiner Vorstellungskraft heraus zu beschreiben, wie es war, Neger zu sein. Jedenfalls war dieses ganze Bearbeiten eine sehr gute Übung. Als ich die Seiten, die ich abgetippt hatte, noch einmal durchlas und sah, wie schön Miles' Geschichte unter meinem Expertenblick gedieh, kehrte mein Selbstvertrauen zurück, und ich wurde allmählich wieder optimistischer bezüglich dessen, was mein alter Herr von dem Manuskript halten würde, das ich ihm geschickt hatte.

»Hast du die Schreibmaschine benutzt?«, fragte Eden mich eines Tages, als sie bemerkte, dass das Farbband ziemlich mitgenommen war. Ich bejahte und sagte ihr, dass es aber keine große Sache sei.

»Du weißt doch, dass ich bereit bin, für dich zu tippen«, rief sie mir ins Gedächtnis.

»Ist schon gut«, erwiderte ich. »Ich arbeite an etwas Neuem, und ich glaube, es selbst abzutippen, hilft dabei. Außerdem ist es eine gute Übung für mich: Ich möchte nicht verlernen, wie man auf die alte Schreibmaschine einhämmert. Weißt du, manche fassen ihre Texte direkt auf der Schreibmaschine ab.

Ihre Sätze kommen einfach direkt aus dem Kopf und in den Typendruck, und demnächst kann ich das auch.«

Ich konnte ihr nicht sagen, was ich da tippte, denn ich wollte nicht erklären, dass ich nach Harlem gefahren war, um mich mit Miles zu treffen. Ich war immer noch enttäuscht, dass es nicht so verlaufen war, wie ich es mir ausgemalt hatte, und dass die Situation mit Miles immer noch angespannt war. Jedenfalls wusste sie nichts von dieser Sache und sie lächelte mich quer durchs Zimmer an, glücklich, weil mir wieder kreativ zumute war und ich mich erneut ans Schreiben gemacht hatte, während ich darauf wartete, von meinem alten Herrn etwas über den Roman zu hören, den ich ihm geschickt hatte.

»Na schön«, sagte sie. »Gib mir Bescheid, falls ich dir ein neues Farbband besorgen soll.«

»Mach ich«, antwortete ich.

59

Endlich kam der Tag des Mittagessens mit meinem alten Herrn. Gerade da begann das Wetter, sich ernsthaft abzukühlen, und als ich auf dem Weg zum Keen's durch die Straßen von Midtown ging, kam mir die Hälfte der Menschen verfroren in ihren Herbstmänteln entgegen, während die andere Hälfte bereits warm und wohlig in dicke Wintermäntel eingepackt war. Die Stadt war voll von der Energie des Spätherbstes. Kaltes, bläuliches Licht erfüllte das schmale Dreieck des Herald Square, und Tauben stolzierten in ruckartigen, sinnlosen Kreisen herum und pickten nach weggeworfenen Papierfetzen. In der Luft lag der eigenartig süße, aber verbrannte Geruch von Maronen.

Ich traf als Erster im Keen's ein, und der Oberkellner führte mich durch den dunklen holzgetäfelten Speisesaal zum üblichen Tisch meines Vaters unter einem grimmigen Porträt eines Mannes mit Perücke, der früher einmal irgendwie wichtig für New York gewesen sein musste und der wie George Washington aussah, aber nicht George Washington war. Da ich am Morgen sehr nervös aufgewacht war, hatte ich entschieden, den ganzen Weg vom Village her zu Fuß zu gehen, und ich hatte auf dem Weg Gras geraucht und jetzt, da ich mich hinsetzte, spürte ich die Wirkung so richtig. Das Gras vernebelte mir den Kopf, und ich verlor mich in der schönen Leere des weißen Tischtuches, bis ich aufblickte und sah, dass mein alter Herr durch den Saal auf mich zukam.

»Ich habe noch nie erlebt, dass du zu früh kommst.«

»Ach, ja. Nun, niemand ist perfekt«, erwiderte ich. Es schien mir damals eine geistreiche Bemerkung zu sein, doch sobald ich es gesagt hatte, war mir klar, dass keiner von uns beiden wusste, wie ich es gemeint hatte. Allmählich beschlich mich der Gedanke, dass ich es mit dem Gras vielleicht ein wenig übertrieben hatte, was mich in Panik versetzte, weil ich glaubte, mein Vater würde es in meinen Augen sehen, und ich würde gewiss auffliegen. Ich dachte nicht, dass er es riechen könnte, denn das Keen's war ausgesprochen berühmt dafür, dass man hinging, um Pfeife zu rauchen, und überall um uns herum waren Männer mit dem Mittagessen fertig und steckten sich Pfeifen an. Mir wurde klar, dass ich paranoid wurde und mich beruhigen musste. Ich redete mir zu, dass mir jetzt nichts mehr übrig blieb, als mich cool zu geben, und abgesehen davon schien sich mein alter Herr ohnehin deutlich weniger für meine Augen als für die Speisekarte zu interessieren. Er setzte seine Lesebrille auf und verschwand hinter dem gewaltigen Rechteck aus übergroßem Karton.

»Kennst du das Ding mittlerweile nicht auswendig?«, fragte ich. »Und ist der springende Punkt nicht sowieso, dass hier jeder Steak bestellt?« Ich versuchte, heiter zu sein, und hatte es auf scherzhafte Art gesagt und es als freundliche Bemerkung gemeint, aber aus irgendeinem Grund war mein alter Herr an dem Tag nicht sonderlich gut gelaunt.

»Sie haben unterschiedliche Stücke Fleisch«, sagte er. »Und sei nicht unverschämt, Clifford. Wenn ich mir die Speisekarte ansehe, hat das seinen Grund. Glaub mir, bei meiner ganzen beruflichen Lektüre bin ich nicht auch noch darauf aus, ohne Grund andere Dinge zu lesen.«

Ich hatte nicht damit gerechnet, derart angefahren zu werden, und sah auch keinen Anlass dafür, aber zumindest führte es dazu, dass ich die nächsten Minuten gründlich verstummte. Mich beschlich die Frage, ob er mir vielleicht eine Absage zu dem Entwurf geben würde, den ich ihm hatte zukommen lassen. Doch ich sagte mir, dass da nur meine Paranoia aus mir sprach und dass ich mich beruhigen und das Mittagessen seinen Gang nehmen lassen musste. Ich konnte es nicht erwarten, auf den Punkt zu kommen, aber nach unserem Wortwechsel über die Speisekarte wäre es schrecklich gewesen, meine Seiten anzusprechen. Und ich wusste genug über meinen alten Herrn, um ihn die Sache als Erster ansprechen zu lassen. Abgesehen davon war es besser, ihn sich zu krallen, wenn er zwei oder drei Martinis intus hatte, und keine Sekunde früher.

Ich wartete geduldig, während sich unser Mittagessen in die Länge zog. Mittlerweile war mir aufgrund des Grases wirklich jegliches Zeitgefühl abhandengekommen, und es schien eine Ewigkeit zu vergehen, bis unser Steak eintraf, und dann noch ein Jahrhundert, bis endlich der Rahmspinat kam, den wir bestellt hatten, aber zum Glück war der Kellner sehr aufmerksam mit den Martinis, und sie kamen einer nach dem anderen in großzügigen Gläsern mit vielen grünen Oliven. Als der Dessertwagen angerollt kam, war das Gras so gut wie verklungen und gründlich von einem Gin-Schwips ersetzt worden. Ich bestellte Bananas Foster. Sie brachten die Bananen, und wir sahen zu, während der Kellner sie mit Rum übergoss und anzündete und dann das Ganze auf Vanilleeis plumpsen ließ. Ich weiß nicht, warum ich es bestellte. Gewöhnlich mag ich keine Bananen; ich glaube, ich wollte bloß das Feuer sehen. Abgesehen davon hatte ich dank des Marihuanas, das ich geraucht hatte, Lust auf Süßes und ich wollte nicht nervös dasitzen, ohne etwas vor mir zu haben, während mein alter Herr rauchte.

Grundsätzlich bestellte mein alter Herr im Keen's niemals eine Nachspeise. Stattdessen reichte er dem Kellner seinen kleinen Mitgliedsausweis und dieser schickte jemanden nach oben, der seine Pfeife holen sollte. Es war eine sonderbare Prozedur, wenn sie die Pfeifen der Leute herausbrachten. Sie legten sie immer auf einen silbernen Teller und drapierten eine violette Serviette darüber, und dann, wenn sie an den Tisch kamen, rissen sie die Serviette weg, als würden sie ein Zauberkunststück vollführen. Das brachte mich ein wenig zum Lachen, denn es war ja nicht so, als wäre der Kerl, dem die Pfeife präsentiert wurde, je davon überrascht, was sich unter der Serviette befand; Himmelherrgott, ihm gehörte das verdammte Ding! Ich fragte mich, ob sie jemals die falsche Pfeife gebracht hatten, denn dann wäre es wirklich eine Überraschung.

Jedenfalls brachte man die Pfeife meines alten Herrn und zog das violette Tuch weg, und er nahm sie und machte sich daran, sie anzustecken.

»Was deine Seiten betrifft«, sagte er, lehnte sich zurück und zog an seiner Pfeife.

»Mein eingesandtes Manuskript. Der Romanentwurf«, sagte ich, nicht so sehr, um ihn zu verbessern, als vielmehr, um ihm ins Gedächtnis zu rufen, wie groß meine Ambitionen waren und wie ernst ich das Ganze nahm.

»Ja«, sagte er. Ich wartete, während er weiter an seiner Pfeife zog. »Ich werde offen sein … es ist bestenfalls unausgegoren.«

»Tja, natürlich«, erwiderte ich. »Es ist noch nicht fertig.«

»Hmmm.«

»Es geht ums Potenzial.«

»Dem pflichte ich bei«, sagte mein alter Herr. »Es geht ums Potenzial. Und ich muss dir sagen, Clifford, ich bin nicht ganz überzeugt, dass es das hat.«

Mir stand der Mund offen. »Kein Potenzial?«

Er schüttelte den Kopf. »Ich sehe keines.«

Ich blinzelte ihn an oder zumindest glaube ich, dass ich ihn anblinzelte, doch die Kombination aus gerauchtem Gras und dem unerwarteten Angriff bedeutete wahrscheinlich, dass ich bloß mit weit aufgerissenen Augen dasaß und vor mich hin starrte.

»So«, sagte er freundlich. »Jetzt habe ich es gesagt, und wir können uns dem Nachmittag widmen. Weißt du, für mich ist die Sache genauso unangenehm wie für dich, Clifford – vielleicht sogar noch mehr. Väter sind nicht gern die Überbringer solcher Nachrichten.«

»Kein Potenzial?«, wiederholte ich.

»Ich merke schon, dass du enttäuscht bist, aber es ist an der Zeit, dass du es wie ein Mann mit Fassung trägst.«

»Du bist... du bist neidisch«, entfuhr mir die jähe Erkenntnis. »Du wolltest Schriftsteller sein, als du in meinem Alter warst, aber du hast es nicht geschafft, und jetzt siehst du, dass ich den Mumm habe, während du den Schwanz eingezogen hast. *Ich* bin derjenige, der Schriftsteller ist!«

Auf einmal schlug seine Hand heftig auf den Tisch, und seine Stimme wurde unglaublich boshaft. »Beleidige mich nur nach Herzenslust, Clifford, aber ich habe eine erfolgreiche Karriere darauf gegründet, dass ich einen Schriftsteller von einem Beatnik unterscheiden kann, und es tut mir leid, dass du es von mir hören musst, aber nein, Clifford, du bist *kein* Schriftsteller und du solltest dich der sehr realen Möglichkeit stellen, dass du nie einer sein wirst.«

»Na, aber so etwas, Pops! Tu dir doch bitte keinen Zwang

an und halte mit deiner Meinung hinterm Berg, aus Angst, meine Gefühle zu verletzen.«

Er sagte nichts, strich stattdessen das Tischtuch glatt und begann, sich verstohlen im Restaurant umzublicken, und ich sah ihm an, dass er herauszufinden versuchte, ob jemand, den er kannte, Zeuge unseres Streits geworden war.

»Danke für das bombige Mittagessen«, sagte ich, legte meine Serviette auf den Tisch und ging nach draußen. Ich hatte versucht, den Satz mit würdevoller Verachtung zu äußern, doch er hörte sich wie eine sarkastische Erwiderung an.

Ich hatte mich fast eine Woche lang auf das Keen's gefreut, und jetzt war die Sache völlig schiefgelaufen, aber das war noch nicht einmal das Schlimmste, so unglaublich das auch ist. Nachdem ich meinen alten Herrn zurückgelassen hatte, ging ich schnurstracks in die Cedar Tavern und bestellte beschissenen Wild Turkey, und sobald Mitch, der Barkeeper, ihn mir eingegossen hatte, sagte ich ihm, er könne ebenso gut die Flasche dalassen. Er warf mir einen mitleidigen Blick zu, sagte jedoch nichts, sondern ließ bloß die Flasche an der Bar, und ich nahm sie sogleich in eine Nische mit und ließ mich nieder, bereit, meinen Kummer zu ertränken.

Das Komische am Village war, dass damals alle immer von einer Kneipe in die nächste zogen, und wenn man ins Village gehörte und lange genug in derselben Bar hockte, konnte man nach und nach all die anderen Village-Leute beobachten, wie sie auf ihren Sauftouren an einem vorüberzogen. Nachdem ich eine Zeit lang getrunken hatte, kamen tatsächlich Bobby und Pal herein, in Begleitung von Gene und noch einem Kerl. Da nicht viel Tageslicht hereinfiel und ich zusammengekauert in der Nische hockte, bemerkten sie mich nicht, als sie sich in eine Nische direkt hinter mir setzten.

Ich war natürlich übel gelaunt und zudem bereits betrunken, sodass ich nicht gerade erpicht auf Gesellschaft war, und wollte daher noch ein wenig warten, bevor ich aufstehen und sie begrüßen würde. Ich hörte Genes Freund fragen, wie dieser mit *The Tuning Fork* vorankomme. Ich spitzte die Ohren. Mein Vater hatte meinen Romanentwurf verunglimpft, aber da gab es immer noch die Geschichte, die in *The Tuning Fork* veröffentlicht worden war, und ich fand, dass ich zumindest diese eine Sache vorzuweisen hatte.

»Das lässt sich schwer sagen«, antwortete Gene dem anderen Kerl. »Die Ausgaben, die ich im Village verteilt habe, sind alle mitgenommen worden, aber bei der Gründung der Zeitschrift ging es ja auch darum, die Aufmerksamkeit der Verlage zu erregen und zu sehen, ob ich nicht hier und da ihren Geschmack beeinflussen könnte.«

»Es war eine sehr hübsche Ausgabe«, sagte Pal in typischer Pal-Manier.

»Ja, sie war hübsch, und der Inhalt war erstklassig«, sagte der Freund. »Abgesehen von diesem schrecklichen Text von dem einen Kerl.«

»Von wem?«, fragte Gene.

»Dem Hemingway-Nachahmer. Irgendein schreckliches Schulgesülze über einen Typen und sein Mädchen bei einem Baseballspiel. Ich weiß nicht, warum du das genommen hast.«

»Ich weiß … aber das hatte seinen Grund«, sagte Gene. »Der Kerl, der das geschrieben hat, ist Roger Nelsons Sohn.«

»Du meinst Roger Nelson, der Lektor bei Bonwright? Sein Sohn?«

»Cliff«, meldete Bobby sich zu Wort. »Er heißt Cliff.«

»Oh, stimmt«, sagte Gene, der sich wohl an Bobby und Pal wandte. »Ihr beide seid Kumpel von ihm.«

»Ja«, sagte Bobby. Ich wartete darauf, dass er Gene so richtig die Meinung geigen würde, doch als er fortfuhr, sagte er lediglich: »Aber hör mal, du hast deine Zeit vergeudet, wenn du durch seinen Sohn an Roger Nelson herankommen wolltest. Cliff und sein alter Herr sind wie Hund und Katze.«

»Das habe ich nicht gewusst, als ich den Text angenommen habe«, sagte Gene, »ansonsten hätte ich ihn nicht genommen. Ich dachte mir, wenn ich Cliffs Geschichte abdrucke, würde sein Vater sie bestimmt lesen, und selbst wenn sein Sohn nur ein Schmierfink ist, würde er vielleicht die Arbeiten von ein paar der anderen Kerle sehen, und sie fänden auf diese Weise Beachtung.«

Ich wartete ein paar Minuten darauf, dass Bobby – oder sogar Pal, auch wenn Pal nicht gern auf Konfrontationskurs ging – Gene so richtig zur Schnecke machen und ihn dahin schicken würde, wo der Pfeffer wächst, doch als das Gespräch auf andere Themen kam, wurde mir klar, dass ich vergeblich wartete. Bobby würde mich nicht verteidigen und Pal ebenso wenig, und vielleicht lag das daran, dass sie, während sie mir die ganze Zeit über erzählten, was für ein famoser Kerl ich sei und dass sie glaubten, ich würde eines Tages Schriftsteller werden, wenn ich nur dabeibliebe, doch nicht an mich geglaubt hatten.

So viel zum Thema, auf jemanden eintreten, während er am Boden liegt. Ich saß reglos da und atmete kaum, während sie redeten und tranken, bis sie schließlich zur nächsten Bar aufbrachen.

EDEN

60

Cliff war völlig durch den Wind. Es war nicht schwierig dahinterzukommen, was passiert war. In der Arbeit hatte Mr. Nelson die Einsendung von Cliffs Manuskript persönlich gehandhabt. Nachdem ich es auf Mr. Nelsons Schreibtisch bemerkt hatte, bekam ich es nie wieder zu Gesicht. Aber ich hatte bei beiden die Ohren gespitzt und wusste, dass sie an dem Tag zum Mittagessen verabredet waren. Nachdem ich das Manuskript selbst abgetippt hatte und wusste, dass Cliff bei seinem Vater dessen strenge Ader hervorbrachte, konnte ich mir gut vorstellen, was Mr. Nelson gesagt hatte.

Deshalb war es keine große Überraschung für mich, als ich das Apartment an dem Tag bei meiner Rückkehr leer vorfand. Ich nahm an, dass Cliff wahrscheinlich aus war und seinen Kummer ertränkte, mit Swish oder aber Bobby und Pal Krawall machte, wie ein Verrückter im Village herumlief. Für Cliffs destruktiven Hang – der damals immer mehr zu einem dominanten Teil seiner Persönlichkeit wurde – hatte ich zwar nichts übrig, doch in diesem Fall begriff ich ihn wenigstens und hatte Verständnis für den Drang. Was auch immer er gerade trieb, ich hoffte, dass er sich abreagieren, seine Wunden lecken und weitermachen konnte. Wie sich herausstellte, waren meine Hoffnungen vergebens, oder zumindest waren sie schrecklich naiv, denn die Ablehnung seines Vaters bewirkte bei Cliff einen blinden Zorn, der schlimmer war als alles, was ich bis dahin mit angesehen hatte. Ich hatte eine schreckliche Vorahnung, was kommen würde. Ich erledigte die Dinge wie sonst auch, bereitete einen kleinen Imbiss zum Abendessen vor, las und putzte. Die Heizungen waren an dem Abend zu heiß, wie ich mich erinnere. Als ich gerade das Fenster geöffnet hatte, um das Zimmer zu lüften, und mich bettfertig machte, polterte auf einmal Cliff durch die Tür, sogar noch besoffener, als ich erwartet hatte.

»Soll sie der Teufel hol'n!«, brüllte er lallend. »Soll sie ALLE der Teufel hol'n!«

»Clifford!«, schrie ich auf, als er eine leere Flasche fallen ließ, und überall Glasscherben herumflogen.

»Und DU!«, kam es von ihm, als habe ihm erst mein Schrei meine Anwesenheit in dem Zimmer jäh vergegenwärtigt. »Vor all'm dich soll der Teufel hol'n!« Er taumelte, sein Kopf schwankte hin und her, und seine Aufmerksamkeit fiel auf den kleinen Klapptisch, auf dem die Smith Corona stand. Auf einmal packte er die Schreibmaschine, hievte sie unter großer Anstrengung hoch und warf sie aus dem offenen Fenster. Ich sah sie mit weit aufgerissenen Augen fliegen, zu überrascht, um auch nur einen Ton von mir zu geben, und vernahm das seltsame Knirschen und Poltern der Schreibmaschine, als sie draußen auf den Asphalt knallte. Doch Cliff war noch nicht fertig. Als Nächstes zog er eine Kommodenschublade auf und griff nach den Papierstapeln darin. Eine Seite nach der anderen, alles, was er je geschrieben, und alles, was ich je für ihn abgetippt hatte, wanderte in den Metalleimer, den wir als Papierkorb benutzten.

»Da!«, rief er. »Jetz' is' alles, wo's hingehört!« Er ließ sich auf die Matratze plumpsen. »Soll sie der Teufel hol'n. Soll sie alle der Teufel hol'n«, murmelte er ins Kopfkissen. Nach ein paar Minuten vernahm ich das bekannte kehlige Grollen seines Schnarchens.

Meine Erstarrung fiel von mir ab, und ich trat ans Fenster. Als ich den Kopf hinaussteckte, sah ich, dass die Schreibmaschine nicht mehr zu retten war. Zum Glück ging das Fenster auf eine kleine Gasse zwischen unserem Haus und dem nächsten hinaus; deshalb war niemand durch den Wutanfall zum Krüppel gemacht worden. Ich fegte die Glasscherben in eine Kehrschaufel. Dann durchquerte ich das Zimmer zum Papierkorb und begann mit einem Seufzen, Cliffs Seiten herauszuziehen.

Mitten beim Sortieren und Aufschichten von Cliffs Manuskripten in neue ordentliche Stapel kam die zweite Überraschung des Abends. Mir fiel eins der Manuskripte ins Auge. Ich erkannte es nicht. Es war um einiges länger als die meisten anderen Sachen, die Cliff geschrieben hatte, denn abgesehen von dem abgebrochenen Romanmanuskript, das sein Vater wahrscheinlich am Nachmittag abgelehnt hatte, bestand sein Œuvre hauptsächlich aus halb fertigen Kurzgeschichten und hin und wieder einem Gedicht.

Ich begann zu lesen, an Ort und Stelle, fasziniert, obwohl ich eigentlich mit dem Reinigen des Bodens beschäftigt war, und konnte es schon bald nicht weglegen.

Ich weiß nicht, wo oder wie ihm die Geschichte in den Sinn gekommen war. Dass er die Geschichte eines Vaters und eines Sohnes verfassen und mit solcher Eloquenz beschreiben könnte, war das Letzte, was ich ihm zugetraut hätte. Ich wusste, dass es gelegentlich Schriftsteller gab, die ein reiches Innenleben besaßen, die aus einer starken imaginierten Empathie heraus schreiben konnten; zum ersten Mal war nun klar, dass Cliff diese Gabe besaß. Ich las die Seiten mehrmals durch, überrascht und zunehmend überzeugt, dass hier der

Roman war, auf den wir alle gewartet hatten, ein Roman, bei dem es nicht nur um den Krieg ging, sondern um die nächste Generation – *unsere* Generation –, die im Anschluss die Scherben aufsammelte. Er war wahr, er war poetisch und vor allem … war er *publizierbar*.

Am nächsten Morgen stand ich früh auf wie jeden Morgen. Cliff schnarchte immer noch. Zu dem Zeitpunkt hatten seine Poren begonnen, den Geruch nach Bourbon auszuschwitzen. Ich beneidete ihn nicht um die Kopfschmerzen, die er haben würde, allerdings wusste ich wenigstens von einer Sache, die ich tun konnte, um es besser zu machen. Ich schlich auf Zehenspitzen herum, deckte fürs Frühstück und brach dann in die Arbeit auf, das Manuskript ordentlich in meiner Tasche verstaut.

MILES

61

Ich war völlig außer mir, hatte aber keine Ahnung, was ich tun sollte. Es war unmöglich nachzuvollziehen, wo und wann mein Notizbuch verschwunden war. Der gesunde Menschenverstand sagt einem, dass es am besten ist, die eigenen Schritte zurückzuverfolgen, wenn man etwas verloren hat. Als Fahrradbote bedeutete das leider, dass sich diese Schritte über die gesamte Länge Manhattans erstreckten, von der oberen Inselspitze bis nach unten und vom East River bis zum Hudson. Das Buch hätte jederzeit aus meiner Tasche rutschen können, immer wenn ich im Laufe des Tages gedankenlos Päckchen und Umschläge hineinsteckte und herausholte.

Dass es vielleicht in dem Café herausgefallen war, wo ich mich mit Cliff getroffen hatte, ging mir auch durch den Kopf. Doch als ich am nächsten Morgen dorthin zurückkehrte, um nachzufragen, zuckte der Mann hinter der Theke nur mit den Schultern und sagte: »Tut mir leid, Mann, niemand hat etwas in der Richtung gesehen.« Falls Cliff es aufgehoben hatte, hätte er es mir zurückgebracht, überlegte ich – oder? Bei dieser Schlussfolgerung war ich mir nicht ganz sicher. Er hatte recht freundlich gewirkt, aber ich traute ihm nicht. Sein ausweichendes Verhalten machte mich nervös, und unser Gespräch war nicht viel mehr als oberflächliches Geplänkel gewesen. Ich begriff nicht, warum er den ganzen Weg nach

Harlem auf sich genommen hatte, um mich zu treffen, es sei denn, um sein Gewissen zu erleichtern, wobei ich nicht vollständig überzeugt war, dass er eins besaß. Ich ging ins Village und versuchte es an seiner Türklingel und unternahm dann eine halbherzige Suche durch sämtliche Bars, die er regelmäßig aufsuchte, konnte ihn jedoch nicht finden. Swish, Bobby und Pal hatten ihn auch nicht gesehen.

Alles in allem hätte ich wohl dankbar sein sollen: Ich hatte nicht das Tagebuch meines Vaters verloren, bloß mein Notizbuch. Manchmal hatte ich das Notizbuch dabei, nur für den Fall, dass ich eine freie Minute zwischen den Auslieferungen hatte und mir etwas aus der Kindheit über meinen Vater einfiel, das ich aufnotieren wollte.

Ich begriff, dass die Worte meines Vaters nicht zu ersetzen waren, meine dagegen schon. Wenn ich mein Projekt tatsächlich noch einmal neu beginnen wollte, konnte ich es. Doch die Vorstellung, noch einmal von vorne anzufangen, hatte etwas Schreckliches; sie setzte einen Gefühlsaufruhr in mir frei, sie führte dazu, dass ich mich vor Verzweiflung körperlich erschöpft fühlte. Ich wusste nicht recht, was genau ich da verloren hatte, als ich das Notizbuch verlor. Ich wagte nicht, mir vorzustellen, dass es Memoiren wären, die ich eines Tages versuchen würde zu veröffentlichen – derart hochfliegende Ambitionen gestand ich mir nie ein –, aber allmählich begriff ich, dass es das Manuskript dessen war, was ich geliebt hatte und dass ich es hatte fertigstellen müssen.

Ich wollte unbedingt jemandem von meinem Verlust erzählen und ich wollte, dass dieser Jemand Joey war. Joey würde mich trösten, mich verstehen. Aber natürlich war Joey jetzt außer Reichweite. Dafür hatte ich selbst gesorgt.

Selbstverständlich gab es immer noch Janet. Es war Janets

Brief gewesen, der mich nach Hause zitiert hatte, weg von Joey und dem Hausboot und allem, was wir darauf geteilt hatten. Ich wusste, dass ich mich besser um Janet kümmern sollte und dass ich Janets Gefühlen Rechnung zu tragen hatte. Seit meiner Rückkehr in die Stadt hatte ich es aufgeschoben, mich wieder mit ihr zu verabreden, also lud ich sie jetzt ins Kino ein, da ich wusste, dass das immer etwas Besonderes für sie war. Sie freute sich und sagte sofort zu, und kurz darauf trafen wir uns an der Kinokasse. Ich ließ sie den Film aussuchen. Sie entschied sich – scheinbar willkürlich – für einen Fellini-Film, *Die Nächte der Cabiria*, der im Jahr zuvor in die Kinos gekommen war und jetzt verbilligt im Paris lief.

Der Film war ein Fehler. Er war düster und krass, die Geschichte einer Prostituierten, die nach Liebe sucht und lediglich der grausamen Gleichgültigkeit anderer Menschen begegnet. Da war ich, zappelig und zerstreut während des ganzen Films, und konnte mich nicht konzentrieren. Wir hatten Popcorn gekauft, doch ich hatte keine Lust, es zu essen; es blieb mir jedes Mal im Hals stecken, wenn ich versuchte, es hinunterzuschlucken. Etwas bereitete mir schreckliches Unbehagen, wie eine Art Magenverstimmung, nur etwas verschwommener, und es zog mich am ganzen Leib in Mitleidenschaft. Ich griff im Dunkeln nach Janets Hand und merkte – mit einem angewiderten Schauer –, dass meine Muskulatur die vertraute Form von Joeys erwartete. Als der Film endlich vorbei war, traten wir ins Freie, wo es bereits dunkel war. Wir waren in der Nachmittagsvorstellung gewesen, und die Sonne hatte noch am Himmel gestanden, als wir hineingegangen waren. Auch das machte mich nervös und traurig, und es war, als hätten wir etwas Wichtiges verpasst, indem wir das Ende des Tageslichts nicht mitangesehen hatten.

»Ist das nicht furchtbar deprimierend gewesen?«, fragte

Janet. Janet redete immer gern über das, was wir uns gerade angesehen hatten. Ihr Tonfall legte nahe, dass sie versuchte, höfliche Konversation zu betreiben, und sich nicht beklagen wollte, aber aus irgendeinem Grund war ich unglaublich verärgert über sie.

»Tja, so ist die Liebe eben«, sagte ich ungeduldig. Sie riss die Augen auf, sowohl verwirrt als auch ein wenig verängstigt über meinen jähen Zorn.

»Du glaubst doch nicht wirklich, dass die Liebe so ist, oder?«, fragte sie. »Nicht immer.«

»Aber verdammt oft«, sagte ich, aus reiner Bockigkeit. Sie griff nach meinem Arm und versuchte ein süßes Lächeln. Janets Parfüm, das ich bei unserer ersten Begegnung angenehm blumig gefunden hatte, kam mir auf einmal ranzig und zuckersüß vor.

»Aber nicht *unsere* Liebe«, sagte sie, lehnte sich an mich und blickte hoch in mein Gesicht. Sie tätschelte meinen Oberarm. »Schau uns an: Uns geht es prima. Wir sind glücklich miteinander.« Es entstand eine Pause, und ich wusste, dass dies mein Stichwort war, etwas zu erwidern, aber mir war nicht danach. »Sind wir nicht glücklich?«, bohrte sie nach. In mir stieg die Erinnerung auf, wie Joey mir die gleiche Frage gestellt hatte, damals auf dem Hausboot. Es war bizarr, die Zeit war wie ein Akkordeon, und bestimmte Momente, die überhaupt nicht zusammenpassten, wurden mit herzloser Symmetrie nebeneinandergequetscht.

»Sicher«, sagte ich und führte sie in Richtung der Subway. Der Schmerz der Lüge durchzuckte meinen Körper. »Sicher sind wir das. Wir sind der Inbegriff des Glücks. Deshalb wird auch niemand je einen Film über uns drehen.«

Ich brachte Janet nach Hause und kehrte dann zur Wohnung meiner Mutter zurück. Drinnen stand ich in der Küche und starrte die stumme beige Form des Telefons an. Ich hob den Hörer ab, legte ihn dann zurück auf die Gabel, hob ihn wieder hoch. Schließlich entschied ich mich. Ich beobachtete, wie meine Finger wählten und sich die Wählscheibe an die Ausgangsposition zurückdrehte.

»Auskunft. Was kann ich für Sie tun?«

»Bitte. Ich suche nach einem Eintrag in Washington, D. C.«, sagte ich. »Edward C. Jenkins.«

»Einen Augenblick bitte … Die Nummer lautet Hamilton 5-6240. Soll ich Sie verbinden?«

Ich zögerte. Jetzt hatte ich noch Gelegenheit, einen Rückzieher zu machen. Ich hatte nicht an die Gebühr für ein Ferngespräch gedacht, die bestimmt auf der Rechnung meiner Mutter zu sehen sein würde. Nach einer Weile bat ich die Telefonistin, mich durchzustellen, in der Hoffnung, dass mir dann schon eine vernünftige Erklärung einfallen würde. Es begann, in der Leitung zu läuten. Unter dem Hemd spürte ich Schweiß kalt nach unten sickern.

»Hallo?«

»Eddie?«

»Wer spricht da?«

»Miles«, sagte ich. »Miles, aus … San Francisco«, fügte ich hinzu, als Eddie nicht gleich reagierte.

»Ich weiß, woher.« Sein sonst so fröhlicher Südstaatenakzent klang tonlos, nüchtern, zornig.

»Ich rufe an, weil …« Ich wusste nicht, was ich sagen sollte. »Ich wollte fragen, wie es Joey geht«, brachte ich hervor.

»Frag ihn selbst«, sagte Eddie. Ich schwieg. Nach einer Weile seufzte Eddie und lenkte ein. »Sieh mal, wenn du es wirklich wissen willst: Er macht sich ganz gut in seiner neuen

Stelle, aber er ist in alte Muster zurückverfallen, Miles. Die ganze Nacht auf Achse, läuft mit zwielichtigen Gestalten herum. Er ist neu in der Stadt. Zu neu, als dass er es sich leisten könnte, unvorsichtig zu sein, wenn du verstehst, was ich meine.«

Er wollte nicht ins Detail gehen, und ich begriff, warum. Wir wussten beide, dass das Telefon nicht das privateste Gerät war.

»Spricht er von mir, Eddie?«

»Oh, er spricht sehr wohl von dir. Er ist furchtbar wütend auf dich, Miles.«

»Ich würde mich gern bei ihm entschuldigen.«

»Tja, das könnte schwierig werden«, knurrte Eddie.

»Ich weiß. Hilfst du mir, Eddie? Wenn ich zu euch komme?«

Es trat eine lange Pause ein. Unwillkürlich hielt ich den Atem an. Auf einmal schien die Uhr an der Wand in der Küche lauter zu ticken.

»Es gibt da eine Bar«, sagte Eddie schließlich. »An den meisten Abenden ist er dort anzutreffen. Die Art Laden, wo keiner genauer hinsieht, wenn ein Neger reinkommt, selbst in D. C. … wenn es dir wirklich ernst damit ist, die Sache mit ihm wieder hinzubiegen.«

Eddie gab mir die Adresse, und ich notierte sie.

»Ehrlich gesagt weiß ich nicht, was ihr miteinander wollt.« Er legte auf.

Am nächsten Tag befand ich mich wieder einmal in einem Greyhound. Diesmal ging es nach Süden. Der Bus war beheizt, aber mir brach während der gesamten Fahrt ständig kalter Schweiß aus. Meine Hände waren wie Eis, als würde das Blut nicht ganz bis zu ihnen durchdringen.

Es war Abend, und ein kalter Nieselregen fiel, als der Bus in D.C. eintraf. Einen Regenschirm hatte ich nicht dabei. Ich stieg am Union Station aus dem Bus und ging durch den langen Wartesaal. In der kurzen Zeitspanne, die ich benötigte, ins Freie zu gelangen, war der Nieselregen zu einem Regenguss geworden. Jetzt kam das Wasser eimerweise herunter, und es war unmöglich, nicht klitschnass zu werden. Ich stieg in einen Stadtbus um, durchquerte die Stadt und fand schließlich die Bar, die Eddie am Telefon beschrieben hatte. Es war eine Spelunke, von der Art, die gerne von einer bestimmten Klientel besucht wird. Ich war nervös, aber nicht überrascht.

Ich schob mich durch die Tür und gab drinnen meinen Augen Zeit, sich an das Dunkel zu gewöhnen, während ich den Blick auf der Suche nach Joey durch den Raum schweifen ließ. Ehe ich michs versah, brüllte mir jemand etwas zu, um meine Aufmerksamkeit zu erregen.

»Sag mal, Mann, bestellst du nun einen Drink oder was?«

Ich blickte zum Barkeeper, der mich mit gerunzelter Stirn ansah, und mir wurde bewusst, dass ich im Eingangsbereich herumstand. Ehrlich gesagt hatte ich vor solchen Bars insgeheim immer Angst gehabt. Alte Queens und Rouge tragende Männer und verheiratete Langweiler in Anzügen, die Schlag Mitternacht die Flucht ergreifen und nach Hause zu ihren ahnungslosen Ehefrauen laufen. Wahrscheinlich hätte es mich an den Hamilton Lodge Ball erinnern sollen, das tat es aber nicht. Der Hamilton Lodge Ball war zwar chaotisch und grotesk gewesen, gleichzeitig aber auch exzentrisch und voller Freude. In dieser Bar herrschte eine tödliche Mischung aus neurotischer Angst und Unbehagen. Die Atmosphäre war bitter und einsam.

»Ich bin auf der Suche nach einem Freund«, erwiderte ich dem Barkeeper.

»Wir sehen es nicht gern, wenn Leute bloß zum Glotzen herkommen«, sagte er. Ich nickte, ging allerdings auf der Suche nach Joey an der Bar vorüber zu einem kleinen Hinterzimmer.

Mein Herz blieb schier stehen, als ich ihn dort vorfand. Eine Gruppe Männer prustete und schrie bei einer Dartpartie, zwei von ihnen sehr stämmig, einer alt und einer in Frauenkleidern. Und da war Joey: torkelte herum, einen starken Stoppelbart an den Wangen, das schöne Gesicht schief, vom Alkohol verzerrt. Als Joey mit seiner Runde an der Dartscheibe fertig war, versuchte einer der stämmigen Männer, ihn auf seinen Schoß zu ziehen, und Joey stieß ein wütendes Lachen aus, während er versuchte, dem Mann ins Gesicht zu spucken. Sie spielten, aber es war keine echte Verspieltheit; es war die Art Spiel, die aus Hass geboren wird, dem Hass füreinander, aber vor allem dem Hass auf sich selbst. Mir drehte sich der Magen um, und einen Moment glaubte ich, mich vielleicht übergeben zu müssen. Ich sammelte mich.

»Joey«, rief ich sanft.

Seine Stirn legte sich in Falten, und ich beobachtete, wie er in betrunkener Verwirrung in dem Raum umherspähte, bis sein Blick endlich auf mich fiel. Für den Bruchteil einer Sekunde leuchteten seine Augen auf, als er mich wiedererkannte. Doch dann huschte ein Schatten über sein Gesicht, der es noch dunkler erscheinen ließ als die Bartstoppeln.

»Joey«, wiederholte ich. »Ich bin aus New York hergekommen. Ich bin den ganzen Weg hergekommen, um dich zu finden.«

»Ach ja? Und woher genau hast du gewusst, wo ich zu finden bin?«

Ich antwortete nicht, doch als Joey mich zornig anstarrte, sah ich, dass er die Wahrheit erriet: Eddie.

»Sag mal, wer ist dein Freund da?«, fragte der Mann, der mit Joey gerungen hatte.

»Niemand«, antwortete Joey. Er stand am einen Ende des überfüllten Hinterzimmers und ich am anderen. Sein Blick war abgewandt, er sah mir nicht in die Augen.

»Joey, bitte«, sagte ich abermals, weiterhin mit leiser Stimme. »Bitte lass mich mit dir reden. Unter vier Augen.«

Ich betete darum, dass sich die anderen nicht einmischen würden, und sah ihn unverwandt an, bis er mich schließlich anblickte und mein Starren erwiderte.

»Bitte«, wiederholte ich. Mir war klar, dass ich bettelte. Es war mir gleich.

Er erwiderte mehrere Sekunden lang meinen Blick, Schärfe in den Augen. So gehasst wie in dem Moment fühlte ich mich nie wieder. Dann ging auf einmal etwas in ihm entzwei, und er bewegte sich auf den Ausgang zu.

»Schön«, sagte er und schritt rasch aus dem Hinterzimmer und durch die Bar. »Gehen wir.« Ich folgte ihm sofort.

»Hey! *Moment mal!*«, schrien ihm seine Gefährten nach. Doch wir waren bereits durch den Eingang ins Freie getreten.

Es goss immer noch in Strömen. Joey ging voraus, marschierte leicht schlenkernd und betrunken den Gehsteig entlang.

»Wohin gehen wir?«

Er antwortete nicht. Nach ungefähr zwei Blocks drehte er sich um und blieb vor einem schmalen Backsteinreihenhaus stehen, vier Stockwerke hoch und von einem steilen, spitz zulaufenden Dach gekrönt. Joey stieß das Tor auf, stieg die offene Eingangstreppe hoch und hielt vor der Tür inne. Er suchte in der Tasche nach einem Schlüssel.

Nachbarn, die nach der Arbeit schnell in ihren Wohnungen verschwunden waren, hatten ihre nassen Regenschirme im Eingangsbereich stehen lassen, sodass sich überall auf dem Kachelboden kleine Wasserpfützen gebildet hatten. Die Korridore rochen moderig, mit einem Hauch von nassem Hund. Die Treppenstufen ächzten, als wir sie erklommen, Holzstufen, die mit fast vollständig durchgewetztem Teppich bedeckt waren. Schließlich erreichten wir den dritten Stock, und am Ende des Korridors schloss Joey die Tür zu seinem Apartment auf. Ich folgte ihm hinein und stand in der Dunkelheit, lauschte dem Geräusch der Tür, die wieder hinter mir einschnappte.

Er schaltete das Licht an. Wir standen reglos da und starrten einander an, während sich die Wassertropfen auf dem Teppich sammelten, bis jeder neue Tropfen ein leises Platschen verursachte.

»Joey«, sagte ich, »es tut mir leid.«

Ich trat auf ihn zu und breitete die Arme aus. Auf einmal schlug er mir mit der Faust direkt an die Kieferpartie. Mein Kopf wirbelte zur Seite. Schmerz schoss von meinen Zähnen bis zum Ohr durch mein Gesicht, doch ich streckte weiter blind die Arme aus und versuchte trotzdem, ihn zu packen, in der Hoffnung, ihn halten und besänftigen zu können. Er wehrte sich, und wir rangen miteinander, bis wir auf dem Boden lagen und er mich erneut schlug. Wir stießen eine Lampe um, und ich spürte, wie sie über meinem Rücken zerbrach. Joey hatte jetzt die Oberhand. Er war auf mir, und ich spürte Schläge überall am Körper, während ich versuchte, mich zu wehren. Wir waren nass von dem Regenwasser, das wir an Haut und Kleidung hereingetragen hatten, und heiß vor Anstrengung. Ich schmeckte Blut, und mir wurde klar, dass meine Lippe aufgesprungen war.

»Joey!«, rief ich.

Wir kämpften weiter. Mein Herz hämmerte wie wild, als

ich – für den Bruchteil einer Sekunde – seine Gedanken lesen konnte: Er schien ernsthaft in Erwägung zu ziehen, mich umzubringen. Schließlich bekam ich sein Gesicht zu fassen und küsste ihn. Er erwiderte meinen Kuss, hieb gleich darauf brutal auf mich ein, küsste mich dann erneut. So machten wir weiter, bis die Fausthiebe verebbten und unsere hungrigen Münder das Zepter an sich rissen. Ich spürte seine Hände unter meiner Kleidung. Er riss an meinem Hemd und ich griff nach seinem Gürtel.

Anschließend lagen wir zusammen auf dem Boden neben seinem Bett und hielten einander. Die hasserfüllte Wut, die uns vor nicht mehr als zwanzig Minuten eingehüllt hatte, war jetzt von uns abgefallen, wie ein exotischer Seidenkimono, den man nachlässig abstreift. Ich hob den Kopf, um Joey ganz sanft auf die Schläfe zu küssen.

»Einen Moment lang habe ich gedacht, du würdest mich ermorden«, sagte ich.

»Einen Moment lang habe ich das auch gedacht«, sagte Joey mit leiser, ernster Stimme, und während er es sagte, begriff ich, dass er jedes Wort genau so meinte. Wir verfielen wieder in Schweigen.

»Miles«, sagte er nach einer Weile, »verlass mich verdammt noch mal nie wieder so.« Er erschauderte und drückte mich näher an sich. Ich streckte die Hand aus, um ihm über die Wange, den Nacken zu streichen.

»Mach ich nicht«, erwiderte ich. Es war ein Versprechen, aber ich war mir damals schon nicht sicher, ob ich es würde halten können. Das, was ich nun abermals in uns beiden entfacht hatte, machte mir bereits eine Riesenangst.

EDEN

62

Das hier«, sagte Mr. Nelson, nachdem er mich in sein Büro gerufen hatte, »ist ziemlich gut, Eden.« Er tätschelte den Stapel maschinengeschriebener Seiten, den ich nach Cliffs Nervenzusammenbruch aus dem Papierkorb gerettet hatte. Etwa eine Woche war vergangen, seitdem ich das Manuskript auf Mr. Nelsons Schreibtisch gelegt hatte, und ohne einen Mucks von ihm hatte ich mir Sorgen gemacht, dass mein Urteilsvermögen aus dem Gleichgewicht geraten war, die Seiten nicht so gut waren, wie ich gedacht hatte, und Cliff wieder gescheitert war. Doch jetzt lächelte ich erfreut.

»Ach ja?«

»Ja, sehr gut. Und Sie sagen, der Autor habe es anonym im Verlag eingereicht?«

Ich biss mir auf die Lippe. Ein winziges Trillern nervöser Energie durchzuckte mich. »Ja«, sagte ich und ging behutsam vor. »Aber ich kenne die Identität des Autors.«

»Oh?« Mr. Nelson zog eine Augenbraue in die Höhe. »Und?«

»Ich kann es Ihnen sagen …«, setzte ich an.

»Ja, raus damit«, erwiderte Mr. Nelson in freundlichem Tonfall.

»Ich kann es Ihnen sagen«, wiederholte ich, »aber ich würde auch gern mit Ihnen darüber reden«, wagte ich hinzuzufügen, »offiziell zur Gutachterin ernannt zu werden.«

Das Santa-Claus-Funkeln verschwand aus Mr. Nelsons blauen Augen, seine Stirn legte sich in Falten, und seine Mundwinkel zuckten vor Ärger. »Ich hoffe, dass Sie mich mit diesem Manuskript nicht erpressen wollen«, sagte er.

»Oh! Nein, Sir«, entgegnete ich. »Ich dachte nur, wir könnten noch einmal auf das Thema zurückkommen, wie wir es vor ein paar Monaten besprochen haben.«

Mr. Nelson sah mich an und legte den Kopf schräg, während er mich eingehend musterte. Er spitzte die Lippen, als versuche er, zu einer Entscheidung zu gelangen. Auf einmal hob sich die Wolke des Zorns, die sein Gesicht verdüstert hatte, und er strahlte.

»Wie viel Uhr ist es?«, erkundigte er sich.

Ich warf einen Blick auf meine Armbanduhr. »Viertel vor zwölf«, antwortete ich.

»Na gut. Wir sprechen dann beim Mittagessen weiter darüber«, sagte er. Eine Frage war es eigentlich nicht. Er verschob ein paar Papiere auf dem Schreibtisch, erhob sich und richtete seine Krawatte. Ganz offensichtlich erwartete er von mir, dass ich meinen Mantel holte.

»Aber … in Ihrem Kalender steht bereits eine Verabredung zum Mittagessen«, rief ich ihm ins Gedächtnis. »Mit Mr. Morris.«

»Rufen Sie ihn an und sagen Sie ab«, befahl Mr. Nelson nüchtern.

Ich war nervös. Mein letztes Mittagessen mit Mr. Nelson – mein einziges Mittagessen mit Mr. Nelson – war gleich im Anschluss an mein Bewerbungsgespräch gewesen, als ich einer sehr liebeskranken Barbara die Neuigkeiten zu übermitteln hatte, dass ihre Dienste als Aushilfssekretärin nicht länger benötigt wurden. Ich konnte mir nicht vorstellen, was Mr. Nelson jetzt für mich auf Lager hatte.

»Wie schon gesagt, Eden, tue ich nicht so, als würde ich euch moderne Mädels heutzutage verstehen. Aber wenn Sie wie ein Mann mit harten Bandagen kämpfen wollen, dann führen wir diese Diskussion verdammt noch mal besser bei Martinis.«

Im Sardi's ließen wir uns direkt unter den Karikaturzeichnungen mit ihren übertrieben riesigen Nasen, clownhaften Wimpern und dem breiten, irrsinnigen Grinsen nieder. Wir fingen mit Martinis und Small Talk an. Als das Essen eintraf, bestellte Mr. Nelson eine zweite Runde Drinks.

»Ich bin einmal mit Ring Lardner hier gewesen«, stellte er fest. »Er wusste so ziemlich alles über Baseball, was man nur wissen kann. Gleich da drüben ist sein Porträt.« Er deutete auf ein recht unvorteilhaftes Profil von Mr. Lardner, das an der gegenüberliegenden Wand hing.

Der Kellner stellte ein frisches Martiniglas, randvoll mit kristallklarem Gin, vor mich auf den Tisch. Grundsätzlich zog Mr. Nelson Gin vor, und er war es, der die Bestellungen aufgab.

»Prost«, sagte Mr. Nelson, und ich hob vorsichtig das Glas, um mit seinem anzustoßen. Das Glas war zu voll; ein winziges Zittern meiner Hand führte zu kalten Rinnsalen aus Gin und Wermut, die mir über die Finger tropften. Ich nahm den Zahnstocher, der quer über dem Rand lag, und ließ mit den Zähnen eine der Oliven hinuntergleiten, dann legte ich den Zahnstocher auf meinen Brotteller.

»Na schön, Eden«, sagte Mr. Nelson mit einer Stimme, die verblüffenderweise gleichzeitig streng und fröhlich klang. Das Santa-Claus-Funkeln war in seine blassblauen Augen zurückgekehrt, und mir wurde klar, dass dies wahrscheinlich Mr. Nelsons übliche Vorgehensweise war: zwei Martinis, ein wenig Geschäft, und ein dritter, um den Deal zu besiegeln.

Ich war mir nicht sicher, ob ich mithalten konnte, wusste aber, es war zwingend erforderlich, dass ich es versuchte. »Nennen Sie Ihre Bedingungen«, verlangte er.

»Gutachterin, vorerst«, sagte ich. »Und dann, nach einem weiteren halben Jahr, möchte ich als Lektoratsassistenz in Betracht gezogen werden, basierend auf der Anzahl an Manuskripten, die Sie aufgrund der Empfehlung aus meinen Lesegutachten erwerben.«

Er sah mich mit hochgezogener Augenbraue an. »Tja, Sie haben auf jeden Fall bewiesen, dass Sie taktieren können«, sagte Mr. Nelson.

»Sie haben selbst gesagt, Taktieren sei Teil der Arbeit.«

»Ja…«, überlegte er. »Also schön. Ich willige ein, sie zur Gutachterin zu ernennen.« Er setzte sich auf. »Jetzt zu dem Manuskript. Ich möchte die Angelegenheit unter Dach und Fach bringen. Liest es noch jemand?«

Mit *noch jemand* meinte er andere Lektoren in anderen Verlagen. »Nein«, antwortete ich.

»Tja, warum dann der geheimnisvolle Schleier? Dieser Kerl will doch wohl gewiss veröffentlicht werden.«

»Ja.«

»Und bei Bonwright?«

»Oh, sehr sogar. Das kann ich aus erster Hand bestätigen.«

»Dann mal los. Wer ist der Autor?«

Unter dem Tisch drückte ich die Daumen. Dann holte ich Luft. *Wird schon schiefgehen.*

»Der Autor… ist Ihr Sohn.«

Mr. Nelsons Augen weiteten sich, und er hätte sich beinahe an seinem Martini verschluckt. Hustend stellte er das Glas beiseite und tupfte sich das Kinn mit der Serviette ab.

»Ich verstehe nicht. Clifford hat das geschrieben? *Mein* Clifford?«

»Ja.«

»Tja.« Er schüttelte den Kopf. »Das ist schwer zu glauben …« Er starrte auf seine Hände auf dem Tisch und begann, gedankenverloren mit den Fingern zu trommeln. »Wissen Sie, er hat vor etwa einer Woche ein anderes Manuskript bei mir eingereicht. Ich habe mich persönlich darum gekümmert. Es war … na ja, überhaupt nicht wie das hier.«

Ich weiß, dachte ich insgeheim.

»Besteht die geringste Möglichkeit …« Er zögerte. Ich hatte das komische Gefühl, dass ich wusste, was er sagen wollte. »Besteht die geringste Möglichkeit … dass das hier von einer anderen Quelle kommt?«, beendete er den Satz. Ich verstand, warum er die Frage stellte, aber ich war froh, dass Cliff nicht anwesend war und sie hörte. Als seine Frau fühlte ich mich sogar an Cliffs Stelle ein wenig geohrfeigt.

»Also ich habe die mit der Hand geschriebenen Originalseiten gesehen«, gab ich zu bedenken. »In seiner Handschrift. Und dann muss er sie mit der Schreibmaschine abgetippt haben.«

Auf einmal klärte sich Mr. Nelsons Blick wieder, und er richtete ihn unmittelbar auf mich. Er blinzelte.

»Sie scheinen sehr vertraut mit meinem Sohn zu sein, Eden. Mir war nicht bewusst, dass Sie beide miteinander Bekanntschaft gemacht haben.«

»Oh«, sagte ich, wieder einmal nervös. »Ich kenne ihn durch eine Gruppe gemeinsamer Freunde.«

Es stimmte: Ich *hatte* Cliff durch eine Gruppe gemeinsamer Freunde kennengelernt. Allerdings war ich nicht so weit, etwas von dem Rest zu verraten, nicht, ohne mit Cliff gesprochen zu haben. Rückblickend begreife ich, dass es recht töricht von mir war, aber im Kopf hatte ich eine idealisierte Vorstellung, wie sich alles fügen würde. Ich würde meine Beförderung bekommen, Cliff würde ein berühmter Schriftsteller werden, und Mr. Nelson würde den Roman veröffentlichen können, hinter dem er seit Kriegsende her war. Dann, stellte ich mir vor, würden Cliff und ich in einem taktisch günstigen Moment unsere Ehe offenbaren. Judy hatte recht: Es war eine Geschichte, die wir eines Tages unseren Enkelkindern erzählen könnten. Ein heimliches, romantisches Durchbrennen; ich wäre diejenige, die es schaffte, den berühmten Lektorenvater auf Cliffords Talent aufmerksam zu machen.

Zu meiner Schande muss ich gestehen, dass ich mir all diese Geschehnisse bereits ausmalte: meine großartige Rolle in der Verlagswelt, Teil einer großen literarischen Familie.

»Tja«, sagte Mr. Nelson. »Zugegebenermaßen bin ich ein wenig überwältigt …« Er schüttelte erneut den Kopf. »Ich muss schon sagen, ich war letzte Woche nicht sonderlich nett zu Cliff. Ich dachte, es wäre zu seinem eigenen Besten und dass er mal eine bittere Pille schlucken müsse. Aber wenn er so schreiben kann, hatte ich vielleicht unrecht. Ich hoffe, er verzeiht mir.«

»Wenn Sie anbieten, sein Werk zu veröffentlichen, glaube ich, dass es keiner weiteren Entschuldigung bedarf.«

Mr. Nelson lächelte und sah erleichtert aus. Cliff selbst war nie sonderlich gut im Entschuldigen, und jetzt wurde mir klar, dass dieser Charakterzug vom Vater an den Sohn weitergegeben worden war.

»Ja. Nun lassen Sie uns darüber sprechen, *wie* wir es veröffentlichen werden …«, sagte Mr. Nelson, und wir schmiedeten das restliche Mittagessen über Pläne. Es überraschte mich, wie freudig erregt er war; er wollte die Dinge so schnell wie möglich vorantreiben. »Mir scheint, als bräuchte es nur eine ganz behutsame Redaktion, finden Sie nicht auch?«

Das fand ich auch. Ich fühlte mich geschmeichelt, weil

er mich nach meiner Meinung gefragt hatte. Das und die Martinis versetzten mich in einen begeisterten Rausch. Mir kam eine Frage in den Sinn, und der Gin machte mich kühn genug, sie zu stellen. »Meinen Sie, Ihnen hätte das Manuskript ganz genauso gut gefallen, wenn Sie im Vorfeld gewusst hätten, dass es von Cliff stammt?«

Mr. Nelson zögerte.

»Ich weiß es nicht. Ich verstehe, was Sie meinen, und vielleicht *bin* ich über die Jahre zu streng mit ihm gewesen. Aber das Wichtigste ist, dass ich die Vorzüge dieses Manuskripts jetzt sehr deutlich sehe, und ich bin sehr stolz auf ihn.«

In seine Augen traten Tränen, wobei sich nicht sagen ließ, ob es am Gin lag oder daran, dass ihn sein väterlicher Geist rührte. Zu dem Zeitpunkt war die Rechnung bereits bezahlt und in unseren Martinigläsern jeweils nur noch ein Schluck übrig. Unvermittelt nahm Mr. Nelson die Serviette von seinem Schoß und warf sie auf den Tisch.

»Gehen wir und überbringen Clifford die guten Neuigkeiten, ja?«

MILES

63

Eine kurze selige Zeit lang vergaß ich mein Notizbuch völlig. Joey wiederzuhaben war, als hätte ich einen Teil meiner selbst zurückbekommen. Unsere Leben verflochten sich erneut miteinander, und anfangs war ich glücklich. Joey nahm, genau wie er es auf dem Hausboot in Sausalito vorgeschlagen hatte, den Zug von Washington nach New York, und wir verbrachten die Wochenenden miteinander. Damals steckte die Stadt bereits mitten im Winter, und wir spazierten in schwere Mäntel eingemummt durch die Straßen der Stadt, lachten glucksend darüber, wenn wir gelegentlich mit den Schultern aneinanderrempelten, rund und armlos wie ein Paar dicker *Matroschka*-Puppen. Manchmal wärmten wir uns auf, indem wir in eine Buchhandlung traten, wo der Geruch nach Druckerschwärze und nasser Wolle in der Luft lag. Dann wieder sahen wir den Schlittschuhläufern im Rockefeller Center zu oder schlenderten ruhigere, von Brownstone-Häusern gesäumte Straßen entlang, die Äste der Bäume über uns weiß und kahl, während die trockenen, braunen Überreste der Blätter unter unseren Füßen langsam zu Staub zerfielen.

Doch die meiste Zeit verbrachten wir allein zusammen in Joeys Hotelzimmer. Wie bei allen Liebenden während der Winterzeit verschafften uns die Dunkelheit und Kälte einen angemessenen Vorwand, um in dem zerwühlten, warmen

Bettzeug zu bleiben, die trübe, graue Fensterscheibe zu betrachten und die Narren zu bemitleiden, die sich nach draußen wagten und solche Behaglichkeit hinter sich ließen. Wir verbrachten Stunden beim Liebesspiel, aber wir verbrachten auch Stunden damit, herumzuliegen und nichts zu tun. Wir hielten einander mit hageren Armen, teilten unsere persönlichen Träumereien über die Welt, während unsere Haut nach Schweiß und der billigen weißen Seife roch, die unerklärlicherweise in den meisten Hotels angeboten wurde.

Ich stellte meine gesamte Zeitplanung darauf ab, ihn zu sehen. Meine Wochenenden gehörten ihm. Ich brachte Ausreden vor und muss zu meiner Schande gestehen, dass ich sehr viele Menschen belog. Ich erzählte Janet, meine Mutter wäre krank und würde meine Hilfe zu Hause brauchen, und ich erzählte meiner Mutter, ich würde bei Janet übernachten; meine Mutter grummelte missbilligend, akzeptierte es jedoch aufgrund der beiden Tatsachen, dass Janet und ich verlobt waren und Wendell sich zunehmend über meine Anwesenheit in der Wohnung ärgerte, die er als »seine« betrachtete.

Es waren die reuelosesten Lügen, die ich je vorbrachte, denn gemeinsam erschufen Joey und ich unsere eigene Welt, einen Ort, an dem ich keiner Absolution bedurfte; es war ein Leben auf Zeit – bestehend aus nur zwei Tagen, die die Woche einrahmten – aber eines, das mich sogar noch vollständiger beanspruchte als unsere gemeinsame Zeit auf dem Hausboot. Wir wurden zu einem einzigen menschlichen Wesen. Alles, was wir an diesen Wochenenden taten, taten wir gemeinsam. Sonntagmorgens kauften wir eine einzige Zeitung und tauschten die Teile aus, bis das ganze Hotelbett vor Papier raschelte und das Bettzeug mit Druckerschwärze beschmiert war. Dann lösten wir gemeinsam unter Gelächter und Küssen das Kreuzworträtsel.

Als uns die Wochenenden nicht mehr reichten, begannen wir, auch Werktage darunterzuschmuggeln. Nach mehreren Besuchen in der Stadt, bei denen wir kaum das Zimmer verlassen hatten, beschäftigte Joey die Vorstellung, dass wir einander leid werden würden, wenn wir keine Anstrengung unternähmen, gelegentlich das Hotelzimmer zu verlassen und irgendwohin zu gehen. Was mich betraf, war das lächerlich. Ich konnte nie genug von Joeys Gesellschaft bekommen, drinnen oder draußen. Allerdings musste ich ihm zumindest beipflichten, dass das Hotelzimmer recht stickig und heiß sein konnte und es unseren Lungen guttäte, frische Luft zu schnappen.

»Wohin möchtest du gehen?«, fragte ich eines Freitags, als er einen Tag früher in die Stadt gekommen war.

»In den Park«, sagte er und meinte den Central Park. »Und dann das Metropolitan Museum of Art.«

»Na gut«, stimmte ich zu, da mir bewusst wurde, dass ich ein schrecklicher Reiseführer gewesen war. Ich liebte New York und auf einmal wollte ich, dass Joey es ebenfalls liebte.

Wir nahmen die Lexington-Avenue-Linie zur 77th Street auf der Ostseite und gingen von dort zu Fuß in den Park. Es hatte eben geschneit, und wir folgten dem Weg, der an dem kleinen, gepflegten Teich Conservatory Water vorbeiführte und tiefer in den Park, auf das Bootshaus und den See zu. Wir überquerten den backsteingepflasterten Platz mit dem Bethesda Fountain, auf dem der Angel of the Waters mit seinen Flügeln leichtfüßig nach vorne strebt und pflichtbewusst das Becken unter sich segnet. Der Brunnen war über den Winter abgestellt, und in dem leeren Becken hatte sich eine dicke Eisschicht gebildet. Als wir uns dem Brunnen näherten, lachte Joey auf einmal los und lief immer schneller darauf zu. Er kletterte hinein und ich ihm hinterher. Unser Spiel hatte eine kindliche Ausgelassenheit. Wir berührten die vier Putten, etwas, das ein Besucher im Sommer vielleicht nie täte. Sobald wir aus dem Brunnen geklettert waren, folgten wir dem Weg über die Bow Bridge und dann den Pfaden, die in den bewaldeten Parkteil The Ramble führten. Es wurde hügliger, die Bäume dichter und der Pfad kurvenreicher. Wir lachten und fingen an, uns im Schnee zu jagen. Der Schnee war sauber und weiß und gab bei jedem Schritt, den wir machten, dieses herrliche Knirschen von sich.

Auf einmal blitzte Mister Gus vor meinem inneren Auge auf, jener Zeitungsartikel und alles, was er während meiner letzten Arbeitswoche in seiner Villa gesagt hatte.

»Joey!«, rief ich. »Lass uns jetzt ins Museum gehen.«

»Sicher«, stimmte er zu. Ich machte kehrt, und wir gingen den gleichen Weg zurück, hielten uns in den weniger wilden Bereichen des Parks auf und ließen The Ramble hinter uns. Da ich in New York zur Welt gekommen war und mein ganzes Leben in Manhattan gewohnt hatte, wusste ich zwar, dass man zurück zum Museum gelangen konnte, indem man The Ramble durchquerte, doch die Erinnerung an Mister Gus' Worte hatte mich verstört.

Wir verließen den Park also und folgten der Fifth Avenue bis zur klassizistischen Fassade des Museums und erklommen die Stufen. Vor dem Eingang des Met herrschte eine besondere Atmosphäre, ein geschäftiges, euphorisches Treiben. Wir schoben uns durch die große Glastür und taumelten in die gewaltige, zweiflügelige Marmoreingangshalle und suchten zuerst die Garderobe auf. Trotz der Größe des Raumes war es schwül und warm aufgrund all der zusammengedrängten Menschen, und in dem großen Saal hallte das Quietschen von Gummisohlen wider. Die Frau vor uns sprach nur Japanisch und reichte dem Mann hinter dem Garderobentisch einen schönen Seidenmantel. Er betrachtete ihn und schnaubte beim Aufhängen etwas über den Krieg vor sich hin.

»Was ist hier dein Lieblingsort?«, fragte Joey, sobald wir die Garderobe hinter uns gelassen und den Eintritt bezahlt hatten.

»Es gibt zwei«, sagte ich. »Der eine ist der Saal, der oben in die Impressionistengalerie führt, und der andere ist im ägyptischen Flügel, wo die Mumien aufbewahrt werden.«

Joey zog die Augenbrauen hoch. »Eine ägyptische Mumie? Hier in diesem Gebäude?«

»Ja«, antwortete ich. »Mehrere.«

»Schauen wir uns das an.«

Wir brachen in Richtung der Mumien auf und schlenderten geruhsam und völlig unbedarft in den ägyptischen Flügel.

Dort befand sich eine Schulgruppe und ein Meer aus aufgeregten, auf und ab wippenden Köpfen schob sich um uns her, während Kinder von einem Ausstellungsstück zum nächsten eilten und ein paar geplagte Lehrer versuchten, sie wieder ordentlich zusammenzutreiben. Es waren Zweit- oder Drittklässler, würde ich sagen – ungefähr in Cobs Alter –, und fast alle farbig, woraus ich schloss, dass es sich um den Ausflug einer staatlichen Schule handelte. Mein Blick fiel auf einen kleinen Jungen, der ein wenig abseits von der Gruppe stand und in eine Glasvitrine starrte. Als wir näher herankamen, sah ich, was er betrachtete. Es war eine Vitrine voller Schmuck, der aus den schillernden Panzern irgendeiner Art von Skarabäus-Käfern gefertigt war. Der kleine Junge hatte eine Miene heftiger Konzentration aufgesetzt, als versuchte er, sich jede Einzelheit der Käferpanzer einzuprägen. Er sah Cob ungeheuer ähnlich, dachte ich, bis mir erschrocken klar wurde, dass es Cob *war*. In just dem Moment war der Bann seiner Konzentration gebrochen, und sein Blick huschte in meine Richtung.

»Miles!«, rief er, und seine Augen weiteten sich. Er kam auf mich zugerannt.

»Cob«, sagte ich matt, immer noch verblüfft. »Was machst du hier?«

»Heute ist unser Wandertag, schon vergessen?«

Mir kam eine vage Erinnerung aus der vergangenen Woche in den Sinn, als Cob etwas von irgendeinem Ausflug geplappert hatte. Wie hatte ich so unvorsichtig, so töricht sein können? »Natürlich«, sagte ich. Joey stand ein wenig verwirrt neben mir, und jetzt richtete sich Cobs Aufmerksamkeit auf diese geheimnisvolle Gestalt.

»Das ist mein Freund Joey«, erklärte ich Cob. Cob nickte und streckte die Hand aus.

»Guten Tag.«

Joey schüttelte sie und lächelte mit aufrichtiger Zuneigung, da er folgerte, dass vor ihm der große Insektensammler stand, von dem er schon so viel gehört hatte. Cob erwiderte Joeys Lächeln und sah mich dann mit gerunzelter Stirn an.

»Solltest du nicht eigentlich auf der Arbeit sein, Miles?«, fragte Cob.

»Sie haben mir den Tag freigegeben«, erwiderte ich. Cob betrachtete mich argwöhnisch. Er war sieben, aber nicht dumm. »Du solltest besser wieder rüber zu deinen Klassenkameraden gehen«, sagte ich. Eine Lehrerin, der der Anblick von zwei fremden Männern, die sich mit einem ihrer jungen Schüler unterhielten, offensichtlich Sorge bereitete, sah in unsere Richtung. »Wir waren gerade dabei zu gehen«, erklärte ich, tätschelte Cob schnell den Kopf und entfernte mich. »Wir sehen uns zu Hause.«

Wir gingen, Joey verstand meinen Wink und folgte mir

dicht auf den Fersen. Ich blickte nur einmal über die Schulter und sah, dass Cob immer noch dort stand, wo wir ihn zurückgelassen hatten, und die Stirn runzelte.

Wir redeten nicht, während wir uns für unsere Mäntel anstellten. Joey merkte, dass ich verstört war. Draußen fragte er schließlich: »Das war dein kleiner Bruder?«

»Ja.« Ich merkte, dass mein Atem keuchend kam; Panik hatte mir schier die Luft aus der Lunge gedrückt. Ich stand da und überlegte, was ich Cob sagen sollte, wenn ich ihn das nächste Mal sah, ob ich die Sache erklären oder mich cool und lässig geben sollte.

»Ein ziemlich gescheiter kleiner Mann.« Joey grinste, in seiner Stimme schwang ein aufmunternder Unterton mit.

»Ich brauche einen Drink«, sagte ich.

»Ich auch«, sagte Joey und ließ sich von meiner Stimmung anstecken. »Aber es ist erst drei Uhr. Wohin sollen wir gehen?«

»Lass uns … ins Village gehen«, schlug ich vor. Die Upper East Side hatte etwas Manieriertes, das mich nervös machte. Ich sehnte mich verzweifelt nach Anonymität, und das Village schien da genau das Richtige zu sein. Künstler und Bohemiens; keiner sah einen genauer an. Selbst wenn man Leute kannte, benahmen sie sich nicht, als gäben sie etwas darauf, um wie viel Uhr man zu trinken anfing oder mit wem man unterwegs war, solange man authentisch war, was auch immer *das* heißen sollte.

»Hey, Miles, mach dir keine Sorgen«, sagte Joey auf dem Weg zur Subway. »Er denkt, du schwänzt, aber sonst denkt er sich nichts. Dafür ist er zu jung.«

Darauf erwiderte ich nichts.

»Er schein ein nettes Kind zu sein«, sagte Joey in aufmunterndem Tonfall. »Lieb.«

»Hör auf, Joey«, sagte ich. »Gehen wir einfach etwas trinken und vergessen die Sache.« Den restlichen Weg zum Village schwiegen wir.

CLIFF

64

Jemand, dem ich seit dem Abend unserer Party nicht mehr über den Weg gelaufen war, war Rusty. Es stimmte, dass sich Rusty ziemlich übel benommen hatte, und jeder – Swish, Bobby und Pal eingeschlossen – war der Meinung, dass wir ihm die kalte Schulter zeigen sollten, falls wir ihm je wieder begegneten. Natürlich stand mir gerade damals nicht sehr der Sinn danach, mit Bobby oder Pal zu reden. Danach, mit Swish zu reden, stand mir auch nicht sonderlich der Sinn, selbst wenn er nicht dabei gewesen war und mit eingestimmt hatte, als der alte Gene mir den Dolchstoß versetzte. Er war Teil der Bande, und meiner Meinung nach konnten sie allesamt zur Hölle fahren – das ganze Gesindel –, und aus diesem Grund befand ich mich im White Horse und trank allein, als ich Rusty begegnete, und vergaß vorübergehend die Sache mit der kalten Schulter.

»Hey, Cliff!«, sagte er zu mir, als er mich bemerkte. Seine Stimme klang beiläufig und normal, und ich wusste, dass er sie absichtlich so klingen ließ, was bedeutete, dass Rusty so tun wollte, als wäre nichts geschehen. »Hab dir das hier mitgebracht«, sagte er und stellte ein volles Glas Bier auf den Tisch. »Sieht aus, als würdest du gleich auf dem Trockenen sitzen.«

Es war richtig, dass sich in meinem Glas nichts mehr außer

einer dünnen Schaumschicht am Boden befand. Ich erwog, einen Witz darüber zu reißen, dass Rusty mir wohl etwas in den Drink gemischt hätte, doch dann überlegte ich es mir anders, weil es sinnlos war, einen wunden Punkt anzusprechen. Im Grunde seines Herzens war Rusty ein Feigling, und vielleicht zog er so einen Mist bei jemandem wie Miles ab, aber bei mir würde er es nicht tun.

»Du trinkst allein?«

Ich nickte.

»Willst du Gesellschaft?«

Ich zuckte mit den Schultern. Er setzte sich, und wir plauderten ein wenig. Rusty gehörte zu den Leuten, die gern schlechte Dinge über andere hörten, also versuchten wir beide, uns ausgiebig über Kerle auszulassen, die wir beide kannten. Doch dann kam die Sprache auf Bobby, weil bei Rusty die Sprache immer auf Bobby kam. Ich wollte damals nicht über Bobby reden, oder über Swish oder Pal, und das sagte ich auch. Rusty hob eine Augenbraue und grinste, als wüsste er Bescheid und als wäre dies unser kleines Geheimnis, und das ärgerte mich wirklich. Er wechselte das Thema, und wir saßen da und begafften sämtliche Leute, die durch die Tür kamen.

»Wie läuft's mit der Schreiberei?«, fragte er mich jetzt, und das war offensichtlich seine andere alte Taktik, um sich bei mir lieb Kind zu machen. Doch ich hatte die Hoffnung aufgegeben, dass Rusty seinen Einfluss für mich geltend machen würde. Ich zuckte wieder die Schultern.

»Ich weiß es nicht«, sagte ich und merkte, dass es die Wahrheit war. Ich hatte nicht mehr viel an meiner Schreiberei herumgebastelt. Nachdem ich an dem Abend betrunken nach Hause gekommen war und alles weggeworfen hatte, hatte Eden das Zeug aus dem Papierkorb gerettet und die Seiten sortiert und sehr ordentlich gestapelt. Als ich sah, was sie getan hatte, fühlte ich mich schlecht, aber ich hatte die Finger davon gelassen. Die Wahrheit lautete, dass ich ziemlich kurz davorstand, ganz aufzugeben. So lausig die Vorstellung auch war, wusste ich, dass es nur eine Frage der Zeit war, bevor ich loszog und mir die Art Arbeit suchte, von der meine Eltern ständig geredet hatten.

»Ich sag dir was«, erklärte Rusty jetzt, »ich spendiere uns noch eine Runde.«

Er stand auf und ging zur Bar, und ich sah ihm nach und überlegte mir, dass der Spieß sich wirklich umgedreht hatte. Früher hatte immer ich für jeden Tropfen gezahlt, den er trank, wenn wir aus waren. Ich wusste genau, dass nie mit einer Entschuldigung dafür zu rechnen war, was bei unserer Party auf dem Dach vorgefallen war; dass Rusty einem Bier kaufte, war bei der Ratte schon das höchste der Gefühle.

Es war komisch, dass ich an Miles gedacht hatte, denn just in dem Moment kam er durch die Tür. Er sah mich nicht. Das White Horse ist so geschnitten, dass es einen Eingang gibt, aber drei Räume, einer nach dem anderen die Hudson Street entlang. Der Tisch, an dem ich saß, war ganz hinten im letzten Zimmer versteckt. Ich konnte von meinem Sitzplatz aus in der Ferne die Bar sehen, aber wenn die Leute sich nicht auf ihren Hockern umdrehten und absichtlich durch den Türrahmen spähten, konnten sie die Leute in den anderen Zimmern nicht bemerken.

Jetzt beobachtete ich die Bar, um zu sehen, was passieren würde, sobald Rusty und Miles aufeinandertrafen. Miles war mit einem Kerl unterwegs, den ich noch nie gesehen hatte, und der das gute Aussehen eines Filmstars hatte und mich ein bisschen an Errol Flynn erinnerte. Sie bestellten Whiskey pur und fingen gleich an, sich mit ernsten, vertraulichen

Mienen zu unterhalten. Es war klar, dass die beiden sich sehr nahestanden, wer auch immer der Mann war. Ich erwog, hinüberzugehen und Miles zu begrüßen und ihm zu sagen, dass ich das Notizbuch aufgelesen hatte, das ihm in dem Laden in Harlem heruntergefallen war, aber dann würde er sehen, mit wem ich Umgang pflegte, und merken, dass ich wieder mit Rusty auf gutem Fuß stand, und bei unserer letzten Unterhaltung hatte ich geschworen, dass ich nie mehr etwas mit Rusty zu schaffen haben würde. Die Tatsache, dass Rusty auf mich zugekommen war – uneingeladen, aber trotzdem –, würde mich zweifellos als Lügner abstempeln, und ich sank noch ein wenig tiefer in meinen Sitz und hoffte, dass Miles nicht durch den Türrahmen sehen würde.

Doch da erblickte Miles Rusty und zuckte zusammen. Ich hielt den Atem an. Ich war mir sicher, dass Rusty etwas Unverschämtes tun würde, irgendeine abfällige Geste oder Bemerkung machen würde, doch zu meiner Überraschung ging Rusty bloß auf Miles und den jungen Mann zu und schüttelte ihnen höflich die Hand. Miles schauderte zurück, gab Rusty aber trotzdem die Hand, und ihm war anzusehen, dass er vor allem keinen Ärger haben wollte. Rusty plauderte ein paar Minuten lang und schien Small Talk zu betreiben, so gelassen und gleichgültig wie eh und je. Dann verließ er die Bar und kam wieder zu mir.

Das überraschte mich, denn Rusty kam mir immer wie einer dieser angriffslustigen Typen vor, und ich nahm an, dass er Miles wirklich auf dem Kieker hatte. Ich rechnete wenigstens mit ein paar kleinlichen Bemerkungen, doch als Rusty jetzt die Biere abstellte und sich wieder auf die Bank gleiten ließ, überlegte ich, dass ich ihn vielleicht falsch eingeschätzt hatte.

»Es war bombig von dir, ruhig zu bleiben«, sagte ich.

»Ich bin eben ein Bombentyp«, erwiderte Rusty.

»Ich hätte gedacht, dass du versuchen würdest, irgendwie Rache zu nehmen.«

»Nee. Ich hacke nicht auf Leuten herum, die nicht mein Niveau sind«, sagte Rusty, ganz tough und stolz, als wäre er die Art Kerl, die nach einem gottverdammten Kodex oder so etwas lebte. »Abgesehen davon«, fügte er hinzu, »könnte ich meine Rache bekommen, wenn ich es wirklich wollte.«

Das hörte sich mehr nach dem Rusty an, den ich kannte. »Wie denn?«

»Der Kerl, der bei ihm ist? Hab seinen Vor- und Zunamen und ein paar kleine Leckerbissen herausbekommen. Hat sich herausgestellt, dass er fürs gute alte Außenministerium arbeitet – ist das nicht höchst amüsant? Dieser alte Hurensohn Joe McCarthy hat vielleicht den Löffel abgegeben, aber nicht seine Art, die Dinge zu handhaben. Es bräuchte nur einen Anruf. Wie es der Zufall will, kenne ich ein paar Leute, die für das Außenministerium arbeiten. Du weißt schon: anonymer Hinweis, so was in der Richtung. Das würde ihrer behaglichen kleinen Strickrunde ein Ende bereiten.«

Ich fragte ihn, was er meinte, aber ich wusste es bereits. Es war eine niederträchtige Idee. Wenn man Rusty erst einmal kannte, wusste man genau, wie er dachte. Rusty ging ins Detail, und ich fragte mich allmählich, ob er diesen Anruf nicht einfach aus Bosheit tätigen würde. Je mehr er darüber redete, desto mehr Gefallen schien er an der Idee zu finden. Ich versuchte, einen weiteren verstohlenen Blick auf Miles zu werfen, und fragte mich, was er in einem vergangenen Leben Schreckliches verbrochen haben musste, um die Aufmerksamkeit eines Schurken wie Rusty verdient zu haben, doch Miles und sein Freund waren verschwunden.

Bevor ich weiter darüber nachdenken konnte, segelte Eden

durch die Tür. Es war schon komisch, denn wir waren in letzter Zeit furchtbar sauer aufeinander gewesen, und man hätte annehmen können, dass ich mich nicht gerade freute, sie zu sehen. Doch wie sie so in den Raum trat und mich anlächelte, musste ich daran denken, wie es beim ersten Mal gewesen war, als ich darauf gewartet hatte, dass sie im White Horse aufkreuzte.

Als sie Rusty bei mir sitzen sah, wurde ihr Lächeln unsicher und verblasste ein wenig, verschwand allerdings nicht vollständig.

»Cliff!«, sagte sie mit glücklicher, atemloser Stimme, ohne auf Rusty zu achten. »Ich habe wunderbare Neuigkeiten.«

MILES

65

Ich sagte Joey, ich wolle nach Hause gehen.

»Nach Hause?«, fragte er. Aus seiner Stimme war herauszuhören, dass er hoffte, ich würde das Hotel meinen.

»In die Wohnung meiner Mutter«, stellte ich klar. Unsere zufällige Begegnung mit Rusty im White Horse hatte mir großes Unbehagen bereitet, und ich machte mir immer noch Sorgen, was Cob sich vielleicht dachte, nachdem er uns im Museum gesehen hatte. »Ich würde gern nach Hause gehen«, wiederholte ich. »Jetzt.« Mein Gehirn hakte die Liste an Habseligkeiten ab, die sich noch in Joeys Hotelzimmer befanden. Viel war es nicht, nur Unterhosen zum Wechseln, ein alter Rasierer und ein frisches Hemd; ich musste nichts davon holen gehen, jedenfalls nicht gleich.

»Na schön«, sagte Joey, verblüfft und offensichtlich gekränkt. »Kommst du später ins Hotel zurück?«

»Ich rufe dich an«, erwiderte ich und verabschiedete mich. Wir standen auf dem Gehsteig in der Hudson Street und umarmten uns nicht. Ich ging schnell weg, ohne mich noch einmal umzusehen.

Als ich in der Wohnung eintraf, wirkte sie erst leer. Aus dem hinteren Teil der Wohnung vernahm ich leises Geraschel und zu meiner Überraschung traf ich Cob in seinem Zimmer an, wie er Glasscherben und zerquetschte Insekten auflas.

»Cob – weg von dem Glas!«, befahl ich und ging in die Knie, um seinen Platz einzunehmen. »Lass mich das machen.« Er stand auf und starrte mich bedrückt an, als ich ihm Besen und Kehrschaufel aus den Händen nahm.

»Was ist passiert?«, fragte ich.

»Wendell ist sauer geworden«, sagte er. Seine Kinderstimme klang alt und erschöpft. Ich bohrte noch ein wenig nach, während wir weiter aufräumten, und konnte mir dann mehr oder weniger zusammenreimen, was vorgefallen war.

Meine Mutter hatte Besorgungen gemacht, und Cob war von seinem Wandertag nach Hause zurückgekehrt. Vor Begeisterung über die Käfer, die er im ägyptischen Flügel gesehen hatte, hatte er Wendell, der – wie es so häufig geschah – bis zum Nachmittag schon sieben Bier intus hatte, davon erzählt. Irgendwann hatte Wendell sich über Cob geärgert und war in eine seiner gereizten Launen geraten, bis er schließlich in der Wohnung Randale machte, Cob anschrie und ihn »einen gedankenlosen, nach Käfern verrückten kleinen Scheißer« nannte. Dann war er völlig aufbrausend geworden und in Cobs Zimmer gestürzt, wo er die Gläser mit lebendigen Käfern zerschmetterte, die Cob sammelte und hegte, und die Insekten zertrampelte. Jetzt war Wendell fort – bestimmt, um noch ein Bier um die Ecke zu trinken –, und Cob versuchte, alles aufzuräumen, bevor meine Mutter nach Hause kam.

»Warte! Heb das bitte auf!«, rief Cob, als ich etwas aufkehrte, wobei es sich um eine Art Aaskäfer zu handeln schien. Cob hatte ein kleines Terrarium für den Käfer gebaut und ihn mit winzigen Stücken Hamburgerfleisch gefüttert. Jetzt war er nicht mehr am Leben, aber irgendwie war sein harter Außenpanzer heil geblieben. Ich holte ihn vorsichtig zwischen den Glasscherben hervor und reichte ihn Cob. Mit tieftrauriger

Miene heftete er ihn auf eine seiner Filztafeln, wo er seine toten Insekten aufbewahrte und katalogisierte.

»Jetzt kann er wohl hierhin«, sagte er mit tonloser Stimme. Aus dem Augenwinkel bemerkte ich eine winzige Bewegung irgendwo am Fenster auf dem Boden. Es war ein Schwalbenschwanz, der zwar verletzt war, aber nervös und ruckartig zappelnd versuchte, wieder zum Leben zu erwachen. Da fiel mir ein, dass Cob den Schmetterling als Raupe gefangen und gehegt hatte, während sie ihren Kokon spann. Ich ging zum Fenster, hob ihn auf und brachte ihn Cob.

Und dann tat er etwas, das mir das Herz brach.

Er griff nach dem Schwalbenschwanz und betrachtete ihn einen Augenblick. Mit einer kalten, mechanischen Bewegung hielt er ihn an die Filztafel und spießte ihn rasch mit einer Stecknadel auf. Die Flügel schlugen zweimal und blieben dann reglos.

»Ebenso gut kann ich es erledigen, bevor Wendell ihn erwischt«, sagte Cob.

Während wir das Zimmer fertig aufräumten, traf ich meine Entscheidung. Ich würde schnell anrufen müssen, bevor meine Mutter nach Hause zurückkehrte. Ich ging in die Küche.

»Ich werde dieses Wochenende nicht zurückkommen, um dich zu sehen, Joey«, sagte ich, sobald der Hotelangestellte mich auf sein Zimmer durchgestellt hatte. »Ich habe einiges zu tun.« Joeys Stimme am anderen Ende der Leitung verriet mir, dass er enttäuscht war und auch ängstlich.

Nachdem ich meine Pläne mit Joey abgesagt hatte, verbrachte ich den restlichen Abend damit, mir den Kopf über Cob zu zerbrechen, und schon bald nagte wieder der Gedanke an mein verlorenes Notizbuch an mir. Mit der Zeit war ich immer mehr zu dem Schluss gekommen, dass ich das Buch bei dem Treffen mit Cliff in dem Café verloren hatte. Falls *er* es aufgehoben hatte, konnte ich mir nicht vorstellen, warum er es behalten sollte, anstatt es zurückzugeben. Ich hoffte, dass er einfach zu faul war.

So oder so blieb mir nur eines übrig: ihn ausfindig zu machen und ihn einfach danach zu fragen. Ich begab mich am folgenden Tag auf den Weg zu seinem Apartment im East Village. Als ich auf dem Treppenaufgang stand und gerade klingeln wollte, flog die Tür auf.

»Oh! Verzeihung«, sagte eine Frauenstimme. Zu meiner Überraschung stand Eden vor mir. Sie erstarrte bei meinem Anblick. »Miles?«, fragte sie ungläubig. Ich erzählte ihr, ohne auf Details einzugehen, dass Cliff vor einiger Zeit nach Harlem gekommen war und ich jetzt auf der Suche nach ihm sei, weil ich etwas verloren hätte, und es möglich sei, dass er es aufgehoben habe. Ihre Stirn legte sich in Falten.

»Oben ist er schon«, sagte sie. »Aber ich fürchte, er ist ein bisschen durch den Wind. Er hat durchgefeiert.«

»Ist es in Ordnung, wenn ich hochgehe?«

»Natürlich«, erwiderte sie. Dann zögerte sie. »Aber, Miles … du solltest wissen … na ja, Rusty ist da. Deshalb wollte ich los, um ein paar Besorgungen zu machen. Ich habe es nicht mehr ausgehalten, ihn um mich zu haben. Es …« Sie hielt inne, als suchte sie nach den richtigen Worten. »… tut mir immer noch sehr leid, was dir an dem Abend widerfahren ist.«

Ich nickte. Ich wollte nicht darüber reden. Rusty wollte ich auch nicht wiedersehen – es war schlimm genug, dass Joey und ich ihm erst am vergangenen Abend über den Weg gelaufen waren –, doch wenn ich wirklich etwas über den Verbleib meines Notizbuches herausfinden wollte, blieb mir keine Wahl. Beim Gedanken an den vergangenen Abend kam mir etwas in den Sinn: Cliff war wahrscheinlich *dort* gewesen, irgendwo in der White Horse Tavern, und hatte in einer Ecke gelauert. Wenn die beiden miteinander unterwegs waren, hatte das in der Vergangenheit nie Gutes für mich bedeutet.

»Du sagst, Cliff hat Grund zum Feiern?«, erkundigte ich mich, da ich mich fragte, was mich oben erwartete.

»O ja«, antwortete Eden. »Cliff ist einfach aus dem Häuschen. Er hat einen Roman geschrieben – tatsächlich einen sehr guten –, und sein Vater wird ihn bei Bonwright veröffentlichen.«

»Ein Buch?«, fragte ich, und auf einmal wurde mir ganz flau im Magen.

»O ja. Es ist unglaublich … Ich bin so stolz auf ihn«, sagte sie. »Cliff hat viel mehr Tiefgang, als ich mir je vorgestellt hätte. Du weißt schon, er hat nicht gerade die einfachste Beziehung zu seinem Vater, und dennoch hat er eine detaillierte, subtile, berührende Geschichte über einen Vater und einen Sohn geschrieben. Der Sohn wächst mit einem invaliden Vater auf, weißt du, und zweifelt den Vater als Vorbild an, aber was er nicht weiß, ist, dass der Vater tatsächlich ein Kriegsheld von großer Integrität gewesen ist …«

Ich wurde benommen, während sie weiterplapperte. Nichts hätte mich auf den Schock vorbereiten können, als ich Edens Beschreibungen von Cliffs literarischem Erfolg lauschte und die trübe Erkenntnis, was genau er mit meinem Notizbuch angestellt hatte, langsam in meine Knochen sickerte.

CLIFF

66

Rusty und ich saßen in meinem Drecksloch von Apartment und sangen einander betrunkene Medleys vor. Wir feierten meinen Verlagsvertrag. Die Sonne war gerade untergegangen, und durchs Fenster strahlte ein unheimliches Glühen wie eine Atombombe. Als mir dieser Vergleich erst einmal in den Sinn gekommen war, störte es mich furchtbar, sodass ich aufstand und die Deckenbeleuchtung einschaltete, um das violette Glühen zu beenden. Kaum hatten meine Finger den Schalter losgelassen, ertönte ein lauter Krach an der Tür, und ein Mann stürzte ins Zimmer. Es war ein großer Neger, und zuerst dachte ich, es handele sich um einen Einbruch, doch dann erkannte ich Miles' vertraute Gestalt.

»Hey, hey, hey!«, brüllte ich und wedelte mit den Armen.

»Du dreckiger Scheißkerl!«, schleuderte er mir entgegen, und beim Anblick seines Gesichtsausdrucks wusste ich, dass er irgendwie die ganze Wahrheit herausgefunden hatte. Gewöhnlich war Miles ein Mensch, der in jeder Situation zivilisiert aussah, mit seiner Brille und Körperhaltung und seinen höflichen Manieren, doch jetzt war er völlig verändert, und irgendwo aus seiner Kehle drang ein gutturales Brüllen. Ich wusste, dass er sich gleich auf mich stürzen würde, und erwog verschiedene Ausweichmanöver. Rusty hockte immer noch auf dem Boden neben der Matratze. Jetzt setzte er sich auf und kroch in Richtung Ecke, und ich erkannte, falls ich es mit Miles aufnehmen wollte, würde ich es allein tun müssen. Wenn Rusty jemandem Amytal untergejubelt hatte, war er sehr mutig und erpicht darauf mitzumischen, aber wenn nicht, war er eher der Typ Zuschauer.

»DU GOTTVERDAMMTER DIEB!«, brüllte Miles und stürzte sich mit aller Wucht auf mich. Zu jeder anderen Gelegenheit hätte ich ihn niedergestreckt, klar. Doch in der vergangenen Nacht hatte ich mich außergewöhnlich betrunken und außerdem verstand ich mehr oder weniger, warum der Kerl wütend war, und obwohl ich kein Mitleid hatte, überlegte ich mir, dass es vielleicht am besten wäre, einem wütenden Kerl zu erlauben, sich abzureagieren. Ihn ein paar Treffer landen zu lassen und ihn dann seines Weges zu schicken. Ich spürte, wie mich Miles' Hände an den Schultern packten und zu Boden zerrten, und kurz darauf hatte er zugeschlagen und mich direkt am linken Auge erwischt. Ich kroch hastig weg, doch er packte mich erneut, und ich kroch wieder weg.

»Waffenstillstand! Waffenstillstand!«, schrie ich, denn jetzt hatte ich wirklich Sorge, dass Miles völlig durchdrehte und mich richtig verletzen würde, wenn er nicht wieder zu Sinnen kam. Er hörte auf, auf mich einzuschlagen, packte mich aber trotzdem, bis ich mit dem Gesicht nach oben auf dem Boden lag und er auf mir war, den Unterarm über meiner Brust und Kehle.

»*Für wen zum Teufel hältst du dich?*«, schrie er, während Schweiß und Tränen und Spucke von ihm tropften, mir ins Gesicht. »Du hast kein Recht dazu!«

Ich konnte gerade noch Rusty in der Ecke ausmachen, der uns beobachtete.

»Wenn du glaubst, dass ich Stillschweigen bewahren werde, irrst du dich gewaltig«, warnte Miles. »Du hast vielleicht mein Notizbuch, aber ich habe das Tagebuch meines Vaters, und das lügt nicht. All die Geschichten – sein Leben! Was glaubst du, Cliff, glaubst du, jeder wird denken, es wäre Zufall?«, sagte er in verbittertem, spöttischem Tonfall.

Auf einmal hatte ich einen Einfall, und es war wie bei dem Streit mit Eden, als ich plötzlich wusste, was ich zu sagen hatte, wenn ich sie wirklich zum Schweigen bringen wollte. Stolz war ich nicht auf den Streit mit ihr, aber meine Taktik hatte sich als wirkungsvoll erwiesen, und außerdem war Miles ja nicht Eden. Ich schuldete Miles gar nichts.

»Sag mal, Rusty«, rief ich vom Boden, wo Miles mich festhielt. »Wie war noch einmal der Name von dem Kerl, mit dem Miles gestern Abend unterwegs war?«

Das überraschte Miles. Mit neuer Wachsamkeit drehte er den Kopf in Rustys Richtung, und Rusty sah uns mit diesem Grinsen an und hatte ein Funkeln in den Augen, weil er genau wusste, worauf das hier hinauslief. Er öffnete den Mund, um zu antworten, doch bevor er es tun konnte, schnitt Miles ihm das Wort ab, und das bedeutete, dass Rusty und ich ihn am Haken hatten.

»Siehst du, wir wissen ein paar Dinge über dich, Miles. Über dich und deinen Freund«, sagte ich.

»Du weißt nicht, wovon du sprichst.« Doch bei diesen Worten versteifte Miles sich am ganzen Körper, und ich wusste, dass ich das große Los gezogen hatte. »Er ist niemand«, fügte er hinzu.

»Du hast ihn nicht angesehen, als wäre er niemand, Miles«, entgegnete ich. Er verringerte den Druck seines Unterarms über meiner Brust, und ich entwand mich ihm und setzte mich auf. Zwar war ich immer noch betrunken, aber die Ausnüchterung hatte bereits begonnen, und als ich mich im Zimmer umsah, drehte es sich nicht mehr, und ich sah Miles'

Gesicht klar und deutlich vor mir. Ich starrte den armen Miles an und beobachtete, wie er zitterte, jetzt da ich ihn gezwungen hatte, Farbe zu bekennen. »Rusty sagt, dein Freund arbeitet beim Außenministerium«, fuhr ich fort. »Viele von *euch Jungs* arbeiten beim Außenministerium, nicht wahr? Mir scheint, jedes Mal, wenn ich in eine Zeitung schaue, steht da etwas davon, dass sie mal wieder einen homosexuellen Roten rausschmeißen.«

Ich legte eine Kunstpause ein. Ich wollte sicherstellen, dass Miles meine nächste Aussage laut und deutlich hörte.

»Es wäre zu schade, wenn jemand anrufen und deinen Freund melden würde – wie hieß er doch gleich?« Ich wandte mich an Rusty. »Du erinnerst dich doch daran, wie der Kerl heißt, nicht wahr?«

Miles' Gesicht wurde schlaff. Er nahm die Hände von mir, als wäre meine Haut heiß und würde ihn verbrennen, und in dem Augenblick war uns wohl beiden klar, dass er geschlagen war. Er stand auf, sah sich im Zimmer um und machte ein paar schwankende Schritte, erst in Richtung Fenster, dann zum Ausgang. Schließlich ging er ohne ein weiteres Wort durch die Apartmenttür.

»Du hast nicht wirklich vor anzurufen, oder?«, fragte Rusty, nachdem Miles fort war. Rusty hatte offensichtlich seine Freude an der Situation.

»Natürlich nicht«, sagte ich. »Ich wollte den alten Miles nur in seine Schranken weisen.«

»Sag mal, was hat er gemeint?«, erkundigte Rusty sich mit dieser verschlagenen Miene. »Was hat er damit gemeint, als er sagte, du wärst ein Dieb?«

MILES

67

Ab da nahmen die Dinge eine üble Wendung. Rückblickend ist mir jetzt klar, dass ich die ganze Zeit hochexplosiver Stimmung war, bloß dass ich das damals nicht wusste; zu blind machte mich wilde Angst. In die kalten Betonknochen New Yorks war bitterer Winter gekrochen, und auf einmal hatte man das Gefühl, als hätte sich eine ständige Bedrohung in die dunklen Wolken oben am Himmel gemischt.

»Was ist mit deiner Wange passiert?«, fragte Joey, als er mich das nächste Mal sah.

Ich wusste, dass ich dort eine Wunde hatte, ein Andenken an meine Auseinandersetzung in Cliffs Apartment. In der Hoffnung, es wie einen Unfall beim Rasieren aussehen zu lassen, hatte ich ein Pflaster daraufgeklebt, doch als ich Joey diese Lüge auftischte, zuckte sein Mund.

»Ziemlich weit oben«, stellte er fest, da sich die Wunde an meinem Wangenknochen gleich unter dem Auge befand, weit entfernt von meinem Bartansatz.

»Das war Cob«, sagte ich.

Joey bohrte nicht weiter nach. Wir hatten an dem Tag reichlich zu tun, da wir mit unseren Sachen in ein neues Hotel umzogen. Kaum dass Joey sich an der Rezeption angemeldet und mich herbestellt hatte, kam er zu der Überzeugung, dass wir das Zimmer räumen und das Hotel verlassen sollten. Es war eine Schutzmaßnahme: Der Rezeptionist in unserem üblichen Hotel hatte angefangen, uns mit Argwohn zu betrachten. Wir wussten, dass es unmöglich war, völlig unbemerkt zu bleiben, doch für gewöhnlich bot die lethargische Art der New Yorker, denen Dinge zwar auffielen, die aber häufig entschieden, dass es sie nichts anginge, eine gewisse Sicherheit. Bei unseren ersten Aufenthalten hatte der Hotelangestellte uns gegenüber beruhigend gleichgültig gewirkt, doch im Laufe unserer Besuche hatte sich sein Verhalten deutlich abgekühlt, und jetzt war er dezidiert unfreundlich und voller abfälliger Anspielungen und kaum verhüllter Drohungen. Es war nur eine Frage der Zeit, fanden wir beide, bis der Angestellte anfangen würde, der Polizei Hinweise zukommen zu lassen.

Ich hatte das Gefühl, als würde auf einmal überall um uns herum Gefahr lauern, bereit zum Angriff von allen Seiten, aber natürlich konnte Joey nicht wissen, warum ich so empfand. Ich hatte ihm kein Wort davon gesagt, dass ich mein Notizbuch verloren hatte, hatte ihm nicht von meiner Auseinandersetzung mit Cliff erzählt, oder dass Joey und seine Stelle beim Außenministerium das Hauptziel von Cliffs Drohungen gewesen waren. Gern würde ich behaupten, dass ich Joey diese Informationen vorenthielt, um ihn zu schützen, aber das wäre nicht aufrichtig. In Wahrheit fühlte ich mich zu wütend, zu ausgebootet und zu ohnmächtig, um etwas davon in Worte zu fassen.

»Ich begreife das nicht«, sagte ich jetzt. Ich vernahm den Zorn in meiner eigenen Stimme, ohne etwas dagegen tun zu können. »Warum hast du dir die Mühe gemacht einzuchecken, wenn du von Anfang an ein mulmiges Gefühl wegen des Angestellten hattest?«

»Ich weiß es nicht, Miles«, erwiderte Joey müde. »Ich

dachte erst nicht, dass es so schlimm wäre, aber du hättest ihn gerade eben sehen sollen. Er war am Telefon oder hat zumindest vorgegeben zu telefonieren und sprach davon, einen Gast der Polizei zu melden. Die ganze Zeit hat er mich über den Empfangstisch hinweg angesehen.«

»Du hättest schon bei einem deiner letzten Aufenthalte das Hotel wechseln sollen, Joey. Du bist unbekümmert und stur.«

Meine Ungeduld ließ Joey aufhorchen. Ich war gereizt und gemein; ich konnte nichts dagegen tun. Mich frustrierte die ganze Situation, die in meinem Kopf irgendwie mit der Ungerechtigkeit verknüpft war, dass Cliff das gestohlen hatte, was die Lebensgeschichte meines Vaters darstellte. Unerklärlicherweise entschied ich, meine Wut an dem Menschen auszulassen, für den ich die leidenschaftlichsten Gefühle hegte.

Wir gingen nach unten, um auszuchecken. Ich willigte ein, draußen auf der Straße zu warten, um den Zorn des Rezeptionisten nicht noch weiter zu schüren. Nach ein paar Minuten hastete Joey heraus.

»Hat mich für heute Nacht voll zahlen lassen. Hat gewusst, dass ich nicht widersprechen würde. Du hättest ihn sehen sollen«, sagte Joey. »Ich glaube nicht, dass mir schon einmal jemand untergekommen ist, der so selbstgefällig ausgesehen hat.«

»Beeilen wir uns«, sagte ich.

Wir fuhren mit einem Taxi quer durch die Stadt, weiter nach Westen, in die Nähe der Docks, wo die Hotels mit jedem Block, den man näher an den Hudson kam, schrittweise zwielichtiger wurden. Es waren »Stundenhotels«, wie es Polizei und Gerichte häufig nannten. Das Hotel, in dem wir schließlich abstiegen, war gar nicht so schlimm, aber mir stand der Sinn danach, über alles und jeden zu klagen.

»Wenn diese Hotels noch zwielichtiger werden, können

wir gleich im Brooklyn Navy Yard schlafen«, sagte ich beim Aussteigen und spielte auf den berüchtigten Homosexuellentreffpunkt an.

»Was soll das denn heißen?«, erwiderte Joey.

Ach, dachte ich, *jetzt zeigst du also Rückgrat und wehrst dich, ja?* »Es soll heißen, dass ich das Gefühl habe, dass das hier für dich nichts Neues ist.«

Joey stand der Mund offen. Er erwiderte nichts.

»Erzähl mir bloß nicht, du weißt nicht längst, wo sich der YMCA in Washington befindet, oder dass du nicht herausgefunden hast, welche Hotels auf *Diskretion* spezialisiert sind. Es überrascht mich, dass wir nicht schon mit Bettwanzen verlaust sind.«

»Warum benimmst du dich so, Miles?«, fragte Joey leise. »Diese Wunde … hat dich jemand verprügelt? Hat man dich überfallen?«

»Ich hab's dir doch gesagt«, antwortete ich. »Unfall beim Rasieren.«

Ihm war anzusehen, dass er glaubte, ich wäre angegriffen worden; ich tat ihm leid, er machte sich gar Sorgen. Auf einmal brach es mir das Herz, die heftige Besorgnis zu sehen, die sich in seinem Gesicht abzeichnete.

»Schön«, sagte er seufzend, um einen größeren Streit zu vermeiden. Er drehte sich zum Hoteleingang um. »Lass mich zuerst reingehen. Ich melde uns an, dann kannst du nachkommen.«

Joey erledigte die Anmeldung, und wir gelangten ohne Vorfall nach oben auf unser Zimmer. Wir stellten die Koffer ab und legten uns aufs Bett, ohne einander zu berühren, beide mental erschöpft. Minuten verstrichen. Der Wasserhahn im Badezimmer tropfte leicht, aber hörbar. Wir starrten zur Decke hoch und lauschten.

Ich streckte zuerst die Hand nach ihm aus. Ich weiß nicht, warum ich es tat; vielleicht, um es hinter mich zu bringen. Das Zusammentreffen unserer Körper hatte einen gewissen Ernst, genau wie beim ersten Mal auf dem Hausboot, nur dass das Ganze diesmal dunkler und schrecklicher und mechanischer war. Wir waren grob, nicht zärtlich. Es war automatisch, und während wir das Ganze durchexerzierten, spürte ich erste giftige Tropfen Hass, die sich unserer Liebe beimischten.

Als es vorbei war, lagen wir schließlich auf der Seite, einander den Rücken zugekehrt. Ich wartete auf den Schlaf und spürte die große Last dessen, was Joey mich kostete. Er war – so lautete meine irrationale Überzeugung – der Grund, weshalb ich mein Notizbuch nicht mehr hatte, oder zumindest das Haupthindernis, das mich davon abhielt, es mir zurückzuholen. Die Vorstellung, was Cliff vielleicht damit angestellt hatte, um ihm seinen Namen aufzustempeln, als wäre es schon immer seines gewesen, erfüllte mich mit Bitterkeit. Ein Beben echten Hasses durchlief mich. Da ich ihn nicht auf Cliff richten konnte, richtete ich ihn auf den Mann, der neben mir lag. Kurz bevor ich in den Schlaf fiel, drehte Joey sich um und schlang den Arm um mich, um mich wieder nah an sich zu ziehen.

Es war, als könnte er spüren, wie sich die Dinge änderten.

68

Ich rief Joey am folgenden Donnerstag zu Hause an und sagte unsere Pläne für ein Treffen am Wochenende ab.

»Stimmt was nicht?«, fragte er.

»Ich wünschte, du würdest aufhören, das zu fragen.«

»Ich wünschte, ich könnte aufhören, aber ich habe das Gefühl, ich muss fragen.« Er seufzte. »Komm schon. Es war nur ein einziges mieses Wochenende; lass es gut sein. Du hast versprochen, dass du mir das nicht noch einmal antun würdest.«

»Tue ich nicht. Es ist nur … wir müssen uns nicht *jedes* Wochenende sehen, Joey«, sagte ich. »Ich habe ein Leben zu leben. Du bestimmt auch.«

»Was soll das denn heißen?«

»Ich habe Janet nicht viel Aufmerksamkeit gewidmet. Das ist ihr gegenüber nicht fair.«

Er lachte. »Das hier ist keinem gegenüber fair«, sagte er. »Aber es ist die Welt, in der wir leben.«

»Ich habe vor, sie am Wochenende zu sehen«, sagte ich. Ich wusste, dass ich ihm damit einen Messerstich versetzte. Ich spürte, wie das Messer durch seine Haut drang, doch anstatt es zurückzuziehen, entschied ich, es tiefer hineinzutreiben. »Janet und ich haben einiges zu besprechen. Wir werden uns bald nach einem eigenen Apartment umsehen.«

»Miles …«

»Ich bin mir sicher, dass du jemand anderen finden wirst, mit dem du dich dieses Wochenende amüsieren kannst – und an anderen Wochenenden vielleicht auch.«

»Denkst du das wirklich von mir?«, fragte er.

»Ich weiß es nicht«, erwiderte ich seufzend. »Sieh mal, es tut mir leid.« Es *tat* mir leid, aber die Wahrheit lautete, dass ich seit Cliffs Drohung Angst um Joey bekommen hatte – und es gleichzeitig kaum ertrug, an ihn zu denken. Während ich früher freundlich gelächelt hatte, wand ich mich jetzt jedes Mal beim Gedanken an ihn und spürte, wie sich mir die Kehle zuschnürte. »Ich mache besser Schluss, bevor meine Mutter hereinkommt und mich fragt, mit wem ich telefoniere.«

Er schwieg einen langen Moment, und ich war versucht aufzulegen.

»Liebst du sie?«, fragte er schließlich.

»Wen?«

»Dieses dumme Mädchen, das du da hast. Janet.«

Ich zögerte. »Ich weiß es nicht«, sagte ich nach einer Weile.

»Liebst du mich?«

In der Leitung war es mehrere Sekunden lang still. »Ich weiß es nicht«, wiederholte ich. Es war die Wahrheit, wie mir bewusst wurde. Joeys einzige Reaktion war aufzulegen.

Jetzt ist mir klar, dass das, was ich als Nächstes tat, aus Angst und einem verzweifelten Verlangen geschah, mich von Joey zu distanzieren, auch wenn ich diese simple Wahrheit damals nicht zugegeben hätte.

Als ich eines Abends mit Janet aus war, griff ich spontan nach ihrer Hand und sagte: »Lass uns ein Zimmer nehmen.« Wir spazierten gerade durch den Park, die Sonne ging unter, und wir waren beide bis auf die Knochen durchgefroren und mussten irgendwohin gehen, um uns aufzuwärmen. Ich ertrug die Vorstellung von einem weiteren schlecht beleuchteten Café nicht, in dem ich Janet gegenübersaß und Small Talk betrieb.

Jetzt sah Janet mich mit einer diffusen Unruhe an, weil ihr so ohne Weiteres die eine Sache angeboten wurde, die sie sich schon so lange gewünscht hatte. »Lass uns ein schönes finden«, fuhr ich fort. »Ich habe zwar schon etwas Geld für unser Apartment zusammengespart, aber ich finde, wir haben jetzt lange genug gewartet.«

»Na gut«, stimmte sie zu. Ihre Stimme verriet ihre Nervosität. Sie hatte gewollt, dass wir zusammenkamen, doch da es nun tatsächlich passierte, war sie besorgt und hatte Angst, ihr Angebot durchzuziehen. Wir befanden uns am südlichen Ende des Parks und verließen ihn, um auf der Suche nach einem Hotel, das uns zusagte, durch die benachbarten Straßen zu schlendern.

»Wie wäre es mit dem hier?«, schlug ich vor. Es war ein altes historisches Hotel, klein – nicht so prächtig wie das Pierre oder das Plaza –, aber mit einem prächtigen Eingang und rotem Plüschteppich, der zur Drehtür führte.

Drinnen zogen wir ein paar Blicke vom Empfangspersonal auf uns. Es war unwahrscheinlich, dass sie viele farbige Paare als Gäste hatten. Sie runzelten die Stirn, sagten aber nichts. Ich leistete die Anzahlung, und kurz darauf trugen wir uns in das Gästeverzeichnis ein. Janets Hand zitterte, wie mir auffiel, als sie die ungewohnte Namenskombination *Janet Tillman* kritzelte, neben die Linie, auf die ich *Miles Tillman* geschrieben hatte. Ein Hotelpage kam, um unser Gepäck aufs Zimmer zu bringen, und es war peinlich zuzugeben, dass wir keines dabeihatten, denn so wurde unser einziger Grund für die Anmietung des Zimmers offenkundig. Der Angestellte hinter dem Empfangstisch stieß ein missbilligendes *Ts, ts* aus, und ich wartete darauf, dass er uns hinauswerfen oder uns ermahnen würde, dass sie nicht die Art von Etablissement seien, die Zimmer stundenweise vermieteten, doch er überging es. Ohne den Pagen als Begleiter fuhren wir drei Stockwerke mit dem Aufzug und fanden allein den Weg zu unserem Zimmer, was auch gut war, denn wir wurden beide immer nervöser.

Ich hantierte mit dem Schlüssel an der Tür herum, und Janet stolperte kaum merklich über die Schwelle. Das Zimmer ging auf einen Lüftungsschacht hinaus – ich war mir sicher, dass uns der Angestellte am Empfang dieses Zimmer absichtlich zugewiesen hatte –, aber es war ansprechend möbliert, die Wände und Bezüge wiesen eine elegante buttergelbe Farbe auf. Ich schaltete ein paar Lampen ein; dann, als mir einfiel, warum wir hergekommen waren, schaltete ich alle außer einer wieder aus. Sobald Janet und ich die Mäntel ausgezogen hatten, standen wir einen Moment lang da und wussten nicht recht, wo wir anfangen sollten. Die Anspannung zwischen uns war fürchterlich.

»Halten wir uns einfach eine Weile im Arm«, schlug Janet vor.

»Möchtest du das gern?«, fragte ich dümmlich.

»Es würde helfen.«

Wir legten uns zusammen aufs Bett, und ich nahm Janet in die Arme. Wie ich feststellte, war mir ihr Körper völlig unvertraut; unser Beisammensein im Park hatte mir nicht dabei geholfen, mir die Konturen ihres Körpers einzuprägen, wie man es von einem Verlobten erwarten könnte. Sie war eine dünne Frau, doch als ich sie jetzt berührte, schien sie eigenartig weich und teigig zu sein, und mir wurde ein wenig übel. Mehrere Minuten verstrichen. Ich wollte die Sache unbedingt hinter mich bringen und begann, heftiger mit den Händen über Janets Körper zu fahren, unter ihr Hemd zu tasten und an Knöpfen herumzuspielen. Anfangs scheu, sprang sie zusehends darauf an und begann, das Gleiche zu tun, bis sie die Führung übernahm und ich beinahe ausgezogen war. Ich streckte die Hand zum Nachttisch aus, um das Licht der letzten Lampe zu löschen, und aus unseren Körpern wurden in der Dunkelheit Schattenumrisse, die sich bewegten und sich wanden, während wir uns abmühten. Janet zuckte ein wenig zusammen, als wir schließlich ernsthaft anfingen, und ich empfand nur noch mehr Mitleid mit ihr und noch mehr Verantwortung, meinen Teil der Abmachung einzuhalten. Unser Unterfangen war eine Aufgabe, wie mir klar wurde, und zwar eine, bei der ich nicht versagen durfte. Ich begriff, dass es in meinem Wesen wohl eine abscheuliche Komponente gab, wenn ich in der Lage war, Janet das anzutun, sie so behandeln konnte, wie ich es bisher getan hatte; doch wir bewegten uns jetzt vorwärts, und vorwärts war die einzige Richtung, in die ich gehen wollte. Ich wollte mich weit über den Horizont hinaus bewegen, weit über Joey hinaus, ihn hinter mir lassen.

Janet begann, leise zu stöhnen, und ich fing an zu schwitzen, da das Geräusch meine Bemühungen vereitelte. Ich hatte das Gefühl, einen Berg zu besteigen, der nur immer höher wurde.

Anschließend, als es vorüber war, lagen wir fast eine Stunde lang Seite an Seite, und unsere klebrige Haut kühlte sich ab. Wir wussten beide, dass Janet nach Hause in die Wohnung ihrer Tante und ihres Onkels gehen oder aber anrufen und eine Ausrede vorbringen musste, die sie wahrscheinlich nicht glauben würden. Sie stand auf, um sich anzuziehen, und ich stand auf, um ihr zu folgen, da ich davon ausging, sie nach Hause zu begleiten.

»Ist schon okay«, sagte Janet und hielt mich auf. »Du solltest bleiben und das Zimmer genießen. Es hat viel gekostet. Und, na ja, ich wäre gern allein. Ich fühle mich … anders.«

Mein Herz zog sich zusammen. »Was mich betrifft?«

»Nein, nein«, versicherte sie mir. »Nur anders auf die Art, wie sich ein Mädchen eben anschließend fühlt.«

Ich hatte mir nicht viele Gedanken über Janets Jungfräulichkeit gemacht, aber jetzt war klar, dass sie sich sehr wohl Gedanken gemacht hatte, und gegenwärtig empfand sie all die Gefühle des Abschieds und der Nostalgie, die damit einhergingen.

»Bist du dir sicher, dass ich dich nicht nach Hause bringen soll?«

»Ich bin mir sicher.«

Ich brachte sie zur Tür.

»Danke, Miles«, sagte sie. Ich kam mir schrecklich vor, weil sie sich bei mir bedankte, und sagte nichts. Doch dann lächelte sie auf die zufriedene Art eines selbstgefälligen Kindes, und mir wurde klar, dass ein Teil von ihr glaubte, sie hätte endlich eine Art Schlacht gewonnen; dass sie trotz ihrer Selbstaufopferung gleichzeitig auch den Sieg für sich in Anspruch nahm.

»Ich liebe dich«, sagte sie und küsste mich zum Abschied.

Allein im Zimmer kam ich mir abscheulicher denn je vor. Ich schaltete die Lampen ein und sah mich um, während ich mich fragte, was ich tun sollte. Ich fand einen kleinen Blutfleck auf dem Laken und mich beschlich der Gedanke, dass gerade eben ein großer Gewaltakt stattgefunden hatte.

Ich dachte an Joey und fragte mich, was er gerade tat. Ihm hätte das Zimmer gefallen, und auf einmal bedauerte ich es sehr, dass er nicht bei mir war und die Nacht hindurch neben mir schlief. Ich hob den Telefonhörer von der Gabel, überlegte es mir jedoch anders und legte wieder auf.

EDEN

69

Cliffs Roman wurde mit einem fürs Verlagswesen halsbrecherischen Tempo in den Druck gegeben. Mr. Nelson hatte Wort gehalten und mich zur Gutachterin befördert, Cliff bekam endlich die Anerkennung, die er so brauchte, und wir hatten dank des Vorschusses von $ 15 000, den Cliff erhalten hatte, weniger Geldsorgen.

Cliff und ich hatten gar Pläne geschmiedet, vor seiner Familie ein für alle Mal das Geheimnis unserer Ehe zu lüften. (Schließlich, beschlossen wir, würden wir auch noch nach Indiana reisen, um meinen Eltern die gleiche Kunde persönlich zu überbringen.) Cliffs Idee war, dass wir die Neuigkeiten auf der Party zur Buchvorstellung verkünden sollten, wenn man davon ausgehen konnte, dass sein Vater ginselig und glücklich über den Roman wäre, den sie gerade gemeinsam veröffentlicht hatten.

»Er wird in einer seiner sprudelnden Launen sein«, sagte Cliff. »Dann können wir ihm so gut wie alles erzählen.«

Das schien mir tatsächlich ein ganz guter Plan zu sein, denn ich war bereits Zeugin von Roger Nelsons guter Laune geworden, wenn einer seiner Autoren in aller Munde war. Gewöhnlich blähte er sich auf und heimste die Lorbeeren für den Erfolg des Buches ein. Es gab allen Grund zu der Annahme, dass Cliffs Roman ein großes Ding in New York werden würde, und falls das geschah, gab es keinen besseren Zeitpunkt, um das Geheimnis unserer Ehe zu lüften. Mr. Nelson hatte strenge Instruktionen erteilt, die Anzahl der Fahnen zu beschränken und die Veröffentlichung von Cliffs Roman ein Stück weit geheim zu halten, um die Vorfreude zu schüren, aber die wenigen Kritiker, die ein Leseexemplar erhalten hatten, priesen das Manuskript längst. Es war rührend – wenn auch vielleicht ein wenig egomanisch –, wie Mr. Nelson jedes Mal, wenn jemand dem Buch ein Kompliment machte, im Büro herumstolzierte.

»Gut zu wissen, dass der Junge etwas von seinem alten Herrn übernommen hat«, sagte Mr. Nelson dann und heimste auf seine bekannt bombastische, aber doch auch charismatische Art die Lorbeeren für Cliffs schriftstellerisches Talent ein.

Sobald der Plan, seinen Eltern von unserer Ehe zu erzählen, geschmiedet war, fühlte es sich realer an. Ich freute mich darauf, endlich unseren Bund verkünden und als echtes Mitglied der Familie Nelson eingeführt werden zu können, aber ich war wohl auch nervös. Cliff und ich beschlossen zu feiern. Bei meiner Heimkehr an dem Tag fand ich eine untypisch höfliche Nachricht von Cliff auf dem Klapptisch vor, die besagte, er sei unterwegs, ein paar Besorgungen machen (woraus ich schloss, er wäre ein Bier mit Swish trinken), aber dass er verspreche, bis spätestens sieben Uhr zum Abendessen zurück zu sein. *Ausgezeichnet!*, dachte ich. *Ich gehe kurz los und besorge ein paar Lebensmittel und koche ein echtes, seriöses Essen!* Das war genau das Richtige, um Cliff zu zeigen, wie viel mir an ihm lag.

Ich klapperte schnell ein paar Geschäfte ab und kehrte innerhalb einer knappen halben Stunde nach Hause zurück. Ich hatte Steaks besorgt – Cliffs Leibspeise – und hatte vor, es in einem Topf über der Heizplatte anzubraten, was möglich war, wie mir mein *Kochbuch für die moderne junge Frau* versprach. Der Trick bestand darin, den richtigen Zeitpunkt zu erwischen, sodass das Steak schön heiß sein würde, wenn Cliff durch die Tür kam. Also ging ich daran, die Kartoffeln zu kochen und zu pürieren, und dann kochte ich auch noch Spinat. Als ich gerade mit dem Spinat fertig war, fiel mir ein, dass das Ambiente einen Großteil der Mahlzeit ausmachte und dass das Apartment eine gründliche Reinigung vertragen könnte.

Ich räumte unsere Kleidung auf; Cliffs lag im Allgemeinen überall auf dem Boden verstreut. Ich fand ein sauberes, geblümtes Laken und breitete es über dem Klapptisch aus. Wir hatten ein paar leere Weinflaschen, die wir als Kerzenständer benutzt hatten, als Cliff und ich knapp bei Kasse gewesen waren und die Stromrechnung nicht beglichen hatten. Diese Flaschen stellte ich jetzt auf den Tisch, um die Kerzen kurz, bevor Cliff zurückkam, anzuzünden. Ein Blick auf die Uhr verriet mir, dass mir immer noch viel Zeit blieb, also überlegte ich mir, schnell den Boden zu schrubben. Sobald das erledigt war, würde ich mich zurechtmachen und den Tisch decken.

Der Boden unseres Apartments bestand aus uralten Holzplanken, die unbedingt neu versiegelt werden mussten. Das poröse Holz nahm in jeder winzigen Kerbe seiner Maserung Schmutz auf, und ich musste mich ordentlich ins Zeug legen, um den Boden auch nur annähernd sauber zu bekommen. Ich zog mir meine Gummispülhandschuhe über und ließ mich auf allen vieren nieder. Als ich gerade bei einem besonders verdreckten Dielenbrett angekommen war, sprang es plötzlich hoch, völlig locker. Verblüfft hob ich es an und stieß gleich darunter auf einen Hohlraum.

Im trüben Licht der Deckenglühbirne erkannte ich, dass sich dort unten etwas befand. Vorsichtig griff ich hinein und tastete herum. Ich stieß mit der Hand an etwas – etwas aus Papier – und zog es heraus.

Es war ein Notizbuch. Als ich es aufschlug, erkannte ich die Sätze sofort wieder; in den letzten Wochen war ich bestens mit diesen Sätzen vertraut geworden. Sie waren handgeschrieben, nicht getippt, und die Handschrift war definitiv nicht Cliffs. Ich schlug die Innenseite des Notizbuchumschlags auf und sah, dass der Besitzer seinen Namen in Druckbuchstaben in die obere linke Ecke geschrieben hatte: MILES TILLMAN.

Eiskalte Angst packte mein Herz.

Ich saß da, reglos, und starrte nur auf meine absurden, gummibehandschuhten Hände, die das Notizbuch hielten. Die Tatsache, dass es das Buch gab, stieß mich ab, aber, wie ich feststellte, überraschte sie mich nicht. Das war das Schlimmste daran: die Erkenntnis, dass ich nicht im Geringsten überrascht war. Intuitiv hatte ich es immer gewusst. Ich hatte es an dem Tag gewusst, als Miles im Apartment aufgetaucht war; ich hatte Miles' Gesichtsausdruck gedeutet. Bei meiner Rückkehr später am Abend hatte ich Cliffs blaues Auge gesehen. Ich hatte es gewusst, und ich hatte mich entschieden, es nicht wahrhaben zu wollen.

Ganz langsam legte ich das Notizbuch zurück in sein Versteck und ließ das Dielenbrett wieder an seinen Platz gleiten. Dann saß ich mehrere Minuten erstarrt da und blickte bloß unverwandt auf den Holzboden, während mein Gehirn nicht in der Lage war, einen einzigen Gedanken zu fassen. Ich sah auf die Uhr, stand dann auf, zog mich um, bürstete meinen Pony, trug etwas Lippenstift auf und zündete die Kerzen auf dem Klapptisch an. Ich benutzte die Flamme, um eine Zigarette anzustecken, und rauchte anschließend noch eine zweite. Meine Hand zitterte beim Rauchen. Es war ungewöhnlich still im Apartment, während ich dasaß und auf Cliffs Heimkehr wartete.

CLIFF

70

Die Dinge liefen glatter denn je, bis es, urplötzlich, zu einem Großen Zusammenbruch kam. Der Große Zusammenbruch begann eines Dienstags, als Eden mitten am Nachmittag aus der Arbeit nach Hause kam. Ich wusste, dass etwas nicht stimmte, als ich ihren Schlüssel im Schloss der Apartmenttür hörte.

»Bist du wieder krank?«, fragte ich sie, als sie hereinkam, denn bei ihrem Anblick hätte man meinen können, dass dies der Fall sei. Sie war so blass, dass ihre Haut fast bläulich aussah, wie verdünnte Milch. Ich konnte mir nicht denken, warum sie mitten an einem Dienstagnachmittag nach Hause kommen sollte – beziehungsweise konnte ich es mir ehrlich gesagt *doch* denken, und es gab nur zwei Möglichkeiten: Entweder war sie krank oder sie hatte sehr schlechte Neuigkeiten. Jetzt sah sie mich mit ihren großen dunklen Augen an und schüttelte auf meine Frage hin den Kopf.

»Nein«, sagte sie. »Nicht krank. Mr. Nelson – ich meine, dein Vater – er hat mir den Nachmittag freigegeben. Er …« Sie zögerte. »Er hat mich gebeten, dafür zu sorgen, dass du ihn so bald wie möglich anrufst.«

Ich musste ihr einen verdammt überraschten Blick zugeworfen haben, denn wir hatten meinem alten Herrn noch nicht die genauen Einzelheiten über unsere Beziehung offenbart, geschweige denn den Umstand, dass wir uns vor Monaten heimlich hatten trauen lassen. Sie beeilte sich, mich zu beruhigen – wenigstens in diesem Punkt.

»Er hat sich gedacht, dass ich dich ausfindig machen und dir die Nachricht ausrichten könnte, da ich erwähnt habe, dass ich dich über gemeinsame Bekannte kenne.«

»Oh«, sagte ich. »Aber was ist denn so dringend? Ich soll mich ohnehin in zwei Tagen mit ihm im guten alten Bonwright treffen. Was will er so Dringendes besprechen?«

»Er hat es mir nicht gesagt«, erwiderte Eden. Sie sah mich an, und ich sah sie an, und auf einmal drehte sich mir schrecklich der Magen. Mich überfiel eine üble Vorahnung, dass es sich nicht um gute Neuigkeiten handelte. Wenn es schlechte Neuigkeiten waren ... dann wusste ich genau, was mein alter Herr herausgefunden haben musste, und warum er vielleicht mit mir reden wollte. Ich war nicht bereit, dem, was auch immer als Nächstes kam, die Stirn zu bieten, und ich war ganz bestimmt nicht bereit, Eden zu fragen, was sie wusste oder auch nicht. Wenn ich darüber nachdachte, dass sie vielleicht mehr wusste, als sie eingestand, tja, dann könnte ich ihr nicht ins Gesicht sehen. Es würde mich umbringen. Eden war ein nettes Mädchen, aber sie war auch ein bisschen so etwas wie mein gottverdammtes Gewissen, und ich ertrug den Gedanken nicht, wie sie mich ansehen würde, wenn sie Bescheid wüsste.

»Na schön«, sagte ich und zwang mich zu einem beiläufigen Tonfall. Ich hatte in meinen Boxershorts im Apartment herumgesessen und griff nun nach einer Hose. »Ich laufe nur eben um die Ecke ins McSorley's.«

Eden runzelte die Stirn. Sie mochte das McSorley's nicht. Es gab zwei Läden – beides irische Bars –, die zu Fuß zu erreichen waren und uns manchmal das Telefon benutzen ließen und gelegentlich sogar Nachrichten für uns entgegennahmen, aber Eden zog den anderen bei Weitem vor. Das lag daran, dass sie genau genommen noch nie im McSorley's gewesen war; die Bar pflegte immer noch eine seit Langem bestehende Tradition, Frauen keinen Zutritt zu gestatten.

Ich muss zugeben, dass das der Grund war, warum ich jetzt dorthin wollte. Mein Puls ging heftig, und ich verspürte diese beschissene manische Todesangst. Ich war *ziemlich* übel beieinander und wollte nicht, dass Eden mitkam, wenn ich telefonieren ging, oder dass sie mir folgen und mich belauschen oder sonst irgendetwas in der Richtung tun würde, und indem ich ins McSorley's ging, konnte ich sicherstellen, dass sie fernblieb.

Doch trotz ihres Stirnrunzelns legte sie keinen Widerspruch gegen meinen Vorschlag ein, und das ging mir sogar noch mehr unter die Haut. Sie hatte keinerlei Absicht, mir zu folgen, was bedeutete, sie wusste, dass es sich um schlechte Neuigkeiten handelte. Damit war klar, dass sie gelogen hatte, als ich sie gefragt hatte, worüber mein alter Herr reden wollte, und sie behauptet hatte: *Er hat es mir nicht gesagt.* Es war offenkundig, dass er es ihr sehr wohl gesagt hatte, und dass sie verdammt noch mal log und sich dumm stellte.

In weniger als drei Minuten hatte ich die Schuhe an und stampfte die Treppe des Mietshauses hinunter. Eden rief ich eine Verabschiedung über die Schulter zu.

Vielleicht ist es nichts, versuchte ich mir einzureden, als ich die Tür aufstieß und in Richtung des McSorley's auf den Gehsteig stolperte. *Vielleicht will er den Erscheinungstermin ändern oder die miese Schriftart oder den Umschlag oder sonst etwas. Es ist eine Tatsache, dass das Buch furchtbar wichtig für ihn geworden ist, und vielleicht will der alte Herr bloß dieses oder jenes Detail des Veröffentlichungsablaufs durchgehen.* Auf gar keinen Fall würde der alte Herr es zurückziehen, sagte ich mir. Das ergäbe einfach keinen Sinn. Wir steckten alle schon zu tief drin, und außerdem waren schon Fahnen gedruckt worden.

Das McSorley's war bekannt dafür, dass jemand schon bald nach seiner Eröffnung den genialen Einfall gehabt hatte, an der Bar niemals etwas zu verändern. Ich ging an den verwitterten, windschiefen Fässern vorüber, die draußen den Gehsteig säumten, und durch die Saloonschwingtür, die schon mehr Farbschichten als ein schlachtenmüdes Marineschiff gesehen hatte, und erbat mir an der Bar das Telefon. Der Barkeeper, Woody, erkannte mich wieder. Mit einem Nicken griff er unter den Tresen und schob das Telefon über die uralte Bar.

»Führ besser ein R-Gespräch, wenn es kein Ortsgespräch ist«, ermahnte er mich. »Wir sind nicht dafür zuständig, die Telefongesellschaft wohltätig zu unterstützen, weißt du ...«

»Es ist ein Ortsgespräch.«

Er ließ mich allein, und ich wählte.

»Hallo?«, meldete sich mein Vater nach dem vierten Klingelton.

»Hier spricht Cliff«, sagte ich. »Eden hat mir ausgerichtet, dass du mit mir sprechen willst.« Ich verlagerte nervös das Gewicht. Im alten McSorley's war es stets düster und schmutzig. Auf dem Boden lagen Erdnussschalen, und ich spürte, wie sich ein paar davon in die abgenutzten Ledersohlen meiner Schuhe bohrten. Am anderen Ende der Leitung hörte ich meinen alten Herrn seufzen und glaubte, das Klirren der Kristallkaraffe am Rand eines Glases aus seiner Minibar zu vernehmen.

»Du solltest wissen, Clifford, dass wir den Vertrag aufkündigen.«

Mir stieg Galle die Kehle hoch. Ich sagte nichts und mein alter Herr auch nicht, und kurzzeitig glaubte ich, er hätte vielleicht aufgelegt.

»Clifford?«, erklang seine Stimme endlich in der Leitung. »Na? Was hast du vorzubringen?«

»Worüber denn?«, platzte es aus mir heraus. Auf dem Weg zur Bar hatte mich zwar bereits eine üble Vorahnung gepackt, aber es war trotzdem ein Schock, es laut ausgesprochen zu hören. Mir blieb die Luft weg, so als hätte mir jemand unvorbereitet einen Boxhieb in die Magengrube verpasst. Wie aus weiter Ferne vernahm ich, dass mein alter Herr noch ein Seufzen durch die blecherne Leitung des Telefons ausstieß.

»Schön«, sagte er. »Du willst dich dumm stellen. Und warum sollte ich auch etwas anderes von dir erwarten?«

»Inwiefern denn dumm stellen, Pops?« Ich musste hören, wie er es sagte.

»Wir haben gestern einen Brief erhalten. Einen anonymen Hinweis. Ich habe den ganzen gestrigen Nachmittag und den ganzen Abend gebraucht, um mir zu überlegen, was bezüglich dieser Information zu tun ist. Aber als ich heute Morgen aufgewacht bin, Clifford, habe ich genau gewusst, was ich zu tun hatte. Und bevor du mir die Schuld gibst, es hat sich herausgestellt, dass mir sowieso keine andere Wahl bleibt: Der Informant hat eine Kopie des Briefes an Harry geschickt, also selbst wenn ich dich schützen wollte – was ich offen gesagt nicht möchte –, liegt es nicht in meiner Hand.«

Ich wusste, »Harry« bedeutete Harrison Tanley, der Verleger, der ganz oben in der Hackordnung bei Bonwright saß, der Chef meines Alten Herrn.

»Du hast Glück, Clifford, dass dich niemand verklagt. Jedenfalls ist mir noch nichts zu Ohren gekommen.«

»Aber … aber …«, setzte ich an. All meine Sätze waren nur halb fertig, und ich brachte mein lausiges Hirn nicht in Gang.

»Aber was?«

»Aber … einfach so? Irgendein anonymer Trottel schickt einen Brief und bringt eine Behauptung gegen mich vor, und schon wird das Buch zurückgezogen? Das ist verrückt. Ich habe nichts Falsches getan! Was habe ich laut dieses Informanten getan, und welche Beweise hat er?«

»Ich glaube, Clifford, du weißt bereits, was ich dir sagen werde. *Er hat gesagt, das Buch ist nicht von dir*, dass du es nicht geschrieben hast, und dass er eine handschriftliche Kopie des Manuskripts vorlegen kann, wenn es nötig ist! Diese verfluchte Demütigung …«

Miles, dachte ich und erinnerte mich an seine zutiefst hasserfüllte Miene, als er in mein Apartment gestürzt war und sich auf mich warf. Was für ein lausiger, mieser, neidischer Mistkerl. Ich hatte ihn sich abreagieren lassen und hatte mich noch nicht einmal gewehrt, aber offensichtlich hatte das nicht gereicht, um ihn zufriedenzustellen. Er war auf Blut aus. Nein, mehr noch. Er war auf meine Familie aus, meinen *Ruf*. Meine Gedanken überschlugen sich, hin zu Miles' Notizbuch, und wo ich es in meiner Wohnung verborgen hatte. Wenn das die handschriftliche Kopie war, mit der er mir drohen wollte, würde er sie gewiss so bald nicht in die Finger kriegen. Wenn er das Tagebuch seines Vaters meinte, tja … dann stünde mein Wort gegen das eines Negers.

»Sag mal, das ist furchtbar fadenscheiniges Zeug«, entgegnete ich. »Jeder könnte eine Kopie des Manuskripts handschriftlich verfassen und so tun, als wäre es seins!«

Wieder drang dieses schreckliche Seufzen durch die Leitung. »Das glaube ich nicht, Clifford.« Mein alter Herr klang müde. »Ich bin ziemlich vorsichtig mit dem Manuskript gewesen … Eden war vorsichtig … Ganz wenige Leute haben es je zu sehen bekommen … Die Fahnen sind erst letzte Woche in den Druck gegangen.«

»Woher wissen wir überhaupt, dass diese Kopie existiert? Du hörst dich nicht an, als würdest du der Sache überhaupt auf den Grund gehen wollen«, sagte ich. Es war zwecklos, um den heißen Brei herumzureden, und ich fand, ich könnte bei der Anschuldigung genauso gut deutlich werden. Mein alter Herr war immer mies darin gewesen, meine Interessen im Auge zu behalten, und dieser Vorfall schien keine Ausnahme zu sein.

»Ich muss dem nicht auf den Grund gehen, Clifford.« Seine Stimme war streng und ernst und vielleicht auch ein bisschen betrunken; wenn man genau hinhörte, vernahm man eine leicht vom Gin beschwerte Zunge.

Ich muss dem nicht auf den Grund gehen, Clifford. Da, er hatte es wieder einmal getan: mir einfach so einen Schlag in die Magengrube versetzt. Allerdings war ich nicht wirklich von seinen Worten überrascht, … eher von der Härte, mit der er sie äußerte. Sein mangelnder Glaube an mich war eine ausgemachte Sache, und ich war ein Idiot gewesen zu glauben, dass er je stolz auf mich sein und sich wie der wahre Vater benehmen könnte, den ich mir immer gewünscht hatte.

Ich wollte Brooklyn ansprechen. Es war an der Zeit, meinem alten Herrn zu sagen, dass ich schon lange wusste, wie mies er sich mir und meiner Mutter gegenüber verhalten hatte. Ich hatte die ganze Zeit schweigend gelitten und *nichts* gesagt. Jetzt war es an der Zeit, es meinem alten Herrn zu sagen und ihm einen ordentlichen Schlag zu versetzen, was er verdammt noch mal verdient hatte. Doch bevor ich mir überlegen konnte, wie ich ihn richtig heruntermachen konnte, gewann er die Oberhand und beendete das Telefonat.

»Unsere Anwälte werden dir die Papiere zuschicken, Clifford«, sagte er, kurz bevor er auflegte. »Ich empfehle, dass wir das hier im Sinne aller so stillschweigend wie möglich behandeln.« Und dann vernahm ich ein *Klick*.

»Alles in Ordnung?«, erkundigte Woody sich, als er sah, wie ich das Telefon vor dem Gesicht hielt und die Sprechmuschel wie ein gottverfluchtes Kreuzworträtsel voller Hieroglyphen anstarrte.

»Einfach prima«, antwortete ich, nachdem ich Gelegenheit gehabt hatte, mich zu schütteln und zusammenzureißen. Ich legte den Hörer wieder auf die Gabel und schob das Telefon zurück über die Bar. »Aber sag mal … ich nehme einen Whiskey – mir egal; den billigsten Fusel, den ihr habt – pur.«

Woody verstaute das Telefon wieder unter dem Tresen und goss mir den Drink ein. »Sieht aus, als würdest du den ziemlich dringend brauchen«, sagte er. »Geht aufs Haus. Aber fang nicht an, uns regelmäßig als deine Telefonzelle zu benutzen, hörst du?«

Es war eine leere Drohung, und ich hatte kaum gehört, was er sagte, aber ich nickte trotzdem. Ich war überflutet von einem Gefühlsrausch und fühlte mich zugedröhnter, als wenn ich eine ganze Handvoll Bennies genommen und sie mit einem Eimer von Swishs Cowboykaffee hinuntergespült hätte. Meine Beine zitterten, und meine Achselhöhlen kitzelten vor eiskaltem Schweiß. Ich fasste es nicht, dass mir mein alter Herr auf die Schliche gekommen war, und mir fiel kein Ausweg aus dem ganzen Schlamassel ein. Es war nur eine Frage der Zeit, bis Eden ebenfalls Bescheid wüsste, wenn sie es nicht ohnehin bereits wusste, und bei dem Gedanken drehte sich mir wieder der Magen um.

Schließlich gelang es mir, mich mit einem Gedanken –

eigentlich einer Frage – zu beruhigen: *Was hatte ich denn schon so Schreckliches getan?*

Es stimmte, dass die ursprüngliche Inspiration für meinen Roman von Miles und seinen Geschichten über seinen alten Herrn herstammte, aber das bedeutete nicht, dass es nicht eigentlich *mein* Manuskript war, denn schließlich hatte ich einige ziemlich bedeutsame Änderungen vorgenommen, und was ist das Schreiben schon anderes als Kunst, die das Leben nachahmt, und mit irgendeinem ursprünglichen Samen muss man nun mal anfangen. Was man anschließend damit macht, darauf kommt es an. Eben das war Miles' Notizbuch: ein Sämling, bei dem ich das gute Augenmaß besessen hatte, zu erkennen, dass er sich zu etwas Größerem heranziehen ließe.

Ich konnte mir nur vorstellen, dass Miles diesen Brief geschrieben hatte, besonders nach der Drohung, ich könnte beim Außenministerium anrufen mit einem Hinweis zu seinem Geliebten. Ich war fuchsteufelswild. Zuerst wäre ich am liebsten zu ihm nach Hause gestürmt, wie er zu mir gestürmt war, und hätte ihn furchtbar vermöbelt.

Doch dann kam mir ein anderer Gedanke in den Sinn, und ich entschied, mich stattdessen auf die Suche nach Rusty zu begeben.

MILES

71

Ich mied Joey fast drei Wochen lang erfolgreich. Ich war zu dem Schluss gekommen, dass ich recht gehabt hatte, in San Francisco lieber die Finger davonzulassen, und dass es der größte Fehler meines Lebens gewesen war, jenen Greyhound nach Washington zu besteigen, bloß um unsere törichte Liebelei wieder neu zu entfachen. Jetzt lautete der Plan – wenn man es überhaupt als irgendetwas bezeichnen konnte, das entfernt einer organisierten Ansammlung strategischer Einfälle ähnelte –, aus der Ferne Gleichgültigkeit vorzutäuschen und mitanzusehen, wie sein Interesse langsam, aber für immer erstarb. Doch Joeys Anrufe bei mir waren immer seltsamer geworden. Er war nervös und paranoid, weigerte sich jedoch, mir am Telefon zu sagen, woran es lag. Ich hatte natürlich meine Vermutungen, was es sein könnte, war allerdings nicht erpicht darauf, diese Vermutungen bestätigt zu bekommen.

Dennoch fiel es mir schwer, insbesondere an einem bestimmten Freitag, mich seiner flehentlichen Bitte zu verweigern, mich mit ihm zu treffen. Er sei bereits mit dem Zug nach New York gekommen, sagte er. Er habe sich ein Zimmer in dem Hotel genommen, in dem wir bei seinem letzten Besuch gewohnt hatten, und müsse mich unbedingt sehen. Etwas in seiner Stimme ließ mich aufhorchen. Sie hatte etwas

Angespanntes, etwas, das ich noch nie in Joeys Stimme gehört hatte. Es machte mir zu schaffen, bereitete mir Sorge.

»Es wird ein Weilchen dauern«, sagte ich. »Aber ich komme später vorbei.«

»Beeil dich«, antwortete er nur und legte auf.

Ich hatte gerade Zeit mit Cob verbracht und ihm aus dem Tagebuch unseres Vaters vorgelesen, bevor ich ihn zu Bett brachte. Erst weit nach zehn Uhr verließ ich die Wohnung meiner Mutter und eilte zur Subway.

»Wo hast du gesteckt?«, wollte Joey wissen, sobald ich das Hotelzimmer betreten hatte. Die Blässe seines Gesichts überraschte mich. Nur mit Shorts und einem Unterhemd bekleidet stürzte er auf mich zu, wie eine Gespenstererscheinung aus einem Albtraum. Ich packte ihn an den Schultern – er bewegte sich unberechenbar, und ich sah ihn an. Er fühlte sich kalt an und bebte; seine Haut war von einem glatten Schweißfilm überzogen.

»Was ist los?« In der Hoffnung, dass es gegen sein Zittern helfen würde, lenkte ich ihn zum Bett hinüber und ließ ihn Platz nehmen. »Was ist in dich gefahren?«

»Miles«, sagte er. »Miles, das hier ist sehr wichtig ... Meinst du, man könnte dir hierher gefolgt sein?«

»Gefolgt?«, fragte ich verständnislos. »Wer soll mir gefolgt sein?«

»Weiß jemand, dass du hier bist?«, fuhr er fort, ohne meine Frage zu beantworten. »Weiß jemand, dass du hergekommen bist oder dass du dich regelmäßig mit ... mit ... einem *Freund* triffst?« Seine Augen waren weit und rund. Er beugte sich dichter an mich, und ich roch das süßliche Malz von billigem Whiskey in seinem Atem.

»Hast du das alles auf der Zugfahrt getrunken?«, fragte ich

mit einem Blick auf die halb leere Flasche auf der Frisierkommode.

»Natürlich nicht«, sagte er. »Ich habe es nur hier getrunken. Ich würde es nicht wagen, in der Öffentlichkeit zu trinken; das würde ihnen noch einen weiteren Grund geben, mir Schwierigkeiten zu machen.«

»Dir Schwierigkeiten zu machen? Wer, Joey? Wer?«, wiederholte ich, während meine schrecklichen Vermutungen zunahmen. Sein Blick glitt über mein Gesicht, als suche er nach etwas gleich hinter meiner Schulter, ohne mich richtig zu sehen.

»Sie haben mich verhört«, sagte er. »Auf der Arbeit. Anfangs habe ich nicht gedacht, dass sie wegen mir da wären. Ich bin ganz normal in die Arbeit gegangen, und da waren sie. Sie haben meinen Schreibtisch durchwühlt, als würde der Laden ihnen gehören! Dann haben sie mich in ein Zimmer gebracht, das ich noch nie gesehen hatte. Sie haben mir alle möglichen Fragen gestellt, Miles.«

»*Wer* denn?«

»Zwei Beamte«, erwiderte Joey. »Vom FBI.«

Ich blinzelte. Unerwartet brach ich in Gelächter aus. Es war so schrecklich, dass es eigentlich in eine Komödie gehörte. Die Vorstellung von FBI-Agenten, die Joey verhörten, war grotesk, absurd.

»FBI? Die machen wohl Witze«, sagte ich, mehr zu mir als zu Joey.

»Das hier ist ernst«, sagte Joey. »Du erinnerst dich doch an die Zeitungen, nicht wahr? Die Schlagzeilen, als es Joe McCarthy auf ein paar Jungs in der Armee und im Außenministerium abgesehen hatte?«

Ich erinnerte mich daran.

»Na gut. Ich höre.« Auf einmal fiel mir das Schlucken schwer. »Erzähl mir alles.«

Es hatte wie ein ganz gewöhnlicher Morgen angefangen. Joey ging in Foggy Bottom ins Büro, und als er am Schreibtisch seiner Sekretärin vorbeikam, bat er sie, ihm eine Tasse Kaffee zu besorgen. Doch bevor sie sie ihm bringen konnte, bekam er einen Überraschungsbesuch von zwei Männern, die sich vor seinem Schreibtisch aufbauten, Schubladen öffneten und den Inhalt durchgingen.

»Kann ich Ihnen helfen?«, fragte er. Ja, das könne er, bestätigten sie. Er *könne* ihnen helfen, wenn es ihm nichts ausmachen würde, sich ein paar Minuten Zeit zu nehmen. Einer der Männer zeigte Joey ein Abzeichen, und er nickte daraufhin benommen. Sie führten ihn durch das Gebäude in einen Raum, den er noch nie gesehen hatte. Es war kein Büro. Es war kein Konferenzraum. Es war eine Art Verhörzimmer, ein kleiner, fensterloser Raum mit einem Holztisch und drei Stühlen.

»Nehmen Sie Platz«, forderte einer der Männer ihn auf. Joey tat, wie ihm geheißen.

»Himmel, Leute, ich bin verwirrt. Habe ich mich für eine Beförderung beworben und es dann wieder vergessen?«, witzelte Joey. Die Männer lachten nicht. Sie seien aus Gründen der Sicherheit da, erklärten sie. Sie nahmen beide die Hüte ab und legten sie auf den Tisch, aber keiner von beiden setzte sich hin. Stattdessen standen sie vor Joey und taxierten ihn, groß und breitschultrig in ihren grauen Zweireihern. Sein Erscheinen dort an dem Tag sei freiwillig, riefen sie ihm ins Gedächtnis, und sie bedankten sich dafür bei ihm. Wenn er nichts dagegen habe, ein paar Fragen zu beantworten, dann seien sie sicher, dass sich alles in kürzester Zeit klären lasse. »Sicher«, sagte Joey, der unbedingt hilfreich sein wollte. »Kein Problem.«

Joeys Beklommenheit verdoppelte sich noch, als sie von

ihm verlangten, einen rechtskräftigen Eid zu leisten, aber da er kaum eine Möglichkeit sah, sich zu weigern, legte er ihn ab. Die beiden Männer standen weiter vor ihm, während sie sich daran machten, ihn zu vereidigen. Joey erinnerte sich noch, dass seine Hand einen verschwitzten Abdruck auf dem Ledereinband der Bibel hinterließ.

Einer der Männer – Joey wusste ihre Namen nicht mehr, er war so nervös gewesen, dass das ganze Erlebnis nur noch eine verschwommene Erinnerung war – nahm endlich Platz und zückte ein Notizbuch. Er notierte ein paar überflüssige Bemerkungen über Joeys Kleidung und sein Verhalten.

»Jetzt aber Moment mal, Leute«, protestierte Joey, der bemerkte, dass sein Südstaatenakzent durchkam, wenn er wütend wurde. »Inwiefern tut *das* denn was zur Sache?«

Der Mann antwortete nicht. Er blickte nur mit begriffsstutziger Miene zu Joey auf. Seine Krawatte hatte einen Suppenfleck, und er hatte einen stählernen Blick und ein fahles, unangenehmes Gesicht. Joey erinnerte sich an diese Details, als er mir seine Geschichte nun erzählte. Der andere Mann sah mitgenommen aus für einen Mann um die dreißig, wahrscheinlich aufgrund seiner stark pockennarbigen Haut.

»Gott weiß, wo sie diese Schlägertypen auftreiben«, bemerkte Joey, während er jetzt vor mir in dem Hotelzimmer zitterte.

Sie begannen, ihn zu verhören, sagte er. Sie ermahnten ihn, dass er einen Eid abgelegt habe; das theatralische Auftreten sollte ihm Angst einjagen, da war er sich sicher, doch Joey war zu nervös, um sich in Ruhe Gedanken darüber zu machen, weshalb. Sie stellten ihm ein paar müßige Fragen – wie lange er seine Stelle innehabe, den Namen seines Vorgesetzten, all so etwas – und dann ließen sie die Bombe platzen. Der U.S.-Bundespersonalausschuss war auf Informationen gestoßen, die nahelegten, dass er ein bekennender Homosexueller sei, sagten sie. Ob er einen Kommentar abgeben wolle?

Joeys Herz blieb stehen. Er konnte sich nicht erklären, warum sie ihn das fragten; er war extrem vorsichtig. Zudem wusste er, dass seine Antwort entscheidend war. Wenn er log, könnte es als Meineid betrachtet werden und sich später noch rächen, doch er konnte nicht gut die Wahrheit sagen, und zwar aus naheliegenden Gründen: Er würde seine Stelle verlieren.

»Hey, hey, hey, Leute«, sagte Joey mit einem glucksenden Lachen und versuchte, in seiner Stimme etwas Unbekümmertes mitschwingen zu lassen. »Wer hat Ihnen das denn erzählt? Woher kommt das?«

Keiner der beiden Männer antwortete. Stattdessen bohrten sie weiter. War er jemals im Derby Room gewesen, um andere Gentlemen kennenzulernen? Besuchte er häufig die Redskin Lounge? Kannte er einen Mitarbeiter des Außenministeriums mit Nachnamen Wentworth, von dem bekannt sei, dass er Frauenkleider anzog und Partys für andere Männer veranstaltete, die gern das Gleiche taten? Pflegte er regelmäßigen Umgang mit anderen Homosexuellen? Gab es andere innerhalb des Außenministeriums, die er namentlich nennen könne?

Joey war blind vor Panik. Er gab den beiden Männern ausweichende Antworten, was die Sache irgendwie noch verschlimmerte. Er begriff nicht, was es schaden konnte zuzugeben, dass er bestimmte Klubs und Restaurants besuchte – was war Schlimmes daran? –, doch seine teilweisen Eingeständnisse brachten die Männer nur dazu, ihre Anstrengungen zu verdoppeln, um ihn dazu zu bringen, dass er etwas viel Belastenderes zugab, und die Fragen wurden von Minute zu Minute sensationslüsterner.

»Moment mal, Leute«, sagte Joey und gab sich gelassen. »Die Unterhaltung hier wird … na ja … reichlich *ordinär*.«

»Oh, natürlich … *Pardon*«, sagte einer der Männer mit spöttischer Miene. »Wissen Sie, wir wollten Ihren zarten Gefühlen nicht zu nahetreten.«

Joey reagierte auf die Bemerkung des Mannes mit steinernem Blick. »Mir scheint«, sagte er nach einer Weile, als er einen allerletzten Fetzen Mut aus seiner tiefen Empörung gezogen hatte, »ich sollte in dieser Sache einen Anwalt einschalten, da ich einen Eid abgelegt habe.«

»Sicher, Mann«, erwiderte der zweite Beamte. »Ich gehe mal davon aus, dass Sie Ihre Rechte und all das kennen. Aber Sie wissen schon, wir stellen hier bloß ein paar harmlose Fragen. Sie würden keinen Anwalt brauchen, wenn Sie nichts zu *verbergen* hätten.«

Joey erhob sich mit zitternden Knien, und die beiden Männer griffen nach ihren Hüten. »Wir werden uns sehr bald wieder bei Ihnen melden«, sagte einer der Männer. »Diese Angelegenheit ist definitiv nicht abgeschlossen.«

»Als ich ihnen erst einmal Kontra gegeben hatte, haben sie ziemlich schnell aufgegeben«, sagte Joey, während ich seine Hand drückte. »Es hatte alles nicht ganz seine Richtigkeit«, murmelte er. »Sie schienen es zu wissen. Sie schienen zu wissen, dass es nicht ganz stimmte. Du hättest ihren Blick sehen sollen. Sie haben mich *gehasst*. Sie kennen mich noch nicht einmal, und sie hassen mich.«

»Tja.« Ich hustete, um mich zu räuspern. Während Joeys Geschichte hatte sich ein hartnäckiger Kloß in meiner Kehle gebildet. »Dann ist es gut, dass du ihnen schließlich doch die Stirn geboten hast.« Sobald der Satz meine Lippen verlassen hatte, wusste ich, dass er töricht gewesen war, und ich bereute ihn auf der Stelle. Joey wandte sich mir mit irrem Blick zu.

»Was sollen wir machen, Miles?«

Ich schüttelte den Kopf, und er senkte den Blick auf seine Hände.

»Ich bin mir sicher, dass sie dich jetzt in Ruhe lassen werden«, sagte ich.

Joey sah mich mit einer Mischung aus Ungläubigkeit und Verachtung an.

Minuten verstrichen. Im Badezimmer fuhr der Wasserhahn mit seinem nervtötenden *Plink, Plink, Plinketie-Plink-Plink* fort, wie eine Uhr, die den Takt nicht mehr gleichmäßig halten konnte. Ich verspürte lediglich Entsetzen und – wie ich zu meiner Schande eingestehen muss – einen Keim Argwohn, ob die Dinge tatsächlich genau so abgelaufen waren, wie Joey gesagt hatte. Er übertrieb doch gewiss. Als spürte Joey es, legte er das Gesicht in die Hände und begann zu weinen.

»Ich … ich begreife es einfach nicht«, sagte ich dümmlich. »Das FBI … verfolgt die Sache tatsächlich ernsthaft? Wie konnte das passieren?«

Joey hob das Gesicht aus den Händen. Mit geröteten Augen sah er zu mir auf. »Das habe ich heute herausgefunden«, erwiderte er. Seine Lippen verzogen sich zu einem makabren Lächeln. »Jemand hat mit einem anonymen Hinweis angerufen. Mehr ist nicht nötig«, erklang seine niedergeschlagene Stimme in der Nähe meiner Brust. »Du weißt genauso gut wie ich, dass mehr nicht nötig ist.«

72

Joeys Paranoia verschlimmerte sich rasch. Das FBI verhörte ihn noch zweimal, und mit jedem Mal blätterte ein Stück mehr seiner unbekümmerten Persönlichkeit ab und zerbröckelte, sodass wir beide zunehmend verängstigt waren: er voller Angst vor dem FBI, ich voller Angst vor ihm. Ich hätte für ihn da sein sollen, ihn trösten, ihm Mut machen. Stattdessen entfernte ich mich schrittweise. Er wurde zusehends von seiner Bedürftigkeit entstellt, wie ich fand. Wir waren zwei Männer, die sich an ein Rettungsfloß klammerten, und Joey war derjenige, der drohte, uns beide in die Tiefe zu ziehen.

Ich sagte mir, nichts davon sei meine Schuld. Es war eine Sache, wenn jemand mit einem Hinweis angerufen hatte, um Joey zu drohen, aber es war etwas anderes, wenn das FBI Joey auf den Fersen blieb, ihn mehr als einmal verhörte und die Einzelheiten seines Lebens weiter untersuchte. Es bedeutete, dass Joey ihnen – dank all seiner leichtsinnigen, heiteren Indiskretion – Grund gegeben hatte. Dafür konnte ich nicht verantwortlich gemacht werden. Jedenfalls waren das damals meine Gedanken.

Und so kam es, dass Joey immer verzweifelter wollte, dass wir uns sehen, während ich immer verzweifelter versuchte, Abstand von ihm zu nehmen. In der Zwischenzeit widmete ich Janet immer mehr Zeit. Ein vielleicht besonders verachtenswerter, feiger Bestandteil meiner Überlegungen war, dass *mich* niemand der Unanständigkeit bezichtigen könnte, wo doch alle Welt wusste, dass ich glücklich mit meiner reizenden Verlobten beschäftigt war.

Diese beiden Tatsachen – dass ich Joey mied und dass ich zunehmend mehr Zeit mit Janet verbrachte – führten uns eines Tages, buchstäblich, an einen Scheideweg, und zwar auf dem Gehsteig vor dem Wohnblock meiner Mutter. Ich kam die Straße mit Janet am Arm herunter. Wir hatten den Sonntagnachmittag an der Theke in einem Imbiss um die Ecke verbracht, und da ich wusste, dass Wendell nicht zu Hause war, hatte ich vorgeschlagen, bei meiner Mutter vorbeizuschauen. Wenn Janet und ich wahrhaftig Mann und Frau werden würden, hielt ich es für eine gute Idee, Janet häufiger mit nach Hause zu bringen.

»Sollten wir nicht zuerst anrufen?«, erkundigte Janet sich nervös, als wir uns unserem Ziel näherten.

»Nein, nein«, versicherte ich ihr und tätschelte ihre Hand, die in meiner Armbeuge lag. »Meine Mutter kann Förmlichkeiten sowieso nicht leiden.« Dahinter verbarg ich höflich die Tatsache, dass meine Mutter fand, Förmlichkeiten seien nur etwas für hochnäsige Leute, und dass sie schon ein- oder zweimal in der Vergangenheit das Wort *hochnäsig* benutzt hatte, um Janet zu beschreiben. Ich betrachtete Janets ernste, besorgte Miene und lächelte. Es war deutlich erkennbar, wie sehr sie mich liebte und wie sehr sie wollte, dass die Sache funktionierte. Ich war gerührt.

Doch just in dem Moment erhaschte ich aus dem Augenwinkel einen Blick auf etwas anderes: eine vertraute Gestalt, die auf der offenen Veranda direkt vor der Eingangstür des Wohnblocks meiner Mutter saß. Kaltes Entsetzen durchzuckte mich.

Es war Joey.

Eigentlich war es keine allzu große Überraschung. Seine Stimme hatte etwas Zerrissenes gehabt, als wir zuletzt miteinander gesprochen hatten und ich ihm mit einer schwachen Ausrede abgesagt hatte. Wenn er auch nur einen Hauch von Würde besaß, überlegte ich mir, müsste er zwischen den Zeilen lesen und mich ganz in Ruhe lassen.

Als er mich so angefleht hatte, klang das in meinen Ohren, als wäre er leicht wahnsinnig, und hier war nun der Beweis, dass ich nicht so falsch lag. Er saß frech wie Oskar auf der linken Seite der obersten Stufe. Mich durchflutete Panik, als ich mich fragte: Wie lang war er schon dort? Was war seine Absicht? War er oben gewesen, um meine Mutter zu sehen? Er trug seinen Mantel – den, der ganz wie meiner aussah –, und seine Knie waren an die Brust gezogen, sodass er den Anschein eines mürrischen Kindes erweckte. Selbst aus dem Augenwinkel konnte ich sehen, wie er Janet genau betrachtete, wie er ihre attraktiven, großen Augen, den schäbigen Kunstpelz ihres Kragens, ihre gutbürgerlichen Schuhe musterte. Kurzzeitig sah ich Janet durch Joeys eifersüchtige, taxierende Augen und wurde unwillkürlich wütend.

Die Veranda war nicht sehr breit. Mein Herz donnerte in meiner Brust. Ich versteifte mich. Janet und ich würden direkt an Joey vorbeigehen müssen, wenige Zentimeter von ihm entfernt. Und ich würde so tun müssen, als wäre er mir fremd.

Wir begannen, die Treppe hochzusteigen. Ich spürte Joeys Gegenwart wie eine greifbare Barriere, als würde er eine sonderbare Energie oder negative Radiowellen ausstrahlen. Ob er noch aus einem anderen Grund hergekommen war, weiß ich nicht, doch ich merkte, dass er vor allem hier war, weil er mir Angst einjagen, mich bestrafen wollte.

Wir erreichten die oberste Stufe.

»Schöner Tag für einen Spaziergang«, stellte Joey in aufgesetztem Plauderton fest. Es war überhaupt kein schöner Tag. Der Winter hatte sich eingestellt, und obwohl die Sonne gelegentlich durch die Wolken brach, war die Luft voll nasser, eisiger Feuchtigkeit.

»Ja«, erwiderte Janet, um höflich zu sein. Es schien ihr ein Rätsel, warum sich ein junger Weißer auf der Veranda eines Wohnblocks in Harlem herumtrieb, doch sie sprach es nicht aus, noch nicht einmal, als wir im Hausflur waren und die Treppe hochgingen. Stattdessen drückte sie meinen Arm und fragte: »Alles in Ordnung, Miles? Du bist doch nicht nervös, weil wir deine Mutter treffen, oder?«

»Nein«, erwiderte ich. »Warum?«

»Dein Arm. Er zittert.«

»Oh.«

Als ich Janet später zu Fuß nach Hause ans andere Ende von Harlem brachte, war Joey nicht mehr da. Ich sah beim Gehen immer wieder rasch über die Schulter und rechnete fast damit, ihn in der Ferne zu sehen, wie er uns folgte. Doch dem war nicht so.

Bevor ich anschließend in die Wohnung meiner Mutter zurückkehrte, hielt ich bei einer Telefonzelle an. Ich hatte eine Ahnung, wo ich Joey vielleicht erreichen würde.

»Hallo?«, antwortete er, nachdem ich in dem Hotel angerufen hatte, in dem wir während seines letzten Besuches abgestiegen waren.

»Was zum Teufel denkst du dir eigentlich dabei?« Mir wurde klar, dass ich brüllte. Es war mir einerlei.

»Ich musste dich sehen«, erwiderte er. »Du hast es mir echt schwer gemacht.«

»ALSO BIST DU ZUM HAUS MEINER MUTTER GEKOMMEN?«

»Es ist ja nicht so, als hätte ich an der Tür geläutet und mich vorgestellt.«

»Du kannst nicht einfach so vorbeikommen, Joey. Das geht nicht. Kapierst du's nicht? Man stellt dir Fragen. Ich kann nicht gebrauchen, dass mir auch Fragen gestellt werden.«

Es entstand eine Pause, während der Joey ein leises, entsetztes Geräusch ausstieß, das sich wie eine Mischung aus nervösem Lachen und verzweifeltem Schluchzen anhörte. »Du glaubst, das weiß ich nicht?«, fragte er. »Bitte … ich bin nur nach New York gekommen, um dich zu sehen, weil … weil ich den Verstand verliere, Miles. Sie nehmen mein Leben auseinander. Meine Familie … Es ist nur eine Frage der Zeit, bis … Ich brauche einen Freund. Ich brauche jemanden, der mir hilft, nicht den Verstand zu verlieren.«

»Du hast Eddie«, sagte ich.

Er schwieg. Ein Teil von mir wollte nachgeben und ihn trösten. Aber ein anderer Teil von mir – das grausame Tier, das Joeys schreckliche Schwäche spürte – entschied, zum Todesstoß anzusetzen.

»Komm nicht mehr her, Joey. Ich meine es ernst. Ich habe eine Verlobte. Ich habe es dir schon einmal gesagt: Ich bin nicht wie du.«

»Du bist nicht wie ich?«

»Ich bin nicht … wie du bist.«

Wieder Schweigen.

»Ich heirate Janet«, sagte ich mit Entschiedenheit. »Es tut mir leid, dass du in Schwierigkeiten steckst, aber ich bin aus der Sache raus. Ich möchte, dass du uns in Ruhe lässt.«

»Miles … Du hast versprochen, dass du das nicht noch einmal tun würdest.«

Mir fiel nichts ein, was ich sagen konnte. Meine Kehle war wie zugeschnürt, und mein Magen drehte sich um. Es *gab* nichts zu sagen. Joey hatte mit seinem Vorwurf vollkommen recht. Ich legte auf.

73

Zu dieser Zeit geschah etwas Unerwartetes. Eines Morgens schlich ich auf Zehenspitzen in der Wohnung herum, kleidete mich an und bereitete so leise wie möglich das Frühstück zu, um Wendell nicht zu wecken, als ich durch das schrille Läuten des Telefons beinahe das Glas fallen ließ, in das ich gerade Orangensaft goss. Ich ging schnell ans Telefon, bevor es ein zweites Mal läuten konnte.

»Mr. Tillman?«, erklang eine fremde Männerstimme in der Leitung. Seine Worte waren mit derart steifem Ton ausgesprochen, wie Geschäftsmänner und Anwälte ihn an sich haben. Ich fragte mich, ob der Fremde am Telefon mit *Mr. Tillman* meinen Vater meinte.

»Mr. Miles Tillman?«, stellte er klar, als läse er meine Gedanken.

»Ja?«

»Ich gehe davon aus, dass Ihnen ein Gentleman namens Augustus Minton bekannt ist?«

Meine Gedanken kreisten. *Mister Gus.* Der Anrufer musste Mister Gus meinen, das wurde mir klar, als mein Gehirn seinen vollständigen Namen aus irgendeinem vergessenen Winkel ans Licht zerrte. Doch warum rief jemand wegen Mister Gus an? Auf einmal waren meine Achselhöhlen kalt vor Schweiß.

»Es tut mir leid, Ihnen mitteilen zu müssen, dass Mr. Minton heute verschieden ist«, fuhr der Mann fort.

»Oh«, sagte ich. Ich hielt inne und versuchte, die richtigen Worte zu finden, beschämt über meine Erleichterung. »Oh«, wiederholte ich dümmlich.

»Ja«, erwiderte der Mann. »Ich heiße Jim Arkle, und ich bin Mr. Mintons Anwalt.«

»Aha«, sagte ich, da ich mir nicht sicher war, wie diese Information zu deuten war.

»Wie ich sehe, hat Mr. Minton hier Ihren Namen aufgeschrieben.«

Mein Herz schlug heftig. Meine Mutter kam mit gerunzelter Stirn in die Küche und sah mich argwöhnisch an.

»Seine Notiz hier deutet an, dass er es gern hätte, wenn Sie an der Regelung seiner letzten Angelegenheiten beteiligt wären. Hier steht, Sie seien früher sein Assistent gewesen und dass Sie Bescheid wüssten, wie er die Dinge gern erledigt hätte.«

Ich schwieg, zögerte.

»Es gibt auch einen Bargeldumschlag mit Ihrem Namen darauf«, fügte der Anwalt hinzu, als spürte er, dass ich Überredung brauchte.

»Nein, das ist es nicht«, sagte ich.

»Wie bitte?«

»Es ist nur … Das hier kommt überraschend. Ich werde bei meiner derzeitigen Arbeit anrufen und sie von meinem Fernbleiben heute in Kenntnis setzen müssen, aber ich komme, sobald ich kann.«

»Gut«, sagte der Anwalt in einem Tonfall, der nicht verbarg, dass er überzeugt war, mich habe die Erwähnung des Geldumschlags umgestimmt. »Bis dann.«

Ich legte auf.

»Miles?«, bohrte meine Mutter.

»Erinnerst du dich noch an den alten Mann, der mich für Botengänge bezahlt hat?«

»Ts.« Sie schüttelte den Kopf. »War er das gerade am Telefon und hat von dir verlangt, dass du was für ihn tust?« Meine Mutter mit ihrem sechsten Sinn war immer misstrauisch gegenüber Mister Gus gewesen, einem alten weißen Mann, der – wie *sie* meinte – unnatürlich starkes Interesse an mir hatte. »Sag ihm: Du hast genug zu tun, er kann nicht in aller Herrgottsfrühe anrufen und von dir erwarten, dass du alles stehen und liegen lässt und zu ihm kommst.«

Sie hielt inne, und ihr Stirnrunzeln wurde stärker.

»Warum guckst du so?«

»Er ist heute gestorben«, sagte ich.

Ihr Mund öffnete sich und schloss sich dann wieder.

Bei meinem Kurierdienst meldete ich mich krank. Als ich die Villa erreichte, wollte ich schon ums Haus gehen und den Dienstboteneingang benutzen, wie es meine Gewohnheit gewesen war, doch da fiel mir auf, dass ich keinen Schlüssel mehr besaß, also ging ich zur Eingangstür und drückte auf die Klingel, einen kleinen Kupferknopf im Innern eines Löwenmauls. Die Tür sprang auf und gab die Sicht frei auf einen kleinen bärtigen Mann mit Brille.

»Ja?«

»Sind Sie Mr. Arkle, der Anwalt, mit dem ich am Telefon gesprochen habe?«

»Am Telefon gesprochen …?«, wiederholte er.

»Ich bin Miles Tillman.«

»Oh – oh ja! Verzeihen Sie mein Erstaunen. Aber natürlich sind Sie ein Neger! Ich weiß nicht, warum mir das nicht in den Sinn gekommen ist.«

»Warum sollte es?«, entfuhr es mir verwirrt.

»Genau, mein Sohn, warum sollte es, *genau*. Tja, kommen Sie herein! Es gibt so viel zu tun«, sagte er und winkte mich ins Haus. Ich folgte ihm. »Ich wollte diese unangenehme Sache in Angriff nehmen – Sie wissen schon, den Coroner anrufen und dergleichen, aber Ada, die Köchin, die neulich eingestellt wurde – kennen Sie sich? Sie ist diejenige, die ihn gefunden hat –, hat mich aufgehalten und meine Aufmerksamkeit auf diese Papiere gelenkt und mir gesagt, dass ich sie zuerst lesen sollte.« Wir hatten die Küche erreicht, und er hob eine Reihe von Papieren auf, bei denen es sich offenbar um gefaltete Briefe handelte.

»Bitte sehr«, sagte er und reichte mir ein Bündel. Ich öffnete es und las. In Mister Gus' enger, winziger Handschrift stand dort eine bezifferte Liste. Oben stand geschrieben DIESE LISTE IST VON MR. MILES TILLMAN ZU ERLEDIGEN. »Das sind also Sie, was?« Der Anwalt deutete darauf.

»Ja.«

»Sollen wir mit den Telefonaten anfangen?«

Wir arbeiteten uns durch die Liste, die Mister Gus aufgeschrieben hatte, und riefen bei einem nach dem anderen an. Zuerst riefen wir bei Mister Gus' Leibarzt an, der nach etwa einer Stunde vorbeikam, um die Leiche zu untersuchen und den Totenschein auszustellen. Der Notar, ein vogelscheuchenartiger, pingeliger Mann mit Brille, kam als Zweites. Unsere Bitte, er möge den Totenschein beglaubigen, schien ihn zu verärgern, und er warf kaum einen Blick darauf, bevor er ihn mit seinem Siegel versah und ging. Ein Leichenbestatter und ein Bestattungsunternehmen wurden angerufen, ebenso eine Kirche, in die Mister Gus schon lange nicht mehr ging – jedenfalls schlossen wir das, denn der Name des Pfarrers, den er aufgeschrieben hatte, gehörte zu einem Mann, von dem die Kirche mitteilte, er habe seine ewige Reise von der Kanzel zum Friedhof vor etlichen Jahren angetreten.

Sobald wir alle angerufen hatten, hieß es abwarten, und ich ging zu den Punkten weiter unten auf der Liste über. Sie glichen eher den Aufgaben, die ich für Mister Gus zu seinen Lebzeiten erledigt hatte, allerdings mit einem augenfälligen Unterschied. Beispielsweise wollte Mister Gus einen bestimmten Anzug für seine Beerdigung gewaschen und gebügelt haben und ein bestimmtes Paar eleganter Schuhe geputzt. Es galt auch, den Inhalt eines Safes zu leeren; Mr. Arkle stand hinter mir und sah mir über die Schulter, wie ich den Safe öffnete. Als er merkte, dass sich nichts als Briefe und Fotografien darin befanden, verlor er das Interesse und überließ die Angelegenheit mir. Laut Mister Gus' Anweisungen sollte ich diese Sachen in dem Kamin im Erdgeschoss verbrennen und darüber wachen, bis ich sicher war, dass alles zu Asche geworden war. Ich schichtete Holz auf, zündete das Anmachholz an und schürte es. Behutsam legte ich die Briefe hinein und sah zu, wie sie sich kräuselten. Ich hatte sie nicht erst geöffnet und gelesen. Ich dachte, vielleicht hatte Mister Gus nicht gewollt, dass jemand sie las, und deshalb war ich für diese spezielle Aufgabe ausgewählt worden. Einmal glitt eine Fotografie aus einem Umschlag und landete auf der Feuerstelle. Es war ein altes Porträt in Sepiatönen, das einen jungen Mann darstellte, dessen Haare ordentlich in der Mitte gescheitelt waren und dessen Mundwinkel ein Lächeln umspielte. In die untere rechte Ecke waren die Worte *Charlie, 3. April 1902* gekritzelt. Ich hatte das seltsame Gefühl, beobachtet zu werden, als ich die Hand ausstreckte, um die Fotografie aufzuheben und Charlie wieder den Flammen zu überantworten, und einen kurzen Moment lang glaubte ich zu begreifen, wer genau Charlie war, und mein Herz füllte sich mit tiefer Reue.

Schließlich tauchte jemand von der Zeitung auf, und es wurde noch deutlicher, warum Mister Gus ausgerechnet mich dazu bestimmt hatte, bei der Regelung seiner letzten Angelegenheiten zu helfen. Der Reporter stellte bohrende Fragen nach meinen Erinnerungen an Mister Gus' Privatleben, doch ich behandelte jede neugierige Frage mit der geübt ausweichenden Manier, die sie verdiente. Als der Reporter sich (in ironischem Tonfall) bei mir bedankte und ging, blitzte erneut das angeschwärzte Foto in meinen Gedanken auf.

Am frühen Abend fuhr endlich der Leichenwagen des Bestattungsunternehmens vor der Villa vor. »Tja«, sagte Mr. Arkle und seufzte erschöpft, »ich glaube, wir sind hier fast fertig. Wenn Sie ihm noch die letzte Ehre erweisen möchten, mein Sohn, wäre es jetzt an der Zeit, das zu tun.« Mister Gus auf dem Totenbett zu sehen, war mir nie in den Sinn gekommen, und ich blickte den Anwalt überrascht an. Ich hatte den ganzen Tag im Haus verbracht, war allerdings nicht nach oben gegangen, erst recht nicht ins Schlafzimmer. Auf diese Weise hatte Mister Gus in unserer Szenerie hinter den Kulissen sozusagen die Fäden geführt und alles dirigiert, war aber vor den Augen des Publikums verborgen geblieben. »Es liegt bei Ihnen«, sagte der Anwalt, »aber das hier ist Ihre große Chance.« Mittlerweile war deutlich, dass Mr. Arkle davon ausging, Mister Gus und ich wären Geliebte gewesen, der geldgierige Zögling und sein einsamer Meister. Ich gab mir nicht die Mühe, die Sache richtigzustellen; seine Meinung kümmerte mich im Grunde nicht.

Zögerlich ging ich nach oben und steckte vorsichtig den Kopf in Mister Gus' Schlafzimmer. Alles war in Juwelentönen gehalten und so opulent, wie ich es in Erinnerung hatte. Ich ging auf das Fußende des Bettes zu, blieb aber ein paar Meter entfernt stehen, näher herantreten konnte ich nicht. Leblos sah Mister Gus sogar noch kleiner aus, als ich ihn in Erinnerung hatte. Die Bettdecke war zurückgeschlagen – wohl für die ärztliche Untersuchung –, und er lag in einem burgunderroten Seidenpyjama auf dem Laken, so leicht, dass das Bett kaum von ihm eingedrückt wurde. Er sah so zerbrechlich aus, so weiß, beinahe wie eine Muschel, die man am Strand finden könnte, die Wölbungen seiner knorrigen Finger und Wangenknochen tief eingekerbt.

Ich stand fast zehn Minuten da, die Füße wie angewurzelt, die Augen starr. Mir fiel nichts ein, was ich tun oder sagen hätte können. Ich dachte an seine letzten Worte an mich, die er vor Monaten ausgesprochen hatte. Insbesondere ein Teil seiner Warnung kam mir immer wieder in den Sinn, während ich dort stand… *warten Sie nicht, bis Sie nur noch an schrecklichen Orten herummachen können und es nur Ihr Körper ist… ja, nur Ihr Körper, der versucht, der Seele zu beweisen, dass er nicht allein ist, und ein ums andere Mal scheitert.* Das im Kamin verbrennende Foto blitzte zum dritten Mal an dem Tag vor meinem geistigen Auge auf, und ich dachte an San Francisco und an Joey, konnte mir aber nicht vorstellen, dass es je einen Teil in Mister Gus' Leben gegeben hatte, der meinem eigenen geähnelt hätte. Es hatte Momente in Mister Gus' Leben gegeben, als er wahrscheinlich glücklich gewesen war und sich lebendig gefühlt hatte. Und es hatte Jahre gegeben, die unweigerlich nach 1902 gekommen waren, nach »Charlie« – wer auch immer er sein mochte; von Einsamkeit bestimmte Jahre, die Mister Gus zu seiner Rede an mich veranlasst hatten, von denen ich nie etwas hatte wissen wollen, wie mir jetzt klar wurde. Damals nicht und jetzt nicht. Ich stand weiter dort und betrachtete Mister Gus' zerbrechliche Muschel von einem Körper.

Als ich endlich etwas sagte, kam meine Stimme kaum als

Krächzen aus meiner Kehle. »Es tut mir leid«, sagte ich und verließ das Zimmer.

Unten wartete Mr. Arkle mit einem Kuvert auf mich. Darin befand sich ein druckfrischer Hundertdollarschein.

Am Abend ging ich zu einer Telefonzelle und wählte die Nummer von Joeys Apartment in Washington, D.C.

»Es tut mir leid, Joey«, sagte ich, sobald er an den Apparat gegangen war. »Ich muss mit dir reden. Ich würde dich am Wochenende gern sehen. Wenn du noch willst.«

Er schwieg.

»Joey? Bist du noch dran?«

»Haben die Sie auf mich angesetzt?«, wollte er wissen. »Sehen Sie mal, ich weiß nicht, wer da spricht, aber ich will keinen Ärger. Das hier ist ein Privatanschluss.«

Ich blinzelte, anfangs verständnislos. *Haben die Sie auf mich angesetzt*... Die Worte gingen mit einem grausamen Ruck durch mich hindurch. Er tat so, als würde er mich nicht kennen. Mir wurde klar, dass er aus Angst und Argwohn handelte. Während der Zeit der Trennung – der Zeit, in der ich ihn seinem Schicksal überlassen und ihm abgeschworen hatte – hatte seine Paranoia die Oberhand gewonnen. Mich durchzuckte schreckliches Mitleid mit ihm.

»Es bin nur ich, Joey. Heute ist etwas passiert, das mir vor Augen geführt hat, wie leid es mir tut... und dass ich dir das unbedingt sagen muss. Ich muss dir alles erzählen.«

»Was war das?«, wollte er wissen. »Was war dieses Klicken?« Es entstand eine Pause. »Von wo rufst du an?«, fragte er in leisem, argwöhnischem Tonfall.

»Von einer Telefonzelle«, antwortete ich.

Er schwieg erneut; ich konnte spüren, wie sein gequältes Hirn arbeitete. Nach einer Weile seufzte er.

»Es ist ziemlich sicher, dass ich meine Stelle verliere, Miles«, sagte Joey. Der panische Unterton war nicht mehr in seiner Stimme, stattdessen tiefer, niedergeschlagener Kummer. »Meine Familie wird erfahren, warum. Und du … Ich ertrage es nicht, wenn du dir die Sache mit mir ständig anders überlegst. Du darfst das nicht mehr tun, Miles. Das darfst du nicht. Ich halte es nicht aus.«

»Das mache ich nicht«, sagte ich. Ich weiß noch, dass es nachdrücklich und klar herauskam, als würde ich es diesmal wirklich so meinen. Und ich glaube, das tat ich auch.

74

Eine jähe Flut von Lieferungen in letzter Minute hielt mich auf. Die Witterungsverhältnisse an dem Tag waren schrecklich; ich weiß noch, wie ich auf dem Fahrrad ständig auf den gefrorenen Straßen ausrutschte und meine behandschuhten Hände den Lenker so fest umklammerten, dass meine Knöchel pochten. Leichter Regen war in den Schnee gesickert, der vor ein paar Tagen gefallen war, sodass feuchte Klumpen entstanden, die später zu tückischem gläsernen Eis wurden. Joey sollte früh mit dem Zug eintreffen; es war wahrscheinlich, dass er bereits sein Zimmer bezogen hatte und auf mich wartete. Ich wusste, dass er sich Sorgen machen würde, wenn ich nicht pünktlich im Hotel erschien, und ich tat mein Bestes, meine Lieferungen schnell zu erledigen, ohne mir das Genick zu brechen, während ich mich durch die Taxipulks schlängelte, die die Straßen verstopften. Damals hatte ich so etwas wie einen Leitspruch: Wenn die Taxifahrer von Manhattan vorsichtiger fahren als du, dann machst du was falsch. Zweimal ertappte ich mich dabei, wie ich ein waghalsiges Tempo erreichte, und musste mich ermahnen, langsamer zu fahren.

Bevor ich auf mein Fahrrad sprang und das Depot verließ, erwog ich, im Hotel anzurufen und Joey zu warnen, dass ich mich verspäten würde, aber das hätte ihn vielleicht erschreckt, überlegte ich. Mir fiel wieder seine Paranoia bezüglich der Telefonleitung ein, als ich ihn vor ein paar Tagen angerufen hatte, und ich stellte ihn mir jetzt vor, wie er das Telefon entsetzt beäugte, sobald die Rezeption den Anruf auf sein Zimmer durchstellte. Bisher hatte der Hotelangestellte am Empfang dieses neuen Hotels seine Meinung über uns noch nicht kundgetan. Er ließ keine Anzeichen offener Missbilligung erkennen, aber als Verbündeter gelten konnte er auf keinen Fall.

Nach vier Botenfahrten war ich bereits über anderthalb Stunden zu spät dran, befand mich jedoch endlich auf meiner fünften und letzten. Man sagte mir, bei dem schweren, in braunes Pergament eingewickelten Papierstapel, den ich auslieferte, handelte es sich um ein bearbeitetes Manuskript und der Empfänger sei ein betagter Historiker, der den letzten Band über das Leben von Abraham Lincoln verfasse. An die Tür des Hauses in der Upper East Side kam eine kleine graue Maus von einer Frau, die Gattin des Historikers, wie ich schloss.

»Ach!«, sagte sie nach dem Öffnen der Eingangstür eines düsteren Brownstone-Hauses. »Da sind Sie ja! Danke, dass Sie die Fahrt so spät am Tag noch übernommen haben. Er wird sich sehr freuen, das zu bekommen.« Sie streckte die Hand nach dem Paket aus, doch es war recht groß und schwer, und es war abzusehen, dass es ihr Mühe bereiten würde, es zu tragen. Leise regte sich mein Gewissen.

»Wo hätten Sie es gern?«, fragte ich in dem Wissen, dass ich es daraufhin ins Haus tragen musste.

»Oh«, sagte sie mit einem Lächeln. »Er wird es in seinem Arbeitszimmer benötigen.« Sie führte mich hinein, und ich folgte ihr einen Flur entlang an einer Treppe vorbei und in einen kleinen Salon, in dem die Flammen im Kamin fröhlich zischten und prasselten.

»Hier drüben, Junge!«, rief ein alter Mann, der hinter einem Mahagonischreibtisch saß und mir zuwinkte. Er tätschelte die lederne Schreibunterlage vor sich, und ich legte das Paket dort ab, wo er hindeutete. »Danke, Junge«, sagte er mit keuchender Stimme, während er in eine Schreibtischschublade griff, um einen Brieföffner zum Durchschneiden der Paketschnüre herauszuholen.

»Gern geschehen, Sir«, sagte ich. Ich machte kehrt, um auf schnellstem Weg wieder hinauszugehen, doch als ich mich umdrehte, stand seine Frau vor mir, ein Serviertablett mit Tee in der Hand.

»Sie müssen ein Eisblock sein, wenn Sie bei diesem Wetter mit dem Fahrrad unterwegs sind!«, sagte sie. »Hier, etwas Tee und Kekse zum Aufwärmen.« Ich versuchte abzulehnen. »Bitte«, sagte sie und drückte meinen Arm mit überraschend eisernem Griff. »Ich bestehe darauf.« Sie betrachtete mich mit großen, liebenswürdig wirkenden Augen und lächelte. Ihr kleines Gesicht hatte etwas Süßes und Zerbrechliches.

»Danke«, sagte ich einlenkend.

In dem Zimmer herrschte eine drückende Hitze, und ich spürte, wie sich in meinen Achselhöhlen Rinnsale aus Schweiß bildeten, tief vergraben unter meinem dicken Pullover und dem Mantel. Ich nahm mir zwei trockene, bröckelige Kekse und ein Mandelplätzchen, das gar nicht so schlecht war, und spülte sie mit einer Tasse schwachem, aber kochend heißem Tee hinunter. Meine Eile versuchte ich zu verbergen, um weder den Historiker noch seine Gattin zu kränken. Endlich, nachdem eine anständige Weile verstrichen war, machte ich vor meinen Gastgebern eine angedeutete, entschuldigende Verbeugung und wies auf die Haustür. »Ich gehe besser wieder zu meinem Fahrrad. Ich habe es bloß neben das Tor an die Veranda gelehnt.«

Der alte Mann stieß ein gleichgültiges Ächzen aus.

»Natürlich«, sagte seine Frau. »Aber bitte nehmen Sie sich noch etwas für später mit.« Sie hielt mir erneut den Teller hin. Ich zögerte. Da fiel mir ein, dass Joey vielleicht gern ein paar Kekse hätte. Ich nahm einige und stopfte sie mir in die Taschen.

Draußen sah ich auf die Uhr. Besorgt-panisches Zittern ließ meinen Körper erbeben. Bei meiner Ankunft im Hotel wäre ich um über zwei Stunden zu spät dran. Ich stand auf der Veranda des Brownstone-Hauses und überlegte, was zu tun sei. Unter gewöhnlichen Umständen wäre ich am Ende meiner Schicht zurück zum Depot geradelt und hätte mein Fahrrad in einen der kleinen Schuppen im Keller unter dem Verlag eingesperrt, aber die Zeit wollte ich mir heute nicht nehmen. Ich entschied, stattdessen mit dem Fahrrad direkt zum Hotel zu fahren.

Die Dezembersonne war schon vor Stunden untergegangen, und es war tückisch dunkel, als ich durch die Straßen radelte und mich fieberhaft durch Autoscheinwerfer schlängelte und betete, nicht von einem Auto angefahren zu werden. Zweimal vernahm ich hinter mir das quietschende Kreischen von Bremsen, gefolgt von heftigem Hupen, doch ich blickte mich nicht um, um zu sehen, ob diese Geräusche mir galten.

Bei meiner Ankunft vor dem Hotel herrschte dort Chaos. Eine kleine Menschentraube drängte sich vor dem Eingang, und die gewaltige Tür stand offen – es war ein kleines Hotel ohne Drehtür. Ich stieg vom Fahrrad und schob es näher, erstarrte dann jedoch, als ich mehrere Polizisten erblickte, die im Hotelinnern herumliefen. Jemand hatte sie ins Hotel gerufen, durchzuckte es mich erschrocken. Joey musste sich auf seinem Zimmer verstecken, vermutete ich, erschüttert, weil auf einmal die Hotelkorridore und das Foyer voller Polizisten waren, die ihm vielleicht Fragen stellen wollten, Polizisten, die – aus Gründen, die in Joeys paranoider Gedankenwelt Sinn ergeben mochten – dem Außenministerium Joeys Aufenthalt in New York melden könnten.

Es war ein Riesenpech, dass das alles jetzt passierte, besonders in Hinblick darauf, wie durcheinander Joey in letzter Zeit gewesen war. Ich musste zu Joey gelangen, aber die Frage war, *wie*. Wenn ich jetzt hineinging, um nach oben zu kommen, würde man mir bestimmt viele Fragen stellen.

Auf dem Weg durch die kleine Menge stellte ich fest, dass es sich bei den draußen versammelten Menschen um neugierige Schaulustige handelte, Menschen, die vorbeigekommen waren und den Hauch von Skandal riechen konnten und verweilten, um zu sehen, worum so viel Aufhebens gemacht wurde. Ich wusste nicht, was ich mit meinem Fahrrad tun sollte. Da bemerkte ich eine Frau mittleren Alters mit einem winzigen Hund an der Leine, die in das Foyer spähte, die dünnen Lippen stur geschürzt. Etwas an ihrer steifen, missbilligenden Miene sagte mir, dass sie sich so bald nicht vom Fleck rühren würde.

»Verzeihung, Ma'am«, sagte ich und lehnte das Fahrrad neben ihr an die Außenmauer des Gebäudes. »Würde es Ihnen etwas ausmachen, wenn ich das einen Augenblick hierlasse?« Sie runzelte die Stirn und musterte mich skeptisch von Kopf bis Fuß, schüttelte schließlich jedoch den Kopf.

»Abhalten kann ich Sie nicht«, sagte sie. Ich hütete mich, sie zu bitten, für mich auf das Fahrrad aufzupassen; sie würde Nein sagen. Außerdem wusste ich, dass es niemand wagen würde, sich an einem Fahrrad, das ihm nicht gehörte, zu schaffen zu machen, wenn eine Frau wie sie in der Nähe herumstand. Ich ließ das Fahrrad, wo es war, und eilte ins Foyer.

Drinnen herrschte Chaos. Eine Handvoll junger Polizisten schlurfte im Raum herum und erweckte den Eindruck, beschäftigt zu sein, ohne dass sie etwas taten, während ein ranghöher aussehender Polizist etwas in das Telefon an der Rezeption blaffte. Zeitungsleute in ihren typischen Trenchcoats kritzelten auf Notizblöcken herum. Der Aufzugkäfig fuhr hoch und runter, mischte die Männer im Foyer stetig von Neuem, indem er manche absetzte und dafür andere nach oben beförderte. Zu meiner Erleichterung nahm man nicht gleich Notiz von mir, und von dem Empfangschef gab es keine Spur.

Es musste eine Feuertreppe geben. Da der Aufzug ständig benutzt wurde, gestaltete es sich schwierig, nach oben zu Joey zu gelangen. Ich beobachtete, wie sich eine Männergruppe in den Käfig quetschte und nach oben verschwand, während die schweren backsteinförmigen Gegengewichte und schlaffen Kabel nach unten glitten und reibungslos an ihrem Platz eintrafen. Die Messingnadel über dem Aufzugeingang bewegte sich gegen den Uhrzeigersinn und zählte die Stockwerke mit, bis sie stehen blieb. Auf einmal fiel mir zu meinem Entsetzen das Stockwerk auf. Es war der dritte Stock. Ich wusste, dass das die Etage war, in der Joey einquartiert war. Er hatte am Telefon gesagt, dass er in dasselbe Zimmer zurückgekehrt war, in dem wir schon an dem Tag, als wir die Hotels gewechselt hatten, Zuflucht gesucht hatten. Bei all seiner rebellischen Art hatte Joey doch etwas für Beständigkeit übrig.

»Ja, ja, stimmt«, sagte der Polizist am Telefon gerade, »du hast mich richtig verstanden: Streicht den Krankenwagen.« Pause. »Nein.« Pause. »Nein, nein, nein. Wie schon gesagt, nicht nötig; wird ihm nichts nutzen. Reine Zeitverschwendung. Der ist ganz bestimmt hinüber.« Lange Pause. »Tja, das hab ich ihnen gesagt. Ich hab längst angerufen und hab gesagt, ›Ihr Jungs müsst sofort den Coroner herschicken‹, das hab ich gesagt. Ich habe ihm gesagt, wir haben alle Ehefrauen, zu denen wir nach Hause wollen, die schon den ganzen Tag darauf warten, dass sie aus dem Haus kommen und Weihnachtseinkäufe machen können.«

Mein Magen drehte sich. Worum es auch immer hier ging, es war noch viel schlimmer, als ich gedacht hatte. Ich sah mich um und tippte einem der Zeitungsreporter an die Schulter.

»Verzeihung«, sagte ich. »Können Sie mir sagen, was hier passiert ist?«

»Sie haben einen Mann tot in seinem Zimmer aufgefunden«, antwortete der Reporter und kritzelte dann weiter. »Gab Beschwerden vom Zimmer darunter, dass Wasser von der Decke getropft ist, und als das Zimmermädchen nachschauen gegangen ist, hat sie gesehen, dass der Kerl den Badewannenhahn auf- und nicht mehr zugedreht hat. Hat sich offensichtlich umgebracht. Irgendein Typ, der aus D.C. angereist ist«, fuhr er fort.

»Welche Zimmernummer war es?«, rief ich. Bevor ich mich zurückhalten konnte, stellte ich die Frage ein zweites Mal: »WELCHES ZIMMER WAR ES?«

»Sagen Sie mal, was kümmert Sie das überhaupt?« Der Reporter runzelte die Stirn und musterte mich eingehender. »Sind Sie zum Gaffen hier?« Ein paar andere Männer im Foyer warfen uns Seitenblicke zu. Ich gab mir Mühe, die Fassung wiederzuerlangen.

»Die ganzen Reporter sind hier, um … über den Tod eines Mannes zu berichten?«, stammelte ich. Meine Stimme klang weit weg. »Mir scheinen furchtbar viele Leute hier zu sein.«

»Ja, na ja, der Kerl, der gestorben ist, hat fürs Außenministerium gearbeitet«, sagte er. Kurzzeitig glaubte ich, mich übergeben zu müssen. »Jemand hat mit dem Hinweis angerufen, er würde all diese Reisen nach New York unternehmen, weil er sich heimlich mit dem Bund der Kommunisten trifft.«

»Das stimmt nicht«, blaffte ich ihn an. Überrascht blinzelte der Reporter.

»Sagen Sie mal, Kollege, Sie sind furchtbar geheimnistuerisch für einen Zuschauer. Was haben Sie gleich noch mal hier verloren?« Mittlerweile hatten wir die Aufmerksamkeit eines der ranghöheren Polizisten im Raum erregt.

»Was haben Sie hier verloren, Junge?«, mischte der Cop sich ein, indem er die Frage wiederholte und mir das Wort *Junge* entgegenspuckte.

»Ich bin Fahrradkurier«, murmelte ich, doch es war zu leise, als dass er es ganz verstanden hätte.

»Sie sind was?«

»Kurier«, wiederholte ich mit mehr Nachdruck. Meine Gedanken überschlugen sich; die Wahrheit konnte ich nicht sagen – nicht die ganze Wahrheit. »Für eine Redaktion. Hier ist ein Reporter…«, sagte ich. »Ich soll ihm noch Notizblöcke bringen.« Ich hielt die Kuriertasche hoch, die über meiner Schulter hing, und hoffte, dass sie nicht hineinschauen wollten und dadurch herausfinden würden, dass meine ganze Geschichte eine dreiste Lüge war.

»Ja? Tja, sehen Sie ihn?«

Ich tat so, als blickte ich mich in dem Raum um. »Nein«, sagte ich.

»Dann wird er Sie, falls er Sie braucht, draußen suchen müssen. Es geht nicht, dass Sie hier drinnen herumlaufen.«

»Ja, Sir«, erwiderte ich.

»Na? Verschwinden Sie!«

Ich nickte. Mein Körper war taub geworden. Ich brachte

meine Beine dazu, mich zur offenen Tür zu tragen, aber ich bewegte mich sehr langsam; es war, als hätte sich das Foyer mit Sand gefüllt. Vage nahm ich wahr, wie jemand an ein Telefon ging und den Polizisten anschrie, der mich gerade befragt hatte.

»Sergeant? Der Onkel des Toten ist an der Strippe. Keine Ahnung, wie ihn die Nachricht so schnell erreichen konnte, aber Sie gehen besser ran. Ruft aus Kentucky an. Er ist irgendein hohes Tier im Bourbongeschäft. Hört sich an, als würde er seinen Einfluss geltend machen.«

Ich erstarrte mitten im Gehen. Ich hatte das Gefühl, jeden Augenblick in Ohnmacht zu fallen. Der Sergeant schnippte mir mit den Fingern vor dem Gesicht herum, als er durch den Raum zum Telefon ging.

»Was brauchen Sie so lange, Junge? Tempo!«

»Wie ist er … wie ist er gestorben?«, fragte ich zitternd. Es kostete mich große Anstrengung, nicht in das Zimmer hochzulaufen.

»Hat sich in der Badewanne die Pulsadern aufgeschnitten«, sagte der Sergeant mit gelangweilter Stimme und griff nach dem Hörer. »Was kümmert es Sie?«

Ich sagte nichts. Wie in Trance ging ich die restliche Strecke zur offenen Tür, die Stufen hinunter und hinüber zu meinem Fahrrad.

»Wie ich höre, ist da drinnen einer ermordet worden«, sagte die Frau mit dem verkniffenen Gesicht, etwas freundlicher jetzt, denn ich war schließlich drinnen gewesen. Ich nickte ihr zu, und sie sah beeindruckt aus. »Haben Sie die Leiche gesehen?«

Ich schob mein Fahrrad weg, ohne ihr zu antworten.

Lange schob ich das Fahrrad. Ohne genau zu wissen, wie ich dorthin gekommen war, landete ich in Downtown, beim Hudson in der Nähe der zerklüfteten Holzpfähle, die vom Ufer aufragten. Dort angekommen ließ ich das Fahrrad auf die Seite fallen, setzte mich neben die vereisten Felsen und sah zu, wie die Fabriken auf der anderen Seite des Flusses in New Jersey braunen Dampf ausrülpsten. Ich stellte mir Joey allein in dem Zimmer vor, wie er auf mich wartete, nervös und zunehmend paranoid, bis er sich schließlich seiner Verzweiflung hingab. Seltsamerweise hoffte ich, dass das Wasser warm gewesen war, dass es dazu geführt hatte, dass er sich wohl und schläfrig fühlte. In Romanen hatte ich gelesen, dass der Tod so sein konnte. Gelegentlich überkam mich der Drang, zum Hotel zurückzukehren, mich nach oben in den dritten Stock zu schleichen, mir mit Gewalt Zutritt zu Joeys Zimmer zu verschaffen. Ich überwachte sorgsam die Zeiger, während sie sich im Kreis um das Zifferblatt meiner Armbanduhr bewegten, und fragte mich, wie lange sie ihn in der Badewanne lassen würden, wie lange es dauern würde, bis der Coroner eintraf, wie lange, bis Joeys Leiche – sein einst wunderschöner Körper – in den Leichenwagen geschafft und abtransportiert werden würde.

Etwas – irgendein steinförmiger Gegenstand – drückte durch die Manteltasche gegen meine Hüfte, und ich griff in die Tasche und entdeckte die Mandelkekse aus dem Haus des Historikers, die ich mitgenommen hatte, weil ich dachte, Joey würde sie vielleicht mögen. Ein eigenartiges Würgen überkam mich, und ich steckte sie mir alle in den Mund, kaute sie und schluckte sie. Dann erhob ich mich von meinem Sitzplatz und würgte in die Felsen, sodass mir die Magensäure des Erbrochenen in der Nase und im Hals brannte. Ich wischte meinen Mund am Mantelärmel ab und wankte zu der

Stelle, wo das Fahrrad lag, hob es auf und machte mich bereit, nach Hause zu fahren. Doch das Fahrrad war unbrauchbar. Es war so kalt, dass die Räder am Rahmen festgefroren waren und sich nicht drehen ließen.

CLIFF

75

Nach dem Telefonat mit meinem alten Herrn hatte ich es nicht eilig, ins Apartment zurückzukehren, wo Eden bestimmt auf mich wartete. Stattdessen begab ich mich auf die Suche nach Rusty, und auf meiner Runde durch die Kneipen im Village lief ich natürlich Swish über den Weg. Ich hatte den alten Swish schon eine Weile nicht mehr gesehen; an dem schrecklichen Tag, als Gene in der Taverne über mich gelästert hatte, war er nicht dabei gewesen, aber ich hatte die ganze Bande seither mehr oder weniger gemieden. Mein großer Plan war gewesen, sie zu meiden, bis mein Roman veröffentlicht wurde, und dann stellte ich mir vor, würde ich sie alle zu der eleganten Buchvorstellungsparty einladen, die es bestimmt geben würde. Ich würde mir nicht anmerken lassen, dass ich wusste, wie schäbig sie gewesen waren, stattdessen wäre ich verdammt großzügig, während ich mich in meinem Erfolg sonnte, und dann könnten sie alle zu Kreuze kriechen – besonders Gene. Doch jetzt würde das alles nicht passieren, außer ich konnte meinen alten Herrn dazu bringen, es sich anders zu überlegen, oder mir fiele ein Alternativplan ein, um das Buch veröffentlicht zu bekommen … was der Moment war, wo Rusty einbezogen werden sollte.

Wie dem auch sei, ich fand Rusty an dem Abend nicht, aber ich stieß sehr wohl auf Swish, und als ich es tat, verfielen wir gleich wieder in unsere übliche Routine, betranken uns gründlich und waren die ganze Nacht gemeinsam unterwegs. Ich schlief auf Swishs Sofa und am Morgen, während ich Swishs starken schwarzen Cowboykaffee gegen die Kopfschmerzen trank, brachte ich den Mut auf, ihn zu fragen, ob ich regelmäßig bei ihm nächtigen könnte. Ich sagte ihm, Eden und ich hätten gerade Probleme, was die Wahrheit war, oder jedenfalls war es ein Teil einer größeren Wahrheit. Swish sagte natürlich Ja, und man muss ihm zugutehalten, dass er dabei nur einen winzigen Hauch zufriedener Genugtuung an den Tag legte.

Eigentlich hätte ich wohl völlig die Fassung verlieren können bei dem Gedanken, dass es Swish vielleicht sogar freute zu sehen, dass Eden und ich Probleme hatten, aber ich war dankbar, eine andere Bleibe gefunden zu haben, und sagte deshalb nichts. Und das Wichtigste war, dass ich Eden aus dem Weg gehen konnte; rückblickend war es jetzt offensichtlich, dass sie verdammt gut wusste, worum es sich bei den Neuigkeiten meines alten Herrn handelte, und sie hatte nicht den Anstand besessen, mich zu warnen, bevor sie mich losschickte, damit ich bei ihm anrief. Und wenn ich ganz ehrlich bin, wollte ich sie auch deshalb nicht sehen, weil ich mir wegen der ganzen Sache ziemlich mies vorkam, als hätte ich sie enttäuscht.

Jedenfalls sagte Swish Ja, und ich wartete, bis Eden in der Arbeit sein musste, und kehrte dann ins Apartment zurück und packte eine kleine Tasche. Ich erwog, ihr einen Brief hinzukritzeln und ihn auf dem Tisch zurückzulassen, aber da ich nicht wusste, was ich schreiben sollte, entschied ich, es wäre das Beste, es einfach bleiben zu lassen. Sie würde sich schon früh genug zusammenreimen, dass ich absichtlich wegblieb und eine andere Schlafgelegenheit gefunden hatte.

Mein größtes Problem bestand darin, dass ich außerdem die Sache mit meinem alten Herrn wieder geradebiegen wollte oder ihm zumindest meine Sichtweise der Geschichte erzählen und mich verteidigen wollte, aber da ich jetzt Eden mied, konnte ich ihn nicht gerade in der Arbeit anrufen, wo sie wahrscheinlich ans Telefon gehen würde. Ich entschied, stattdessen meine Mutter anzurufen.

Sie ging beim dritten Läuten an den Apparat. Ich hörte, wie ihr Diamantohrring gegen das Telefon klirrte, und dann eine kurze Pause, als sie ihn rasch abnahm.

»Hallo?« Sie klang müde und gequält, aber vielleicht lag das nur daran, dass sie ans Telefon hatte gehen müssen. Gewöhnlich nahm das Dienstmädchen unsere Anrufe entgegen.

»Mutter?«

»Clifford.« Ihre Stimme war angespannt. »Was gibt's? Ich stecke mitten in den Vorbereitungen, gleich kommen die Damen zum Bridgespielen. Sie werden jeden Augenblick hier sein. Annabelle?«, rief sie dem Dienstmädchen zu, während sie die Hand über die Sprechmuschel hielt. »Ich habe gesagt, nehmen Sie die *Kristall*karaffe für die Limonade!«

Natürlich, dachte ich. Wie ein Idiot hatte ich die Sache mit ihrer Bridgerunde vergessen. Doch ganz war das nicht meine Schuld: Im Terminplan meiner Mutter standen sowieso zu viele gottverdammte soziale Ereignisse, als dass man den Überblick hätte behalten können.

»Schau mal, Mutter, ich mache es kurz«, sagte ich. »Ich habe mich gefragt, ob du mich irgendwie mit Vater in Verbindung setzen könntest.«

»Oh«, sagte sie. »Na, warum rufst du ihn denn nicht im Büro an? Er ist in letzter Zeit viel in der Arbeit und verbringt die meisten Nächte in der Stadt. Ich bin mir nicht sicher, inwiefern ich dir behilflich sein kann.«

»Wirst du ihm wenigstens ausrichten, dass ich versuche, ihn zu erreichen?«

»Natürlich, Clifford. Ich weiß, dass ihr beide einen kleinen Knatsch hattet. Bestimmt geht das bald wieder vorüber. Vielleicht ist es am besten, du gibst der Sache Zeit.«

Einen kleinen Knatsch?, dachte ich. Manchmal machte es mich wirklich sprachlos, wie meine Mutter darauf bestand, die Dinge zu verharmlosen. An dem verkniffenen, angespannten Klang ihrer Stimme erkannte ich, dass sie gut über die Situation Bescheid wusste und darüber, dass mein alter Herr die Veröffentlichung meines Romans zurückzog und mich absichtlich mied, und obwohl meine Mutter sich gern dumm stellte, war sie in Wirklichkeit blitzgescheit und wusste höchstwahrscheinlich verdammt gut, wie ernst die Geschichte mit dieser zurückgezogenen Veröffentlichung wirklich war. Es war die Art Sache, von der sich meine Schriftstellerkarriere möglicherweise nie mehr erholen würde und die für immer einen Keil zwischen mich und meinen alten Herrn treiben könnte.

»Ich werde ihm, wenn ich ihn das nächste Mal sehe, ganz bestimmt ausrichten, dass du mit ihm reden willst«, blieb sie beharrlich und legte auf, um weiter den Salon für ihre Bridgerunde vorzubereiten.

Ich war enttäuscht, aber wohl nicht überrascht. Nachdenklich saß ich da und ließ den Blick durch Swishs Apartment schweifen. Für einen exzentrischen Fahrradkurier und begeisterten Anarchisten war Swishs Bude überraschend heimelig und verfügte über jeglichen Komfort, selbst wenn er einen Teil der Einrichtung auf der Straße gefunden hatte. Vielleicht hätten er und Eden besser zusammengepasst, als ich am Anfang gedacht hatte. Doch das war jetzt sowieso nicht von Belang, denn ich hatte Wichtigeres zu tun. Ich nahm einen Bleistift von der Küchenarbeitsfläche und kaute geistesabwesend darauf herum, während ich darüber nachgrübelte, was als Nächstes zu tun sei.

Wenn ich meinen alten Herrn nicht in seinem Büro suchen wollte und er überhaupt nicht nach Hause kam, gab es nur einen anderen Ort, an dem ich ihn antreffen könnte. Ich wollte verdammt noch mal nicht dorthin gehen, aber es sah so aus, als bliebe mir im Grunde keine andere Wahl. Nach ein paar Schlucken von Swishs Whiskeyvorrat, um mir Mut anzutrinken, verließ ich das Apartment und machte mich auf den Weg zur Subway.

Die Fahrt nach Brooklyn war langsam und schrecklich, und bei jeder Haltestelle erwog ich auszusteigen und musste jedes einzelne Mal erneut die Entscheidung treffen, im Zug sitzen zu bleiben.

Ich verfluchte mich mehrmals, nicht daran gedacht zu haben, Swishs Whiskeyflasche mitzunehmen. Bei meiner Ankunft in Bensonhurst hatte meine Entschlossenheit schon beträchtlich nachgelassen, aber ich sagte mir, ich wäre nun schon so weit gekommen, da könne ich die Sache genauso gut ganz durchziehen. Ich fand den Weg durch die Straßen, indem ich mit diesem Gefühl seltsamer Vertrautheit, wie man es in einem Traum empfindet, demselben Weg wie vor all den Jahren folgte.

Das Haus sah kleiner aus, als ich es in Erinnerung hatte. Ich stieg die Stufen zur Veranda hoch und betätigte die Klingel. Unwillkürlich fiel mir auf, dass meine Hand wie bei einem gottverdammten Säufer auf Entzug zitterte. Es verstrichen ein paar Minuten, und ich läutete erneut. Einen Moment lang dachte ich, es sei vielleicht doch niemand zu Hause, und eine Woge der Erleichterung durchflutete mich, doch sie versiegte sogleich, als ich den Klang von Schritten vernahm, die sich im Hausinnern näherten. Die Tür ging auf.

»Sie wünschen?«, fragte eine Frau mit kurzen schwarzen Haaren und vollen roten Lippen. Ich erkannte sie sofort wieder; ich hatte zum richtigen Haus zurückgefunden.

»Ich möchte zu Roger Nelson«, sagte ich und fügte dann hinzu: »Meinem Vater.«

Sie warf einen Blick auf mich und schob die Fliegengittertür auf, um mich besser sehen zu können.

»Er ist noch nicht zu Hause«, erwiderte sie tonlos.

Ich weiß nicht, mit welcher Antwort ich rechnete, aber nicht damit. Bei den Wörtern *Er ist noch nicht zu Hause* wurde mir übel. Ich wollte darauf hinweisen, dass das »Zuhause« meines alten Herrn in Greenwich, Connecticut, war und nicht dieses gottverdammte Reihenhaus im italienischen Brooklyn, doch ich verbiss es mir.

»Dann erwarten Sie ihn also?«, erkundigte ich mich stattdessen.

Sie zuckte mit den Schultern. »Wenn er im Büro fertig ist.«

»In dem Fall werde ich hier auf ihn warten.« Ich starrte sie an, und sie schien zu verstehen, was ich jetzt von ihr erwartete, auch wenn sie ganz offensichtlich alles andere als erpicht darauf war.

»Ach ja?« Sie warf mir einen widerwilligen Blick zu. »Tja, schön. Dann kommen Sie wohl besser rein.« Sie hielt mir die Fliegengittertür auf. Ihre Stimme war verflucht abweisend, aber das war mir egal. Ich war fest entschlossen, meinen alten Herrn zu sehen, und wenn er nach Hause kam und mich in Dolores' Wohnzimmer sitzen sah, würde ihn der Schock vielleicht wachrütteln und ihm klarmachen, was für ein mieser Vater er war und was ich als sein Sohn durchgemacht hatte. Ich genoss diese Vorstellung, während ich sie mir ausmalte, und mein Selbstvertrauen wuchs, als ich in die dunkle Diele trat, die ins Haus führte.

Ich beobachtete Dolores' grotesken Hintern, der hin und her wackelte, während sie mich ins Wohnzimmer führte. Mir war klar, dass sie genau der kurvenreiche Typ Frau war, der vielen Männern gefiel, aber ich fand sie verdammt abstoßend.

»Nehmen Sie Platz«, sagte sie, aber ihre Stimme war so tief und unverschämt, dass sie genauso gut *Fallen Sie tot um* hätte sagen können. Ich ignorierte ihre Anweisung, stand da und sah mich im Zimmer um, indem ich verächtlich die Einzelheiten musterte. Es war ein schlichtes, verlottertes Wohnzimmer mit einem heruntergekommenen Kamin und etlichen vergilbten Spitzendeckchen auf dem Sofa und dem Sessel, die wahrscheinlich eine Reihe von Löchern in den Polstern verdeckten.

Ich trat an den Kaminsims und griff nach einem Foto in einem billigen Messingrahmen. Ich wusste gleich, ohne nachfragen zu müssen, um wen es sich auf dem Bild handelte, denn obwohl er darauf älter und größer war, hatte er trotzdem den gleichen dicken Nacken und die gleiche Schlägernase und den dunklen Teint, auf die ich bei dem Spiel der Little League vor all den Jahren einen Blick erhascht hatte.

»Er hat Rogers Augen«, sagte Dolores. Sie sagte es auf diese auswendig gelernte, reflexartige Weise, die Leute an sich haben, wenn sie die gleiche Bemerkung schon viele Male gemacht haben, und ich wusste, dass dies wahrscheinlich der gleiche Kommentar war, den sie jedem gegenüber abgab, der zufälligerweise nach diesem besonderen Foto griff, um es genauer zu betrachten. Mein gesunder Menschenverstand sagte mir, dass sie sich nichts dabei dachte, aber ich drehte mich jetzt um und starrte sie trotzdem furchtbar wütend an.

Dolores begriff zwar die Gefühle hinter meinem Blick, zuckte aber nur wieder mit den Schultern. Sie wusste, dass ihr Sohn für mich ein heikles Thema war, aber ihr Schulterzucken besagte, sie würde sich nicht dafür entschuldigen.

»Ich weiß«, erwiderte ich tonlos auf ihre Äußerung über seine Augen. »Ich habe ihn früher schon einmal gesehen.«

Zu meiner Genugtuung zuckte sie überrascht zusammen.

»Im Alter von elf Jahren«, fuhr ich fort, »bin ich meinem alten Herrn in der Subway gefolgt. Er hat sich ein Spiel der Little League angesehen.« Ich stellte das Foto in seinem schäbigen Rahmen mit einem nicht gerade ehrerbietigen Krachen auf den Kaminsims zurück.

»Oh, die Little League.« Dolores nickte. Sie holte eine Zigarette aus der Schürzentasche und steckte sie an, und ich betrachtete ihre Augen durch einen Rauchschleier. »Ja, Johnny hat sämtliche Sportarten betrieben. Und war auch in allen gut. Ein richtiger Babe Ruth mit dem Schläger, hat sein Vater früher immer gesagt.«

Der böse Blick, den ich ihr vor ein paar Minuten zugeworfen hatte, verstärkte sich noch. Dolores war bestimmt in vielerlei Hinsicht ungeschliffen, aber jetzt dämmerte mir allmählich, dass sie trotz ihres offensichtlichen Bildungsmangels eine gewisse Gerissenheit besaß. Sie hatte eine gemeine Ader; sie wusste genau, was sie sagen musste, um einen Kerl da zu treffen, wo es wehtat. Sie plauderte so beiläufig wie nur was mit mir, und dennoch war in ihrem Blick dieser Funke von Intelligenz und Grausamkeit zu sehen. Und sie war störrisch. Das verdammte Miststück wollte unter meinem schrecklichen Blick einfach nicht klein beigeben.

»Was denn? Sie können hier den Fassungslosen geben, aber was wollen Sie?« Sie schüttelte den Kopf, um ihre Gleichgültigkeit zu demonstrieren. »Wollen Sie, dass sein Vater ihn ignoriert? So tut, als wäre er nicht sein eigen Fleisch und Blut? Ein echtes Herz aus Gold haben Sie da. Mannomann.«

»Was ich will?«, wiederholte ich. Ich wusste, dass die Frage nicht ernst gemeint war, und sie war ohnehin rhetorisch und voller Sarkasmus, aber auf einmal wollte ich sie beantworten.

»Sehen Sie mal«, sagte ich, »ich bin voll und ganz dafür, dass ein Mann sein Leben so lebt, wie es ihm verdammt noch mal gefällt, aber es geht um die Verlogenheit.«

Ich spürte, wie mein Mund sich vor Abscheu hässlich verzog, aber Dolores zuckte nur wieder auf diese verflucht ärgerliche, gelangweilte Art mit den Schultern.

»Verlogenheit? Ha! Da redet gerade der Richtige. Wie dem auch sei, Ihre Mutter weiß Bescheid«, sagte Dolores in trockenem Tonfall. »Oh, ich bin mir sicher, dass sie beim Bridgekreis mit ihren Freundinnen nicht darüber spricht, aber sie weiß Bescheid.«

Es war verdammt mies von ihr, das zu sagen, aber ich hatte trotzdem keine Antwort darauf, denn ich wusste, dass es stimmte. Ich dachte zurück an das Mal, als ich heimlich mit dem Zug nach Brooklyn gefahren war, und wie meine Mutter allein im Hudson gekommen war, um mich abzuholen, und wie sie am Telefon nicht im Geringsten überrascht geklungen hatte, als ich ihr sagte, wo ich mich befand.

»Das ist die Sache mit euch Reichen«, fuhr Dolores fort. »Ihr denkt, ihr seid zu gut, um je die zweite Geige zu spielen, und ihr schafft es, hundert Jahre lang alles zu leugnen! Das nennt man Arroganz, und die ist wie ein schlechter Zahn, bloß dass ihr Reichen zu eingebildet seid, um ihn zu bemerken, wenn ihr in den Spiegel schaut. Hier unten ist es wenigstens so, dass die Leute einem die Arroganz schon austreiben.«

Ich war mir ziemlich sicher, dass Dolores meine Mutter gerade eben zweite Geige genannt hatte, aber ich ignorierte es.

»Wie haben Sie meinen alten Herrn überhaupt kennengelernt?«

»Ha!« Sie lachte schallend, und ihre vollen Lippen kräuselten sich vor Verachtung. »Das zeigt, wie viel Sie wissen. Roger und ich sind schon seit unserer Jugend zusammen. Er mag fremdgehen, aber er kommt immer zu mir zurück. Die Frage, die Sie stellen sollten, lautet, wie Roger Ihre *Mutter* kennengelernt hat.«

Ich warf ihr einen argwöhnischen Blick zu. Sie nahm einen Aschenbecher vom Kaminsims und lächelte.

»Sie war schwanger. Ihr Freund aus dem Country Club wollte sie aber nicht heiraten, und sie wollte wohl nicht neun Monate lang ›zu Besuch bei ihrer Tante‹ sein. Wenn Sie mich fragen, hat Roger ihr einen Gefallen getan. Sie haben damals ein bisschen miteinander herumgemacht, sicher, aber er wusste noch nicht einmal, ob das Baby seines war.«

Ich sah sie an und hatte auf einmal einen gewaltigen Kloß im Hals.

»Ganz richtig.« Dolores verengte die Augen zu Schlitzen und senkte ihre widerliche Stimme. »Sie haben mich schon richtig verstanden.«

Ich spürte, wie ich die Fassung verlor, und ich fing zu schwitzen an. Es war, als würde ich das Telefonat mit meinem alten Herrn noch einmal durchleben. Ich hatte an dem Tag fast nichts getrunken, aber ich war trotzdem noch verdammt verkatert, und ich dachte, dass das Trinken jetzt vielleicht wirklich seinen Tribut forderte, denn die Wände des Zimmers bewegten sich, genau wie vor all den Monaten, als ich im Sweet Spot das Bewusstsein verloren hatte. Ich taumelte weg von ihr und hielt auf die Haustür zu.

Dolores rief mir hinterher, die Stimme voller Bosheit: »Roger ist sich noch nicht mal sicher, ob Sie von ihm sind, und jetzt nach Ihrer krummen Tour sieht es so aus, als könnte er wegen Ihnen die Stelle verlieren! Neulich hat er mir gesagt, in seinen Augen hat er immer nur *einen* echten Sohn gehabt. Und raten Sie mal? Sie sind das nicht.«

Ich fingerte ungeschickt an der Haustür herum, und sobald ich sie aufbekommen hatte, stürzte ich hindurch, ohne mich umzusehen. Der Plan war gewesen, dort zu warten, und ich hatte mich auf den Gesichtsausdruck meines alten Herrn gefreut, wenn er eintraf und sah, dass ich über Dolores und über sein schäbiges Doppelleben Bescheid wusste, und ich dachte, wenn ihm klar wurde, dass die Katze aus dem Sack war, würde er vielleicht einsehen, was für ein mieser Vater er gewesen war, und würde Anstand und Mitgefühl an den Tag legen und sich mir gegenüber mit dem Buchvertrag korrekt verhalten.

Doch der Anblick von Dolores, der Anblick ihrer Unverfrorenheit und ihrer Schärfe, hatte mich davon überzeugt, dass es vergebliche Liebesmüh war. Mein alter Herr war eine Ratte, so war es nun einmal. Er würde nicht Räson annehmen und mich verteidigen, und wenn ich Rattenhaftigkeit mit Rattenhaftigkeit bekämpfen wollte, blieb mir jetzt nur eines übrig. Auf keinen Fall würde ich mir diesen Buchvertrag sang- und klanglos durch die Lappen gehen lassen.

Ich machte mich auf die Suche nach Rusty.

EDEN

76

»Sie sollten Ihre Kündigung einreichen, Eden«, sagte Mr. Nelson.

Seit dem anonymen Hinweis zu Cliffs Plagiat war eine Woche vergangen. Ich hatte es kommen sehen, doch es schockierte mich trotzdem und stimmte mich traurig. Betroffen sah ich Mr. Nelson an.

»Ich rate Ihnen das aus Gefälligkeit«, sagte er. »Um den Anschein von Vetternwirtschaft auszuräumen – ganz zu schweigen von dem möglichen Plagiat –, hat man mich gebeten, diskret zu kündigen, und ich bezweifle, dass das hier angesichts … aller Entwicklungen … in Zukunft ein guter Ort für Sie sein wird.«

Ich nickte. Wir saßen in seinem Büro. Es war Montagvormittag, und er hatte mich zu einer Besprechung unter vier Augen hereingebeten, bevor der Arbeitstag losging. Mr. Nelson hatte dunkle, auberginefarbene Ringe unter den Augen. Jetzt stand er seufzend auf und goss zwei Gläser Scotch ein. Er reichte mir eines, und ich nahm es entgegen, während er wieder Platz nahm.

Der Scotch schmeckte wie Torfmoos und ein bisschen, als würde man einen Frosch ablecken.

Mr. Nelson stand auf und blickte aus dem Fenster auf das Hochhäusermeer. Das tat er, wenn ihm etwas Sorge bereitete.

»Er hat es geschafft, sich aus dem Vertrag freizukaufen und das Buch bei einem anderen Verlag unterzubringen«, sagte er mit Bezug auf Cliff.

»Ich weiß.«

»Dieser andere Verlag, sie sind gewillt, das Risiko in Kauf zu nehmen. Irgendein Typ namens Rusty Morrisdale hat es eingefädelt. Ein nichtsnutziger Beatnikfreund von Cliff, könnte ich mir denken.«

»Das habe ich auch gehört.« Ich hatte nicht direkt mit Cliff gesprochen; soweit ich wusste, war er in der Woche kein einziges Mal nach Hause in unser Apartment zurückgekehrt. Irgendwann würden wir uns zwangsläufig über den Weg laufen. Es war nur eine Frage der Zeit, bis ich mir jemanden suchen musste, um Scheidungspapiere aufsetzen zu lassen.

»Ich bin entrüstet, wenn Sie die Wahrheit wissen wollen«, sagte Mr. Nelson. »Wenn es ein Plagiat ist und es Beweise gibt, wird es ihn früher oder später einholen. Im Moment kommt er mit viel zu geringen Konsequenzen davon.«

»Was wäre Ihnen lieber?«, fragte ich Mr. Nelson.

Er zuckte mit den Schultern und blickte in sein Scotchglas hinunter. »Ich weiß es nicht.« Er drehte sich zu mir. Kurzzeitig tränten seine Augen. Unbehaglich stand ich auf und strich meinen Rock glatt. Da Mr. Nelson spürte, dass ich gleich gehen würde, stellte er mir schließlich die einzige Frage, die ihn wirklich interessierte.

»Glauben Sie, dass er es getan hat?«, fragte er. Ich hielt inne und sah ihn an, direkt und unverwandt und geradeheraus.

»Ich weiß es nicht«, sagte ich. Mr. Nelson wirkte niedergeschlagen, und mir wurde klar, dass er auf eine definitive Aussage meinerseits gebaut hatte. Es war komisch zu sehen, dass es Mr. Nelson wichtig war, dass er sich das Beste von Cliff erhoffte, aber trotzdem mit dem Schlimmsten rechnete. Zum ersten Mal dämmerte mir, dass Mr. Nelsons reizbare Einstellung gegenüber Cliff auf etwas anderes als einfache Verachtung zurückzuführen war. Doch ihre Beziehung hatte den beiden, und den Menschen in ihrem Umfeld, schon genug Schaden zugefügt. Es war nicht länger meine Angelegenheit.

»Wenn es Ihnen nichts ausmacht, möchte ich auf die zwei Wochen Kündigungsfrist verzichten«, sagte ich. »Ich würde mich gern gleich auf die Suche nach einer neuen Stelle begeben.« Mr. Nelson betrachtete mich mit überraschter Miene. »Soll ich für Sie eine Aushilfskraft organisieren?«

Er sammelte sich. »Bitte«, antwortete er.

Ich stellte das leere Glas auf seinem Schreibtisch ab und wandte mich zum Gehen.

»Ich werde Ihnen ein Empfehlungsschreiben abfassen«, sagte er in wohlwollendem Tonfall. »Mein Mädchen kann mehrere Kopien anfertigen, falls Sie ein bisschen herumsuchen müssen, um etwas zu finden.«

Mein Mädchen, hatte er gesagt. Ich war »sein Mädchen« gewesen, aber von dem Moment an nicht mehr. Es war ein einfacher Ausdruck – viele Lektoren benutzten ihn –, aber er offenbarte genau, wie austauschbar ich immer gewesen war.

»Ich möchte nur eine Ausfertigung«, sagte ich. »Richten Sie das Schreiben an Ms. Mavis Singer von Farbman & Company.«

»Na schön«, sagte Mr. Nelson mit müder Stimme.

»Und, Sir?«

»Ja?«

»Stellen Sie es auf den Namen ›Eden Katz‹ aus.«

Mr. Nelson blinzelte. »Ich verstehe nicht ganz …«, sagte er mit einem Stirnrunzeln.

»Eden Katz«, wiederholte ich und buchstabierte es ihm. »So lautet mein Name. Schon immer.«

MILES

77

Als ich das Ufer des Hudson Rivers verließ, setzte die Realität des Albtraumes ein und forderte ihren Tribut, und auch wenn ich kein Arzt bin, glaube ich, dass ich eine Art Übersprungshandlung beging. Ich erinnere mich noch vage daran, dass ich mein Fahrrad wütend hochhob und in den Hudson hievte … und beobachtete, wie die auf der Flussoberfläche treibenden Eisbrocken wie Eiswürfel auf und ab wippten.

Danach muss ich eine angemessen jämmerliche Bar aufgesucht haben, denn das Nächste, woran ich mich erinnere, ist, dass ich mit dicker Lippe und geschwollenem Auge in meinem Zimmer in der Wohnung meiner Mutter aufwachte, mit dem bitteren Nachgeschmack von billigem Fusel im Mund. Ich erinnere mich nicht an den Mann – oder vielleicht waren es auch mehrere –, der oder die jene Souvenirs hinterließen, die ich anschließend in meinem Gesicht entdeckte.

Für mich gab es nur ein Monster. Ich musste bloß in den Spiegel schauen.

Doch ich schaute nicht in den Spiegel. Ich hatte keine große Lust, diese neuen, frischen Blutergüsse zu sehen, geschweige denn die groteskeren Gesichtszüge, die, wie ich wusste, darunter lauerten. Ich blieb im Bett und starrte zur Decke, während das goldene Morgenlicht sich veränderte, das Fenster in verschiedene Blautöne getaucht wurde und das

Licht sich schließlich aschgrau verfärbte. So verbrachte ich fast eine ganze Woche und sah dabei zu, wie sich der immer gleiche Zyklus stets aufs Neue wiederholte.

Als meine Mutter hereinkam, um mich zurechtzuweisen, und mich drängte aufzustehen, bedachte ich sie mit einem derartigen Blick, dass sie nicht weiter darauf bestand und auch nicht versuchte, mich noch einmal zu bedrängen. Sie schien mein Leid schließlich sogar zu verstehen, selbst wenn sie die Ursache nicht erkennen konnte. Sie verfiel auf eine sanftere Taktik und fing an, mir Tabletts mit Essen zu bringen – Tabletts, die ich nicht anrührte und die sie später abräumte.

Mir kam in den Sinn, dass ich schon einmal in einen ähnlichen Zustand verfallen war, gleich nachdem Rusty mich auf Cliffs und Edens Dach angegriffen hatte. Aber das war nichts im Vergleich hierzu. Ich erinnerte mich an den Genesungsprozess, als ich in jenen Greyhound-Bus gestiegen war und versucht hatte, nicht auf Menschen zu achten, die neugierig mein geschundenes Gesicht anstarrten, die Blutergüsse, die wie gelbe und violette Quallen an meiner Hautoberfläche schwammen.

Jetzt wurde mir klar, wie töricht ich doch war, als ich das Bild von Cobs sich häutender Zikade übernommen hatte. *Ich häute mich*, hatte ich damals gedacht. Ich hatte mich mit dem Insekt identifiziert, aber jetzt erkannte ich, dass ich falsch lag. Wenn ich irgendetwas in dieser Metapher war, dann die gehäutete Hülle, die die Zikade am Ast hängen lässt. San Francisco. Die Tage mit Joey auf dem Hausboot. Ich hatte gelebt und all das von mir gelebte Leben in diesem seltsamen, perfekt geformten, aber doch leeren Echo meines Lebens zurückgelassen.

Tage vergingen, dann Wochen.

Ein Brief traf ein, ordentlich neben eine Suppenschüssel auf einem der Tabletts gesteckt, die meine Mutter hereinbrachte. Seine Existenz sandte einen elektrischen Schlag durch meinen Körper, und dennoch wusste ich gleich, von wem er stammte. Er musste ihn in seinem Hotelzimmer geschrieben haben, kurz davor. Viermal versuchte ich, ihn zu öffnen, scheiterte jedoch. Was auch immer darin stand, es war alles, was ich zurückgelassen hatte. Jedes Mal, wenn ich das Papier berührte, zitterte meine Hand, sicher, dass der Inhalt mich direkt in die Hölle befördern würde.

Als ich eines Tages gerade den ungeöffneten Umschlag anstarrte, steckte meine Mutter den Kopf ins Zimmer.

»Janet ist hier, um dich zu sehen«, verkündete sie. »Ich weiß noch immer nicht, worum es bei all dem geht, aber sie hat ein Recht, zumindest zu erfahren, wo du gewesen bist.«

Mir war klar, dass meine Mutter Janet hereinschicken würde, ob ich es wollte oder nicht. Ich steckte den Briefumschlag in die Tasche meines Morgenmantels und setzte mich an der Bettkante auf, und meine Mutter zog sich zurück, um den Besuch hereinzuholen.

Zitternd betrat Janet das Zimmer.

»Miles …«, erklang ihre leise Stimme. Sie hockte sich neben mich aufs Bett. »Ich habe versucht, dich zu erreichen.«

Eigentlich hätte ich ein schlechtes Gewissen haben sollen, aber das hatte ich nicht, konnte ich nicht. Meine Hände befanden sich immer noch in meinen Taschen, und ich fühlte dort den zu einer Kugel zusammengeknüllten Brief. Zum ersten Mal seit zwei Wochen spürte ich, wie ein ungewohntes Prickeln von Emotionen den betäubenden Nebel, der mich umgab, durchbrach. Tränen traten in meine Augen. Perfektes Timing.

»Miles …?«, murmelte Janet, nachdem sie die kleinen, erdbebenartigen Wellen betrachtet hatte, die über mein Gesicht huschten. Ihre Reaktion, ihre sorgenvolle Miene … dies reichte, um den Sturm losbrechen zu lassen. Mein Gesicht verzog sich, ich streckte die Hand nach ihr aus und vergrub das Gesicht an ihrer Brust, gerade als mich das wahnsinnige Schluchzen übermannte.

»Miles!«, hörte ich ihre Stimme sanft rufen, als käme sie von weit her. Es war verständlich, dass sie beunruhigt war. Warum auch nicht? Doch ich konnte nicht anders. Ich gestattete dem Beben, mich ganz zu überrollen.

»Miles!«, rief sie erneut.

Sie weigerte sich zuzusehen, wie meine Maske fiel.

»Miles, bitte …«, flehte Janet mich jetzt an. »Miles, ich habe Neuigkeiten.«

Da war etwas in ihrer Stimme. Ich setzte mich auf und wischte mir übers Gesicht, bis ich ihr wie der verlässliche, solide Mann, der ich eigentlich sein sollte, in die Augen sehen konnte. Ich wartete darauf, dass sie fortfuhr.

EPILOG

CLIFF

30. März 1980

Ich lag im Sterben und saß im miesesten Krankenhaus fest, in dem ich je gewesen war. Wen die Lebererkrankung gelb gefärbt hat, der kann sich genauso gut Gefängnisstreifen aufmalen, denn so werden sie einen behandeln, wie einen Gefangenen. Sie gehen davon aus, dass man sich das selbst eingebrockt hat und es folglich nicht verdient, die guten Betten zu besetzen oder mit den guten Ärzten zu reden, und eigentlich hat man es auch nicht verdient, dass es einem besser geht, denn man wird sowieso nur losziehen und sich wieder krank machen. Am schlimmsten sind die Krankenschwestern, denn in den richtig schlechten Krankenhäusern sind es völlig fertige prüde Alte, die es nicht erwarten können, ihr Urteil über dich zu fällen. Sie schürzen ihre harten Lippen und fassen einen entweder kaum an, wenn Waschzeit ist, sodass man schmutzig und deprimiert zurückbleibt, oder aber sie schrubben einen so wund, dass man rote Flecken auf dem ohnehin schon geschwollenen Bauch bekommt.

Ich hätte mir dieses Krankenhaus nicht ausgesucht, aber mir blieb keine andere Wahl, denn der Fahrer des Krankenwagens traf die Entscheidung. Der Morgen meiner Einlieferung hatte recht friedlich begonnen; wir lebten in Scarsdale, und ich hatte Zeitung gelesen und Kaffee mit einem kleinen irischen Schuss getrunken, während meine Frau, Carolyn, bügelte. Carolyn war überhaupt nicht wie Eden. Sie war kein Karrieremädchen und völlig damit zufrieden, all die kleinen Dinge zu tun, wie ihrem Kerl das Hemd zu bügeln und ihm jeden Nachmittag, wenn die Cocktailstunde heranrollte, einen harten Drink zuzubereiten. Obwohl sie Kinder wollte und wir keine haben konnten, machten wir das Beste daraus und verstanden uns prächtig, hauptsächlich, weil Carolyn grundsolide war und immer wusste, wann sie nicht hinsehen durfte, und kein einziges Mal die Cocktailstunde vergaß. Jedenfalls ging der Ärger nicht in der Cocktailstunde los, sondern vielmehr am Vormittag jenes Tages. Ich hatte eine Magenverstimmung, was nichts Besonderes war, doch als ich ins Badezimmer ging, musste ich mich übergeben, und als ich sah, dass es sich um Blut handelte, rief ich nach Carolyn, und sie wurde ziemlich hysterisch, wie die meisten Frauen, und sie rief einen Krankenwagen und schilderte meinen Zustand, bevor ich sie daran hindern konnte.

Sobald Carolyn den Krankenwagen gerufen hatte, saß ich in der Klemme. Später erzählten mir die Ärzte, dass ich eine Art Blutung in der Speiseröhre gehabt hatte und dass mein Blut aufgrund meiner geschädigten Leber nicht gerinnen würde, und deshalb sei da so viel Blut gewesen. Sie hatten mich für eine kleine Operation unter Narkose gesetzt, und kurzzeitig fühlte ich mich besser, aber letztlich nutzte es nichts, denn ich fing an, an anderen Stellen Blutungen zu bekommen. Der Arzt hat es mir so erklärt, dass mein Körper wie ein kanonendurchlöchertes Kriegsschiff sei, bei dem es ein Leck nach dem anderen gebe. Ich wusste nicht, ob ich das glauben sollte, denn ich hatte früher auch schon mal Probleme, aber niemand hat je einen Krankenwagen gerufen, und es war immer gut ausgegangen, und nachdem ich ein oder zwei Tage trocken gewesen bin, hatte ich mich immer so gut wie neu gefühlt.

Jedenfalls war es diesmal anders. Diesmal verhielt es sich so, dass ich in dem lausigen Krankenhaus mit den lausigen Ärzten und ihren lausigen Prognosen festsaß, und wenn sie recht hatten, stand mir das Unvermeidbare sehr bald bevor. Ich bereute nur weniges im Leben und ich hatte Carolyn gebeten, einen der Gegenstände, die mit großer Reue verbunden waren, aus unserem Bankschließfach zu holen. Sie tat es und brachte ihn ins Krankenhaus, zusammen mit einem großen braunen Umschlag. Ich verschloss ihn und bat Carolyn, die Adresse von Eden Katz bei Farbman & Company nachzuschlagen und das Ganze mit der Post zu verschicken. Carolyn wusste von meiner Ehe mit Eden und auch, dass sie annulliert worden war und all das, und falls es sie je bedrückte, hatte sie den pragmatischen gesunden Menschenverstand, es sich nicht anmerken zu lassen. Sie fand die Adresse und brachte sie mit, in ihrer sehr hübschen und sehr ordentlichen Handschrift auf die Rückseite eines Kassenzettels gekritzelt. Als Nächstes bat ich sie, Rusty Morrisdale zur Besuchszeit ins Krankenhaus zu holen, und er willigte ein zu kommen, auch wenn die miese Ratte mich aufgrund seines vollen Terminplans ein paar Tage warten ließ. Welches Arschloch lässt einen sterbenden Mann warten? Doch ich kannte Rusty und seinen Charakter nur zu gut und wollte ihn nur sehen, um eine offene Angelegenheit von vor zweiundzwanzig Jahren zu klären.

Rusty war mein Agent, aber er hatte mich nur bei einem einzigen Vertrag vertreten, den wir gemacht hatten, als wir meinen Roman von Bonwright bei einem anderen Verlag untergebracht hatten, und Rusty hatte mich bei dem Vertrag wirklich unter Druck gesetzt, denn er hatte dafür gesorgt, dass das Geschäft zwar ganz anständig für mich ausfiel, er aber mehr als die doppelte Provision bekam, die ein normaler

Agent eingestrichen hätte. Es war sehr heimtückisch von ihm, aber damals ließ sich nichts dagegen machen, da Rusty ein gewisses Geheimnis über mein Buch kannte und Gott weiß, dass die miese Ratte sich nicht zu gut für Erpressung war.

Jetzt nach all den Jahren stand Rusty endlich im Türrahmen meines Krankenhauszimmers, und seine Knopfaugen erfassten die ganze Szene. Sein Haar war, seit ich ihn das letzte Mal gesehen hatte, schmutzig grau geworden, aber ansonsten sah er immer noch gleich aus und schlurfte immer noch durch die Gegend wie ein mürrisches Teenagermädchen. Zwar hatte es bei ihm noch nie einer Einladung bedurft, doch ich winkte ihn trotzdem herein, und er trat ein und begrüßte mich verlegen. Er sah wohl, dass ich tatsächlich im Sterben lag.

»Du weißt, warum ich dich hergebeten habe, Rusty«, sagte ich, »es geht um die Dinge, die wir vor all den Jahren gemacht haben.«

Carolyn war schon zu Besuch da gewesen und wieder gegangen, und es war sinnlos, um den heißen Brei herumzureden, doch Rusty war anzusehen, dass meine Offenheit ihn nervös machte, denn er blickte sich ängstlich um. Es war kein Privatzimmer, denn in den lausigen Krankenhäusern gibt es die nie, und Rusty schaute zu den anderen Betten im Zimmer, um zu sehen, ob uns jemand zuhörte. Selbst jetzt, nach all den Jahren, umgab mein Buch immer noch ein kleiner Hauch literarischer Kontroverse. Es war Rusty gelungen, das Buch als unverlangt eingesandtes Manuskript bei Torchon & Lyle unterzubringen, aber die Verlagswelt ist doch sehr klein, und er konnte die Gerüchte nicht ewig unter Kontrolle halten. Jeder wusste von dem großen Literaturpreis, den der Roman verliehen bekommen hatte, aber es war ebenfalls bekannt, dass die Jury den Preis später aufgrund der kursierenden Unterstellungen, das Buch sei ein Plagiat, zurückgenommen hatte. Offiziell wurde ich nie angeklagt, und nichts wurde je bewiesen – jedenfalls nicht vor einem Gericht –, aber diese Penner nahmen den Preis trotzdem zurück. Dies wiederum bewirkte ironischerweise, dass das Interesse der Leute nur noch mehr entfacht wurde, und so waren die Mitglieder der Preisjury im Grunde die Dummen, denn im Anschluss verkaufte das Buch sich recht lange wie warme Semmeln. Rusty war natürlich zugeknöpft, was die Gerüchte betraf, und ich wusste, dass das nicht unbedingt um meinetwillen so war, denn das Buch stellte auch seinen Lebensunterhalt dar. Während Gerüchte gut fürs Geschäft waren, würde ihm eine Bestätigung dieser Gerüchte den Garaus machen. Mit seinem einträglichen Geschäft durch die betrügerische Provision war er letztlich gut weggekommen, und ich sah ihm an, dass er nicht wollte, dass dieses florierende Geschäft zu einem Ende käme, und er wollte ganz gewiss nicht verklagt werden oder jemandem das Geld zurückzahlen müssen.

»Du solltest wissen, dass ich dich für den Teufel in Person halte, Rusty«, sagte ich jetzt und sandte einen unfreundlichen Blick in seine Richtung. »Einen dreckigen miesen Scheißkerl von einem Teufel mit Ärmelschonern.«

»Komm schon, hör auf mit dem Zeug, altes Haus. Die Dinge sind gut gelaufen. Du hast deinen Vertrag bekommen, nicht wahr? Konzentrier dich am besten darauf«, sagte Rusty mit aufmunternder Stimme. Es war fast, als wollte er mich aufheitern.

»Warum hast du es getan?«, fragte ich. In dem Schließfach hatten sich zusammen mit dem Notizbuch Zeitungsausschnitte befunden. Ich hatte das Buch verschickt, aber nicht die Ausschnitte, und die schob ich jetzt auf Rusty zu, quer über den kleinen Krankenhaustisch an meinem Bett.

»Was getan? Dir geholfen, das Buch bei einem neuen Verlag unterzubringen?«

Ich deutete auf den Artikel über einen jungen Mann beim Außenministerium, gegen den ermittelt worden war und der in einem Hotel in New York City Selbstmord begangen hatte. »Das hier war nicht Teil unseres Plans. *Das* solltest du nicht tun.« Ich tippte auf die Schlagzeile, und als Rusty sie betrachtete, weiteten sich seine Augen.

»Cliff, das habe ich nicht getan«, sagte er. Ich schaute ihn an, und er konnte sehen, dass ich ihm nicht glaubte.

»Es war dein großer Einfall ... der Wink. Du hast gesagt, es bräuchte nicht mehr als einen anonymen Anruf.«

»Ich habe niemanden angerufen, das schwöre ich.«

»Na gut, Rusty. Wie du willst«, sagte ich verärgert. Bei diesem Kerl kam man nicht weit, und es war offensichtlich, dass er nie die Schuld für irgendetwas, was er je getan hatte, auf sich nehmen würde. Ich musterte ihn. Hier waren wir, zwei siebenundvierzigjährige Männer, und er versuchte immer noch, mich einzuwickeln.

»Verschwinde, Rusty.« Auf einmal war ich erschöpft und von Gefühlen übermannt. »Ich will nicht mehr reden.«

»Gibt es etwas, das ich für dich tun kann, Cliff?«

»Raus!«, brüllte ich kraftvoller.

»Wir sollten über die Zukunft sprechen, Cliff, und deinen Nachlass ...«

Daraufhin griff ich nach dem Wasserkrug auf dem Nachttisch neben mir und warf ihn nach Rustys Kopf. Ich traf nicht, hatte aber dennoch meinen Standpunkt deutlich gemacht, und Rusty hastete auf seinen kleinen Rattenbeinen hinaus. Zwei Krankenschwestern kamen herein, um mich zu schimpfen.

Als ich dort saß und den Krankenschwestern zusah, wie

sie mit ihren dicken Hintern herumwatschelten, die Schweinerei wegputzten und mir etwas vorgackerten, begann mein Hirn, die Dinge zu durchdenken und Möglichkeiten zu erwägen, die ich zuvor nicht in Betracht gezogen hatte. Es machte mir zu schaffen, dass Rusty leugnete, irgendetwas mit dem Anruf beim Außenministerium zu tun zu haben. Schließlich war es überhaupt erst seine Idee gewesen, und es war auf jeden Fall etwas, das er tun würde. Es nagte an mir, dass er sich eben so ungerührt gegeben und so dumm gestellt hatte. Ich war immer davon ausgegangen, dass Rusty den telefonischen Hinweis getätigt hatte und dass Miles den anonymen Brief an Bonwright geschickt hatte.

Doch jetzt dämmerte mir, dass diese Annahmen eben nichts weiter als das gewesen waren: Annahmen. Es gab auch andere Möglichkeiten, die zu sehen ich mir nie die Mühe gemacht hatte.

Ich hatte das Kuvert schon an Farbman & Company adressiert und Edens Namen daraufgeschrieben, und es befand sich in eben der Sekunde auf dem Weg zu ihr. *Eden.* Wie hatte ich so blind sein können? Es war direkt vor mir gewesen, jahrzehntelang, und ich hatte es nie vermutet. Es heißt, sterbende Männer sehen die Dinge klarer, und während ich dort in meinem lausigen Dreckloch von einem Krankenhauszimmer saß, überlegte ich mir, wie schade es war, endlich alles so klar zu sehen und verdammt noch mal nichts tun zu können.

EDEN

21. April 1980

Auf dieses Kuvert hatte ich schon lange gewartet.

Als es endlich eintraf, war ich seit über zwanzig Jahren bei Farbman & Company. Ich war meiner Mentorin, der großen Mavis Singer, gefolgt, bis sie schließlich in Pension ging und ich in ihre Fußstapfen als Cheflektorin und Mitglied der Geschäftsleitung trat. Es schien, als wären die Jahre im Nu verflogen, und dennoch wusste ich, dass ich nicht mehr derselbe Mensch war. Manchmal stellte ich mir vor, wie ich in der Zeit zurückreiste und meinem früheren Ich die Hand schüttelte, jener nervösen, aufgeregten jungen Frau, frisch aus dem College, jung und voller Energie und gleichzeitig ein wenig erschöpft von der Busfahrt, die sie von Indiana nach New York gebracht hatte. Es würde sie so schockieren zu sehen, wo ich gelandet war; vielleicht würde sie es noch nicht einmal glauben. Doch dann ermahnte ich mich: Eine Zeitmaschine brauchte ich ja wohl nicht. Jedes Mal, wenn ich ein Vorstellungsgespräch mit einer neuen Sekretärin führte, wusste ich, dass ich eine frühere Version meiner selbst betrachtete. Die toupierten Haare und Schulterpolster mochten sich im Gezeitenwechsel ändern, aber manche Dinge blieben gleich.

In Wahrheit würde es wohl immer junge Edens geben, die in diese Stadt strömten und von denen manche hofften, im Verlagswesen zu landen. Die zweite Version meiner selbst –

die Version, zu der ich geworden war, nachdem ich Bonwright verlassen hatte und Cliff und ich unsere Ehe annulliert hatten, die Version meiner selbst, die in New York durchgehalten und es schließlich doch noch zur Lektorin gebracht hatte –, sie war seltener. Mir war nicht klar, dass ich zu dieser zweiten Version meiner selbst geworden war, bis ich nach einer Weile Miss Everett bei einem Verlagsfest über den Weg lief, ungefähr ein Jahr, nachdem Ms. Singer mich eingestellt hatte, damit ich bei Farbman arbeitete. Es hatte so kommen müssen, dass wir einander über den Weg liefen; wir mögen zwar in einer riesigen Metropole leben, doch das Verlagswesen ist eine sehr kleine Welt. Miss Everett war mir gegenüber eisig, wie ich erwartet hatte. Doch nicht erwartet hatte ich, wie wenig es mich kümmern würde. Ich hatte befürchtet, ihr Anblick würde mich an mein schreckliches Versagen bei Torchon & Lyle erinnern. Doch als ich dort stand und mir auf einmal klar wurde, dass Miss Everett keinerlei Macht über mich besaß, wurde mir außerdem klar, dass ich meinen Weg nicht bereute. Ich bereute noch nicht einmal die Fehler. Es war ein Fehler gewesen zuzulassen, dass man mich drangsalierte, doch das hatte mich dazu gezwungen zu lernen, für mich einzutreten. Es war ein noch größerer Fehler gewesen, meinen Nachnamen und alles, was damit zusammenhing, abzulegen. Doch da ich ihn mittlerweile zurückerlangt hatte, hatte ich gelernt, wie kostbar er mir war.

Nein, es gab nur eine Sache, die ich bereute, eine Sache, die ich zurücknähme, wenn ich könnte.

Ich war mir nie wirklich sicher gewesen, dass dieses Kuvert kommen würde, doch als es auf meinem Schreibtisch landete, erkannte ich die Handschrift sofort wieder. Ich öffnete das

Kuvert; der Inhalt war genau das, womit ich gerechnet hatte. Ich griff nach dem Telefon und buchte einen Flug. Schon vor langer Zeit hatte ich entschieden, dass dies etwas wäre, was ich persönlich überbringen würde.

Aus der Ferne hatte ich Miles im Auge behalten. Ich wusste, dass er Lyrik geschrieben hatte, seinen Doktor gemacht und sich schließlich in Berkeley, Kalifornien, niedergelassen hatte, um an der Universität Lyrik zu dozieren. Die Dame im Reisebüro konnte mir einen Pan-Am-Flug in zwei Wochen buchen. Ich bestätigte sofort und gab ihr die Nummer meiner Visakarte. Zu dem Zeitpunkt hatte mein Leben längst eine einfache, unkomplizierte Gestalt angenommen. Es gab keinen Ehemann, den ich in der Arbeit anrufen und dem ich von meiner kleinen Geschäftsreise zu erzählen hatte, keine Kinder, deren Betreuung geregelt werden musste. Noch nicht einmal eine Katze, für die ein Katzensitter organisiert werden musste. Das hört sich wohl furchtbar traurig an, aber in Wahrheit genoss ich mein Leben. Bücher waren meine Kinder; ihre Rücken lächelten mir vom Regal aus zu. Ich arbeitete mit Kollegen, die ich bewunderte und respektierte. Und ich wusste, dass ich selbst so etwas wie ein Original geworden war. Diese Entwicklung fiel mir zum ersten Mal vor etwa zehn Jahren auf, als ich eines Morgens in einem meiner makellos maßgeschneiderten Kostüme (Mavis hatte mir den Namen ihrer Schneiderin genannt) ins Büro kam, in einen Fuchsmantel gewickelt, mit zwei frisch lektorierten Manuskripten, die aus meinem Aktenkoffer lugten, und mich selbst durch die recht weit aufgerissenen, ausdrucksvollen Augen meiner Assistentin sah. Ich lachte, als mir aufging, zu was für einer Karikatur ich geworden war, aber es störte mich nicht im Geringsten. Nein, mein Leben war meine eigene Schöpfung, und ich nahm es bereitwillig an. Es gab nur eine Sache, die ich bereute, und als dieses Kuvert eintraf, sah ich darin die Chance, das bisschen, was in meiner Macht stand, in Ordnung zu bringen.

Folglich spazierte ich zwei Wochen, einen sechsstündigen Flug und eine Fahrt mit einem Mietwagen später die Telegraph Avenue entlang, während ein Meer aus lebhaften jungen Menschen um mich herumwuselte und die Gerüche exotischer Gerichte schwer in der frischen Luft der Bucht hingen.

Ich verpasste ihn in seinem Büro, aber eine Gruppe Studenten sagte mir, in welcher Bar ich ihn am wahrscheinlichsten antreffen könnte. Irgendwie hörten sie sich reizend an; sie schienen Mitleid für ihn zu hegen und ihn als romantische Figur zu betrachten. Seine Frau sei kürzlich an Krebs gestorben, erzählten sie mir. »Ich glaube, er sitzt einfach gern allein da und schreibt Gedichte«, sagte ein Mädchen. Ich fragte mich, wie sehr er sich verändert hatte, ob ich ihn wiedererkennen würde, doch gleich beim Betreten der Bar erblickte ich ihn: das gleiche schöne Gesicht, sogar die gleiche Hornbrille, und jetzt ein winziger Hauch von Grau an den Schläfen.

»Hallo, Miles«, sagte ich, zog den Barhocker neben seinem hervor und nahm Platz. Er drehte sich zu mir, um mein Gesicht zu betrachten, und ich fragte mich, wie sehr ich mich verändert hatte. Eine Frau weiß das nie. Doch ich erblickte den Funken des Wiedererkennens in seinen Augen, auch wenn er nicht lächelte.

»Hallo, Eden«, erwiderte er in neutralem Tonfall, als wären wir uns gerade im Village über den Weg gelaufen.

»Wie ich höre, unterrichtest du inzwischen Lyrik«, sagte ich. »Ich habe in deinem Büro vorbeigeschaut, aber du warst nicht da. Deine Studenten scheinen dich zu mögen.«

»Sie tolerieren mich. Es sind gute Studenten.«

Ich hielt inne und versuchte mir zu überlegen, was ich als Nächstes sagen könnte. Als ich das Kuvert mit Cliffs Absender darauf geöffnet hatte, wusste ich, was ich zu tun hatte. Doch jetzt, da ich quer durchs ganze Land gekommen war, fiel es mir schwer zu entscheiden, wie ich das Thema ansprechen sollte.

»Cliff ist vor zwei Tagen verstorben«, sagte ich. »Ich habe die Neuigkeiten erfahren, kurz bevor ich zum Flughafen aufgebrochen bin.« Ich hielt inne, um ihm Gelegenheit zu geben, diese Information zu verarbeiten, und nach einer Weile nickte Miles. Er erkundigte sich nicht, was aus meiner Ehe mit Cliff geworden war, auch wenn er es intuitiv zu wissen schien. Auch sagte er nicht *Es tut mir leid*, was in Ordnung war, denn wir wussten beide, dass das nicht möglich war.

»Vor seinem Tod hat er mir das hier mit der Post geschickt.« Ich zog das Notizbuch aus der Handtasche und legte es auf die Bar. Miles' Augenbrauen schossen in die Höhe, und seine Stirn legte sich in Falten. Ihm war anzusehen, dass er nie gedacht hätte, das Notizbuch je wieder zu Gesicht zu bekommen. Er hob eine Hand und berührte den Einband mit zitternden Fingern.

»Bei Cliff«, sagte ich, »ist es schwierig zu sagen, ob etwas eine Entschuldigung ist oder ein Geständnis … oder einfach bloß ein spontaner Impuls. Aber das hier gehört dir.« Ich hielt inne und räusperte mich. »Es hat immer dir gehört.«

Er griff nach dem Notizbuch, das mit Blättern vollgestopft und von Gummibändern umwickelt war, und betrachtete es mit einem geistesabwesenden Blick.

»Du hattest da drin deinen eigenen, beinahe kompletten Entwurf«, stellte ich fest. »Ich sollte es wissen. Ich habe Cliffs Manuskript fast bis zum Umfallen redigiert. Vor … vor all dem, was bei Bonwright passiert ist.«

»Wahrscheinlich«, murmelte Miles. »Ich weiß nicht, was komplett wäre – ich war mir nicht sicher, worauf ich hinauswollte. Ich habe einfach nur geschrieben. Es war für mich wichtig, es zu schreiben, was auch immer es war.«

»Die Ereignisse, von denen du geschrieben hast… das heißt, die Teile mit den Kriegsgeschichten… Ich habe ein bisschen recherchiert, und das meiste, was du beschreibst, stimmt mit dem 369. Regiment überein. Sie waren als die Harlem Hellfighters bekannt«, sagte ich. »Dein Vater ist einer von ihnen gewesen, nicht wahr? Es sind seine Geschichten.«

»Ja«, erwiderte Miles und runzelte die Stirn, als wäre ihm gerade erst etwas in den Sinn gekommen. »Warum schlägst du Schlachten nach, in denen ein schwarzes Regiment aus New York gekämpft hat?«

Meine Wangen röteten sich ein wenig vor Scham. »Ich habe gewusst, dass das Manuskript von dir stammte«, gestand ich. »Cliff hat es mir gegenüber nie zugegeben, aber ich habe das Notizbuch in unserem Apartment versteckt gefunden, nachdem Cliffs Vater das Manuskript als Roman gekauft hatte.«

Miles betrachtete mich, und ich konnte sehen, dass er seinen Weg durch die Vergangenheit neu durchdachte und herausfand, was zusammenpasste und was nicht.

Er starrte mich lange an. »Du hast deinem eigenen Verlag einen Hinweis gegen deinen Ehemann gegeben«, sagte er unvermittelt. Es lag keine Frage darin und wenig Anschuldigung. Es war einfach eine Feststellung.

»Ja«, sagte ich. »Und ich bin hergekommen, um mich bei dir zu entschuldigen. Es tut mir leid, dass ich nicht mehr getan habe. Es gibt, nun ja… es gibt Gründe, warum ich es nicht getan habe.« Als ich meine Entschuldigung das erste Mal hörte, war mir bewusst, wie schwach sie klang. Es gab zu viel zu erklären, und jetzt, da wir Menschen mittleren Alters waren, schienen Erklärungen nicht mehr so wichtig zu sein wie früher. Damals hatte ich geglaubt, das Plagiat per anonymem Brief zu melden, würde ausreichen, damit Cliff einen Rückzieher machte und das Richtige tat. Doch ich unterschätzte Cliffs Stolz, seine sture Ader, und ich hatte nicht damit gerechnet, dass Rusty sich einmischen würde. Bevor ich überhaupt wusste, was los war, hatten Cliff und Rusty das Manuskript bei einem anderen Verlag untergebracht – genauer gesagt bei Torchon & Lyle. Da wusste ich, dass Cliff fertig mit mir war und außerdem, dass ich mit ihm fertig war. Als ich ein zweites Mal unter dem Dielenbrett nach dem Notizbuch sah, war es verschwunden. Ich war ein Mädchen, das unter falschem Namen arbeitete und jemanden des Plagiats bezichtigte, und ich hatte nicht den geringsten Beweis vorzubringen.

»Du hast nicht viel Aufhebens gemacht«, sagte ich jetzt zu Miles. Ich hatte mich gewundert, dass Miles so sang- und klanglos verschwunden war und sich nicht zur Wehr gesetzt hatte. »Nicht, dass ich die Schuld auf dich schiebe«, fuhr ich fort. »Ich war nur davon ausgegangen, dass sie etwas gegen dich in der Hand hatten.«

Er sah mich an.

»Was auch immer es sein mag, Cliff ist jetzt tot.«

»Rusty nicht«, sagte er und hielt dann inne. »Aber darum ging es sowieso nicht«, fügte er viel leiser hinzu.

Ich holte Atem, bereit, meine letzte Bitte vorzubringen. »Ich finde, du solltest dich melden und für Klarheit sorgen. Es versteht sich von selbst, dass ich dich unterstützen werde. Es wäre mir eine Ehre, dich zu unterstützen.«

Miles antwortete nicht. Ich holte noch einmal Luft und fuhr fort.

»Und noch was…«, sagte ich. Er drehte sich zu mir und hob eine Augenbraue. »Ich wünschte, du würdest darüber schreiben«, wagte ich mich vor. »Es war eine besondere Zeit in Greenwich Village, in Harlem. Viele Menschen haben darüber geschrieben, aber niemand mit deiner Geschichte, niemand mit deiner Stimme. Ich sage das nicht, weil ich versuche, deine Geschichte zu kaufen – am besten, du arbeitest mit einem anderen Lektor, wenn dir das lieber ist, oder einem anderen Verlag, wenn es sein muss –, aber… ich weiß, dass das kaum Sinn ergibt, und du hast keinen Grund, mir zu vertrauen, aber manchmal interessieren wir Lektoren uns brennend für bestimmte Bücher… Wir wollen einfach, dass es sie gibt, wollen in einem Regal auf sie deuten und einem anderen sagen: ›Hier. Lies das.‹«

»Du willst, dass ich darüber schreibe, was…« Seine Stimme verlor sich.

»Ja… darüber, was mit Cliff passiert ist, mit Rusty… über alles. Alles, was passiert ist. Ganz gleich, wie es uns alle aussehen lässt, mich eingeschlossen. Du bist der Richtige für diese Aufgabe, Miles. Das warst du schon immer.«

Ich nahm eine Visitenkarte aus der Handtasche und legte sie auf die Bar neben das Notizbuch. Miles starrte mit gequälter Miene auf die Karte. Meine Hoffnung sank, aber es war einen Versuch wert gewesen.

»Denk darüber nach«, sagte ich und erhob mich zum Gehen. Wir schüttelten uns die Hände, und ich ließ ihn dort zurück mit seinem halb leeren Whiskeyglas, eine Hand auf dem Notizbuch, den Blick ausdruckslos auf den Spiegel hinter der Bar gerichtet.

MILES

21. April 1980

Kurz nachdem Eden gegangen war, verließ ich die Bar, um nach Hause zu gehen. Cob würde dort sein, ein Nickerchen auf dem Wohnzimmersofa machen und auf mich warten. Es war unsere Angewohnheit geworden, gemeinsam zu Abend zu essen. »Du solltest deine Mahlzeiten nicht allein zu dir nehmen«, ermahnte Cob mich immer. »Es ist nicht gut für dich.« Er war nach Kalifornien gekommen, um bei den Vorbereitungen für Janets Beerdigung zu helfen, und er war mehrere Wochen geblieben. Wir hatten nicht besprochen, wann er wieder abreisen würde, aber ich wusste, dass er auf ein kleines Zeichen wartete, dass sich bei mir etwas verändert hatte, dass ich klarkommen würde. Ich sagte ihm, er solle sich keine Sorgen machen, er hätte schließlich seine eigene Frau und Familie, um die er sich sorgen müsse, und ich hätte Marcus. Doch Cob wusste, dass Marcus zwar zu Hause wohnte – Marcus war einundzwanzig und bereitete sich auf seinen baldigen Uniabschluss vor –, wir uns aber nicht viel sahen. Janet und ich hatten Marcus viel zu lange viel zu nah bei uns behalten, indem wir ihn wegen der ermäßigten Studiengebühren überredet hatten, in Berkeley zu studieren, und an sein Gewissen appelliert hatten, während der Krankheit seiner Mutter zu Hause zu wohnen.

Jetzt war er wütend. Ich verstand das. Der Elternteil, den

er am meisten geliebt hatte, war gestorben, und ihm blieb nichts anderes übrig, als sich im Haus mit mir herumzuärgern. Größtenteils ging er derzeit aus und schuf sich ein Leben anderswo, bloß nicht hier.

Cob war also hergekommen, um mich abzulenken, im Garten Unkraut zu jäten, den Rasen zu mähen und im Baumarkt einen Grill zu kaufen. Es war ein warmer Frühling, und überall in Kalifornien blühten Blumen und summten Bienen, die Pazifikbrise wehte sanft, und Möwen kreischten in der Ferne über der Bucht. Es war seltsam, einen Menschen zu dieser Zeit zu verlieren, während eines Frühlings in Kalifornien. Es ließ das Ganze etwas surreal erscheinen.

Als ich am Abend nach Hause kam, war Cob bereits von seinem Nickerchen aufgewacht und legte hinten im Garten auf dem Grill Briketts nach. Er hielt eine Packung Würstchen hoch.

»Ich hatte mir das Spiel im Radio angehört«, sagte er. »Das hat mich auf die Idee fürs Abendessen gebracht.« Er grinste, und ich erhaschte einen Blick auf sein siebenjähriges Ich, das nur knapp unter der Oberfläche seines dreißigjährigen Gesichts lauerte.

Ich ging in die Küche, füllte einen Eimer mit Eis, stellte sechs Flaschen Bier hinein und brachte sie, zusammen mit einem Öffner, zurück nach draußen. Cob grillte die Würstchen, bis sie tief rötlich braun waren und an den Nähten wie reifes Obst aufplatzten. Wir häuften Senf und Relish darauf und spülten die Schärfe der Würstchen mit Schlucken von kaltem, bitterem Ale hinunter.

Anfangs kam kein Gespräch in Gang, aber nach einer Weile erzählte ich ihm von Eden und von dem Notizbuch, das ich vor langer Zeit geführt hatte.

»Ich erinnere mich noch an das Notizbuch«, sagte er.

Ich hatte ihm nie erzählt, was aus dem Notizbuch geworden war, von Cliff und all dem anderen. Dazu hatte ich nie einen Anlass gesehen. Cob war zu einem intelligenten Mann herangewachsen und Ingenieur geworden, aber die literarische Welt interessierte ihn nicht sonderlich. Ich hatte vorgezogen, ihm die kränkende Episode zu ersparen. Jetzt erzählte ich ihm eine vereinfachte Version und dass Eden mich gebeten hatte, für Klarheit zu sorgen, indem ich längere, umfassendere Memoiren schrieb.

»Wirst du es tun?«, fragte Cob.

»Ich weiß es nicht«, sagte ich. »Ich denke da an … Marcus«, und noch während ich es sagte, wusste ich, dass es stimmte. Ich ließ meine Gedanken schweifen. Es gab so viele in die Vergangenheit verwobene Komplikationen, Dinge, an die ich mich erinnern wollte, Dinge, an die ich mich nicht erinnern wollte, und Dinge, deren Erinnerung ich nicht ertrug.

»Erinnerst du dich noch an den jungen Mann, dem du im Museum begegnet bist?«, fragte ich Cob unvermittelt.

Cob sah mich an. »Ja«, erwiderte er. »Ich erinnere mich.«

»Ich habe ihn hier in San Francisco kennengelernt«, sagte ich. »Er hat mir bei der Suche nach dem Kriegstagebuch unseres Vaters geholfen. Der Spind, den Mama erwähnte, war nicht so einfach zu finden, wie ich gedacht hatte. Ich begann zu glauben, die Geschichte, die Vater Mama erzählt hatte, sei ausgedacht gewesen, dass es bloß sein verrücktes Gerede war, dass es vielleicht kein Tagebuch zu finden gab, aber Joey – mein Freund –, er hat nicht zugelassen, dass ich aufgab. Er war mir ein guter Freund.«

Cob sah mich lange an, ohne etwas zu sagen. »Wo ist er jetzt?«, fragte Cob schließlich.

»Tot«, antwortete ich, und auf einmal fiel mir das Atmen schwer.

Wir verfielen in Schweigen. Cob merkte, dass ich mich schwertat, und wusste klugerweise, dass es das Beste war, einfach dort bei mir zu sitzen. Das Glühen der Abenddämmerung verblasste langsam am Himmel, das Licht verschwand kontinuierlich und unabänderlich, wie Wasser, das aus einer Badewanne abfließt. Irgendwo rief eine Trauertaube nach ihrem Männchen. Seltsamerweise musste ich an Mister Gus denken.

Nach einer Weile stand Cob auf. Er streckte die Hand aus, um meinen Teller wegzuräumen. Ich beugte mich vor, um den Eimer hochzuheben, in dem jetzt sechs leere Flaschen im kühlen Wasser herumklirrten. Wir räumten alles auf, richteten einen Teller für Marcus – für den Fall, dass er sich entschied, nach Hause zu kommen – und löschten die Grillkohlereste mit Wasser. In der Küche verkündete Cob, er werde zu Bett gehen, und ich füllte den Eimer neu mit Eis und Bier aus dem Kühlschrank.

»Miles?«, fragte Cob.

»Ja?«

»Wegen der Memoiren … Ich weiß nicht viel, aber ich glaube, das beste Vorbild, das ein Mann sein kann, ist ein ehrliches.« Er wünschte mir eine gute Nacht, und ich hörte das Knarzen der Treppenstufen.

Ich kehrte nach draußen in den Garten zurück und setzte mich auf den Gartenstuhl. Ich dachte über Cobs Worte nach. Kinder wollten nicht immer die Wahrheit, aber sie zu verschweigen, löste auch nicht alles, denn eine Lüge war immer spürbar. Das begriff ich jetzt; es war etwas, das man begriff, wenn man selbst Kinder hatte, nachdem man versucht hatte, sie mit Lügen zu schützen, und es einem misslungen war.

Es war ein guter Rat, aber zu einfach. Cob glaubte, das Ausmaß meiner Schande zu kennen, aber das tat er nicht. Eden hatte zugegeben, diejenige gewesen zu sein, die Bonwright einen Wink gegeben hatte, aber sie war nicht die Einzige, die den Menschen verraten hatte, den sie liebte. Mir war die Idee ausgerechnet von Cliff eingegeben worden. Er hatte eine klare Drohung ausgesprochen: Es bedurfte nur eines Anrufes beim Außenministerium. Anfangs hatte ich Angst um Joey: Ich wollte ihn beschützen. Doch etwas änderte sich, und schon bald hatte ich keine Angst mehr *um* Joey, sondern Angst *vor* Joey.

Der Anruf markierte die dunkelste Stunde meines Lebens.

Ich erfand irgendwelche falschen Behauptungen bezüglich kommunistischer Verbindungen – Behauptungen, die sich niemals bestätigen ließen – und dachte mir, schlimmstenfalls würde man gegen ihn ermitteln, nur um ihn dann freisprechen zu müssen. Ich dachte, es würde Joey dazu bringen, sich ein wenig zurückzuziehen. Mein Plan sah vor, dass ich mich so weit distanzierte, bis es keine Verbindungen mehr zwischen uns gab – keine, die jemand hätte nachweisen können –, und wir wären wieder zu den Fremden geworden, die wir eigentlich hätten sein sollen. In meinem Kopf spukte die Idee herum, dass ich, sobald die Lage sicher wäre, das Tagebuch meines Vaters benutzen könnte, um etwas gegen Cliff in der Hand zu haben.

Doch Joey musste in seinem Privatleben leichtsinniger gewesen sein, als ich ahnte, denn das FBI fand zwar keine Beweise in Sachen Kommunismus, jedoch stießen die Agenten auf reichlich anderen Stoff. Ihre Verhöre hatten ausgereicht, um selbst den geistig gesündesten Menschen paranoid und labil werden zu lassen. Und dann war ich auch noch zu spät gekommen.

Ich war wieder einmal in diese Gedanken versunken, als ich hörte, wie die Hintertür aufging, und sah, dass ein länglicher Lichtschein auf den Rasen fiel.

»Dad?«

Es war Marcus.

»Hier draußen!«, rief ich. Ich lauschte auf das gedämpfte Rascheln seiner Füße, die sich über das Gras bewegten. Er ließ sich in dem Gartenstuhl neben mir nieder. Ich beugte mich vor und holte ein Bier aus dem Eimer.

»Danke«, sagte er. Ich hörte das leise Geräusch des Bieres, das im Flaschenhals hochspritzte, als er einen kräftigen Zug nahm. Wir saßen gemeinsam schweigend da und betrachteten die Sterne. Ich warf Marcus verstohlene Blicke zu. Als Kind hatte er dem schönen Jungen auf dem Foto geähnelt, dem Onkel, den er nie gekannt hatte, nach dem er jedoch benannt war. Er war groß und stark geworden und besaß eine standhafte Loyalität, die seine Freunde, wie ich wusste, an ihm liebten und die seine Mutter ebenfalls an ihm geliebt hatte. Seine Lehrkräfte lobten ihn für seinen Eifer, seine Beharrlichkeit und seine Disziplin.

Nachdem Joey gestorben war, hatte es eine Zeit gegeben, als ich mich für ihn einsetzen, die Liebe zwischen uns bekanntgeben, meinen Verrat eingestehen wollte. Doch an dem Tag, an dem Janet mich in der Wohnung meiner Mutter besuchte, erzählte sie mir, dass sie schwanger sei. Ein Ergebnis jenes Abends in dem Hotelzimmer, meinem Versuch, mein Herz von Joey zu reinigen. Es war ein törichter Fehler gewesen, aber einer, der mich zum Vater gemacht hatte, und beim Gedanken an Väter musste ich erwägen, was für ein Vater ich sein wollte. Letztlich hatten Janet und ich gemeinsam ein friedliches, stilles Leben aufgebaut. Es war Liebe gewesen, aber nicht die Art, die aus Leidenschaft geboren wird; eher wie zwei Züge, die auf das gleiche Ziel zufahren und deren Gleise völlig parallel zueinander verlaufen, ohne sich je zu kreuzen. Ich erzählte ihr nie von Joey, und falls sie seine geisterhafte Gegenwart in unserem Leben wahrnahm, ließ sie es sich nie anmerken. Wir waren Geschöpfe, die auf Harmonie angewiesen waren und dennoch stets ein tiefes Misstrauen gegenüber der Freude hegten, weil wir nie ganz sicher waren, dass wir sie verdient hatten.

Doch nun, da Janet tot war und Eden mir mein altes Notizbuch zurückgegeben hatte, mich anspornte, das Unsagbare in Worte zu fassen, erwog ich die Frage, was für ein Vater ich sein wollte, unwillkürlich wieder von Neuem. Vielleicht ist es das, was das Elternsein ausmacht: Diese Erwägungen nehmen nie ein Ende. Ich fragte mich, ob ich stark genug war, wieder zur Feder zu greifen und die Wahrheit niederzuschreiben. Und dann stellte ich mir noch die – etwas selbstsüchtige – Frage, ob Marcus stark genug war, mich trotz der Wahrheit zu lieben. *Ich wünschte, du würdest darüber schreiben*, hatte Eden mir gesagt. *Über alles. Alles, was passiert ist. Ganz gleich, wie es uns alle aussehen lässt. Du bist der Richtige für diese Aufgabe, Miles. Das warst du schon immer.* Memoiren sind eine heikle Gattung. Was kaum jemand weiß: Wir sind nie die Helden unserer eigenen Geschichte, es sei denn, wir lügen.

Wenn wir zu den Tapferen gehören wollen, erzählen wir von unserer Schuld und hoffen auf Vergebung.

DANK

Zuerst die Menschen. Ich bin absolut gesegnet mit einer wunderbaren Agentin, Emily Forland. Mein Dank gilt ihr, Emma, Gail und allen bei Brandt & Hochman.

Ich bin äußerst dankbar für die redaktionelle Hilfe, die ich von Amy Einhorn und Jake Morrissey erhalten habe, die beide sehr geduldig und ermutigend gewesen sind. Mein Dank gilt auch Liz Stein für ihre harte Arbeit, als dieses Buch in der Anfangsphase steckte. Ein Dankeschön an Kevin Murphy.

Mein Dank geht an Putnam und Ivan Held für die Veröffentlichung dieses Buches, und ich danke meiner Presseagentin bei Putnam, Stephanie Hargadon. Ich möchte mich nachträglich bei den sehr lieben, sehr passionierten Leuten von Penguin bedanken, mit denen ich zu der Zeit, als mein erstes Buch erschien, in Berührung kam: Kelly Welsh (jetzt Rudolph), Lauren Truskowski, Heather Connor, Kayleigh Clark, Lydia Hirt, Katie McKee, Kate Stark, Alexis Welby, Tom Dussel, Dominique Jenkins, Alan Walker, Brian Wilson, Lisa Amoroso, Karl Krueger, Patrick Mcneirney, Lindsay Wood, Wendy Pearl, Tom Benton – und Himmel, ich bin mir sicher, dass ich haufenweise Leute vergesse! Bitte verzeiht mir. Während dieses zweite Buch seinen Weg geht, freue ich mich darauf, ein paar vertraute Gesichter wiederzusehen und außerdem neuen zu begegnen, die ich noch nicht kenne.

Ich bin sehr dankbar für die klugen Worte meiner frühen Leser, von denen ich ausgezeichnetes Feedback erhalten habe: Eva Talmadge, Julie Fogh, Brendan Jones, Will Chancellor, Susan Shin, Julia Masnik, Susan Wood und Joe Campana. Außerdem bin ich sehr dankbar für die Menschen, deren Freundschaft und Unterstützung ich über die Jahre genossen habe: Jayme Yeo, Brian Shin, Ning Zhou, Melissa »MRC« Ryan Clark, Lyndsay Faye, Elizabeth Romanski, Matt Schwartz, Andy Knuesel, Sophie Guinet, Cécile Pradillon, Noah Ballard, Laura Van Der Veer und Hana Landes. Mein Dank geht an die Professoren der Rice University Bob Patten und Colleen Lamos, die so nett waren, zu meinen Lesungen zu kommen. Mein Dank geht an meine Familie Arthur, Sharon, Laurie, Melissa, Philippe und jetzt Rémy.

Und nicht zuletzt möchte ich mich bei Atom Sharp dafür bedanken, dass er mein liebender Partner ist.

Jetzt die Quellen. Dieses Buch entsprang zu großen Teilen dem Wunsch, die Stimmen mehrerer Bücher einzufangen: Jack Kerouacs *On the Road*, Rona Jaffes *Das Beste von allem*, James Baldwins *Giovannis Zimmer*, Truman Capotes *Frühstück bei Tiffany*, Sylvia Plaths *Die Glasglocke* … die Liste geht weiter. Anatole Boyards *Verrückt nach Kafka* waren sehr hilfreiche Memoiren über das Leben in Greenwich Village. Ich habe viel von Joeys Verhörszene aus den verschiedenen Aussagen konstruiert, die in David K. Johnsons *The Lavender Scare* festgehalten wurden. Ich las Einzelheiten, die in Marvin Tillmans Tagebuch einflossen, in *Harlem's Rattlers and the Great War* von Sammons und Morrow nach. Ich bin unendlich dankbar für die Anregung all dieser und weiterer Quellen, die sich zu diesem Cocktail vermischten, dem *Martini für drei*.